WHITLEY STRIEBER

Der Kuss des Vampirs

Buch

Miriam Blaylock ist ein ganz besonderer Vampir: Sie ist eine Hüterin ihrer Art. Miriam entstammt einem sehr alten Vampirgeschlecht, das vor Millionen von Jahren auf die Erde kam und Menschen als natürliche Nahrungsquelle züchtete. Doch die Zeiten haben sich geändert. Die Menschen sind für sie zur Bedrohung geworden, und Miriam scheint die Einzige zu sein, die sich dieser Gefahr bewusst ist.

Paul Ward ist CIA-Offizier und widmet sein Leben der Tötung von Vampiren. In Asien konnte er fast alle Vampire auslöschen, nur Miriam gelang in letzter Sekunde die Flucht nach Europa. Auch in Frankreich entkommt sie ihm. Erst in New York treffen die beiden aufeinander, doch Miriam hat Paul eine Falle gestellt. Sie verführt ihn, und als sie zum tödlichen Schlag ausholen will, stellt sie in letzter Sekunde fest, dass Paul ihre einzige Rettung ist …

Autor

Mit »Der Kuss des Todes« gelang Whitley Strieber der ganz große Durchbruch zu einem der erfolgreichsten Horrorschriftsteller. Neben seinem Beruf als Autor moderiert er seine eigene Radiosendung »Dreamland«. Whitley Strieber lebt mit seiner Frau in San Antonio, Texas. Ein weiterer Roman des Autors ist bei Goldmann in Vorbereitung.

Whitley Strieber

Der Kuss des Vampirs

Roman

Aus dem Amerikanischen
von Joannis Stefanidis

GOLDMANN

Die amerikanische Originalausgabe erschien 2001
unter dem Titel »The Last Vampire«
bei Pocket Books, a division of Simon & Schuster, Inc.,
New York

Umwelthinweis:
Alle bedruckten Materialien dieses Taschenbuches
sind chlorfrei und umweltschonend.

Deutsche Erstausgabe März 2002

Umschlaggestaltung: Design Team München
Umschlagfoto: Foto: Tom Hallman, USA-Macungie
Satz: deutsch-türkischer fotosatz, Berlin
Druck: Elsnerdruck, Berlin
Verlagsnummer: 45161
AL · Herstellung: Katharina Storz/Str
Made in Germany
ISBN 3-442-45161-2
www.goldmann-verlag.de

1 3 5 7 9 10 8 6 4 2

Im heiligen Gedenken an
Michael Talbot,
Autor von
The Delicate Dependency und
The Holographic Universe

Und welches erbarmungslose Ungeheuer,
dessen Stunde nun schlägt,
wandelt gen Bethlehem,
um dort geboren zu werden?

William Butler Yeats,
The Second Coming

»Ich bin Teil der Gerechtigkeit auf Erden.«

Miriam Blaylock,
Der Kuss des Todes

1

Konklave

Alle wussten von Miriam Blaylocks Sünden.

Ihr unverzeihliches Vergehen bestand darin, Menschen als Freunde und Liebhaber zu genießen, statt sie lediglich für ihre Zwecke zu missbrauchen. Sie konnte sie küssen und es herrlich finden, konnte mit ihnen Sex haben und hinterher wie eine satte Raubkatze einschlafen. Ihre Artgenossen fanden sie genauso pervers wie einen Menschen, der es mit Schafen trieb.

Der Umstand, dass dies ein völlig unsinniges Vorurteil war, machte das, was ihr bevorstand, nicht leichter. Sie presste den Rücken an die Sitzbanklehne der Fahrrad-Rikscha und verbarg instinktiv ihr Gesicht nicht nur vor den Menschen, sondern auch vor den Angehörigen ihrer eigenen Spezies. Das *samlor* brauste die nasse Straße entlang, rollte ungestüm durch die zahllosen Wasserpfützen, die der letzte Regenguss hinterlassen hatte. Aus dem Dunkel der Fahrgast-Kabine starrte sie auf die trüben Dunstschwaden, die von dem Wassergraben aufstiegen, der die altertümliche thailändische Stadt Chiang Mai umgab.

Wie sollte sie diese Aufgabe bewältigen? Wie sollte sie sich verhalten, wenn sie ihre Artgenossen traf?

Einige behaupteten, irgendwo in ihrem Stammbaum müsse es Menschenblut gegeben haben. Der Gedanke an die Möglichkeit solcher Kreuzungen war natürlich völlig absurd – nichts als dummes Geschwätz. Sie verachtete die Engstirnigkeit ihrer Artgenossen und hasste, was in den letzten Jahrhunderten aus ihnen geworden war. Einst waren sie Prinzen gewesen, heute aber hausten sie hinter düsteren Gemäuern, versteckten sich in der Dunkelheit und begaben sich nur zum Jagen in die Welt der Menschen. Sie kamen mit der heutigen Technologie-Gesellschaft nicht zurecht. Sie wussten um den grenzenlosen Einfallsreichtum des Menschen, doch seine technologischen Errungenschaften waren für sie einfach zu komplex geworden.

Miriam besaß einen gut gehenden Nachtclub in New York und hatte durchweg menschliches Personal angestellt. Ihre Bankgeschäfte erledigte sie am heimischen Computer. Auf ihrem Palm-Pilot rief sie die neuesten Aktienkurse ab und verdiente damit an der Börse jede Menge Geld. Sie besaß ein modernes Mobiltelefon, und ihr Auto war mit einem globalen Positionierungssystem ausgestattet. *Sie* besaßen nicht einmal Autos. Mit dem Ende des Pferdekarrens hatten sie aufgehört, im Land umherzufahren. Dasselbe galt für Segelschiffe. Als die Segel abgeschafft wurden, hatte ihresgleichen das Reisen einfach eingestellt. Und Flugzeuge – nun, einige wussten vermutlich nicht einmal, dass es dieses Transportmittel überhaupt gab.

Die anderen Herrscher der Welt waren heute nur traurige Schattenwesen, die ihr Dasein in düsteren Behausungen fristeten und deren Zahl unfallbedingt stetig abnahm. Sie nannten sich Hüter, aber was bedeutete das heute schon? Die Zeiten, da sie die geheimen Herren der Menschen waren und über sie wachten – wie diese über ihre Schafherden –, gehörten der Vergangenheit an.

Mit den Hütern ging es rapide bergab, doch sie waren viel zu selbstgefällig, um es sich einzugestehen. Konklaven wurden alle einhundert Jahre abgehalten, und schon bei den letzten hatte Miriam deutliche Veränderungen bemerkt – Hüter, die sie seit Jahrtausenden gekannt hatte, waren ihrer Mutter und ihrem Vater in den Tod gefolgt; keiner hatte ein Kind gezeugt oder sich wenigstens um einen Partner bemüht.

Trotz ihres Niedergangs empfand Miriam Hochachtung vor ihrer Spezies. Sie empfand Hochachtung vor sich selbst. Hüter waren Teil der Gerechtigkeit auf Erden und gaben ihr ihre eigentliche Bedeutung. Deswegen war sie hergekommen, und deswegen war sie bereit, die Demütigungen und möglichen Gefahren in Kauf zu nehmen: Sie wollte, dass ihre Spezies überlebte. Sie wollte ein Baby.

Die letzte der vier Eizellen, die die Natur einem weiblichen Hüter schenkte, würde ihrem Körper in Kürze entschwinden, wenn sie vorher keinen Mann fand, der sie befruchtete. Denn trotz all der Dinge, die sie besaß – Reichtümer, Respekt, Macht und Schönheit –, würde die Bestimmung ihrer Existenz unerfüllt bleiben. Sie war hergekommen, um ein Kind zu zeugen. Es war ihre letzte Gelegenheit.

Sie blickte am glänzenden Rücken des *samlor*-Fahrers vorbei und starrte in die von buntem Neonlicht erhellten Straßen der geschäftigen kleinen Stadt. Wie sehr die Welt sich veränderte. Sie hatte sich aus reiner Vergangenheitsliebe – einer Liebe, die sie mit den übrigen Angehörigen ihrer Rasse teilte – ein *samlor* genommen. Sie erinnerte sich Chiang Mais als einer kleinen Ansiedlung aus Holzhäusern mit anmutig geschwungenen Dächern, erinnerte sich an goldene, spitz zulaufende Tempeltürme, die sich inmitten üppiger Baumgruppen erhoben. Heute hallte in den verwinkelten alten Gassen das Knattern der *tuk-tuks* wider, die das pedalbetriebene *samlor* zunehmend ersetzten.

Der Verkehr war längst nicht so fürchterlich wie in Bangkok, wurde aber von Tag zu Tag schlimmer.

Sie sehnte sich nach ihrem wunderschönen Stadthaus in Manhattan und den geliebten Menschen, mit denen sie sich dort umgab: nach der treuen Sarah und der süßen kleinen Leonore, die gerade die Welt zu entdecken begann.

Genau wie die düsteren Behausungen der anderen Hüter war auch ihr Heim mit zahllosen Kostbarkeiten voll gestellt. Bei ihr handelte es sich jedoch um Schätze des Herzens, während ihre Artgenossen gleichgültig alle möglichen Jade-, Silber- und Gold-Gegenstände angehäuft hatten und sie nach und nach veräußerten, weil sie unter den Menschen inzwischen als wertvolle Antiquitäten galten. Sie erfreuten sich nicht an ihren unbezahlbaren Jade-Buddhas, ihren Gemälden oder ihren altertümlichen Goldmünzen. Sie benutzten sie nur. Sie selbst besaß eine tausend Jahre alte goldene Buddha-Statue, vor der sie meditierte, und zwei Rembrandt-Zeichnungen von sich selbst und ihrer geliebten Mutter. Ihm war es gelungen, wie sie fand, die strahlende Essenz von Lamias Wesen einzufangen. Sie liebte diese Zeichnung, vor allem die weit geöffneten, fast unschuldig blickenden Augen und den feinen spöttischen Zug, der die Lippen ihrer Mutter umspielte.

Im Laufe der Jahrtausende hatte Miriam beide Elternteile und ihren Mann verloren, und die Stücke, die sie an diese Personen erinnerten, waren für Miriam das Kostbarste, was sie besaß.

Rembrandt hatte erkannt, dass die beiden Frauen, die ihn beauftragten, sehr ungewöhnlich waren und eine Unabhängigkeit und Selbstsicherheit ausstrahlten, die menschliche Frauen damals nicht besaßen. Er hatte dies in der stolzen und zugleich lässigen Haltung der Figuren eingefangen, die er, summend und Pfeife rauchend, mit winzigen Bleistiftstrichen auf das Blatt warf. Danach hatte er Miriams Hand geküsst und gesagt: »Eure Finger sind so ... *kalt.*«

Sie fand nicht nur Gefallen an den Menschen, sondern auch an deren Künsten – an Malerei, Bildhauerei, an Literatur und klassischer Musik. Seit Entstehung des Genres war sie ein glühender Opern-Fan, hatte die Uraufführungen von einem Dutzend Klassikern gesehen und sich von Größen wie Adelina Patti, Maria Callas oder Kiri Te Kanawa verzaubern lassen. Noch heute erinnerte sie sich lebhaft daran, wie die unvergesslichen Stimmen der *castrati* durch die Konzertsäle der Alten Welt gehallt waren.

Für die übrigen Hüter waren Menschen nichts als Tiere. Miriam dagegen fand, dass sie Seelen besaßen und dass man spüren konnte, wie sie dem Körper kurz vor dem Tod entschwanden. Man merkte es ganz deutlich, wenn man sie fest umschlungen hielt und ihr Blut aussaugte. Es schien, als entwiche aus ihnen eine Art elektrischer Ladung, und erst danach wurde ihr Blick leer.

Sie sagten, dies sei so, weil der jähe Flüssigkeitsentzug das Nervensystem zusammenbrechen ließ. Miriam konnte nur hoffen, dass *sie* Recht hatten. Denn was wäre, wenn der Mensch, anders als wir, doch eine Seele besaß? Wenn wir nur die intelligenten Tiere waren und sie die düsteren Engel? Es wäre ironisch, wenn Tiere Engel erschaffen hätten.

Wenn sie vor ihrer Buddha-Statue meditierte, fragte sie sich oft: Warum leben wir so lange? Weil uns eine Seele verwehrt wurde? Wenn das stimmt: Könnte ich tauschen? Und warum, lieber Gott, wenn es dich denn wirklich gibt, warum sind unsere Körper so kalt ... so schrecklich kalt?

Die übrigen Angehörigen ihrer Rasse lebten, um sich zu

ernähren. Sie ernährte sich, um zu leben. Sie gab ihr Geld mit vollen Händen aus, wie ihre Familie es immer getan hatte. Sie verschlang es wie Süßigkeiten oder Kaviar. Ihr Nachtclub, das Veils, war der exklusivste Club in New York. In einem guten Monat, und die meisten Monate waren gut, warfen Alkohol und Drogen eine halbe Million Dollar Profit ab. Natürlich musste man keinen Eintritt zahlen. Wenn man wichtig genug war, um ins Veils eingelassen zu werden, war man gewiss nicht die Sorte Mensch, die erwartete, Eintritt zahlen zu müssen.

Miriam war zweitausend Jahre lang mit Königen und Königinnen befreundet gewesen. Sie hatte Königsfamilien aufsteigen und fallen sehen. Ihr gefiel deren Erhabenheit, und dass sie für den Augenblick lebten. Ihr gefielen die edlen Kostbarkeiten, die Juwelen, die hauchzarten Seidenstoffe und die Aufmerksamkeit, die den Reichen und Mächtigen zuteil wurde.

Wenn sich die Brieftaschen ihrer Artgenossen öffneten, konnte man das brüchige Leder knacken hören. Sie hatte Spaß; ihre Artgenossen hatten ihre altbackenen, von Furcht und konservativem Denken geprägten Rituale. Sie wünschte sich ein erfülltes Dasein, ihre Artgenossen wollten nur überleben.

Nun aber brauchte sie ihre Artgenossen, trotz ihrer altmodischen Ansichten. Ihr Plan war, die gegenwärtig stattfindenden Konklaven zu besuchen, sich dabei so charmant wie möglich zu geben und – hoffentlich – einen Mann kennen zu lernen.

Einmal, vor langer, langer Zeit, hatte sie ein Baby gehabt. Sie erinnerte sich an den Augenblick der Empfängnis, als wäre es gestern gewesen. Frauen ihrer Art bereitete die Empfängnis die exquisitesten Wonnen, die sie zu empfinden imstande waren. In dem Moment, wenn das Spermium eines Mannes auf eine der vier Eizellen traf, reagierte der gesamte Organismus eines weiblichen Hüters mit einer unvergesslichen Explosion nervenkitzelnden Entzückens. Selbst nach all den Jahren war ein Teil ihres Wesens noch immer auf diesen einen unsagbar schönen Augenblick fixiert.

Hüter-Frauen wussten immer, welches Geschlecht das Baby hatte, das sie in sich trugen, und sie und Eumenes hatten ihrem Sohn noch in der freudetrunkenen Nacht der Empfängnis einen Namen gegeben und sich augenblicklich in den Kleinen verliebt. Dann hatte die einjährige Schwangerschaft begonnen ... und mit einem grausamen Verlustschmerz geendet, als man ihr den blau angelaufenen Körper des tot geborenen Kindes auf den Bauch gelegt hatte. Wenig später war auch ihr geliebter Mann gestorben. Praktisch nichts vermochte sie umzubringen – sie wurden niemals krank, konnten gar nicht krank werden. Aber er war immer schwächer geworden, war vor ihren Augen verfallen, und niemand wusste warum. Ihre innige Liebe und die aufopfernden Bemühungen hatten nicht gereicht, um Eumenes zu retten. Es war aussichtslos geworden, als er aufhörte, Nahrung zu sich zu nehmen.

Er war schmal und kalt geworden – wie eine Mumie. Doch in seinen Augen hatte ein seltsamer Glanz gelegen ... als hätte der Tod eine besondere Bedeutung, als hätte der permanente Hunger ihn auf eine transzendente Bewusstseinsebene gehoben. Sie hatte ihn angefleht zu essen, hatte mit allen Tricks versucht, seinen Appetit zu wecken, und am Ende sogar probiert, ihm ihr eigenes Blut gewaltsam einzuflößen.

Hatte ihn die Trauer oder eine noch größere Verzweiflung in den Tod getrieben? Genau wie sie hatte auch er Achtung vor den Menschen empfunden und sich ebenfalls gefragt, ob es rechtens war, sich am Blut von Geschöpfen zu laben, die einen so hohen Entwicklungsstand erreicht hatten.

War es böse, ein Hüter zu sein? War es Mord, Beute zu reißen, die ein Bewusstsein hatte? Sie glaubte, dass ihr Mann sich über diesen Ungewissheiten zu Tode gehungert hatte ... darüber und wegen des toten Babys, das er ihr so behutsam auf den Bauch gelegt hatte.

Die Welt mag ihre Toten vergessen, doch in den Herzen derer, die ihnen nahe standen, leben sie noch lange weiter. Miriam hatte ihren Eumenes noch viele Jahrhunderte lang geliebt. Aber irgendwann waren ihre Erinnerungen verblasst, so wie das enkaustische Gemälde von ihm, das Eratoshsenes, das kauzige kleine Genie in Alexandria, für sie gemalt hatte.

Das alte Alexandria ... geschwängert vom Myrrhe- und Kardamomduft, nachts ein Meer aus flüsternden Stimmen, am Tag ein Ort fröhlicher Gesänge. Sie erinnerte sich an Kleopatras prachtvollen Palast und an die Akademie mit ihrer exzellenten Bibliothek. Sie hatte alle 123 Stücke von Sophokles gelesen und dreißig von ihnen als Bühnenaufführung erlebt. Wie viele hatten die Zeit überdauert? Sieben, dachte sie, bloß sieben.

In all den Jahren war es ihr nicht gelungen, einen Mann ihrer Rasse zu finden, der Eumenes hätte ersetzen können. Dies lag unter anderem daran, dass Konklaven nur alle einhundert Jahre stattfanden und *sie* nur bei Konklaven auf Partnersuche gingen. Für jemanden, der für den Augenblick lebte, lag eine so langfristige Vorausplanung nicht nahe.

Nun war sie am Ende ihrer Möglichkeiten angelangt. Entweder sie fand jemanden, oder sie würde der Welt niemals einen neuen Hüter schenken.

Hüter-Kindern wurde beigebracht, dass Menschen so gezüchtet worden waren, dass sie Hütern ähnlich sahen; so konnten Hüter sich freier unter ihnen bewegen. Anfangs hatten Menschen überhaupt keine Ähnlichkeit mit uns und waren nicht besonders klug. Sie waren kleine haarige Affen mit riesigen Zähnen. Wir Hüter dagegen waren schon immer so, wie wir sind, nämlich unvergleichlich schön.

Miriam hatte angefangen, sich menschliche Gefährten zu nehmen, da sie sich einsam fühlte und Menschen befriedigend waren und sie keine starken emotionalen Bindungen eingehen musste. Man fand ein hübsches männliches oder ein sinnliches weibliches Exemplar – das Geschlecht war Miriam gleich, beide hatten ihre Vorzüge – und begann, es mit liebkosenden Blicken und zarten Berührungen zu verführen. Dann versetzte man es in einen Hypnose-Schlaf, öffnete eine Vene und träufelte das eigene Blut in den Auserwählten. Danach geschah Magisches: Der Mensch schien jahrelang nicht zu altern. Man erzählte ihm, man hätte ihn unsterblich gemacht, worauf er einem wie ein kleiner dummer Hund folgte. So wie das geliebte Geschöpf, das ihr Haus in Ordnung hielt und ihre New Yorker Geschäfte führte, das ihr Bett wärmte und mit ihr auf die Jagd ging … das liebenswerte, hochintelligente Geschöpf, dem noch immer seine dummen menschlichen Konflikte zu schaffen machten. Vor einigen Jahren hätte sie Sarah beinahe verloren, aber sie hatte sie zurückbringen können. Die Frau sollte eigentlich dankbar und willfährig sein, doch dies war nicht immer der Fall. Sarah machte Fehler. Sarah lebte viel zu gefährlich. Es quälte sie, was sie hatte erleben müssen, und Miriam konnte es ihr nicht verdenken. Tatsächlich konnte sie sich kaum vorstellen, wie es war, in einem Sarg zu liegen und langsam zu verfallen, ohne sterben zu können.

Sarah wusste, dass sie diese unsäglichen Qualen eines Tages von neuem erleben würde. Sie tat alles nur Erdenkliche, um sich zu retten, und nutzte ihr beträchtliches medizinisches Wissen, um den Alterungsprozess zu stoppen, der sie trotz des Umstands, Miriams Blut in den Adern zu haben, langsam, aber sicher dahinraffte.

Um leben zu können, musste Sarah Menschen jagen. Es machte ihr sogar noch mehr zu schaffen als Miriams früheren Gefährten. Es war der Eid des Hippokrates, der der armen Frau so auf der Seele lastete.

Miriam beließ es dabei. Es war besser, nicht über diese Dinge nachzudenken. Es tat ihr weh, das qualvolle Dasein und die schrecklichen Tode ihrer menschlichen Gefährten miterleben zu müssen. Aber die leckeren kleinen Dinger waren nun mal ihre Schwäche und der Grund für ihr ewig schlechtes Gewissen.

Aber dafür war jetzt keine Zeit, nicht in dieser für sie so wichtigen Nacht, der Eröffnungsnacht des Asiatischen Konklave. Ein Mann aus ihrer eigenen Rasse würde wenigstens niemals sterben, so wie die Menschen es taten und dabei um Erlösung winselten, während ihr Fleisch langsam zu Staub zerfiel. Allerdings musste sie sich ihrem neuen Mann unterwerfen, musste ihm bedingungslos gehorchen und in seiner schäbigen Behausung wohnen ... wenigstens eine Zeit lang.

Ihr Körper war ihr Leben – seine hoch sensiblen Sinne, sein wildes Begehren, das prickelnde Gefühl, wenn starke oder zarte Hände über ihre schauernde Haut glitten ...

All das würde es in Zukunft nicht geben, nicht solange sie zumindest für die Dauer der Schwangerschaft in einem *ihrer* Haushalte lebte. Lange schweigsame Tage, furchtsame, schaurige Nächte – so würde ihr Leben aussehen: hinter den düsteren Gemäuern *ihrer* Welt.

Aber anders ging es nicht. Sie konnte das kleine Wesen fast schon im Bauch spüren, stellte sich vor, wie sie es nach der Geburt in den Arm nahm, während es noch klitschnass und brennend heiß war. Nur bei Neugeborenen oder Hütern, die gerade gespeist hatten, stieg die Körpertemperatur so hoch.

Das *samlor* fuhr durch die Moon Muang Road, in Richtung des Tapae-Tors und des dahinter liegenden Tempel-Distrikts. Es war noch immer schwül und brütend heiß. Wie konnten die Asiaten ein so fürchterliches Klima ertragen? Andererseits war die Hitze auch schön. Ihr gefielen durchgeschwitzte Bettlaken und heiße, drogenvernebelte Nächte, in denen sie alle nur denkbaren dekadenten Dinge tat.

Die Anderen lehnten Drogen ab. *Sie* sagten, sie würden lieber sterben, als ihr Tausende von Jahren währendes Leben als Süchtige zu verbringen. Miriam hatte andere Erfahrungen gemacht. Das eigene Blut schützte einen vor allen Krankheiten und Schwächen. *Sie* hatten bloß Vorurteile gegenüber Drogen, weil Menschen gerne Drogen nahmen – und *sie* hielten es deshalb für trivial. Aber sie hatten niemals im nach Ingwer duftenden Tanger Haschisch geraucht oder Opium im gemächlicheren Chiang Mai, dem letzten Ort in Asien, wo es noch vernünftiges, gut abgelagertes Opium gab. Sie hatten nie rauchend auf hauchzarten Seidentüchern gelegen und stundenlang auf einen hypnotischen Deckenventilator gestarrt. In heißen, windstillen Nächten gab sie sich nur zu gern dem betäubenden Vergessen hin, das ihr ein gutes Opium schenkte. Drogen zu nehmen war hier viel ungefährlicher als in den USA. Hier tauchten keine aufgeblasenen, böse blickenden Cops auf, die mit gezückten Revolvern herumbrüllten. Oft schon hatte sie rasch irgendeine Mauer überspringen müssen, um vor diesen lästigen Kreaturen zu flüchten.

Nun, all das würde sich bald ändern. Sie würde eine vernünftige Ehefrau werden, und dafür brauchte sie keine Drogen. Sie war nicht süchtig, also sollte es kein Problem sein.

Sie konnte sich ihren künftigen Mann gut vorstellen, groß und schweigsam, sein längliches Gesicht, seine Haut blass wie ein Schatten. Sie spürte bereits seine stahlharten Muskeln, seine langen, krummen Finger, die den Schädel eines Menschen zermalmen konnten oder gefühlvoll ihre festen Brüste streichelten. Sie atmete tief durch. Sie fühlte sich, als würde sie ertrinken und gleichzeitig gerettet werden.

Der Wind schwoll an, blies zwischen den dunklen Bäumen hindurch und kräuselte die Wasserpfützen, die wie kleine Seen auf der Straße schwammen. Die tief hängenden Wolken rasten und taumelten am Abendhimmel vorüber. Auf einem kleinen Marktplatz stimmten zwei Mädchen ein bekanntes Lied an, ohne das an ihnen vorbeifahrende *samlor* und den Fahrgast zu bemerken, der aus dreißig Metern Entfernung dem Rhythmus ihrer Herzschläge lauschte.

Ihr Interesse an den beiden verriet ihr, dass sie langsam Hunger bekam. Sie spürte es, das unmerkliche Nagen im Bauch und den eisigen Hauch in den Adern.

Dies waren schlechte Neuigkeiten. Die meisten Hüter

spürten ihren nahenden Hunger Tage im Voraus und konnten ihre Jagd sorgfältig planen. Sie hatte es nie planen können. Gerade noch war alles in Ordnung mit ihr, und im nächsten Augenblick fing es an.

Buddha sagte, es sei gut, im Augenblick zu leben. In den Vedas hatte sie gelesen, dass es nur den Augenblick gab. Ihre Spezies besaß keine heiligen Schriften, nur Auflistungen ihrer Besitztümer. Ihre Mutter hatte ihr gesagt: »Menschen haben heilige Schriften, weil sie näher zu Gott gelangt sind als wir.«

Sie merkte, wie die Windbrise den Geruch des *samlor*-Fahrers über sie hinwegblies. Sie nahm einen tiefen Zug von ihrer Thai-Zigarette und versuchte, den verführerischen Duft damit zu überdecken.

Es gelang nicht. Okay, dachte sie, dann lass es eben geschehen. Sie betrachtete den schweißnassen Rücken des Fahrers. Das Problem war, dass das Hotel ihm ihre Zieladresse in Thai aufgeschrieben hatte und er nicht von seiner Route abweichen würde. Sie musste ihn in eine dunkle Seitengasse lotsen. »Sprechen Sie Englisch?«

Er antwortete nicht. Also würde sie ihn hier mitten auf der Straße anfallen müssen, und das war unmöglich. Man erlegte seine Beute in aller Abgeschiedenheit und vernichtete hinterher die Überreste der Leiche. Selbst Miriam Blaylock befolgte diese beiden grundsätzlichen Regeln.

Die Haut des Fahrers spannte sich, seine Muskeln wogten hin und her. In Gedanken zog sie ihm die schwarzen Shorts und das T-Shirt aus. Sie stellte sich vor, wie sie ihn auf ein schönes großes Bett legte, vor ihr sein erigierter Penis wie ein niedlicher kleiner Ast. Sie würde ihn überall küssen und liebkosen, seinen salzigen Schweiß ablecken und mit der Nase seine intimsten Gerüche in sich aufsaugen. Der Schleim aus ihrem Mund würde, bevor sie zubiss, die Stelle an seinem Hals betäuben, und Augenblicke später würde sein köstliches Blut in ihre Kehle rinnen.

Sie schloss die Augen, streckte den Rücken und schnaubte seinen Geruch aus der Nase. Denk an Opium, sagte sie sich, nicht an Blut. Später würde sie eine Pfeife rauchen, um diesen verdammten Hunger zu vergessen. Sie musste warten, bis sie sich in vertrauter Umgebung befand, bevor sie auf die Jagd gehen konnte. Es an einem unvertrauten Ort zu tun war zu riskant.

Schade, dass ihr Flug nach Paris, wo das Europäische Konklave stattfand, erst morgen Abend ging.

Das Asiatische Konklave würde im Morgengrauen enden, und am liebsten würde sie im Anschluss daran sofort nach Europa weiterfliegen. Sich in Paris Nahrung zu verschaffen war ein Kinderspiel. Sie hatte erst kürzlich dort gejagt – vor ungefähr fünfzig Jahren, als es von Deutschen gewimmelt hatte.

Es war natürlich möglich, dass sie hier in Chiang Mai einen Mann kennen lernte. Sollte es so kommen, würde sich während der Schwangerschaft ihr neuer Gatte um ihre Ernährung kümmern. Wenn sie morgen nicht nach Paris flog, würde sie eine ganze Weile in Asien bleiben.

Wenn sie nach der heutigen Zusammenkunft noch allein sein sollte, würde sie in die Samian Road gehen, wo sie in einer Seitengasse einen Privatclub namens Moonlight Bar entdeckt hatte. Im Keller wartete ein winziges altes Frauchen mit Opium. Früher hatte es in Asien Tausende solcher Opiumhöhlen gegeben. Heute gab es so etwas nur noch in Chiang Mai.

Zu Hause bewahrte sie ihr zweihundert Jahre altes Opium in Tonschalen auf, die mit Bienenwachs versiegelt waren. Ihre altertümlichen Pfeifen waren die besten, die es gab, und Sarah hatte es in der Kunst des Opium-Bereitens und Pfeifenanzündens zu einer wahren Meisterschaft gebracht.

Sie blickte zum Mond auf und dachte an New York. Zu Hause war es Mittag, also war im Club das Reinigungspersonal zugange. Sarah und Leo schliefen vermutlich noch, wahrscheinlich Arm in Arm … wahrscheinlich in Miriams wunderschönem Himmelbett, das nach Nellie Salters speziellen Wünschen angefertigt worden war. Vor ihrem Tod hatte William Shakespeares ominöse *Dark Lady* und Sir Francis Bacons schlagfeste Rohrstock-Gebieterin einen über den Durst getrunken, weswegen Miriam einen kleinen Schwips von Nellies Blut bekommen hatte.

Vielleicht wäre es am besten, ihren künftigen Mann davon zu überzeugen, mit ihr in New York zu leben. Und falls er dies ablehnte, sollte sie vielleicht sogar dieses letzte Tabu brechen und ihr Baby ohne männlichen Beschützer austragen.

Plötzlich tauchte auf dem Gehsteig ein bildschönes Mädchen auf, dessen Gesichtszüge von Meisterhand geschnitzt schienen und dessen Haut weich wie Morgentau aussah.

»Sprichst du Englisch?«, rief Miriam ihr zu. Keine Antwort. »*Parlez-vous francais*?«

Das Mädchen wandte sich ab und verschwand in einem Torweg. Miriam wusste, dass die Einheimischen sich von ihrer Größe, ihrer erhabenen grauäugigen Erscheinung und der eleganten Kleidung leicht einschüchtern ließen.

Chanel entsandte ihr jedes Jahr einen *couturier* samt Assistenten, und sie kaufte jedes Mal die gesamte neue Kollektion. Und trotzdem bekam sie ständig zu hören, dass ihre Kleidung viel zu konservativ sei.

Es stimmte gewiss, dass Hüter Probleme damit hatten, der Mode zu folgen. Fünfzig Jahre vergingen wie ein Wimpernschlag – und plötzlich merkte man, dass man das letzte Wesen auf Erden war, das noch eine Turnüre oder einen Zylinder trug. Dies war der Grund, weswegen sie in den wenigen halbwegs akkuraten Berichten meistens in besonders altmodischen Kleidern porträtiert wurden. Bram Stoker musste ein klein wenig von der Wahrheit gewusst haben, befand sie. Wie sonst hätte er seinen Dracula als einen solchen Modetrottel porträtieren können?

Ein Geruch traf Miriam mit der Wucht einer schallenden Ohrfeige. Sie stieß ein unfreiwilliges Fauchen aus. Der Kopf des Fahrers schnellte zu ihr herum, seine Augen weit aufgerissen. Ihr war der rohe, noch sehr lebendige Duft von Menschenblut in die Nase gestiegen. Dann sah sie, woher der Duft kam: Vor ihnen hatte es einen Verkehrsunfall gegeben.

Sie verspürte den fast unwiderstehlichen Drang, von der Rikscha zu springen und den Unfallopfern das restliche Blut auszusaugen. Doch auch diesem Drang musste sie widerstehen.

Sie hielt den Atem an, als sie an der Unfallstelle vorbeifuhren. Sie konnte sich nicht auf sich verlassen, wenn der Duft frischen Blutes in der Luft lag und gleichzeitig ein nagender Hunger ihren Organismus verzehrte. Ihre Haut wurde kalt, und sie begann bereits, sich schwerfällig und träge zu fühlen. Sie würde kreidebleich sein, wenn sie bei der Zusammenkunft eintraf. Ihre Artgenossen würden sagen: *Seht nur, sie kann sich nicht mal selbst ernähren.*

Zwischen den aufreißenden Wolken brach der Mond hervor. Ein Blitz tauchte den Spitzturm des Wat-Chedi-Luang-Tempels in grelles Licht. Wie schön und exotisch Chiang Mais Tempelanlagen wirkten. Sie war nur an die Straßenschluchten Manhattans gewöhnt.

Ihr stieg wieder der Geruch des Fahrers in die Nase. Dieses Mal stellte sich ihr Körper auf die Nahrungsaufnahme ein, ihre Muskeln spannten sich für den Angriff, und in ihrem Mund bildete sich der Schleim, mit dem sie die Bissstelle betäuben würde.

Sie nahm einen langen, letzten Zug von ihrer Zigarette. Wenn man das Blut seines Opfers mit einem kräftigen Ruck heraussaugte, bekam man zum Schluss noch einen nahrhaften Bodensatz obendrauf.

»Sieh zu, dass du die Organsäfte bekommst, Kleines«, hatte ihre Mutter sie immer wieder ermahnt. »Das macht kräftige Knochen.«

Es fiel ihr schwer, sich an ihre Mutter, Lamia, zu erinnern, und gleichzeitig konnte sie sie nicht vergessen. Wenn Miriam sich von einem geliebten Menschen trennen musste, musste sie sich nur daran erinnern, was Menschen ihrer Mutter angetan hatten. Die Gefangennahme war völlig überraschend gekommen. Wenn Hüter schliefen, befanden sie sich in einem todesähnlichen Zustand. Sie waren völlig hilflos. Deswegen zogen sie sich zum Schlafen an geheime Orte oder – in jenen Tagen – in große, gut bewachte Paläste zurück.

Lamia war von einem Mann verraten worden, den sie für einen Freund gehalten hatten. Anfangs war Graf von Holbein ein verlässlicher Gefolgsmann gewesen. Aber dann hatte sich herausgestellt, dass er weniger ein unbedeutender Graf als vielmehr ein mächtiger Priester war und nicht Holbein hieß, sondern Vater Deitrich Muenster.

Miriam war über die Dächer der kleinen Stadt geflohen, in der sie damals gelebt hatten. Es war ihr nicht gelungen, ihre komatöse Mutter mitzunehmen oder irgendwo zu verstecken. Miriam hatte geglaubt, sie entweder durch Bestechung oder mit roher Gewalt aus der Gefangenschaft befreien zu können.

Aber dazu hatten sie ihr keine Gelegenheit gegeben. Sie hatten Lamia gar nicht erst in den Kerker geworfen, hatten keine Zeit vergeudet. Als Mutter Lamia erwachte, fand sie sich gefesselt auf einem Scheiterhaufen wieder. Sie begriff sofort, was geschehen war. Aber trotz ihrer unbändigen Kraft war es ihr nicht gelungen, die Ketten zu sprengen oder den Holzpfahl umzustürzen.

Mutter Lamia hatte mit hoch erhobenem Haupt auf dem für sie hergerichteten Scheiterhaufen gestanden, während ihre brennenden Haare Funken zum Himmel warfen. Sie hatte eine halbe Ewigkeit so dagestanden, denn Hüter starben erst, wenn ihr Blutfluss völlig zum Erliegen kam.

Die Menschen hatten gejohlt, als sie zu schreien angefangen hatte, und als sie merkten, dass Lamia so ungewöhnlich langsam starb, hatte es ihnen sogar noch mehr Spaß gemacht. Mutter war 1761 in einem Dorf nahe Dresden als Hexe verbrannt worden. Sie war die lebendigste und wundervollste Person gewesen, die Miriam je gekannt hatte. Sie hatte einen ausgeprägten Sinn für Humor besessen. Sie hatte das Abenteuer und den Tanz geliebt. Mutter hatte Miriam verschiedenste Instrumente beigebracht – Trompete, Posaune, Bratsche ... und natürlich ihre geliebte Viola da gamba. Miriam hatte singen gelernt und dazu so viele Menschensprachen, dass sie irgendwann aufgehört hatte, sie zu zählen. Die altertümlichen Sprachen, darunter Sumerisch, Ägyptisch und Zolor, waren wahre Kunstformen gewesen. Sie waren vom Griechischen mit seinen erhabenen Verben und vom Lateinischen – das irgendwie steif wirkte – verdrängt worden. Englisch war eine höchst praktische Sprache. Von den modernen Sprachen waren Französisch und Mandarin-Chinesisch diejenigen, die zu sprechen Miriam am meisten gefiel.

Leider hatte sie nie Thai gelernt, und deswegen war sie in diesem Land im Nachteil. »Beeil dich gefälligst, du schwachköpfige Kreatur«, herrschte sie den Fahrer auf Englisch an. Er fuhr schneller. Es bedurfte keiner gemeinsamen Sprache, um sich verständlich zu machen; ihr Tonfall genügte.

Überall im Tempel-Distrikt erhoben sich prachtvolle Spitztürme. Das Viertel strahlte einen altertümlichen Zauber aus, denn auch für ihre Rasse war es ein heiliger Ort. Schon vor Äonen waren sie hier zusammengekommen, vor zehntausend Jahren, vor fünfzehntausend … als die Welt noch ihr Spielzeug war – und die Menschen eine stumme Rasse von Ochsen. Sieh dir nur das nach all der Zeit noch intakte Straßenpflaster an, das wir hinterlassen haben. Oder die Fundamente von Wat Phra Singh und Wat Chedi Chet Yot – kein menschlicher Baumeister konnte mit solcher Präzision Steine zurechtschlagen. Verflucht sollten die Sterne sein für das, was ihrer Rasse widerfahren war und das sie in ihrer eigenen Welt zu Vagabunden gemacht hatte. Gib mir Opium, lass mich rauchen. Schenke mir Vergessen.

Sie tastete nach dem goldenen Schlüssel ganz unten in ihrer neuen Handtasche, dem Schlüssel, der ihr Einlass in das Heiligtum im Keller der Moonlight Bar verschaffen würde. Die Tasche war von Gucci; sie hatte sie für 2500 Baht auf dem örtlichen Abendmarkt gekauft. Es war ein Luxusstück von edelster Qualität. Sie brauchte keine neue Handtasche, doch sie kaufte für ihr Leben gern ein und hatte nicht widerstehen können. Alle Hüter liebten exquisites Leder, und die Haut von Kälbern fühlte sich fast wie Menschenhaut an … und außerhalb der eigenen vier Wände Menschenhaut zu tragen war ein *absolutes* Tabu. Ein auserkorenes Opfer könnte etwas bemerken – die Reste einer Tätowierung oder ein menschliches Muttermal auf deinen Handschuhen oder deiner Brieftasche. Sie selbst trug nie Leder aus Menschenhaut. Menschen mochten ihre Nahrungsquelle sein, aber es waren sensible, bewusste Wesen, und dies musste man respektieren. Doch abgezogene Rücken- oder Pobackenhäute ließen sich nun mal sehr leicht gerben und fühlten sich äußerst angenehm an.

Der *samlor*-Fahrer beugte sich tiefer über die Lenkstange, als zöge sein Instinkt ihn von ihr fort. Wieder kam ihr der Gedanke, ihn einfach anzuspringen. Sie würde ihn reiten wie einen jungen Ochsen. Er würde schreien und bocken, und es wäre bestimmt ein aufregender Spaß.

Sein lebendiger Geruch durchdrang die blumensüße Abendluft. Nun fuhr er das *samlor* in eine enge, stille Seitengasse, die kaum mehr als ein Durchgang war.

Sie schob sich eine neue Zigarette in den Mund und zündete sie an. Sie näherten sich der uralten Wat-Chiang-Man-Tempelanlage, deren *chedi* von vier vergoldeten Elefanten-Pfeilern getragen wurde, die in die vier Richtungen der Welt blickten.

Das *samlor* hielt an. Tief unter dem *chedi* lag in einem noch nie von Menschen betretenen Gewölbe das uralte *hor trai* der asiatischen Clans, ein Ort, der erbaut worden war, bevor Siddhartha sich in Buddha verwandelt hatte, beziehungsweise bevor Siddhartha überhaupt geboren worden war. »Bleib hier«, sagte Miriam. »Warte, bis ich zurückkomme.«

Er sah zu ihr zurück und nickte knapp. Sie wusste, dass dieser Tempel unter den an Geister glaubenden Thais einen unheilvollen Ruf hatte. Er senkte den Kopf; seine Füße spielten nervös mit den Pedalen.

Ihre Absätze klapperten auf dem feuchten Straßenpflaster, als sie das kurze Stück zu der Tempelanlage hinüberging und den *chedi* betrat. Im Innern herrschte tiefe Stille. Die Luft war von Sandelholzduft und dem Rauch einer einzelnen an einem Dachbalken hängenden Laterne durchdrungen, die ihr schwaches Licht auf eine riesige, in der Mitte der kunstvoll ausgeschmückten Gebetskammer liegende Buddha-Statue warf.

Sie zollte dem Buddha Respekt, indem sie die Hände aneinander legte und sich vor der Statue verneigte. Hätten ihre Artgenossen dies gesehen, wäre sie mit den wüstesten Beschimpfungen bedacht worden.

Sie strich dem Buddha über die lächelnden Lippen und klopfte ihm dreimal sanft auf den Mund, worauf mit einem leisen Klickgeräusch der Öffnungs-Mechanismus aktiviert wurde. Es war ein wenig überraschend, wie sich die Bewegung anfühlte, fast so, als wäre der Schlossriegel gebrochen. Sie nahm an, dass sie die Geheimtür auch aus eigener Kraft hätte aufdrücken können. In Europa oder Amerika wäre man niemals derart achtlos gewesen.

Sie ging eine steile Wendeltreppe hinunter. Selbstverständlich brauchte sie kein Licht. Sie waren schließlich eine Nacht-Spezies ... was im Zeitalter der Elektrizität schon schwer genug fiel. Wie hatte sich ihr Vater aufgeregt, als die Menschen die Elektrizität entdeckt hatten. »Wir hätten sie davon abhalten sollen«, hatte er gesagt.

Männliche und weibliche Hüter lebten außer während der Schwangerschaft – und manchmal auch, bis das Kind aus dem Gröbsten heraus war – nicht zusammen. Trotzdem konnten sie füreinander tiefe Liebe empfinden, und ihr Vater war nie über Lamias Tod hinweggekommen. »Ich merke, dass ich überall auf der Welt nach ihr suche«, pflegte er zu sagen. Er begann, alle möglichen gefährlichen Dinge zu tun – er kletterte auf Berge, duellierte sich und ging auf endlose Reisen. Und bei all dem suchte er im Grunde nur eines: den Tod.

Ihr Vater war 1937 bei der Explosion der Hindenburg ums Leben gekommen – wie seine Lamia vom Feuer verzehrt. Er rettete zahllose Menschen vor den Flammen, und in dem alten Wochenschau-Bericht kann man die Leute sehen, denen er hilft, aus den Fenstern zu springen, während das brennende Luftschiff langsam zur Erde sinkt. Er selbst kommt als Letzter heraus, dann verliert sich seine Gestalt in der Feuersbrunst.

Sie hatte sich diesen Bericht wieder und wieder angesehen und sich dabei nach einem letzten Gruß von ihm oder einer letzten sanften Berührung seiner Hand gesehnt.

Sie blieb stehen. Unten waren Geräusche zu hören. Gut, die Zusammenkunft war schon in vollem Gange. Für die meisten Hüter dort unten war dies seit einem Jahrhundert der erste Kontakt mit ihresgleichen. Liebende hatten die gemeinsame Schwangerschaftsphase, und Mütter lebten mit ihren Kindern, aber davon abgesehen waren sie – wie Spinnen – eine Spezies von Einzelgängern.

Nach einigen weiteren Stufen blieb sie erneut stehen. Etwas, das sie dort unten hörte, kam ihr höchst befremdlich vor. Ihre Artgenossen lachten nicht. Außer ihrer Mutter und sich selbst hatte sie niemals einen Hüter lachen hören. Selbst ihr Vater hatte es nicht getan.

Sie stieg einige Stufen hinab – und sah plötzlich etwas

Unglaubliches. Auf dem dunklen Gemäuer neben ihr befand sich eine Zeichnung. Nein, es war angemalt – mit Sprühfarbe angemalt. Sie musste den Kopf heben, um das gesamte Kunstwerk betrachten zu können, und sah, dass es ein grob an die Wand gesprühter, voll erigierter Penis war.

Graffiti?

Ein Stück weiter unten sah sie Essensschachteln liegen, die noch nach schwarzem Pfeffer und Knoblauch rochen. Hüter aßen keine feste Nahrung. Sie konnten sie nicht verdauen. Ihre inneren Organe arbeiteten völlig anders als die des Menschen. Alkohol war etwas anderes. Betrinken konnten sie sich zum Glück. Die Anderen verachteten Alkohol natürlich, aber Miriam schätzte edle Weine und genoss jede Form destillierten Alkohols von Armagnac bis Jim Beam.

Sie stieg vorsichtig einige Stufen hinab und ging an den nach Essensresten riechenden Pappschachteln vorbei. Ihre Nase schnappte einen weiteren Geruch auf.

Sie blieb stehen. Ihresgleichen bekam nur selten Angst, deswegen fürchtete sie sich nicht vor dem, was sie roch, sondern war verwirrt. Sie roch Menschen – den herben Geruch von erwachsenen Männern und den süßlich scharfen Duft von pubertierenden Jungen.

Ein Schock durchfuhr sie, ebenso grell wie der Blitz, der die vorbeirasenden Wolken aufgerissen hatte. Plötzlich verstand sie den Grund für all die sonderbaren Zeichen: An diesem geheimen Ort hielten sich Menschen auf. Sie war so überrascht, dass sie einen unfreiwilligen Schrei ausstieß. Das Geräusch, das wehklagende, einsame Heulen einer verletzten Raubkatze, hallte durch das Gewölbe.

Unten erhoben sich aufgeregte Stimmen, dann leuchteten die wild umhergleitenden Lichtstrahlen mehrerer Taschenlampen auf. Schritte kamen die Stufen hochgeschossen, und plötzlich stürmten zwei fluchende abendländische Männer und drei halb nackte Thai-Jungen an ihr vorbei.

Dann herrschte Stille, die nach einigen Augenblicken vom Scharren der Kakerlaken und vom forschenden Schnüffeln der Ratten durchbrochen wurde. Mit vorsichtigen Schritten – als wate sie durch eine Kloake – stieg Miriam in das Heiligtum hinab und ging, böse knurrend, zwischen dem Schmutz und den Trümmern umher.

Sie mussten den Versammlungsort verlegt haben. Aber warum hatten sie niemanden informiert? Hüter mochten eine einzelgängerische Rasse sein, aber die altertümlichen Gesetze schrieben vor, dass jedem über eine so grundlegende Änderung Bescheid gegeben werden musste. Es sei denn – war sie wirklich *so* geächtet, dass ihre Artgenossen einen Versammlungsort verlegen und es ihr als Einziger nicht mitteilen würden?

Nein. Sie waren viel zu konservativ, um eine uralte Konvention zu brechen. Also hatte es vielleicht einen Notfall gegeben. Vielleicht war der Versammlungsort entdeckt worden und hatte in aller Eile verlegt werden müssen.

Das musste es sein. Sie hatte keine Botschaft erhalten, weil dafür keine Zeit gewesen war.

Aber dann sah sie unter den Trümmern eines umgeworfenen Bücherregals die vertrauten roten Umrisse. Sie hielt die Luft an, denn was sie sah, war schlicht unfassbar. Ihre Haut spannte sich, ihre Muskeln zuckten – die Raubkatze witterte Gefahr.

Sie hob den roten Lederumschlag auf und hielt ihn in zitternden, ehrerbietigen Händen. Vom Augenblick ihrer

Geburt an bekamen Hüter beigebracht, dass die Bücher der Namen heilig waren. Ihre Spezies bezog aus diesen Büchern ihr gesamtes Wissen über sich, erfuhr, wer am Leben und wer gestorben war, erfuhr von ihren großartigen Leistungen und den Ereignissen ihrer Jahrtausende währenden Geschichte.

Das rote Leder war unverwechselbar, genau wie die Inschrift in ihrer geliebten Muttersprache. Die Worte setzten sich aus Schriftzeichen zusammen, die kein Mensch auf der Welt entschlüsseln konnte: *Die Namen und Besitztümer der Hüter*.

Sie nannten sich Hüter, weil sie Herden hielten. Wäre der Rest des Buches nicht zerstört, hätten sich darin Auflistungen der Jagdreviere der asiatischen Clans gefunden und Festlegungen, wer wo welche Menschenherde benutzen durfte.

Sie strich mit den Fingern über das feine Leder. Es war aus der Haut eines Menschen gegerbt worden, als diese noch grobschlächtige, primitive Kreaturen waren. Das erste dieser Bücher war dreißigtausend Jahre alt – selbst für einen Hüter lag dies lange zurück. Aber *so* lange nun auch nicht. So hatte ihr Ur-Ur-Urgroßvater zum Beispiel noch die Schreie von Neandertalern nachahmen können. Tief in den Gewölben des Haupthorts in Ägypten wurden detailgetreue, bis zu ihren Ursprüngen zurückreichende Wachsnachbildungen der menschlichen Gestalt aufbewahrt.

Sie hockte sich vor den bauschigen Papierberg und versuchte ihn zusammenzupressen, ihn irgendwie in seine ursprüngliche Form zu bringen. Als sie die Buchseiten berührte, stürmte darunter ein ganzes Kakerlakenheer hervor. Sie strich eine zerknüllte Seite glatt, um zu sehen, ob darauf noch etwas zu erkennen war.

Dort, wo das Papier nicht mit offenbar menschlichen Fäkalien besudelt war, hatten Kakerlaken die Tinte abgefressen. Sie legte die Seite behutsam auf den schmutzigen Boden zurück, so wie sie es mit dem Leichnam eines geliebten Freundes getan hätte.

Sie machte einen letzten Rundgang durch den einstmals geheimen Versammlungsort und suchte in jeder Ecke und jedem versteckten Winkel, fand aber keine weiteren Buchseiten.

Sie sah sich mit der zweifellos schrecklichsten Entdeckung ihres Lebens konfrontiert. Einige der reichsten und ältesten Hüter waren Asiaten gewesen. Es hatte mindestens sechzig von ihnen gegeben.

Sie sank gegen das Gemäuer. Sollten dies Menschen getan haben, einfache, schwache, kleine *Menschen*?

Hüter konnten von Menschen getötet werden – wie bei ihren Eltern geschehen –, aber so allumfassend konnte der Mensch sie nicht vernichten, niemals. Der Mensch *gehörte* ihnen!

Sie ließ ihren Blick über die kahlen Wände schweifen und wurde sich mit aller Deutlichkeit der Tatsache bewusst, dass die asiatischen Hüter vernichtet worden waren. Hätte auch nur ein Einziger von ihnen überlebt, wäre dieses Buch der Namen gerettet worden.

Als sie die unfassbare Realität begriff, tat Miriam etwas, das ihr so selten passierte, dass sie sich mit ihren langen dünnen Fingern erstaunt an die Wangen fasste.

Zwischen den staubigen Trümmern dieses entweihten Ortes, tief unter den betriebsamen Straßen Chiang Mais, vergoss ein Vampir bittere Tränen.

2

Nachtstück des Blutes

Miriam kam es vor, als schliche das *samlor* in Zeitlupe durch die verlassenen, im strömenden Regen liegenden Straßen, während sie entnervt ihrem pochenden Herzschlag lauschte und zu wittern versuchte, ob Gefahr in der Luft lag.

Was erwartete sie aufzuschnappen? Den säuerlichen Geruch einer Hüter-Leiche oder vielleicht das Schmieröl einer Polizistenwaffe?

Wie sollte ein gewöhnlicher Polizist einen Hüter töten? Der bloße Gedanke war absurd.

Und doch war das asiatische Buch der Namen zerstört worden. Kein noch so gewalttätiger Streit zwischen Hütern hätte jemals zur Zerstörung eines solchen Buches geführt. Hüter stritten um Liebe und um Herden, doch selbst dies geschah nur äußerst selten und war niemals *so* schlimm gewesen. Selbst nicht in den Zeiten, als sie freimütig unter der Sonne gewandelt waren.

Am liebsten hätte Miriam die Nacht unter einem hypnotisierenden Deckenventilator verbracht, eine prall gefüllte Opiumpfeife an den Lippen. Doch nach Jahrtausenden der Jagd auf die gleichermaßen brillante wie gefährliche Menschenrasse machte sie sich im Augenblick viel zu große Sorgen, um eine solche Ruhepause auch nur in Betracht ziehen zu können.

»Zum Flughafen«, hatte sie dem *samlor*-Fahrer aufgetragen. Sie hatte den durchsichtigen Plastikvorhang zugezogen und versuchte, während sie rauchend in der stickigen Fahrgastkabine saß und auf den klitschnassen Rücken des Fahrers starrte, sich nicht vom Duft seines Blutes überwältigen zu lassen.

Die Fahrt zum Flughafen war lang, und auf dem letzten Stück wurde die Kreatur immer langsamer und kam nur noch im Schneckentempo voran. Wären dies andere Zeiten gewesen, hätte sie ihn ausgepeitscht.

Sie mochte eine Rebellin sein, aber gegenwärtig empfand sie für ihre Artgenossen nur brennende, bedingungslose Loyalität. Sie hatten dasselbe Recht zu leben wie jedes andere Wesen auch. Es war mehr als ein Recht – denn die gesamte Erde und jedes einzelne Geschöpf, das auf ihr lebte, gehörten ihnen. Und die meisten dieser Geschöpfe, darunter auch der Mensch, waren ohnehin von ihnen erschaffen worden.

Sie hatten dem Menschen alles gegeben – seine Gestalt, seinen Geist, das Leben selbst. Es waren Hüter gewesen, die dem Menschen beigebracht hatten, das Land zu kultivieren, indem sie für ihn die erste überlebensfähige Getreidesorte entwickelten. Sie hatten die Samenkörner und die Früchte der Erde und die geistlosen Tiere erschaffen, die der Mensch zum Verspeisen vorgesetzt bekam.

Ihr eigener Urgroßonkel hatte den nördlichen Herden den Apfel geschenkt. Er hatte hunderte Generationen lang verschiedenste Apfelsorten gekreuzt und das Endprodukt schließlich dort angepflanzt, wo die Menschenstämme den scheinbar wilden Obstgarten entdecken würden. Man hatte dies zur Lösung eines drängenden Ernährungsproblems getan. Menschen brauchten Obst, damit ihre Verdauung nicht verstopfte. Das Blut eines unter Verstopfung leidenden Menschen schmeckte widerlich.

Das *samlor* hielt vor Chiang Mais baufälligem Flughafengebäude, das zu dieser nächtlichen Stunde völlig verlassen war. Offenbar gab es hier keine Nachtflüge. Mit ihrer auffälligen Erscheinung konnte sie sich schlecht in die Wartehalle setzen und als einzige anwesende Passagierin die Aufmerksamkeit des Sicherheitspersonals auf sich ziehen.

Ganz in der Nähe befand sich ein Areal mit Lagerhallen, die nur von einigen schwachen Fassadenlampen angeleuchtet wurden. Als der *samlor*-Fahrer eine Rampe hinunterging und sich in den Bereich begab, wo seine Kollegen unter Plastikplanen schliefen, huschte sie in den Schatten des Abfertigungsgebäudes. Einige Meter weiter stand ein Maschendrahtzaun mit einem verriegelten Tor. Sie brach das Schloss auf, eilte zur nächsten Lagerhalle und schlüpfte durch einen Seiteneingang hinein.

In der völlig dunklen Halle roch es nach Baumwolle, und wie sich zeigte, war sie bis unters Dach mit für den westlichen Markt bestimmten T-Shirts gefüllt. ›Grateful Dead‹,›Adolf Hitler European Tour 1939–1945‹, ›I Am a Teenage Werewolf‹.

Sie kannte Angst als etwas, das ihre Opfer empfanden. Auf abstrakte Weise war es höchst interessant zu beobachten. Sie selbst hatte nie Angst, außer wenn sie zu sorglos war oder ihr ein Missgeschick unterlief. Schließlich konnten Menschen einem Hüter nichts antun. Von einem Menschen getötet zu werden galt als grotesker Unfall und war ungefähr so wahrscheinlich, wie unter einer Schneelawine begraben zu werden. Oder zumindest war es früher so gewesen. Etwa seit dem Tod ihrer Mutter hatten die Dinge sich zu ändern begonnen, und als Reaktion darauf hatten die Hüter sich aus lauter Besorgnis mehr und mehr zurückgezogen.

Hüter waren zehnmal so stark wie Menschen; sie konnten senkrechte Mauern erklimmen und extrem weit springen. Sie waren wesentlich intelligenter. Aber waren sie auch schneller als eine Pistolenkugel oder ein warnender Anruf auf einem Mobiltelefon? Besaßen sie die nötigen Kenntnisse, um Polizeiermittler zu überlisten, die mit den Werkzeugen der modernen Gerichtsmedizin ausgestattet waren?

Sie war überrascht gewesen, an dem entweihten Versammlungsort Menschen vorzufinden. Aber nun wurde ihr klar, dass es eigentlich keine Überraschung war.

Da das asiatische Buch der Namen zerstört worden war, musste sie davon ausgehen, dass es Menschen gab, die von den Hütern wussten und so effizient waren, dass sie die gesamte Hüterschaft Asiens hatten vernichten können.

Die entscheidende Frage war, ob sie den Inhalt des Buches verstanden hatten. Wenn der Mensch gelernt hatte, die uralte Hütersprache, Prime, zu lesen, konnte das fatale Folgen haben. In dem Buch wurden nicht nur die Wohnorte und Besitztümer aller Hüter in Asien aufgelistet, sondern auch ihre familiären und finanziellen Verbindungen zu allen anderen Hütern auf der Welt offengelegt. Außerdem wurden die Orte und Zeitpunkte der übrigen, alle einhundert Jahre stattfindenden Konklaven genannt.

Miriam musste ihre Artgenossen warnen.

Eine Stunde nach Sonnenaufgang kamen Arbeiter in die Lagerhalle, und der Flughafen erwachte langsam zum Leben. Als Miriam sich in der Abfertigungshalle unter die Leute mischte, spürte sie, dass sie einen grausamen inneren Drang niederringen musste. Am liebsten hätte sie einige der Leute gepackt, ihnen die Köpfe abgerissen und mit der brutalen Rohheit ihrer Vorfahren aus den sprudelnden Hälsen getrunken.

Vielleicht *hatte* sie Angst. Ein Hüter erlebte Angst als den Impuls anzugreifen. Deswegen hatte ihre Mutter fauchend die Zähne gefletscht, als man sie – aber damit wollte sie gar nicht erst anfangen, nicht jetzt.

Ihr brennender Hunger bewirkte, dass ihre Gelenke allmählich zu schmerzen begannen und ihre Haut immer bleicher wurde. Die trockene, leichenartige Kälte, die sich im Gesicht eines hungrigen Hüters ausbreitete, raubte ihr den sonst mädchenhaft rosigen Teint.

»Bangkok« sagte sie zu der Frau am Thai-Airways-Schalter und holte eine Visa-Karte heraus, die auf den falschen Namen ausgestellt war, den Sarah ihr für die Reise zugedacht hatte. Eine Französin mit dem Namen ›Marie Tallman‹ war, aus den USA kommend, in Thailand eingereist und würde von hier nach Paris fliegen. Von dort würde Miriam Blaylock, eine amerikanische Staatsbürgerin, nach New York heimkehren.

Sie ging in die überraschend elegante Erste-Klasse-Lounge. Eine Hostess trat auf sie zu. Miriam bestellte eine saure Limonade, dann setzte sie sich hin und zündete eine Zigarette an. Sie begann, sich ernsthaft Gedanken über ihr Hungerproblem zu machen. Sie hatte es zu lange unbeachtet gelassen, und nun würde sie sich noch vor ihrer Abreise aus Thailand Nahrung verschaffen müssen. Warum hatte sie nicht in New York daran gedacht? Sie hätte Sarah ins Veils schicken und sich von ihr irgendeinen Fremden mitbringen lassen können. Zu Hause hatte sie ihre Jagd auf ein simples und sicheres Verfahren reduziert, das ihr die Beute gezielt in die Arme trieb. Sarah suchte geeignete Opfer und lockte sie ins Veils. Miriam verspeiste sie in einem eigens dafür umgebauten Kellerzimmer oder nahm sie mit nach Hause und dinierte dort.

Sie schenkte ihnen ein wundervolles Ende. Ihre Opfer starben im Zustand höchster Extase.

Sie zog gierig an ihrer Zigarette und stieß den Rauch durch die Nase aus. Wenn sie nicht bald frisches Blut bekam, würde sie träge werden und ihre Aggressivität verlieren. Dann würde sie irgendeinen schwächlichen Menschen finden und sich mit einem kärglichen Mahl zufrieden geben müssen. Es würde ihren Hunger höchstens für einige Tage stillen, dann würde sie in Paris ein zweites Mal auf die Jagd gehen und sich erneut in Gefahr begeben müssen.

Sie sollte schnurstracks nach New York heimkehren und die übrigen Hüter einfach zum Teufel wünschen. Vermutlich würden sie ihre Bemühungen ohnehin nicht zu schätzen wissen.

Aber das konnte sie nicht tun, nicht wenn das größte Desaster, das sie je erlebt hatte, über einen ganzen Kontinent gekommen war. Weshalb waren von allen Hütern gerade die Asiaten vernichtet worden? Viele von ihnen waren mehr als zehntausend Jahre alt und dementsprechend weise und vorsichtig. Wenn sie nicht auf der Jagd waren, rührten sie sich kaum, versteckten sich in ihren düsteren Behausungen und vertrieben sich monatelang die Zeit damit, ein Stück kunstvoll gewebten Stoff oder ein subtil glitzerndes Juwel anzustarren.

Wenn Hüter sich unter ihre Herden begaben, regten sich die Menschen im Schlaf, stöhnten mit dem heulenden Wind und klammerten sich ängstlich aneinander, ohne zu wissen warum.

Sie hatten zahllose Menschenzeitalter vergehen sehen, hatten erlebt, wie Reiche aufstiegen und untergingen, hatten tausende von Menschengenerationen zu Staub zerfallen sehen. Gerade die Asiaten hatten ihre Herden weitaus effektiver verwaltet als die übrigen Hütergruppen auf der Welt, hatten Völkerwanderungen ausgelöst, um neue Spannungen heraufzubeschwören, hatten ihre Bestände auf Schönheit, Intelligenz und Saftigkeit gezüchtet. Die Menschen nannten es Hungersnot und Krieg und Migration. Hüter nannten es Herdenverwaltung.

Je länger sie darüber nachdachte, desto unbehaglicher wurde ihr zumute. Wie viel vom Geheimnis um die Hüter hatten die Menschen verstanden, und wer waren diese Kreaturen? Wie konnten hirnlose Ochsen, die die Annehmlichkeiten reich gefüllter Futtertröge genossen, jemals die Wahrheit über ihre Existenz erkennen? Besonders wenn nicht einmal einer von hunderttausend jemals mit einem Hüter in Kontakt kam? Doch Menschen waren eben keine hirnlosen Ochsen, und es war ein schwerwiegender Fehler, dies zu glauben.

Irgendwie war es ihnen mit ihren schlauen kleinen Hirnen gelungen, auf ein Geheimnis zu stoßen, das größer war als sie selbst. Sie hatten ihre verdammte Wissenschaft eingesetzt. Man hätte ihnen nie das Rad geben dürfen, geschweige denn Elektrizität und – Gott vergebe – das Flugzeug.

Aber sie hatten diese Dinge bekommen. Es machte Spaß, ihnen beim Experimentieren zuzuschauen. Und als ihre Bevölkerungszahl so dramatisch zu steigen begann, dass sie die Kontrolle zu verlieren schienen, hatten sie ihre wissenschaftlichen Fertigkeiten zu immer neuen Höhen geführt, um mehr Nahrung herstellen zu können, um schneller zu reisen und auf dem geschundenen Planeten mehr und mehr Platz für sie alle zu schaffen.

Sie selbst hatte vor rund zwanzig Jahren eine gefährliche

Begegnung mit der Wissenschaft der Menschen gehabt. Kaum zu glauben, wie viel Ärger ihr die gute Dr. Sarah Roberts gemacht hatte. Sie hatte in einem Labor Miriams Blutprobe analysiert und war auf das Geheimnis der Hüter gestoßen, diese schlaue kleine Füchsin.

Miriam hatte Sarahs Freund getötet und anschließend Sarah verführt. Sie hatte der Frau von ihrem Blut gegeben, aber Sarah hatte sich gegen die körperliche Umwandlung gewehrt. Sie hatte sich geweigert, Nahrung aufzunehmen, und behauptet, dass ihr der medizinische Eid wichtiger sei als ihr Wunsch zu leben. Deswegen hatte sie kurze Zeit im Reich der Untoten verbracht, ihre Seele blieb gefangen in ihrem langsam verfallenden Körper.

Unterdessen hatte Miriam Sarahs Forschungsberichte studiert und neue Erkenntnisse über die Synergie zwischen Hüter- und Menschenblut gewonnen. Es war ihr gelungen, Sarah wieder zum Leben zu erwecken.

Damit hatte sie sich eine komplexe und faszinierende Gefährtin erschaffen. Sarah besaß ein ausgeprägtes Ehrgefühl und war absolut vertrauenswürdig. Aber jagen zu müssen behagte ihr nicht. Sie betrachtete es als Mord.

Miriam hatte Sarah dazu gebracht, ihre geheimsten, tief in ihr verborgenen Wünsche auszuleben und zu entdecken, wie schön sich die weiche Haut und die sinnliche Berührung einer Frau anfühlen konnten. Wenn sie miteinander ins Bett gingen, brachte Miriram sie unzählige Male zum Orgasmus, entweder mit dem sanften Druck ihrer Finger oder mit ihrer langen, forschenden Zunge.

»Wir bitten die Passagiere des Thai-Airways-Fluges Zwei-Zwei-Drei nach Bangkok, sich zum Flugsteig elf zu begeben.«

Sie begab sich zu dem Flugsteig, durch den sie in die Maschine gelangen würde. Im Allgemeinen machte Reisen ihr viel weniger aus als anderen Hütern. Frauen ihrer Spezies reisten normalerweise nur, wenn sie während ihrer vier Fruchtbarkeitsperioden auf Partnersuche waren, und natürlich, um zu den alle einhundert Jahre stattfindenden Konklaven zu pilgern.

Miriam hatte entgegen allen Konventionen die ganze Welt bereist. Sie war auf den Geschmack gekommen und hatte Gefallen an der Welt gefunden, hatte die allmählichen Veränderungen aufmerksam beobachtet, war durch die prächtigen Alleen des Alten Rom und die parfümierten Säle des Sonnenkönigs geschlendert.

Sie hatte lange Zeit im Palast der Cäsaren auf dem Quirinalhügel gewohnt, hatte den verrückten Caligula herumschreien und sich am Blut seiner Sklaven laben gehört, die vom ständigen Stehlen seiner Pfauenbrüste und Zebrakeulen fett geworden waren und sich so stark vermehrt hatten, dass Einzelne nicht vermisst wurden.

Trotz ihrer Reiselust verabscheute sie kleine Orte. Während der osteuropäischen Krise im neunzehnten Jahrhundert, als die dort ansässigen Menschen kurzzeitig ihre wahren Herren erkannt hatten, waren die Hüter auf dem Balkan gezwungen gewesen, sich in Gräbern zu verstecken. Miriam war dorthin gereist, um herauszufinden, wie es zu der Krise hatte kommen können. Letzten Endes hatte sie eine ganze Woche in einem Sarg zubringen müssen, eine Erfahrung, die sie noch heute in ihren Träumen verfolgte. Es hatte sie ihre ganze Kraft gekostet, sich aus dem Grab freizuwühlen. Erst der Umstand, dass ihre Artgenossen sich während der Krise auf Friedhöfen versteckt hatten, hatte zu der Legende geführt, dass Hüter Untote seien.

Es hatte eine Weile gedauert, bis ihnen klar geworden

war, wie einfache transsylvanische Bauern hatten erkennen können, dass sie das Eigentum Anderer waren. Erst die Veröffentlichung von *Dracula* brachte die Hüter darauf, dass einen altmodische Kleidung in einer Welt verraten konnte, in der sich die Mode innerhalb einer Menschen-Generation neuerdings mehr als einmal änderte. Die Römer hatten jahrtausendelang dieselben Togas getragen, und im Mittelalter hatte die Mode sich vielleicht zweimal im Jahrhundert geändert.

Im neunzehnten Jahrhundert änderte sie sich etwa alle fünfzehn Jahre. Den isoliert in den Karpaten lebenden Hütern war entgangen, dass Menschen aufgehört hatten, gepuderte Perücken und Schnallenschuhe zu tragen. Bald schon fiel den Bauern auf, dass jedes Mal eine Person verschwand, wenn in den nächtlichen Straßen eine dieser sonderbaren, Perücke tragenden Gestalten gesehen wurde. Sechsundzwanzig Hüter starben während der Balkankrise, die bei weitem höchste Zahl, die auf einen Schlag von Menschen umgebracht worden war.

Aber hier in Asien hatte es mehr als sechzig Hüter gegeben. Mehr als *sechzig*. Was, wenn sie in Gefangenschaft geraten waren und langsam verhungerten oder wie Füchse gejagt wurden? Oder, schlimmer noch, wenn sie bereits tot waren?

Sie *waren* tot. Miriam spürte es. Etwas fehlte in der Luft ... dort wo Musik gewesen war, herrschte nur noch eigenartige Stille.

Sie schritt ganz ans Ende der übel riechenden Metallröhre voller Sitzplätze. Der einzige Platz, der auf den meisten Flügen für sie in Frage kam, war einer in der letzten Reihe. Falls die Maschine abstürzen sollte, hatte sie dank ihrer immensen Kraft noch immer die Möglichkeit, ein

Loch in den Rumpf zu reißen und kurz vor dem Aufprall hinauszuspringen. Selbst ein Hüter wurde in einem mit 800 Stundenkilometern auf die Erde fallenden Düsenjet zu Brei zerdrückt.

Sie sah, dass die Maschine bis auf den letzten Platz besetzt sein würde. Hunderte von Menschen strömten herein – und ihr Magen knurrte immer lauter. Sie brauchte Nahrung, und zwar bald. Sie musste es in Bangkok tun, trotz der drängenden Lage und des offenbar gefährlichen Umstands, sich in Asien zu befinden.

Die Maschine war ein Airbus A-310, ein Flugzeug-Typ, der sie ganz besonders beunruhigte, da er zu einfach zu fliegen war. Piloten neigten in diesem Flugzeug zur Sorglosigkeit. Noch bedenklicher war, dass es nur zwei Triebwerke gab. Denn da sie in ihrer Freizeit gerne Technik-Magazine las, wusste sie, dass ein Triebwerk allein die Maschine nicht allzu lange in der Luft halten konnte.

Die Thais rauchten und plapperten und aßen Trockenfutter für Menschen: Schweinefleischbrocken, Pilze und grüne Pfefferkörner, alles in essbar wirkenden Plastiktüten verpackt. Einige ihrer menschlichen Gefährten hatten versucht, sie für verschiedene Süßigkeiten zu begeistern, doch sie hätte nichts davon verdauen können. Sie verfolgte seit Jahrtausenden voller Interesse, wie sich die Nahrung der Menschen veränderte, und musste seit einiger Zeit feststellen, dass die wegen der Bevölkerungsexplosion gestiegene Nachfrage nach Nahrungsmitteln zu einem deutlichen Qualitätsverlust der einzelnen Produkte geführt hatte.

Herden zu hüten gehörte nicht zu ihren bevorzugten Tätigkeiten, daher war es ihr einigermaßen gleichgültig, was diese Geschöpfe aßen. Ihre Eltern waren Züchter gewesen und hatten es zu einer Kunstform gemacht, bestimmte Menschen zur Kreuzung zu bewegen, damit Babys mit den gewünschten Charakteristika geboren wurden.

Ihr Vater und ihre Mutter hatten unter den Ägyptern eine neue Rasse gezüchtet, um einen klügeren Menschen zu erschaffen. Irgendwann war es dabei zur Geburt eines brillanten Kindes namens Ham-abyra gekommen, das in der Geschichte nicht unter seinem ägyptischen Namen bekannt wurde, sondern unter der hebräischen Inversion, Abyra-ham. Er wurde aus der ägyptischen Herde herausgenommen und fortgeschickt, um in einem anderen Teil Nordafrikas eine neue Herde zu gründen.

Abyra-hams Herde schien besonders überlebenstauglich, weil ihre Angehörigen besonders klug waren, doch leider hatte ihr Blut einen bitteren Nachgeschmack. Wenn man an einem Juden naschte, erinnerte man sich noch eine Woche später daran, hatte ihr Vater zu scherzen gepflegt.

Ursprünglich hatte es gute Gründe dafür gegeben, kluge Menschen auszuwählen. Umso klüger sie waren, desto besser waren ihre Überlebenschancen, und desto billiger wurde es, sie zu verwalten. Außerdem hatte das Blut von intelligenten Menschen ein reicheres, komplexeres Bouquet. Hüter zielten mit der Menschenzucht auf den Wohlgeschmack des Blutes ab, so wie der Traubenanbau der Menschen auf wohlschmeckende Weine abzielte.

Die Triebwerke des Flugzeugs heulten auf. Sie hasste Fliegen genauso sehr, wie sie früher das Segeln gehasst hatte, aber sie tat es trotzdem, denn sie liebte es nun mal, die Welt zu erkunden. Ihr Wissensdurst hatte sie dazu getrieben, die Frühjahrs-Galeere von Rom nach Alexandria zu nehmen, um in der dortigen Bibliothek die Bücher zu verschlingen. Einmal war sie sogar auf der Sommer-Galeone von Spanien nach Mexiko gereist, um in die geheimnisvolle Welt der Maya einzutauchen.

Dabei war es allerdings zu Problemen gekommen. Sie hatte sich oftmals an der gesamten Besatzung jener alten, langsamen Segelschiffe gütlich getan. Sie hatte es nie vorgehabt, aber Woche um Woche mit einer Horde süßblütiger Menschen in engen Schlafquartieren zu hausen war doch zu verlockend. Erst hatte sie einen vernascht, dann den zweiten, dann noch einen und noch einen, hatte sich, angefangen bei den niederen Sklaven, bis in die obersten Befehlsränge hochgearbeitet. Sie hatte es immer aussehen lassen, als wären die Leute von Bord gefallen oder in den Freitod gesprungen. Wenn ein Sturm aufzog, hatte sie fünf oder sechs hintereinander vernascht, hatte sie ausgelutscht wie Brausepulvertüten.

Die Schiffe, die sie nahm, liefen praktisch leer in ihre Zielhäfen ein ... leer bis auf einen übergewichtigen, im Schiffsbauch verborgenen Hüter. Eine ihrer besonders gefräßigen Fahrten war die an Bord eines holländischen Ost-Indien-Gewürzhandelsschiffes gewesen. In nur zwei Monaten hatte sie die gesamte fünfzigköpfige Besatzung und alle sechs Passagiere konsumiert. Sie war so mit Blut voll gestopft, dass sie fürchtete, wie ein riesiger, aufgeblasener Blutegel auszusehen. Sie war mitten in der Nacht auf dem Beiboot des Schiffes nach Surabaya gerudert. Das Schiff selbst war noch jahrelang ohne eine Seele an Bord weitergesegelt und wurde unter den Menschen als *Der Fliegende Holländer* zur Legende.

Der erbebende Airbus stieg in die Lüfte. Von der Sonne vergoldete Nebelschleier hingen über der altertümlichen thailändischen Stadt. Miriam blickte nachdenklich auf den

Tempel-Distrikt und die im Nebel gerade noch erkennbaren Spitztürme hinab.

Der Hunger begann, sich in ihrem Bauch festzukrallen. Ihre Muskeln spannten sich an, instinktiv einen Beutezug erwartend. Ihr Mund füllte sich mit dem säuerlichen Geschmack des Futtermangels. Jeder Atemzug wehte den Duft frischen Menschenbluts heran.

Sie stellte die Luftdüse über ihrem Kopf auf volle Kraft, doch vor dem verheißenden Duft ihrer in diese schlanke Blechdose gestopften Mitreisenden gab es kein Entrinnen.

Im Flugzeug auf Beutezug zu gehen war unmöglich. Wenn man die Reste der Mahlzeit in die Toilette warf, würden sie später im Auffangtank des Flugzeugs gefunden werden. Leichenreste musste man komplett vernichten – gewöhnlich wurden sie verbrannt. Im Laufe der Generationen hatten die Menschen höchstens ein Dutzend ihrer Opfer gefunden und sie meist für Mumien gehalten. Genau genommen hatte sie einmal einen Zeitungsverkäufer in einen Ganzkörperverband gewickelt und den Mann im Keller des Britischen Museums in einen Mumienkasten gelegt. Wann war das noch gleich gewesen – oh, vor ein paar hundert Jahren. Vermutlich lag er noch immer dort unten, ihr alter Zeitungsverkäufer. Er hatte an einer Straßenecke in London die *St. James Gazette* feilgeboten, damals ein recht gutes Blatt.

Sieh dir nur all die Menschen hier an, dachte sie, wie sie zufrieden quasselnd dasitzen, ohne auch nur den geringsten Gedanken an den zehntausend Meter tiefen Todesschlund unter ihren Füßen zu verschwenden. Wie konnten Menschen nur so sorglos sein? Ständig saßen sie in Flugzeugen und fuhren in Automobilen herum, setzten sich in Achterbahnen und zogen in Kriege. Miriams Theorie war, dass Menschen tatsächlich eine Seele hatten und es im Innersten auch wussten. Deswegen hatten sie so bereitwillig Sex mit ihr, angezogen von der Gefahr, die sie unbewusst spürten. Eigentlich hatten die Menschen gar keine Angst vor dem Tod. Er war für sie nichts anderes als ein weiterer aufregender Zeitvertreib.

Für einen Hüter bedeutete der Tod, den Kosmos auf ewig zu verlassen.

Das Flugzeug neigte sich in die Horizontale. Anhand seiner Bewegungen und Geräusche wusste Miriam exakt, was es in jedem Augenblick des Fluges tat. Im Grunde hätte sie es auch selbst fliegen können. Sie hatte sich an ihrem PC mit einem Flug-Simulator das Fliegen beigebracht, nur für den Fall, dass irgendein Pilot am Flugzeug-Essen oder etwas anderem starb.

Zwei Kinder sahen sie über die Sitzlehne vor ihr schüchtern an. Asiaten starrten Europäer ständig an, aber in den Augen der beiden Kinder vor ihr lag nicht bloß Neugier. Miriam wusste, dass sie ihre Sitznachbarn mit zunehmender Flugdauer immer unruhiger machen würde. Die Gegenwart eines Hüters weckte in ihnen Instinkte, die den fast an der Spitze der Nahrungskette stehenden Menschen so unvertraut waren wie für einen Hüter das Gefühl von Furcht. Was ein Mensch in Gegenwart eines Hüters empfand, war dasselbe, was eine Maus im Angesicht einer Schlange empfand – eine Art schreckliche, unausgesprochene Frage.

Die Stewardess kam den Gang hinunter; ihr Lächeln erlosch, als sie Miriam erblickte. Sie schob einen Wagen mit abgepackten Mahlzeiten vor sich her und stand nun ganz nahe bei ihr, während sie den Fluggästen auf den umliegenden Plätzen das Essen reichte.

Ihr Blut hatte einen leichten, unauffälligen Duft, wie ein Beaujolais aus einem uninteressanten Jahrgang. Dennoch würde es weich und warm und wundervoll hinabrinnen. Miriam hielt die Augen geschlossen und atmete so flach wie möglich.

Da sie nie erraten hätte, dass Miriam durch ihre geschlossenen Augenlider sehen konnte, nutzte die Stewardess die Gelegenheit, die groß gewachsene Europäerin einen Augenblick lang zu studieren. Miriam sorgte sich wegen ihres wahrscheinlich zu schwachen Make-ups. Ihre Hautfarbe musste inzwischen erschreckend aussehen. Sie war blass wie eine Leiche. Aber sie hatte Durst, also musste sie die Frau ansprechen und das Risiko eingehen, erneut ihre Aufmerksamkeit auf sich zu lenken. »Entschuldigen Sie bitte.«

Die Stewardess hielt inne und verzog ihr Gesicht zu einem sorgfältig einstudierten professionellen Lächeln. »Yis«, sagte sie, eines der wahrscheinlich wenigen ihr bekannten englischen Worte stammelnd. *Yis. Nah. Okeh.*

»Wasser«, sagte Miriam und deutete auf die Flasche mit der blauen Thai-Aufschrift.

Die Frau reichte ihr das Wasser und wandte sich rasch um. Das Flugzeug wackelte leicht, das Geräusch der Triebwerke änderte sich. Miriam fummelte nervös an der Wasserflasche herum. Sie wusste, dass die neuen Geräusche nicht ungewöhnlich waren, trotzdem beunruhigten sie sie.

Die Maschine wackelte erneut. Sie gingen herunter, ohne Zweifel. Es schien jedoch kein Notfall zu sein. Die Triebwerke waren in Ordnung, das konnte man deutlich hören. Aber was, wenn sie Probleme mit dem Leitwerk hatten?

Sie atmete tief durch, war bereit, jeden Moment aufspringen und sich einen Fluchtweg durch den Rumpf reißen zu müssen.

Aber nein, das Flugzeug *landete.* Oder genauer, es begann seinen Landeanflug. Sie zog den Reiseplan aus ihrer Handtasche. Ja, der Flug dauerte vierzig Minuten, und sie würden exakt zur angegebenen Zeit landen.

Das plötzliche Ausfahren der Höhenruder machte einen Heidenlärm. Miriam saugte vor Schreck so kräftig an der Wasserflasche, dass der Flaschenhals an ihre Zähne stieß und sie versehentlich hineinbiss. Das Glas zerplatzte, Wasser spritzte ihr auf den Oberkörper. Sie rieb sich die Brust ab und stopfte die zerstörte Flasche zwischen die Sitze.

Sie starrte geradeaus und beachtete ihr kleines Missgeschick nicht. Die übrigen Fluggäste hatten ohnehin nichts bemerkt. Sie waren zu sehr mit ihrem Essen beschäftigt.

Die Kabinenluft war dermaßen mit dem Geruch menschlichen Blutes geschwängert, dass sie sich am liebsten – wie ein Weißer Hai im Blutrausch – einem tollwütigen Fressanfall hingegeben hätte. Genau, *Das Große Fressen.*

Sie war noch nie mit so großem Hunger in ein Flugzeug gestiegen und schwor sich, es auch nie wieder zu tun. Sie hätte den *samlor*-Fahrer verspeisen sollen. Sie schloss die Augen. Die Zeit verstrich, eine Minute, dann noch eine. Sie merkte, dass sie den Geruch ihres Sitznachbarn inhalierte. Er war ein kleines dickes Ding, das vor lauter süßem Blut fast platzte. *Köstlich.* Das Odeur seiner Haut war so lebendig. Es schien ein richtiger kleiner Leckerbissen zu sein, der da neben ihr saß. Sie saugte mehr von seinem Duft in sich auf.

Sie begann sich auszumalen, wie sie ihn verführen würde. Sie könnte so tun, als wäre sie eine jener europäischen

Huren, die ihrem Geschäft in Asien nachgingen. Sie würden das Flugzeug gemeinsam verlassen, und dann – nun, früher oder später würde der richtige Moment kommen.

Der Mann neben ihr wäre in der Tat ein äußerst delikater und sättigender Schmaus. Er hatte ihre Blicke bemerkt und sah sie verstohlen von der Seite an. Sie witterte den würzigen Duft seines Interesses.

»Wunderbarer Flug«, sagte sie.

»O ja«, entgegnete er. Sein Englisch war gut, was eine nette Dreingabe war.

Sie lächelte ihn an, einen Anflug von Durchtriebenheit im Blick.

Er rutschte nervös auf seinem Sessel herum; sein Blick wanderte aufgeregt zwischen ihren gefalteten Händen und ihrem Gesicht hin und her. Männliche Opfer hielten diese eigenartige Frau, die sich für sie zu interessieren schien, immer für das schönste und begehrenswerteste Wesen auf Erden. Weibliche Opfer fanden sie ansehnlich und von einnehmendem Wesen. Sie wussten nicht, dass sie von ihren Hütern so gezüchtet worden waren, dass sie auf deren Annäherungsversuche genau in dieser Weise reagieren mussten.

Er schlug ein Bein über das andere, nahm es sogleich wieder herunter und sah sich verstohlen um, dann neigte er sich leicht zu ihr hinüber. »Bleiben Sie eine Weile in Bangkok?«

Gut, er war also verfügbar. Sie überlegte. Sie würde ihren Flug nach Paris verpassen – und der Rest der Welt musste unbedingt vor dem gewarnt werden, was hier geschehen war, und zwar umgehend. Aber Herrgott noch mal, sie war *so hungrig*!

»Vielleicht«, sagte sie leise.

Er grinste verlegen und offenbarte dabei einen schimmernden Goldzahn. Sie schaute auf seine Hände, sah den goldenen Ehering. Dies bedeutete eine Komplikation – ein verschwundener Ehemann.

Er folgte ihrem Blick und zuckte mit den Schultern.

Ihr Magen knurrte.

Der Ton der Triebwerke änderte sich abermals. Sie lauschte dem Klang und befand, dass alles in Ordnung war.

Sie hob die Finger und ließ sie über seinem Handrücken schweben. Ihn nun zu berühren war ein ritueller Akt der Besitzbenennung, mit dem die Hüter seit unendlichen Zeiten ihr nächstes Opfer kennzeichneten.

Sie ließ ihre eisigen Fingerspitzen herabsinken, bis sie seine Haut berührten. »Ich verbringe ein paar Tage in Bangkok.« Sie lachte. »Im Royal Orchid«, fügte sie hinzu, sich entfernt an den Namen des Hotels erinnernd. Sie wusste nur, dass es ein erstklassiges Etablissement war.

»Was für ein Zufall. Ich wohne auch im Royal Orchid, Miss.« Er lächelte von einem Ohr zum anderen.

Sie hoffte, dass es ein freies Zimmer gab. Sie hatte keine Reservierung. Er zweifellos auch nicht.

Augenblicke später setzte das Flugzeug auf der Landebahn auf und raste über den an vielen Stellen ausgebesserten Asphalt. Es bremste trotz Miriams schlimmsten Befürchtungen gleichmäßig ab und wurde immer langsamer. Dennoch blieb sie angespannt, wollte, dass das verdammte Ding endlich die Landebahn verließ. Aber es rollte immer weiter. Hatten die Piloten die Ausfahrt verpasst? Hatte die Bodenkontrolle irgendeinen blöden Fehler gemacht?

Sie stellte sich vor, wie eine 747 auf ihren Airbus krachte. Vor einigen Jahren waren bei einem schrecklichen Landebahn-Unglück auf den Kanarischen Inseln zwei Hüter getötet worden. Doch die Triebwerke heulten ein letztes Mal kurz auf, und die Maschine fuhr noch ein Stück weiter, dann verließ sie die Landebahn, rollte zum Haupt-Terminal und kam dort zum Stehen. Das Sicherheitsgurt-Zeichen erlosch.

Miriams Konzentration galt augenblicklich wieder ihrem Opfer. Sie musste es nun ein wenig unbeachtet lassen, die Kokette spielen, als abendländische Frau eine gewisse Geringschätzung gegenüber asiatischen Männern ausstrahlen.

Als sie sich im Gang aufreihten, um das Flugzeug zu verlassen, stand sie unmittelbar hinter ihm und registrierte von Moment zu Moment die subtilen Veränderungen seines Verhaltens. Aus seinem Schritt stieg ein muffiger Geruch auf, von seiner Haut ein etwas schärferer Schweißgeruch.

Etwas an den Gerüchen war eigenartig. Er hätte viel stärker nach Sex riechen sollen und weniger nach … nun, wie es schien, fürchtete er sich. Wahrscheinlich weil sie zu lange in zu großer Nähe verbracht hatten. Bei der Jagd sollte man schnell handeln, nicht eine Stunde mit seinem Opfer Seite an Seite sitzen, bevor man loslegte.

Im Flughafen-Gebäude schlug ihnen die Wand verdreckter Luft entgegen, die das Leben in Bangkok prägte.

Ganz gleich, auf welche Perversion er stand, hier konnte der Reisende Befriedigung finden. Der Thailänder war ursprünglich von Luxus liebenden Hütern gezüchtet worden und besaß noch heute den würzigen Beigeschmack sexueller Kompetenz, der ihm damals angezüchtet worden war. Jede Herde auf der Welt besaß noch das Markenzeichen ihrer Hüter. Man fand die Ordnungsliebe und Arbeitswut der nördlichen Hüter in den von ihnen gezüchteten germanischen Völkern wieder und bei den Franzosen,

Spaniern und Italienern die Leidenschaft und Subtilität der südeuropäischen Hüter. Ganz besonders gefielen ihr die wilden Mixturen der amerikanischen Misch-Herden, bei denen man nie genau wusste, was einen erwartete.

Als Miriam und ihr Opfer in die Haupthalle des Flughafens hinaustraten, legte sie ihm eine Hand auf die Schulter; es war das zweite Mal, dass sie ihn berührte. Mit jedem Mal wuchs ihr Besitzanspruch.

Sie spürte in seinen Muskeln kein flüsterndes Kribbeln des Begehrens, sondern das angespannte Vibrieren seiner Furcht. Dieses Opfer würde größte Sorgfalt und Aufmerksamkeit von ihr erfordern. Der Mann musste hoch sensibel sein, um sich so zu fühlen, wie er es im Augenblick tat. Vielleicht sollte sie lieber die Finger von ihm lassen.

Er ging zu dem chaotischen Taxistand hinüber, ein Geldscheinbündel in der Hand, und wenig später saßen sie in einem Taxi.

Es behagte ihr nicht, von Fremden in einem motorisierten Fahrzeug chauffiert zu werden, und ihr Fahrer war ein typisches Beispiel für diese durchgeknallte Zunft. Außerdem würde er sich mit Sicherheit daran erinnern, einen Thailänder und eine europäische Frau im Fond gehabt zu haben.

Ihr Opfer saß steif da und umfasste den Handgriff über seiner Tür. Als er ihr eine Zigarette anbot, gefiel ihr nicht, was sie in seinen Augen sah. Es gefiel ihr nicht, und sie verstand es nicht. Menschen sollten sich instinktiv zu ihrem Jäger hingezogen fühlen, von ihm fasziniert sein.

Sie ließ sich von ihm Feuer geben und nahm einen tiefen Zug. Zigaretten schadeten Hütern nicht. Ihr Immunsystem fegte Krebszellen wie Brotkrümel aus dem Körper.

Einem plötzlichen Impuls folgend, gab sie ihm einen

Kuss auf die Wange. »Asien«, flüsterte sie, »Asien ist so geheimnisvoll.«

»Ich arbeite in der Computerbranche. Da gibt es nichts Geheimnisvolles.«

»Ihr Akzent klingt nicht thailändisch.«

»Mein Vater war Diplomat. Ich bin in London und später in Burma aufgewachsen.«

Sie erinnerte sich an die Zeiten der Briten in Burma, als diese auf den riesigen Besitzungen der Krone noch Opium hatten anbauen dürfen. Die Briten hatten auf ihre Arbeiter in derselben Weise herabgeschaut, wie Hüter auf Menschen herabschauten. Man konnte in den weitläufigen Opium-Plantagen umherschweifen und sich einen Pflücker nach dem anderen nehmen, wie ein Affe, der sich gierig mit Früchten voll stopfte. Danach konnte man am sozialen Leben der Plantagenbesitzer mit ihren weißen Anzügen und Billardzimmern und ihrem Gin und ihren Tonicwassern teilnehmen. Manchmal konnte man sich sogar einen von ihnen nehmen, denn damals gab es noch Tiger in Burma, und man musste die Leiche nur entsprechend zerfleischt zurücklassen.

Schöne Nostalgie.

Sie trafen vor dem Royal Orchid ein; ihr Taxi hielt inmitten eines Limousinen-Meeres. Sie betrat die imposante, widerhallende Lobby. Die Frauen rissen entgeistert die Augen auf, als sie die elegant gekleidete Dame zur Rezeption schreiten sahen.

»Ich hätte gerne eine Suite.« Sie zückte ihre – oder besser Marie Tallmans – Visa-Karte. Der Hotelangestellte tat alles Weitere und reichte ihr eine Schlüsselkarte, dann wanderte sein höflicher Blick zum nächsten Gast hinter Miriam.

Sie hatte bisher keine Anstalten gemacht, sich besonders verführerisch zu geben, denn sie wollte ihrem Opfer das Unbehagen nehmen. Er bedurfte einer bedächtigen Behandlung, und sie akzeptierte, dass diese Jagd womöglich nicht von Erfolg gekrönt sein würde. Sie wäre jedoch tief enttäuscht, falls es nicht klappen sollte, denn so würde der lange Flug nach Paris die reinste Tortur werden.

Sie hob die Hand und lächelte ihr Opfer an, so nett und unschuldig, wie sie nur konnte. Er schaute auf ihre Hand. Darin lag die Schlüsselkarte. »Fünfundzwanzig-null-sieben«, sagte sie.

Als sie alleine im Fahrstuhl standen, lächelte er endlich zu ihr auf. Sein Geruch hatte sich jedoch nicht geändert. Es gefiel ihm nicht, hier zu sein. Er schauspielerte.

Sie gab ihm einen Kuss auf die Stirn. Nachdem sie sich nun auf diesen wahrscheinlich umständlichen Beutezug eingelassen hatte, beschloss sie, ihn zumindest zu genießen. Sie würde ihn ganz langsam nehmen und ihn bis auf den letzten Tropfen aussaugen. Sie sah ihn ernst an. »Wie viel bin ich dir wert?«

»Wie viel möchtest du?«

»Tausend Dollar.«

Seine Augen weiteten sich, und er hob, offenbar erstaunt, den Kopf. Der Fahrstuhl kam im fünfundzwanzigsten Stockwerk zum Stehen. »Zweihundert. Hongkong-Dollar.«

Sie traten hinaus. Ihr war nicht nach langen Verhandlungen zumute, aber sie wollte seinen Argwohn auch nicht wecken. »Dreihundert Dollar. Amerikanische«, sagte sie, während sie durch den breiten Flur gingen.

»Fünfhundert. Hongkong-Dollar.«

»Das reicht nicht einmal für meine Unkosten, Liebster.«

»Du wirst bis zum Morgengrauen zwanzig Kunden gehabt haben.«

Sie schob die Schlüsselkarte in das Türschloss. Hier war sie, eine der bezauberndsten und begehrenswertesten Frauen, die die Welt je gesehen hatte, und diese gierige kleine Kröte glaubte tatsächlich, dass sie sich ihm für umgerechnet etwa sechzig US-Dollar verkaufen würde. Er hatte vor ihrem Preis Angst gehabt, das war alles. Was für ein mieser Geizhals.

Sonnenlicht strömte durch das breite Panoramafenster gegenüber der Tür. Es gab eine mit gelbem Kattun bezogene Couch-Garnitur und auf einem Kaffeetisch eine riesige, mit exotischen Blumen gefüllte China-Vase.

Tief unten schimmerte das breite, gewundene Flussband des Chao Phraya. Zahllose winzige Wasser-Taxis und Langboote durchpflügten den Fluss. Weiter flussaufwärts konnte sie die Spitztürme der fernen Tempelanlage Wat Phrathukhongla und, entlang des Klong Phadung, den gerade noch sichtbaren Wat Trimitr, den Tempel des Goldenen Buddha, erkennen. Noch weiter entfernt schimmerten die anmutig geschwungenen Ziegeldächer des Großen Palastes und der bleistiftdünne Rundturm von Wat Po in der smogverpesteten Luft.

Die beiden sahen schweigend aus dem Fenster, beide aus verschiedenen Gründen tief beeindruckt. Er fand den Ausblick gewiss atemberaubend, sie dagegen war, wie immer, erschrocken und gefesselt zugleich, wenn sie sah, zu welch außergewöhnlichen Leistungen der Mensch fähig war.

Sie setzte sich auf das Bett und zog ihr Opfer zu sich herunter. Schade, dass sie nach der Mahlzeit sofort verschwinden musste. Normalerweise sank sie in den todesähnlichen Tiefschlaf, der der Nahrungsaufnahme folgte, dieses Mal aber würde sie sich mit Amphetaminen voll pumpen und den Schlaf im Flugzeug nachholen müssen. Sie würde für den zwölfstündigen Flug einen Platz in der ersten Klasse buchen, auch wenn dies bedeutete, im gefährlichsten Teil der Maschine zu sitzen. Trotzdem missfiel ihr der Gedanke, völlig wehrlos im Tiefschlaf zu liegen, während sie von mehr als hundert Menschen umgeben war.

Sie begann, ihr Opfer zu streicheln. Er rutschte unruhig herum, seine Kleider raschelten. Ein Augenblick verstrich, dann noch einer. Er war ganz still geworden, so wie Menschen es immer taten, wenn sie unbewusst die Gefahr spürten, in der sie schwebten.

Sie saßen am Fußende des Betts. Sie nahm sein Kinn in die Hand, drehte sein Gesicht zu ihr und schaute ihm tief in die Augen.

Was hatte nur dieser Glanz in den menschlichen Augen zu bedeuten? Jedes Mal kurz vor Beginn einer Mahlzeit stellte sie sich diese Frage.

»Küss mich«, sagte sie zu dem Mann. Er lächelte verkniffen, dann hob er sein Gesicht an ihres. Seine Lippen öffneten sich, seine Lider sanken flatternd herunter. Sie legte ihre Lippen auf seine, darauf achtend, die Anatomie ihrer Mundhöhle zu verbergen. Ihre Zungen trafen sich, und sie spürte, wie er leicht zusammenzuckte, als er merkte, dass ihre Zunge so rau wie die einer Raubkatze war. Sollte er aufspringen, wäre sie darauf gefasst. Sie war zehnmal stärker als der stärkste Mensch und zehnmal schneller.

Eine Raubkatze zerfleischt ihre Beute, weil aufgrund der Schmerzen Hormone in den Körper schießen, die das

Fleisch schmackhafter machen. Diese Vorgehensweise galt auch für ihre Spezies, und deswegen behandelten einige ihrer Artgenossen ihre Opfer besonders grausam.

Sie strich ihm schnurrend über den Kopf, drückte ihn sanft auf die Kissen herunter und öffnete mit flinken Händen seine Hose. Sie holte seinen Penis heraus, lächelte und nahm ihn kurz in den Mund.

Dann erhob sie sich. Sie zog ihr blaues Seidenjackett aus, drehte sich einmal im Kreis und knöpfte langsam ihre Bluse auf. Er sah ihr konzentriert zu, ein leichtes Lächeln im Gesicht.

Sie ließ sich instinktiv in den Todestanz fallen, in wellenförmigen Bewegungen die Arme hin und her wiegend und anmutig mit den Hüften kreisend. Mit jeder Drehung wurde ihr Körper härter und gespannter und immer bereiter. Während sie vor ihm tanzte, entledigte sie sich ihrer restlichen Kleidung.

Sie stand nackt vor ihm, wie eine aufgezogene Sprungfeder, bereit, sich auf ihn zu stürzen. Er starrte sie verwundert an, denn sie war in der Tat äußerst blass, fast wie ein Gespenst. Ihre Haut schien glatt wie Glas und erinnerte eher an eine Statue als an ein Wesen aus Fleisch und Blut.

Gleich würde er herausfinden, dass sie zudem eiskalt war. Sie setzte sich neben ihn und gab ihm einen Kuss. Aber etwas stimmte nicht. Während sie ihn küsste, schob er seinen Penis in die Hose zurück.

Es spielte keine Rolle, denn nun war sie selbst hochgradig erregt. Dies war Teil ihres Wesens und machte den entscheidenden Unterschied zu ihren Artgenossen aus: Menschen erregten sie. Sie mochte ihre Körper, ihren Geschmack und Geruch, ihr Aussehen, die Rundungen der Frauen und die frech aufragenden Penisse der Männer.

Vielleicht lag es daran, weil sie entdeckt hatte, dass sie mit Menschen Höhen der Lust erreichte, zu denen Hüter miteinander nicht kommen konnten. Sex zwischen verschiedenen Spezies war ein erstaunliches Aphrodisiakum, wenn man das nötige Geschick besaß.

Sie legte sich auf den kleinen Mann und schmiegte sich eng an ihn. Er schien mit sich zu ringen, schien einen inneren Kampf auszufechten. Sie griff ihm in die Hose, um herauszufinden, ob sie seinen Konflikt für ihn lösen konnte. Nach einigen flinken Handbewegungen war er bereit.

Der Mann war mit keinem großen Penis gesegnet, und wahrscheinlich fühlte er sich in ihrer Vagina seltsam verloren. Außerdem musste er die Kälte bemerken. Sie hörte, wie ein leiser, erstaunter Aufschrei seiner Kehle entfleuchte. Er spürte, dass irgendetwas nicht stimmte.

»Ja, Baby«, gurrte sie, »mach weiter, alles ist gut.«

Er begann zu stöhnen. Er wollte sich unter ihr hervorwinden. Sie war natürlich viel schwerer, als sie aussah. Sie zog ihre Scheidenmuskeln, die sie perfekt kontrollieren konnte, zusammen. Als sie begann, die Muskeln rhythmisch zu öffnen und zu schließen, schrie er vor Lust auf. Wahrscheinlich hatte er so etwas noch nie erlebt, selbst nicht in Asien.

Ihr Mund lag an seinem Hals, der betäubende Schleim floss über seine Poren. Ihre scharfen Zähne drangen so leicht in die Haut ein, dass er es vermutlich gar nicht bemerkte. Als sie auf die Venenwand traf, spürte sie einen leichten Widerstand. Sie stieß ihr Becken heftig gegen seine Lenden, während sie alle Luft aus den Lungen presste und sich darauf vorbereitete, ihm mit erbarmungsloser Kraft den Lebenssaft aus dem Leib zu saugen.

Seine Muskeln leisteten Schwerstarbeit; er wand sich,

warf sich hin und her. Er empfand Schmerz und Lust zugleich. Er verzog das Gesicht, die Augen fest geschlossen.

Sie machte eine Weile so weiter, erst mit schnellen Bewegungen, dann mit langsamen, brachte ihn fast zum Höhepunkt und hörte plötzlich wieder auf. Sie hielt ihren Mund weit geöffnet über der Bisswunde, ließ das Blut heraussickern und kostete einige Tropfen. *Himmlisch.*

Als er sich wegen des inzwischen deutlich spürbaren Schmerzes in seinem Hals immer heftiger hin und her warf, drückte sie seine Arme auf das Bett und schlang ihre Beine um seine. Ihre Kraft war so groß, dass es menschlichen Liebhabern manchmal so vorkam, als wären sie in einem eisernen Schraubstock gefangen. Zumindest hatten sie es ihr so beschrieben.

Für seinen Penis fühlte es sich hingegen so an, als würden ihn tausend winzige Finger massieren. Einer ihrer Liebhaber hatte es das göttlichste Gefühl genannt, das er je empfunden hatte. Er hatte darum gebettelt, dass sie weitermachte, selbst als er schon im Sterben lag.

Sie brachte ihn noch zweimal fast zum Höhepunkt. Sein Körper glich einem lodernden Hochofen; sein Blut brodelte. Ihre spitzen Zähne waren tief in seinem Hals. Der kontinuierliche Blutverlust begann ihn zu töten. Genau jetzt, in diesem Augenblick, glaubte sie, seine Seele zu spüren.

Sie saugte schnell und kräftig; die gurgelnden Schluckgeräusche hallten gespenstisch durch das stille, sonnendurchflutete Hotelzimmer. Er hatte keine Gelegenheit mehr zu schreien. Während er starb, wurden die Stöße seiner Lenden immer unregelmäßiger, bis die Bewegungen ganz zum Erliegen kamen.

Das Blut durchströmte sie wie ein lebendiges Feuer und ließ ihre Eingeweide erblühen wie eine Blume. Dann kam der bittersüße, dem Blut folgende Nachgeschmack, was bedeutete, dass sie auch seine Organsäfte ausgesaugt hatte.

Sie ließ von ihm ab, setzte sich auf die Bettkante und zündete sich eine seiner Zigaretten an. Sie nahm einen tiefen Zug, das köstliche Gefühl seiner frischen Lebenskraft in ihren Adern genießend. Männer und Frauen fühlten sich recht verschieden an. Nachdem man eine Frau ausgesaugt hatte, spürte man eine grausame, unbändige Energie in sich. Man fühlte sich, als könnte man den gesamten Planeten entzweireißen. Ein Mann hinterließ den Geschmack seiner Stärke. Man bekam einen massiven, zu Kopf steigenden Testosteron-Rausch.

Sie stand auf und ging zum Fenster. Umso gesünder sie waren, desto mehr hatte man von ihnen, und dieses Geschöpf hatte vor Gesundheit gestrotzt. Ihr Gesicht wurde heiß, Wärme durchflutete ihren Körper.

Sie trat vor den Wandspiegel und berührte ihr Ebenbild im Glas. Vorher war sie eine Frau gewesen; jetzt war sie ein Mädchen, frisch wie Morgentau, und hatte einen unschuldigen Glanz in den Augen.

Während sie noch den Blutgeschmack in ihrem Mund genoss, begann sie, die Kleidung des Mannes zu durchsuchen. Sie würde sein Geld nehmen, die Leiche entsorgen und sich auf direktem Weg zum Flughafen begeben. Sie konnte den Flug nach Paris noch schaffen. Der europäische Clan war nicht so groß wie der asiatische, doch seine Mitglieder waren uralt und weise, nicht so wie die abenteuerlichen Amerikaner. Die Europäer hatten die Balkan-Krise gelöst, indem sie die wahren Berichte über Vampire in Mythen und Märchengeschichten verwandelt hatten. Die Europäer würden wissen, was zu tun war.

Im Jackett des Mannes fand sie seine dicke braune Brieftasche und klappte sie auf. Du arme, tapfer lächelnde Ehefrau, wirst du deinen Mann vermissen – oder froh sein, dass du ihn los bist? Und dort, die Kinder – verdammt!

Es ärgerte sie, dass sie sich die Familienfotos ansah. Sie sah sich die Fotos nie an! Sie betrachtete die abgegriffene Aufnahme der Kinder und fragte sich, wie alt die armen kleinen Dinger inzwischen sein mochten, dann schob sie die Aufnahme tief in eines der Brieftaschenfächer zurück.

Erst jetzt bemerkte sie die eigenartige Karte. Zuerst dachte sie, es wäre ein thailändischer Führerschein, doch als sie genauer hinsah, wurde ihr klar, dass es etwas völlig anderes war.

In ihrer Hand lag ein Dienstausweis. Mit starrem Blick studierte sie den Aufdruck. Er war auf Französisch, Englisch und Chinesisch geschrieben, kein Wort Thai.

Die zusammengefallene Hülle dort drüben auf dem zerwühlten Bett, die nun nichts weiter war als ein blutleerer, siebzig Kilo schwerer Sack aus straff über die Knochen gespannter Haut, war kein harmloser thailändischer Geschäftsmann gewesen. Was dort lag, waren die Überreste von Kiew Narawat, einem Polizei-Inspektor von Interpol.

Ihre Atmung wurde schneller, ihre Haut heiß und trocken. Ihr wurde schwindlig, und fast hätte sie sich übergeben. Sie zog ihre Unterwäsche an, setzte ihre Perücke auf und nahm etwas Lippenstift, um das feuerrote Glühen ihrer Lippen zu verbergen. Aus den Tiefen ihrer Handtasche fischte sie drei gelbschwarze Pillen heraus und warf sie sich in den Mund. Bald würde der Schlaf an ihr nagen, aber sie durfte sich keinesfalls von ihm überwältigen lassen, nicht bevor sie im Flugzeug auf ihrem Platz saß und sich in eine wärmende Decke gehüllt hatte.

Die auf dem Bett liegenden Leichenreste vergessend, alles vergessend außer ihrer sofortigen Flucht, beging Miriam Blaylock einen gewaltigen Fehler, einen Fehler, den sie in den dreitausend Jahren ihrer Existenz auf der Erde noch nie begangen hatte. Genau genommen war es ein so seltener und schwerwiegender Fehler, dass einem Hüter als Bestrafung die Konfiszierung seines gesamten Besitzes drohen konnte.

Die Ereignisse der letzten Stunden – die katastrophale Entdeckung in Chiang Mai und nun diese böse Überraschung und die möglicherweise schreckliche Bedeutung des Ganzen – hatten sie so aufgewühlt, dass sie die Überreste ihres Opfers achtlos auf dem Bett liegen ließ.

Sie hatte nur einen Gedanken im Kopf: Du musst sofort verschwinden. Sie zog hastig ihren Hosenanzug an, stürmte aus der Suite, ohne nachzusehen, ob sie etwas liegen gelassen hatte, und nahm ein Taxi zum Flughafen.

3

Der Jäger des Jägers

Als Paul Ward endlich klar geworden war, was die wirre E-Mail von Interpol zu bedeuten hatte, hatte er einen Moment lang geglaubt, der gesamte Petronas-Towers-Komplex würde umstürzen und auf die Straßen Kuala Lumpurs fallen. Aber die Wolkenkratzer standen noch. Nur seine Pläne waren in sich zusammengefallen.

Verdammt noch mal, brüllte er stumm, sie waren wie Kakerlaken. Er hatte den gesamten Kontinent von ihnen gesäubert, hatte ihn von Grund auf gereinigt. Aber statt sein Büro in Kuala zu räumen und sich auf den Flug in die Staaten und die bürokratischen Auseinandersetzungen, die ihn dort erwarteten, vorzubereiten, raste er nun in diesem klapprigen alten Botschafts-Cadillac durch die Straßen von Bangkok.

Paul Ward hatte es mit einer äußerst klugen Tierrasse zu tun. Wie klug sie tatsächlich waren, wurde ihm erst jetzt bewusst.

Er drückte sich in die Sitzpolster der Limousine und hielt sein Gesicht instinktiv im Schatten. Es war gut möglich, dass sie von ihm wussten und ihn erkannten. Er beobachtete die Menschenmassen auf den Straßen und fragte sich, ob Bangkok – oder jede andere Metropole auf der Welt – genauso dicht bevölkert wäre, wenn die Einwohner wüssten, dass unter ihnen Raubtiere lauerten, die tausendmal gefährlicher waren als ein Tiger oder Hai.

Das Dumme war, dass er sogar seine traditionelle Siegesparty geschmissen hatte, bei der es all die traditionellen, auf innovative Weise von seiner Mannschaft zusammengeklauten Nettigkeiten gegeben hatte, die man für einen solchen Anlass brauchte. Sie hatten kistenweise Veuve Clicquot aufgefahren, den sie dem Sureté-Außenposten in Ho Chi Minh City gestohlen hatten, dazu einige vom KGB in New Dehli geklaute Kisten Beluga und ein ganzes Heer sündiger Tänzerinnen, die dem Reiz knisternder Dollarnoten erlegen waren – in Myanmar hergestelltes Falschgeld, das Joe P. Lo, der einer Kobra das Gift aus dem Maul stehlen konnte, dem pakistanischen Geheimdienst unter der Nase weggeklaut hatte.

Sie hatten der General East Asia Pest Control Company, ihrem ironisch benannten Aushängeschild in Asien, auf Nimmerwiedersehen Lebewohl gesagt. Es war ein mieser, schwieriger und brandgefährlicher Auftrag gewesen. Will Kennert, Addie St. John, Lee Hong Quo, Al Sanchez – dies waren nur einige, die im Kampf gegen die Vampire ihr Leben gelassen hatten.

Hätte er für die anstehende Aufgabe nicht völlig klar im Kopf sein müssen, so hätte er dem Chauffeur aufgetragen, vor einer Bar zu halten. Er wäre hineingegangen und hätte sich, wie ein am Zapfhahn seiner Destilliermaschine hängender Russe, im Eiltempo einen heiligen Stolichnaya-Wodka hinter die Binde gekippt. Danach würde er sich die ganze Nacht lang massieren lassen. Masseusen gab es hier zuhauf. Sie erfüllten einem jeden sündigen Wunsch, den er sich vorstellen konnte und – Bangkok sei Dank – wahrscheinlich auch einige, die er sich nicht vorstellen konnte.

»Verdammte Scheiße!«, sagte er plötzlich laut.

»Sir?«

Der Chauffeur wusste nicht, dass Paul Ward zu sich selbst sprach. Woher sollte er es auch wissen? Die Leute kannten ihn nicht, selbst die Botschafts-Angestellten nicht. Das war auch nicht ihre Aufgabe. »Schon gut.«

Der Flug von Kuala hatte ihn erschöpft – einfach nur auf dem verdammten Platz zu sitzen und stundenlang untätig warten zu müssen war zu viel für seine Nerven gewesen. Er hatte zu telefonieren versucht, aber es hatte nicht funktioniert. Der Golf von Thailand war immer noch eine der leeren Ecken der Welt. Er hasste leere Orte, dunkle Orte. Kleine Orte hasste er sogar noch mehr. Er hatte immer wieder denselben Albtraum: Er erwacht, versucht sich aufzusetzen und knallt mit der Stirn so heftig gegen etwas, dass er Sterne sieht. Dann merkt er, dass er kaum Luft bekommt und sich nicht aufsetzen kann, ohne irgendwo anzustoßen. In diesem Augenblick wird ihm bewusst, dass er in einem Sarg liegt.

Er hatte einen CIA-Mann namens Richie Jones gekannt, der den Roten Khmer in die Hände gefallen und lebendig begraben worden war. Jemand, der im selben Gefangenenlager gesessen hatte, hatte berichtet, dass man eine halbe Stunde lang Jones' Schreie gehört hätte. Von Ohio in ein schwarzes Erdloch in Kambodscha. Hatte der Präsident je von Richie Jones erfahren? Oder der Direktor der CIA? Hatte irgendwer wegen des verlorenen Sohnes aus dem guten alten Ohio eine Träne vergossen?

Auf solche Weise bei einer Geheimoperation zu sterben, einen so langsamen, grausigen Tod – Allmächtiger, her mit der Flasche. Und das zu tun, was er und seine Mannschaft taten, so zu leben, wie sie lebten, in den Kloaken der scheußlichsten Städte der Welt hinter diesen Monstern herzujagen und sich, wenn man nicht aufpasste, bei lebendigem Leib das Blut aus den Adern saugen zu lassen – Allmächtiger, reich die Flasche noch mal rüber.

Er war fertig. Sie alle waren fertig. Es war eine scheußliche Operation gewesen, getränkt mit dem Blut erstklassiger Frauen und Männer. Und was für einen Tod sie gestorben waren. Es war besser, sich von zwölfjährigen Khmers mit Ak-47ern und leeren Augen lebendig begraben zu lassen, als von diesen elenden Monstern die Halsschlagader aufgerissen zu bekommen.

Bevor er gezwungenermaßen hatte zurückkommen müssen, war Asien ein Ort gewesen, den er für alle Zeiten hinter sich lassen wollte. Vietnam, Laos, Kambodscha, 1971 bis 1973. In jenen Tagen war das Leben wertloser gewesen als eine Hand voll Dreck, besonders das Leben von Amerikanern – und ganz besonders das Leben eines stets frisch rasierten CIA-Neulings mit Bürstenhaarschnitt und dünnrandiger Streberbrille. Er hatte das Papageienschnabel-Massaker überlebt, bei dem Danny Moore zwischen zwei zurücksetzenden Traktoren in Stücke gerissen worden war. Er hatte sechs Wochen in einem Bambuskäfig vor sich hin vegetiert, zum Essen nichts außer Kakerlaken und Ratten, während Betty Chang methodisch zu Tode vergewaltigt wurde und George Moorhouse verhungert war. Er hatte überlebt, weil er zu hässlich war, um vergewaltigt zu werden, und hemmungslos genug, um Ratten den Kopf abzureißen und das Blut und die Innereien auszuschlürfen.

Er suchte im Wagenschrank nach einem Drink. Eigentlich hätte es jede Menge Alkohol im Wagen geben müssen. »Gibt's hier keinen Wodka?«

»Nein, Sir.«

Natürlich nicht. Einem gewöhnlichen CIA-Offizier stand Alkohol im Dienst nicht zu. Dies war die US-Regierung. Der Junge, der den Wagen chauffierte, arbeitete für das Außenministerium und bekleidete wahrscheinlich einen zehnmal höheren Rang als er. Er war nur deswegen mit einem Cadillac vom Flughafen abgeholt worden, weil keine Zeit gewesen war, ein Beförderungsmittel aufzutreiben, das für einen einfachen CIA-Feldoffizier wie ihn schäbig genug war. Unterstünde er dem Außenministerium, hätte es Schnaps mitsamt Eiswürfeln gegeben.

»Verdammte Mistkerle.«

»Sir?«

»Nichts.«

Paul wünschte, sie hätten ihm einen weiblichen Fahrer geschickt. Er wollte den Duft einer Frau im Wagen haben. Er wollte, dachte er, was alle Männer wollten. Er wollte eine gute Nummer.

Er schloss die Augen – und sah augenblicklich das altbekannte verhasste Bild vor sich: im Mondschein hin und her wogendes Prärie-Gras. Er öffnete die Augen wieder. Dies konnte er sich nicht antun. Dann lieber die Kriegserinnerungen oder die Erinnerungen daran, wie sie verlauste Vampir-Höhlen mit ätzender Säure sterilisierten. Wie zum Teufel konnte es geschehen, dass diese Dinger praktisch wie Menschen aussahen? Wie waren sie entstanden? War Gott verrückt geworden?

Das im Mondschein hin und her wogende Prärie-Gras und in der Ferne der Gesang einer wunderschönen Stimme: Dies war der Anfang eines Lebens nicht enden wollender Albträume gewesen.

Paul klopfte auf seine Brusttasche. Die Pillenbox war da. Am Abend würde er zwei Stück nehmen, vielleicht drei. Bitte, keine Träume heute Nacht, nur schwarzen Schlaf.

»Scheiße«, sagte er leise, dann, lauter, noch einmal: »*Scheiße*!«

»Sir?«

Der Junge würde erzählen, dass er einen vor sich hin brabbelnden alten Verrückten zum Royal Orchid gefahren hatte, und dann würde er versuchen herauszufinden, wer dieser Dritte-Klasse-VIP war.

Er würde es nicht herausfinden.

Die CIA konnte niemandem von Paul Ward erzählen, weil sie niemandem von dem Vampir-Projekt erzählen konnten. Täten sie es doch, müssten sie auch verkünden, dass Menschen nicht an der Spitze der Nahrungskette standen, sondern dass sie eine legitime Beute für Vampire waren, so wie offenbar von der Natur vorgesehen. Noch schlimmer war: Sie würden erklären müssen, dass dieser Räuber verdammt gerissen war und eine bemerkenswerte Tarnung entwickelt hatte. Verstehen Sie, der Räuber sieht aus wie wir. Nur dass seine Haut so blass ist wie ein Oktober-Mond und dass er einen umschmeichelt und leidenschaftlich in die Arme nimmt, wenn er einen umbringt. Was das äußere Erscheinungsbild betrifft, können Sie zwischen einem Vampir und Ihrem Briefträger oder Ihrem Hausarzt oder Ihrem verdammten Bruder keinen Unterschied feststellen.

Keine der beteiligten Abteilungen und keine der beteiligten Regierungen hatte in Frage gestellt, dass diese Operation streng geheim bleiben musste.

Er starrte missmutig auf den vor ihnen stehen gebliebenen Lastwagen. Parkte die Karre etwa mitten auf der Straße, oder was?

»Gib Gas, Junge.«

»Sir, wir sind in Bangkok.«

»Hast du was dagegen, wenn ich fahre?«

»Sie wollen fahren?«

»Ich muss vor Einbruch der Dunkelheit da sein, verdammt noch mal!«

»Sie sehen doch den Verkehr!«

»Los, Junge, mach schon! Fahr weiter!«

Der Wagen schoss nach vorne, fuhr mitten auf den Bürgersteig. Ein aufgebrachtes Männchen hämmerte, während sie seinen Obstkarren in Kleinholz verwandelten, wütend an das Beifahrerfenster.

»Du blöder Trottel! Der Mann verdient seinen Lebensunterhalt mit dem Karren!«

»Sie sagten doch, ich solle weiterfahren!«

»Ich sagte aber nicht, dass du dabei Passanten gefährden sollst.« Für Paul war es das Wichtigste auf der Welt, keiner Seele etwas zu Leide zu tun. Er bugsierte eine Fliege lieber aus dem Fenster, statt sie zu erschlagen. Er sah gelassen zu, wie eine Mücke sein Blut saugte, und verscheuchte sie erst, wenn er meinte, dass sie zu gierig wurde.

Eigenartig für einen Mann, der so viel mit dem Tod zu tun hatte. Wenn er schlief, suchten ihn ganze Legionen seiner Toten heim: die Kinder, die in den finsteren Winkeln Vietnams gestorben waren, die zahllosen Opfer der Vampire und die Mitglieder seiner Mannschaft, die von einem Einsatz nicht zurückgekehrt waren. Sie riefen ihm zu, strichen ihm mit ihren kalten Händen über die Haut, flehten ihn an, ihnen ihr Leben zurückzugeben.

Dann erwachte er schweißgebadet, würgend vor Entsetzen und Bedauern. Meistens stand er sofort auf und begab sich in die grelle Helligkeit des Badezimmers – als wäre es ein von tausend Kerzen erhellter Altarraum – und schluckte ein paar Pillen des Vergessens. Schwarzer Schlaf.

Asien hatte ihn einige schlimme Dinge lieben gelehrt, darunter in erster Linie Opium. Es war besser als Haschisch, Gras oder Kokain oder irgendeine der neuen Designerdrogen – und viel besser als der erdrückende Heroinrausch. Opium bereitete einem wunderschöne Gefühle, schaffte eine Verbindung zwischen Seele und Erde. Man empfand tiefen Frieden mit sich und der Welt. Er mochte die Rituale des Opium-Rauchens: das gemächliche Bereiten der langen Pfeifen, das Inhalieren des süßlichen Rauchs und das stundenlange Herumdösen auf den verlausten alten Seidendecken, die in den wenigen heute noch existierenden echten Opiumhöhlen ausgelegt waren.

Paul Ward hatte sich in finsterste Niederungen hinabbegeben und schwer gesündigt. Warum nicht, Freunde? Morgen sterben wir ohnehin.

Zumindest hatten sie dies in den Siebzigern geglaubt, als sie Kissingers Ansprachen im Armee-Sender gelauscht hatten. Anfangs, als er noch nichts von Vampiren gewusst hatte, war es ihm schwer gefallen zu töten – aber eigentlich war es doch leichter als gedacht.

Im Dschungel-Kampf Opium zu rauchen war ein Ding der Unmöglichkeit. Wer über seine Füße stolperte, starb.

Dasselbe galt noch heute, zumindest für ihn und seine Mannschaft. Vampire zu töten war schrecklich gefährlich. Sie waren schnell und äußerst stark, so stark, dass sie ein Messer mit der Geschwindigkeit einer Gewehrkugel werfen konnten. Mit gewöhnlichen Kugeln konnte man sie nicht töten. Man konnte ein ganzes Magazin der fürchterlichsten Feuerwaffe, die man im Arsenal hatte, in eines der verdammten Viecher ballern, und trotzdem starrte es einen nur gleichmütig an und wartete darauf, dass einem die Munition ausging. Man musste den Kopf zerstören.

Wenn man sie gleich nach dem Fressen erwischte, schoss das Blut aus ihnen heraus wie aus einem explodierten Blutegel.

Das Buch der Namen hatte die Identität von sechsundzwanzig Vampiren in Asien preisgegeben. Vierundzwanzig von ihnen hatten er und seine Mannschaft verbrannt, mit Säure verätzt oder enthauptet. Von zweien hatten sie nur die Leichen gefunden; die Kreaturen waren ohne ihr Zutun gestorben.

Unfälle widerfuhren selbst Vampiren. Sie waren nicht vollkommen. Wenn man nur lange genug lebt, gerät man, statistisch gesehen, früher oder später in irgendeinen Unfall. Dies war ihre Krankheit – statistische Wahrscheinlichkeiten.

Deshalb reisten Vampire so ungern. Sie waren territoriale Wesen und hatten wahnsinnige Angst vor Unfällen. Der Trick war, so schnell wie möglich alle Vampire in einem abgesteckten Gebiet auszumerzen und anschließend sofort zum nächsten Einsatzort weiterzuziehen, bevor die dortigen Blutsauger erfuhren, dass ihre Artgenossen tot waren.

Pauls nächster Einsatzort war Europa. Im Buch der Namen war immer wieder Paris genannt worden. Er hatte sich auf die Arbeit in Paris gefreut. Nicht dass ihm Kuala missfiel, aber etwas weniger Luftfeuchtigkeit und etwas mehr vertraute Schönheit um ihn herum konnten nicht schaden. Das Marmottan-Museum mit den wunderbaren Seerosen- und Kathedralenbildern von Monet gehörte zu seinen besonderen Favoriten. Monet war für ihn einer der am weitesten entwickelten Menschen, die je gelebt hatten. Er stand für ihn auf einer Stufe mit den D. T. Suzukis und Foucaults dieser Welt. Monets Bilder zu betrachten war

Balsam für die Seele. Und das Licht, das aus dem Museumsgarten im Marmottan in die Ausstellungsräume fiel, nun, dieses Licht war schlichtweg göttlich.

»Gott, hilf mir!«, rief er laut.

»Jawohl, Sir!«

»Bitte, Sohn, sei still. Und hör auf, Leute anzufahren.«

»Ich habe niemanden *angefahren*. Ich bin bloß um den Lastwagen herumgefahren.«

»Du wirst nachher zurückkehren und dem Mann Geld für seinen Karren geben.«

»Sir?«

»Ohne den Obstkarren werden er und seine Frau verhungern. Seine Kinder werden zur Prostitution gezwungen. Verstehst du das nicht?«

»Sir, ich glaube kaum, dass …«

»*Verstehst du das nicht*?«

»Doch, Sir, das tue ich, Sir!«

Konnte es sein, dass der Junge ein gedrillter Elite-Soldat in Zivil war? Nein, sieh dir seine Frisur an. Durch und durch Außenministerium. Er fiel Paul nur mit seinem militärischen Gehabe auf die Nerven. Nachher würde er seinen Freunden vom Außenministerium erzählen, dass er irgendein altes CIA-Arschloch herumchauffiert hatte.

Ohne seinen Karren konnte der Obst-Verkäufer sich gleich die Pulsadern aufschneiden, und Paul wusste, dass sein Fahrer nachher *nicht* zurückkehren und dem Mann die zwanzig Dollar geben würde, die dieser brauchte, um sein Leben wieder ins Lot zu bringen.

Komischerweise arbeitete Paul in diesem Beruf, weil er Menschen mochte. Er hatte erlebt, wie viel Mist im Laufe der Jahre über die CIA verbreitet wurde und wie vielen Menschen sie dennoch das Leben gerettet hatte. Die Firma konnte sich nicht verteidigen, ohne die Geheimnisse preiszugeben, die zu hüten sie verpflichtet war. Also nahm sie alle Kritik hin. Er hatte erlebt, wie sich der Ruf der Firma selbst auf sein Privatleben ausgewirkt hatte. Es hatte eine Zeit gegeben, da schon der leiseste Hinweis auf Verbindungen zur CIA ausreichte, um von Frauen umschwärmt zu werden wie von einem Bienenschwarm. Heute war das Gegenteil der Fall.

Der Wagen bog um eine Ecke, und in der smogverhangenen Straße kam endlich das Royal Orchid in Sicht.

Was zum Henker würde er vorfinden? Dies würde das erste Vampiropfer sein, das sie je gefunden hatten und untersuchen konnten. Im Allgemeinen waren Vampire darauf bedacht, die Überreste ihrer Opfer vollständig zu vernichten. Nur dieses Mal nicht.

Etwas an der Sache musste faul sein. Er konnte es riechen, aber noch nicht erkennen, was es war. Eine Aufgabe ist abgeschlossen, erledigt. Dann plötzlich ist sie ganz und gar nicht erledigt.

Okay, denk nach. Denk es genau durch, Paul: Urplötzlich lassen sie in einem Hotel eine Leiche liegen, einen Beweis. Das Hotel befindet sich auf einem Kontinent, der gerade erst vollständig von ihrer Präsenz gesäubert worden ist.

Es sah ihnen nicht ähnlich, einen zu verhöhnen. Dazu lebten sie zu zurückgezogen und waren viel zu vorsichtig. Ihr Leben war für sie äußerst kostbar, denn es war alles, was sie hatten, zumindest war Paul dieser Meinung. Seiner Meinung nach hatte die Natur ihnen – potenzielle – Unsterblichkeit geschenkt, ihnen aber dafür keine Seele gegeben. Verdammt, sie waren Tiere, und sie wussten es.

Wenn dies also keine Kriegserklärung oder Verhöhnung

war, musste es etwas anderes sein. Tatsache war, dass Paul und seiner Mannschaft die gesamte Vampirwelt offenbart worden war, nachdem die NSA die Sprache im Buch der Namen entschlüsselt hatte. Er war in die Staaten zurückgekehrt und Chef einer neuen Abteilung geworden, deren Aufgabe darin bestand, dieses Übel vom Antlitz der Erde zu tilgen. Nun operierten auf jedem Kontinent Einheiten nach den Methoden, die Paul und seine Leute entwickelt hatten.

Einer der Gründe, weshalb er nach Abschluss seines Auftrags in Asien umgehend in die Staaten zurückkehren wollte, war der Umstand, dass er sich mit einem blöden, aber möglicherweise ernsthaften Problem auseinander setzen musste. Der Direktor der CIA hatte eine entscheidende juristische Grundsatzfrage aufgeworfen: Sollte man diese Wesen als Menschen betrachten oder als Tiere? Wenn sie Menschen waren, dann verübten sie Verbrechen und erlegten keine Beute.

Diese Kreaturen zu Menschen zu erklären würde eine völlig neue Herangehensweise erforderlich machen. Man würde sich an die Grundsätze der Rechtsstaatlichkeit halten, Gerichtsverfahren einleiten und Haftstrafen aussprechen müssen – und langwierige juristische Auseinandersetzungen dieser Art dürften Vampiren mehr als gelegen kommen. Denn der Vampir war stark und schnell und verdammt schlau. Er konnte aus jedem Gefängnis ausbrechen.

Es war fast unmöglich, sie zu töten. Etwas in ihrem Blut verlieh ihnen außergewöhnliche Selbstheilungskräfte. Man musste ihnen den Kopf wegblasen und die Kreatur danach zu Asche verbrennen, um vollkommen sicher zu sein, dass sie tot war. Anschließend musste man ihr Versteck vollständig mit Säure ausräuchern.

Wie konnte man etwas, das in einem stinkenden Vampir-Dreckloch hauste, als Mensch bezeichnen?

Aber nachdem die Mühlen der Bürokratie einmal in Gang gesetzt worden waren, konnte er sie nicht mehr anhalten. »Wie kommt eine Horde wahnsinniger Geheimagenten dazu, in Asien Leute abzuschlachten?« »Wer sind diese ›Vampire‹, eine terroristische Vereinigung? Eine Geheimgesellschaft? Was zum Teufel geht da vor?«

Ein paar singende und auf Gongs trommelnde Thais marschierten am Wagen vorüber. Paul wurde schlecht, wenn er einen asiatischen Trauermarsch sah. Er musste den Lärm irgendwie übertönen, auf *keinen Fall* jedoch mit einem thailändischen Radiosender, denn Asiaten, Gott hab sie selig, hatten noch nicht begriffen, was vernünftige Musik war. »Gibt es in diesem Wagen irgendwelche CDs?«

»Destiny's Child, Santana und Johnny Mathis. Und irgendeine Oper.«

»Leg die Oper ein, und dreh sie voll auf.«

»Jawohl, Sir.« Der Junge klang enttäuscht. Was hätte er wohl eingelegt? Bestimmt Destiny's Child.

»Lauter! Ich will, dass meine Ohren bluten! Gibt's hier Zigarren im Wagen?« Paul war ein zügelloser Genussmensch. Er liebte edle Weine, und zwar kistenweise. Dasselbe galt für Wodka. Er rauchte das stärkste Opium, das es gab, und wollte von allem nur das Beste, das Exotischste, das Lieblichste und Köstlichste, das die Welt zu bieten hatte. Eine seiner größten Enttäuschungen war, dass es der Firma nicht gelungen war, Fidel Castro umzubringen oder, noch besser, sich mit ihm zu arrangieren. Der Verlust kubanischer Zigarren war ein herber Schlag gewesen.

Mein Gott, das war *Maria Callas*!

»Lauter!«

»Lauter geht nicht!«

Er beugte sich zum Armaturenbrett vor und riss den Lautstärkeregler bis zum Anschlag auf.

O Gott, *Lakmé*. O Gott, der ›Bell Song‹. Dass diese Frau, diese Göttin Maria Callas, gelebt hatte, war ein Beleg dafür, dass der Mensch dem lieben Gott nicht gleichgültig sein konnte. Etwas so Wunderbares konnte nicht zufällig entstanden sein. »Hey, Junge!«

Keine Antwort.

»JUNGE!«

»Jawohl, Sir!«

»Diese *Göttin* heißt Maria Callas. Hast du jemals eine Frau angebetet?«

»Sir?«

»Es ist ein sehr spezielles Vergnügen, das versichere ich dir. Es gibt nichts Besseres, als ein so sanftes, göttliches Wesen wie eine Frau zu verehren.«

»Okay.«

Er hatte sein ganzes Leben lang den Göttern der Weiblichkeit gehuldigt. Drei Ehen, sechs Geliebte und genügend Huren, um eine kleine Armee in einen Freudentaumel zu versetzen, waren Beleg für diese Tatsache. Gott, konnte die Frau singen. »Gevatter Tod, werde nicht übermütig!«

»Jawohl, Sir!«

»Fürchtest du den Tod?«

»Jawohl, Sir!«

»Die verdammten Pathet Lao haben mir einen Elektro-Stab in den Arsch geschoben und ihn so lange dringelassen, bis mir der Qualm aus der Nase kam. Weißt du, was ich ihnen erzählt habe?«

»Name, Rang, Registriernummer?«

»Ich sagte ihnen, dass sie bei der Thai Farmers Bank Visa-Karten bekommen könnten, wenn sie den Antrag korrekt ausfüllten. Ich bot ihnen an, ihnen dabei zu helfen, wenn sie mich im Gegenzug in Ruhe ließen. Als sie ihre Kreditkarten bekamen, bedeutete das das Ende meiner Leidenszeit bei den Pathet Lao. Wer rennt schon mit lauter Blutegeln am Sack im Dschungel herum, wenn er im Poontang Hilton einen Singapore Sling schlürfen kann, richtig?«

»Wahrscheinlich, Sir.«

Er konnte im Rückspiegel sehen, wie der Junge die Augen verdrehte. Nun, sollte er doch.

Sollten der CIA-Direktor und der Präsident doch ausdiskutieren, ob den verdammten Vampiren Menschenrechte zustanden oder nicht. Paul hatte beschlossen, dass er für seinen Teil einen Vampir gerne einmal *kosten* würde. Wahrscheinlich schmeckte das Fleisch wie – nein, nicht wie Huhn, nein, Vampire würden anders schmecken. Wie Schlange vielleicht, andererseits hatte er in Kambodscha Schlangenfleisch gegessen, und es schmeckte wie *Huhn.* In Kualas Seitengassen wurde köstliches Schlangen-Curry zubereitet. Kleine marinierte, in Büffelmilchbutter gebratene Schlangenfleisch-Brocken. Oh, war das lecker.

Endlich kamen sie vor dem Hotel an. Es war eine hübsche Absteige, ziemlich luxuriös. Was hatte ein Vampir an einem solchen Ort zu suchen? Vampire gingen nicht in Hotels. Sie schliefen nicht in Betten. Sie waren *Tiere*, verdammt noch mal! Das Vieh musste in den Belüftungsschächten herumgekrochen sein.

Das Problem, das er hier zu lösen hatte, war ein zweifaches: Erstens, er musste herausfinden, wo dieses Tier abgeblieben war. Zweitens musste er die Neugier der örtlichen Polizeibehörde befriedigen, denn sie hatten es mit einer Leiche zu tun, aus der sie nicht schlau wurden. Zudem würden sie wissen wollen, weshalb ohne ihr Wissen ein Interpol-Inspektor in ihrem Land ermittelt hatte. Das Hauptproblem dabei war natürlich, dass er auf der Gehaltsliste der CIA gestanden hatte.

Kiew Narawat, ein erklärter Freund der Vereinigten Staaten, war ein ernster, präzise arbeitender Mann aus Sri Lanka gewesen. Aber er hatte nicht zu Pauls Mannschaft gehört, sondern war nur eine kostengünstige Hilfskraft gewesen, die eventuelle nächtliche Besucher einer bestimmten Tempelanlage in Chiang Mai hatte observieren sollen.

Paul betrat das Hotel.

Wenn sie die Leiche nicht in irgendeiner Weise versaut hatten, ließe sich aus dieser Tragödie wenigstens einiges lernen. Es würde nicht nur eine aufschlussreiche gerichtsmedizinische Untersuchung geben, der Zustand der Leiche würde ihm vermutlich auch gewichtige Argumente dafür liefern, dass diese Vampirtaten nicht als gewöhnliche Verbrechen deklariert werden konnten. »Dies war die Tat eines Tieres«, hörte er sich schon sagen. »Dieser Mann wurde nicht ermordet, sondern zum Zweck der Nahrungsaufnahme ausgesaugt.«

Wenn sie doch nur etwas mehr Vampir-DNA bekommen könnten. Die Existenz von Vampiren war 1989 entdeckt worden, als die japanische Regierung in einem höchst sonderbaren Mordfall um Hilfe gebeten hatte. Sie hatten den Angriff von einem Verkehrskontrollpunkt aus auf Video gefilmt. Es geschah um drei Uhr morgens auf einer menschenleeren Straße.

Ein alter Mann schlurfte über den Bürgersteig. Er war der einzige Passant weit und breit. Dann tauchte mit einem Mal diese seltsame Kreatur auf und packte den Mann. Sie presste den Mund an seinen Hals, und plötzlich fiel der Körper des Mannes in sich zusammen, verschwand förmlich in seiner Kleidung. Die Kreatur hatte die Überreste in einen mitgebrachten Schulranzen gestopft und war fortgelaufen.

Der Mann hatte keine Verwandten gehabt, war bettelarm gewesen und wäre selbst in dem straff durchorganisierten Land von niemandem vermisst worden. Aber die Polizei gab sich große Mühe, weil das Gesehene sie zutiefst beunruhigte. Sie fanden die Identität des Mannes heraus. Am Tatort nahmen sie Proben von allem, was herumlag. In dem Straßendreck, den sie mit einem Staubsauger vom Bürgersteig aufsaugten, fanden sie ein Haar, das weder von einem Menschen noch von einem bekannten Tier stammte.

Es hatte Jahre gedauert, bis das Mysterium in den CIA-Topf durchgesickert war. Man hatte Paul den Fall angeboten, weil er ein alter Asien-Kenner war und weil in seiner Personalakte der mysteröse Tod seines Vaters erwähnt wurde. Das Erscheinungsbild des alten Mannes nach dem Angriff wies eigenartige Ähnlichkeiten mit dem Zustand der Leiche von Pauls Vater auf.

Sie hatten ihm den Fall angeboten, weil sie glaubten, dass Paul interessiert wäre. Nun, er war es nicht. Und er hatte sie dafür verflucht, dass sie ihn so ungerührt an seinen ermordeten Vater erinnerten.

Es wurde nichts weiter unternommen, nicht bis 1998, als in New York eine Enthüllungsreporterin namens Ellen Wunderling verschwand, während sie nichts ahnend für eine Halloween-Geschichte über Vampire recherchierte. Sie war zu tief in die Untergrundszene der Gothic-Fans abgetaucht, einer geheimnisvollen, gewaltbereiten Subkultur, in der Vampire sich vergleichsweise ungefährdet bewegen konnten. Er hatte die Ermittlungen aufgenommen, war aber zu keinem Ergebnis gelangt. Dann hatte er sich an Tokio erinnert und war augenblicklich nach Japan geflogen. Seither jagte und tötete er Vampire.

Paul betrat den Fahrstuhl. Er hasste Fahrstuhlfahren. Oben angekommen, öffneten sich die Türen zu einem breiten Flur, in dem zahlreiche Zimmertüren offen standen. Das Management hatte das gesamte Stockwerk räumen lassen. In einem der offenen Zimmer hatten sich, wie Paul sah, eine Hand voll thailändischer Polizisten, medizinisches Personal und diverse Zivilbeamte versammelt.

Als Paul das Zimmer betrat, schlug ihm augenblicklich ein eigenartiger Geruch entgegen. Was war das? Vielleicht ein menschlicher Geruch. Aber es roch so seltsam – so salzig, trocken und beunruhigend organisch. Er schaute auf die mit gelben Blumen bedruckte Bettdecke und den darunter liegenden unförmigen Klumpen.

»Thailand wird die Auslieferung des Täters verlangen, falls er im Ausland verhaftet werden sollte, Mr. Ward«, sagte der Oberinspektor in schwerfälligem, bedächtigem Englisch.

Paul grunzte etwas Unverständliches und wünschte, der Mann würde einfach verschwinden.

Kiew Narawat war aufgetragen worden, sich umgehend zu melden, wenn er jemanden in die Tempelanlage gehen sah. Weshalb hatte es ihn stattdessen in dieses Hotelzimmer in Bangkok verschlagen? Paul beugte sich hinab und zog die Bettdecke fort.

Er musste einen Aufschrei unterdrücken. Dies war der am schrecklichsten entstellte Körper eines Menschen, den er in seinem Erwachsenenleben gesehen hatte. Doch nicht in seinem ganzen Leben – und dies machte es so schrecklich für ihn.

Er war wieder zwölf. Er wurde vom Geräusch eines in den Abfluss gesaugten letzten Wasserrests geweckt.

Der Junge schaute verschlafen aus dem Fenster, starrte in die glühende Dunkelheit. Das Präriegras wogte im Mondschein hin und her, und dort befand sich eine dunkle Gestalt, die mit einer Last auf der Schulter über das Feld eilte.

Paulie riss die Augen auf. Wer war das dort draußen? Aber Big Boy bellte ja nicht, und Big Boy war ein aufmerksamer Wachhund.

Die Gestalt verschwand in den Wäldern. Morgen würde Paulie sich seinen Vater schnappen und nachsehen, was dort draußen geschehen war.

Am nächsten Morgen kam das Entsetzen, und für Paul Ward begann ein Leben voller schrecklicher Heimsuchungen: Wo ist Dad?, hatte er seine Mutter gefragt. Ich weiß nicht, Junge, hatte sie geantwortet. Wann kommt er zurück? Ich weiß es nicht! Ich weiß es nicht!

Vier Jahre später: Paul schlendert am Bach neben ihrem Birnbaumgarten entlang, als er zwischen den Wurzeln einer Ulme etwas Seltsames sieht. Wieder bemerkt Big Boy nichts.

Heute weiß Paul warum. Er weiß, dass sie geruchsblockierende Pheromone absondern, die es einem Tier unmöglich machen, ihre Witterung aufzunehmen. Die Überreste ihrer Opfer sind mit dem Zeug beträufelt.

Als er das von einer eng anliegenden Hülle aus getrockneter, sich allmählich auflösender Haut umschlossene Skelett seines Vaters entdeckte, rannte er wie am Spieß schreiend zum Haus zurück, neben ihm der freudig herumspringende Big Boy.

Die zahnärztlichen Aufzeichnungen ließen keinen Zweifel. Es war sein Dad. Aber Dr. Ford, der örtliche Gerichtsmediziner, konnte nicht feststellen, was mit ihm geschehen war. Die Polizei wusste es auch nicht. Das schließlich eingeschaltete FBI hatte im Abschlussbericht vermerkt: Tod durch einen ungeklärten Unglücksfall.

Seither war der kleine Paulie besessen vom geheimnisvollen Tod seines Vaters. Was hatte Daddy umgebracht? Ein Tier? Außerirdische? Niemand wusste es. Daddy war groß und stark gewesen, wie hatte er also in einem solchen Zustand in den Wurzeln eines Baumes enden können?

Einige Jahre später war Paul mitten in der Nacht aufgewacht und hatte am Fußende seines Betts eine ganz in Schwarz gekleidete Frau mit goldenem Haar und einem engelhaften Gesicht stehen sehen. Sie hatte ihn aus wunderschönen Augen angeschaut, aus Augen, die das Herz zerschmelzen ließen. Als er sich aber aufsetzte und sie ansprach, war sie verblasst wie eine Traumgestalt.

»Die Frau, mit der er hier war, ist eine Französin«, riss der Oberinspektor Paul aus den Gedanken. »Wir wissen, dass sie Marie Tallman heißt und den Air-France-Flug nach Paris genommen hat. Sie wird dort verhaftet, sobald sie aus dem Flugzeug steigt.«

»*Es* war eine Frau?«, entgegnete Paul. »Sind Sie sicher?«

»Ja, eine Frau«, sagte der Thailänder gereizt und davon überrascht, wie eigenartig Paul das Wort ›es‹ betont hatte. Aber Paul konnte nicht anders. Er hasste diese Tiere, ganz gleich, ob Gott sie erschaffen hatte oder nicht, und nie im Leben würde er sie mit einem Personalpronomen würdigen.

»Es darf auf keinen Fall verhaftet werden.«

»Verzeihen Sie, aber das würde unseren Interessen zuwiderlaufen. Tut mir Leid.«

Paul sah den Oberinspektor zum ersten Mal richtig an. »Bitten Sie die Franzosen, die *Frau* zu fotografieren und ihr zu folgen. Aber *nicht*, sie zu verhaften.«

Der Thailänder lächelte. Paul konnte nur hoffen, dass sie kooperieren würden. Er durfte auf keinen Fall weiter drängen und riskieren, dass man sich bei der Botschaft nach ihm erkundigte. Die Thailänder waren kitzlige Freunde. Sie mochten es nicht, wenn auf ihrem Hoheitsgebiet ohne ihr Wissen CIA-Operationen liefen.

In hohen Regierungskreisen genoss er jede Unterstützung. Diese Polizisten aber waren allesamt unbedeutende Lakaien und hatten nicht die leiseste Ahnung von seinem Geheimauftrag und der in seinen Händen liegenden Macht.

Er starrte auf die Überreste des Toten herab, wollte die Leiche mit reiner Gedankenkraft zum Sprechen bringen. Doch sie sagte nichts. Die Gesichtshaut spannte sich so straff über den Schädel, dass dieser fast wie eine Halloween-Maske aus dem Kaufhaus aussah.

»Drehen Sie ihn um«, sagte er. »Ich möchte mir den Rücken ansehen.«

Zwei der Polizisten kamen seiner Aufforderung nach. Paul wusste, dass Vampire Menschenhaut zu Kleidungsstücken verarbeiteten – zu Handschuhen zum Beispiel. Man hatte derartige Stücke in ihren Behausungen gefunden. Er hatte überlegt, ob der Rücken dieses Mannes womöglich ebenso fein säuberlich gehäutet worden war wie der seines Vaters.

Einige dieser Handschuhe und Taschen hatte er in die Hände genommen und sich nachdenklich gefragt, welche dieser Kreaturen Dinge besaß, die aus der Haut seines Vaters hergestellt worden waren. Wann immer er und seine Mannschaft ein solches Stück fanden, segneten und verbrannten sie es andachtsvoll und verstreuten anschließend die Asche im Wind.

Melodramatisch? Könnte man sagen. Sentimental? Sicherlich. Aber über zwei Dinge waren sich die Mitglieder seiner Mannschaft einig: Alle aus Menschenhaut gefertigten Gegenstände, die sie fanden, mussten mit größtem Respekt behandelt werden, und kein einziger Vampir durfte diesen Feldzug überleben. Eine Politik verbrannter Erde. Absolut.

Man stelle sich nur vor, sie müssten den Vampiren ihre Rechte vorlesen. Man stelle sich vor, dass Vampire das Recht auf einen Strafverteidiger bekämen, sagen wir in Indien, wo die Gefängnisse besonders löchrig waren und es Jahre dauerte, bis ein Prozess begann. Was, wenn sie einforderten, dass Morden ihr natürliches Recht wäre, und bewiesen, dass Gott sie erschaffen hatte, um Menschen zu jagen? Dann müsste man weltweit die Gesetze ändern und ihnen zugestehen, pro Jahr eine gewisse Zahl von Menschen erlegen zu dürfen, so wie wir selbst uns das Recht einräumen, Wale zu fangen.

Und was war mit dem Artenschutzprogramm, das es in verschiedenen Ländern, besonders in den USA und in Europa, gab? Wenn der Vampir zur gefährdeten Spezies erklärt würde – was angesichts seiner geringen Zahl durchaus nachvollziehbar wäre –, wären Paul und seine Mannschaft von einem Tag zum anderen arbeitslos. Und am Ende würden bestimmte Regierungen den Vampir sogar zur verstärkten Vermehrung ermutigen und seine Habitate – die Ghettos, die wuchernden Slums, die Obdachlosenasyle – unter besonderen Schutz stellen.

Ein Mann mit Brille trat auf Paul zu. »Sie werden uns sicherlich sagen können, woran der Mann gestorben ist.«

»Keine Ahnung. Ein trauriger Unglücksfall.«

»Wie bitte?«

»Sie sehen doch, in welchem Zustand die Leiche ist. Was soll ich dazu sagen? Ich weiß es auch nicht.«

»Sie kommen eigens aus Kuala Lumpur, nur um uns – was? – um uns nichts zu sagen?«

»Der Leichnam gehört der US-Regierung«, sagte Paul. »Ich werde die Überführung in die Wege leiten.« Er musste es tun. Er brauchte jede noch so kleine nichtmenschliche DNA-Probe, deren er habhaft werden konnte. Das Haar aus Tokio war nicht genug. Aber zwei unterschiedliche Proben – dies würde die Mensch-Tier-Kontroverse beenden.

»Einen Augenblick«, sagte der Oberinspektor, »warten Sie –«

»Die Sache ist abgesegnet.« Er holte das Fax heraus, das er vor seiner Abreise aus Kuala Lumpur vom thailändischen Außenministerium erhalten hatte. »›Übergeben Sie den Leichnam an Mr. Paul Ward von der Amerikanischen Botschaft.‹ Hier steht's.«

Der Mann las das Schreiben und nickte. Dann richtete er den Blick auf Paul und sah ihn flehentlich an. »Bitte, sagen Sie mir im Vertrauen, was hier geschehen ist.«

»Es war ein Unglücksfall.«

Man sah nur selten einen wütenden Thailänder. Sie waren ein zurückhaltendes und überaus höfliches Volk. Aber nun verhärtete sich der Blick des Inspektors, und Paul wusste, dass das, was er in den verengten Augen des Mannes sah, brodelnder Zorn war. Thailand war mit gutem Grund nie kolonisiert worden. Thais mochten höflich sein, aber für ihre Unabhängigkeit würden sie buchstäblich bis zum letzten Mann kämpfen. Keine Verhandlungen. »Nun, dann würde ich zumindest gerne erfahren, ob wir uns auf weitere Mordfälle dieser Art gefasst machen müssen.«

Paul deutete auf die gelbliche, stockartige Leiche. »Ich bin Wissenschaftler. Genau das versuche ich herauszufinden.«

»Wie, ist es eine Krankheit?«

»Nein, nein, er wurde umgebracht. So viel steht fest.«

Das Zimmer war voller Polizisten, Gerichtsmediziner und juristischer Experten. Bangkok war über diese bizarre Lage nicht glücklich. Auch Interpol war nicht glücklich darüber, Fragen nach einem Mann stellen zu müssen, der mit ihrem hochwertig gefälschten Ausweis herumspaziert war, und gleichzeitig Thailand gegenüber so tun zu müssen, als hätten sie den Mann gekannt. Es bedurfte zahlloser verborgener Händedrucke, um die Gemüter einigermaßen zu beschwichtigen.

Außerdem musste jemand die Witwe und ihre drei Kinder informieren, und Paul vermutete, dass dies an ihm hängen bleiben würde.

»Ich bin Dr. Ramanujan«, stellte sich ein untersetzter, mit seinen sterilen Latexhandschuhen gestikulierender Mann vor. »Wer oder was hat das getan? Haben Sie irgendeine Idee?«

Paul hasste es zu lügen, doch in diesem Augenblick log

er nicht. Er behielt sein Geheimnis für sich, und gleichzeitig offenbarte er es. »Ein Mörder, der eine ungewöhnliche, ganz spezielle Methode des Flüssigkeitsentzugs verwendet.«

»Und wo sind die Körperflüssigkeiten? Zum Beispiel das Blut?«

»Die Flüssigkeiten sind verschwunden.«

»Verschwunden?«

»Wir werden sie nicht finden.«

Ramanujan schüttelte bekümmert den Kopf. »Rätsel, Sir, Rätsel statt Antworten.«

Sie legten die Leiche in einen Leichensack und packten die gesamte gerichtsmedizinische Auslese in fein säuberlich auf Thai und Englisch beschriftete Plastikbeutel.

Auf dem Weg nach unten fragte ihn der Oberinspektor: »Hätten Sie Lust auf einen Drink?«

Paul hätte nur zu gern einen Drink genommen. Zwanzig Drinks. Aber vor ihm lag eine dringende Mission, die ihn um den halben Erdball führen würde. Er und seine Leute mussten auf schnellstmöglichem Weg dieser ›Marie Tallman‹ nach Paris folgen. Und zwar nicht erst mit dem Flug, der am nächsten Tag ging.

»Leider nicht. Ich muss so schnell wie möglich nach Paris.«

»Es gibt heute keinen weiteren Flug von Bangkok nach Paris.«

»Einen schon.«

»Ich kenne die Flugpläne, tut mir Leid.«

»Der, den ich meine, steht in keinem Flugplan.«

»Die Amerikanische Botschaft besitzt ein eigenes Flugzeug?«

Paul dachte an den engen Falcon Jet der Amerikani-

schen Luftwaffe, der sie ins liebliche Paris bringen würde.
»Exakt.«

»Da haben Sie aber Glück.«

Er wurde nachdenklich. Er ahnte, dass ihnen in Paris eine grauenvolle Konfrontation bevorstand. Denn zum ersten Mal würden sie Vampiren gegenübertreten, von denen sie erwartet wurden.

Die Frage war unumgänglich: Würden er und seine Leute – seine tapferen Leute – ohne den Überraschungsvorteil auf ihrer Seite auch nur den Hauch einer Chance haben?

4

Das Schloss der Weißen Königin

Miriam hatte sich mühelos in der menschlichen Gesellschaft zurechtgefunden, noch bevor die Menschheit die erste Arche gebaut hatte, und sie hielt sich für vollkommen fähig, mit den jeweiligen Landesbestimmungen klarzukommen, von den Testamentsformularen der imperialen altrömischen Kurie bis zu den Reisepassanträgen des amerikanischen Außenministeriums. Deswegen war sie überrascht, als der Beamte an der Passkontrolle sagte: »Kommen Sie bitte mit, Madame Tallman.«

Sie starrte ihn so ungerührt an, dass er blinzelnd einen Schritt zurücktrat. Er schaute noch einmal in ihren Ausweis und sah kopfschüttelnd wieder zu ihr auf. »Kommen Sie bitte.«

»Stimmt etwas nicht?«

»Das wird Ihnen der zuständige Beamte erklären.«

Der zuständige Beamte? Das klang bedenklich. Während Miriam dem Mann nachging, dachte sie daran, dass man die Leiche gefunden haben musste. Sie hatten Marie Tallmans Spur nach Paris verfolgt. Sonderlich schwer war es nicht.

Während sie weiterging, bemerkte sie, dass jemand hinter sie trat. Sie konnte die Waffe riechen, die der Mann trug, genauso wie sie die Politur auf seiner Blechmarke und das Wachs auf seinen Schuhen riechen konnte. Sie wusste, dass es ein uniformierter Polizist war. Seine Atmung war jung und gleichmäßig und kräftig. Er befand sich dicht hinter ihr, war auf jedweden Fluchtversuch gefasst.

Also ging man davon aus, dass sie wusste, weshalb man sie abführte. Der Beamte vor ihr hatte die Schultern angezogen. Er fürchtete, von hinten angesprungen zu werden.

Diese Männer glaubten nicht, eine Unschuldige einkassiert zu haben, deren Identität verwechselt worden war. Sie glaubten, eine Kriminelle zu eskortieren, die sehr wohl wusste, dass sie in ernsthaften Schwierigkeiten steckte.

Diese Überlegungen schossen Miriam blitzschnell durch den Kopf. Im nächsten Moment begann sie, nach einer Fluchtmöglichkeit Ausschau zu halten. Sie war eine Herrin der Menschen, war klüger und stärker und schneller. Es wäre ein Leichtes für sie gewesen, die beiden Männer zu überwältigen. Die Waffe war ein triviales Problem. Bevor der Polizist danach greifen könnte, hätte sie die beiden Kreaturen längst bewusstlos geschlagen.

Das größere Problem war ihre Umgebung. Zahllose Leute kamen ihnen in dem Gang entgegen. Im Bereich der Passkontrolle, den sie soeben verlassen hatten, wimmelte es nur so von Passagieren. Die größtenteils verglasten Büros in dem Gang waren ebenfalls voller Menschen.

Deswegen ging Miriam weiter, in der Hoffnung auf einen günstigen Augenblick, auf ein paar unbeobachtete Sekunden, um ihren Häschern vielleicht doch noch zu entkommen. Man würde sie einsperren; daran bestand für sie kein Zweifel.

Es war im höchsten Maße töricht gewesen, die Leiche einfach liegen zu lassen. Sie bekamen es von frühester Kindheit an eingebläut: Lasst die Menschen niemals die Reste eurer Mahlzeiten finden. Menschen sind Rindvieh, aber intelligentes Rindvieh, und sie dürfen keinesfalls auf ihre wahre Lage aufmerksam werden. Dies könnte die Auslöschung unserer gesamten Spezies zur Folge haben.

Und genau das schien nun zu geschehen. Eine andere Erklärung war nicht mehr möglich. Die asiatischen Hüter waren bereits vernichtet worden, und sie selbst hatte sich – und vermutlich den gesamten Rest ihrer Rasse – wegen eines gedankenlosen, panischen Moments in höchste Gefahr gebracht. Wegen ihres Fehlers stand sie – ein Hüter! – nun kurz davor, von Menschen gefangen zu werden.

Sie kamen an eine Tür. Der Beamte vor ihr sagte: »Gehen Sie bitte dort hinein.« Sie spürte den Atem des jungen Polizisten im Nacken. Ihr blieb keine andere Wahl; sie musste sofort handeln, trotz der vielen Menschen um sie herum.

Sie sprang von der Tür in die Mitte des Ganges zurück. Die beiden Männer standen sich plötzlich direkt gegenüber und rissen angesichts der blitzschnellen Bewegung verblüfft die Augen auf. Für sie sah es so aus, als hätte Miriam sich für einige Augenblicke in Luft aufgelöst. Hüter hatten dem Menschen aus Gründen der Bequemlichkeit eine gewisse Trägheit angezüchtet. Auf diese Weise konnten sie – die Hüter – schneller rennen, weiter springen und den Menschen leicht überwältigen. Rindvieh sollte leicht zu kontrollieren sein.

Bevor die Männer sich zu ihr umwenden konnten, hatte Miriam von hinten ihre Köpfe gepackt und stieß sie mit einem kräftigen, blitzschnellen Ruck aneinander. Die Männer sanken bewusstlos zu Boden.

Zwei Türen weiter kam eine Sekretärin aus einem Büro. Sie sah Miriam an. Sie konnte eine junge Frau in einem eleganten Hosenanzug und zwei bewusstlos auf dem Boden liegende Männer nicht miteinander in Einklang bringen. »Was ist passiert?«

»Gas«, rief Miriam. »Der Gang ist voller Gas!« Sie wandte sich um und eilte mit schnellen Schritten auf den Notausgang am Ende des Ganges zu. Augenblicke später ertönte eine Sirene. Die Sekretärin hatte den Feueralarm ausgelöst und rannte in Richtung der Passkontrolle, immer wieder »Gas!« rufend.

Miriam öffnete die Notausgang-Tür und hielt Ausschau nach einem Weg zurück in die Ankunftshalle. Von dort konnte sie unbemerkt in die Pariser Innenstadt gelangen. Sarah würde sich eine neue Identität für sie ausdenken und ihr den Reisepass per FedEx schicken. Die Tallman-Identität konnte sie nicht mehr benutzen – und unter ihrem eigenen Namen zu reisen war zu riskant.

Hinter ihr stürzten die Leute aus den Büros, daher erklomm sie ein paar Betonstufen und rannte durch einen langen, menschenleeren Gang. Hinter ihr rief ein Mann, dass sie in die falsche Richtung laufe. Sie bemerkte seinen amerikanischen Akzent und warf einen raschen Blick auf die groß gewachsene, dunkle Gestalt, die ihr nachzurennen begann. Sie schaute nicht wieder zurück.

Wenig später fand sie sich in der geschäftigen Arbeitshalle wieder, in der die Mahlzeiten der verschiedenen Fluglinien abgepackt wurden. Überall standen Regale mit Essschalen und Plastikbestecken, und an einer Wand waren mannshohe Industrie-Kühlschränke aneinander gereiht. Arbeiter standen an langen Metalltischen und stellten die Schalen mit den Mahlzeiten auf Tabletts zusammen. Andere Arbeiter bedeckten die Schalen mit Plastikfolie. Wieder andere schoben sie in die Fächer der stählernen Rollwagen, die zu den wartenden Flugzeugen hinausgefahren wurden.

Am anderen Ende der Halle gab es eine Pendeltür aus Aluminium. Miriam ging mit der Selbstverständlichkeit einer Person, die sich rechtmäßig dort aufhielt, auf diese Tür zu.

Hinter ihr ertönte ein Ruf: »Stehen bleiben!«

Miriam rannte los. Sie stürmte durch die Pendeltür in einen schmalen Gang und von dort in einen Umkleideraum mit abschließbaren Schrankfächern. Hier zogen sich die Arbeiter der verschiedenen Fluglinien ihre Monturen an.

»*Stehen bleiben*! *Stehen bleiben*!«

Auf der anderen Ende des großen Umkleideraums kam ein Polizist hereingestürmt. Ihre Kehle verschnürte sich; sie spürte die plötzlich in ihr aufwallende Wut. Der Grund dafür war diese Kreatur vor ihr. Sie wussten genau, wo sie war. Sie mussten Funkgeräte benutzen, um sie ganz methodisch einzukreisen. Sie hielt nach einer weiteren Tür Ausschau, nach einer anderen als denen, durch die sie und der Polizist hereingekommen waren.

Schließlich entdeckte sie eine, riss sie auf und fand sich in einem Duschraum wieder. Die Tür hatte bloß einen Drehknauf, den sie sofort in das Schloss einrasten ließ. Im nächsten Augenblick rüttelte der Polizist auf der anderen Seite heftig an der Tür. Sie riss ein Fenster auf. Drei Stockwerke unter ihr standen Dutzende von Gepäckwagen auf dem Asphalt. Als die Tür hinter ihr aufflog, sprang sie in die Tiefe.

Ihre Zahnreihen krachten aneinander, und von ihren Fußknöcheln schoss ein scharfer Schmerz ihre Beine hoch, als sie unten landete. Ihre Handflächen schlidderten brennend über den Asphalt. Sie rollte sich sofort unter den Überhang des Gebäudes und konnte von oben nicht mehr gesehen werden.

Bei der unsanften Landung war einer ihrer Schuhabsätze angebrochen. Sie rannte humpelnd zwischen den Gepäckwagen fort, blieb kurz stehen und zog ihre Schuhe aus. Der angebrochene Absatz behinderte sie zu sehr.

Der düstere, weitläufige Gepäckbereich kam ihr äußerst befremdlich vor. Sie war nie in einer Fabrik gewesen, hatte nie die grobe Seite des menschlichen Ingenieurwesens kennen gelernt. Sie hatte sich immer zu älteren, vertrauten und vor allem ästhetischen Örtlichkeiten hingezogen gefühlt. Ihr Stadthaus in Manhattan war einhundertfünfzehn Jahre alt; wenn sie reiste, mietete sie sich regelmäßig in altehrwürdigen, ihr bekannten Hotels ein. Sie fand sich in der Welt der Menschen bestens zurecht, aber einen Ort wie diesen hatte sie noch nie gesehen, und sie hätte sich nie träumen lassen, dass die verborgenen Teile der menschlichen Welt derart mechanisch waren.

Vor ihr entdeckte sie einen Durchgang. Der Boden war dunkel und wurde von gelben und weißen Linien markiert. Der Gang stieg in einer lang gezogenen Rechtskurve an, schien von der Ankunftshalle fortzuführen – also folgte sie ihm. An der Decke hängende Neonröhren sorgten für spärliche Beleuchtung; einige flackerten, andere waren bereits durchgebrannt. Der Effekt war unheimlich und wirkte durch ein hohes kreischendes Geräusch in der Ferne noch unheimlicher. Sie blieb stehen und lauschte, konnte aber nicht sagen, was für ein Geräusch es war.

Je weiter sie ging, desto lauter wurde das Geräusch. Sie blieb erneut stehen. Das Geräusch schwoll an und verebbte, dann schwoll es wieder an. Plötzlich wurde es fast ganz still. Sie ging weiter an der endlosen geschwärzten Wand entlang, über ihr die flackernden Neonröhren.

Plötzlich brüllte ihr das Geräusch mitten ins Gesicht, und ihr gesamtes Sichtfeld füllte sich mit gleißender Helligkeit. Eine Hupe ertönte.

Es war nicht genügend Platz, um sich hinzuwerfen, denn die auf sie zukommende Maschine bewegte sich dicht über dem Boden. Sie schaute an die Decke – und bemerkte die Metallfassung einer Neonröhre, an der sie sich hochziehen konnte. Sie sprang, verfehlte die Fassung jedoch um einen halben Zentimeter. Die Maschine raste auf sie zu, die Scheinwerfer wurden immer größer; das gleißende Licht blendete sie und strahlte sie an, als wäre sie ein in die Enge getriebenes Tier. Die Hupe tönte ununterbrochen. Sie warf sich auf den Boden.

Wie die meisten Tiere besaßen auch Hüter eine reflektierende Netzhaut. Hätte sie direkt in die Scheinwerfer geblickt, hätte der Fahrer der Maschine ein Funkeln in ihren Augen gesehen – wie in den Augen eines Rehs oder einer Raubkatze. Dem Menschen war die Nachtsicht durch Züchtung genommen worden. Er sollte nachts lieber schlafen und die Hüter ungestört jagen und sich um ihre Herden kümmern lassen.

Ihr blieben nur noch Sekunden. Die Maschine würde sie in Stücke reißen. Sie würde sterben – tatsächlich sterben. Die Angst davor hatte sie ihr ganzes Leben lang verfolgt. Sie glaubte nicht, dass Hüter im Gedächtnis der Natur fortdauerten. Sie wollte nicht aufhören zu existieren.

Sie sprang auf und versuchte erneut, die Röhrenfassung zu erwischen. Dieses Mal gelang es ihr. Sie zog sich hoch, ließ den Oberkörper nach vorne fallen, schlang die Beine um die Längsseiten der Fassung und presste sich mit dem Rücken an die Decke.

Die kreischende Maschine schoss mit einem heißen Luftzug unter ihr vorbei, kaum zwei Zentimeter unter ihren Brüsten. Es schien ewig zu dauern, und sie merkte, dass ihre Finger und Zehen langsam den Halt verloren.

Dann war die Maschine verschwunden, und statt auf ihr Dach fiel sie auf den Boden des Ganges, bei dem es sich um eine unterirdische Straße handelte, wie sie jetzt begriff. Würde eine weitere Maschine kommen? Natürlich. Hatte der Fahrer sie gesehen und ihren Verfolgern über Funk ihre Position übermittelt? Natürlich.

Sie wusste jetzt, dass sie tatsächlich in höchster Gefahr schwebte. Der Mensch hatte sich verändert. Er handelte heute deutlich effizienter und effektiver. Sie erinnerte sich an das Paris vor fünfzig Jahren, als es noch eine kompakte, überschaubare Stadt gewesen war, in der es einige langsame Automobile und Scharen von Fahrrädern gegeben hatte. Nur die Métro war so schnell gewesen wie dieses Ding gerade. Aber sie war auf Schienen gefahren.

Vor ihr schwoll erneut ein grelles Kreischgeräusch an. Die nächste Maschine war unterwegs. In etwa zweihundert Metern Entfernung sah sie eine in die Wand eingelassene Leiter, die vermutlich zu einem Wartungseinstieg hochführte.

Die Maschine kam näher, wurde lauter. Ein warmer Wind blies ihr immer stärker ins Gesicht. Dies musste ein unterirdisches Zubringersystem sein, das nur dem Flughafen diente. Aber wie konnte das sein? Sie erinnerte sich doch, dass Paris nur ein kleines, wenn auch geschäftiges Flugfeld gehabt hatte.

Die Antwort war, dass es zu einem Monstrum angewachsen sein musste, und sie überlegte, ob ihre Brüder und Schwestern vielleicht doch Recht hatten. Vielleicht sollte auch sie sich nur an einem Ort aufhalten, denn allmählich schien die ganze Welt um sie herum aus den Fugen zu geraten. Sie sprintete auf die Leiter zu, war mindestens doppelt so schnell wie der schnellste Mensch – doch welche Rolle spielte das in einer Welt, in der Maschinen mit atemberaubenden Geschwindigkeiten dahinjagten? Selbst die unbändige Kraft eines Hüters war nichts im Vergleich zu fünfzig Tonnen rasenden Stahls.

Als sie die Leiter erreichte, kamen die Scheinwerfer des unterirdischen Zugs um die Kurve geschossen. Sofort begann die Hupe zu ertönen. Schlimmer noch, ein kreischendes Geräusch erklang, und der Zug verlor dramatisch an Tempo. Dieses Mal hatte der Fahrer sie auf jeden Fall gesehen und stieg voll auf die Bremsen. Das Letzte, was sie brauchte, war eine Konfrontation in diesem verdammten Tunnel. Das wäre das Ende. Dann säße sie in der Falle.

Sie stürmte die Leiter hoch, musste aber feststellen, dass die stählerne Einstiegsluke bombenfest in ihrer Verankerung saß. Nur ihre immense Kraft befähigte sie, so lange dagegen zu drücken, bis die Luke sich verbog und schließlich aufsprang.

Der Zug kam ungefähr drei Meter vor ihr zum Stehen. Er stand da, unsichtbar hinter seinen gleißenden Scheinwerfern, seine Hupe ununterbrochen tönend. Aus dem Tunnel erklangen Stimmen, Leute brüllten auf Französisch, dass sie stehen bleiben solle … auf Französisch, aber darunter war auch diese Stimme mit dem amerikanischen Akzent.

Sie stieg durch die Wartungsluke. Nun befand sie sich in einem Tunnelschacht, war nicht weit entfernt von einer Tür. Sie hielt es für wenig sinnvoll, weiter durch diesen Schacht zu fliehen, obwohl er offenbar für Fußgänger gedacht war und nicht für unterirdische Züge. Tunnel und Schächte waren verdammte Fallen. Sie nahm die Tür.

Helles Tageslicht schlug ihr entgegen; lautes Stimmgemurmel überflutete sie. Sie stolperte, und jemand sagte: »*Pardon.*« Sie hatte einen Mann angerempelt, der in einer Schlange vor einem Taxistand wartete. Er griff ihr stützend um die Taille. »*Madame*?«, sagte er, seine Stimme fragend gehoben.

»Entschuldigung«, stammelte sie auf Englisch, dann auf Französisch: »*Pardon, je suis confuse.*«

Er musterte sie von Kopf bis Fuß. Die anderen Leute in der Warteschlange starrten sie neugierig an.

»Mein Schuhabsatz ist gebrochen«, fügte sie hinzu und lächelte schwach. Dann ging sie ans Ende der Schlange. Sie war haarscharf dem Horror einer Verhaftung entronnen und aus dem unterirdischen Irrgarten entkommen. Irgendwie hatte sie es in die Oberwelt geschafft.

Sie brauchte ein Hotelzimmer, überlegte sie, und anschließend würde sie Martin Soule aufsuchen. Er war in den Tagen der gepuderten Perücken ein Freund ihrer Mutter gewesen. Das letzte Mal hatte sie ihn vor fünfzig Jahren gesehen. Martin war steinalt und weise und äußerst vorsichtig. Außerdem hatte er Stil, war mächtig und ein verwegener Abenteurer. Wie Miriam war auch er ein Weinliebhaber und hatte sich sogar so weit desensibilisiert, dass er gewisse Sachen essen konnte, denn in Frankreich zu leben war schwierig, wenn man nie etwas aß. Einmal hatte er sie zum Lachen gebracht, als er mit einem einzigen kräftigen Schluck das Blut eines enorm großen Fisches hinuntergespült hatte. Als er ihn anschließend nach menschlichen Kochregeln zubereitet hatte, war ihr jedoch speiübel geworden. Sie erinnerte sich noch gut an den grässlichen Geruch des heißen, dampfenden Fleisches, als er den Fisch aus dem Ofen nahm.

Sie befand sich noch immer fast am Ende der Warteschlange, als sie einen in sein Funkgerät sprechenden Polizisten bemerkte, der sie offen anstarrte. Ihr Herz sank. Zu Hause hatte sie nie Probleme mit der Polizei. Polizisten waren ihre Freunde. Sie ließ dem Sechsten Revier, in dessen Zuständigkeitsbereich ihr Club lag, regelmäßig einen großzügigen Obolus zukommen. Doch diese Polizisten hier konnte sie nicht bestechen.

Der Polizist schritt auf die Warteschlange zu. Seine Hand lag auf dem Knauf seines Revolvers. Sie erwog fortzulaufen, aber aus der entgegengesetzten Richtung kamen zwei andere Polizisten auf sie zu. Ihr blieb nur, auf die Straße zu rennen und zu hoffen, mit ihrer Schnelligkeit und Gewandheit ungeschoren zwischen den direkt hinter dem Taxistand vorbeirasenden Autos hindurchzugelangen. Doch selbst dies würde sie nur an eine Mauer führen.

Als ihr bewusst wurde, dass es keine Fluchtmöglichkeit gab, stieß sie ein unfreiwilliges Fauchen aus, das die vor ihr stehende Frau erschrocken herumfahren ließ; ihr Gesicht war kreidebleich, die Augen fielen ihr fast aus dem Gesicht. Alles in Miriam schrie danach, zu töten. Hätte sie keinen so starken Willen gehabt, hätte sie der Kreatur wohl die Kehle herausgerissen.

Sie unterdrückte ihre Instinkte und rang sich ein Lächeln ab. Sie würde ihre letzte Trumpfkarte ausspielen – und den Polizisten ihren für derartige Notfälle gedachten Cheryl-Blackmore-Führerschein zeigen und behaupten, ihren Reisepass verloren zu haben. Bis die Polizei herausgefunden hatte, dass Cheryl Blackmore eine längst verstorbene Frau aus Nebraska war, die nie einen Reisepass besessen hatte, würde sich ihr vielleicht eine Gelegenheit zur Flucht eröffnen.

Die drei Polizisten kamen näher – und begannen, sich

miteinander zu unterhalten. Sie lachten, waren völlig ungezwungen und beachteten Miriam überhaupt nicht. Sie hatten sich über Funk bloß für ihre Kaffeepause verabredet.

Dies waren wieder die guten alten Menschen, dachte sie, die arglosen, zerstreuten, erheiternden Geschöpfe, die von den Hütern so sorgfältig herangezüchtet worden waren.

Sie stieg beschwingt in ihr Taxi. Es war herrlich, entkommen zu sein, herrlich, wunderbar und zugleich unfassbar. Was für ein Glück sie gehabt hatte.

Ihr Mund wurde wieder trocken, ihre Muskeln entspannten sich. Der in ihr wogende Hass verebbte. Das Taxi schoss eine Auffahrt hoch und fuhr in den hellen Sonnenschein. Miriam lehnte sich in das Sitzpolster zurück.

»*Votre destination, madame*?«

»Ins Ritz«, sagte sie. Sie würde eine riesige Suite nehmen. Das Ritz bedeutete seidene Bettlaken wie zu Hause und ein langes Telefongespräch mit Sarah, um ihr zu sagen, wie einsam sie sich fühle und wie viel Heimweh sie habe … und dass sie ihr umgehend einen neuen Reisepass schicken solle.

Im Taxi fixierte sie, so weit möglich, den angebrochenen Schuhabsatz, um wenigstens einigermaßen gehen zu können, ordnete ihre Frisur und versuchte die Falten in ihrem Jackett zu glätten. Ihr Koffer war natürlich verloren, daher würde sie sich neue Kleidung kaufen müssen, und für Maßanfertigungen bei Chanel war keine Zeit. Dies würde Sarah freuen. Natürlich waren sie beide ausgesprochene Mode-Fanatiker, aber Sarah fand Miriams Geschmack viel zu konservativ.

Das Paris, das vor ihren Augen vorbeiraste, war ihr völlig fremd. Die breiten Schnellstraßen und die endlosen, jenseits der Périphérique wie monströse Klippen in den Himmel schießenden Häuserblocks beunruhigten und verwirrten sie.

Eine praktisch neue Stadt war aus dem Boden gestampft worden, und das in diesen wenigen Jahren! Aber dann verließ das Taxi die Schnellstraße und fuhr in eine Gegend, die ihr, dankbarerweise, vertraut war. Sie waren auf der Rue de Vaugirard, wo Philippe Vendome gewohnt hatte. Sie war von seinen Alchemie-Studien fasziniert gewesen und hatte, während sie sich vom Tod ihrer Mutter erholte, einige Zeit bei ihm gelebt. Sie hatte ihn angehimmelt, hatte seine geschliffenen Manieren und sein Geschick beim Bridge bewundert. Miriam liebte Kartenspiele, fand aber nur selten ernst zu nehmende Gegner.

Sie hatte Philippe von ihrem Blut gegeben und damit seine Lebensuhr zurückgestellt. Danach hatte er es sich zur Aufgabe gemacht, die Geheimnisse der Hüter zu erforschen, was damals, im frühen achtzehnten Jahrhundert, natürlich ein hoffnungsloses Unterfangen gewesen war. Dennoch war er ein angenehmer Gefährte und guter Liebhaber gewesen, so lange, bis sie Lord Hadleys Sohn John kennen gelernt hatte.

»Philippe«, murmelte sie und dachte an sein wunderschönes Herrenhaus. 1956 war es eine Ruine gewesen. Sie war durch die stillen Räume gewandert, in denen sie gelacht und sich geliebt hatten, und hatte über das kurze Leben der Menschen sinniert. Heute konnte sie das einstmals erhabene Anwesen, an das bloß noch die Vorderseite eines riesigen Gebäudes erinnerte, nur erahnen. Die Straße, durch die das Taxi jetzt fuhr, verlief ein Stück entlang des eleganten Parks, in den er oft mit ihr gegangen war, um seine Schwäne zu füttern.

Nun fuhren sie in einen Tunnel voller Autos und Lastwagen, rasten in tödlichem Tempo hindurch. Und da waren sie, ganz plötzlich, die Champs Élysées. Sie hatten eine ihr unbekannte neue Route genommen.

Alles war ihr so vertraut und lieb. Sie erinnerte sich noch an die Champs-Élysées vor fünfzig Jahren, selbst vor hundert Jahren – dieselbe beeindruckende Straßenbreite, dieselben Bäume und dasselbe prachtvolle Ambiente. Ja, so hatte es ausgesehen, seit Louis Philippe den genialen Haussmann beauftragt hatte, die verschlungene alte Spaghetti-Schüssel des vormaligen Paris umzugestalten.

Wenig später fuhren sie durch die mit Edelboutiquen gesäumte Rue St. Honoré; in den Auslagen der Geschäfte sah sie die seltsam schlichte Kleidung dieser Ära, Kleidung, die zunehmend das Männliche gegenüber dem Weiblichen bevorzugte. Die Idealfigur der Frauen glich immer mehr der eines Knaben. Sie selbst dagegen bevorzugte weibliche Eleganz.

Dann kam der Place Vendôme. Das Ritz sah *exakt* so aus wie früher. Ihr wunderschönes, geliebtes Ritz. Das erste Mal war sie dort an einem verregneten Abend vor dem Zeitalter des Motors eingekehrt. Wann war das gewesen? Etwa um 1900, als sie und John Blaylock hergekommen waren, um dem Luxus zu frönen, mit dem das Ritz seinen großartigen Ruf zu begründen begonnen hatte.

Als sie aus dem Taxi stieg – dieser winzigen modernen Blechdose –, stand sie einem Portier gegenüber, der die vertraute grüne Livrée des Hotels trug, und selbst sein Mantel war eine schöne Reminiszenz an gemächlichere Zeiten.

Sie betrat die Lobby und schritt über den dicken Teppich zur Rezeption. Natürlich kannte sie keines der Gesichter. Nach fünfzig Jahren war das Personal ein völlig anderes. Menschen kamen und gingen wie die Gischt auf einer ruhelos heranbrandenden Welle. Nun, Sarah würde sie wenigstens noch ein weiteres Jahrhundert genießen können, vielleicht sogar zwei ... es sei denn, die Gute entdeckte eine bahnbrechende wissenschaftliche Methode, ihre Lebensspanne noch weiter zu verlängern. Sarah wusste um das hässliche Geheimnis ihrer künstlichen Langlebigkeit. Einen weniger gefestigten Menschen hätte dieses Wissen in den Wahnsinn getrieben, die arme Sarah dagegen trieb es an ihre Reagenzgläser.

»Ich fürchte, ich habe keine Reservierung«, sagte Miriam zu dem Rezeptionisten, dem es trotz seiner offensichtlichen Beunruhigung gelang, freundlich zu wirken. Als sie auf ihn zugegangen war, hatte ihr sein Blinzeln verraten, dass er bemerkte, wie zerknittert ihre Kleidung aussah. Sie war übernächtigt und humpelte wegen des lockeren Schuhabsatzes. Alles in allem sah sie in seinen Augen sicherlich nicht wie jemand aus, der hierher gehörte. Und ihn zu beeindrucken, indem sie mit Namen von vor fünfzig Jahren um sich warf, wagte sie nicht. Ein solcher Versuch, aus dem Munde einer etwa Fünfundzwanzigjährigen kommend, hätte sich wie das Gebrabbel einer Geisteskranken angehört.

»Das tut mir Leid«, entgegnete er.

»Ich hätte gerne eine Suite. Am liebsten eine im vierten Stock.« Dort lagen die besten Zimmer des Hotels, die einzigen, die für sie überhaupt in Frage kamen.

Er bat um ihre Kreditkarte. Sie gab ihm Sarahs Visa-Karte. Sarah mochte es nicht, wenn sie sie benutzte, aber gegenwärtig blieb ihr nichts anderes übrig. Ihre eigene zu verwenden war zu riskant, und Marie Tallman war für alle

Zeiten im Ruhestand. Sie wartete, während er einen Telefonanruf tätigte.

»Es tut mir Leid, Madame, aber die Karte wird nicht akzeptiert.«

Wahrscheinlich war das Kreditlimit erreicht, dachte sie. Typisch Sarah. Leider hatte sie keine Kopie von Sarahs American-Express-Karte dabei, sondern nur ihre eigene.

»Vielleicht ist sie beschädigt, Madame. Falls Sie eine andere dabeihaben ...«

Sie wandte sich zu den Eingangstüren um. Sie hatte keine Lust, dies fortzusetzen und auch nur eine weitere Minute länger hier zu bleiben. Sie musste Sarah anrufen. Sie holte ihr Mobiltelefon heraus, dann zögerte sie. Der Anruf könnte zu ihr zurückverfolgt werden.

»Gibt es hier ein öffentliches Telefon?«

»Aber natürlich, Madame.« Er zeigte ihr, wo sich die Telefon-Nischen befanden. Sie holte die auf Sarahs Namen ausgestellte At&T-Karte heraus und wählte die vereinbarte Notfallnummer. Der entsprechende Apparat klingelte nur dann, wenn es wirklich dringend war, deswegen konnte sie davon ausgehen, dass Sarah sich augenblicklich melden würde.

Sie meldete sich nicht. Es war fünf Stunden früher in New York, also acht Uhr morgens. Eigentlich sollte Sarah zu Hause sein. Sie versuchte es unter der normalen Nummer. Aber nur der Anrufbeantworter meldete sich.

Sie versuchte es im Club. Auch dort meldete sich niemand, nicht zu dieser frühen Stunde. Verflucht, wo war die Frau, wenn man sie brauchte?

Vielleicht hatte sie gejagt und schlief nun tief und fest. Ja, das war es. Natürlich, das musste es sein. Sie legte den Hörer auf die Gabel zurück.

Sie überdachte ihre Lage. Sie war praktisch pleite. Unsinn, sie war niemals pleite; sie besaß Unmengen an Geld.

Vielleicht sollte sie es in einem anderen, weniger luxuriösen Hotel versuchen. Eine Restsumme musste noch auf der Visa-Karte sein. Dann überlegte sie, wie sie – in welchem Hotel auch immer – überhaupt ein Zimmer mieten sollte, ohne ihren Ausweis vorzulegen? Die Antwort war, dass es aussichtslos schien, und umso kleiner und schäbiger das Hotel war, desto vehementer würde man auf die Vorlage ihrer Papiere pochen. Der Tallman-Pass musste verbrannt werden; das war das Einzige, wofür er noch taugte.

Ihr wurde bewusst, dass sie nach wie vor in Lebensgefahr schwebte. Die Polizei hatte eine Beschreibung von ihr, und sie hatte nicht einmal ihre Kleidung gewechselt. Man würde natürlich in allen Hotels nach ihr suchen. Logisch.

Sie musste ins Schloss der Weißen Königin flüchten. Vor fünfzig Jahren hatte Martin dort gelebt. Vielleicht tat er es noch immer – und vielleicht konnte er ihr helfen.

Sie machte sich auf den Weg und gelangte nach einigen Minuten zum Place de l'Opera. Bevor sie zur Métro hinabstieg, tauschte sie in einer kleinen Wechselstube ihre thailändischen Bhat um. Sie erhielt vierzig Euro. Dazu hatte sie noch zweihundert Dollar in bar. Nicht besonders viel, doch sie reiste nie mit Bargeld; es war bisher nie notwendig gewesen. So reich zu sein machte ihre plötzliche Geldnot besonders schwierig. Sie wusste nicht, wie sie damit umgehen sollte.

Sie stieg die Stufen hinab in die schallende Welt der Untergrund-Bahn. Sie erinnerte sich noch von ihrem letzten Besuch daran, aber sie war nur ein einziges Mal U-Bahn gefahren, und zwar als sie einen Verkehrsunfall hatte umgehen müssen, um pünktlich zu einer Opernaufführung zu gelangen. Am Fahrscheinautomat gab es dann einige Verwirrung darum, in welche Richtung sie fahren musste. Die vorbeieilenden Menschenmassen machten es nicht leichter. Doch schließlich fand sie sich auf der Sitzbank eines Zuges wieder, der in die richtige Richtung fuhr.

Das Schloss der Weißen Königin war auf einem Grundstück erbaut worden, das vor unendlichen Zeiten den Hütern zugefallen war. Es befand sich in der Rue des Gobelins, und ein Teil des Gebäudes war an die Gobelins-Familie vermietet und von ihr zu einer Gerberei umgebaut worden. Abends waren die Gobelins und ihre Arbeiter nach Hause gegangen; die Häute, die dort gegerbt worden waren, hatten nicht nur von Tieren gestammt. In den oberen Etagen des Gebäudes hatten Hüter gewohnt.

In der Gegend gab es viele Legenden, warum die prächtige Stadtvilla ›Schloss der Weißen Königin‹ hieß. Einige besagten, dass Blanche de Castille es hatte erbauen lassen, andere, dass es Blanche de Navarre gehört hatte. Die wahre Bauherrin war jedoch Miriams geliebte Mutter gewesen, die unter ihren Artgenossen wegen ihrer Vornehmheit, ihrer aristokratischen Blässe und aufgrund der Tatsache, dass ihre Familie aus dem weißen Wüstensand Nordafrikas stammte, auch als die ›Weiße Königin‹ bekannt gewesen war.

Zum Glück ließ der Geruch der Menschen in der Métro Miriam nicht vor Hunger mit den Zähnen klappern. So schwierig ihre Lage auch sein mochte, sie war wenigstens satt. Es war ein nahrhaftes kleines Ding gewesen, das sie in Bangkok verspeist hatte. Eine so sättigende, köstliche Mahlzeit könnte sie öfter vertragen.

Ein Akkordeonspieler stimmte ein Lied an, und Miriam

schloss die Augen und hörte zu. Bestimmte Dinge in Paris schienen fast zeitlos zu sein. Als sie und ihre Mutter hier gelebt hatten, hatten die Menschen ähnliche Musik gemacht, allerdings mit anderen Instrumenten. Früher war die Musik rauer und wilder gewesen – dasselbe ließ sich aber auch von den Menschen sagen.

In Paris Nahrung zu finden war in jenen Tagen so leicht gewesen, dass einige Hüter sich dermaßen voll gestopft hatten, dass ihnen das Blut ihrer Opfer aus den Poren und allen Körperöffnungen sickerte. Die menschliche Bevölkerung war eine brodelnde, hilflose, ignorante Masse gewesen, die auf der Straße und unter Brücken und überall sonst hauste, wo es Schutz gab. Die alten Städte waren voller namen- und zielloser Wanderer gewesen, die man aufklauben konnte wie heruntergefallenes Obst.

Sie verpasste die Station Rue des Gobelins und stieg stattdessen in der Rue d'Italie aus. Als sie auf die Straße hochkam, schaute sie sich neugierig um. Sie empfand eine gewisse Zufriedenheit: In diesem Stadtteil hatten sich die Dinge kaum geändert.

Sie beschleunigte ihre Schritte, gespannt darauf, in welchem Zustand das Schloss sich präsentieren würde. Falls die Hüter vertrieben worden waren – nun, damit würde sie sich beschäftigen, wenn sich das Problem tatsächlich stellte.

Vor ihr lag die winzige Rue de Gobelins, eine enge, von der Hauptstraße abzweigende Seitengasse. Sie trat hinein – und blieb verwundert stehen. Das ›Schloss der Weißen Königin‹ sah *exakt* so aus wie früher, genau wie das Ritz. Es war heruntergekommen, glich aber bis ins kleinste Detail dem Bild in ihrer Erinnerung, also ging sie davon aus, dass es noch immer von Hütern bewohnt wurde.

Bis zu diesem Augenblick war ihr nicht bewusst gewesen, wie viel Angst sie tatsächlich gehabt hatte. Sie brauchte das Mitgefühl ihrer Artgenossen. Und sie musste sie warnen. Im Durcheinander der letzten Stunden hatte sie fast vergessen, weshalb sie hier war und nicht zu Hause in New York.

Es war in der Tat ironisch, dass die stärkste und intelligenteste Spezies auf dem Planeten, die absolute Spitze der Nahrungskette, in derselben misslichen Lage war wie der Frosch oder der Gorilla.

Es war ein langsamer, ein schleichender Prozess gewesen, das Resultat einer langen Reihe von, wie es damals schien, brillanten Zucht-Manövern.

Vor dreißigtausend Jahren hätten sie wegen einer Seuche beinahe die gesamte Menschenherde verloren. Die armen Dinger waren gestorben wie die Fliegen. Dann hatte man festgestellt, dass eine übereifrige Zuchtveredelung der Auslöser für die Katastrophe gewesen war. Generationen lang hatte man sie allein auf ihren Geschmack und Nährwert hin gezüchtet, was zu einem Ungleichgewicht zwischen roten und weißen Blutkörperchen geführt hatte. Mit dem Ergebnis: Der Mensch war für alle erdenklichen Krankheiten anfällig geworden.

Um zu gewährleisten, dass er überleben und trotzdem eine schmackhafte und gesunde Nahrungsquelle bleiben würde, hatten die Hüter bei einer Zusammenkunft beschlossen, die menschliche Bevölkerungszahl zu erhöhen. Um dies zu erreichen, hatte man durch gewisse Züchtungen ihren saisonalen Paarungstrieb in eine ganzjährig andauernde Brunst verwandelt. Das Ergebnis war, dass die Sexualität der Kreaturen zu einer bizarren Parodie des Fortpflanzungsverhaltens gewöhnlicher Tiere geworden war. Ihre Penisse und Brüste waren riesig geworden. Die Körperbehaarung war verschwunden. Sie hatten eine regelrechte Sexbesessenheit entwickelt, wobei die Weibchen zurückhaltender als andere Säugetiere wurden, die männlichen Exemplare dafür umso aggressiver.

Sie ging auf die alte Stadtvilla zu. Als sie das letzte Mal durch dieses Portal geschritten war, war es Hand in Hand mit ihrer Mutter gewesen. Damals war das Gebäude neu gewesen, hatte nach Bienenwachs und frisch bearbeitetem Stein gerochen. Hunderte von Kerzen hatten die weitläufigen Räume in einen glühenden Lichtschein getaucht. Hoch oben waren hinter winzigen Fenstern behagliche Schlafgemächer eingerichtet worden, damit die Hüter sich unbeobachtet an ihren Opfern laben und niemand auf der Straße die lustvollen und entsetzten Schreie vernehmen konnte.

Gleich unter dem Dachboden, hinter dem kleinen Bogenfenster, befand sich ein prächtiges Schlafgemach, in dem ein Hüter, so lange er wollte, mit seiner Beute spielen, ihr immer wieder Angst einjagen konnte, um sie anschließend zu beruhigen und abermals in lähmende sexuelle Erregung zu versetzen. Dies verlieh dem Blut des Opfers einen unglaublich köstlichen, süßsauren Geschmack und verdeutlichte, wie groß die geheimnisvolle Wechselwirkung zwischen Schmerz und Ekstase werden konnte.

In dieser Weise hatte sie seit langem nicht mehr gespeist. Mutter Lamia hatte es immer so gemacht. Ihre Festmahle hatten sich manchmal über Tage hingezogen. Aber Miriams menschliche Gefährten lehnten derartige Praktiken ab und hatten schreckliches Mitleid mit den Opfern, wenn Miriam Derartiges tat.

Sarah beispielsweise konnte nur zusehen, wenn Miriam

ihr Opfer auf schnellstmögliche Weise umbrachte. Sie selbst versuchte, ohne zu töten am Leben zu bleiben, und bezog ihre Nahrung hauptsächlich aus Blutbanken; oft beschwor sie Miriam, sich regelmäßigen Transfusionen zu unterziehen, aber diese Art der Nahrungsaufnahme machte einen nur schwindlig und übellaunig.

Miriam ging zur Tür. So wie sie sich im Augenblick fühlte, hätte sie am liebsten einen groß gewachsenen, prall mit Blut gefüllten Menschen in das Schlafgemach hinter dem Bogenfenster hochgetragen. Ganz gleich, ob satt oder nicht, sie würde ihn tagelang auf die Folter spannen und all die alten Techniken ihrer Mutter anwenden.

Sie waren die Hüter, nicht die Behüteten. Egal wie brillant, wie zahlreich oder wie gewalttätig der Mensch war, in erster Linie war und würde er immer ihr verdammter *Besitz* bleiben!

Sie drückte gegen die Tür. Verschlossen. Sie rüttelte dreimal an ihr, auf genau die Weise, die vonnöten war, um die Schlossbolzen aus der Halterung zu schieben, wenn man keinen Schlüssel hatte. Hüter kannten keinen Privatbesitz. Jedem gehörte alles.

Die Tür schwang auf. Sie ging hinein, trat mit behutsamen Schritten in die Fußstapfen ihrer verlorenen Vergangenheit. Tiefe Stille umfing sie, Hüter-Stille. Die breiten Trägerbalken über ihr, die zu Lebzeiten ihrer Mutter einen satten Braunton gehabt hatten, wirkten mittlerweile tiefschwarz, als hätten sie sich in Eisen verwandelt. Die an den Wänden stehenden Gerbbottiche waren leer.

Sie schritt über den widerhallenden Holzfußboden der Faktorei zu dem schmalen Treppenaufgang. Mutter hatte ihre Opfer genau diese Stufen hochgescheucht, gefolgt von Miriam, die zugeschaut und von ihr gelernt hatte.

Wie still es hier war, stiller als an jedem Ort der Menschen. Hier war noch immer ein Hüter zu Hause, o ja. Doch wo steckte er? Sollte er nicht wenigstens ein bisschen neugierig sein, wer hier unten diese unverkennbaren Geräusche verursachte, die nur ein weiterer Hüter machen konnte, der die Heimstatt eines anderen betrat?

»Hallo?«, sagte sie, zum ersten Mal seit vielen Jahren die zischende, unendlich subtil klingende Sprache ihrer Artgenossen benutzend.

Er war viel kleiner als in ihrer Erinnerung und so schmutzig wie ein Kohleeimer, eine Kreatur, die sich nicht mehr gewaschen hatte, seit die Badewannen am französischen Hof zum letzten Mal mit Milch gefüllt worden waren. Seine Augen waren klein und schmal, und er hatte das zerknitterte Gesicht einer Fledermaus. Er kam in einem hundert Jahre alten Gehrock auf sie zu, darunter war er so nackt wie bei seiner unendlich lange zurückliegenden Geburt. Er hatte Hunger, beißenden Hunger, und sah so schemenhaft und unwirklich wie ein halb totes Gespenst aus.

In seinem totenblassen Gesicht prangte eine offene, hellrote Wunde, aus der Eiter tropfte. Er stammelte etwas, wirkte schrecklich begierig, und plötzlich wurde ihr klar, dass er sie für einen Menschen hielt. Sie sah so anders aus als die übrigen Hüter, dass er glaubte, sie sei ein Mitglied der Menschenherde.

Seine skelettartigen Hände packten ihre Handgelenke, umschlossen sie mit dem eisernen Griff eines Hüters. Dann trafen seine Augen die ihren. Der glänzende Schimmer seiner Begierde begann zu flackern und zu verblassen. Ihm wurde klar, dass er sich getäuscht hatte.

Er ließ die Hände an den Seiten herunterfallen, dann

warf er sich vor ihre Füße. »*M'aidez*«, flüsterte er, nicht auf Prime, sondern auf Französisch.

Als sie auf die dreckige, hilflos auf dem Boden kauernde Kreatur hinabstarrte, biss sie in ihre geballte Faust. Doch sie konnte ihm nichts vormachen. Er wusste, dass sie sich vor ihm ekelte. Denn er lachte wütend und verbittert, lachte, um ihre Schreie zu übertönen.

5

Pariser Dachfenster

Paul hatte die Reisende um zehn Sekunden verpasst. Er hatte gerade noch einen kurzen Blick auf die Kreatur erhascht – sie war groß gewachsen, trug gewöhnliche Kleidung (einen etwas altmodisch aussehenden Hosenanzug) und hatte eine wallende blonde Mähne. Mehr hatte er nicht erkennen können.

Der Regen trommelte auf das Dachfenster; grollender Donner hallte über die Dächer von Paris hinweg. Er brüllte in den Telefonhörer: »Ihr habt sie verloren! Ihr und die Franzosen.«

Er hörte sich Sam Mazurs ebenso weinerliche wie komplizierte Erklärung an. Mazur war der örtliche CIA-Chef der US-Botschaft. Paul hielt eine Hand über die Sprechmuschel und flüsterte Becky Driver zu: »Das ist ein Pappbecher. Ich sagte *Eimer*.«

»Wir haben nur diesen Becher.«

Sam lamentierte weiter darüber, dass die Franzosen nicht kooperiert hätten und nicht kooperieren würden und dass sie, solange sie nicht über alle Einzelheiten informiert waren, auf ihrem Hoheitsgebiet keine Operation gestatten würden.

»Sag mir eins, Sam. Ich bin neugierig. Warum diese Ressentiments? Ich meine, die Franzosen mögen den US-Geheimdienst nicht. Aber wir sind nicht der Feind. Das ist ihnen bisher immer bewusst gewesen.«

»Der Kalte Krieg ist vorbei, mein Freund. Europa hat

uns satt, und am sattesten haben uns die Franzosen. Sie hassen es, wie wir und die Briten sie mit dem Echelon-System elektronisch ausspionieren. Der US-Geheimdienst ist nicht mehr angesagt, Mann. Es ist an der Zeit, unsere Schalldämpfer einzupacken und abzuzischen.«

Der Pappbecher, in den sich der gesamte Gewitterregen zu ergießen schien, war voll. »Becky, würdest du ihn bitte ausleeren. Dies sind burmesische Schuhe. Ich möchte nicht riskieren, dass sie nass werden.«

Ihr Blick wanderte zu seinen großen braunen Schuhen hinunter. »Die hast du in Myanmar gekauft?«

»Ich ließ sie anfertigen. Aber ich glaube, die Sohlen sind aus Pappe.«

»Sie sehen wie Beerdigungs-Schuhe aus.«

»Was zum Teufel sind ›Beerdigungs-Schuhe‹?«

»Schuhe, die Männer zu Beerdigungen tragen. Glänzende schwarze Altherren-Treter, etwa von 1974.«

Charlie Frater kicherte. Paul warf den beiden böse Blicke zu. Er hatte den untersetzten, bebrillten Charlie und die schlanke, liebenswerte Becky mitgebracht, weil die beiden die rücksichtslosesten Mitarbeiter waren, die er hatte. Charlie gehörte zu den Leuten, die nie genug bekamen. Er begab sich ebenso bereitwillig in jede Gefahrensituation, wie sich ein Priester in seine Kirche begab. Das Eigenartige war nur, dass er aussah wie ein braver Verwaltungsbeamter, der sein Leben ausschließlich am Schreibtisch verbrachte.

Becky dagegen stellte sich vor, eine Spionin aus einem alten Spielfilm zu sein. Sie kultivierte ihre Rolle, indem sie besonders lange Trenchcoats trug und stets den Mantelkragen hochschlug. Sie war erst dreiundzwanzig, war aber die fröhlichste und furchtloseste Kriegerin, die er hatte. Und sie war schnell. Atemberaubend schnell.

Es gab keinen Mann im Team, der noch nicht an Becky gedacht und wahrscheinlich von ihr geträumt hatte. Paul hatte es. Aber sie ließ niemanden an sich heran, und Paul bedrängte sie nicht.

Der Rest der Mannschaft würde in den Staaten zusammenkommen. Pauls oberste Priorität war – war es immer gewesen –, die Vampire in den USA auszulöschen. Asien war als Erstes an die Reihe gekommen, weil sich die Gelegenheit geboten hatte. Nun musste er diese Reisende aufhalten, damit sie nicht über den großen Teich gelangte und die Opposition organisierte. Er musste sie hier stellen.

Er widmete sich wieder dem Gespräch mit Sam: »Also, der Punkt ist: Wir haben dieses verdammte Ding verloren, und jetzt rennt es in Paris herum und erzählt seinen verfluchten Freunden, dass jemand hinter ihnen her ist. Tut mir Leid, Sam, aber das ist deine Schuld.«

»Darf ich auflegen?«

»Nein, darfst du nicht.«

»Ich habe aber etwas Dringendes zu erledigen. Streng geheim.«

»Sag mal, musst du *immer* kacken, wenn du kritisiert wurdest?«

»Ja, muss ich.«

Paul ließ den Hörer auf die Gabel sinken.

Becky und Charlie starrten ihn an.

»Was?«

»Na was schon? Was hat er gesagt?«

»Er ist ein Bürokrat. Er hat nichts gesagt.«

Das Dachfenster leckte jetzt an fünf Stellen. Wenn der Abend anbrach, wurden in dem riesigen Wolkenkratzer auf der anderen Straßenseite die Lichter eingeschaltet. Damit war alle Privatheit, die das Zimmer bieten mochte, dahin. Noch schlimmer war, dass es keine Möglichkeit gab, einen Vorhang vor das Dachfenster zu ziehen. Mindestens zweitausend Büroangestellte konnten gezielt in das Zimmer hinabschauen, das eigentlich ein geheimer CIA-Treffpunkt sein sollte.

Paul starrte zu dem Büroturm hoch. »Wir sollten ein paar Tanznummern zusammenstellen«, sagte er.

Charlie, der aus irgendeinem Grund übte, mit einer kleinen Drehmaschine Zigaretten zu stopfen, entgegnete: »Wir können ja einen Hut hinhängen. Vielleicht wirft man uns ein paar Münzen rein.«

»Verdammt noch mal, wie sollen wir in dieser Zirkusmanege vernünftig arbeiten? Haben eure Zimmer wenigstens ein bisschen Privatsphäre?«

»Ach was, sie sind viel zu klein, Boss«, antwortete Becky.

»Quatsch. Es wird schon reichen.«

»Mit mehr als einer Person in meinem Zimmer bekomme ich den Reißverschluss nicht mehr zu.«

Klingt gut, dachte Paul. Er sagte: »Verdammt noch mal!«

»Ist dies das billigste Hotel in Paris?«, fragte Charlie.

»Normalerweise steckt unser Arbeitgeber seine Angestellten nie in die billigste Absteige. Das *Sans Douche* ist zwar ein spottbilliger, unmöglich gelegener Scheißladen, aber es gibt in Paris bestimmt noch billigere Absteigen. Trotzdem sind sie bestimmt nicht so verlaust wie der Laden hier. Habt ihr Lust auf ein paar Katzenhaare?« Er klopfte auf das Bett. »Ich habe mehr, als ich brauche.«

»Was wir brauchen, ist ein Plan«, stellte Becky das schmerzhaft Offensichtliche fest.

»Was wir brauchen, ist ein Weg, den Innenminister davon abzuhalten, sich beim Botschafter zu erkundigen, warum in Paris CIA-Leute rumrennen und nach Draculas Braut suchen!«

»Dracula hatte keine Braut, Boss.«

»*Natürlich*. So hieß doch ein Film.«

»Nein, ich glaube, das stimmt nicht.« Becky gab rasch ein paar Suchbegriffe in ihren Laptop ein. »Falsch. Laut der Spielfilm-Datenbank im Internet gibt es keinen Film mit diesem Titel.«

»Dann schreib Steven Spielberg einen Brief: ›Lieber Stevie! Habe eine Idee für dich. Es geht um Dracula, nur dass es diesmal eine Frau ist!‹ So, Leute, ich glaube, ich leg mich jetzt hin.«

»Boss, die Frage ist, wie wir die Frau finden sollen?«

»Wollen wir die Franzosen verarschen, oder sollen wir es lieber lassen, das ist die Frage.«

Charlie begann, unter dem Dachfenster auf und ab zu tänzeln. »Das Problem ist, dass wir dieses Ding unbedingt aufhalten müssen.« Er begann zu singen, und dies war ein schreckliches Trauerspiel. »'Cause she's spreading the news, she's doin' it today, 'cause she wants to be part of it –«

»Hat man dich vor deiner Einstellung nicht getestet, Charles? Ich meine, als ich mich damals bewarb, wurde ich einem psychologischen Test unterzogen, weil sie feststellen wollten, ob ich ein Arschloch bin.«

»Der Kalte Krieg ist vorbei, Boss. Die alten Arschlöcher werden langsam aussortiert, und neue stellen sie nicht ein.«

Das Telefon klingelte. Es war Sam, der noch nicht genug hatte von den Beschimpfungen.

»Hey, Kumpel.« Sie waren zusammen in Kambodscha und Laos stationiert gewesen. Paul Ward und Sam Mazur waren so etwas wie Brüder im Geiste.

»Raus mit der Sprache, verrate mir ein vernünftiges Restaurant in – wo sind wir noch mal, Becky?«

»In Montparnasse.«

»In Montpissoir.«

»Es gibt tausende Restaurants dort.«

»Sind sie gut?«

»Sehr.«

»Billig?«

»Kaum.«

»Gibt's hier auch McDonald's?«

»Was suchst du überhaupt in Montparnasse?«

»Wir wurden in eins dieser kleinen Billig-Hotels gesteckt.«

»Gott, bist du heruntergekommen. Langsam beunruhigt es mich, überhaupt mit dir zu reden. Ich bin ehrgeizig. Ich möchte eine große Nummer in Langley werden. Ich habe schon ein Auge auf die Lesotho/Chad/Botswana-Abteilung geworfen. Doch es wird nie klappen, wenn die Leute erfahren, dass ich mit einem Verlierer wie dir verkehre.«

»Die Franzosen glauben, dass Mrs. Tallman mit einem Taxi in die Pariser Innenstadt gefahren ist. Haben sie dir irgendwelche Einzelheiten verraten?«

»Nun, genau genommen – ja.«

Paul versuchte, sich keine Hoffnungen zu machen, tat es aber trotzdem.

»Sie glauben, dass es ein französisches Taxi war.«

Hätte er die Vampire nicht so gehasst und wäre er nicht so besessen von ihnen gewesen, hätte er Sam die passende Antwort gegeben. So aber konnte er ihn nur um Unterstützung bitten. »Sam, ich brauche die Kooperation der Franzosen. Du musst es irgendwie hinkriegen.«

»Egal, worum es sich handelt, sie glauben immer, es sei

irgendein amerikanischer Schwachsinn, den wir hier veranstalten. Sie meinen, wir würden sie nach Strich und Faden verarschen. Was ist das für ein Lärm bei dir?«

»Es regnet.«

»Tatsächlich!«

»Tatsächlich.«

»Bei mir ist es wunderschön.«

»Oh, halt die Klappe. Etwas an der ganzen Sache geht mir gehörig gegen den Strich, und ich werde dir verraten, was.«

»Ich bin ganz Ohr.«

»Nun, für die Franzosen sollte dies wie eine Interpol-Operation aussehen. Warum verhalten sie sich also so bescheuert?«

»Weil sie wissen, dass es keine Interpol-Operation ist.«

»Und woher sollten sie das wissen?«

»Weil Interpol es ihnen verraten hat.«

»Na toll. Okay, Sam – und ihr beiden hört auch zu. Ich habe einen Vorschlag. Ich finde, wir sollten uns jemanden holen, der fließend Französisch spricht, und uns unter dem Vorwand, dass wir eine amerikanische Staatsbürgerin suchen, an die Polizei wenden.«

»Die Hölle wird losbrechen.«

»Nein, hör zu. Wir sagen ihnen, dass es eine Liebesaffäre sei. Wir müssten nur ein bisschen herumschnüffeln – ganz diskret natürlich –, weil die Dame von zu Hause fortgelaufen ist und die Sache politisch sensibel sei. Das werden uns die Franzosen abkaufen. Sie haben Verständnis für solche Dinge.«

»Sie werden es vielleicht abkaufen, aber trotzdem kennen sie noch immer keine Einzelheiten. Sie werden wissen wollen, warum die Sache so sensibel ist, und erst dann werden sie über eine eventuelle Kooperation nachdenken.«

»Was wir tun müssen ist – hey, Charlie, hör auf, mit dem Ding herumzuspielen – was ist das überhaupt?«

»Ein Gerät zum Zigarettenstopfen. Hab ich in Bumskok gekauft. Nettes Teil.«

»In *Bangkok*, du sexistischer Hund«, sagte Becky.

»Leg das Ding weg. Was wir tun müssen – bist du noch dran, Sam?«

»Sicher.«

»Was wir tun müssen, und zwar so schnell wie möglich, ist, die Vampire zu lokalisieren, die sie warnen will. Wir haben sie verloren, haben keine Beschreibung, außer dass sie einen konservativen Hosenanzug trägt, wahrscheinlich von Chanel, und eine wallende blonde Mähne hat, vermutlich eine Echthaarperücke. Ohne örtliche Hilfe müssen wir ein paar Gänge hochschalten. Wir müssen dieselbe Technik anwenden, die wir seit Tokio benutzen.«

»Die da wäre?«

»Wir gehen die Polizeiberichte der Vermisstenfälle durch und suchen nach einem bestimmten Muster. Ich nehme an, dass sie sich in der Nähe ihrer Verstecke rumtreiben, so wie überall sonst, wo wir sie gejagt haben. Hier in Paris bekommen wir detaillierte Straßenkarten – mit Gebäudeplänen, Plänen der Kanalisation, der Kabelschächte und so weiter, das ganze Repertoire. Es wird einfacher sein als in Singapur. Und viel einfacher als in Schanghai.«

»Boss?«

»Ja, Becky?«

»Frag ihn, wo in Paris die alten Polizeiberichte archiviert werden und ob es eine spezielle Sektion für Vermisstenfälle gibt.«

Neben dem Plastikgitter auf der einen Seite des Telefonapparates entdeckte Paul einen verborgenen Knopf. Als er draufdrückte, merkte er, dass das Telefon einen externen Lautsprecher hatte.

»Sam? Du bist auf dem Lautsprecher.«

»Hallo.«

Becky wiederholte ihre Frage.

»Im Zentralarchiv der Pariser Polizeipräfektur«, erwiderte Sam. »Allerdings werden die Vermisstenfälle in derselben Rubrik geführt wie die gewöhnlichen Morde.«

»Das heißt?«

»Das heißt, dass man jeden einzelnen Bericht lesen muss, um herauszufinden, ob der Fall ursprünglich als Vermisstenfall begonnen hat. Kann einer von euch Französisch lesen?«

»Ja, ich«, sagte Charlie.

»Sam«, fragte Becky, »wann wird in diesem Land eine vermisste Person für tot erklärt? Sagen wir, wenn man glaubt, dass dem Verschwinden kein Verbrechen zugrunde liegt.«

»Nach neun Jahren.«

»Werden diese Todeserklärungen gesondert aufbewahrt?«

»Das weiß ich nicht. Das müssten wir die Franzosen fragen.«

»Mist«, rief Becky enttäuscht.

»Wir könnten behaupten, es handele sich um eine Geschichtsstudie«, schlug Paul vor. »Becky ist eine Studentin aus Harvard. Ihr Vater ist ein einflussreicher Geschäftsmann und hat die Botschaft gebeten, seiner Tochter bei den Recherchen für ihre Magisterarbeit zu helfen.«

»Das sollte funktionieren«, sagte Sam. »Ich kann Becky

binnen einer Woche Zugang zum Zentralarchiv verschaffen.«

»Das reicht nicht, Sam, wir müssen morgen rein.«

»Paul, die Mühlen der Bürokratie mahlen langsam. Wir sind in Frankreich.«

»Versuch's einfach, Sam.«

»Befinden sich die Informationen im Computer?«, fragte Becky.

»Sie werden alles Mögliche zu Gesicht bekommen, von den besten Datenbanken, die Sie je gesehen haben, bis zu verstaubten, dicken Wälzern, die vierzig Pfund wiegen und Sie zum Niesen bringen.«

Sie kamen überein, sich am Mittag des folgenden Tages in einer Bar namens Le Lapin Robuste in der Rue du Sommerard zu treffen. Zu dem Zeitpunkt würde Sam herausgefunden haben, in welcher Abteilung des Zentralarchivs die Todeserklärungen von Vermissten abgelegt wurden. Anschließend würden sie persönlich zu dem nahe gelegenen Archiv gehen und sehen, wie weit sie dort kamen.

Nachdem das Gespräch beendet war, begannen Charlie und Becky, in einem Zagat-Stadtführer ein Restaurant für das Abendessen auszusuchen. Paul sah ihnen zu. Er empfand erneut dieses furchtbar beklemmende Gefühl, das ihn jetzt von Zeit zu Zeit überkam, seit er die grotesken Überreste des armen Kiew Narawat gesehen hatte.

Eine Zeit lang hatte ihn das Wissen, dass es Vampire wirklich gab, schrecklich deprimiert. Er hatte versucht, hinter der Tatsache, dass sein Vater einem Blutsauger zum Opfer gefallen war, eine besondere Bedeutung zu finden, aber das Einzige, was er gefunden hatte, war Hass.

Es hatte etwas Gespenstisches an sich zu entdecken, dass man nicht an der Spitze der Nahrungskette stand. Es war dasselbe, wie wenn man erfährt, dass man eine tödliche Krankheit in sich trägt. Man fühlte sich schrecklich hilflos. Man begann davon zu träumen ... es war wie eine Krebserkrankung des Geistes.

»Onkel Paul«, sagte Becky, »da wir heute Abend nichts mehr tun können, würden Charlie und ich dich gerne auf eine Zwiebelsuppe und ein paar Gläser Wein einladen.«

Dies brachte das Fass, das ohnehin schon bis an den Rand gefüllt war, seit ihm der verdammte Vampir entkommen war, endgültig zum Überlaufen. Er betrachtete die beiden – zwei Kinder, die durch zu viele leichte Siege arrogant geworden waren.

»Glaubt ihr, wir hätten gewonnen? Seid ihr deshalb so selbstgefällig, mit eurem verdammten Spielzeug und so weiter –« Er riss Charlie die Drehmaschine aus den Händen und schmiss sie auf den Boden. Charlie, der wegen der ständigen Gefahr in seinem Beruf immer unter Strom stand und ohnehin äußerst aufbrausend war, konnte sich gerade noch zurückhalten und nahm seine gehobene Faust wieder herunter. Paul sah ihn an. »Mach doch, wenn du willst«, sagte er mit einem kalten Lächeln, »dann schicke ich dich eben auf die Bretter.«

»Paul?«

»Und was dich betrifft –« Er nahm ihre Handtasche, die neben dem Stuhl auf dem Boden gestanden hatte. Er hielt sie unter die Tischlampe. »Woraus besteht diese Tasche?« Er wusste es verdammt gut. Sie alle hatten sich aus der Haut getöteter Vampire dieses Zeug anfertigen lassen – Hand- und Brieftaschen, Gürtel und wer weiß, was sonst noch. Die Haut eines Vampirs war nun mal deutlich weicher als Kalbsleder ... und vermutlich sogar weicher als Menschenhaut.

Er kippte den Inhalt der Tasche auf den Schreibtisch und warf das verdammte Ding in den Papierkorb. »Sie würden ausrasten, wenn sie dieses Leder sähen.«

»Ich habe nicht vor, die Tasche in eine ihrer verfluchten Höhlen mitzunehmen. *So* blöd bin ich nun auch nicht.«

»Habt ihr noch immer nicht verstanden?« Er schaute von einem erstaunten Gesicht in das andere. »Nein, ihr habt nicht verstanden. Also hört mir genau zu, Kinder. Etwas hat sich grundlegend geändert. Bisher hatten wir es mit etwas äußerst Altem zu tun, das sich sehr schwerfällig auf neue Situationen einstellt, und bisher ist es relativ einfach gewesen. Als ob man Riesenwanzen zertritt. Ihr habt sie überrascht und seid nur auf geringen Widerstand gestoßen. Ein bisschen Zähne fletschen, ein bisschen Herumgefauche. Es war lustig! Musste es ja auch sein, schließlich sind wir Vollprofis. Ha, wisst ihr, was wir wirklich sind? Wir sind verdammte Riesenarschlöcher!«

»Das bin ich nicht«, sagte Charlie. Sein Gesicht war puterrot. Seine Augen funkelten kampflustig. Er war es nicht gewohnt, beschimpft zu werden, und nahm es nicht widerspruchslos hin.

»Nein, du nicht, Jungchen. Du kleiner, unschuldiger Bengel. Zeig mal deine Brieftasche.«

»Warum?«

»Zeig schon her, verdammt noch mal!«

Charlie holte sie heraus. »Sie verwenden doch auch Menschenhaut«, murmelte er.

Paul schüttete den Inhalt aus und warf die Brieftasche ebenfalls in den Papierkorb. »Sonst noch was?«

»Hey, die Sachen sind wertvoll!«

»Wenn sie dich mit ihren verdammten *Häuten* in der Hand sehen, werden sie sofort wissen, wer du bist.«

»Sie werden es aber nicht sehen.«

»Hört zu: Eines dieser Dinger hat sich im fünften Stock ein Hotelzimmer genommen, hat einen unserer Kollegen umgebracht und ist anschließend mit einem gottverdammten *Flugzeug* von Bangkok nach Paris geflogen! Ich habe *es* gesehen, und *es* sah verdammt nach einer Frau aus. Wie ein *normaler Mensch*! Also hängen sie nicht die ganze Zeit in ihren Höhlen herum, richtig? Wir haben es mit etwas völlig Neuartigem zu tun! Etwas, von dem wir nicht die geringste Ahnung haben! Sie mögen alt wie Methusalem sein und reagieren vielleicht etwas schwerfällig, aber sie mussten eine grausame Niederlage einstecken, und jetzt kommt ihre Antwort! Also passt verdammt noch mal auf, denn sie sind stark und klug, und *jetzt wissen sie Bescheid*!«

In der nachfolgenden Stille fiel ihm auf, wie laut das Summen der elektrischen Uhr auf dem Nachttisch neben dem Bett war. Charlie ging zum Fenster. Becky starrte auf ihre Hände. Dann blickte sie auf. Er sah die Tränen in ihren Augen. Und ebenso sah er, dass es keine Tränen des Schmerzes oder der Verlegenheit waren, sondern Tränen der Wut. Gut so. Das gefiel ihm. Sollte sie doch heulen.

Dad rief ihn von der hinteren Veranda. »Paulie, komm her, lass uns Eiskrem machen!« Dad roch nach der feuchten Erde, die Zeit seines Lebens seine Heimat gewesen war. Er roch nach dem Laub des Sommers.

Nachdem Dad verschwunden war, war Paulie auf allen vieren zum Fluss und wieder zurück gekrochen, hatte überall gesucht und in seinen Gebeten dem lieben Gott angeboten, niemals wieder unartig zu sein, wenn er nur seinen Dad zurückbekäme.

Seine Mutter hatte sich auf der Farm bis zum Umfallen

abgerackert und sich immer um ihre Existenz gesorgt, denn wenn sie nicht die Ernte einholte, landete die Familie, wie sie sagte, auf der Straße. Es hatte in ganz North Carolina, und wahrscheinlich auch nirgendwo sonst, keine einzige Bank gegeben, die gewillt gewesen war, ihnen einen Farmer-Kredit zu gewähren.

»Was sollen wir tun?«, fragte Becky.

»Eure Arbeit!«

»Ich meine: jetzt, Paul. Genau in dieser verdammten *Sekunde*, Paul! Denn ich wüsste nicht, was es in diesem Augenblick zu tun gäbe. Wir haben die ungenaue Beschreibung einer Frau, die den Kreaturen, die wir bislang getötet haben, offenbar nicht im Geringsten ähnlich sieht. Ich meine, mir würde nie einfallen, aus einer Frau eine Handtasche zu machen. Bisher habe ich kleine, schrumpelige, verdreckte Monster gesehen, nichts, was auch nur entfernt an eine groß gewachsene blonde Frau erinnert.«

»Wir wissen erst seit wenigen Jahren von diesen Kreaturen. Sie dagegen existieren seit Jahrtausenden und hatten eine Menge Zeit, sich alles Mögliche auszudenken …«

»Das ist nicht mein Punkt. Mein Punkt ist, dass du einen beschissenen Tobsuchtsanfall bekommst, weil Charlie und ich – die wir seit drei höllischen Jahren für einen schrecklichen, dreckigen, undankbaren Job unser Leben riskieren – uns ein bisschen Ablenkung gönnen wollen, da es ansonsten nicht das *Geringste* zu tun gibt!« Sie verschränkte die Arme. »Erkläre dich!«

»Ist ganz simpel. Ich bin euer Vorgesetzer, und ihr seid meine Angestellten.«

»Also, was sollen wir jetzt tun, Boss?« Charlie versuchte, seine in Stücke gesprungene Drehmaschine wieder zusammenzusetzten.

»Ach, macht doch, was ihr wollt. Geht ins Tour D'Argent und verprasst ein Monatsgehalt. Ins Moulin Rouge. In die Slow Bar. Malt die verdammte Stadt rot an, dafür ist Paris schließlich da.«

»Ich möchte nur eine gute Bouillabaisse.«

»Und ich ein dickes Steak mit Pommes.«

Charlie und Becky gingen in den Regen hinaus. Paul lauschte etwa fünf Minuten lang dem auf das Dachfenster niederprasselnden Regen. Und überlegte, ob er die beiden vielleicht doch hätte begleiten sollen. Vielleicht konnte er einen Getränkeladen finden, der noch geöffnet hatte. Er würde einen Liter Stoli kaufen und sich sinnlos betrinken. Es würde ihm gut tun, am nächsten Morgen mit einem bösen Kater zu erwachen.

Er fuhr in dem winzigen Aufzug hinunter, drückte sich den Hut auf den Kopf und machte sich auf den Weg zu einer Sauftour, die vermutlich erst im Morgengrauen enden würde. Vielleicht würde er aus Langeweile sogar eine Kneipenschlägerei provozieren. Es gefiel ihm, seine Fäuste zu gebrauchen, hatte ihm immer gefallen. Es sollte kein Problem sein, mit irgendeinem Franzosen einen Streit vom Zaun zu brechen. Hoffenlich würde er einen gleichwertigen Gegner finden, damit das Ganze auch Spaß machte. Männer, die sich gerne schlugen, erkannten sich in einer Kneipe sofort. Es gab offensichtliche Signale – wenn dich irgendein schwergewichtiges Arschloch ohne Grund finster anstarrt, ist das eine deutliche Einladung. Erfahrene Kneipenschläger lebten in ihrer eigenen geheimen Welt, und er gehörte unbestritten dazu. Es gibt nichts Besseres, als bei einer zünftigen Kneipenschlägerei ein paar Freunde fürs Leben zu gewinnen.

Er schlenderte den Boulevard Montparnasse entlang.

Hier gab es zahllose Theater, mehr als er von seinem letzten Besuch in Erinnerung hatte. Schade, dass es so spät war, sonst hätte er ins Marmottan-Museum hinübergehen und sich die Monets anschauen können.

Vielleicht sollte er lieber ins Kino gehen und sein Französisch ein wenig aufpolieren. Aber die vielen Bars waren zu verlockend. Er ging in eine. Sie war voller Touristen. Nervöse Araber, die an ihren Weingläsern nippten; Amerikaner, die lautstark nach Martinis verlangten.

Am Tresen saßen einige Franzosen über ihren Drinks oder Kaffees. Er drängte sich dazwischen und schaffte es mit einiger Mühe, einen Stoli zu bekommen.

Der Drink war klein und überteuert, aber er wirkte; also bestellte er noch einen. Er fragte sich, ob die örtlichen Nutten genauso überteuert waren wie der Alkohol. Er war verwöhnt von den Asiatinnen, die sich für ein paar Dollar den Arsch abarbeiteten, die massierten, bliesen, vögelten und die abartigsten Dinge taten und anschließend für die nächste Runde vom Manager durch ein frisches Gesicht ersetzt wurden.

Er fragte niemand bestimmten: »Weiß irgendwer, warum Raubtiere immer gerissener sind als ihre Beute?«

Niemand antwortete.

»Weil sie gerissener sein müssen. Die Beute lebt von der Arbeit – vom Grasfressen, vom Ackerbau, wovon auch immer. Raubtiere leben von ihrer Gerissenheit. Deswegen sieht eine Gazelle den Löwen nicht. Deswegen sieht uns das Rotwild nicht.« Er machte eine Pause, dann hob er sein Glas. Der Barkeeper tat es ihm nach. Er stieß mit dem Mann an.

Zugegeben, er war hergekommen, um eine Schlägerei anzuzetteln. Aber er war achtundvierzig Jahre alt, verdammt noch mal; was sollte er tun – sich wie ein durchgedrehter Teenager aufführen? Außerdem konnte man Leute nur schwer beleidigen, wenn sie einen nicht verstanden.

Er ging. Regen schlug ihm ins Gesicht. Er marschierte los und wünschte, etwas wirklich Wichtiges zu tun zu haben. Warum hatte keiner die Frau fotografiert? Weshalb hatten sie nicht den verdammten Reisepass einkassiert? So konnte man nicht mal eine Großfahndung einleiten.

Er ging so schnell, dass er praktisch rannte. Es schüttete in Strömen. Unter den Straßenlaternen sah er die aus dem tief hängenden Himmel hinabfallenden Regenmassen. Er rannte, wie ihm plötzlich bewusst wurde, weil er Angst hatte. Wie fühlte es sich an, wenn einem bei lebendigem Leib das Blut ausgesaugt wurde? Diese Mistviecher waren Parasiten. Riesige, schleimige Blutsauger.

Wie um aller Welt war sie ihnen entkommen? Man entkam der Flughafenpolizei nicht, wenn sie einen einmal geschnappt hatte. Das war unmöglich! Und doch hatte sie es geschafft.

Natürlich, ihre Intelligenz. Sie musste ein Genie sein. Welcher Schluss ließ sich daraus ziehen? Wie viele Schritte war sie ihnen voraus? Zehn? Fünfzig? Tausend? »Gottverdammt!«

Dann fragte er sich, ob sie von ihm wusste. Er hatte keine Ahnung, wie sie das hätte bewerkstelligen sollen, aber er hatte ja auch keinen Intelligenzquotienten von 250. Sie konnte in diesem Augenblick drei Meter von ihm entfernt sein, ohne dass er den leisesten Schimmer gehabt hätte.

Er entdeckte einen kleinen Laden, in dessen Auslage neben Orange Crush und Evian-Wasser auch diverse Weine feilgeboten wurden. Es gab einen guten Muskatellerwein für rund neun Dollar. Er entrichtete den Preis und nahm die Flasche unter den Arm.

Im Hotel fiel ihm ein, dass er keinen Korkenzieher hatte. Deswegen schlug er kurzerhand den Flaschenhals ab, legte sich, aus der zersplitterten Öffnung trinkend, auf das Bett und starrte zu dem Büroturm hoch. All die dunklen Fenster – und nirgendwo eine Menschenseele.

Es war nicht allein der Wein, aber allmählich fühlte er sich besser. Vor allem die beiden Wodkas hatten ihm gut getan. Vielleicht würde er irgendwann im Morgengrauen einschlafen, vielleicht auch nicht.

Er erwachte im trüben grauen Morgenlicht; von der Straße drang Musik nach oben – irgendein wildes arabisches Volkslied. Oberhalb seines Dachfensters erhob sich der Büroturm wie ein monströses Gespenst. Er stand auf und wollte eine Zigarette, griff aber stattdessen nach seinen Kaugummis. Er zerkaute einen mit brutaler Kraft, schob sich den Nächsten in den Mund und kaute so lange darauf herum, bis seine Kiefer schmerzten.

Er war gestern Abend ziemlich rüde mit den Kindern umgesprungen. Aber das war nichts Neues. Sie hatten trotzdem ihre Froschschenkel bekommen. Tatsache war, dass er seine Kinder liebte. Er wollte, dass sie ihre Froschschenkel bekamen, wann immer ihnen der Sinn danach stand.

Das Telefon machte *brrt-brrt-brrt-brrt*. Netter Klingelton, dachte er.

»Ja?«

»Wir haben drei mögliche Vampir-Verstecke geortet. Im 9. und 13. Arrondissement.«

»Becky?«

»Ja, Boss?«

»Wo steckst du?«

»Im Zentralarchiv der Polizeipräfektur.«

»Täusche ich mich, oder ist es gerade sechs Uhr fünfzehn am Morgen?«

»Mist, die machen in einer Stunde auf. Wir müssen verschwinden.«

»Wie zum Teufel seid ihr dort reingekommen?«

»Es gibt unzählige Dachfenster in dieser Stadt.«

6

Martin Soule

Miriam hatte geschrien und geweint, und nun saß sie in einem kleinen Café und suchte unter Zeitdruck ein Opfer für Martin. Sie hatte immer wieder versucht, Sarah zu erreichen, jedoch keine Antwort erhalten. Trotzdem durfte sie nicht zulassen, dass sich dieses zunehmend beunruhigende Problem auf ihre Jagd auswirkte. Sie wusste nicht genau, was mit Martin los war, außer dass er verhungerte, und es war das Entsetzlichste, was sie je gesehen hatte.

Beim Jagen war es außerordentlich wichtig, geduldig zu sein, ganz gleich, wie sehr die Zeit drängte. Das Schwierige war, dass man seine Beute grundsätzlich nicht für gefährlich hielt, und in einem Notfall wie diesem wollte man nur instinktiv jemanden packen, ihn an den Haaren davonschleifen und möglichst schnell dem Verhungernden geben.

Sie zwang sich, stillzusitzen und einladend zu wirken. Der Kellner warf ihr bewundernde Blicke zu, genau wie einige männliche Gäste. Doch niemand rührte sich, niemand *tat* etwas.

Sie zog an ihrer Zigarette, saugte den warmen Rauch tief in ihre Lungen und ließ ihn durch verführerisch gespitzte Lippen ausströmen. Wenigstens gab es hier gute Zigaretten. Diese Gitane erinnerte sie an Bon-Tons. Amerikanische Zigaretten schmeckten heutzutage fürchterlich.

Weshalb beachteten diese blöden Männer sie nicht? Hatten sich die Sitten dermaßen geändert? Als sie das letzte Mal in Europa Beute gerissen hatte, war alles ganz anders gewesen. Es war sofort zu einem Flirt und einer schnellen Verführung gekommen. Es war an einem ruhigen Tag in Clichy gewesen, in einer Bar voller Trunkenbolde und Amerikaner.

Sie fing die Blicke mehrerer Männer auf, aber mehr als einen flüchtigen Augenkontakt wagten die Kerle nicht. Sie hatte nicht vor, Martin – oder irgendeinen anderen Hüter, dem sie helfen konnte – verhungern zu lassen. Wie er in diese Lage geraten war, wusste sie noch nicht. Aber sie konnte es sich denken – irgendwie musste es mit dem Feldzug der Menschen gegen die Hüter zusammenhängen. Sie nahm einen tiefen Zug von ihrer Zigarette und blies den Rauch kraftvoll durch die Nase aus.

Die Versuchung wurde immer größer, einfach auf die Straße zu gehen und das zu tun, was ihr Instinkt verlangte. Für viele Hüter war die Mahlzeit immer dann am schmackhaftesten, wenn sie einem plötzlichen, spontanen Impuls folgten und einfach ein Opfer von der Straße auflasen, ihm den Kopf abrissen und aus seinem offenen Hals tranken. Auch sie hatte immer diesen Instinkt gehabt. Deswegen hatte sie sich anfänglich so nach Amerika hingezogen gefühlt, denn ihrer Rasse hatte sich dort ein äußerst bequemes, sorgloses Leben geboten. Sie hatte sich durch den ganzen Wilden Westen geschlürft. Man musste nur ein paar Meilen reiten und konnte unterwegs bedenkenlos seine Opfer auflesen. Es war an der Tagesordnung gewesen, dass Leute dort spurlos verschwanden.

Sie hatte ihre Zigarette ausgedrückt und war im Begriff, sich eine neue anzuzünden, als sie sah, dass ein Mann auf sie zukam. Sie sagte auf Französisch: »Entschuldigen Sie, würden Sie mir bitte eine Flamme reichen?«

Er ging, ohne sie zu beachten, zur Herrentoilette weiter. Konnte es sein, dass dies eine Homo-Bar war? Nein. Eindeutig nicht. Als Besitzerin eines New Yorker Nachtclubs konnte sie sofort erkennen, welche sexuelle Orientierung in einem öffentlichen Etablissement vorherrschte.

Ein am Nebentisch sitzender Mann sagte zu ihr: »Meine Dame, Sie sprechen das Französisch des Voltaire. Ihre Aussprache und Wortwahl sind äußerst altmodisch.« Er hob die Stimme und imitierte sie: »›Würden Sie mir bitte eine *Flamme* reichen?‹ Heute sagen wir ›Feuer‹. Würden Sie mir bitte Feuer geben. Ein neuer Ausdruck! Woher kommen Sie?«

»Aus der Vergangenheit«, antwortete sie schnippisch. Sie stand auf. Zum Teufel mit den Franzosen, wenn sie nicht mal mehr an einer schönen Frau interessiert waren.

»O Mademoiselle, ich versuche doch nur, mit Ihnen ins Gespräch zu kommen! Seien Sie nicht so vorschnell. Sie müssen Amerikanerin sein. Sie haben Ihr Französisch in der Schule gelernt. Nun, Sie hatten einen alten Lehrer. Einen sehr alten, würde ich meinen! Aber das kann man Ihnen nicht vorwerfen.«

Er war untersetzt. Auf seinen Handrücken zeichneten sich die verräterischen blauen Linien ab, die darauf hinwiesen, dass die Trink-Venen breit und durchlässig waren. Der Blutfluss in der Halsschlagader würde schön kräftig sein. *Köstlich.*

Sie warf ihm ein verlegenes Lächeln zu, die Art, die Männern den Atem raubte. Sie hatte es jahrelang einstudiert, und inzwischen betrachtete sie sich als Künstlerin, wenn es um ein gewinnendes Lächeln ging. Als sie ihre strahlend weißen, jedoch vollständig künstlichen Zahnreihen offenbarte, kam er an ihren Tisch.

Endlich. Sie gab sich gleichgültig. Wenn sie ihn zu eifrig anlächelte, würde sie ihn vertreiben … zumindest war es früher so gewesen.

»Sie schicken mich nicht wieder fort?«

Sie zuckte mit den Schultern.

Mit etwas tieferer Stimme fragte er: »Wird mich dies etwas kosten?«

»Ein wenig.« Was bedeutete, dass es ihn das wertvollste kosten würde, das er besaß – seinen Atem, sein Blut, sein Leben.

»Dann sind Sie also tatsächlich – eine Professionelle, die am hintersten Tisch eines Cafés auf Kundenfang geht. Es ist so – ich weiß nicht – so *charmant*. So wie im guten alten Paris! Und Ihre Sprache und der altmodische Hosenanzug. Sie stammen wirklich aus der Vergangenheit. Hören Sie, ich möchte nicht die Stimmung verderben, aber ich habe nur ein paar hundert Franc dabei.«

»Wie traurig für Sie.«

»Nehmen Sie Kreditkarten?«

Wie konnte er nur etwas so Unsinniges fragen? Eine Prostituierte, die Kreditkarten nahm – unfassbar. Sie zog an ihrer Zigarette und ließ den Rauch langsam ausströmen.

»Sie sollten damit aufhören.«

»Wie bitte, mein Herr?«

»Ich habe es aufgegeben. Ist schlecht für die Lunge.« Er klopfte sich auf die Brust, atmetete tief ein und ließ langsam und gleichmäßig die Luft aus seinem aufgeblähten Brustkorb ausströmen. »Ich wette, das können Sie nicht.«

Sie konnte länger als eine Stunde die Luft anhalten. Hüter konnten zwar ertrinken, doch es war ein langsamer Tod. Genau genommen gab es für sie keine schnellen Tode.

Jede Faser, jeder Knochen ihres Körpers klammerte sich mit fanatischer Leidenschaft an das Leben. Der Mensch besaß eine unsterbliche Seele, seine Hüter nicht. Der Mensch konnte es sich leisten zu sterben. Hüter mussten, wenn möglich, bis in alle Ewigkeit leben.

Miriam drückte ihre Zigarette aus.

»Sie haben sehr schöne Hände«, sagte er mit bewunderndem Blick.

Sie hielt ihm eine Hand entgegen. Als er einen Kuss darauf hauchte, sagte jemand am Tresen: »O Gott.«

»Sei still, du dummer Gorilla!«, rief ihr Opfer dem Mann zu. »Beachten Sie ihn nicht. Er hat die Manieren eines Tieres.«

Sie ließ die Hand sinken, berührte seine Fingerspitzen mit ihren: das Zeichen ihres Besitzanspruchs. »Gut, mein Herr, ich habe nämlich nicht den ganzen Tag Zeit.«

»Ihr Französisch wird moderner. Jetzt klingen Sie wie jemand aus dem Jahr 1896.«

»Ich bewohne ein schönes Zimmer, und für zweihundert Franc dürfen Sie mich begleiten.«

Sie schlenderte mit ihm über die Rue de Bobbilo, überquerte den Place d'Italie und führte ihn in die Rue des Gobelins. Es goss in Strömen, deswegen suchte sie unter seinem Schirm Schutz vor dem Regen. Als sie die Straße überquerten, stolperte sie und fiel ihm fast in die Arme. Er sah sie aus dem Augenwinkel stirnrunzelnd an.

Es war ein verräterischer Ausrutscher gewesen: Ihm war ihr erstaunliches Gewicht aufgefallen. Hüter hatten einen äußerst dichten Knochenbau und eine entsprechend dichte Muskelmasse. Ihr Skelett war doppelt so schwer wie das des Menschen.

Manchmal genügte schon der winzigste Fehler, um ein

Opfer zu vertreiben. Wie die meisten Raubtiere hatten Hüter nur bei einem Drittel ihrer Angriffe Erfolg. Der Mythos vom Vampir als ein unaufhaltbares, übernatürliches Geschöpf war genau das – ein Mythos.

Sie erreichten ein kleines Hotel. Er wollte hineingehen.

»Nein, nicht hier.«

»Wo dann? In dieser Gegend gibt es nur das eine Hotel.«

»Nur noch ein kleines Stück, mein Herr.«

Seine Schritte wurden langsamer. Sie spürte, dass er sie immer wieder von der Seite ansah. Es war eine archaische Form der unbewussten Gefahrenwitterung – ihr für ihre Figur und Größe extremes Gewicht –, und er verstand es nicht, und das beunruhigte ihn. Sie musste unbedingt ihr Französisch aufpolieren. 1956 hatte niemand etwas gesagt. Andererseits hatte sie auch nicht gejagt, sondern war nur zu Chanel gegangen, um sich neu einzukleiden. Sie hatte eine Unsumme ausgegeben, und keiner der Chanel-Mitarbeiter hätte es gewagt, etwas über ihr Französisch zu sagen.

Sie bedachte ihn mit einem sorgfältig einstudierten Blick – die Brauen gehoben, die grauen Augen strahlend –, der ihn durch die Verbindung von mädchenhafter Unschuld und weiblicher Erfahrung betören sollte. Dieser Blick wirkte, seit sie ihn einstudiert hatte, und das war zu einer Zeit gewesen, als man noch in einen Teich hatte blicken müssen, um sein Spiegelbild sehen zu können.

Er machte nur »*Hmpf*«, wie ein Pferd, dem man eine Karotte hingehalten hatte. Dann wurde er still. Sein Gang wurde fester, entschlossener.

Sie hatte ihn an der Angel, endlich! Der Blick war in der Tat überaus wirkungsvoll. Er hatte schon in der Via Appia und in der Watling Street die Männer geködert, in Ur und in Athen, in Venedig und im alten Granada.

»Was ist denn das – o Gott –, was zum Teufel wollen Sie in dieser schäbigen Bruchbude?«

»Sie werden schon sehen.«

»Nicht für zweihundert Franc. Ein Zimmer in einer solchen Ruine kostet höchstens fünfzig, Süße. Niemand haut Jean-Jacques übers Ohr, glauben Sie mir.«

Wenn sie sein Angebot annahm, würde er denken, dass sie krank war, und damit wäre die Sache gestorben. Sie musste etwas Zeit vergeuden und feilschen.

»Im ersten Stock ist es sehr schön. Geben Sie mir hundertfünfzig.«

»Was? Immer noch zu …«

»Hundertfünfzig. Und nur dann, wenn Ihnen das Zimmer zusagt.«

»Und wenn nicht?«

»Dann habe ich Pech gehabt. Dann mache ich es für fünfzig und werde eine volle Stunde lang ihre geheimsten Wünsche erfüllen, mein Herr.«

»Ihr Französisch klingt wirklich faszinierend, wissen Sie das?« Er schaute an Mutter Lamias altem Palast hoch, an der schmutzigen grauen Kalksteinfassade, zu dem spitz zulaufenden Dachgiebel und den winzigen Turmfenstern. Sie wusste, was in seinem Kopf vorging: *Soll ich wirklich mit dieser sonderbaren Frau dort hineingehen*?

»Ich wohne hier. Drinnen sieht es ganz anders aus, als es von außen scheint.«

Er verzog das Gesicht, folgte ihr aber durch die Tür in die höhlenartige Empfangshalle. Er blieb stehen und schaute zu dem im Schatten liegenden Deckengewölbe hoch. »Mein Gott, was für ein unheimlicher Ort!«

»Kommen Sie.« Sie ging auf die Treppe im hinteren Teil der düsteren, weitläufigen Halle zu.

»Diese Treppe ist eine Todesfalle!«

Mach es mir nicht so schwer, nicht wenn ich es so eilig habe, dachte sie. Sie sagte: »Aber mein Herr, die Treppe führt zu meinen Gemächern.« Sie ging mit schwingenden Hüften auf die Treppe zu.

»›Mein Herr! Meine Gemächer!‹ Sie sind wirklich sonderbar, und ich werde nicht mit Ihnen dort hochgehen, egal wie schön Sie sind. Wahrscheinlich schmecken Sie sowieso wie ein Aschenbecher, so viel wie Sie rauchen.«

Der Mann wandte sich um und ging zum Ausgang. Sie holte zischend Luft und wandte sich ebenfalls um.

Mit wenigen raschen Schritten hatte er die Tür erreicht. Er umfasste den Türring und zog schon daran. Miriam sprang ihm mit einem mächtigen Satz hinterher. Er sah sie gerade noch heranfliegen und riss einen Arm hoch. Für den Bruchteil einer Sekunde trafen sich ihre Blicke. Sie schlug ihm mit der Faust auf die Schädeldecke, genau an der richtigen Stelle und mit genau der Wucht, derer es bedurfte, um ihm das Bewusstsein zu rauben. Er fiel mit einem dumpfen Knall auf den Boden.

»Martin«, sagte sie, »schau, was ich dir mitgebracht habe.«

Er hatte alles mit angesehen, verborgen hinter einem der alten Gerbbottiche. Er trat hinter seinem Versteck hervor und kam mit dem schleppenden Gang eines stark geschwächten Hüters näher. Er roch nach ausgetrocknetem, ranzigem Fleisch und altem Blut. Seine Augen glommen gierig.

Sie sah zu, wie er sich panthergleich auf den weichen Körper seines Opfers warf. In seinen geschmeidigen Bewegungen war etwas von dem alten Martin zu erkennen, etwas von seiner früheren Anmut und sogar ein bisschen von seiner früheren Kraft.

Er legte seinem Opfer die Lippen an den Hals, an der traditionellen Stelle also. Manchmal bissen Hüter in einen Punkt am Oberschenkel, oder sie nahmen sich, wenn sie besonders hungrig waren und über genügend Saugkraft verfügten, gleich die Koronararterie vor, die man durch einen barbarischen Biss ins Kreuz erreichen konnte.

Es war dekadent und grausam, das Blut aus einer kleinen Nebenvene zu trinken, aber auch diese Praxis war durchaus üblich. In diesem Fall wusste das Opfer, was ihm geschah, denn es blieb während der gesamten Mahlzeit bei vollem Bewusstsein. Ein schrecklicher Spaß! Vor allem Kinder machten es so, und Miriam konnte sich noch an einige Ägypter erinnern, die sie, als sie noch ein ganz junges Ding gewesen war, auf diese Weise gequält hatte. Sie und Sothis, der Sohn von Amma, hatten mit allen Arten von grausigen Formen der Nahrungsaufnahme herumexperimentiert. In den dreckstarrenden Seitengassen Thebens hatten sie sich oft als Kinder-Prostituierte ausgegeben und ihre Kunden durch die erigierten Penisse ausgesaugt, bis von ihnen nichts übrig geblieben war, als Knochen und Haut, die sie sogleich zum Gerber brachten. Kinder können so grausam sein.

Martins Körper begann konvulsivisch zu zucken. Seine Saugkraft war noch immer immens. Plötzlich erwachte der Mann und rief etwas wie »O Scheiße«. Er warf sich hin und her, und Martin, der weit von seinem Normalgewicht entfernt und dementsprechend geschwächt war, rutschte ab.

Er brauchte alle Nährstoffe, deren er habhaft werden

konnte, daher durften sie das Opfer nicht umbringen, um seine Gegenwehr zu brechen. Das Blut eines Toten war eine kärgliche Mahlzeit.

Der Mann bäumte sich auf. Plötzlich vernahm sie ein schmatzendes Gurgeln und ein schwächer werdendes Sauggeräusch. Martins Zähne glitten aus der Bisswunde. Der Mann bäumte sich erneut auf, und dieses Mal rutschte Martin endgültig ab.

»Was in Gottes Namen geht hier vor?« Der Mann starrte auf Martin herab, der wie ein entkräfteter Riesenkäfer neben ihm auf dem Boden lag. »Was geht hier vor, *verdammt noch mal*?« Der Mann begann aufzustehen.

Martin packte seinen Fußknöchel. Der Mann schrie auf und trat Martin fort.

»Himmelherrgott, was ist los mit diesem Kerl?«

Der Mann war überraschend gefasst. Miriam gefiel das nicht. Sie trat einen Schritt vor und packte eines seiner Handgelenke.

Er riss ein Knie hoch und traf ihren Unterarm. Es war ein wuchtiger Stoß, der ohne weiteres einen Menschenknochen zertrümmert hätte. Sie hatte keine Ahnung, wen sie vor sich hatte. Bitte nicht wieder einen Polizisten.

Seine freie Faust kam auf ihr Gesicht zugeflogen. Sie fing sie mit der geöffneten Handfläche ab und stoppte damit die Vorwärtsbewegung so jäh, dass dem Mann vor Schreck fast der Unterkiefer aus dem Gesicht fiel. Sie wollte seine Handgelenke zusammenquetschen. Er versuchte sich loszureißen, trat nach ihr und traf sie dieses Mal mitten ins Zwerchfell. Ihre Muskulatur war viel zu kräftig, als dass der Tritt wehgetan hätte, aber er brachte sie aus dem Gleichgewicht, sodass sie ihn loslassen musste. Der Mann wich sofort von ihr zurück.

»Was seid ihr?«, brüllte er. »Außerirdische, oder was?«

Das wieder. Dies war seit einiger Zeit ein neuer Mythos unter den Menschen, aus dem die Hüter vielleicht Kapital schlagen sollten, obwohl sie auf der Erde seit fünfzigtausend Jahren nicht mehr als Außerirdische galten.

Martin hatte sich aufgesetzt und klopfte sich – überflüssigerweise – den Staub von seinem zerschlissenen Gehrock. Als sie wieder zu dem Menschen hinüberschaute, war dieser erneut auf dem Weg zur Tür. Mit einem raschen Sprung versperrte sie ihm den Weg.

»*Mon dieu*! Ein Drei-Meter-Sprung aus dem Stand!« Der Mann lächelte ängstlich und hob abwehrend die Hände. »Hören Sie, wir können über alles reden. Ich bin Familienvater. Ich kann Sie nicht zum Pluto oder irgendeinem anderen Planeten begleiten.«

Pluto war der Name der Menschen für Nisu, den fernsten Planeten im Sonnensystem. Dahinter gab es bloß noch Niburu, den Wanderer.

»Kind, du musst dein Leben aufgeben. Du kannst uns nicht entkommen.«

Das würde ihn noch mehr ängstigen und sein Blut mit schmackhaften Hormonen versetzen.

»Seien Sie nicht absurd. Das wäre Mord! Und schauen Sie sich doch an; Sie selbst sind ein Kind, das die alten Kleider Ihrer Mutter trägt! Sie dürfen so etwas Schreckliches nicht tun. Sie würden es für alle Zeiten bereuen, *Kind*.«

Hinter ihm war Martin auf die Beine gekommen. Er begann, mit hängenden Schultern und offenem Mund auf das Opfer zuzuwanken. Der Klang seiner Schritte ließ es herumfahren. Und dann geschah etwas, dass nur sehr selten passierte: Ein menschliches Wesen erblickte einen völlig unverkleideten Hüter, sah sein wahres Gesicht.

Der Mann sog zischend die Luft ein. Dann herrschte Stille. Und plötzlich begann er panisch zu schreien. Aber er blieb wie erstarrt stehen, hypnotisiert wie eine Maus von einer Schlange.

Tief im Unterbewusstsein, tief in seiner Seele kannte der Mensch die Wahrheit. Denn sein Unterbewusstsein hatte das Abbild dieses Gesichts gespeichert, das ihm noch aus der Zeit vertraut war, als die Hüter sie in Käfigen gehalten hatten. Sie waren Tiere ohne jeden Verstand gewesen. Deshalb hatte sich das sprachlose Entsetzen, das sie empfunden hatten, in ihr kollektives Gedächtnis gegraben und war als roher Instinkt von Generation zu Generation weitergegeben worden.

Schade, dass der frei lebende Mensch so viel besser schmeckte als der in Gefangenschaft gehaltene. Dies hatte unweigerlich dazu geführt, dass sie sie erst in Kleingruppen und dann in frei lebenden Herden gehalten hatten, die ihre eigenen Städte bauen und eine eigene Geschichte haben durften. In der Folgezeit hatten sich die Hüter darauf verlegt, in den Städten der Menschen zu wohnen, was in der Tat äußerst bequem gewesen war. Dies wäre es noch immer, wenn sie sich nicht ständig in Gefahr gewähnt hätten.

Denn dies war völlig unnötig. Miriam hatte in New York City seit der Gründung des Polizeiwesens rund eintausend Menschen erlegt – und sie hatte nie Probleme bekommen. Genau genommen hatte sie, von den jüngsten Ereignissen abgesehen, überhaupt nie irgendwelche Schwierigkeiten gehabt.

Sicher, es hatte die Geschichte mit Ellen Wunderling gegeben, als Sarah in Panik geraten war und die Frau umgebracht hatte, weil sie zu viel über Miriam wusste. Aber die Ermittlungen waren – selbstredend – im Sande verlaufen.

In Wahrheit war es nicht schwer, ungestraft Menschen zu töten, wenn man sich nur ein wenig vorsah. Die anderen Hüter hätten nicht so furchtsam zu werden brauchen. Natürlich war Vorsicht angebracht. Doch dieses Verstecken in halb verfallenen Häusern ... sie waren heutzutage nichts weiter als Parasiten. Sie war die Letzte ihrer Art, der letzte wahre Hüter, der letzte Vampir.

Nun, sie musste ihre Art rehabilitieren, und Martin würde der Erste sein. Sie würde ihn nähren und pflegen, bis er seine alte Kraft wiedererlangt hatte, und dann würde sie ihm beibringen, wie man in der modernen Welt zurechtkam. Sie würde es all ihren Artgenossen beibringen. Danach würde sie ein wunderschönes Baby gebären – und dies würde der Prinz ihrer Rasse werden und sie zurück zu altem Glanz führen.

Der Mann wollte erneut fliehen, aber Miriam war schneller. Sie packte ihn von hinten.

Er schrie laut und versuchte ihr einen Kopfstoß zu verpassen. Er traf sie an der Stirn. Aber der Stoß war belanglos, würde nicht einmal eine Beule hinterlassen.

Sie verstärkte ihre Umklammerung. Der Mann versuchte ihre Hände von seinem Körper loszureißen. Sie fühlte, wie seine Rippen langsam nachgaben. Seine Befreiungsversuche wurden schwächer, und schließlich entschwand ihm mit einem Zischen der Atem aus dem Leib.

Martin riss den Mund auf und stürzte sich auf sein Opfer. Der Mann wand sich, sprang umher, schüttelte vehement den Kopf. Martin geriet ins Straucheln, gewann aber das Gleichgewicht wieder zurück. Miriam presste den letzten Lufthauch aus dem Mann. Martin schlug ihm erneut die Zähne in den Hals. Die gerade noch wild herumtretenden Beine des Mannes erlahmten. Miriam drückte noch fester zu. Sie roch warmen Urin, hörte ihn auf den Boden tropfen.

Martin begann zu saugen, und das Körpergewicht des Mannes fing an, sich zu verringern, anfangs nur unmerklich, dann immer spürbarer. Währenddessen wurde Martins dreckstarrendes Gesicht immer rosiger. Sie spürte, wie das Leben aus dem Mann herausströmte. Der Körper wurde schlaff. Kurz darauf ließ Martin von ihm ab.

»Da ist noch eine Menge übrig«, sagte sie.

Er sackte in sich zusammen. »Ich kann nicht mehr.« Er fand einen Stuhl und ließ sich darauf fallen. Wenigstens schlurfte er nicht mehr herum wie ein halb totes Gespenst. Ein erster Fortschritt.

Das Blut und die übrigen Körperflüssigkeiten mussten verwertet werden. Sie durften die Leiche nicht einfach verwesen lassen. Sie trug sie durch die Eingangshalle und setzte sich auf den unteren Treppenabsatz. Sie legte sich die Leiche auf den Schoß, beugte sich hinab und saugte sie aus, bis außer der cremefarbenen, straff auf dem Skelett anliegenden Haut nichts mehr übrig war.

»Ist noch Säure in einem der Fässer?«

Er schüttelte den Kopf. »Alles leer.«

Schade. Es war in den alten Tagen sehr bequem gewesen, denn sie hatten die Überreste einfach in Säure aufgelöst. Es war ein geschickter Schachzug ihrer Mutter gewesen, die Gerber ins Haus zu holen.

»Wie entsorgst du denn deine Opfer sonst?«

Er sah sie an. »Du bist es, Miriam, nicht wahr?«

»Ja, Martin.«

»Ich habe seit einem Jahr nichts mehr zu mir genommen.«

Ihr Mund öffnete sich, aber sie sagte nichts, konnte

nichts sagen. Sie hatte von Hütern gehört, die sechs Monate oder länger gehungert hatten – aber ein ganzes Jahr ohne Nahrung? Wieso war er noch am Leben?

»Martin –«

»Ich habe oft den Tod angefleht, mich zu holen. Doch er kam nicht. Er wollte einfach nicht kommen.« Er lächelte schwach. »Ich verwandelte mich in eines dieser Dinger, die *du* erschaffst.«

Er meinte ihre menschlichen Gefährten und was mit ihnen geschah, wenn Miriams Blut sie nicht länger jung halten konnte. Hüter mochten zwar nicht viel miteinander reden, doch von Miriam und ihren Menschen wusste offenbar jeder.

»Das ist etwas anderes. Du wärst irgendwann gestorben.«

Er nickte. »Bestimmt.« Er hob den Blick und sah sie an. Sie schaute ihm tief in die weisen schwarzen Augen. Martin war tausende Jahre älter als sie.

»Unser Ende naht, Miriam«, sagte er.

»Das stimmt nicht!«

Er nickte langsam, nicht weil er ihr zustimmte, sondern eher so, als ob er sie veralbern würde. »Du musst die Leiche irgendwie loswerden«, sagte er. »Man wird den Mann bald vermissen, und früher oder später werden sie hier nach ihm suchen.«

»Warum hier? Wir waren hier immer sicher. Dies ist das Haus meiner Mutter.«

»Das Gebäude gehört jetzt der Stadt Paris. Man plant, es vom nächsten Jahr an, als Teil des Gobelins-Museums zu nutzen.« Er machte eine abfällige Handbewegung, eine Geste von unendlicher Traurigkeit. »Sie werden den ganzen alten Krempel rausräumen.«

»Martin, bis vor einigen Jahren ging es dir noch blendend. Was ist geschehen?«

Auf seinem Gesicht, das jetzt etwas fülliger schien und unter der Schmutzschicht eine Ähnlichkeit mit der eleganten, schmallippigen Erscheinung erahnen ließ, die sie in Erinnerung hatte, breitete sich ein Lächeln aus. Das Lächeln wurde rasch verbittert und hässlich. »Während des Krieges hatte die Resistance ihr geheimes Hauptquartier im unterirdischen Beinhaus des Denfert-Rochereau-Friedhofs. Sie haben uns tief unten im alten Labyrinth gehört.«

Das alte Labyrinth war die traditionelle Heimstatt der Pariser Vampire gewesen, ein Wirrwarr unterirdischer Tunnel, aus denen seit den Zeiten der alten Römer die für den Ausbau der Stadt nötigen Steine geschlagen worden waren.

»Sie haben uns bemerkt. Sie glaubten, wir würden für die Deutschen spionieren, und haben uns verfolgt.«

»Aber wie konnten sie euch bemerken?«

»Durch die Geräusche, die wir machten! Sie haben diese kleinen, mit schwarzem Kohlenstoff gefüllten Büchsen –«

»Mikrofone.«

»Ja, diese Dinger. Sie haben sie überall versteckt, und unsere Stimmen wurden durch sie hindurch zu ihren Ohren getragen.«

»Aber sie verstehen unsere Sprache doch gar nicht.«

»Ah, Prime ist so schwierig, nicht wahr? Es ist so vielschichtig, und selbst für die simpelsten Ausdrücke benötigt man so viele Worte.« Er schüttelte den Kopf. »Wir haben Französisch gesprochen.«

»Aber jetzt sprichst du Prime.«

»Tatsächlich? Ja, stimmt. Wie schön. Ich werde versuchen, es beizubehalten. Wie dem auch sei, anfangs haben sie eigentlich nichts unternommen. Sie waren völlig perplex. Aber du kennst ja die Franzosen; sie sind ein vorsichtiges und beharrliches Volk. Sie ließen die eigentümlichen Berichte der Resistance über eine Gruppe von *homme sauvages,* die in den Katakomben leben, nicht auf sich beruhen. Als du das letzte Mal hier warst, wussten wir noch nichts von alledem. Aber sie waren uns die ganze Zeit auf den Fersen, verstehst du? Dann stiegen Abgesandte des Service Sociale in die Katakomben hinab und riefen: ›Zeigt euch, kommt heraus, wir wollen euch helfen‹. Dann hat ein törichter Narr, dieser Idiot Emeus …«

»Er und ich sind zusammen aufgewachsen. In Theben gehörten er, ich, Ammas Sohn Sothis und Tothens Sohn Tayna derselben Kinderbande an.«

»Tothen nennt sich heute Monsieur Gamon. Er lebt hier. Die Übrigen hat der Wind verstreut.«

»Tayna hat in Schanghai als Mr. Lee gelebt.« Und war umgebracht worden, wie Miriam annahm. Doch sie sagte es nicht.

»Emeus hat einen der Männer vom Service Sociale ausgesaugt. Das Inferno, das daraufhin losbrach, dauert bis heute an.«

Also wussten es auch die Menschen hier in Frankreich. »Was wissen sie?«

»Keine Ahnung, was sie wissen und wie sie uns finden. Ich weiß nur, dass es in den vergangenen Jahren höllisch gefährlich wurde, auf die Jagd zu gehen.« Er sah sie auf eine Weise an, die sie bei einem Hüter noch nie gesehen hatte: völlig verzweifelt. Sie fand es zutiefst verstörend, in den Augen eines ihrer Artgenossen einen so angstvollen menschlichen Ausdruck zu sehen.

»Und warum hast du vor einem Jahr ganz mit dem Jagen aufgehört? Was genau haben sie getan?«

»Sie sind gekommen! Ich hatte gerade gespeist – ich bin im 12. Arrondissement aus dem Labyrinth hochgestiegen. Die übliche Methode.«

»Was genau meinst du mit ›sie sind gekommen‹?«

»Ich hatte ein äußerst schmackhaftes Opfer ausgewählt, es roch großartig, und schon an seiner Hauttönung ließ sich erkennen, dass es ein Festschmaus werden würde. Ich habe es in eine kleine abgeschlossene Örtlichkeit gelockt, auf eine Toilette, wenn ich mich recht entsinne. Ich saugte es aus und packte die Überreste in meinen kleinen Koffer, den ich immer bei mir trage, und plötzlich waren sie da, Polizisten! Sie rannten mir nach, verfolgten mich in Autos, sprangen aus Türeingängen hervor. Es war phänomenal. Ich konnte nur entkommen, indem ich über eine hohe Mauer sprang und in der Kanalisation verschwand.«

Sie holte ihre Zigaretten heraus und zündete eine an. Wie müde sie sich plötzlich fühlte. Sie spürte, dass ihm mehr widerfahren war, als er bisher berichtet hatte, und sie wollte alles hören.

»Erzähle weiter, Martin.«

»Du bist wunderschön.«

Ich möchte kein Kind von einem so schwachen Geschöpf wie diesem, dachte sie. *Ich brauche die besten Gene, die ich finden kann.* Sie sagte: »Du hast deine Geschichte noch nicht beendet.«

»Miriam, sie haben mich gefangen.«

Die Worte hallten in Miriams schockiertem Schweigen wider.

»Sie haben mich untersucht, Miriam. Sie haben meinen Kiefer geöffnet, mich gewogen, Körpersäfte entnommen!«

»Aber du bist geflohen?«

»Sie wollten mich glauben lassen, dass ich ihnen entkommen wäre. Aber es war ziemlich offensichtlich – unverschlossene Türen und so. Mir war sofort klar, dass sie mich absichtlich hatten fliehen lassen.«

Sie spürte die in ihr aufwallende Hitze. Ihr Blut floss schneller. Wenn sie ihn absichtlich hatten entkommen lassen, dann befand sie sich auch an diesem Ort in höchster Gefahr.

»Was geschah als Nächstes?«

»Ich habe monatelang gewartet – einen vollen Mond-Zyklus. Dann suchte ich mir ein Opfer – einen halb verhungerten Clochard, der in einem heruntergekommenen Viertel jenseits der Périphérique unter einer Brücke lebte. Ich hatte noch nicht einmal seine Vene geöffnet, als sie plötzlich mit ihren Automobilen herangebraust kamen und über das Brückengeländer zu mir heruntersprangen – es war entsetzlich. Ich bin fortgerannt.«

»Aber du musst doch schrecklichen Hunger gehabt haben.«

»Ich habe es einige Tage später erneut versucht. Dieses Mal fuhr ich mit dem Zug in die Außenbezirke, wo die Braunen leben, die sie *ratons* nennen. Wieder wählte ich ein Opfer aus, trennte es in einem Kino von der Herde und wollte gerade meine Mahlzeit beginnen.«

»Sie sind erneut aufgetaucht.«

»Dutzende! Überall! Dieses Mal entkam ich nur ganz knapp. Ich bin hierher zurückgekommen und halte mich seitdem in diesen Gemäuern versteckt.«

»Aber wie konntest du ein ganzes Jahr lang keine Nahrung zu dir nehmen, Martin? Das ist unmöglich.«

»Das Motto meiner Familie lautet, dass nichts unmöglich ist, wenn es nicht anders geht. Ich habe aus streunenden Katzen getrunken, aus Mäusen, aus Ratten. Ich lebte von dem Ungeziefer, das der Zufall mir heranspülte!«

Kein Wunder, dass er so stank. Ein Hüter konnte von solchem Blut nicht existieren, konnte nur gerade so überleben. Sie wollte einen von ihrer Art nicht bemitleiden, besonders einen, an den sie sich immer mit höchstem Respekt erinnert hatte. Er war stets ein höchst charmanter Zeitgenosse gewesen. Sie hatte noch sein Bild vor Augen, wie er, in die leuchtenden Brokatstoffe der damaligen Epoche gehüllt, durch die Gegend stolzierte, eine gepuderte Perücke auf dem Kopf und einen Gehstock mit Goldknauf in der Hand. In Dingen der Mode konnte ihm damals niemand etwas vormachen; er schäkerte mit Herzoginnen und spielte Karten am Tisch des Königs. Unter den Hütern galt er als Fachmann für die Sitten und Gebräuche der Menschen.

»Wir beide sind immer Seelenverwandte gewesen, Martin.«

»Ich habe oft an dich gedacht, Kind. Lebst du noch immer unter ihnen?«

»Ich besitze in New York einen Nachtclub, der sehr *façonnable* ist. Und ich habe eine menschliche Geliebte namens Sarah.«

»Das ist deine Sache.«

»Es ist sehr nützlich, einen Menschen zu haben, der einem dient.« Oder er könnte sehr nützlich sein, wenn er denn endlich mal ans Telefon ginge.

»Ich kenne nicht einmal die Namen meiner Häscher.«

Sie hatten ihn all die Jahre lang unbehelligt gelassen und waren nur eingeschritten, wenn er, ihrer Auffassung nach, im Begriff war, einen der ihren zu ›ermorden‹. Es konnte nur einen einzigen Grund für diese Vorgehensweise geben: Er war ein Köder und dieses Haus eine Falle.

Wahrscheinlich waren sie schon auf dem Weg hierher. Denn sie hatten zweifellos das gesamte Gebäude verwanzt. Vielleicht hatten sie sogar Kameras installiert. Sie konnten Kameras von der Größe einer Fingerspitze herstellen und Mikrofone, die nicht größer waren als ein Staubkorn. Sarah verwendete diese Dinge für das Sicherheitssystem im Veils.

»Wir müssen von hier verschwinden«, sagte sie.

»Aber ich – wohin?«

Sie stand auf. »Gibt es irgendwelche entflammbaren Substanzen im Haus?«

»Wozu?«

»Um Feuer zu legen! Chemikalien! Benzin!«

Er deutete auf einige Stahlfässer, die neben den Gerbbottichen an der Wand standen.

Sie ging hinüber und riss den weichen Aluminiumdeckel von einem der Fässer. Es war eine Chemikalie, die aber nicht entflammbar roch. Das nächste Fass enthielt dasselbe Zeug.

Aus dem dritten jedoch stieg ihr der herrlich ätherische Geruch von Erdöl in die Nase. Der Rohstoff war so lange durch ihre Raffinerien gepumpt worden, bis er sich in Benzin verwandelt hatte. »Dies treibt ihre Autos an.«

»Ich weiß, was Benzin ist.«

Sie schleuderte das Fass in die Mitte des Raumes. »Ist der geheime Fluchtweg noch derselbe?« Jeder Hüter hatte einen, meist sogar mehrere. Es gab spezielle Fluchtwege für alle Arten von Notfällen, für Feuer, für Überraschungsangriffe und so weiter.

»Ja, er ist derselbe.«

Das Benzin war vollständig ausgelaufen und hatte sich über den gesamten Fußboden verteilt. Miriam nahm das leere Fass und walzte damit so lange über die Leiche hinweg, bis diese nur noch ein Sack zerriebener Knochen war. Dann warf sie sie in das Benzin, um sicherzugehen, dass sie vollständig verbrannt werden würde.

Genau in diesem Augenblick hörte sie ein knarrendes Geräusch an der Tür. Sie packte Martin bei den Schultern und legte die Lippen dicht an sein Ohr. »Sie sind vor dem Haus«, flüsterte sie. »Sie werden jeden Moment durch die Tür und die Fenster hereinstürmen.«

Er bleckte die Zähne, sodass sein Mund nur eine hässliche Öffnung bildete. O ja, dieses geschundene Geschöpf hasste die Menschen aus vollem Herzen. Sie nahm seine noch immer eiskalte Hand und führte ihn zur rückwärtigen Wand, wo früher die Abfälle der Gerberei in das seit langem zubetonierte Flüsschen Bièvre geschüttet worden waren. Vom Boden aus zählte sie einen, zwei, drei Steinquader nach oben ab. Sie drückte gegen den, auf dem nun ihre Hand lag.

Plötzlich zerriss greller Sonnenschein die Dunkelheit. Der Eingang war ein gleißend heller Lichtfleck, durch den schemenhafte Gestalten hereingehuscht kamen. Martin stieß einen ohrenbetäubenden Schrei aus, ein Aufheulen, das nur der Kehle eines zornentbrannten Hüters entspringen konnte. Da sie diesen Laut so selten vernommen hatte, ließ Miriam sich davon anstecken und begann ebenfalls zu schreien, den Kopf zurückgeworfen und die Dachbalken anheulend.

»*Essence*!«

Der Menschenschrei ließ sie verstummen. Die Kreaturen rannten durch die weitläufige Eingangshalle. Sie trugen Netze und Schusswaffen. Sie spürte, dass ihr Tränen der Wut über die Wangen liefen. Sie war fast gelähmt vor Hass, denn diese Kreaturen wagten es tatsächlich, sie anzugreifen. Doch sie gab sich diesen Empfindungen nicht hin. Nein, das durfte sie nicht tun. Stattdessen zog sie einen Streichholzbrief aus der Tasche.

»*Madame, si'l vous plait*!«

Meine Dame, bitte! Fürwahr! Sie zündete ein Streichholz an, ließ die anderen daran aufflammen und warf den ganzen brennenden Streichholzbrief in das Benzin. Sofort schossen Flammen in die Höhe. Die Menschen begannen zu schreien. Sie sprangen mit wild rudernden Armen umher und wanden sich in der lodernden Feuersbrunst, so wie sich ihre Mutter auf dem Scheiterhaufen vor Schmerzen gewunden hatte.

Miriam drückte gegen den Stein, der ihnen die Flucht in die Pariser Kanalisation ermöglichen würde.

Nichts geschah.

7

Tödliche Falle

Paul rief zum fünften Mal innerhalb einer Stunde auf Beckys Mobiltelefon an. Zum fünften Mal innerhalb einer Stunde erklang nur ihre Ansage. Er hatte bereits die Kommunikationsabteilung in Langley gebeten, seine beiden Mitarbeiter zu lokalisieren, aber entweder hatten sie ihre Mobiltelefone ausgeschaltet, oder die Signale wurden blockiert, damit das GPS-System sie nicht finden konnte. Er versuchte noch einmal Charlie zu erreichen. Wieder dasselbe.

Es war jetzt zehn Uhr am Vormittag. Nach seiner Schätzung waren sie seit zwei Stunden überfällig, vielleicht sogar länger. Er schob sich den nächsten Kaugummistreifen in den Mund. Zum Glück hasste er französische Zigaretten.

Sein Mobiltelefon klingelte. Er griff danach. »Hier Ward.«

»Paul, hier ist Justin.«

Warum zum Teufel rief Justin Turk ihn um diese Zeit an? In Virginia war es gerade mal fünf Uhr morgens. »Ja?«

»Ich wollte mich nur melden.«

»Hör zu, ich brauche mehr Personal.«

»Mist.«

»Eines der verdammten Viecher ist entwischt. Ich habe es nach Paris verfolgt und hier verloren. Ich brauche ganz schnell mehr Leute und mehr Equipment.«

»Wie schnell?«

»Lieber gestern als heute. Ich brauche mindestens fünf zusätzliche Feldoffiziere.«

»Ich kann dir nicht ständig neue Leute abstellen. Du weißt, welche Probleme wir hier haben.«

»Mir entwischt ein Vampir. Ein *reisender* Vampir, Herrgott noch mal!«

»Es dauert Wochen, bis ich dir neue Leute schicken kann. Sie müssen diverse Sicherheitstests machen und gründlich eingearbeitet werden, das volle Programm eben. Selbst wenn ich nicht den Direktor am Hacken hätte. Aber genau das ist der Fall, wie du weißt.«

»Dann gestatte wenigstens meinen Leuten in Kuala Lumpur, mir nach Paris zu folgen.«

»Unmöglich.«

»Komm schon, ein bisschen Hilfestellung musst du mir schon geben.«

»Die gesamte Operation steht kurz vor dem Abbruch. Bis ich neue Befehle erhalte, kann ich nichts für dich tun.«

Das waren beschissene Neuigkeiten. »Ich brauche meine Leute, Mann. Sonst geht uns dieser Vampir endgültig durch die Lappen.«

»Ich werde sehen, was ich tun kann.«

»Kling bloß nicht zu überzeugend.«

Nach dem üblichen Abschiedsgestammel war das Gespräch beendet. Justin Turk war eine Art Freund. Das hieß, er war für Paul da, so lange dieser keine Belastung darstellte.

Eines stand offenbar fest: Er würde keine neuen Leute bekommen, weil sich plötzlich irgendwelche Menschenrechtsorganisationen über die Operation beschwerten.

Er sah schon, wie jemand in einen tiefen dunklen Schacht geworfen wurde, und dieser jemand war er.

Er hämmerte Beckys Nummer in sein Mobiltelefon, danach Charlies. Dieselben Ergebnisse wie zuvor. »Ich habe ein Problem«, murmelte er gedankenverloren.

Trotzdem, es war immer noch möglich, dass es den beiden gut ging. Er konnte nur hoffen, dass sie sich bei dem Einbruch an die Standardprozedur gehalten hatten. Es würde einen Riesenskandal geben, wenn die Franzosen herausfänden, dass CIA-Leute in das Zentralarchiv der Polizeipräfektur eingebrochen waren und in ihren Berichten herumgeschnüffelt hatten. Man würde ihn umgehend von der Operation abziehen. Er würde erklären müssen, was er in Frankreich tat und wie er sich hatte herausnehmen können, im Privatjet eines Luftwaffengenerals herzudüsen.

Er setzte sich hin, starrte auf die im Sonnenschein glitzernde Fassade des Büroturms und lauschte dem tropfenden Wasserhahn. Er sah auf die Uhr. »Zehn vor elf«, murmelte er. »Verdammt. Verdammt. Verdammt.«

Er beschloss, die Wartezeit zu nutzen. Eine Situation wie diese konnte jeden Augenblick eskalieren. Auf die Sureté und auf das Weiße Haus war er vorbereitet. Aber es galt, sich auf das wirkliche Problem vorzubereiten – auf die Vampire. Und es gab tatsächlich etwas, das er in der Zwischenzeit tun konnte, etwas verdammt Nützliches.

Becky hatte zwei Pariser Stadtviertel erwähnt: Das 9. und 13. Arrondissement. Er klappte seinen Laptop auf und loggte sich in die Datenbank der CIA ein. Das System offerierte zwar keine magischen neuen Erkenntnisse über den Lauf der Welt, aber jede Menge Informationen und unzählige Einzelheiten. Man fand dort praktisch alles, was bedeutsam war, und seine Autorisationsstufe berechtigte ihn zu einer Echelon-Suche nach Stichworten, die für diese Operation relevant sein mochten. Echelon würde nach ihnen in den Milliarden Telefongesprächen, E-Mails, Funkübertragungen und Faxsendungen Ausschau halten, die es weltweit rund um die Uhr überwachte, und augenblicklich Alarm schlagen, wenn es eines der eingegebenen Stichworte fand.

Das Problem war, dass man verdammt differenziert sein musste, um ein Resultat zu erhalten. Was mochte die Reisende bei einem Telefongespräch sagen – welche speziellen, einzigartigen Worte würde sie verwenden? Er wusste ja nicht, wen sie anrufen oder wohin sie gehen würde, ja nicht einmal, ob Paris ihr endgültiges Reiseziel war.

Die CIA-Datenbank verfügte unter anderem über einen reichhaltigen Bestand an deutlich besseren Straßenkarten, als es die waren, die man überall kaufen konnte, darunter auch Karten von Paris, die im Zweiten Weltkrieg von den Deutschen angefertigt worden waren. Ursprünglich für den Haus-zu-Haus-Kampf gedacht, enthielten sie detaillierte Grundrisse aller Gebäude und Pläne des Kanalisationssystems mit allen nur erdenklichen Informationen, bis hin zu der Frage, welche Schächte und Rohrleitungen groß genug für einen Menschen waren.

Die Deutschen hatten diese Karten für die meisten europäischen Städte angefertigt. Natürlich waren die meisten längst veraltet, und wie viele andere wusste Paul, dass die desaströse Bombardierung der chinesischen Botschaft während des Kosovo-Kriegs nur deswegen geschehen war, weil sich der amerikanische Generalstab auf eine unzulänglich überarbeitete alte Wehrmacht-Straßenkarte von Belgrad verlassen hatte. Seitdem waren alle Karten in der CIA-Datenbank mit einem Vermerk versehen worden, wann sie zum letzten Mal überarbeitet worden waren.

Er sah, dass die Karte vom 9. Arrondissement seit 1944 nicht verändert worden war. Die Legende und die Straßennamen waren noch immer auf Deutsch geschrieben, was nicht sehr anheimelnd aussah. Im Gegensatz dazu hatten die Franzosen die Karte vom 13. Arrondissement 1998 überarbeitet, und eine Anmerkung besagte, dass dies seitdem jedes Jahr geschah.

Er beugte sich vor und starrte konzentriert auf den Bildschirm. Er musste sich jede Straße einprägen, jedes Abwasserrohr, jeden Gebäudegrundriss.

Der Vampir kannte seine Welt bis in den allerletzten Winkel. Er würde stets in den richtigen Tunnel rennen, jeden Schatten ausnutzen, konnte alle Mauern und Dächer erklimmen. Er konnte die Kanalisation wie ein unteriridisches Straßennetz benutzen und kannte jeden einzelnen Fenstervorsprung und jede rostige Dachrinne.

Paul hatte, zumindest anfangs, Vampire nicht für besonders klug gehalten. Er hatte nicht an ihre Intelligenz geglaubt, bis ihn zum ersten Mal ein scheinbar kleiner, hilfloser Vampir aus seinen dunkel glänzenden Augen angestarrt hatte. Auf dem Gesicht des Vampirs hatte ein unbestimmtes Lächeln gelegen, das von beiläufiger Amüsiertheit zu künden schien. Jack Dodge hatte ›Hey‹ gesagt und war auf den Vampir zugetreten – und plötzlich war ein Messer herangesaust und hatte Jacks Kopf vom Körper abgetrennt wie eine Blüte vom Stengel.

Paul klangen noch die Geräusche in den Ohren: das Zerreißen von Jacks Haut, das Knacken seiner Knochen, dann das Zischen der aus dem Halsstumpf herausschießenden Blutfontäne.

Paul hörte diese Geräusche im Schlaf, im Heulen der Triebwerke, wenn er in einem Düsenjet durch die Nacht flog, im flüsternden Wind der altertümlichen Städte, in denen er arbeitete.

Die durch die Spalten und Winkel ihrer Welt huschenden Kreaturen zwangen ihn zu allergrößter Vorsicht. Sie spielten mit ihm eine Art Schach, tauchten hier und dort kurz auf und verschwanden wieder, nur um sich plötzlich ganz woanders zu zeigen.

Die Jagd auf sie hatte ihn gelehrt, wie klug sie waren. Sie waren ihm immer einen Schritt voraus. Seine einzigen Waffen waren das Überraschungsmoment und die moderne Technologie. Ihre Waffen waren ihre Klugheit und Schnelligkeit; über Technologie verfügten sie nicht. Es war, neben seiner Computer-Datenbank, vor allem seine Nachtsichtbrille gewesen, die ihnen einem nach dem anderen zum Verhängnis geworden war.

Der Tod eines Vampirs war schauerlich. Es mit anzusehen machte ihm jedes Mal zu schaffen, und er wusste, dass es auch seine Leute belastete. Ein Vampir kämpfte härter um sein Leben, als ein Mensch sich vorzustellen vermochte. Sie versteckten sich wie Ratten, weil ihnen ihr Leben so verdammt viel bedeutete. Wenn man ihren schrecklichen Todeskampf sah, bekam man manchmal fast Mitleid. Ein Vampir starb langsam. »Sehr langsam«, sagte er laut.

Er betrachtete die Karte der Kanalisation im 13. Arrondissement. Die letzten baulichen Veränderungen waren vor einem Jahr durchgeführt worden. Er fuhr mit dem Finger einen zugeschütteten Tunnel entlang. Vermutlich hatte es mit der Eindämmung der alten Abfallstoffe der Gerbereien und Färbereien zu tun, die es früher in der Gegend zuhauf gegeben hatte.

Dies war zweifellos der Grund dafür, weshalb die Karte immer auf dem neuesten Stand gehalten wurde. Die Franzosen hatten in dieser Gegend ein Problem mit kontaminiertem Grundwasser, und sie waren dabei, das gesamte Erdreich zu säubern.

Das Hoteltelefon klingelte. Er hob sofort ab.

»Zwei deiner Leute wurden heute Morgen um sechs Uhr dreißig im Zentralarchiv der Polizeipräfektur erwischt.« Es war Sam Mazur von der amerikanischen Botschaft.

»O Gott.«

»Die Franzosen haben sie von dem Augenblick an gefilmt, als sie in das Gebäude eindrangen! Paul, das war absolute Amateurscheiße!«

»Werden sie –«

»Sie werden aufgrund ihrer diplomatischen Immunität freigelassen. Aber die Franzosen werden sie umgehend zum Flughafen bringen und in die erste Maschine nach Washington setzen. Die beiden sind am Ende. Und noch was – sie durften nur deswegen so lange in dem Archiv rumschnüffeln, weil die Sureté jede ihrer Eingaben aufzeichnen wollte, nachdem sie sich in die Datenbank gehackt hatten. Die Sureté weiß, wie sie es gemacht haben, was sie gefunden haben – alles.«

»Bin schon unterwegs.«

Er kannte sich mit der Métro nicht sonderlich gut aus, aber er wusste, dass sie im Pariser Mittagsverkehr das schnellste Fortbewegungsmittel war. Er stieg in Montparnasse in den Zug und wurde fast verrückt, als er sah, dass sie scheinbar im Schleichtempo durch den U-Bahn-Tunnel krochen. In Gedanken ging er alle Möglichkeiten durch, um eine Lösung zu finden, die Becky und Charlie und die ganze Operation womöglich doch noch retten würde.

Nach weniger als einer Viertelstunde eilte er die Stufen zum Place de la Concorde hoch.

Das streng bewachte amerikanische Botschaftsgebäude wirkte äußerst prunkvoll. Außerdem ging es hier vergleichsweise gemächlich zu, im Gegensatz zu den meisten anderen US-Botschaften rund um den Globus. Die Horden von Visa-Antragstellern und betrübten Bürgern, die ihren Reisepass verloren hatten, fanden sich vor dem einige Straßen entfernten Konsulat. Mit seinem Diplomatenpass gelangte er problemlos an den französischen Wachen und den Marines vorbei.

Er trat durch einen Metall-Detektor und zeigte dem Beamten seinen Revolver, den zu tragen ihm sein falscher Interpol-Pass erlaubte. Nun, *falsch* war eigentlich das falsche Wort. Dass er und seine Leute Interpol-Papiere benutzten, war das Ergebnis einer Absprache zwischen der CIA und der Internationalen Polizeibehörde.

Sams Büro befand sich auf halbem Weg in einem breiten Flur, der aussah, als würde er in einen Palast gehören. Was auch tatsächlich der Fall war. Das Gebäude war ein Palast gewesen, bevor es zur US-Botschaft umfunktioniert wurde. Er betrat das Vorzimmer, in dem eine völlig andere Atmosphäre herrschte: Weißes Neonlicht, überall Computer-Bildschirme, Aktenschränke, und die Decke war deutlich niedriger.

»Ich bin Paul Ward«, sagte er zu dem Sekretär, der zu seiner Überraschung Franzose war. Er wusste nicht, was ein Einheimischer in einer Anstellung mit höchster Sicherheitsstufe zu suchen hatte. Die Zeiten hatten sich wahrlich geändert.

Sam saß an seinem Stahlschreibtisch. Die Jalousien, hinter denen wahrscheinlich ein Luftschacht lag, waren heruntergezogen. Das Rattern des Klimaanlagen-Aggregats ließ den Fußboden erzittern, obwohl das Büro selbst keine Klimaanlage hatte. Es lag bloß in der Nähe des Aggregats.

»Paul, du alter Sack, ich dachte, sie würden dich am Eingang gleich festnehmen.«

»Was ist mit meinen Leuten?«

»Air France, Business-Class. Gibt Schlimmeres.«

Bis sie in Langley eintrafen. Die Sache war längst nicht ausgestanden, auf keinen Fall, für keinen von ihnen. Es war ein Riesenskandal, und es würde eine Weile dauern, die Sache wieder gerade zu biegen. Wenn dies überhaupt möglich war. Das Weiße Haus hatte einfach zum falschen Zeitpunkt angefangen, Fragen zu stellen.

»Sind sie schon in der Luft?«

»Sie werden gerade aus dem Kittchen entlassen. Die Franzosen mögen es nicht, wenn Leute in ihre Sicherheitsbereiche eindringen, *besonders* wenn es Amerikaner sind.«

»Sam, du wirst mich dafür hassen, aber du musst einen Weg finden, um meine Leute im Land zu halten. Ich brauche sie dringend – und zwar sofort.«

Er schüttelte den Kopf. »Unmöglich. Es ist vorbei.«

»Fordere irgendwelche Gefallen ein, die dir die Leute schulden. Tu irgendetwas.«

»Ich kann nichts tun. Die beiden sind am Ende.«

»Dann brauche ich sofort einen Termin beim Botschafter.«

Sam blinzelte. »Machst du Witze? Du willst einen Politiker in die Geschichte reinziehen? Trotteln wie dir blasen Politiker keine Zuckerwatte in den Hintern.«

Paul versuchte es mit einem Druckmittel, das er für seine letzte – seine einzige – Trumpfkarte hielt. »Es geht um Terrorismus, Sam. Ich stecke mitten in einer schwierigen Operation, die Frankreich nur insofern betrifft, als wir einen internationalen Terroristen bis auf französisches Territorium verfolgten. Wenn wir diese Frau verlieren, werden unschuldige Menschen sterben.«

Sam hob den Telefonhörer ab. »Du brauchst nicht den Botschafter.« Er sprach in rasend schnellem Französisch. Paul konnte ihm nicht genau folgen, verstand aber, dass Sam sich zu einem äußerst einflussreichen Individuum hochtelefonierte und dieses Individuum um eine dringende, sofortige Intervention bat.

Sam legte auf. »Der Chef der Sureté-Abteilung für Innere Sicherheit wird uns in zehn Minuten empfangen.«

Dieses Mal hatten sie einen Botschafts-Citroen samt Fahrer, weswegen sie viel leichter durch die Stadt kamen. »Ihr drei macht ohne jegliches Hilfspersonal in der Weltgeschichte rum«, sagte Sam. »Ist doch klar, dass es Probleme gibt – bei einer so dünn besetzten Operation, die ohne jede Rückendeckung durchgeführt wird.«

»Was zählt ist, dass wir effektiv sind.«

»Ich möchte dir nicht zu nahe treten, Paul. Aber ich muss dir sagen, dass du beschissen aussiehst. Genau genommen sieht jedes Unfallopfer besser aus als du. Was immer du so effektiv betreibst, es macht dich fertig.«

Er und Sam hatten gemeinsam gelernt, mit Klaviersaiten Menschen zu erdrosseln und Hauskatzen Mikrofone unter die Haut zu pflanzen. Sie waren gemeinsam in Kambodscha gewesen, wo ihnen ihre Ausbildung nichts genutzt und nichts geklappt hatte, das sie in Angriff genommen hatten. Sie hatten gemeinsam einen geheimen Krieg ausgetragen, obwohl es längst ein offener Krieg gewesen war.

»Ist bloß eine weitere Scheiß-Operation, mein Freund. Du siehst übrigens großartig aus. Muss vom Tennis, vom Golf und vom Schwimmen kommen.«

»Und von den Poker-Abenden mit den Briten. Ist ein nettes Leben hier, solange man nicht in die Art Schwierigkeiten gerät, in denen deine beiden Tölpel stecken.«

Wenn die Polizei in de Gaulle nur nicht alles vermasselt hätte. Oder er die Operation nicht unter dem Deckmantel von Interpol durchführen müsste. So wie er die Sache sah, hätten sie der Kreatur sofort nach der Landung eine Kugel verpassen und sie in ein Säurebad werfen oder einäschern sollen. Stattdessen wollten sie sie ins Flughafen-Gefängnis sperren. Logisch, dass der Vampir ihnen entwischt war.

»Ich wünschte, ich könnte dir verraten, worum es bei der Operation geht«, sagte Paul. »Es wäre um einiges leichter, wenn jeder verdammte Polizist und jeder Sicherheitsbeamte auf dem Planeten es wüsste. Aber das würde riesige Probleme geben. Es wäre die aberwitzigste und unvorhersehbarste Geschichte, die du dir vorstellen kannst.«

»Tja, das erklärt alles. Aber dich macht die Sache fertig, alter Kumpel. So wie ich es sehe, bist du mit deinen Möglichkeiten am Ende.«

Sie hielten vor einem beeindruckenden französisch-viktorianischen Gebäude, dem Sitz der Sureté. Paul ging davon aus, dass sie eine aufwändige bürokratische Prozedur erwartete und sie sich eine Weile würden gedulden müssen. Doch wenig später traten sie in einem sehr ruhigen, sehr geschmackvoll eingerichteten Büro einem besonders anmaßend blickenden Zwerg gegenüber.

»Ich bin Colonel Bocage«, sagte er.

»Wo ist Henri-Georges?«, fragte Sam.

»Sie werden mit mir reden.«

Paul sagte auf Französisch: »*J'voudrais mon peuple, monsieur. Tout-suite.*«

Colonel Bocage lachte. »Mr. Mazur, ist dies der verantwortliche Mann, den herzubringen Sie uns versprochen haben?«

Sam nickte. »Ich gab Henri-Georges Bordelon dieses Versprechen.«

»Und er hat es auf mich übertragen.«

»Ich brauche meine Leute«, sagte Paul. »Wir retten Menschenleben.«

»Sie sprechen Französisch. Sie sollten versuchen, auch wie ein Franzose zu denken. Es ist viel zivilisierter …«

»Ich kann nicht wie ein Franzose denken.«

»… weil wir so viele unterschiedliche Ausdrucksformen für das Konzept von Gut und Böse haben.« Er lächelte erneut, und Paul fand, dass er einen Moment lang wie ein sehr unnachgiebiger Mensch aussah. »Mr. Mazur, verzeihen Sie, aber würden Sie uns bitte für einen Augenblick allein lassen?«

Dies war nicht das übliche Prozedere gegenüber Leuten, die darum bettelten, dass ihre Spione nicht ausgewiesen wurden. Doch Paul war nicht in der Position zu fragen, was hier vorging. Nachdem Sam das Büro verlassen hatte, trat der Colonel ans Fenster, hinter dem ein wunderschöner Park lag. Es machte eben einen Unterschied, ob man ein hochrangiger Offizieller der Sureté war oder ein kleiner Geheimdienstler wie Sam.

Colonel Bocage schloss eine Aktenmappe, die durchzusehen er vorgegeben hatte. Es war nur eine Pose zum Spannungsaufbau. Paul hatte dasselbe unzählige Male getan, gegenüber unzähligen Bittstellern in zahllosen verschiedenen Ländern. »Also«, sagte der Colonel schließlich, »Sie sind hier, weil Sie auf der Jagd nach den *sauvages* sind. Wie nennen die Amerikaner diese Wesen?«

Paul Ward hatte das Gefühl, dass sein Herz einen Schlag

aussetzte, nicht mehr gehabt, seit er auf die Überreste seines Vaters gestarrt hatte. Ganz gleich, in wie großer Gefahr er sich befunden hatte, er war immer eiskalt geblieben … bis jetzt. Sein Herz setzte eine ganze Reihe von Schlägen aus. Er öffnete den Mund, doch nichts kam heraus.

Der Colonel hob eine Braue und zog einen Mundwinkel hoch. »Ich bin Ihr Gegenstück«, sagte er, »Ihr französisches Gegenstück.«

Paul setzte eine ausdruckslose Miene auf. Sag ihm nichts.

»Ich sehe, dass Sie überrascht sind«, bemerkte Colonel Bocage. »Völlig überrascht. Sagen Sie, wie lange arbeiten die Amerikaner schon an der Sache?«

Paul schwor sich, niemals mit Colonel Bocage zu pokern. »Seit einigen Jahren«, sagte er trocken.

»Mein Freund, wir schlagen uns seit fünfzig Jahren mit diesem Problem herum.«

»Wir haben Asien gesäubert.«

»Gesäubert?«

»Wir haben jeden Einzelnen getötet.«

»Bis auf Mrs. Tallman.«

»Richtig.«

»*Elle est une sauvage, aussi*?«

»Sie nennen sie Wilde?«

»Um die Berichte sauber zu halten. Wir wissen, was sie sind. Aber Sie kommen gerade aus Asien, wo Sie, wie wir wissen, sehr hart und erfolgreich gearbeitet haben. Warum haben Sie nicht in Amerika angefangen, wo Ihnen Ihre Bürger mehr am Herzen liegen?«

»Unsere erste heiße Spur führte nach Tokio.«

In dem Augenblick wurden Charlie und Becky hereingeführt.

»Ah«, sagte Colonel Bocage, »Ihre Kollegen. Wir sollten uns endlich setzen.«

»Geht es euch beiden gut?«

»Ausgezeichnet«, sagte Becky. Sie sah wundervoll aus, wenn sie sauer war – ihre Augen sprühten Funken, ihre Wangen waren gerötet, ihre Lippen zusammengekniffen, was mürrisch und zugleich irgendwie verführerisch aussah.

Neben ihr spielte Charlie mit seiner verfluchten Drehmaschine herum. Er machte immer auf trotzig, wenn er sich unter Druck befand.

Stille trat ein. Paul versuchte sich zu entsinnen, ob er sich jemals so betreten und unbehaglich gefühlt hatte. Er befand, dass die Antwort ein klares Nein war.

»Diese Angelegenheit unterliegt der höchsten Geheimhaltungsstufe, die es in Frankreich gibt«, sagte Bocage. »Die Regierung hält es nicht für erstrebenswert, die Bevölkerung über derartige Dinge zu unterrichten.« Er machte eine Pause. »Ihre Regierung verfährt ebenso.«

»Alle Regierungen, an die wir uns gewandt haben, verfahren so.«

»In Anbetracht der Tatsache, dass wir unsere Völker nicht schützen können, bleibt uns anscheinend keine andere Wahl, als es geheim zu halten, bis die Sache erledigt ist.«

Bocage sah Becky so durchdringend an, dass sie verlegen die Augen niederschlug. Paul war begeistert. Becky war das personifizierte Selbstbewusstsein, und sie wich nie einem Blick aus.

»Ich gehe davon aus, dass Sie gefunden haben, wonach Sie suchten«, sagte Bocage zu ihr.

»Ja.«

Er ging zu seinem Schreibtisch. »Wir haben ein Computerprogramm verwendet, um Ihre Eingaben zu überwachen«, bemerkte er selbstzufrieden. Es gab im Leben eines Geheimagenten kaum etwas Befriedigenderes, als dem Kollegen eines befreundeten Staates eine Lektion erteilen zu können. Paul wusste es aus eigener Erfahrung; er hatte es oft getan. »Falls Sie eine Kopie Ihrer Ergebnisse haben möchten –« Er hielt Becky und Charlie eine Aktenmappe hin. »Im Interesse freundlicher Zusammenarbeit.«

»Es wäre noch viel freundlicher«, sagte Paul, »wenn Sie Informationen mit uns teilten, die wir noch nicht haben.«

»Mit Vergnügen, Mr. Ward«, sagte er. Dann klappte er plötzlich den Mund zu, als hätte er sich gerade bei einer Indiskretion ertappt.

Paul sah, dass sich hinter dem gewollt lockeren Auftreten des Mannes ein Höchstmaß an emotionaler Anspannung verbarg. Aus seiner Erfahrung als Verhörspezialist im Krieg erkannte er, dass dieser Bocage im Begriff war, ihnen etwas zu verraten, das er noch keinem verraten hatte.

»Reden Sie weiter, Colonel«, sagte Charlie, der zweifellos dieselben Zeichen sah.

»Wir beobachten seit einiger Zeit eine dieser Kreaturen in einem Haus in der …«

»Lassen Sie mich es sagen«, unterbrach ihn Becky. »13. Arrondissement. Rue des Gobelins.«

»Sehr gut. Wissen Sie auch, welches Haus? Oder was sich dort im Einzelnen zugetragen hat?« Dem Colonel stand inzwischen kalter Schweiß auf der Stirn.

»Erzählen Sie es uns«, sagte Paul. Er glaubte zu erkennen, dass der Colonel dazu neigte, seine Untergebenen anzubrüllen, sich in dieser Situation jedoch bewusst zusammenriss.

»Seit über einem Jahr haben wir in einer alten Stadtvilla in der Rue des Gobelins *une sauvage* festgesetzt. Er hat seit zwölf Monaten kein Menschblut bekommen, ist aber noch immer am Leben.«

»Warum dringen Sie nicht einfach in diese Villa ein und bringen das Monster um?«

»Wir haben gehofft, es würde die Aufmerksamkeit seiner Artgenossen erregen – Neugier, Mitleid, irgendetwas, das sie anlocken würde. Aber nichts dergleichen geschah, und jetzt – jetzt ist es zu spät.«

Etwas war schrecklich schief gegangen, was erklärte, weshalb der Colonel die Stimme so unheilvoll gesenkt hatte.

»Was ist das Problem, Colonel?«

»In diesen Augenblicken brennt das Haus bis auf die Grundmauern nieder. Drinnen befinden sich zwei uns bekannte Vampire.« Er machte erneut eine Pause und strich sich über die Wange, als würde er nach Bartstoppeln suchen. »Sechs meiner Leute sind in dem Haus.«

»Möge Gott mit ihnen sein«, sagte Paul. Jetzt wusste er, warum die Karte vom 13. Arrondissement immer auf dem neuesten Stand war und warum in der Kanalisation ständig gebaut wurde. Sie hatten den Geheimeingang in das Haus des Vampirs abgeschnitten. Paul hätte es genauso gemacht.

»Aber ich habe eine gute Nachricht für Sie. Einer der beiden Vampire in dem Haus war Ihre ›Mrs. Tallman‹.«

»Das ist eine verdammt gute Nachricht, Colonel!« Vielleicht hatte sie keine Zeit gehabt, ihre Warnung zu verbreiten. Vielleicht würde sie nun nie wieder Zeit dazu haben. »Haben Sie eine Ahnung, seit wann sie dort gewesen ist?«

»Sie tauchte gestern Nachmittag gegen sechs Uhr vor dem Haus auf.«

»Gestern Nachmittag?«

Er nickte. »Ein Taxi brachte sie von einem Hotel in die Rue de Gobelins.«

»Also hat sie vielleicht keinen der anderen Vampire kontaktiert.«

»Hoffentlich nicht. Aber die übrigen Pariser Vampire wissen ohnehin, dass wir hinter ihnen her sind.«

Paul hätte angenommen, dass die Monster sich gegen ihre Verfolger wehren würden, wenn sie von ihnen wussten.

»Wir sind erst seit einigen Jahren in der Lage, mit ihnen fertig zu werden«, fuhr der Colonel fort. »Erst seitdem wir verstanden haben, was es mit ihrem Blut auf sich hat.«

»Wie töten Sie sie?«

»Wir machen sie mit einer eigens dafür konstruierten Waffe kampfunfähig und äschern sie anschließend ein.«

»Vernünftige Methode.«

Er bleckte die Zähne und sog zischend die Luft ein. *Ein harter Bursche, dieser Bocage*, dachte Paul. *Ich mag den Kerl.* Der Colonel schob seinen Unterkiefer vor. »Wir haben im Laufe der Jahre unzählige Vampire erledigt. Aber sie kamen immer wieder zurück! Immer *wieder*!«

»Für uns war es auch nicht leicht.«

»Anfangs schossen wir ihnen in die Brust und begruben sie einfach. Aber sie schaufelten sich wieder frei, und zwar so unauffällig, dass wir an den Gräbern keine Spuren entdeckten. Wir dachten sie auszumerzen, doch letztlich erreichten wir nichts. Im Laufe der Zeit bemerkten wir, dass die ihrem Muster entsprechenden Morde weitergingen. Aber wir können sie nur schwer erwischen, weil sie an den unterschiedlichsten Orten aus den alten Steinbrüchen unter der Stadt hochsteigen. Man weiß nie, wo sie zuschlagen, verstehen Sie?«

»Was ist mit dem 9. und 13. Arrondissement?«, fragte Becky.

»Irgendwann folgten wir einem der Vampire in das 13. Arrondissement. In die Rue des Gobelins Nummer neunzehn, um genau zu sein. Er ist der einzige Vampir in Paris, der über der Erde lebt. Die Übrigen – mein Gott, die alten Steinbrüche sind ein grausiger Ort.« Er verstummte für einen Augenblick. »Unsere Verlustrate liegt dort unten bei siebzig Prozent.«

Paul sagte nichts. Von den sieben Leuten, die mit ihm angefangen hatten, hatte er vier verloren. Er und Justin hatten schon diese etwas über fünfzig Prozent für monströs gehalten.

Das Telefon klingelte. Colonel Bocage ging um seinen Schreibtisch herum und nahm den Hörer ab. Er sprach auf Französisch und legte nach einigen Augenblicken abrupt auf. Er stand schweigend vor ihnen. Paul wusste, auch ohne zu fragen, was geschehen war.

»Eine weitere Verlustmeldung. Wir haben die ganze Mannschaft verloren, die in das Haus eindrang. Alle sechs Männer.«

»Verdammt!«, sagte Charlie.

In der Ferne läutete eine Glocke.

»Es gibt auch eine gute Nachricht. Von einem *sauvage* wurden die Gebeine gefunden. Sie werden fortgebracht und verbrannt.«

»Und der andere?«

»Mrs. Tallman ist nur noch ein Haufen Asche.«

»Dann sind wir fertig«, sagte Becky. »Ich kann heimfliegen und herausfinden, ob mein Verlobter noch meinen Namen kennt.«

»Wir werden versuchen, die alten Steinbrüche dichtzumachen und zu sterilisieren«, sagte Bocage in verkrampft gefasstem Tonfall. »Wir haben sechs wichtige Leute verloren. Es wird Monate dauern, Ersatz zu finden und ihn auszubilden.« Er hob die Brauen. »Ich glaube, unsere beiden Länder sind im Besitz einiger Geheimnisse, die wir teilen sollten.«

Langley würde diesbezüglich so nervös sein wie eine alte Jungfer auf einer Schlafanzug-Party. Verträge und Stillschweigeabkommen würden erarbeitet werden müssen, um im weiteren Verlauf der Operation den Geheimhaltungsvorschriften beider Länder Genüge zu tun. Er würde nach Virginia fliegen und seinen Vorgesetzten einen ausführlichen Bericht abliefern müssen. Andererseits konnte er Langley auch den ganzen verdammten Bürokratiekram in den Hintern schieben und weitermachen, ohne sie darüber zu informieren.

»Darf ich davon ausgehen, dass Sie dabei sind?«, fragte Colonel Bocage.

Er brauchte Becky und Charlie gar nicht erst anzusehen. Ihre Antwort würde dieselbe sein wie Pauls. »Darauf können Sie Gift nehmen.«

8

Feuersbrunst

Wenn sie nicht umgehend Blut bekam – frisches Blut –, würde sie sterben. Dort, wo sie völlig hilflos lag, eingeschlossen und von schrecklichen Schmerzen gepeinigt, konnte sie kein Blut finden. Miriams Qualen waren entsetzlicher, als sie es sich in den schlimmsten Albträumen hätte ausmalen können – und sie glaubte, dass sie an diesem feuchten, dunklen Ort sterben würde.

Sie war nur aus einem einzigen Grund in diese Lage geraten: Sie war von der Katastrophe in Chiang Mai überrascht worden und rannte seitdem umher wie ein kopfloses Huhn. Sie war ohne jeden Plan, ohne Bedacht, um den Globus gehetzt, und nun sah sie, wozu dies geführt hatte.

Die Menschen hatten den Fluchtweg mit Beton zugeschüttet und zusätzlich mit Eisengittern versperrt. Sie war ins oberste Stockwerk hochgestürmt, in die alten Räume, in denen Lamia gelebt hatte. An den Wänden hatte noch die alte Brokattapete gehangen, obwohl sie längst verfault war und allmählich abfiel. Auch das Bett, in dem Miriam und Lamia gekuschelt und ihre Mahlzeiten gütlich geteilt hatten, hatte noch an derselben Stelle gestanden. Doch als die Flammen das oberste Stockwerk erreichten, hatte Miriam auf das Dach fliehen müssen. Sie hatte von der Dachkante auf die Straße hinuntergespäht und Dutzende von Polizisten und Feuerwehrmännern erblickt. Sie konnte nicht an der Fassade herunterklettern, nicht im hellen Tageslicht. Auf das Dach des angrenzenden Gebäudes konnte sie auch nicht springen; es war zu weit entfernt. Aber sie hatte einen Ausweg gefunden. Sie fand immer einen Ausweg. Sie war durch den Schornsteinschacht zum Kaminboden im Kellergeschoss hinuntergeklettert, wo sie sich unmittelbar unter der lodernden Feuersbrunst befand. Als sie, mit Ruß bedeckt, herauskroch, war über ihr die Decke eingestürzt. Ein loderndes Flammenmeer hatte sie eingeschlossen, und mit den Flammen war der Schmerz gekommen.

An der Rückwand des Kaminbodens befand sich die schmale Öffnung eines Abwasserschachts, in den von oben die Asche hineingerieselt war. Sie hatte einige Ziegelsteine herausgezogen, sich in das nun kaum vierzig Zentimeter breite Loch gezwängt und sich dabei fast die Gelenke zermalmt.

Sie lag mit geschlossenen Augen da und zwang sich, nicht vor Schmerz zu schreien. Wenn sie die Augen öffnete, sah sie wenige Zentimeter vor ihrem Gesicht nur feuchte, schimmlige Ziegelsteine. Als sie in den Schacht gekrochen war, hatte sie Martins fürchterliche Schreie gehört. Das Einzige, was die Nahrung bewirkte, die sie ihm gebracht hatte, war, ihm so viel Kraft zu geben, dass er elendig langsam verbrannt war.

Allmählich erlangten sie Kontrolle über das Feuer, und über ihr vernahm sie menschliche Stimmen. Wasser umspülte sie.

Sie hörte ein Geräusch, ein sehr spezielles Geräusch, ganz anders als das des Wassers oder das von Martins zerplatzenden Knochen. Was sie hörte, waren Atemzüge – *snick-snick, snick-snick* –, schnelle, flache Atemzüge.

Eine Ratte kam durch den Schacht, in dem sie lag, zweifellos angelockt vom Geruch verbrannten, blutenden Fleisches. Aber vielleicht bevorzugte das Tier ja gekochte Nahrung. Immerhin war es eine französische Ratte.

Das Tier bot eine Chance – zugegeben, keine sonderlich viel versprechende, aber sein Auftauchen erhöhte ihre Überlebenschancen von null auf ... nun, auf etwas über null.

Hier, kleiner Nager, komm her. »Je mehr sie, genetisch gesehen, dem Menschen ähneln, desto besser für dich. Das Blut von Ratten, Affen und Kühen tut deinem Organismus gut.« Dies hatte ihr Meister Tutomon beigebracht, der Lehrmeister ihrer Kindheit, der sie in Geometrie, in Sprachen und in der Kunst des Überlebens unterrichtet hatte.

Die Ratte zögerte. Sie konnte das Tier nicht sehen, aber seine Atemzüge und das Trippeln seiner Pfoten waren unverkennbar. Es befand sich links von ihr, in der Nähe ihres Fußes. Um es zum Näherkommen zu bewegen, schnippte sie mit den Fingern.

Sie öffnete die Augen und bereitete sich, so gut es ging, darauf vor, blitzschnell zuzupacken. Es war völlig dunkel in dem Schacht, und das war gut so. Trotzdem sah sie die Ziegelsteine vor sich, so nahe, dass sie vor ihren Augen verschwammen. Plötzlich entfuhr ihr ein unfreiwilliges Stöhnen. Die Ratte huschte davon.

Sie hob den Kopf, bis er die Schachtdecke berührte, und blickte an ihrem Arm entlang. Die Ratte kam zurück. Sie konnte gerade so deren neugieriges kleines Gesicht erkennen, während ihr Atem an Miriams Fingerspitzen hauchte.

Sie öffnete die Hand, damit die Ratte in das Zentrum der Falle lief. Aber sie kam nicht näher.

Das seichte Wasser, das sie umspült hatte, wurde zu einem gleichmäßig fließenden Strom. Wenn der Schacht verstopfte, würden die Menschen es bemerken. Sie würden Leute herunterschicken, um ihn freizumachen. Sie würden sie herauszerren, selbst wenn es sie in Stücke riss. Sie konnte keine Gnade erwarten, so viel stand inzwischen fest.

Nun kam die Ratte dicht an ihre Hand heran. Miriams empfindsame Nerven registrierten, wie das Tier an ihren Fingerspitzen schnüffelte. Endlich hörte das Tier auf zu schnüffeln und wollte in das ruhig daliegende Fleisch beißen, das seine Neugier geweckt hatte. Augenblicklich war es in Miriams Hand gefangen. Es wand sich und stieß seine Rattenschreie aus – *ree-ree-ree*. Sie zog den Arm heran, zog das Tier an ihren Mund. Dabei musste sie es an ihrer nackten Brust vorbeischieben, und während sie das tat, spürte sie, wie seine nadelartigen Zähne ihre blasse Haut aufschlitzten.

Dann war die Kreatur an ihrem Mund. Sie biss den kreischenden Kopf ab, saugte den Körper aus und zerknüllte die Überreste wie ein trockenes Blatt.

Das Blut der Ratte schmeckte überraschend gut. Sie spürte, wie es ihren Körper durchströmte. Es würde ihr helfen … Aber würde es für die vor ihr liegende Aufgabe ausreichen?

Um weiter voranzukommen, musste sie mühevoll ihre Arme vor den Kopf bringen und sich mit den Füßen kräftig gegen die Schachtwand stemmen. Nach einigen Augenblicken schoben sich ihre Knochen ein Stück zusammen, sodass sie einige Zentimeter weiterkriechen konnte. Sollte der Schacht noch enger werden, säße sie fest.

Da sie sich bewegt hatte, wogte das Wasser hin und her und spülte alte Kohlebrocken und Asche heran. Sie drückte sich mit aller Kraft nach vorne, doch nichts geschah.

Was wenn sie hier nicht mehr herauskam? Ihr Herz begann schneller zu schlagen. Sie drückte immer stärker. Und noch stärker. Nichts geschah. Sie spürte, wie die Mühsal ihre Zunge anschwellen ließ. Ihre Knochen mahlten und knackten. Ihre Zunge schob sich an dem Rachenknorpel vorbei, der beim Bluttrinken die Luftröhre verschloss.

Noch immer geschah nichts, nichts, *nichts*! Und dann – schlimmer noch – erklangen laute Stimmen. Ja, die Menschen waren im Keller und sprachen darüber, wie langsam das Wasser abfloss. Natürlich, sie mussten die Verstopfung beheben. Sie würden in dem Schacht ein seltsam verwachsenes Wesen finden, das vor ihren Augen wieder seine ursprüngliche Gestalt annahm, und damit hätten sie ein weiteres Geheimnis der Hüter entdeckt: Vampir-Knochen waren nicht zerbrechlich, sondern biegsam.

Wie würde man sie umbringen? Sie einäschern wie ihre Mutter? Ihr einen Pflock ins Herz rammen, bis ihr Blutfluss zum Stillstand kam, sie dann in einen Sarg legen und sterben lassen – was Jahre oder gar Jahrzehnte dauern konnte? Oder würden sie ihren Kopf zermalmen und sie in Säure auflösen?

Plötzlich erklang ein Geräusch, und ein stechender Schmerz schoss ihre Wirbelsäule hoch. Im nächsten Augenblick rutschte sie ein gutes Stück durch den Schacht. Sie hätte vor Freude schreien können, so befreiend war das Gefühl, nicht mehr zusammengepresst zu werden.

Wasser schoss von hinten über sie hinweg und spülte sie durch eine breite Öffnung. Wo sie sich nun befand, war es deutlich heller. Licht fiel durch Schlitze, die in regelmäßigen Abständen in die Decke geschlagen waren. Der Schacht war nun hoch genug, um sich hinzustellen und durch die Schlitze zu spähen.

Sie versuchte sich aufzusetzen. Sie war völlig erschöpft.

Eine Ratte gab ihrem Körper nicht viel Kraft – sie würde bald neues Blut brauchen, Menschenblut.

Sie drückte sich mühevoll hoch, die Schmerzen in ihrem geschundenen Körper ignorierend. Endlich saß sie zusammengekauert da. Um durch einen Schlitz zu blicken, hätte sie aufstehen müssen, doch dies war unmöglich, solange sich ihre Knochen nicht zu ihrer ursprünglichen Länge ausgedehnt hatten. Sie zwang sich, es dennoch zu versuchen und den Prozess, so gut sie konnte, zu beschleunigen. Schmerzen rasten durch ihre Wirbelsäule, und sie musste sich auf die Lippen beißen, um die Schreie zu verschlucken, die aus ihrer Kehle drangen.

Minuten verstrichen. Das Wasser, das in Kniehöhe an ihr vorbeigeschossen war, floss nun deutlich langsamer. Anstelle des fauligen Gestanks stieg ihr nun ein überraschender Duft in die Nase – der Duft frischen Quellwassers. Angehörige ihrer Rasse brauchten viel Wasser und tranken am liebsten ganz frisches. Sie roch eine saubere Kalksteinquelle mitten in der Pariser Kanalisation. Behutsam einen Fuß vor den anderen setzend, ging sie in Richtung der Quelle. Sie sah, dass der Tunnel breiter wurde. Links und rechts von ihr lagen schlammige Ufer. Vor ihr glitten Schwärme winziger Fische durch das Wasser, schwach leuchtend wie blasses Sternenlicht.

Dieser wundervolle Strom, in dem sie sich völlig unerwartet wiederfand, musste der alte Fluss Bièvre sein. Das Rumpeln über ihr war eine Straße. Und als es ihr endlich gelang, durch einen der Schlitze zu spähen, sah sie tatsächlich vorbeirollende Autoreifen. Während sie weiterging, wurde die Wasserqualität immer besser. Es war kein Abwasser mehr, sondern bloß das reine, seinem uralten Lauf folgende Flusswasser.

Sie begann, nach der Quelle Ausschau zu halten. Sie musste sich ganz in der Nähe befinden. Sie konnte die wunderbare erdige Frische riechen. Zwanzig Schritte weiter fand sie sie, sah das fröhlich aus dem Boden sprudelnde Wasser. Darüber hatte jemand vor langer Zeit eine kleine Grotte in den Fels geschlagen und ein Kreuz hineingestellt, das heute völlig verrostet war. Sie legte sich in das Wasser und ließ es über sich hinwegsprudeln, ließ es mit seiner reinigenden Kühle ihre Wunden auswaschen.

Ihre Schmerzen wurden weniger. Die Kühle trug dazu bei, die Verbrennungen verheilen zu lassen, und das vollkommen saubere Wasser half ihrem Blut, die nahende Infektion aus ihrem Körper zu spülen. Wenn der Heilungsprozess jedoch in üblicher Geschwindigkeit verlaufen sollte, brauchte sie neue Nahrung.

Sie lag in der sprudelnden Quelle und rollte sich behutsam umher, damit das Wasser jede Stelle ihres Körpers erreichte und die verbrannten Hautfetzen und den Schmutz fortspülte, der sich in ihren Brandwunden gesammelt hatte. Allmählich verschwand der durchdringende Gestank der Verbrennungen, bis sie nur noch das frische Wasser und den Wohlgeruch ihres Körpers wahrnahm.

Nach einer Weile erhob sie sich und ging zum Flussufer, ein nacktes, verbranntes Geschöpf, graziös und, wie sie annahm, kreidebleich. Sie suchte nach einer Ausstiegsluke, durch die sie zur Stadt und den Nahrungsvorräten hochsteigen konnte, die die Straßen bevölkerten.

Statt einer Ausstiegsluke entdeckte sie eine Tür aus Stahl, die hoch oben am Ende einer Reihe von Eisensprossen lag. Die Tür war halb so hoch wie üblich und hatte statt einer Klinke einen Hebel. Sie stieg die Sprossen hoch und zog an dem Hebel, der mit einem dumpfen Knall nach unten fiel. Sie zog die Tür auf und sah einen dunklen Raum voll surrender Maschinen vor sich.

Sie betrat den Raum. Im Gegensatz zu der feuchten Kälte, in der sie sich stundenlang aufgehalten hatte, war es hier drin warm und trocken. Es kam ihr entsetzlich heiß vor, obwohl sie wusste, dass dies nur an dem plötzlichen Temperaturwechsel lag.

Ihre Nasenflügel waren verbrannt, doch ihr Geruchssinn schien einwandfrei. Sie roch Maschinenöl, Verbrennungsgase und den Duft von Elektrizität. Dies war ein Heizraum. Sie wusste, was Dampfkessel und Heizöfen waren. Sie benutzte derlei Dinge für ihre eigenen Zwecke. Dieser erinnerte sie an den Ehler, den sie zu Hause hatte, ein gutes Gerät mit einem großen Feuerkasten.

Hinter dem Heizofen sah sie eine Treppe. Sie ging hoch, legte ein Ohr an die Tür und lauschte mit angehaltenem Atem. Auf der anderen Seite vernahm sie Schritte, langsame Schritte, *tip-tap, tip-tap.* Es waren mehrere Personen, die immer wieder stehen blieben und nach einigen Augenblicken weitergingen. Plötzlich begann eine Stimme, auf Englisch zu reden. Sie sprach über die Herstellung von Wandteppichen.

Dieses Kunsthandwerk hatte es hier schon gegeben, als sie das letzte Mal in der Rue des Gobelins gewesen war. Gegenüber dem Haus ihrer Mutter hatte es eine Wandteppich-Manufaktur gegeben. Es gab sie also immer noch, heute aber gab es auch Zuschauer, Menschen aus der englischsprachigen Welt, die durch die Arbeitsräume geführt wurden.

Sie drückte die Türklinke herunter. Verschlossen. Aber dies war kein Problem. Die Menschen hatten nie gelernt, funktionierende Schlösser zu bauen. Sie rüttelte einige

Male behutsam an der Tür, dann sprang der Schlossriegel auf. Sie wusste genau, wonach sie suchte: nach einer Frau in ihrer Größe, möglichst ohne Begleitung.

Die Touristengruppe bestand aus etwa zwanzig Leuten, die an großen, in Webstühlen hängenden Wandteppichen entlanggeführt wurden. Sie trat in den schwach beleuchteten Bereich hinter der Tür hinaus und huschte hinter den nächsten Webstuhl. Auf der anderen Seite arbeitete eine Weberin, die auf ihr Pedal trat und einen Stofffaden durch den Schlegel führte.

Unter dem Arbeitskittel trug die Frau irgendeine dunkle Kleidung; was genau, konnte Miriam nicht erkennen. Etwas Legeres, wie es für die modernen Zeiten typisch war. Sie beobachtete das Geschöpf. Die Frau schien völlig in ihrer Arbeit versunken. Miriam lauschte den Erklärungen des Führers. Die Touristen kamen näher. In wenigen Augenblicken würden sie die Weberin erreichen und ihr bei der Arbeit zuschauen.

Miriam trat in das Blickfeld der Weberin. Die Frau bemerkte sie vor lauter Konzentration nicht. Miriam ging näher heran. Nun unterbrach die Frau ihre Arbeit und blickte beiläufig zu ihr auf, doch dann sah sie genauer hin. Ihre Kinnlade fiel herunter. Sie starrte die nackte Erscheinung von oben bis unten an. Ein mitfühlender Ausdruck legte sich über ihre Züge, dann der des schieren Entsetzens, als ihr klar wurde, dass die Frau schwere Verbrennungen erlitten hatte.

Miriam trat zu ihr heran. Sie taumelte, tat so, als würde sie gleich hinfallen. Instinktiv sprang die Frau von ihrem Stuhl auf, um ihr zu Hilfe zu eilen. Miriam packte sie und zog sie hinter den Webstuhl, presste den Mund an ihren Hals und saugte ihr mit einem kräftigen Ruck alle Körperflüssigkeiten aus dem Leib; zwei große Schlucke genügten, dann war es vorbei.

Ihr Körper schien vor Freude wahre Luftsprünge zu vollführen; sie fühlte sich fast, als würde sie fliegen. Sie musste sich zwingen, vor Glück nicht laut aufzuschreien, so berauschend war das Gefühl. Ein elektrisches Kribbeln fuhr ihr von der Schädeldecke bis in die Zehenspitzen, als ihr aufgefrischtes Blut sich eilends daranmachte, ihre Brandwunden zu schließen.

Das Kribbeln wirkte so überwältigend, dass sie benommen auf die Knie sank. Sie sackte stöhnend nach vorne, ihr Körper bebend wie bei einem nicht enden wollenden Orgasmus. Das Kribbeln wurde immer stärker, während die Stimmen und die trippelnden Schritte näher kamen.

Sie packte die in seinem Kleiderbündel zusammengefallenen Überreste ihres Opfers und zog sie zu sich heran. Während sie das vertrocknete, ausgesaugte Etwas entkleidete, vernahm sie plötzlich lautes Gelächter. Der Touristenführer hatte etwas gesagt, das seine Zuhörer erheiterte. Die anderen Webstühle ratterten ununterbrochen weiter. Miriam zog hastig die Sachen an – eine schwarze Jeans, einen schwarzen Rollkragenpullover und Schuhe, die ihr leider nicht besonders gut passten. Dann den blauen Arbeitskittel. Keine Kopfbedeckung, und dies war schlecht, denn es würde eine Weile dauern, bis ihre Haare nachgewachsen waren. Sie brauchte eine Perücke, doch die gab es hier nicht. Sie stand auf.

»Noelle?«

Es war der Touristenführer, der sich fragte, weshalb sie nicht an ihrem Webstuhl saß. Natürlich wusste er genau, wie die Weberin aussah.

»Noelle, was machst du? Was tust du dort hinten?«

Sie durfte nichts sagen. Sie hatte keine Ahnung, wie Noelles Stimme klang. Wenn er hinter den Webstuhl kam, würde sich ihm ein unglaublicher Anblick bieten – ein mit Haut überzogenes Skelett und daneben ein völlig haarloses Geschöpf mit rosig leuchtendem Gesicht. Die Verbrennungen waren vermutlich noch zu erkennen, und wahrscheinlich sah sie völlig grotesk aus. Sie nahm die Überreste ihres Opfers und zermalmte sie. Das Knacken und Bersten der Knochen klang beängstigend.

»Noelle!«

»Ich repariere den Webstuhl!«

»Wer ist dort?«

»Ich bin's! Wer sonst?«

Der Mann setzte seine Führung fort, aber sein Tonfall sagte ihr, dass ihre Erklärung ihn nicht zufrieden gestellt hatte und er nicht so recht verstand, was hier vorging. Er würde bestimmt gleich einen Kollegen herschicken.

Sie hielt sich im Schatten der Webstühle verborgen, um nicht von den Arbeiterinnen oder der Touristengruppe gesehen zu werden, und eilte zu der Tür zurück. Sie huschte hindurch und lief in den Heizraum hinunter. Sie ging zu dem Heizofen, öffnete das Sperrgitter und stopfte die zermalmten Überreste ihres Opfers hinein. Sie würde nie wieder so dumm sein und eine dieser Visitenkarten zurücklassen. In dieser neuen Welt voller sowohl aggressiver als auch intelligenter Menschen würde ihr nächster Fehler ihr letzter sein.

Sie suchte nach einer Tür, die auf die Straße hinausführte, und entdeckte eine, auf der *Sortie* stand; darüber leuchtete ein rotes Lämpchen. Sie ging hinaus und fand sich in einer engen Gasse wieder. In einer Richtung befand sich eine kahle, hohe Betonmauer, die andere führte in eine ruhige Nebenstraße. Es war mittlerweile früher Abend, und allmählich wurden die Schatten länger.

Ihr fiel sofort der merkwürdig flackernde Lichteffekt an den Hausfassaden in der vor ihr liegenden Straße auf. Jedes Mal, wenn das Flackern heller wurde, ertönte ein lautes Krachen.

Sie ging vorsichtig darauf zu, denn sie wusste, dass sie in diese Straße musste, um zu entkommen. Je näher sie kam, desto heller wurde das Flackern und desto lauter das Krachen. Nun roch sie auch brennendes Benzin. Das Flackern fand auf ihrer schwarzen Kleidung einen Widerschein. Sie streckte die Hände aus und sah den auf ihnen tanzenden orangenen Lichtschein. Dann trat sie in die Straße hinaus und wandte sich augenblicklich nach links, hin zu der Lichtquelle.

Das Erste, was sie sah, war die Ruine des Hauses ihrer Mutter. Das Schloss der Weißen Königin war rußgeschwärzt, die Fenster waren zerschmettert, das Dach eingestürzt.

Dutzende von Fahrzeugen der Polizei und Feuerwehr standen davor; unzählige Gendarmen schwirrten umher. Das flackernde Licht kam jedoch nicht von den Fahrzeugen, sondern von einem Feuer mitten auf der Straße, das von Männern mit Flammenwerfern genährt wurde. Am Ausgang der Rue des Gobelins war eine hohe Barriere errichtet worden. Niemand konnte von außen darüber hinwegblicken. Sie wusste, dass sie nicht einfach um die Barriere herumgehen konnte. Ihr war klar, dass sie sofort die Aufmerksamkeit der Polizisten auf sich zöge, sobald sie in die Rue de Gobelins ging.

Im Zentrum des Feuers sah sie schwarze und rot glühende Gebeine. Es war Martin, natürlich. Offenbar wussten die Menschen genug über die Hüter, um mit letzter Sicherheit dafür Sorge tragen zu wollen, dass Martin wirklich tot war. Ein Gendarm schaute zu ihr hinüber und machte eine eindeutige Handbewegung: *Bleiben Sie dort stehen, kommen Sie nicht näher*. Sein Blick ruhte einen Moment lang auf ihr, dann wandte er sich wieder um.

Die Menschen, die einen Ring um das Feuer bildeten, waren keine Gendarmen. Sie trugen Zivilkleidung; sie wirkten brutal. Innerhalb des Rings stand eine Gruppe anderer Leute, vermutlich die Vorgesetzten. Diese nah am Feuer stehenden Menschen, die sicherstellten, dass die Gebeine ihres Opfers bis auf den letzten Rest zu Asche verbrannten, waren die Mörder der Hüter.

Wenn sie genau hinhörte, konnte sie einige Gesprächsfetzen aufschnappen – ein Gendarm beschwerte sich über die Überstunden; einer der Mörder sagte etwas über die Temperatur des Feuers; ein anderer ordnete mit befehlsgewohnter Stimme an: »Wenn die Knochen verbrannt sind, spült ihr die Asche in den Gulli.«

Dies sollte also das Schicksal ihrer Rasse sein, zu Asche verbrannt und in Jauchegruben gespült zu werden.

Das Feuer erstarb. Weitere Befehle wurden erteilt, dann wurde eine der *pompiers* eingeschaltet. Kurz darauf schoss Wasser aus einem Schlauch und floss die Straße hinunter. Sie sah, wie es auf ihre Füße zuströmte und den Gully neben ihr erreichte. Verbrannte Materialien und winzige Knochenreste schwammen darin mit. Ein Knopf trudelte an ihr vorüber, und sie sah, dass er von ihrem Hosenanzug stammte, den sie hatte ausziehen müssen, um sich in den Abwasserschacht zwängen zu können, durch den sie entkommen war.

»*Excusez-moi, mademoiselle.*«

Einer der Gendarmen kam auf sie zu. Er lächelte milde, dann packte er, allerdings sehr sanft, ihren Arm. »Ich werde sie nach vorne durchführen.« Er zog sie in seine Richtung. Als er ihren kahlen Kopf sah, blinzelte er überrascht.

»Was ist hier passiert?«, fragte sie, um ihn von ihrem Anblick abzulenken.

»Landstreicher haben im Haus Nummer neunzehn ein Feuer gelegt. Es hat Tote gegeben.«

»Weshalb werden die Leichen verbrannt?«

Er schüttelte den Kopf. »Die Behörden wollen es so. Keine Ahnung warum.«

Sie ließ sich von dem Gendarmen weiterführen. Seine Körperhaltung wirkte entspannt, seine Atmung gleichmäßig und seine Miene völlig ausdruckslos. Er wusste offensichtlich nichts von den Hütern und hielt sie, Miriam, bloß für eine recht ungewöhnlich aussehende Frau. Ihr Blick ruhte auf den Menschen, die von den Hütern wussten.

Sie näherte sich ihnen, geführt von ihrem Polizeibeamten. Die Leute waren in ein Gespräch vertieft. Sie ging hinter ihnen vorbei. Dann sah sie, dass sich einer aus der Gruppe, eine Frau, plötzlich zu ihr umwandte und sie ansah. Das Wesen war wunderschön, hatte wallendes braunes Haar und trug einen langen Mantel. Aber seine fast schwarzen Augen schienen hart wie Obsidian zu sein. »Entschuldigen Sie«, sagte das Wesen auf Englisch mit amerikanischem Akzent.

Miriam spannte unter der eng anliegenden Kleidung ihre Muskeln an, wappnete sich für den bevorstehenden Kampf. Sie hatte noch viele Verbrennungen, besonders an den Gliedmaßen, und der Schmerz quälte sie wie unablässig auf sie einhackende stumpfe Rasierklingen.

Das Wesen folgte ihr einige Schritte. »*Pardonnez-moi*«,

sagte es nun auf Französisch. Es war beunruhigt und neugierig. Es war sich jedoch nicht sicher, was es tun sollte. Also wusste es gewiss nicht, wer Miriam war.

Der Gendarm ließ sie auf die angrenzende Straße hinaus. Er fragte sie, ob sie sich gut genug fühlte, um alleine weitergehen zu können. Statt zu antworten, huschte sie eilig in die spärliche Zuschauermenge. Sie blickte nicht zurück, wollte ihre Flucht aus der tödlichen Falle um keinen weiteren Augenblick verzögern.

Nachdem sie sich nun gestärkt hatte, wollte ihr Körper nur noch schlafen. Sie wusste, dass es der unendlich tiefe Schlaf ihrer Rasse sein würde und dass sie einen Ort finden musste, an dem sie sich für die Stunden, in denen sie völlig hilflos sein würde, beruhigt hinlegen konnte. Aber sie konnte es sich nicht leisten. Sie hatte eine dringende Mission zu erfüllen. Die französischen Hüter mussten gewarnt und deren Buch der Namen geschützt werden.

Sie ging eilig die Straße hinunter. Sie würde sich irgendwo ein Hotelzimmer nehmen und die Kreditkarte der Weberin benutzen, die sie in deren Portemonnaie gefunden hatte. Oder nein, sie hatte eine bessere Idee. Sie konnte in die Wohnung der Frau gehen. Es war natürlich ein Risiko, aber sie hatte ja die Schlüssel und den Führerschein mit der Wohnungsadresse.

Ein Stück die Straße hinunter sah sie ein Taxi. Sie winkte es mit einer lässigen Geste heran, so wie sie es die Menschen hatte tun sehen. Außerdem würde sie, so gut es ging, ihr Französisch den neuen Zeiten anpassen. Jeder Narr würde sich an einen Fahrgast erinnern, der wie Voltaire redete.

Als sie in das Taxi stieg, klappte sie das Portemonnaie auf. Noelle Halff, 13 Rue Léon Maurice de Nordmann.

»Treize Rue L. M. Normann«, murmelte sie, wie ein moderner Pariser nuschelnd.

Der Fahrer verzog ein wenig das Gesicht, dann fuhr er los. An der nächsten Ecke bog er in den Boulevard Arago, und schon waren sie da. Es war idiotisch gewesen, ein Taxi zu nehmen. Die Wohnung war kaum vierhundert Meter entfernt. »Ich habe mir den Fuß verdreht«, sagte sie, als er vor einem wunderschönen Künstler-Atelier hielt.

»Tut mir Leid für Sie«, antwortete er, als er das Geld entgegennahm. Offenbar hatte sie es perfekt hinbekommen. Ihm war nichts an ihr aufgefallen. Vielleicht war es für Pariser Frauen nicht ungewöhnlich, sich den Schädel zu rasieren. Vermutlich ein neuer Modetrend.

Sie suchte in der Handtasche nach den Schlüsseln und fand ein Bund. Vier Stück hingen daran, und anstatt das Schloss mit Gewalt öffnen zu müssen, fand sie auf Anhieb den richtigen. Sie verschaffte sich Einlass und schaltete im Foyer das Licht ein. Während der Zeitschalter summte, suchte sie die Wohnungstür mit Noelles Namensschild, fand den entsprechenden Schlüssel und betrat die Atelierwohnung.

Im Wohnzimmer stand ein weiterer Gobelin-Webstuhl, und überall stapelten sich Wandteppiche, mittelalterliche Reproduktionen, die die Frau vermutlich auf den Touristenmärkten verkauft hatte.

»Hallo«, rief sie. Keine Antwort. Sie ging durch das Wohnzimmer in eine kleine Küche und in das angrenzende, ebenso kleine *salle de bains et toilette.* Zum Schlafen gab es ein winziges *couchette*, das auf der anderen Seite des Wohnzimmers lag.

Sie suchte im Toilettenschrank nach Make-up und versuchte dabei auch festzustellen, ob mehr als eine Person in der Wohnung lebte. Sie entdeckte einen Rasierapparat und zwei Zahnbürsten.

Plötzlich bemerkte sie im Schatten vor sich eine Bewegung, sah eine merkwürdige dunkle Gestalt. Sie sprang mit hochgerissenen Armen aus dem kleinen Badezimmer zurück, bereit, sich zu verteidigen.

Doch niemand stürzte sich auf sie. Die einzig vernehmbaren Geräusche waren ihre Atemzüge und das Tropfen des Wasserhahns.

Sie schaltete das Licht ein und erblickte im Badezimmerspiegel eine so grundlegend veränderte Miriam Blaylock, dass sie sich selbst für eine Fremde gehalten hatte. Der Kopf war völlig kahl, das Gesicht eingefallen, die Augen glichen schwarzen Höhlen. Sie betastete ihre Wange, berührte die Haut. Sie sollte weich sein und rosig von dem frischen Menschenblut, das sie vor kurzem getrunken hatte. Aber ihr offenbarte sich eine weitere Überraschung. Sie war nicht totenbleich, sondern mit feiner grauer Asche bedeckt. Die äußeren Schichten ihrer Haut mussten verkohlt worden sein, zumindest im Gesicht.

Sie wusch es mit kaltem Wasser ab und tupfte es mit einem Papiertuch trocken. Danach war das Tuch dunkelgrau. Im Waschbecken schwamm graue Asche. Sie zog ihre Kleidung aus und betrachtete ihren Körper. Sie hatte sich schwerer verletzt, als ihr bewusst gewesen war. Breite Risse, in denen das rohe Fleisch schimmerte, durchzogen ihre Haut. Ihre Hüften waren fast bis auf die Knochen abgeschürft. An einer Stelle konnte sie tatsächlich ein Stück ihres Hüftknochens erkennen.

Sie beschloss, ein Bad zu nehmen, und sah zu, wie das dampfende Wasser in die große Wanne einlief. Als sie sich hineinsetzte, verfärbte die an ihrem Körper klebende

Asche das Badewasser dunkelgrau, hellrot durchsetzt vom Blut aus ihren noch immer zahlreichen offenen Wunden.

Kurz darauf begann ihr Körper vor Wohlbehagen zu kribbeln. Sie schloss die Augen. Oh, war das schön. Wie sehr sie sich nach Schlaf sehnte. Es wäre so leicht, in dem herrlich heißen Wasser einzudösen.

Nein! Nein, sie musste etwas schlucken, das sie wach hielt – Kaffee, Tabletten, irgendetwas –, und sie musste den Ausweis der Frau finden, bei einem Reisebüro anrufen, einen Flug nach New York buchen und danach sofort in das unterirdische Labyrinth hinabsteigen und die anderen Hüter warnen.

Sie stieg aus der Badewanne und öffnete den Arzneischrank. Sie entdeckte drei Pillenbehälter – Vitamine und Kräutertabletten gegen Erkältungen, nichts Nützliches also. Die arme junge Frau war sehr gesundheitsbewusst gewesen und hatte nicht einmal die einfachsten Arzneien in der Wohnung gehabt. Miriam hatte immer das Gefühl, etwas Kostbares vergeudet zu haben, wenn sie ein vitales junges Leben wie dieses zerstörte. Die Frau hatte eine gewisse Ähnlichkeit mit Sarah gehabt.

Sie hatte es aufgegeben, Sarah telefonisch erreichen zu wollen. Jetzt zählte nur noch, nach Hause zu gelangen. Sie befürchtete, dass die Katastrophe bereits den Atlantik überquert hatte und dass Sarah sich deswegen nicht meldete. Würde sie ihr wunderschönes Zuhause in Manhattan als niedergebrannte Ruine wieder finden, so wie das Schloss der Weißen Königin? War auch Sarah nur noch ein Haufen Asche? Sie wusste es nicht, und es gab keine Möglichkeit, es herauszufinden.

Sie schaute in den Spiegel. Ihr Gesicht sah eigentlich nicht schlecht aus. Etwas Make-up hier und dort, ein bisschen Lippenstift – und sie konnte sich wieder als schöne Frau fühlen. Sie würde –

Sie hielt inne. Wie der plötzliche Anbruch der Dunkelheit oder wie ein schwarzer Umhang, der sich auf sie herabsenkte, befiel sie auf einmal eine so tiefe Melancholie, dass nicht der gewohnte Zorn in ihr aufwallte, sondern sie ihren Wert als lebendiges Geschöpf und sogar den Wert der Hüter als eine auf dieser Erde lebende Spezies in Frage stellte.

Schau dich um, dachte sie, sieh dir das komplexe Leben an, das sich in dieser Atelierwohnung entfaltet hat, sieh dir die wunderschönen Wandteppiche an, wie die Farben im schwachen Abendlicht leuchten, das von der Straße hereinfällt. Sieh dir das eselsohrige Buch mit dem Lesezeichen an, ein Gedichtband, in dem Noelle Halff vor dem Einschlafen gelesen hat. *Les Fleurs du Mal* – »Die Blumen des Bösen«. Miriam kannte die Gedichte und bewunderte sie ebenfalls.

Die Frau mochte keine Aufputschtabletten in ihrem Arzneischrank aufbewahrt haben, aber sie hatte eine Vielzahl hochwertiger Kosmetika besessen. Miriam begann sich zu schminken, begann ihrem Antlitz wieder das Aussehen der ewigen Jugend zu verleihen, die sich unter ihren Verbrennungen verbarg.

Sie spürte, wie die Müdigkeit an ihrem Bewusstsein und ihren erschöpften Muskeln nagte, spürte, wie ihre Knochen immer schwerer wurden. Sie schüttelte sich, ihre Augen glänzten wie in Trance. Selbst ohne Aufputschmittel würde sie nicht einschlafen. Sie konnte es nicht, und sie würde es nicht.

Denn eines wusste sie genau: Wenn sie sich in dieser Wohnung hinlegte und einschlief, würde auch sie auf einem Scheiterhaufen enden.

9

Die Messerwerferin

In den Wandregalen lagen menschliche Schienbeinknochen, deren Gelenkhöcker zum Gang hin deuteten. Auf den oberen Brettern stapelten sich die Schädel der Toten. Paul hatte, wenn auch nur vage, vom Beinhaus des Denfert-Rochereau-Friedhofs gehört. Es galt als morbide Touristen-Attraktion, die vor allem von Horrorfilm-Fans besucht wurde. Für zehn Franc konnte man so viel Zeit, wie man wollte, mit den Gebeinen von sieben Millionen Parisern verbringen.

»Was ist das für ein Geruch?«, fragte Becky.

»Vielleicht eine frische Leiche.«

»Vielen Dank, Charles.«

»Hier werden keine Leichen aufbewahrt, nur ihre Gebeine«, sagte Colonel Bocage.

Dennoch lag ein eigenartiger Geruch in der Luft, und Gerüche waren wichtig bei ihrem Handwerk. Paul rümpfte die Nase. Sie alle kannten den Gestank, den Vampire verbreiteten – die säuerlichen Ausdünstungen ihrer ungewaschenen Körper und den entsetzlichen Mief auf ihren Aborten. Dass es dort so stank, war kaum verwunderlich, denn schließlich bestanden ihre Ausscheidungen aus verdautem Menschenblut.

Colonel Bocage und die Lieutenants Raynard und Des Roches übernahmen die Führung. Die beiden Lieutenants hatten interessante Lebensläufe. Raynard war kein Franzose, sondern Algerier – und ehemaliges Mitglied der

Fremdenlegion. Des Roches, ein ernst blickender Mann mit einem überraschend stark ausgeprägten Sinn für Humor und, wie Paul zu erkennen glaubte, großer körperlicher Kraft, war ein ehemaliger GIGN-Offizier. Die Groupe d'Intervention de la Gendarmerie Nationale war Frankreichs Eliteeinheit für die Terroristen-Bekämpfung. Dies waren die Männer, die gekaperte Flugzeuge stürmten. Und es waren Männer, die immer dann zum Einsatz kamen, wenn die Regierung keine Gefangenen wollte, sondern Leichen.

Wegen der Katastrophe in der Rue des Gobelins waren dies die beiden letzten Männer, die Bocage zur Verfügung standen. Neue Leute zu finden war für ihn genauso schwierig wie für Paul. Sie mussten exzellent sein und für die höchste Geheimhaltungsstufe taugen – und solche Mitarbeiter zu finden war eben verdammt schwer.

Während sie durch das Beinhaus gingen, sagte niemand ein Wort. Die Franzosen trauerten wegen ihrer Verluste, und gleichzeitig waren sie sich darüber bewusst, dass dies nicht die letzten Toten gewesen waren, die sie würden beklagen müssen. Sie hatten nun mal einen äußerst gefährlichen Beruf. Man konnte Vampire töten, jedoch zu einem hohen Preis. Zu einem verdammt hohen Preis.

Sie gingen an endlosen Regalen voller Gebeine entlang; es war ein unglaublicher Anblick. Sie befanden sich noch immer im eigentlichen Beinhaus.

»Allen fehlen die Zähne und die Unterkiefer«, bemerkte Charlie.

»Die Zähne wurden an Knopfmacher verkauft, um das Beinhaus zu finanzieren«, erklärte Des Roches.

»War das legal?«

»Vielleicht, zur damaligen Zeit«, sagte Colonel Bocage,

»obwohl es politisch nicht korrekt war, wie ich beschämenderweise zugeben muss. Aber das alte Frankreich war eben nicht politisch korrekt.«

»Madame de Pompadour«, sagte Becky und deutete auf ein Namensschild.

»Wer war das?«, fragte Charlie.

»Die Privatsekretärin von Louis XV.«, antwortete Raynard.

»Und seine Mätresse«, fügte Bocage an.

»Weshalb liegt sie hier unten?«

»Nach der Revolution galten die Gebeine von Adligen nicht mehr als heilig.« Raynards Tonfall ließ darauf schließen, dass er die Revolution nicht vollends billigte. Wie die meisten Männer mit gefährlichen, militärisch geprägten Berufen war auch er erzkonservativ.

»Bleiben Sie bitte stehen.« Des Roches schaltete seinen PalmPilot ein, der nicht nur eine Karte des Beinhauses enthielt, sondern ebenfalls eine des gesamten Steinbruch-Netzwerks unter den Straßen von Paris. Dieses Netzwerk erschien sogar noch verzweigter als das der legendären Pariser Kanalisation. Die von der Städtischen Bauaufsichtsbehörde erstellte Karte enthielt alle der insgesamt vierhundert Kilometer langen Tunnel und Schächte, die direkt miteinander verbunden waren. Die restlichen und zugleich ältesten Schächte waren vom Hauptnetz entweder völlig abgetrennt oder nur durch Öffnungen zu erreichen, die für Menschen zu eng waren.

Da das Betreten des Steinbruchs als lebensgefährlich galt, war die Karte mit Hilfe von oberirdischen Radar- und Sonargeräten vervollständigt worden. Trotzdem war sie bei weitem nicht so genau, wie die Vampir-Jäger es sich gewünscht hätten. Paul, Becky und Charlie hatten sie die ganze Nacht lang studiert. Jeder hatte sich eine bestimmte Sektion vorgenommen und sie sich genau einzuprägen versucht. Anschließend hatten sie einander bis zum Morgengrauen nach bestimmten Wegen, nach Sackgassen und unerwarteten Kreuzungen abgefragt.

Sie erreichten einen dunklen Gang, an dessen Ende sich ein Eisentor im Gemäuer befand. Darüber hing ein Schild mit der Aufschrift *Entrée Interdite*. Im Laufe der letzten einhundert Jahre waren der Polizeipräfektur sechzig Personen gemeldet worden, die im Beinhaus spurlos verschwunden waren. Dies war keine besonders hohe Zahl, aber diese Menschen waren alle zum letzten Mal in der Nähe dieses speziellen Zugangs in das verlassene Steinbruch-Labyrinth gesehen worden. Bocages Team hatte in der Vergangenheit immer diesen Zugang benutzt, um in das Labyrinth hinabzusteigen.

»Geben Sie Acht«, sagte Bocage, »von nun an müssen wir davon ausgehen, uns fortwährend in Lebensgefahr zu befinden.«

Raynard öffnete den mitgebrachten Aluminiumkoffer. Er gab jedem eine besonderes leichte Körperpanzerung aus Kevlar. »Vergessen Sie nicht, dass diese Kreaturen Experten im Messerwerfen sind. Aufgrund ihrer Muskelkraft können sie es einem fast mit der Geschwindigkeit einer Pistolenkugel in die Brust schleudern.«

Paul fiel der Vampir in Sinha ein. Er hatte Len Carter getötet, indem er ein Messer auf ihn geworfen hatte, das durch Lens Körper hindurchgeschossen war und die zehn Meter hinter ihm stehende Becky noch getroffen hatte. Ihre Halswunde hatte mit dreißig Stichen genäht werden müssen. Hätte sie in diesem Augenblick nicht leicht abgewandt von ihm gestanden, ihre Halsschlagader wäre zerfetzt worden.

Bocage verteilte Revolver, die Paul noch nie zuvor gesehen hatte. »Wenn Sie einmal abdrücken, feuert diese Waffe automatisch fünf der fünfzehn im Magazin steckenden Spezialkugeln ab. Sie hat kein Laservisier, weil Laser nichts nützen. Vampire sehen den Lichtstrahl und sind flugs wieder verschwunden. Die Kugeln sind so konstruiert, dass sie nach dem Abfeuern in Millionen winziger Schrapnell-Geschosse zerspringen. Ein einziger Schuss pulverisiert alles im Umkreis von fünf Metern. Vergessen Sie nicht, dass – ganz gleich, wie schwer getroffen der Vampir scheint – er nur kurzzeitig außer Gefecht gesetzt ist. Kommen Sie keinesfalls in die Nähe seines Mundes, und legen Sie ihm sofort Handschellen an. Ist das klar?«

Sie kannten die Litanei in- und auswendig. Doch jeder lauschte so konzentriert, als ob er es noch nie im Leben gehört hätte. Ein Profi lässt sich niemals einen möglichen Vorteil entgehen. Jetzt noch einmal alle Verhaltensmaßregeln vorgebetet zu bekommen, konnte im entscheidenden Moment die Reaktionszeit um eine Hundertstelsekunde verringern. Vielleicht würde dies ein Leben retten.

Miriam bezahlte ihre zehn Franc und passierte den Eingang zu den Beinhaus-Katakomben. Sie hatte eine Stunde in der Lafayette-Galerie zugebracht und sich legere Kleidung und eine Perücke gekauft. Die Person, die diesen Ort nun besuchte, hatte nicht mehr die geringste Ähnlichkeit mit der Frau, die am Vorabend am Schloss der Weißen Königin vorbeigegangen war. Von ihren Verbrennungen waren an verschiedenen Stellen ihres Körpers lediglich einige gerötete Hautpartien zurückgeblieben. Ihre rechte Hüfte war noch ein wenig steif. Aber dieser kaugummikauende Teenager mit dem schwarzen, stufig geschnittenen Haar hatte nichts mehr mit der aschfarbenen, völlig entkräfteten Horrorfigur von vor zwölf Stunden gemein. Sie wirkte entspannt und freundlich, und in ihren hellen Augen schimmerte die beflissene Unschuld achtzehn oder zwanzig wohl behüteter Lebensjahre. Jeder Mann hätte sie nur zu gern schützend in die Arme genommen und vor dem Ungemach der Welt bewahren wollen. Das kleine Goldkreuz um ihren Hals ließ darauf schließen, dass sie an Gott glaubte. Ein Mann, dem es irgendwie gelungen wäre, diesen süßen Teenager zu verführen, wäre kaum überrascht gewesen, hätte er sie verlegen stammeln hören: »Aber ich bin noch Jungfrau.«

Mit den bedächtigen, geschmeidigen Bewegungen einer Katze stieg sie die Wendeltreppe hinunter. Die Wegekarte, die sie mit ihrem Ticket erhalten hatte, zeigte nur das eigentliche Beinhaus, aber sie kannte die altertümlichen Hinweise, die sie vom öffentlichen Bereich in das Labyrinth und vor allem in die Kaverne hinabführen würden, in der das Buch der Namen und die anderen gemeinsamen Besitztümer der französischen Hüter aufbewahrt wurden.

Sie beabsichtigte, ihre Artgenossen zu warnen, doch selbst wenn sie ihr glaubten, würde sie das Buch der Namen mitnehmen. Sie durfte nicht riskieren, es hier zu lassen, ganz gleich, was die anderen darüber denken mochten. Wenn sie sich widersetzten, würde sie das Buch gewaltsam an sich bringen.

Auf der Treppe begegnete sie zwei Touristen. Sie veränderte ihre Körpersprache, wurde zu einem gewöhnlichen, etwas nervösen Mädchen. Die Touristen waren plumpe Deutsche und stanken nach ihrem kürzlich eingenommenen Mittagessen: gebratenem Schweinebauch mit Klößen. Der Mann hatte hässliche dünne Venen. Ihr gefiel die dicke Halsschlagader der Frau. Sie wäre ein leckerer Schmaus.

Sie schnüffelte im schwachen Wind, der aus dem Treppenhaus hochwehte. Nicht der leiseste Hauch des lieblichen, unendlich zarten Wohlgeruchs anderer Hüter lag in der Luft. Jeder Hüter hatte seine ganz eigene Duftnote, eine Mischung aus dem Geruch seiner Haut und dem Staub der Äonen. Miriam verzehrte sich nach dem Duft eines männlichen Artgenossen, der soeben gespeist hatte, der erhitzt und schläfrig war, dessen Muskeln geschmolzenem Eisen glichen und dessen Duftnote vom cremigen Aroma frischen Menschenbluts durchtränkt wurde.

In den starken Ranzgeruch des Touristenpaares mischte sich das etwas muffige Odeur ihrer Knochen. Sie schnüffelte weiter. Es waren noch mehr Menschen in der Nähe, und alle stanken nach Essen, nach ihren Parfüms und den Gasen, die sie heimlich absonderten. Sie roch das feuchte Keksaroma kleiner Jungen, den leichten Käseduft junger Mädchen und den Parfümhauch einer älteren Frau. Es war eine gemischte Schulklasse, Kinder zwischen sechs und zehn Jahren, die sich einige Treppenabsätze unter ihr um ihre mindestens dreißigjährige, kerngesunde Lehrerin scharten. Miriam schnüffelte nach weiteren Gerüchen und versuchte diejenigen herauszufiltern, die sie bereits identifiziert hatte. Irgendein exotisches Speisearoma stieg ihr in die Nase, Gewürze des Ostens vermengt mit den Gerüchen von Haut und gerauchten Zigaretten – ein Ehepaar aus Asien.

Sie trat in den Gang hinaus. Mit einem raschen Blick auf die Karte hatte sie sich die exakte Anzahl von Schritten eingeprägt, die sie in jedem Teil des Beinhauses zurücklegen musste. Allen Hütern wurde in ihrer Kindheit beigebracht, in exakt bemessenen Schrittlängen zu laufen, daher wusste sie genau, welche Entfernung sie mit jedem Schitt zurücklegte, ganz gleich, wie schnell sie ging.

Der Eingang in das eigentliche Beinhaus wurde von zwei breiten weißen Säulen flankiert. Sie ging hindurch und betrat das älteste der unterirdischen Gewölbe. Nach menschlichen Maßstäben war es tatsächlich uralt, aber Miriam konnte sich noch genau an das Paris von früher erinnern, als es dort noch keine Katakomben voller Gebeine und dumm starrender Touristen gegeben hatte. In jenen Tagen hatten die Hüter das gesamte Labyrinth für sich allein gehabt. Man konnte über eine Geheimtreppe zur Straße hochsteigen, ein Opfer herunterbringen, sich ohne Eile daran laben und anschließend in aller Seelenruhe einschlafen. Ja, die Pariser Hüter hatten ein angenehmes Leben gehabt.

Sie ging weiter, auf einen bestimmten Punkt zu schreitend, an dem man vom Beinhaus in das noch tiefer gelegene Tunnelsystem hinabgelangte. Es gab noch andere Eingänge, den aber, den sie suchte, benutzte man, wenn man wusste, was man tat. Jeder, der durch einen anderen Schacht hinunterkam, konnte nur ein Mensch sein.

Der Eingang wurde, wie sie wusste, von einem großen Kreuz markiert. Es war nicht zu übersehen. Aber seine wahre Bedeutung zu erkennen – nun, dies war unmöglich ... wenn man kein Hüter war. Als sie sich sicher sein konnte, dass sie allein war, rannte sie los, den Gang entlang. Dort lag Madame Pompadour – diese hinterhältige alte Zicke, die nach saurer Milch gestunken und irgendwie das Herz eines der französischen Könige erobert hatte. Genau, sie war mit Louis XV. verbandelt gewesen, diesem umherstolzierenden Gockel, der ständig gefurzt und wegen einer chronischen Hautpilzinfektion selbst entsetzlich gestunken hatte. Madame Pompadour, wahrhaftig. Ihr wirklicher Name war Jeanne Poisson – Jenny Fisch. Nun, die marmorne Grabkammer hatte man ihr genommen. Dies hier war ohnehin viel angemessener für sie. Hatte sie mit Philippe Vendôme nicht immer gerammelt wie eine liebestolle Ratte? Miriam erinnerte sich noch gut daran, einige dieser lustigen Darbietungen mit angesehen zu haben.

War sie nicht im frühen achtzehnten Jahrhundert mit – mit wem noch gleich – mit Lollie hier unten gewesen? Ja, die arme Lollia hatte damals aus dem letzten Loch gepfiffen und verzweifelt immer neue gepuderte Perücken ausprobiert und sich eimerweise alle möglichen Cremes ins Gesicht geschmiert. Nichts von alledem hatte geholfen.

Nun noch eine Biegung – und dort war das große Kreuz. Aber gab es dahinter noch den Eingang? Hatten die Franzosen ihn entdeckt und ebenfalls zugemauert? Sie betrachtete das Kreuz und fokussierte ihre Sehschärfe, sodass die eingeritzten, für das menschliche Auge unsichtbaren Anweisungen erkennbar wurden. Ihnen zufolge musste sie ein bestimmtes Prime-Wort rufen, damit sich die Geheimtür in der Mauer öffnete. Außerdem musste sie die Hüter informieren, wer sie war, denn laut Anweisung sollte sie ihren Namen an das Wort anhängen. Sie holte tief Luft, blies die Lungen auf und stieß den Ruf aus. Die Schallwellen durchdrangen das Gemäuer und fluteten in den Tunnel hinab. Als Nächstes besagten die Anweisungen, dreimal auf die obere linke Ecke des Kreuzbalkens zu drücken.

Die Geheimtür schwang nach innen auf. Dahinter herrschte tiefe Finsternis. Von weit unten stiegen die Düfte ihrer Artgenossen hoch.

»*Arrêtez*!« Alle erstarrten. »Nicht bewegen«, sagte Colonel Bocage. »Hören Sie.«

Erneut erklang ein so tiefer Ton, dass er eher eine Empfindung als ein wirkliches Geräusch war.

»Könnte es die Métro sein?«, fragte Becky. »Befinden wir uns unter einem U-Bahn-Tunnel?«

Des Roches legte ihr einen Arm um den Hals, zog sie zu sich und flüstere ihr ins Ohr: »Das war ein Vampir-Ruf.«

Was ihr Wissen betraf, waren die Franzosen ihnen in bestimmten Aspekten weit überlegen. Becky, Charlie und Paul waren in vielen dunklen Höhlen gewesen, aber ein so weit verzweigtes Labyrinth hatten sie noch nie gesehen.

Der Ort roch nach feuchtem Gestein und dem Moschus der Fledermäuse. Die Gruppe stand in einem niedrigen Tunnelgang. Becky richtete den Strahl ihrer Taschenlampe auf einen Stein, in den ein Spruch eingeritzt war. »*Merci à Dieu, m* –« Dann endete er plötzlich, als hätte der Schreiber keine Kraft oder kein Licht oder keine Zeit mehr gehabt. Die Buchstaben hatten eine altmodische Form, die vielleicht aus dem letzten Jahrhundert stammte – oder dem davor.

»Hört – da ist es wieder«, sagte Charlie.

Das Geräusch war unheimlich – es war so tief, dass man es nur hörte, wenn man dafür ausgebildet war. Paul hatte es bei ihren nächtlichen Einsätzen in Peking, Osaka und Bangkok vernommen. Als kleiner Junge hatte er es mit dem plötzlichen Aufheulen einer Eule und dem Bellen eines Fuchses vermengt gehört.

Nach einigen Augenblicken gab es nur noch ihre eigenen Atemzüge und das geschäftige Trippeln der Ratten. Das Dröhnen der Stadt über ihnen war nur ein verschwommenes Flüstern. In der Ferne hallte das Echo an den Wänden herunterlaufenden Wassers wider, was darauf schließen ließ, dass es in noch größerer Tiefe einen unterirdischen Teich oder gar einen kleinen See gab.

»Lampen ausschalten«, sagte Paul. »Wir setzen unsere Nachtsichtbrillen auf.« Ihre Rucksäcke raschelten, als sie die klobigen Brillen herauskramten.

Man konnte mit den Brillen etwa fünfzig Meter weit sehen. Dahinter herschte so tiefe, diffuse Dunkelheit, dass selbst sie nicht genügend Restlicht sammeln konnten, um von Nutzen zu sein.

»Sollen wir die Infrarot-Strahler einschalten?«, fragte Bocage seine Männer mit so eigenartig sanft klingender Stimme, dass es beinahe wie eine Liebeserklärung klang.

»Ja, das sollten wir tun«, sagte Raynard. Er und Des Roches schalteten die Infrarot-Strahler ein.

Ein Hand packte Pauls Schulter, die Finger gruben sich in sein Fleisch. Becky starrte in den langen, kurvigen Tunnel.

Irgendetwas war dort vorbeigehuscht. »Ein Vampir«, murmelte Bocage.

Paul hatte etwas gesehen, das als ein groß gewachsener, sich schnell und elegant bewegender Mensch hätte bezeichnet werden können. In dem Augenblick, als die Infrarot-Strahler eingeschaltet wurden, war das Wesen verschwunden.

Die Hüter riefen einander zu, dass Menschen die Barriere durchbrochen hatten. Ihre Stimmen klangen gelassen, was einen säuerlichen Geschmack in Miriams Kehle aufsteigen ließ und ihre Gedanken zum Rasen brachte – *versteht ihr nicht, habt ihr noch immer nicht verstanden*?

Sie besaß eine Karte vom Beinhaus, von dem darunter

liegenden Labyrinth existierte jedoch nichts Derartiges. Sie musste ihrem Geruchssinn, ihrem Gehör und dem schwachen Licht folgen, das zur Verfügung stand.

Sie war kaum zehn Schritte gegangen, als völlige Dunkelheit sie umfing. Nun musste sie blind weitergehen und allein ihrer Nase und ihren Ohren vertrauen.

Hinter ihr, im Beinhaus, konnte sie noch die Atemzüge der Touristen und ihre gelegentlichen leisen Bemerkungen vernehmen. Der Ort hatte etwas an sich, das die Leute leise sein ließ, als würden die Geister der Toten dies verlangen.

Aus einem niedrigen, in die Tiefe abfallenden Seitentunnel drang ein purpurnes Glühen. Einen Augenblick lang wusste sie nicht, was es war. Aber dann sah sie, kaum fünfzig Meter entfernt, einen ganz in Schwarz gekleideten Hüter. Er wandte ihr den Rücken zu. Er beobachtete das Glühen, das, mal stärker, mal schwächer werdend, durch einen weit entfernten Tunnel glitt.

Als ihr sein herber, maskuliner Geruch in die Nase stieg, fuhr ein wohliger Schauer durch ihren Körper. Er stand kerzengerade da. Seine völlige Reglosigkeit ließ ihn äußerst würdevoll erscheinen.

Sie murmelte leise auf Prime: »Ich, Miriam, Tochter von Lamia, grüße Euch.« Auf seinem Rücken zeigte sich keine Regung. Dann wandte er sich ganz plötzlich zu ihr um.

Er sah sie an, hinter ihm das stärker und schwächer werdende Glühen. »Ich, Uriel, Sohn von Enoch und heute Henri genannt, grüße Euch.« Er nickte ihr zu.

Sie verbeugte sich bis zur Hüfte, wie es die Etikette von einem Hüter verlangte, der von außerhalb die Heimstatt eines Artgenossen betrat. Er kam zu ihr, legte seine langen Finger unter ihr Kinn und hob ihr Gesicht.

»Ich bin gekommen, um der Zusammenkunft der europäischen Hüter beizuwohnen«, sagte sie, noch immer im gemessenen, fomellen Tonfall des altertümlichen Prime.

Er wechselte ins Französische. »Möchtest du ein Kind, Miriam? Oder einen Gatten?«

»Beides«, antwortete sie.

Er lächelte. »Ich nehme an, du lebst noch immer in diesem Haus, mit deinen wundervollen kleinen Haustieren, oder?«

Er klang nicht allzu missbilligend. Durfte sie sich Hoffnungen machen? »Ja«, sagte sie vorsichtig. Sie schlug die Augen nieder, wie die Etikette es verlangte.

»Wie kannst du bloß ihren Gestank ertragen?« Sein plötzlich veränderter Tonfall war wie eine Ohrfeige. Er verachtete sie genauso sehr, wie die anderen es taten.

Sie versuchte, ihre Enttäuschung zu verbergen. Doch sie hob den Blick. Warum sollte sie einem Mann Respekt zollen, der sie verachtete? »Was ist dieses Glühen?«, fragte sie. Es wurde stetig heller, in einem Maß, dass sie die Tunnelwände und sogar Henris schmales, ernstes Gesicht erkennen konnte.

»Das ist trivial.«

Sie schrieb ihre Manieren in den Wind und sah ihn offen an. Martin Soule hatte sich in einem so erbärmlichen Zustand befunden, dass er nicht die geringste Anziehungskraft ausgestrahlt hatte. Henri war das genaue Gegenteil. Zwar war auch er schmutzig und schlecht gekleidet, aber sein Körper wirkte prachtvoll. Sie konnte seine Kraft spüren, und der Gedanke, in seinen Armen zu liegen, ließ sie alles andere als kalt.

Das Glühen war ihm offenbar gleichgültig. »Es wird heller.«

Er sah sie an wie ein Juwelier, der einen kostbaren Edelstein musterte. »Es stimmt also wirklich«, sagte er.

»Was stimmt?«

»Dass deine Schönheit auf dieser Welt unübertroffen ist.« Er hob die Hand und berührte zärtlich ihre Wange. Als seine Fingerspitzen an den Rändern ihrer Lippen entlangstrichen, schmeckte sie das Salz auf seiner Haut. Begehren flammte in ihr auf. Sie stellte sich vor, wie sie hilflos unter ihm lag, während er wie ein entflammter Löwe in sie eindrang. Sie würde ihn in sich aufnehmen, einer offenen Blüte, einer offenen Wunde gleich. Sie würde seine Sklavin sein, vor ihm niederknien und ihm jeden Wunsch erfüllen. Sie würde sich besitzen lassen – und im Gegenzug würde sie ihn besitzen.

Das Glühen breitete sich aus, und nun vernahm sie die gleichmäßigen Schritte von – sie hörte genauer hin – von zwölf Füßen. Es klang wie die Schritte von Menschen. »Dieses Glühen – das sind Menschen, nicht wahr?«

»Es ist nichts. Achte einfach nicht darauf.«

»Sind es Menschen?«

Er starrte sie an. »Du bist ein richtig freches Ding, so wie alle sagen.«

»Menschen sind gefährlich.«

»Sei nicht absurd.«

»Du kanntest doch Martin Soule.«

Er nickte. »Er hat es vorgezogen, in dem Haus zu leben, das deine Mutter törichterweise bauen ließ.«

»Er ist dort gestorben.«

»Gestorben?«, fragte er ungläubig. »Warum hätte er das tun sollen?«

»Sie haben ihn verbrannt! Und sie haben vor, uns alle zu verbrennen!«

»Ich erinnere mich, welch trauriges Los deiner Mutter beschieden war. Aber das sollte dich nicht –«

Wie Geisteraugen tauchten am Ende des Tunnels plötzlich Lichter auf, sechs an der Zahl, alle in ihre Richtung strahlend. Henri war in einen purpurnen Lichtkegel gehüllt. Er wandte sich um und blickte in Richtung der Menschen, ein leichtes Lächeln auf den Lippen. »Stehen bleiben«, sagte er in modernem, fließendem Französisch, »ihr habt hier nichts verloren.«

Paul stieß zischend den Atem aus, als er es sah. Er hatte noch nie ein so großes, so kräftig aussehendes Exemplar zu Gesicht bekommen. In Asien waren sie deutlich kleiner gewesen und hatten sich in ihren Höhlen verborgen gehalten.

»Es sind zwei«, sagte Bocage lakonisch.

Jetzt sah Paul hinter dem groß gewachsenen männlichen Vampir in einem zerschlissenen Anzug aus den fünfziger Jahren ein weibliches Exemplar. Es wich in den Schatten zurück, aber es hatte ebenfalls ein verdammt menschliches Aussehen ... wie die Reisende. Hatte sie blondes Haar gehabt? Er war sich nicht sicher. Die Kreatur hatte sich mit der Geschwindigkeit und Anmut eines Panthers bewegt.

»*Mon Dieu*«, sagte Des Roches.

»Haben Sie das weibliche Exemplar gesehen?«

»Das Gesicht – es war ... so eigenartig.«

Paul hatte das Gesicht nicht gesehen. Aber das spielte im Augenblick keine Rolle. Es war nicht die Reisende, die Reisende war tot. Er hob seine Waffe und schoss, und die anderen taten es ihm nach.

Der Lärm war ohrenbetäubend; ein heißer Windstoß bließ ihm ins Gesicht, als in dem engen Tunnel die verdrängte Luft komprimiert wurde. Der Lärm wurde vom Aufflammen hellgrünen Lichts begleitet, gefolgt von den hohl klingenden Echos der an den Tunnelwänden entlangschrammenden Schrapnell-Geschosse.

Stille. In der Ferne ein lauter Schrei. Charlie riss seine Nachtsichtbrille herunter und hob die Taschenlampe. Er schaltete sie ein. Der Lichtstrahl fuhr wie ein weißes Laserschwert durch die trübe Staubwolke, die sich in dem Tunnel ausgebreitet hatte.

»*Non*!«, brüllte Bocage.

Ein Flackern durchschnitt die Luft, mehr nicht. Aus der Staubwolke kam ein mit der bizarren Kraft eines Vampirs geworfenes Messer herangeschossen, so schnell, dass es nur kurz aufblitzte.

Der Lichtstrahl der Taschenlampe wackelte hin und her, zeigte plötzlich zur Decke, dann fiel die Taschenlampe zu Boden. Sie rollte auf die Vampire zu, und Sekunden später war außer einem schwachen gelblichen Lichtschein inmitten der Staubwolke nichts mehr auszumachen. Der Lichtschein wies in ihre Richtung, fort von den Vampiren. Damit waren Paul und die Übrigen deutlich zu erkennen, konnten selbst aber nichts sehen.

Charlie begann, sonderbare Laute von sich zu geben, die auf comicartige Weise an das Pfeifen einer Spielzeuglokomotive erinnerten. Dann wurde daraus ein gurgelndes Würgen und das Rascheln eines zuckenden Körpers. Er stürzte nach hinten, und sein Kopf schlug mit dem Geräusch eines zerplatzenden Eis auf dem Boden auf.

Des Roches kniete sich neben ihn. Becky, die einen Schrei unterdrückte, schob ihn beiseite. Sie tastete mit spitzen Fingern nach dem Messergriff, als wäre er siedend heiß. Sie schluchzte leise. Ihre Hand verharrte über dem

Griff. In ihrem Schluchzen lag etwas Fragendes, doch es war eine Frage, die niemand beantworten konnte. Es gab darauf keine Antwort. Wie zog man ein Messer heraus, das bis zum Griff in das Gesicht eines Menschen eingedrungen war?

Ein weitere Explosion erklang, dieses Mal aus Raynards Waffe. Dann feuerte Bocage noch zweimal. Paul hätte wahrscheinlich tief betroffen sein sollen, verspürte aber die gleiche Selbstkontrolle, die ihn in Augenblicken wie diesen immer überkam. Charlies Tod brach ihm das Herz. Aber trotz seiner Trauer hörte er nicht eine Sekunde lang auf zu kämpfen. Er beobachtete die Staubwolke, hielt nach einer schattenhaften Bewegung Ausschau.

Ein weiteres Messer kam herangesaust, dieses Mal in Beckys Richtung. Er sah, dass es direkt auf ihren Hals zuflog. Er spürte ihr Haar unter seiner Hand, dann stieß er sie mit einem blitzschnellen Ruck zu Boden. Das Messer flog in die Dunkelheit des Tunnels weiter und schlug klappernd gegen eine Wand.

Jenseits des gelblichen Lichtscheins vernahm er einen leisen, unverkennbaren Laut: das überraschte Schnauben eines Vampirs.

Heftige Empfindungen überkamen Miriam – tiefes Entsetzen, weil vor ihren Augen ein Hüter in Stücke gerissen worden war, Angst, dass der nächste Schuss auch sie umbringen würde, und dann, vor allem, Verblüffung über das, was sie den Mann hatte tun sehen, und Verblüffung darüber, was sie nun fühlte.

Dieser Mann – nur ein Mensch – hatte so schnell reagiert wie ein Hüter. Sie kannte das menschliche Genom genau. Nichts in ihrem genetischen Bauplan befähigte die

Menschen zu so schnellen Reaktionen. Ihre körperlichen Grenzen waren ihnen angezüchtet worden. Aber dies galt nicht für dieses Exemplar, wahrhaftig nicht.

Außerdem war da ein Gefühl, das er in ihr ausgelöst hatte, als er seine lächerliche Brille abnahm und sie sein ausdrucksvolles, wie gemeißeltes Gesicht sah. Ihr Körper hatte auf diesen Menschen reagiert, als wäre er ein Hüter. Dies war nicht die Anziehungskraft, die ein attraktiver Mensch gewöhnlich auf sie ausübte, sondern ein mächtiges, bebendes, alles in den Hintergrund drängendes Begehren. Sie wollte ihn nicht unter sich haben, sondern auf sich; sie verzehrte sich, nein, sie gierte nach ihm, wollte, dass er sie in Besitz nahm, wollte, dass er sie mit seiner zuckenden, erschreckenden Härte ausfüllte. Ihr Körper winselte, bettelte nach ihm, als wäre er der stärkste, prächtigste männliche Hüter, den die Welt je gesehen hatte.

Sie eilte davon, gleichermaßen entsetzt über ihre Gefühle wie über die Vernichtungskraft der Waffen, die gegen sie erhoben worden waren.

Sie rannte ans Ende des Tunnels, nahm eine Abzweigung, dann noch eine und drückte sich mit dem Rücken an die Wand. Sie lauschte – das allgegenwärtige Rauschen herunterlaufenden Wassers, das Trippeln der Ratten, die tiefen Stimmen anderer Hüter, die einander in einer Mischung aus Französisch und Prime Fragen zuriefen wie: »Was war das? Gibt es Grund zur Sorge?«

Es waren viele Hüter hier unten. Sie wollten tatsächlich ihre Zusammenkunft abhalten. Nachdem sie diesen Mann gesehen hatte, wusste Miriam, dass es keine Zusammenkunft geben würde. Er würde wie der rote Schatten des Todes durch dieses Labyrinth ziehen, wie die Faust eines zornigen Gottes. Keiner würde ihn überleben, nicht mit seinen explodierenden Geschossen und seinem Gefolge und seiner unheimlichen Reaktionsfähigkeit.

Irgendwo hinter ihr explodierte die nächste Feuersalve, gefolgt vom dumpfen Aufschlag eines weiteren zerfetzten Hüters.

Sie würden diese Schlacht verlieren. Deshalb musste sie das Nötige tun, um die weltweit verbliebenen Hüter zu schützen. Sie musste sich ins Herz des unterirdischen Labyrinths begeben, in die Kaverne, und das Buch der Namen an sich bringen. Um dort hinzugelangen, musste sie sicherstellen, dass jeder ihrer Schritte sie abwärts führte. Sie nahm hier eine Abzweigung, dort eine und gelangte in immer größere Tiefen. Hier unten lief das Wasser in Bächen an den Wänden herunter, und sie befürchtete schon, dass die Kaverne womöglich überflutet war.

Alle paar Minuten erklang hinter ihr ein schreckliches Donnern, gefolgt von einer Reihe schwächerer Explosionen. Die Menschen – angeführt von diesem unheimlichen, wunderschönen Monster – brachten ganz methodisch einen Hüter nach dem anderen um. Ihre Artgenossen, die keinen allgemeinen Alarm ausriefen und keine rechte Möglichkeit hatten, auf eine solche Attacke zu reagieren, antworteten nur in kleinen Gruppen mit sporadischen Gegenangriffen, wenngleich mit wachsender Wut und Heftigkeit.

Sie eilte mit schnellen Schritten durch die Dunkelheit, den Kopf gesenkt, als sie plötzlich eine Veränderung ihrer Umgebung wahrnahm. Sie befand sich in einem weit größeren Raum – und nicht nur das, sie konnte sogar wieder etwas erkennen.

Dies war kein von Menschenhand gebauter Tunnel, sondern etwas viel Älteres. Die exakt ausgerichteten Wände und die anmutige Deckenwölbung wiesen darauf hin, dass hier sorgfältiger arbeitende Hände als die der Menschen am Werk gewesen waren. Stalagmiten sprossen aus dem Boden. Es sah aus wie ein Wald auf einem anderen Planeten.

»Ich bin Miriam, Tochter von Lamia, und komme, um Eurer Zusammenkunft beizuwohnen.«

Zunächst herrschte Stille. Dann flackerte das Licht, und mit dem leisestmöglichen Geräusch trat ein Schatten hervor. »Ich bin Julia, Tochter von Helene, die einstmals Nefta-tu hieß.«

Sie hatte Julia seit dem goldenen Zeitalter nicht mehr gesehen, seit ihre Rasse über Ägypten geherrscht hatte, seit sie unter den menschlichen Herden wie Prinzen gewandelt waren.

Damals war Julia niedlich gewesen wie ein junges Reh, zart wie ein knospender Apfel an einem Ast. Was nun auf Miriam zuschritt, war eine dunkle Kreatur, die so dreckverkrustet war, dass allein ihre Augen lebendig schienen.

Julia trug das Buch der Namen bei sich, beiläufig unter den Arm geklemmt, als wäre es ein beliebiger Roman. »Eine Menschenschar nähert sich unserer Kaverne«, sagte sie mit milde klingender Stimme.

»Sie bringen uns um.«

Sie warf Miriam einen ungläubigen Blick zu. »Wie sollte das gelingen?«

»Mit Pistolen.«

»Wir sind schneller als ihre Hände. Wir treten aus dem Weg, bevor sie den Abzug drücken. Ich habe es selbst hin und wieder so gemacht.«

»Diese Pistolen lassen uns keinen Raum zum Ausweichen. Sie versprühen Myriaden winziger Geschosse. Die

Hüter dort oben werden in Stücke gerissen. Die Menschen kommen, weil sie dieses Buch wollen.« Sie lächelte. »Gib es mir.«

»Das werde ich nicht tun. Du bist pervers, Miriam. Du bist unrein.«

»Wenn sie dieses Buch in die Hände bekommen, ist unser aller Existenz in Gefahr.«

»Sie werden das Buch nicht bekommen.«

»Sie werden in wenigen Minuten hier sein. Und dann werden sie es nehmen.«

»Dreihundert Konklaven wurden in dieser Kaverne abgehalten. Mein Großvater hat sie erbaut, als die Menschen noch mit Haaren bedeckt waren.«

»Mögen jene Zeiten in unserer Erinnerung weiterleben.«

»Damals schmeckten sie sauer. Heute ist ihr Blut viel süßer.«

In entsetzlicher Nähe erschallten Revolverschüsse. Es war so nah, dass man schon das Mündungsfeuer erkennen konnte.

»Wir müssen fliehen. Wir dürfen keine Minute länger hier bleiben.«

»Was sind schon eine Minute oder einhundert Jahre? Du hast deinen Stolz verloren, Miriam. Jeder weiß das. Ich sehe dich noch in Leinen vor mir. Du warst von erhabener Größe und hast golden geschimmert.«

»Diese Erinnerung ist dreitausend Jahre alt, Julia! Heute ist heute, und die Menschen sind nicht mehr mit goldenen Dolchen bewaffnet. Verstehst du nicht, sie schießen die Hüter mit ihren Waffen in Stücke!«

»Sie werden sich verirren. Das Labyrinth ist listiger, als ihr Verstand zu fassen vermag.«

»Das stimmte vor hundert Jahren. Aber heute haben sie Sonarwellen und digitale Karten und tragbare Ortungsgeräte. Und sie wurden dazu ausgebildet, uns umzubringen. Sie haben alle Hüter in Asien getötet und besitzen deren Buch der Namen.«

»Asien ist weit weg.«

»Zehn Stunden mit dem Flugzeug! Ich war noch vor wenigen Tagen in Bangkok.«

»Du hast die ruhelose Seele eines Menschen, musst immer ziellos umherwandern.«

Miriam vernahm menschliche Stimmen. Sie würden in wenigen Augenblicken hier sein. »Findest du es nicht seltsam, dass du zum vereinbarten Zeitpunkt an diesem Ort ganz allein bist? Wo sind die anderen? Hast du eine Erklärung dafür?«

»Hör auf, mich belehren zu wollen. Alles wird seinen gewohnten Lauf nehmen.«

»Warum ist dann niemand hier? Was ist geschehen?«

»Was geschehen ist? Nichts.«

»Doch. Alles hat sich verändert.«

»Ein paar Menschen können nicht den Lauf der Welt verändern.«

In einiger Entfernung sah Miriam fünf Menschen durch den Schatten schleichen.

»Die Höhle ist beleuchtet«, sagte der Große, das gut aussehende Monster. Er trat in den schummrigen, von altertümlichen Batterien gespeisten Lichtschein. Vor einigen Jahren hatten die Menschen im Euphrat-Tal eine Hand voll der von Hütern entwickelten Batterien entdeckt. Sie versuchten noch immer herauszufinden, wie es im frühen Altertum schon Elektrizität hatte geben können.

»Seht nur – ein Stromkabel!«

Miriam zog Julia unauffällig in den Schatten. Die Menschen standen nun am rückwärtigen Ende der Kaverne, vielleicht hundert Meter entfernt.

»Wie löscht man das Licht?«, fragte sie Julia leise.

»Bei Konklaven bleibt es immer an. So lautet die Vorschrift.«

»Julia, es gibt keine Zusammenkunft. Man wird uns umbringen. Schalte das Licht aus.«

Julia löste sich von ihr und schritt in die Mitte der weitläufigen Höhle. Einen Augenblick lang erstarrten die Menschen. Dann scharten sie sich umeinander.

»Julia!«

»Miriam, es sind bloß ...«

Unheilvoll widerhallende Klickgeräusche ertönten. Es blieben nur noch Sekunden.

»Julia, renne!«

Julia wandte sich zu ihr um. Ihr Lächeln drückte aus, dass sie ihre Freundin aus alten Zeiten erbärmlich fand.

Der groß gewachsene Mann hob seine Waffe, und die anderen taten es ihm nach. Miriam beobachtete sein Gesicht, seine harten, wie gemeißelten Züge, seine zornfunkelnden Augen.

Die Waffen verspien ihr todbringendes Feuer – und Miriam spürte einen schmerzenden Stich an ihrer ungedeckten Hüfte. Nur wenige Kugeln hatten die gesamte Kaverne mit Geschossen gefüllt – diese hohe, riesige Höhle!

Dann blickte sie zu Julia, die sich noch immer auf den Beinen hielt, nach wie vor das so wichtige Buch in Händen. Sie legte es, aus zahllosen Wunden blutend, neben sich auf den Boden. Dann setzte sie sich, eine düstere, blutüberströmte Venus, seelenruhig neben einen noch Ringe bildenden Stalaktiten. Eine zweite Salve wurde gefeuert, und dieses Mal riss es ihr den Kopf vom Hals. Auf ihrem Gesicht erkannte Miriam den Ausdruck milder Verblüffung, das war alles.

»Da ist noch einer«, sagte eine Stimme. »Dort hinten, der Schatten neben der Tropfsteinsäule. Das ist ein Vampir.«

Miriam musste sofort verschwinden. Aber das Buch – es lag neben Julias zerfetzter Leiche. Es war nur einige Ellen entfernt, lag aber mitten in der Schusslinie.

Es hatte einen dunkelbraunen Schutzdeckel, der aus uralter, gegerbter Menschenhaut bestand. Darauf befand sich das altertümliche Hüter-Symbol für das Gleichgewicht der Natur und die Ausgewogenheit der Herrschaft, den Menschen bekannt als ägyptisches Henkelkreuz. Auch die Vampirjäger blickten darauf.

Sie musste irgendwie an das Buch herankommen. Aber als Erstes musste sie das verdammte Licht löschen. Die stromführenden Kupferdrähte hingen etwa einen Meter über ihrem Kopf. Sie wusste, dass diese Batterie-Vorrichtungen sich sehr von den Batterien der Menschen unterschieden, dass sie ihre Energie aus der Erde selbst gewannen und einen extrem hohen Wirkungsgrad hatten.

Um das Licht zu löschen, musste sie hochspringen und einen der Drähte abreißen. Die Elektrizität würde ihr einen Schlag versetzen. Und wenn sie den Draht nicht schnell genug losließ, würde sie innerlich verglühen – es würde Wochen dauern, bis die Verletzung verheilt war. Andererseits würden die Menschen sie jeden Augenblick stellen.

Sie stand gut geschützt hinter einem Stalagmiten, aber ihre Häscher eröffneten nichtsdestotrotz alle gleichzeitig das Feuer. Der Widerhall ihrer Schüsse schallte wie Glockengeläut durch die riesige Kaverne. Keines der Geschosse traf sie.

Der Anführer sagte mit eisiger Stimme: »Verteilt euch.«

Sie kamen näher, angeführt von ihrem Monster. Seine Miene wirkte so entschlossen, und der Hass war ihm so deutlich ins Gesicht geschrieben, dass sie zu glauben gewillt war, seine Empfindungen mochten nahezu das gesamte Spektrum menschlicher Gefühle abdecken. Dieser Mensch verachtete die Hüter so sehr und fand sie so abscheulich, dass er sie fast schon wieder liebte. Das würde sie sich merken.

»Wir müssen uns diagonal zu der Wand dort stellen«, sagte er, »der Vampir presst sich an die Rückseite der Säule.«

Er sprach in einem ganz und gar nüchternen Tonfall. Nun, auch sie war ein Profi. Sie streckte die Hand nach einem der Kupferdrähte aus. Ihre Finger hielten inne, zögerten. Doch dies war kein ritueller Akt der Besitzbenennung. Sie sprang hoch und schloss die Finger um den Draht.

Ein brummendes Geräusch ertönte, gefolgt von einem scharfen Zischen, dann erloschen die Lichter. »Scheiße«, sagte Bocage.

Paul hockte sich mit Händen und Knien auf den Boden. »Das Buch«, flüsterte er.

»Vergiss das blöde Buch, sorge lieber für Licht«, schimpfte Becky.

»Setzt die Brillen auf«, sagte Des Roches.

Dafür war keine Zeit, und Paul wusste dies. »Gebt mir Feuerschutz«, sagte er und kroch auf das Buch zu.

»Wie denn?«, fragte Bocage.

Paul kroch ein, zwei Meter, dann noch einen. Er hörte,

wie sie ihre Brillen aufsetzten. Die Infrarot-Strahler durften sie nicht einschalten. Vampire konnten in diesem Spektralbereich sehen.

Plötzlich fühlte er die glatte Oberfläche des Buches und packte es. Aber dann merkte er, dass ein zweites Händepaar ebenfalls danach griff.

Sie war dort, direkt vor ihm, doch er konnte nicht das Geringste erkennen. Aber er konnte sie riechen – es war nicht der typische Vampirgestank, sondern ein Duft, dem er noch nie begegnet war, gehaltvoll und vielschichtig und höllisch sexy.

Als sie fauchte – was Vampire immer taten –, fand er, dass es der lieblichste und zugleich tödlichste Laut war, den er je vernommen hatte. Er wusste, dass sie stärker war als er, aber er hatte nicht vor, dass Buch loszulassen. »Ich weiß, dass du mich verstehen kannst«, sagte er.

Die Antwort bestand nur aus Atemzügen, leise und flatternd wie die Flügelschläge eines Schmetterlingsschwarms. *Sie hat auch Angst*, dachte er, *ein Vampir, der imstande ist, sich zu fürchten.*

Sie riss ihm das Buch aus den Händen. Sofort stürzte er sich auf sie, stieß gegen ihren Körper und hörte das Buch zu Boden fallen. Sie fauchte erneut, und dieses Mal klang es wie eine Mischung aus Verblüffung und glühendem Zorn; er nahm an, dass er jeden Augenblick sterben würde.

Er versuchte seine Finger um ihren Hals zu bekommen, versuchte sie zu würgen und damit den lebenswichtigen Blutfluss zu unterbrechen.

Er hörte jemanden von hinten herankommen. Dann war Becky neben ihm, packte den Arm der Kreatur und versuchte sie zu Boden zu stoßen.

Der Hals des Vampirs fühlte sich an wie Stahl. Er war nicht imstande, die Kreatur zu erdrosseln, obwohl seine Hände sehr stark waren. Er versuchte es trotzdem, rutschte näher heran und sah schemenhafte Gesichtszüge, einen glühenden Mond in der Dunkelheit; er roch den Schweiß einer Frau – und ihr Parfüm. Tatsächlich, dieser Vampir trug Parfüm. Was zum Teufel hatte das zu bedeuten?

»Macht Licht! Schaltet eine Taschenlampe ein!«

Im Bruchteil einer Sekunde war der Vampir verschwunden. Des Roches und Bocage eilten heran. Als Pauls Blick über den leeren Höhlenboden wanderte, brandete eine Welle der Wut und Enttäuschung in ihm auf. Er hatte das verdammte Buch verloren! Dies bedeutete weitere Jahre mühseliger Arbeit und unzählige neue Opfer.

Dann berührte Beckys kühle Hand die seine. Im Schein ihrer Taschenlampe sah er den triumphierenden Blick in ihren Augen. Sie gab ihm das Buch.

»Oh, meine Becky«, sagte er, »meine liebe, liebe Becky.«

Sie beugte sich zu ihm hinab, die Lippen halb geöffnet, ihr Blick fest auf ihm ruhend.

Dafür war keine Zeit, nicht hier und nicht jetzt. »Wir können den Vampir noch schnappen«, sagte er und sprang auf.

»Er ist über alle Berge«, sagte Bocage.

Das konnte Paul nicht akzeptieren. Er drehte sich um und rannte einige Schritte in die tödliche Finsternis.

»Paul! Paul, nicht!«

Er rannte weiter.

10

Die Reisende

Während er durch einen niedrigen, engen Tunnel rannte, ließ er immer wieder seine Taschenlampe aufblitzen, um sicherzugehen, dass er keine Abzweigung verpasste und nicht versehentlich gegen eine Wand lief. Er dachte nicht an den Umstand, dass er ganz alleine in einen Höhlenabschnitt eindrang, in dem es von Vampiren wimmelte. Dieses weibliche Exemplar – einer solchen Kreatur war er noch nie begegnet. Sie war sauber gewesen und hatte Parfüm getragen. Sie hatte sich zart und geschmeidig angefühlt, trotz ihrer immensen Kraft. Ihr Gesicht hatte er nicht erkennen können, aber er wusste, dass es schön war, vermutlich atemberaubend schön. Ihn umfing noch immer ihr betörender, fraulicher Duft. Er hatte sein Blut in Wallung gebracht und ihm gleichzeitig eisige Angstschauer über den Rücken gejagt. Er wollte baden, den Duft von der Haut waschen … und er wollte niemals wieder in eine Badewanne steigen.

War es die Reisende gewesen, war sie doch noch am Leben?

Er wusste, dass es am wichtigsten war, das Buch an sich gebracht zu haben, aber er musste diesen Vampir trotzdem töten. Er hatte noch nie eine solche Mordlust verspürt wie im Augenblick, in all den Jahren nicht, in denen er diesem Handwerk nachging. Dieses Ding konnte auf den Straßen wandeln, ohne das geringste Aufsehen zu erregen. Der Gedanke, dass Vampire sich in der Welt der Menschen zurechtfinden konnten, war entsetzlich.

Am Ende des Tunnels gelangte er an eine T-Kreuzung, von der es nach rechts empor führte und nach links weiter in die Tiefe.

Er blieb stehen, richtete den Lichtstrahl seiner Taschenlampe erst in die eine, dann in die andere Richtung. Aus der Ferne hörte er Becky rufen. »Paul! *Paul*!«

Er bemerkte den zärtlichen Unterton in ihrer Stimme. Aber sie war eine professionelle Mörderin, verdammt noch mal. Welcher Mann konnte sich mit einer solchen Frau einlassen?

»*Paaaaul*!«

Ihre Sorge um ihn war herzzerreißend. Aber er wagte es nicht, ihr zu antworten. Sie würden eben versuchen müssen, ihm zu folgen. Zu warten, bis sie zu ihm aufschlossen, würde ihn mindestens zwei Minuten kosten, und dies konnte er sich nicht leisten.

Er lauschte, schloss die Augen, legte die gewölbten Hände hinter die Ohren. Im aufwärts führenden Tunnel herrschte tiefe Stille. Nicht aber in dem, der nach unten führte – von dort vernahm er Geräusche: leises Stimmengemurmel, Kleiderrascheln und immer wieder tief tönende Vampir-Rufe.

Er zögerte nur einen kurzen Augenblick, um sich zu vergewissern, dass das Magazin in seiner Waffe voll war und er zusätzlich noch einige in dem Rucksack hatte, den Raynard ihm gegeben hatte. Es waren noch drei Magazine drin.

Es war eine nette Waffe, und ihm gefiel, wie sie alles in Stücke schoss. Den beruhigenden Griff in der Hand, lief er in den steil in die Tiefe führenden Tunnel hinein. Wenig später fiel der Lichtstrahl seiner Taschenlampe auf verschiedene lateinische Inschriften an den Wänden. Dieser

Tunnel musste in der Tat sehr, sehr alt sein. Die Arènes de Lutèce, in der die alten Römer ihre Bärenkämpfe veranstaltet hatten, musste sich ganz in der Nähe über seinem gegenwärtigen Standort befinden. Möglicherweise hatten sie hier die für den Bau der Arena nötigen Steine abgetragen. Aber er glaubte es nicht. Denn die Wände sahen zu unbeschädigt aus. So alt sie auch schienen, sie waren vollkommen gerade und ebenmäßig.

Er befand sich in einem Tunnel, der vor unsagbar langer Zeit von Vampiren erbaut worden sein musste. Die Menschheit hatte damals wahrscheinlich noch in – nun, wahrscheinlich hatte sie noch in Höhlen gehaust.

Was ließ sich daraus schließen?

Wenn Vampire so fortschrittlich gewesen waren, um etwas Derartiges zu erschaffen, mussten sie in grauer Vorzeit die Welt beherrscht haben. Die Schlussfolgerungen für den heute lebenden Menschen waren beängstigend. Alles war möglich – vielleicht hatten sie den Menschen sogar gezüchtet, so wie er heute Rinder züchtete.

Furcht beschlich ihn, und er versuchte, sie zu unterdrücken. Aber was, wenn er gar nicht gewinnen konnte? Was, wenn sie über Mittel und Kräfte verfügten, die er sich nicht einmal im Traum vorzustellen vermochte?

Er versuchte es mit einem philosophischen Ansatz. Wenn er hier unten starb, dann starb er eben hier unten. Wenigstens würde er einige von ihnen mit in den Tod reißen.

Und dann – atmete da jemand?

Er blieb stehen, lauschte. Nein, da war nichts, nur ein leiser Windhauch aus irgendeiner Höhle oder weit entfernter Straßenlärm. Er ging weiter.

Plötzlich tauchte vor ihm eine der Kreaturen auf, ein kreischendes, wild umherspringendes Etwas in der Dunkelheit. Er schoss, einmal, zweimal, dreimal, bis die Kreatur mit einem deutlich vernehmbaren Klatschen an die Tunnelwand geschleudert wurde.

Er schaltete seine Taschenlampe ein, in der Erwartung, zerfetzte Fleischklumpen und eine riesige Blutlache zu erblicken. Aber da war kaum Blut. Dann sah er ein Stück grauen Pelz auf dem Boden, und ihm wurde klar, dass das schummrige Licht ihm einen Streich gespielt hatte. Er hatte auf den drohend aufragenden Schatten einer Ratte geschossen.

»Verdammt!«

Er ging weiter, gelangte immer tiefer, näherte sich dem Murmeln und Flüstern der Finsternis.

Dann vernahm er ein völlig unerwartetes Geräusch. Eine Stimme. Eine Kinderstimme. »Sir?« Sein Herz raste – nicht nur, weil die Stimme erklungen war, sondern weil sie von hinten kam.

Sollte er es wagen, sich umzudrehen? Sollte er?

»Sir?«

Er konnte nicht sagen, ob es ein Junge oder ein Mädchen war. Die Stimme klang, als gehörte sie zu einem etwa zehnjährigen Kind. Sein Finger legte sich um den Abzug. Ihm war speiübel; er glaubte nicht, dies tun zu können. Aber er wirbelte herum, ließ sich dabei zu Boden fallen und feuerte.

Dort war niemand.

Sie täuschten ihn. Auch die Ratte war nur eine Täuschung gewesen, wie ihm nun klar wurde. Eine Ratte warf keinen so großen Schatten. Wie sie dies zuwege brachten, wusste er nicht, doch es war ihnen gelungen. Sie täuschten ihn, damit er seine Munition vergeudete. Wahrscheinlich zählten sie seine Schüsse.

Er starrte in die Dunkelheit, konnte aber nichts erkennen. Er lauschte, hörte aber nichts. Nur seine Atemzüge durchbrachen die Stille. Er war ein belastbarer Mensch, dies hatte er im Laufe der Jahre über sich gelernt. Aber ebenso hatte er gelernt, dass selbst er an seine Grenzen stieß. Er hatte mitangesehen, wie die Roten Khmer einen Mann lebendig begraben hatten, und mitangehört, wie der Mann in seinem Erdloch verrückt geworden war. Paul hatte bittere Tränen der Angst vergossen, weil er geglaubt hatte, als Nächster an die Reihe zu kommen.

Die Vampire kannten den menschlichen Verstand. Und dessen Grenzen. Deswegen war es so verdammt schwer, nicht die Taschenlampe anzuknipsen oder zu schießen, als er plötzlich ein langsam näher kommendes Knarren vernahm. Es machte ihn fast wahnsinnig. Doch er riss sich zusammen, denn er wusste, dass es ein vergeudeter Schuss war, wenn er trotzdem feuerte.

Er trat zur Seite, so leise, wie es für einen groß gewachsenen Mann möglich war, und drückte sich mit dem Rücken an die Wand. Er schloss die Augen, denn dies würde sein Hörvermögen um einige Grade steigern. Obwohl praktisch vollkommene Finsternis herrschte, würde sein Gehirn sich auf diese Weise mehr auf Geräusche konzentrieren und die visuelle Wahrnehmung für den Augenblick außer Acht lassen.

Er stopfte das Buch in seine Hose und legte seine freie Hand ans Ohr. Er lauschte in eine Richtung. Dort, dort drüben knarrte es. Aber es war kein lebendiges Geräusch, und es kam nicht näher. Aus der anderen Richtung jedoch drang ein anderer, wesentlich vielschichtigerer und schwerer zu identifizierender Laut an sein Ohr.

Er glaubte, dass es sich um das Geräusch eines lebenden

Wesens handelte. Seiner Meinung nach war es der Laut behutsam eingesogener Atemzüge. Er musste die Hand vom Ohr nehmen, mit seiner Taschenlampe in die Richtung strahlen und sofort schießen, falls tatsächlich jemand dort war.

Aber was, wenn es dieses Kind war? Sie wussten, dass es ihm schwer fiel, auf ein Kind zu schießen. Er würde einen Sekundenbruchteil zögern, und dies würden sie auszunutzen wissen.

Es war ein Duell, und sie hatten es so arrangiert, dass er es in dem Moment verlieren würde, in dem er seine Position preisgab. Die einzige Möglichkeit, es zu gewinnen, wäre, in die Dunkelheit zu schießen und womöglich ein Kind zu töten ... ein Vampir-Kind zwar, aber dennoch ein Kind.

Die Atemzüge waren nun ganz nahe. Er musste etwas tun, und zwar sofort. Er griff nicht nach seiner Taschenlampe. Stattdessen griff er auf's Geratewohl in die Dunkelheit und berührte einen Hemdsärmel. Der Ärmel wurde fortgerissen, aber Paul war schnell, war immer schnell gewesen. Er spürte die eiskalte Haut einer großen, kräftigen Hand. Er packte das Handgelenk, schloss die Finger und griff so fest zu, wie er konnte.

Der Vampir lachte, leise und völlig entspannt. Was für ein Narr, dachte Paul. Er schoss mitten in das Lachen hinein. Im Mündungsfeuer erkannte er ein dunkles, männliches Gesicht mit einer langen, spitzen Nase und leuchtenden Augen.

Ein Schrei ertönte, doch plötzlich wurde es still.

Paul war für einige Augenblicke taub, wie immer nach einem derart ohrenbetäubenden Schuss. Als er wieder hören konnte, vernahm er das entsetzliche Kreischen einer schmerzgepeinigten Frau.

Nun knipste er seine Taschenlampe an. Er erblickte eine Vampirfrau, die Zöpfe und ein langes, dunkelblaues Seidenkleid mit weißem Kragen trug, und deren aufgerissener Mund ein hässliches O formte. Sie hatten schreckliche, nach dem Blut in ihren Bäuchen riechende Münder, Münder, die nur zum Saugen taugten. Sie sahen ganz gewöhnlich aus – ein bisschen schmallippig vielleicht –, bis sie ihre feuchten, stinkenden Mäuler aufrissen. Wenn man einen Vampir küsste, dachte Paul, würde er einem glatt die Eingeweide aussaugen.

Sie empfanden einen deutlich größeren Verlustschmerz als Menschen; er hatte es in Asien oft genug erlebt. Die Vampirfrau kam wie eine Furie auf ihn zugestürmt, die Arme ausgestreckt, ihre Finger lange, todbringende Klauen. Er wusste, dass sie ihn in Stücke reißen wollte, dass sie fühlen wollte, wie sein Rückgrat brach.

Er drückte ab. Im Mündungsfeuer sah er, wie sich ihr Kleid aufblähte, wie vom Windstoß eines im Boden eingelassenen Ventilators. Ihr Gesicht fiel in sich zusammen, ihr Schrei vereinte sich mit dem Aufbrüllen der Waffe und erstarb.

Ihr Körper schlug mit einem dumpfen Knall an die Wand hinter ihr, dann rutschte sie zu Boden, in ihre eigene, dickflüssige Blutlache. Sie lagen Seite an Seite, und Paul war verblüfft von dem Anblick, der sich ihm bot. Der Mann trug schwarze Jeans, einen schwarzen Pullover und eine so edel aussehende Lederjacke, dass Paul sie kaum zu berühren wagte. Die Frau neben ihm war ebenso manierlich gekleidet.

Diese europäischen Vampire wirkten ganz anders als die asiatischen Dinger, die sich nur im schummrigen Schattenlicht bewegten. Diese Vampire hier konnten sich an jeden gewünschten Ort begeben, wann immer es ihnen beliebte. Sie wirkten richtig modern. Gab es irgendetwas, das sie davon abhalten würde, ihre Artgenossen in den Staaten anzurufen?

Nein, nichts hielt sie davon ab. Paul musste sich eingestehen, dass er Glück gehabt hatte in Asien. Auf den Überraschungseffekt konnte er sich nicht länger verlassen. Das Einzige, was noch für ihn sprach, war seine Schnelligkeit.

Jede einzelne Kreatur in diesem unterirdischen Labyrinth musste getötet werden, und zwar augenblicklich, noch heute. Sonst würden sie zum Telefon greifen oder vielleicht sogar E-mails verschicken und die Vampire in Amerika und Afrika – oder wo immer sie lebten – vor der drohenden Gefahr warnen.

Entweder er und seine Leute würden diesen Ort vollständig ausräuchern, oder sie büßten jedwede Chance ein, die übrigen Vampire zu überraschen.

Aus der Tiefe des Tunnels kam eine längliche, wie eine gigantische Spinne erscheinende Gestalt auf ihn zugelaufen; im Lichtschein seiner Taschenlampe sah er für einen Augenblick ihren unheilvollen Schatten. Er knipste das Licht aus.

Er lauschte den unablässig näher kommenden Schritten. Nun konnte er die langsamen, fast seelenvollen Atemzüge des Wesens hören. Es kam immer näher, bis es schien, als ob das Wesen direkt vor ihm stünde. Aber Tunnel täuschen, daher wusste er, dass ihm noch etwas Zeit blieb. Es schien fast über den Boden zu gleiten, als trüge es Seidenschuhe oder kröche wie eine Schlange.

Er hob die Waffe und wartete.

Das Wesen blieb stehen. Die Atemzüge wurden leiser, klangen tiefer. Wo stand es? Er war sich nicht sicher.

Er knipste die Taschenlampe an und sah die ihn aus zehn Metern Entfernung anfunkelnden Augen. Das Gesicht war hellgrau und sah aus wie eine Horrormaske aus einem schlechten Gruselfilm; eine solche Fratze konnte nicht von der Oberfläche der Erde stammen. Er schoss. Der Körper bekam die volle Wucht der Kugeln ab, wurde fünf Meter nach hinten geschleudert und schlug völlig zerfetzt an die Tunnelwand. Ein abgerissenes Bein rollte die steile Neigung in die Dunkelheit hinab.

Der Kopf hatte sich nicht vollständig vom Rest des zerfetzten Torsos gelöst. Die Augen, die noch einen letzten Lebensfunken offenbarten, starrten schockiert zu ihm herüber. Er musste noch einmal schießen, und ihm missfiel, weitere Munition zu vergeuden, aber dafür würde er sich danach keine Gedanken mehr über diesen äußerst hässlichen Vampir machen müssen.

Er zielte, drückte ab und verspürte die vertraute Befriedigung, die ihn überkam, wenn er einen Blutsauger endgültig ins Jenseits beförderte.

Er ging weiter durch den Tunnel. Er war von Kopf bis Fuß mit Vampirblut besudelt und roch dessen ranzigen Gestank. Er spürte, wie es in seinen Schuhen schwamm, spürte die Nässe zwischen den Zehen. Das Blut konnte in den Körper eindringen. Wenn man eine Schnittwunde hatte, konnte es einen verdammt krank machen. Er hatte es am eigenen Leib erlebt, sie alle hatten es am eigenen Leib erlebt – das Fieber, den monströsen, eigenartigen Hunger, die schleppende Genesung.

Während er unablässig in die Tiefe hinabstieg, spürte er, wie mit jedem Schritt ein Stück seiner Erwachsenenpersönlichkeit von ihm abfiel. Die Weinliebe, die Liebe zu klassischer Musik, die langen Tage, die er an eleganten Orten verbracht hatte – all das löste sich in nichts auf. Übrig blieb nur ein todtrauriger, zorniger, kleiner Junge auf der Suche nach dem Mörder seines Vaters.

Er ging immer weiter, tief hinein in das Herz dieses vorzeitlichen Nistplatzes. Er befand sich nun mehrere hundert Meter unterhalb der Tropfsteinhöhle, in Untiefen, in die ein gewöhnlicher Mensch niemals hinabsteigen würde oder konnte, und ging durch schmale Tunnelgänge, deren Wände mit nicht zu entziffernden Schriftzeichen bemalt waren und deren Decken und Böden perfekt arbeitende Vampirhände glatt poliert hatten.

Es war das große Geheimnis dieser Welt, dass es, tief im Innern des Planeten verborgen, Orte wie diesen gab, Orte, an denen schreckliche Kreaturen mit furchtbarer Arglist die blutige Geschichte der Menschheit gesteuert hatten.

Plötzlich spürte er, dass er sich in einem größeren Raum befand. Und ihm wurde bewusst, dass er einen anderen Geruch wahrnahm. Er befürchtete, dass, wenn er die Taschenlampe anknipste – und dies würde er tun müssen –, er hunderte dieser grausigen Kreaturen vor sich erblicken würde.

Er legte den Daumen auf den Schalter. Er schob ihn nach vorne.

Im ersten Augenblick begriff er nicht, was er sah. Der Raum war so groß, dass der Lichtstrahl nach vielleicht hundert Metern verblasste. In zwei endlosen, von einem schmalen Durchgang getrennten Regalreihen waren runde, bräunliche Gegenstände aufgestellt. Es dauerte eine Weile, bis er begriff, dass es Menschenschädel waren. An einigen hingen noch Haarbüschel, wie bei einem Totem.

Er nahm an, dass hier unten rund eine Million Skelette lagen. Weder Ratten noch Maden hatten sich über sie hergemacht, denn die Leichen waren zu vertrocknet, um solches Getier anzulocken – nur winzige, namenlose Käfer, die überall herumflitzten, zernagten sie langsam zu Staub.

Während er mit eingeschalteter Taschenlampe durch den Gang schritt, wurde ihm bewusst, dass dieser Raum, diese *Halle*, gut achthundert Meter lang sein musste. Gesicht um Gesicht starrte ihn an, jedes mit eingefallenen Augenhöhlen und gefletschten Zähnen. Jeweils zwanzig Leichen waren übereinander gestapelt.

Dies war der Ort, wo die *wirklichen* Toten von Paris lagen, die Anonymen, die Verschwundenen, die Vergessenen. Ironischerweise befand sich dieses andere, viel schrecklichere Beinhaus tief unter dem Denfert-Rochereau-Trakt, als hätten dessen Erbauer durch eine Erinnerung aus dem kollektiven Unbewussten oder durch die Einflüsterungen der Toten geahnt, dass es irgendwo unter ihren Füßen eine noch viel größere Grabstätte gab.

Wie viele dieser Menschen hatten weinende Angehörige hinterlassen, die niemals erfuhren, ob sie um einen Verstorbenen trauern oder einen Davongelaufenen verachten sollten?

Eine so große Wut stieg in Paul auf, dass er mit lauten Schritten dahinstapfte, ohne sich um sein Leben oder das so wichtige Buch zu sorgen, das er bei sich hatte. Er glich einem Soldaten, der nur an den Sieg dachte und Schritt um Schritt auf den nächsten Hügel zumarschierte.

Bislang hatte er in dieser Halle keinen Unterschlupf entdeckt, an dem man sich hätte verstecken können. Das hieß, dass sich die übrigen Vampire irgendwo vor ihm befinden mussten.

Er hatte noch zwei Schüsse im Magazin. Er zog es heraus, warf es in den Rucksack, nahm ein volles und schob es in die Waffe. Wenn es soweit kommen sollte, würde er erst das Buch in Fetzen schießen und sich die letzte Kugel in die Schläfe jagen. Er mochte hier nicht mehr lebend herauskommen, aber das Buch der Namen bekämen sie trotzdem nicht zurück.

Der Gedanke, wie diese armen Menschen ausgesaugt zu werden, verursachte einen so starken Brechreiz in seinem Rachen, dass er sein eigenes Erbrochenes herunterwürgen musste. Er würde auf keinen Fall so sterben, mit den Lippen eines Vampirs am Hals.

Er musste verschwinden. Die Luft war Ekel erregend, die Atmosphäre klaustrophobisch. Die Leichen lagen in hunderten verschiedener, von Kampf und Leiden kündenden Stellungen da; die verzerrten Gesichter kündeten noch immer von unendlichem Entsetzen, von Schmerz und Überraschung.

Irgendwann erblickte er vor sich eine Tür. Er eilte zu ihr und suchte die Klinke. Stattdessen entdeckte er einen silbernen Ring. Als er daran zog, glitt die Tür mit einem leisen Klickgeräusch zurück.

Einen solchen Ort hatte es in Asien nicht gegeben. Zumindest hatten sie nichts Derartiges entdeckt. Aber sie hatten auch eine regelrechte Mordorgie veranstaltet, verglichen mit den erfahrenen, subtil vorgehenden Franzosen. Im Töten war er gut, ein Katz-und Maus-Spiel, wie Bocage es mit den weitaus gefährlicheren Vampiren in Europa veranstaltete, war dagegen nicht so sehr seine Sache.

Der Lichtstrahl glitt über die Wände – und plötzlich erblickte er ein menschenähnliches, ihn offen anstarrendes Gesicht. Er schluckte, war einen Moment lang benommen vom Blick der Augen … Augen, die ihn aus einer unsagbar fernen Vergangenheit ansahen. Kein Mensch hatte je zuvor den Blick auf das geworfen, worum es sich hierbei handeln musste, auf ein lebensechtes Portrait eines Neanderthalers, auf ein Portrait, das aussah, als wäre es erst gestern gemalt worden.

Das Bild war aufgetragen auf etwas, das wie eine glatt polierte, vielleicht mit Wachs beschichtete Steinplatte aussah. Doch als er genauer hinschaute, sah er, dass es kein Gemälde war, sondern ein erstaunlich feines Mosaik. Es setzte sich aus so winzigen, perfekt aneinander gelegten Steinsplittern zusammen, dass es für seine darüber streichenden Finger völlig ebenmäßig schien.

Dies war das Werk eines meisterhaften Künstlers, erschaffen vor unendlich langer Zeit. Daneben hing ein weiteres Mosaik, das, wie er glaubte, eine Art genetischen Bauplan darzustellen schien – äußerst verschlungen und detailliert.

Betrachtete er einen Neanderthaler und daneben dessen genetischen Bauplan? Wenn ja, was war dies dann für ein Raum? Was war hier vorgegangen? An den Wänden hingen weitere Bilder, einige sogar von noch älteren Geschöpfen, in denen die ersten Andeutungen des Menschen überlagert wurden von der starrenden Wildheit des Affen. Wenn man die Bilder nacheinander betrachtete, bemerkte man eine chronologische Reihenfolge, die mit einem kleinen, erschrocken blickenden Äffchen begann und mit dem modernen Menschen endete. Insgesamt waren es etwa fünfzig extrem detaillierte Darstellungen, und die Letzte zeigte eine Frau, die so schön war, als sei sie der Abkömmling eines Engels.

Das Ganze schien eine bildliche Darstellung der Evolutionsgeschichte des Menschen zu sein ... oder der Geschichte ihrer Züchtung. Offen gestanden sah es eher wie die Geschichte ihrer Züchtung aus, wenn man betrachtete, wie ein Erscheinungsbild dem anderen folgte, mit dem jeweiligen genetischen Bauplan daneben.

Seit Jahrzehnten schon suchte der Mensch im afrikanischen Wüstensand und in französischen Höhlen nach seinem Ursprung. Aber wirklich gefunden hatte er ihn bislang nicht, oder?

Er trat vor das letzte Mosaik. In den schimmernden grünen Augen der Frau waren selbst die winzigsten Nuancen erkennbar. Ihr Gesicht wirkte so lebendig, dass sie ihn ebenso gut hätte ansprechen können. Sie war jung, vielleicht zwanzig, hatte hellblondes Haar, und auf ihrem Gesicht spiegelte sich ein Ausdruck göttlicher Verzückung ... als erblickte sie zum ersten Mal die Welt. Vielleicht, überlegte er, sollte er sie Eva nennen.

Die Vampire mussten sehr viel älter sein, als er bisher angenommen hatte. Und wenn dieser Raum das war, wonach er aussah, waren sie für den Menschen von immenser Bedeutung. Denn das hieße, dass der Mensch sich nicht durch Zufälle oder durch das Wirken Gottes entwickelt hätte, sondern durch das gezielte Eingreifen einer anderen Spezies.

Er war kein Mensch, der oft weinte. Er hatte die Tränen eines ganzen Lebens vergossen, als ihm sein Vater genommen worden war. Nun aber kullerten sie ihm über das harte, wie gemeißelte Gesicht.

Warum hatten sie es getan? Warum hatten sie die Menschen nicht gelassen, wie sie gewesen sein mussten – zweibeinige Rindviecher? Eines Tages würde sich der Welt das Geheimnis der Vampire offenbaren. Und erst dann, so glaubte er, würde die Menschheit wirklich verstehen, woher sie kam.

In ihm keimte die beklemmende Gewissheit, dass der Vampir der Schöpfer des Menschen war. Er hatte gewusst, dass sie seit langem auf der Erde lebten, aber dies hier war etwas völlig Unerwartetes.

Er ging weiter, tiefer hinein in dieses Höhlengewölbe der Geheimnisse. Die Kammern, die er nun entdeckte, waren längst nicht so präzise gebaut, doch auch hier offenbarte die unentdeckte Vergangenheit eine Geschichte. Dies war das Werk von Menschen, überall fanden sich Spuren von groben Meißeln. In unglaublich ferner Zeit mussten sich Menschen bis hierher durchgegraben haben – in das Herz aller Geheimnisse. Waren sie hier unten bei dem Versuch gestorben, sich von ihrer Knechtschaft zu befreien?

In den Geschichtsbüchern fanden sich keine Aufzeichnungen über andere Vampir-Jäger. Er und sein Team hatten zahllose alte Geschichtsbände durchgearbeitet, um herauszufinden, ob Organisationen wie der Templerorden oder die ägyptischen Priesterschaften etwas gewusst hatten. Sie hatten nichts gewusst.

Er watete durch den Schutt dieses von Menschen erbauten Tunnels – und sah plötzlich zahllose Vampire. Sie huschten davon, als sie ihn erblickten, verschwanden um eine Ecke.

Sie flohen vor ihm. Das war ihm noch nie passiert. Aber die Pariser Vampire hatten viele Eigenheiten, die ihm neu waren. Er folgte ihnen in den Tunnel, in den sie gerannt waren, und schoss. Er lief einige Schritte, schoss erneut und wartete. Scharrende Geräusche. Er schoss noch einmal. Stöhnende, gurgelnde Laute. Dann kam ein Vampir aus der Staubwolke gerannt. Sein blutiger Brustkorb sah aus wie eine Kommode mit aufgezogenen Schubladen. Er stürmte auf ihn zu, geriet aber ins Straucheln. Paul schoss, einmal, dann ein zweites Mal.

Noch eine Kugel war im Magazin. Er musste nachladen. Er wich zurück und stolperte, fiel auf den Vampir, den er gerade erschossen hatte. Er hörte heraneilende Schritte. Als er wieder auf die Beine kam, griff eine Hand nach seiner Taschenlampe ... und zerdrückte sie.

Paul trat mit voller Wucht in die Dunkelheit, traf den weichen, zerfetzten Körper der Kreatur. Er hörte ein gurgelndes Fauchen. Das verdammte Monster war doch nicht tot, trotz seiner zahllosen Wunden. Er wich einige Schritte zurück, damit es sich nicht auf ihn stürzen konnte, wenn es wieder bei Kräften war. Dann ging er auf die Knie und tastete mit der Hand den Boden ab, um das volle Magazin zu finden, das ihm heruntergefallen war. Plötzlich hörte er eine Stimme vor sich:

»Komm her, Kind.«

War eines ihrer Kinder in der Nähe? Er wich zurück, suchte Schutz in der Dunkelheit. Ein unmögliches Unterfangen.

»Dein Ende ist gekommen, Kind.«

Er hätte sich die letzte Kugel im Magazin in den Kopf gejagt, aber da war noch das Buch. Er musste es zerstören und sich eben totsaugen lassen.

Derjenige, der gesprochen hatte, kam näher; er hörte es. War dies das Über-Monster, die Königin? War dies ihre Höhle? Nein, die Stimme gehörte ohne Zweifel einem männlichen Exemplar.

Er hatte das Spiel verloren. Er zog das Buch aus der Hose und hielt es vor den Lauf.

Doch als er abdrücken wollte, flammte plötzlich helles Licht auf. Er sah eine Gruppe von Vampiren, die ihn mit ihren ernsten, seltsam leeren Augen anstarrten. Er sah, dass einige zerschlissene Gehröcke und wallende Kleider aus vergangenen Zeiten trugen, andere modische Jeans und Touristen-Shorts. Ihre Gesichter waren hasserfüllt, und es waren unverkennbar nicht-menschliche Gesichter. Hier unten schien es nicht nötig zu sein, sich mit Make-up aufwendig zurecht zu schminken. Ihre Lippen waren schmal, die Augen lagen tief in den Höhlen. Alle hatten denselben hasserfüllten Gesichtsausdruck.

Plötzlich war Becky neben ihm und feuerte wild um sich. Er schoss ebenfalls; es war seine letzte Kugel.

Als er in seinen Rucksack greifen wollte, um ein volles Magazin herauszuholen, flammte in seiner linken Körperhälfte ein greller Schmerz auf. Der Arm, mit dem er das Buch hielt, wurde schlaff, und das Buch fiel auf den Boden. Er sah warum – ein Messergriff ragte aus seiner Schulter.

Die Vampire schossen ebenfalls. Einige hatten Revolver – eine weitere Überraschung für Paul. Hinter sich hörte er einen Aufschrei und sah, dass Des Roches sich krümmte. Er und Bocage waren hinter Becky aufgetaucht.

Auf beiden Seiten wurde geschossen. Becky trat vor ihn, um ihm mit ihrem Körper Feuerschutz zu geben. »Duck dich«, zischte sie, während sie ein ums andere Mal feuerte.

Dann trat Stille ein. »Du bist verletzt«, stellte sie mit bebender, zärtlich klingender Stimme fest.

Dies war der Tonfall einer Liebenden, und Paul war erstaunt, wie sehr ihn dies berührte. »Ich werd's überleben.«

Ihre zitternde Hand strich um den aus seiner Schulter ragenden Messergriff. »O Paul, mein Gott.« Sie küsste ihn auf die Wange und hätte ihn dabei fast umgestoßen. Doch ihre Geste erfüllte ihn, trotz des neu aufflammenden Schmerzes, mit tiefer Zufriedenheit. In ihren Augen konnte er ihre zärtliche Besorgnis ablesen. Und er musste zugeben, dass es sich verdammt gut anfühlte, wenn sich jemand um ihn sorgte.

Der Lichtstrahl von Bocages Taschenlampe wanderte durch den rauchverhangenen Tunnel und traf etwa zwanzig Meter entfernt auf einen an der Wand liegenden Haufen zerfetzter Vampir-Leiber, alles in allem etwa ein halbes Dutzend. »Gut«, murmelte Bocage. Dann wandte er sich zu seinem Kollegen um. Des Roches war aschfahl, sein Gesicht zur Maske erstarrt. Er litt schlimme Schmerzen und versuchte sie zu unterdrücken. Paul ging es genauso.

Die Frage war nicht, ob sie hoch gehen, ihre Wunden lecken und wieder herunterkommen sollten, um das Notwendige zu tun, nämlich diese Kreaturen mit ätzender Säure in ihre Bestandteile aufzulösen, sondern ob sie überhaupt imstande waren, den weiten Weg nach oben zu bewältigen.

»Bocage, sind wir alle verwundet?«

Der Colonel zuckte die Achseln. »Ich ja, aber ich werd's überstehen.« Sein rechtes Bein war blutüberströmt.

»Becky?«

»Mir geht's gut.«

»Wir müssen verschwinden«, sagte Bocage. »Des Roches hat einen schweren Schock erlitten.«

Becky richtete ihren Lichtstrahl auf den Berg zerfetzter Vampire. »Acht Stück«, sagte sie. »Das macht alles in allem siebzehn bei diesem Einsatz.«

»Wir haben eine ganze Versammlung ausgelöscht«, sagte Paul. »Vielleicht die Hälfte aller Vampire in Europa.«

»Die Deutschen tun dasselbe in Berlin«, sagte Bocage.

»Die Deutschen! Werden wir Amerikaner über gar nichts mehr unterrichtet?«, fragte Paul.

»Ihr habt doch euer Echelon«, erwiderte Bocage. »Ich dachte, der amerikanische Geheimdienst wüsste sowieso alles.«

»Offenbar nicht.«

Bocage lächelte milde. »Ganz recht.«

Paul begann die eisige Kälte zu spüren, die sich in einem ausbreitete, wenn man einen Schock erlitten hatte. Er nahm tiefe Atemzüge, um seine Körpertemperatur einigermaßen konstant zu halten.

Beckys Blick wanderte zu den Vampiren. »Bocage«, sagte sie, »wir müssen ihnen die Köpfe wegblasen. Nur für den Fall, dass wir nicht zurückkommen und die Säurebehandlung ausfallen lassen müssen.«

Becky und Bocage gingen zu den Vampiren hinüber und schossen einem nach dem anderen aus kürzester Distanz den Kopf vom Hals. Währenddessen fragte sich Paul, wie es wohl wäre, mit einer Frau zusammen zu sein, die zu so etwas fähig war.

Das Messer in seiner Schulter bereitete ihm immer größere Schmerzen. Eine Wunde, die, wie bei ihm, bis tief in den Knochen reichte, war besonders qualvoll. Andererseits wusste er, dass er gutes Heilfleisch hatte. Trotzdem würde die Genesung eine Weile dauern. Im Augenblick jedenfalls gab es nur den Schmerz und die Gefahr einer Infektion.

»Wir müssen los«, sagte er.

Die kleine Gruppe begann den mühseligen Aufstieg, ein jeder darum bemüht, sein Leid für sich zu behalten.

Trotz der fürchterlichen Schmerzwellen, die bei jedem Schritt durch seinen Körper brandeten, hätte Paul vor

Freude am liebsten laut gelacht. Die Königin der Vampire, die Reisende, oder was immer sie gewesen sein mochte – irgendwo auf dem bluttriefenden Leichenberg lagen ihre zerfetzten Überreste. Nie wieder würde dieses parfümierte Miststück die Straßen unsicher machen.

In Anbetracht dessen, was hier geschehen war und was die Deutschen unternahmen, war Europa wohl ein für alle Mal befreit von dieser Pest. Und mit Hilfe des Buches, das er unter dem Arm trug, würden bald auch die beiden amerikanischen Kontinente von dieser Plage befreit sein – wenn sie sich beeilten.

Irgendwann begann er so stark zu husten und so quälende Schmerzen zu bekommen, dass Becky ihn stützen musste. »Mir sickert Blut in die Lunge«, sagte er, als sie ihm in den Wagen half.

Auf dem Weg ins Krankenhaus hielt sie ihn die ganze Zeit in den Armen, um so weit wie möglich die Stöße der zahllosen Schlaglöcher abzudämpfen. Es tat trotzdem höllisch weh. Aber eigentlich kümmerte es ihn kaum. Es gab Schlimmeres, als in Beckys Armen zu liegen.

11

Königin der Nacht

In den Stunden, seit sie das erste Mal in Miriam Blaylocks gehetzte Augen geblickt hatte, war Sarah Roberts' Angst stetig gewachsen. Sie hielt Miriams Hand; Miriams Kopf lag auf der Schulter ihrer menschlichen Gefährtin.

Sarah hatte sie noch nie so gesehen, und bisher hatte sie nicht erfahren, was geschehen war.

Sie saßen, unfassbarerweise, in einer Concorde, einem Flugzeug, das Miriam nie wieder hatte besteigen wollen. Das pulsierende Dröhnen der vier nahe am Rumpf in die Flügel eingebauten Triebwerke ließ den Kabinenboden erzittern. In den ersten zehn Minuten des Fluges roch es in der Kabine nach Kerosin. Sie waren jahrelang mit Maschinen dieses Bautyps geflogen und hatten geglaubt, dass sie völlig sicher seien. Dann war es zu einem schrecklichen Absturz gekommen, und in den folgenden Wochen hatte Miriam sich mit den morbidesten Gedanken geplagt. Sie hatte sich das Unglück bis ins letzte Detail ausgemalt, hatte sich vorgestellt, sie hätte in der Maschine gesessen, aus dem Fenster geschaut und plötzlich die aus den Triebwerken lodernden Flammen gesehen, die Explosion gehört und gespürt, wie sie durchgeschüttelt wurden und wie ein Stein vom Himmel fielen.

Für Menschen war ein Flugzeugabsturz ein schneller Tod. Miriam dagegen hätte bei vollem Bewusstsein miterlebt, wie sie Zentimeter um Zentimeter von den Flammen verzehrt wurde.

Sie hatte sich von Sarah alle Berichte über die neuen Sicherheitsvorkehrungen besorgen lassen. Aber trotz aller unternommenen Maßnahmen hatte sie nach wie vor Angst, mit der Concorde zu fliegen. Doch sie hatte darauf bestanden.

Sarah überlegte, ob die anderen Hüter Miriam womöglich angegriffen hatten. Wenn ja, so wäre dies eine brauchbare Anekdote für das Vampir-Buch, an dem sie in den zwanzig Jahren ihrer Gefangenschaft insgeheim arbeitete.

Sarah spürte, dass Miriam wach war. Sie war immer wach, es sei denn, sie hatte gespeist oder große Mengen Opium geraucht. Miriams Hand war weich und kühl. Sarah hob sie an ihre Lippen, genoss die Schwere, genoss den Geschmack und die Zartheit der Haut. Sie sog den lieblichen Duft ihrer Herrin auf. Miriam seufzte und legte ihren Mund an Sarahs Hals, knabberte an ihm, bis es fast wehtat.

Sarah schloss die Augen, dem Brüllen der Triebwerke lauschend, und spürte neben sich die prachtvolle Seele, die sie so liebte und verehrte … und spürte gleichzeitig das Böse, das von ihr ausging.

Sarah sagte sich, dass Raubtiere nun einmal töten mussten, um zu überleben und dass dies schließlich auch nicht als verwerflich galt. Als Ärztin jedoch war sie dem Wohlergehen der Menschen verpflichtet, und dies beinhaltete gewiss nicht, sie umzubringen. Doch das Geschöpf neben ihr hatte Kinder und Väter und Mütter umgebracht – hatte ihnen das *Blut ausgesaugt*. Und sie selbst hatte dasselbe getan … in ihrem schandhaft geheimen Leben.

Genau dies war der große Zwiespalt, unter dem sie so litt: Die Natur braucht den Räuber, um das Gleichgewicht zwischen den Gattungen aufrecht zu halten. Einer der

Gründe, warum die menschliche Überbevölkerung die Welt zerstörte, war, dass die Hüter ihre natürliche Mission nicht erfüllen konnten. Es waren einfach zu wenige, um eine relevante Zahl von Menschen zu töten.

Miriam pflegte sich als Teil dessen zu betrachten, das der Welt Gerechtigkeit brachte. Und Sarah konnte nicht bestreiten, dass auch sie selbst sich in dieser Rolle gefiel – und es bis zu einem gewissen Grad genoss. Sie hatte in die tränenschimmernden Augen ihrer Opfer geblickt, hatte sie verenden sehen, während sie sie unbeholfen ausgesaugt hatte, und sie kannte das berauschende Gefühl, das frische Blut eines anderen Menschen zu spüren. Man fühlte sich leicht wie Luft. Jedes kleine Wehwehchen verschwand augenblicklich. Man wurde gelenkig wie ein Olympia-Turner. Die Haut wurde rosig und makellos wie die eines jungen Mädchens. Und das Herz – es schlug mit einem Wonnegefühl, das nur von etwas herrühren konnte, das zutiefst richtig war. Ja, um den Auftrag der Natur zu erfüllen, musste man eben in finstere Abgründe blicken. Was für eine Sucht dies doch war, diese Sucht nach fremdem Blut.

Sarah wusste, dass sie ihre sonderbare neue Auslegung der Naturgesetze benutzte, um ihre Taten zu rechtfertigen. Aber ihr war keine andere Wahl geblieben. Miriam hatte sich in sie verliebt und sie ohne Erlaubnis mit ihrem Blut infiziert, nachdem sie Sarah eingeschläfert hatte. Als Sarah, völlig erschöpft und mit schlimmen Gliederschmerzen erwachte, hatte sie nicht gewusst, was geschehen war.

Dann hatte ein schrecklicher innerer Kampf begonnen. Sie hatte versucht sich von Blutkonserven zu ernähren, die aus kommerziellen Blutbanken stammten. Sie hatte versucht sich von Tierblut zu ernähren. Dann hatte sie nicht mehr weiterleben wollen. Sie war in einen todesähnlichen

Dämmerschlaf gefallen, wurde in einen Sarg gelegt und zu Miriams anderen verblichenen Gefährten auf den Dachboden gestellt.

Aber Miriam hatte Sarahs wissenschaftliche Erkenntnisse dazu benutzt, sie wieder zum Leben zu erwecken. Danach war Sarah einverstanden gewesen, sich vernünftig zu ernähren. Sie war nicht stark genug, sich wieder an das entsetzliche Dasein in einem Sarg zu gewöhnen. Denn wenn ein Mensch Hüterblut in den Adern hatte, konnte er Jahrhunderte vor sich hindämmern, ohne jemals wirklich zu sterben.

Sarah hatte erlebt, wie es war, in einem Sarg gefangen zu sein, unfähig, sich zu bewegen, zu atmen, nicht einmal in der Lage, ein Lid zu heben. Sie war sich der sie umgebenden Finsternis bewusst gewesen, des Sargdeckels über ihr, der Insekten, die über ihren Körper krochen, des schwachen Murmelns des Straßenverkehrs vor dem Haus.

Sie hatte Miriam auf der Viola spielen und Düsenflugzeuge über das Gebäude hinwegbrausen gehört, hatte das vage Plätschern des East Rivers vernommen und das Rauschen vom Franklin D. Roosevelt Drive. Hunderte Male war sie, gefangen in den Überresten ihres Körpers, fast wahnsinnig geworden. Und neben ihr hatten weitere solcher Särge gestanden, in ihnen ebenfalls gefangene Seelen, einige davon tausende Jahre alt.

Dann hatte sie auf den breiten Dielen des Dachbodens das Klacken von Schuhabsätzen vernommen, auf den Augenlidern plötzlich ein grelles Licht gespürt, einen verschwommenen Schatten erkannt und sich mit einem Mal gefühlt, als flösse Champagner in ihren Adern, als durch einen intravenösen Schlauch Tropfen um Tropfen neuen Lebens, *Leben*, in ihren Körper strömte.

Miriam hatte Sarahs Studien gelesen und ein Experiment entwickelt, das sich als erfolgreich erwies. Zum ersten Mal in den zweitausend Jahren, in denen sie es versuchte, hatte sie einen ihrer menschlichen Gefährten wieder zum Leben erweckt. Sie hatte es auch mit den anderen probiert, doch für diese war es zu spät gewesen, selbst für den jüngsten von ihnen, John Blaylock.

Nach ihrer Wiedergeburt hatte Sarah die Welt mit ganz anderen Augen betrachtet. Das Spiel des Sonnenlichts auf einer Teelöffelkante konnte sie verzaubern. Der schiefe Gesang eines Kindes klang wie himmlisches Glockengeläut. Jeder Atemzug ihrer Lungen fühlte sich an, als streichelte sie ein Engel. Sie hatte gelernt, für den Augenblick zu leben, konnte sich daran erfreuen, über weiches Leder zu streichen, konnte mit einem Mal die frische Morgenluft genießen, wie verzaubert einem vorbei flatternden Vogel nachschauen oder einen tropfenden Wasserhahn fasziniert beobachten. Sie hatte all ihre Zweifel und Ängste mit ihrer verlorenen Vergangenheit begraben (in der es einen langweiligen Freund, ein kleines Apartment und eine viel versprechende Berufskarriere gegeben hatte). Ihre Angst vor den Särgen auf dem Dachboden schien wie weggeblasen, und dies ging soweit, dass sie des öfteren nach oben ging, sich in ihren eigenen Sarg legte, den Deckel zuklappte und so lange dort liegen blieb, bis wegen der drohenden Erstickung ihre Vagina zu pochen begann und sie halb wahnsinnig wurde. Es war pervers, das wusste sie. Miriam hatte eine biedere junge Ärztin in eine dekadente, mordlustige Freidenkerin mit einer kranken, bemitleidenswerten Seele verwandelt. Aber es war so schön … oder es war schön gewesen, bis diese schreckliche Sache in Paris geschehen war, was immer es sein mochte.

Gleich nachdem sie wieder auferstanden war und zum ersten Mal ihre Erlöserin gesehen hatte, war Sarah vor Miriam spontan auf die Knie gefallen. Sie, Dr. Sarah Roberts, war Lazarus, aus Dankbarkeit für alle Zeiten Sklavin der Person, die sie wieder zum Leben erweckt hatte. Um die sklavische Unterwürfigkeit, die sie nun empfand, besser zu verstehen, hatte sie zahllose Bücher über sexuelle Abhängigkeit gelesen und sich schließlich sogar mit Zombie-Kunde beschäftigt. Sie hatte alles versucht, um sich aus ihrer Abhängigkeit zu befreien, war sogar nach Haiti geflogen, um mit einem Mann zu reden, der bei einem Zombie-Ritual getötet und von einem Medizinmann wieder zum Leben erweckt worden war. Auch er war auf geheimnisvolle Weise an den Mann gebunden, der ihn ausgegraben und wieder auferstehen lassen hatte, indem er ihn mit einem aus Rattenblut angerührten Schaum einrieb. In dem Augenblick, als die wässrigen Augen des Mannes ihre eigenen getroffen hatten, hatten sie gewusst, dass sie Seelenverwandte waren.

Miriam nahm den Kopf von ihrer Schulter und flüsterte: »Ich sollte dich wirklich bestrafen, du kleiner Teufel.«

Sarah wandte sich zu ihr und schaute in ihre bemerkenswerten, mit der frischen Intensität eines Kindes blickenden Augen. Wenn man in diese Augen sah, glaubte man, Miriam wäre ein kleines Mädchen. Nicht der geringste Hinweis war zu erkennen, dass dies ein Jahrtausende altes Geschöpf war. Wenn man genau hinsah, mochte man bemerken, dass der Lippenstift auf seltsam schmale Lippen aufgetragen war, und man könnte erahnen, dass ihre Wangen mit Implantaten etwas fülliger gestaltet worden waren. Aber dies zu erkennen bedurfte schon eines sehr guten Beobachters. Für die meisten Menschen sah Miriam wie eine wunderschöne, elegant gekleidete, wohlhabende junge Frau aus, auf der noch der Tau ihrer Jugend schimmerte.

Miriam seufzte, und Sarah stieg der säuerliche Duft ihres Atems in die Nase. »Hol mir einen Wodka«, sagte ihre Herrin.

Sarah erhob sich aus ihrem Sitz und ging durch den Gang auf den Steward zu, der in der Zweiten Klasse die Mahlzeiten servierte. »Oui, Mademoiselle?«

»Die Dame auf sieben-A wünscht einen Wodka, sehr kalt, ohne Eis.«

»Oui, Mademoiselle, einen Moment bitte.«

»Sofort.«

Der Steward verstand ihren Tonfall und schenkte ihr augenblicklich einen großen Drink ein.

Sarah brachte ihn zu Miriam, die ihn mit einem Schluck hinunterspülte.

Es war offensichtlich, dass Miriam in den letzten Tagen Schreckliches erlebt hatte. Sarah hatte geglaubt, dass ihre Odyssee zu den Konklaven eine Enttäuschung werden würde, aber was immer geschehen war, war noch viel schlimmer gewesen.

»Noch einen?«

»Vielleicht in ein paar Minuten.«

»Ich weiß, wie sehr du dieses Flugzeug hasst.«

»Ich kann nur hoffen, dass alle möglichen Unfallursachen ausgemerzt wurden.«

»Hoffen wir's.«

»Ich nehme doch einen. Bring gleich die ganze Flasche.«

»Mademoiselle, fürchtet sich die Dame? Möchte sie, dass der Pilot kommt und mit ihr spricht?«, fragte der Steward, als Sarah ihn um die Wodkaflasche bat.

»Das kann ich sie nicht fragen.«

»Ich verstehe«, sagte er. Er war zu dem Schluss gelangt, dass Sarah eine Art persönliche Assistentin war und dass die Dame nur von ihr bedient werden wollte. Er stellte die Wodkaflasche auf ein kleines Tablett. »Soll ich Sie rufen, damit Sie ihr die Mahlzeit servieren können?«

»Madame wird keine Mahlzeit einnehmen.«

»Schön.« Er wandte sich zu den anderen Passagieren um. Der Bordservice der Concorde war in allen drei Kabinenbereichen exakt derselbe, wenngleich im Dritten üblicherweise Touristen saßen, in dem davor hauptsächlich Geschäftleute und ganz vorne bedeutende Persönlichkeiten. Air France mochte nicht wissen, wie bedeutend dieser spezielle Passagier tatsächlich war, aber Sarah hatte, wie immer, dafür gesorgt, dass Miriam mit größtem Respekt behandelt wurde.

Der Umstand, dass Sarah trotz aller dekadenten Annehmlichkeiten, die sie genoss, gewisse Probleme mit Miriams Lebensstil hatte und noch immer bezweifelte, ob es rechtens war, Menschen als willfährige Beute zu betrachten, änderte nichts an ihrem Respekt für ihre Herrin. Auch Miriam war ein Geschöpf Gottes, und sie war ein Triumph der Natur. Für einen Wissenschaftler – und das war Sarah –, war Miriams Blut ein eigenständiges, wahrhaft bemerkenswertes Organ. Es besaß sechs verschiedene Zelltypen, darunter einen, der – wie unter dem Elektronenmikroskop zu beobachten – fortwährend schädliche Virenpartikel einfing und zerstörte und anschließend in ihre ungefährlichen chemischen Ausgangsstoffe zurückverwandelte.

Manchmal schien es fast, als wäre ihr Blut intelligent, wenn man sah, wie es Bakterien ganz gezielt in Fallen laufen ließ. Und wie es ihren Körper von Freien Radikalen befreite, war ebenfalls bemerkenswert. Beim Menschen geschah dies mittels eines Zellteilungsmechanismus', der mit zunehmendem Alter träge und unproduktiv wurde. Bei ihr dagegen war es ein fortdauernder Reinigungsprozess, bei dem das Blut die Freien Radikalen durch eine Veränderung ihrer Atomstruktur einfach in Nährstoffe umwandelte.

Sarah hatte sich oft der Vorstellung hingegeben, dass Miriam im Grunde genommen aus ihrem Blut bestand und ihr Körper lediglich als Behältnis für dieses erstaunliche Organ diente.

Sie hatte die Wirkung von Miriams Blut am eigenen Leib erfahren, hatte gespürt, wie es sich nach einer Periode der Akklimatisation an ihre persönlichen Bedürfnisse anpasste, indem es einen Großteil seiner bemerkenswerten Kräfte auf ihr eigenes Blut übertrug, seine für sie lebenswichtigen Eigenschaften aber unverändert ließ.

Es konnte jedoch nicht die Struktur ihrer Zellen verändern; daher mussten sie Freie Radikale weiterhin auf althergebrachte Weise zerstören. Miriams Blut bewirkte jedoch, dass sich nur verschwindend geringe Mengen dieses todbringenden Krankheitserregers bildeten, sodass Sarahs Zellen von dieser Reinigungsarbeit weitgehend befreit waren. Trotzdem alterte Sarah. Aber eben nur sehr, sehr langsam.

Manchmal ging sie auf den Dachboden und flüsterte zu den anderen: »John, ich komme, Lolia, ich bin gleich bei dir.« Sie berichtete ihnen, was Miriam so trieb, sprach von ihrer eigenen Arbeit, und dass sie versuchte, auch sie wieder zum Leben zu erwecken. Sie wusste schließlich aus eigener Erfahrung, wie schrecklich es war, in diesen Särgen zu liegen. Sich nur wenige Tage in diesem todesähnlichen Zustand befunden zu haben war so entsetzlich gewesen, dass sie davon noch immer Albträume bekam. Lollie lag schon seit dreihundert Jahren dort. Und es gab andere, die aus kaum mehr als einem Gebiss und langen Haarsträhnen bestanden, Menschen, die Miriam zu Füßen gelegen hatten, als sie noch die Tochter eines Pharaos gewesen war.

Dass Miriam sich aus reiner Selbstsucht mit diesen Gefährten beschenkt hatte, war Sarah unangenehm aufgestoßen. Dies war ein wahrhaft menschenverachtender Zug, und eine Zeit lang hatte sie geglaubt, dass dies eine Rechtfertigung wäre, um Miriam zu sabotieren.

Doch ihre gemeinsamen Nächte im Bett, die *Nächte* … das ausschweifende Leben an Miriams Seite, das gemeinsame Viola-Spielen, die Clubbesuche … und die Welt mit den Augen eines Hüters zu betrachten, so als wäre alles immer wieder völlig neu – sie hatte einfach nicht die Kraft, dies aufzugeben.

Sie *wollte* Miriam, jetzt sofort. Wollte in ihren stählernen Armen liegen, wollte die Küsse eines Mundes schmecken, der den Tod brachte – die Extase, die dies in ihr entfachte, war, wie sie annahm, himmlischer als vom lieben Gott persönlich in die Arme genommen zu werden.

Die Wahrheit war, dass sie dieses Geschöpf anbetete, das sie eigentlich hätte hassen sollen. Sie hatte nicht die moralische Stärke, der Anziehungskraft ihrer Herrin zu widerstehen. Wäre sie Heras Dienstmädchen oder Proserpines Leibeigene gewesen, es hätte keinen Unterschied gemacht. Ein Mensch hatte sich in einen grausamen Gott verliebt.

Wenn Miriam auf Reisen ging, war Sarah diejenige, die zuvor alle nötigen Arrangements traf. Meist begleitete sie ihre Herrin und sorgte dafür, dass alles reibungslos lief und so war, wie Miriam es wünschte und verdiente. Es erfüllte ihr Herz mit berauschender Freude, Miriams Wünsche zu erfüllen. Sie kannte ihre Familiengeschichte und ihre Bedeutung für die Menschheit. Miriams Vorfahren hatten die ägyptische Zivilisation begründet. Ihr Vater hatte die Israeliten nach Kanaan entsandt. Soweit es ihn betraf, hatte er nur seinen Grundbesitz vergrößern wollen, aber in welcher Weise sich dies auf die menschliche Geschichte ausgewirkt hatte, war, selbstredend, bemerkenswert. Miriam selbst hatte dutzende verschiedener Aspekte der westlichen Zivilisation erschaffen und genährt. Ihre Gestalt prägte die Literaturgeschichte. Sie war die Jungfrau Shulamite, sie war Beatrice, sie war Abelards Heloise und Don Quichotes Dulcinea – oder genauer: Sie hatte einst dem hoffnungslos niedergeschlagenen Miguel de Cervantes ein Lied gesungen und ihn dadurch zu seiner Romanfigur inspiriert.

Sie war nicht Shakespeares *Dark Lady*, aber sie hatte die Frau gekannt. Die Geschichte ihrer Mutter, Lamia, hatte die griechische Mythologie geprägt. Ihre Figur hatte in der im siebzehnten Jahrhundert erschienenen *Anatomie der Melancholie* Eingang gefunden, und 1820 hatten die geflüsterten Legenden über Lamia John Keats zu seinem Lyrikband *Lamia und andere Gedichte* inspiriert.

Es gab zahllose Hüter, aber Miriam und ihre Eltern hatten den mit Abstand größten Einfluss auf den Menschen gehabt.

Und nun war sie die Freundin und Geliebte einer einfachen Ärztin aus Queens, deren größter Ehrgeiz es vermutlich sein sollte, ihrer Herrin zu dienen und sie vor allem Ungemach zu beschützen. Stattdessen jedoch sah Sarah sich in einem schrecklichen Zwiespalt gefangen, denn sie konnte nicht glauben, dass Miriam das Recht zum Töten besaß, und gleichzeitig war sie nicht imstande, etwas anderes zu tun, als ihrer Herrin zu dienen.

Ein Hüter tötete etwa zwanzig Mal im Jahr. Sarah selbst tat es nur zehn Mal ... und jedes mal brach es ihr das Herz, wenn sie ein wimmerndes, verängstigt blickendes Opfer in den Armen hielt. Nach einem Mord musste sie tagelang weinen. Jedes Mal schwor sie, damit aufzuhören und nahm sich vor, sich nur noch von Blutkonserven zu ernähren.

Sarah kehrte mit dem Wodka zurück und schenkte Miriam einen zweiten Drink ein. »Ich wünschte, ich könnte dich irgendwie aufrichten«, murmelte sie. »Ich weiß, dass etwas nicht stimmt, und es ist mehr als bloß dieser Flug. Bitte, erzähle mir, was geschehen ist.«

Miriam spülte den Drink hinunter. »Fünftausend Dollar für ein Ticket, und trotzdem darf ich nicht rauchen.«

»Du wirst im Wagen rauchen können.« Sie schaute zu der elektronischen Landkarte in der Kabinenwand auf. Sie donnerten gerade mit Mach 2 über die irische Küste hinweg. »Nur noch zwei Stunden, Madame.«

»Warum nennst du mich so?«

»Weil du so empfindsam wirkst.«

Miriam nahm Sarahs Kinn und wandte ihr Gesicht, bis sie, fast Nase an Nase, dasaßen wie zwei tuschelnde Freundinnen. »Ich habe Schreckliches hinter mir. Und ich bin stocksauer, Sarah. Auf dich.«

»Das weiß ich.« Sie war nach Berkshire gefahren, um für einige Tage dem Trubel in Manhattan zu entkommen. Sie hatte ihr Mobiltelefon zu Hause gelassen.

»Wenn ich mich nicht auf dich verlassen kann, auf wen dann?«

Sarah spürte, dass ihre Wangen heiß wurden, genau wie im Hotel, als sie Miriam gebadet und an ihrem Körper die zahllosen wunden Stellen und feuerroten Hautpartien gesehen hatte. Das war das Heiltrauma. Da Sarah wusste, dass Hüter-Blut praktisch alle Wunden innerhalb von Minuten verheilen lassen konnte, war ihr klar, dass Miriam schwer verletzt gewesen sein musste.

»Erzähle mir, was geschehen ist, Miri.«

Miriam wandte den Kopf zum Fenster.

Sarah berührte den Ärmel ihrer schwarzen Seidenbluse, doch Miriam reagierte nicht.

Na schön. Sarah hatte gelernt, mit Miriams Launen umzugehen. »Du siehst in diesen Sachen wunderschön aus«, sagte sie in der Hoffnung, dass ein kleines Kompliment ihre Herrin auftauen ließe. Es gelang nicht.

Was immer in Paris geschehen war, es hatte zumindest den archaischen Chanel-Klamotten den Garaus gemacht. Sie waren zu *Maria Luisa* gegangen und hatten einige exquisite Stücke von Eric Bergère erstanden. Miriam hatte sich in der Boutique sehr gefügig gezeigt, ohne zu murren zwanzigtausend Dollar ausgegeben und dabei einen sehr guten Geschmack und ein verblüffendes Gespür dafür offenbart, welche Kleider ihre Figur am besten zur Geltung brachten.

Sarah betrachtete sie von der Seite. Miriam war so schön, dass man nie müde wurde, sie anzustarren, erst recht nicht in der grandiosen schwarzen Bluse aus reiner Seide und dem hautengen, blutroten Satin-Top darunter. Die Art und Weise, wie der Schnitt ihre Brüste zur Geltung brachte, war schlichtweg atemberaubend.

»Ich wurde fast umgebracht.«

Sarah beugte sich zu ihr hinüber, küsste ihre Wange und

ließ die Lippen so lange auf der kühlen Haut liegen, bis sie ein feuriges Kribbeln im Bauch spürte und sie Miriams flinke Zunge und ihre ebenso flinken Finger herbeisehnte. »Sag das nicht, wenn es nicht wahr ist.«

Miriam erzürnte ob dieser Bemerkung. »Wie kannst du nur so etwas sagen!«

»Es tut mir Leid! Ich – bitte, verzeih mir.«

Miriam lehnte sich zurück und schloss die Augen. »Ist der Pass gut?«

»Perfekt.«

Sie fragte nun schon zum zehnten Mal nach dem Reisepass. Er war perfekt, weil er einer realen Person gehörte. »Leonore ist eine wahre Verwandlungskünstlerin«, sagte Sarah.

»Leonore«, murmelte Miriam versonnen. »Glaubst du, sie würde mir schmecken?«

»Miriam, du weißt, dass ich das nicht lustig finde.«

»Vielleicht sollte ich sie zu deiner Nachfolgerin machen und stattdessen dich verspeisen.« Ihre Lippen verzogen sich zu diesem freundlichen, unschuldigen Lächeln, hinter dem sich, wie Sarah wusste, höchste Gefahr verbarg. »Das wäre vielleicht am besten.«

Sie war eine Meisterin der verbalen Folter. »Für dich würde ich mir freiwillig die Pulsadern aufschneiden«, sagte Sarah.

»Das will ich auch hoffen.« Miriams Stimme klang völlig emotionslos. »Bist du dir sicher mit dem Pass?«

»Sieh dir das Foto an. Das bist du.«

Als Sarah erfahren hatte, dass Miriam ohne Reisepass dastand, war sie augenblicklich ins Veils gegangen und hatte Leonore, die dort die Putzkolonne beaufsichtigte, aufgefordert, sich so zurechtzumachen, dass sie wie Miriam aussah. Ein leicht unscharfes Passfoto war unverzüglich zu der Bearbeitungsstelle für Reisepass-Eilanträge gebracht worden, und neben der Zweihundert-Dollar-Gebühr hatten tausend Dollar Bestechungsgeld den Besitzer gewechselt. Um fünf Uhr am gleichen Nachmittag hatte Sarah Miriams neuen – auf den Namen Leonore Patton ausgestellten – Reisepass in der Hand gehalten. Am nächsten Morgen hatte Sarah die Concorde genommen, um ihre hilflose Herrin zu retten. Dies war gestern gewesen.

In den besseren Kreisen der New Yorker Gesellschaft hatte sich in Windeseile herumgesprochen, dass Miriam in Paris irgendetwas Unvergnügliches widerfahren war.

Der ganze Club war in Aufruhr gewesen, Firmenbosse Aristokraten, Berühmtheiten jeder Couleur. Eine Hundertschaft der angesagtesten Mitglieder der New Yorker Gesellschaft würde am Flughafen sein, um die Königin in Empfang zu nehmen, wenn ihre Maschine auf amerikanischem Boden aufsetzte.

»Bitte, erzähle mir, was passiert ist.«

Miriams Augen trafen ihren Blick. Sarah zwang sich, nicht wegzusehen, aber Miriam war sichtlich wütend. »Wenn der Zeitpunkt gekommen ist«, sagte sie.

»Ich wünschte, du könntest dich beruhigen.«

»Ich kann mich nicht beruhigen.«

Miriams Hand legte sich in ihre. Ihr Blick war wie ein Messerstich. »Wie du weißt, habe ich des Öfteren von Martin Soule gesprochen«, sagte sie langsam und starrte Sarah prüfend an, versuchte in ihren Geist zu blicken.

»Er hat Baroness Orczy inspiriert. Er war der wahre Scarlet Pimpernel.«

Blitzschnell schlossen sich Miriams eiserne Finger um Sarahs Handgelenk. »Du zeigst keine Trauer«, fauchte sie.

»Ich habe Angst! Was ist denn passiert?«

»Ich sollte dich wieder auf den Dachboden bringen, du undankbares *Luder*!«

»Miriam?«

Miriam ließ ihr Handgelenk los und stieß es mit einer verächtlichen Geste fort.

»Miriam, sag mir bitte, was mit dir los ist!«

»Mein Französisch ist völlig veraltet«, schimpfte sie. »Ich will morgen um Punkt zehn einen Sprachlehrer im Haus haben.«

»Ja«, sagte Sarah, sich bewusst, dass ihre Stimme zitterte, »ein Sprachlehrer, um Punkt zehn.«

Während sie einen Moment lang schwiegen, wackelte die Concorde ein wenig. »Ich habe dich gebraucht, Sarah, und du warst nicht für mich da.«

Sarah schloss die Augen. Tränen quollen unter den Lidern hervor.

»Weinst du wegen mir?«

Sarah nickte. »Du bist die Liebe meines Lebens.«

»Und trotzdem hast du meine Anrufe ignoriert. Du liebst mich, und doch willst du, dass ich sterbe. Genauso ist es.«

»Ich will nicht, dass du stirbst.«

»Du hasst mich, seit ich dir mein Blut geschenkt habe.« Ihre Lippen verzogen sich. »Das Geschenk des ewigen Lebens!«

»Du hättest mich vorher fragen sollen.«

»Du bist ein Idiot, Sarah.« Dann lächelte sie plötzlich. »Aber ich genieße deine Gegenwart. Du bist eine hervorragende Wissenschaftlerin!«

»Und du bist eine Mörderin, Miriam.«

»Sei nicht albern.«

»Aber ich liebe dich trotzdem.«

»Der Wodka ist warm.«

Sarah stand auf und schritt wie ein Roboter durch den Gang. Die Gesichter der anderen Passagiere wirkten so lebendig, ihre Wangen auffallend rosig. Sarah wusste, dass dies die ersten Anzeichen für ihren aufkommenden Hunger waren. In einer Woche würde sie wieder Nahrung zu sich nehmen müssen. Sie würde es, wie immer, zunächst mit dem Blut versuchen, das sie in der Blutbank in der Dreißigsten Straße kaufte.

»Ich hätte gern eine kältere Flasche«, sagte sie zu dem Steward.

»Natürlich, Mademoiselle.« Er nahm eine neue aus dem Kühlfach seines Wagens und stellte die alte hinein.

Sie ging zu ihrem Platz zurück, schenkte Miriam einen neuen Drink ein und setzte sich erst danach hin. »Ich möchte dir helfen«, sagte sie.

»Deine Inkompetenz ist gefährlich.«

»Ich bin das Beste, was du hast.«

»Im Augenblick ja«, sagte Miriam mit gleichgültig klingender Stimme, als langweilte sie das Thema bereits.

Sarah zuckte erschrocken zusammen. »Würdest du mir bitte verraten, was ich verbrochen habe?«

»Ich habe ständig versucht, dich anzurufen.«

»Das hältst du mir jetzt zum fünfzigsten Mal vor. Aber du musst mir erzählen, was geschehen ist. Warum hast du mich so dringend gebraucht? Wovor fliehen wir? Miriam, bitte, sage mir, was hier vorgeht.«

Der Ton der Triebwerke änderte sich, die Maschine senkte die Nase zum Landeanflug. »Gib endlich zu«, sagte Miriam, »dass du dich als hoffnungslos inkompetent erwiesen hast.«

Sarah nickte.

»Dann gibst du also auch zu, dass ich nicht riskieren kann, mich weiter auf dich zu verlassen.«

Sarah nickte erneut, und dieses Mal rollten Tränen über ihr Gesicht. »Miriam, ganz gleich, wie du dich entscheiden wirst ...«

»Die Sache ist bereits entschieden.«

»Du brauchst mich in Zeiten wie diesen. Was immer passiert ist, ich kann dir helfen. Ich kann meine Fehler berichtigen und es besser machen.«

»Das glaubst *du*.«

»Du wirst verfolgt. Wir müssen dich aus dem Haus schaffen und irgendwo verstecken.«

»Müssen wir?«

Für das letzte Stück des Landeanflugs legte sich die Maschine in eine scharfe Linkskurve. »Wir tun, was du für richtig hältst«, sagte Sarah automatisch. »Alles wird gut.«

Der Steward erinnerte sie, die Rücklehnen senkrecht zu stellen und die Sicherheitsgurte anzulegen. Er trat heran und nahm die Wodkaflasche. »Wünscht die Dame nach der Landung einen Rollstuhl?«

»Danke, Madame wünscht keinen Rollstuhl«, antwortete Sarah.

Kurz darauf rollte die Concorde an den Flugsteig. Sobald sie zum Stehen kam, trat Sarah in den Gang, um zu verhindern, dass sich andere Passagiere an ihnen vorbei drängten und den Weg zum Ausgang blockierten.

Soweit die Welt sehen konnte, traten zwei strahlend schöne junge Frauen aus dem Flugzeug, eine mit diskreter Aufmerksamkeit ihrer Freundin folgend, die, in Gold gefasste Smaragde um den Hals und einen breitkrempigen Philippe Model-Hut auf dem Kopf, aus ihren kühlen grauen Augen auf einen imaginären Punkt in der Ferne starrte.

Die andere Frau mochte ihre etwas weniger wohlhabende Freundin sein, oder gar eine Sekretärin oder Bedienstete. Nichtsdestotrotz sah sie in ihrem maßgeschneiderten grünen *peau-de-soie*-Kostüm ebenfalls ganz und gar umwerfend aus.

Sie gingen mit der lässigen Gleichgültigkeit von Leuten, die so reich waren, dass derartige Dinge sie nicht kümmerten, durch die Passkontrolle. Die Beamten waren schnell und diskret. »Willkommen daheim, Dr. Roberts und Miss Patton.«

Als sie die Concorde Lounge betraten, brandete diskreter Applaus auf. Miriam verlangsamte ihre Schritte, blieb stehen und hob lächelnd eine Hand. Keiner, der nicht Bescheid wusste, hätte sich auch nur einen Augenblick lang träumen lassen, dass sie etwas anderes war als eine reiche, junge Frau – zwar mit den weisen Augen des Alters, aber dennoch fast jugendlich wirkend.

Sie steuerte auf den Pulk teuer gekleideter Menschen zu.

Die Leute scharten sich um sie, küssten sie auf die Wange, berührten sie wie Kinder eine Mutter berührten, die sie lange nicht gesehen hatten. In jedem Augenpaar lag dieselbe Faszination, dieselbe Bewunderung. Sarah beobachtete dies mit der Teilnahmslosigkeit einer Leibeigenen. Für die meisten von ihnen war Miriam lediglich die schillernde Besitzerin des exklusivsten Nachtclubs in ganz Amerika, eines Clubs, in dem die Mächtigsten der Mächtigen sich ohne Scham oder Zurückhaltung so geben konnten, wie sie wirklich waren, eines Clubs, in dem es keine Verbote gab … wenn man einmal den Türsteher passiert hatte. Einige dieser Leute kannten aus geflüsterten Andeutungen über Miriams geheimes Doppelleben zumindest einen Teil der Wahrheit.

Nur Leonore Patton wusste, was wirklich hinter den Kulissen geschah. Leonore wurde von ihnen ausgebildet, wurde langsam an ihre künftigen Aufgaben herangeführt. Sarah wusste, dass Miriam vorhatte, Leo von ihrem Blut zu geben. Nun fragte sich Sarah, ob sie selbst umgebracht oder nur auf die Straße gesetzt werden würde.

Die Leute um sie herum – einige hatten vertraute Gesichter, andere weniger vertraute – murmelten, wie glücklich sie seien, Miriam wiederzusehen, während Sarah sich im Stillen Sorgen um ihre Zukunft machte.

Miriam wandte sich zu einem Latino um – einem jungen Mann, in dem sie einen künftigen Rockstar sah – und gab ihm einen Kuss auf die Wange. Miriam täuschte sich nie, wenn es um künftige Stars ging. Carlos Rivera würde gewiss einer werden. Wie auch Kirsten Miller, die neben ihm stand und Miriam aus intelligenten, mandelförmigen Augen anstrahlte.

Dann war Miriam mit den Leuten fertig und eilte, gefolgt von Sarah, aus der Concorde Lounge. Luis, ihr Fahrer, kam ihnen entgegen und lud die Koffer ein, die ein Flughafenangestellter für sie durch den Zoll gebracht hatte. Das geheime New York hatte auf nichts anderes als auf ihre Rückkehr gewartet. Nun konnte der köstliche Schrecken weitergehen. Wen würde sie als nächstes Opfer wählen? Irgendeine vergessene Seele, die niemand vermissen würde? Oder jemanden, der es verdiente – jemanden, über den sie mit aller Sorgfalt ihr gerechtes Urteil gefällt hatte? Und wen sollte sie nehmen, falls das Opfer aus der letzteren Kategorie stammte, vielleicht einen protzigen Magnaten, der sich mit einer Lüge ins Veils hineingeschmuggelt hatte? Wem würde auffallen, wenn die betreffende Person plötzlich verschwand? Was war zu bedenken?

»Ich habe ein Aktienpaket verkauft«, sagte Sarah, nachdem Luis sich in den Verkehr eingefädelt und Miriam sich mit einer Zigarette in die Wagenpolster zurückgelehnt hatte.

»Wie viel?«

»Es war das Paket von BMC Software. Wir haben dreiunddreißig Prozent Gewinn gemacht.«

»Von wie viel?«

»Von sechshunderttausend.«

Miriam starrte rauchend aus dem Fenster. Sarah hatte das billigende Grunzen vernommen, das der Umstand, fast zweihunderttausend Dollar verdient zu haben, Miriam entlockt hatte.

Plötzlich nahm sie den großen Hut ab, den sie seit Paris getragen hatte. »Mein Kopf ist heiß«, sagte sie. Sie beugte sich zu Sarah hinüber, die sich sogleich daran machte, ihr die Perücke abzunehmen. Selbst als Sarah sie in der riesigen Badewanne im Crillion gewaschen hatte, hatte Miriam die Perücke nicht abnehmen wollen.

»Luis, bist du bereit für diesen Anblick?«, rief Miriam mit beißender Ironie in der Stimme.

Das seidige, blonde Haar, das im Fahrtwind geflattert hatte wie eine wallende königliche Standarte, war verschwunden. Der Anblick war so verstörend, dass Sarah vor Schreck zusammenzuckte. Miriam lächelte wissend, denn im Vergleich zu dem eigenartig langen Kopf wirkte ihr Gesicht viel zu klein, schien nicht zu ihrer Kopfform zu passen. In Ägypten hatten sie ihre Häupter unter aufwendigem Kopfschmuck verborgen. Hätte man Nefertiti die Krone abgenommen, hätte man gesehen, dass Miriams Mutter denselben lang gezogenen Schädel besaß. Als Lamia war sie nur unter ihren Artgenossen und in der Mythologie bekannt gewesen. In den Nationen, in denen sie als Königin geherrscht hatte, hatte sie die verschiedensten Namen getragen.

Miriams Augen wurden feucht. Die Kahlköpfigkeit war ihr unangenehm, selbst vor Sarah, die jede Faser ihres Körpers kannte.

»O meine Liebste! Meine Liebste, was ... was ...«

»Sie haben versucht, mich zu verbrennen«, sagte Miriam.

»Die anderen Hüter? O mein Gott!«

Miriams Augen bohrten sich in Sarahs. In diesem Moment wirkte sie fremdartiger als je zuvor. Ihre Augen waren die einer Göttin ... oder die eines mörderischen Insekts. Glasig, grausam, gehetzt.

Es brach Sarah das Herz. Miriams Mutter war bei lebendigem Leibe verbrannt worden, und Miriam hatte im *Schlaf* oft weinend den Kopf in Sarahs Schoß gelegt, während sie im Traum hilflos das Grauen jener Augenblicke durchlebte.

Sarah schlang die Arme um Miriam. »Miri«, flüsterte sie, »Miri, ich werde niemals zulassen, dass dir so etwas zustößt, *niemals*!«

»Wir stecken in schrecklichen Schwierigkeiten, Kind.«

»Ich weiß, bei Gott, ich weiß.«

Miriam rutschte näher zu ihr heran und nahm ihre Hand. So blieben sie sitzen – beide schweigend, Sarah weinend – während Luis sie durch den dichten Verkehr nach Hause chauffierte.

12

Der Saure-Gurken-Express

Paul sah zu, wie Justin Turk mit seiner Pfeife herumhantierte. Im Innern des Gebäudes zu rauchen war streng verboten. Langley war eine Nichtraucher-Einrichtung. Justin zündete die Pfeife an. »Du bist«, sagte er, »vom exklusiven Lufttransport mindestens zehn Beförderungen entfernt.«

»Wovon, zum Teufel, sprichst du?«

»Du hast dich unberechtigterweise mit dem für General Ham Ratling reservierten Falcon Jet von Bangkok nach Paris fliegen lassen. Wir haben von der Luftwaffe eine Rechnung über achtundvierzigtausend Dollar erhalten, dazu einen Brief von Staatssekretär Leisenring. Einen ziemlich ungehaltenen Brief. Der General musste mit Frau und Kindern mit der Ersten Klasse der Thai Airways vorlieb nehmen, und auch dafür haben wir eine Rechnung bekommen.«

»Verdammt nochmal, ich befand mich auf einer heißen Verfolgungsjagd, Justin.«

»Einer heißen Verfolgungsjagd.« Er zog einen gelben Berichtbogen aus der Schreibtischschublade. »Was genau soll ich schreiben? Sag's mir, Kumpel.«

»Agenten haben einen weiblichen Vampir von Asien nach Europa verfolgt ...«

Justin hob die Hand. »Etwas anderes bitte.«

»Na schön, dann eben einen Terroristen.«

»Für Vorfälle mit Terroristen brauche ich ein anderes Formular – mal sehen, hier – Candy!«

Seine Assistentin Candy Terrell kam herein. »Ich brauche ein TKF«, herrschte er sie an.

»Was zum Teufel ist ein TKF?«, fragte Paul.

»Ein Terroristen-Kontakt-Formular. Jeder Feldoffizier, der glaubt, einem bekannten oder unbekannten Terroristen begegnet zu sein, muss ein solches Formular ausfüllen und es uns binnen sechs Stunden zukommen lassen.«

Candy ging aus dem Büro.

»Über die Flugzeuggeschichte reden wir später. Ich dachte, du seist verletzt.«

»Ist verheilt.«

»In zwei Tagen? Im Polizeibericht steht, du hättest in der linken Schulter eine Messerwunde gehabt, die mit achtzehn Stichen genäht werden musste. Warum trägst du keine Schlinge?«

»Ich habe gutes Heilfleisch, war schon immer so.«

Justin räusperte sich und suchte etwas in seinen Unterlagen. Paul war natürlich selbst erstaunt. Er war in Windeseile genesen – praktisch über Nacht. Eigentlich hätte er eine Schlinge tragen sollen, ach was, einen Gips hätten sie ihm anlegen sollen.

Warum fragte Justin nicht weiter nach? Paul war jedenfalls noch immer völlig perplex wegen seiner schnellen Genesung.

»Du lässt eine Leiche überführen. War sie mit dir in der Transportmaschine?«

»Nein, die Franzosen haben sie von Villacoublay nach Ramstein geflogen. Sie sollte morgen in Santa Clara eintreffen. Sie wird direkt der Familie übergeben.«

»Hast du den Leuten geschrieben?«

Paul hatte ihnen nicht geschrieben. Er konnte so etwas nicht, und Justin wusste das ganz genau. »Die Benachrichtigung muss von hier kommen.« Familienangehörige wurden immer von der Zentrale informiert, wenn ein Agent bei einer Geheimoperation getötet oder schwer verletzt worden war.« »Du schreibst die Benachrichtigung, und wir schicken sie der Familie.«

»Okay.«

»Denn ich möchte, dass dir wirklich bewusst ist, was du angerichtet hast.«

Paul sog zischend den Atem ein. Er wollte gegenüber Justin Turk, seinem einzigen Verbündeten in Langley, nicht handgreiflich werden, aber Paul hatte die Tendenz, körperliche Gewalt anzuwenden, wenn er sich bedroht fühlte, und eine solche Beleidigung kam einer verdammten Drohung gleich. Er saß hier und musste sich diesen Mist anhören. »Hey, ich habe nichts *angerichtet*, ich wurde selbst verwundet«, sagte er. »Wir saßen fürchterlich in der Scheiße, glaub's mir, es war schrecklich.«

»Hättet ihr euch nicht zurückhalten können? Ich meine, warum hast du die Sache nicht von den Franzosen erledigen lassen? Ihr wart schließlich in Frankreich.«

»Das war nicht möglich.« Was sollte er noch groß erklären? Schreibtischhengste verstanden nie, was bei einer Operation geschah, bisher nicht und auch in Zukunft nicht.

Justin betrachtete ihn aufmerksam. Paul begriff, dass er ihm absichtlich diesen Nadelstich zugefügt hatte. Vermutlich hatte Justin ihn verletzen wollen, um ihn aus dem Gleichgewicht zu bringen.

Dies konnte nur eines bedeuten: Dies war weder ein Gespräch noch ein Rapport. Es war ein Verhör, und er steckte in Schwierigkeiten. Die Frage war nur, in welcher Art Schwierigkeiten?

»Nun, Paul?«

»Justin, ich weiß nicht, was ich sagen soll. Deine Bemerkung gefällt mir nicht. Mir soll *wirklich bewusst sein, was ich angerichtet habe* – was, zum Henker, soll das heißen?«

»Du hast einen Agenten verloren!«

»Ich kämpfe in einem Krieg!«

»Genau wie Don Quichote. Wir sind uns nicht sicher, was wir von deinem sogenannten *Krieg* halten sollen.«

»Das Weiße Haus übt Druck auf den Direktor aus, und der leitet ihn an dich weiter, stimmt's?«

Justin antwortete nicht, was die Richtigkeit von Pauls Analyse bestätigte.

»Sag ihnen, dass sie nicht alles erfahren müssen. So haben wir es bei der Außerirdischen-Geschichte auch gehalten.«

»Nicht alles erfahren? Paul, wir reden hier vom Weißen Haus!«

»Die Frage ist doch, wieso es überhaupt von der Sache erfahren hat?«

»Die Franzosen haben ein Programm. Die Deutschen haben ein Programm. Alle Welt hat ein Programm. Diese Sache ist längst kein Geheimnis mehr. Und das Weiße Haus bekommt allmählich Schiss, denn wenn die Presse davon erfährt, wird der Präsident deine Mordorgien erklären müssen, und er hat keine Ahnung, wie er das tun soll.«

»Ich habe nur meine Arbeit getan, genau wie die Franzosen und zweifellos auch alle anderen. Wir waren eben effektiv. Punkt.«

»Yeah, die Franzosen haben eine Verlustrate von siebzig Prozent. Du dagegen hast in zwei Jahren nur vier von sieben Leuten verloren. Das mag effektiv sein, aber nicht in der Weise, die uns vorschwebt, Paul.«

»Jeder verliert Personal. Ich habe mit eigenen Augen gesehen, wie die Franzosen unzählige Vampire erledigten. Ist doch klar, dass es dabei zu Verlusten kommt.«

»Wir ziehen es vor, sie als Personen mit andersartigem Blut zu bezeichnen. PABs.«

Ihm gefiel nicht, was dies vermutlich zu bedeuten hatte. »Wer hat das entschieden?«

»Der Ausschuss für Menschenrechte.« Er sah in seinen Unterlagen nach. »Ich habe dir dessen Memorandum ausgedruckt.«

»Ich wusste gar nicht, dass wir einen Ausschuss für Menschenrechte haben.«

»Er untersteht der Staatlichen Kommission für Bürgerrechte und hat vor einem Jahr mit der Präsidentendirektive 1482 sein Mandat erhalten.«

Mit der Präsidentendirektive 1482 waren den Geheimdienst-Chefs Richtlinien für eine humane Arbeitsweise vorgegeben worden. Da Paul es bei seiner Arbeit nicht mit Menschen zu tun hatte, hatte er angenommen, dass diese Richtlinien für ihn nicht relevant wären.

Justin reichte ihm das Memorandum. »Wir wurden angewiesen, auf Grundlage dieser Richtlinien eine Empfehlung für ein künftiges politisches Programm zu erarbeiten. Im Augenblick stellen wir für den Direktor die Fakten zusammen.«

Paul nahm den Bogen. »Wer hat das geschrieben?«

Justin wich ihm aus. »Lies einfach.«

Wir müssen feststellen, ob diese angeblichen Vampire als Menschen zu betrachten sind. Um darüber zu befinden, müssen folgende Fragen beantwortet werden: Haben sie eine Sprache? Können sie vorausplanen? Können sie Gefühle empfinden? Sind sie intelligent genug, um menschliche Aktivitäten verrichten zu können? Wenn diese Fragen, oder zumindest der überwiegende Teil dieser Fragen mit ja beantwortet werden sollte, muss man davon ausgehen, dass sie Menschen oder menschenähnliche Geschöpfe sind und ihnen durch unsere Gesetzgebung Schutz gewährt werden sollte.

Wenn sie, überdies, als natürliche Bedingtheit tatsächlich Menschen aussaugen müssen, um zu überleben, kann man sie dennoch nicht automatisch als Mörder oder Terroristen bezeichnen, genauso wenig wie Raubtiere als Mörder bezeichnet werden.

Gleichzeitig spricht nichts dagegen, die Bürger unseres Landes vor ihnen zu warnen und beispielsweise Broschüren bereitzustellen, in denen erklärt wird, wie man einen Angriff einer PAB überleben kann. Das Recht der Beute, sich gegen den Räuber zu verteidigen, scheint genauso fundamental wie das Recht des Räubers zu töten. Ihr Status als bewusste Geschöpfe würde es jedoch verbieten, sie einfach zu vernichten, um der Bedrohung Herr zu werden.

Hinzu kommt, dass sie aufgrund ihrer verhälnismäßig geringen Zahl zur gefährdeten Spezies erklärt und ihnen auf dieser Grundlage bestimmte Schutzmaßnahmen zugestanden werden könnten.

Zusammenfassend lässt sich sagen, dass die Existenz dieser Geschöpfe publik gemacht werden sollte, gemeinsam mit Richtlinien, wie man mit dieser Gefahr umgehen kann. Ihr Leben sollte im Rahmen der Internationalen Menschenrechtskonvention und vermutlich auch im Rahmen der Artenschutzgesetze der verschiedenen Länder protektioniert werden. Das Recht, zur Nahrungsbeschaffung zu töten, darf ihnen nicht abgesprochen wer-

den. Legitim wäre allein die Publikmachung bestimmter Verhaltensregeln, die den Bürgern helfen, ihre eigene Unversehrtheit zu bewahren.

Paul starrte auf das Dokument, nicht weil er noch las, sondern weil er vor Verblüffung buchstäblich gelähmt war. War ihm sein ganzes Blut in die Füße geflossen? Fühlte er sich deswegen so, als hätte er allen Kontakt mit der Realität verloren? Oder lag es an dem Wisch in seiner Hand?

»Justin, würdest du mir bitte eine Frage beantworten? Weißt du zufällig, ob Franz Kafka noch lebt?«

»Der ist tot. Was ist der Punkt?«

»Oh, ich fragte mich bloß, ob er das geschrieben hat, als eine Art kafkaesken Witz.«

»Paul, ich bin verpflichtet, dich darüber zu informieren, dass wegen deiner brutalen Vorgehensweise Ermittlungen eingeleitet worden sind. Da es gut möglich ist, dass Anklage gegen dich erhoben wird, lautet unsere offizielle Empfehlung an dich, dir einen Rechtsbeistand zu nehmen. Wenn du keinen Anwalt hast, könnte ich –«

»Gutgütiger, ich habe keinen Anwalt!«

»Dann kannst du dir von der Staatlichen Kommission für Bürgerrechte einen Rechtsbeistand nennen lassen, der sich mit Dingen dieser Geheimhaltungsstufe befassen darf. Auf diese Weise bekommst du einen Anwalt, mit dem du offen reden kannst. Wenn du dir keinen leisten kannst, wird dir ein Pflichtverteidiger zugewiesen, der die entsprechenden Befugnisse hat.«

Bleib ruhig sitzen, atme tief durch, werde nicht blass, laufe vor Wut nicht rot an, schlage ihn nicht und mach' nichts kaputt, dachte Paul.

»Paul?«

»Moment. Ich versuche zu entscheiden, ob ich lachen oder weinen soll. Was meinst du? Weinen?«

»Ich habe das nicht geschrieben, Paul.«

»Verdammt, Justin, verstehst du nicht, was das ist?«

»Es ist ein Versuch, einer fremdartigen Spezies Menschenrechte zuzugestehen.«

»Für die Vampire ist es eine Lizenz, Menschen jagen und töten zu dürfen. Allmächtiger, diese Viecher haben meinen Vater umgebracht! Ein kleiner Junge und seine Mutter warten und warten und warten, aber Dad kommt nicht wieder nach Hause. Jahrelang grübelt man: ›Wurde er umgebracht, oder hat er uns verlassen?‹ Diese Ungewissheit frisst deine Seele auf und macht dich hart, und irgendwann zerreißt es dein Herz. In meinem Fall habe ich meinen Vater gefunden. Die meisten Leute erfahren nie, was ihren Angehörigen zugestoßen ist.«

»Die Regierung hat entschieden, dass die PABs Teil der Natur sind.«

»Justin, entschuldige bitte meine Blödheit, aber ist es nicht unsere Aufgabe, Menschen zu beschützen? Ich meine, ist das nicht das fundamentale Versprechen unserer Regierung? Wenn die Rinder eines Viehzüchters von Coyoten getötet werden, was geschieht dann? Der Viehzüchter nimmt sein Gewehr und knallt die verdammten Coyoten ab oder stellt Fallen auf. Die Natur hat es so eingerichtet, dass Coyoten Rinder töten. Aber das heißt nicht, dass der Viehzüchter dies tatenlos hinnimmt.«

»Paul, gegen dich wird wegen Befehlsmissachtung ermittelt.«

Befehlsmissachtung war ein hässliches Wort. Es bedeutete, dass man die erhaltenen Befehle entweder nicht ausführte oder absichtlich falsch auslegte. Es war ein Wort, das bei Gerichtsverhandlungen fiel. »Das klingt nach einem Strafverfahren.«

»Ich sagte doch, dass du dir einen Anwalt nehmen sollst. Das ist eine ernste Sache, Kumpel. Du könntest wegen jeder PAB, die du umgebracht hast, eine Mordanklage an den Hals bekommen.«

»Allmächtiger! Justin, hilf mir!«

Justin starrte ihn an, als wäre er ein Zootier.

»Dies kommt direkt aus dem Weißen Haus.«

»Eine Horde College-Studenten ohne jede Lebenserfahrung. Hier geht es darum, dass Menschen umgebracht werden, verdammt nochmal – Mütter und Söhne, Väter und Töchter.«

Justin hantierte mit seiner Pfeife herum. »Ich bin bloß der Überbringer der Botschaft.«

»Tu mir einen Gefallen und richte unserem Präsidenten etwas aus von mir – von jemandem, der das menschliche Leben zufälligerweise für kostbarer hält als alles andere. Vor zwei Tagen war ich in Paris in einer riesigen unterirdischen Höhle, in der mindestens eine halbe Million toter Menschen lagen ... eine *halbe Million*. Jeder von ihnen hat eine tragische Geschichte. Jeder von ihnen hinterließ eine zerbrochene Familie oder ein gebrochenes Herz oder zumindest jemanden, dem sein Verschwinden nicht gleichgültig war.«

»Die Menschen werden das Recht haben, sich zu verteidigen.«

»Gegen etwas, das sich so schnell bewegt, dass man es gar nicht kommen sieht, das viermal so stark und doppelt so schlau ist wie du? Das wird nicht gelingen.«

»Der Staat wird sie schützen.«

»Das geht nur auf eine Weise: Die Vampire zu töten.«

»Paul, ein beschränkter Viehzüchter begeht eine schlimme Umweltsünde, wenn er den Coyoten auf seinem Land Fallen stellt oder sie vergiftet. Ein kluger Viehzüchter richtet es so ein, dass seine Herde gar nicht erst in Gefahr gerät. Die Regierung wird wie der kluge Viehzüchter vorgehen.«

»Aber die Vampire werden sich gegen die Schutzmaßnahmen etwas einfallen lassen!«

»Einige Menschen werden getötet werden. Aber so war es doch immer in unserer Geschichte, oder?«

»Lass mich dir eine hypothetische Frage stellen. Angenommen, du wachst mitten in der Nacht auf, und eins dieser Dinger bohrt dir den Hals an. Was tust du?«

»Das wird mir nicht passieren.«

»Nur mal angenommen. Rufst du die Polizei? Komm schon, sei realistisch, Mann!«

»Der kluge Viehzüchter hat verschiedene Vorkehrungen getroffen, um die Coyoten von seinem Land fernzuhalten. Wir werden es genauso machen.«

Paul sprang auf. »Ich stecke in Paris mitten in einer Säuberungsaktion. Ich muss zurück.«

»Wir werden dich mit deinen barbarischen Schlächtereien nicht fortfahren lassen. Es ist vorbei, Paul, ein für alle Mal *vorbei*! Kapiert? Außerdem wollen dich ein paar Leute sehen.«

Nahende Gefahr pflegte Paul bereits zu spüren, bevor die meisten Leute überhaupt begriffen, dass sie Anlass zur Sorge hatten. Etwas an Justins Tonfall verriet ihm, dass diese Leute ihm verdammt großen Ärger machen würden.

Die Vereinigten Staaten besaßen spezielle Gefängnisse für Agenten, die sich bei einer geheimen Operation nicht an ihre Befehle gehalten hatten. Die Rechtsprechung in diesen Einrichtungen war eine eigenartige, surreale Version der draußen geltenden Rechtsprechung. Man genoss gewisse Privilegien – jedoch nicht dasjenige, einfach gehen zu dürfen. Administrativ-Gefängnisse, so hießen sie, diese Einrichtungen.

Nun, im Augenblick genoss er noch das Privileg, einfach aufstehen und gehen zu dürfen, oder er war wenigstens noch in der Lage dazu. Daher ging er ohne ein weiteres Wort zur Tür, öffnete sie, durchquerte den Vorraum und trat in den Gang hinaus. Zwei Männer kamen auf das Büro zu. Er wandte sich in die andere Richtung.

Hinter ihm hörte er ihre schneller und lauter werdenden Schritte. Verdammt, das alles wollte er nicht. Er war Zeit seines Erwachsenenlebens Mitglied dieser Organisation gewesen. Er hatte in Washington vor der Gedenkmauer gestanden und eine Träne für seine gefallenen Kameraden verdrückt. Er hatte die CIA geliebt, hatte sie immer verteidigt, war immer absolut loyal gewesen, ganz gleich wie dumm er den jeweiligen Direktor oder eine seiner unsinnigen Anordnungen gefunden hatte.

Er eilte durch den neuen Ausgang des Gebäudekomplexes und rannte zum West-Parkplatz, wo sein Wagen stand. Als er in seinen hübschen kleinen Saab, der zwei Jahre in der Garage auf ihn gewartet hatte, einstieg, fragte er sich, ob er schnell genug sein würde, um durch das Tor gelassen zu werden, oder ob Justin schon angerufen hatte und ihn die Männer festhalten würden.

Er fuhr vor dem Wachhaus vor, zeigte seinen Ausweis und wartete. Der Wachmann sah ihn kurz an, machte eine Notiz und öffnete die Schranke. Paul fuhr hinaus und raste sofort Richtung Freeway. Es war ein sonniger Sommernachmittag, und sobald er Reston hinter sich gelassen hatte, sah die Welt wieder unschuldig, ja richtig zauberhaft aus. Er liebte die Menschen in ihren Autos und brachte für ihre Hoffnungen und Träume ein Einfühlungsvermögen auf, das nur Leute besaßen, die von Berufs wegen getötet hatten. Einen Menschen zu töten, hatte etwas an sich, das einem das Leben auf diesem Planeten unendlich kostbar erscheinen ließ. Selbst wenn der Tod eines Menschen unbedingt nötig gewesen war, blieb die Tatsache bestehen, dass die Toten einen zeitlebens begleiteten. Allerdings nicht die getöteten Vampire. Nur die Menschen.

Was wenn die Menschen erfuhren, dass sie demnächst wahrscheinlich gejagt und umgebracht werden würden, ohne dass die Rechtsprechung dies verbot? Der bloße Gedanke war schon absurd.

An diesem verräterisch friedlichen Nachmittag wurde ihm mit aller Schärfe bewusst, dass er mit höchster Professionalität und Geschwindigkeit agieren musste, um nicht selbst zur Beute zu werden. In diesem Augenblick fand irgendwo in Langley – vermutlich in Justins Büro – eine dringende Sitzung statt, bei der es um das Thema Paul Ward ging. Er war ein so genannter ›Läufer‹ geworden, ein Agent, der in dem Augenblick geflohen war, als man seine Taten in Zweifel gezogen hatte. Für die CIA galt dieses Verhalten als eindeutiger Beweis für seine Schuld, und sie war äußerst erfahren darin, Leute wie ihn aufzuspüren.

Ihm war klar, was er tun musste: Er musste so viele Vampire wie möglich töten, bevor die Firma ihn schnappte.

Er wechselte von der 495 auf die 95, denn er wollte nach Baltimore, dort seinen Wagen abstellen und mit einem öffentlichen Verkehrsmittel zum Amtrak-Bahnhof fahren.

Da er über die Vampire in Amerika kaum Informationen besaß, hielt er es für das Beste, zunächst nach New York zu gehen. Dort war diese Reporterin, Ellen Wunderling, bei Recherchen in der Gothic-Szene spurlos verschwunden. Paul hielt es für möglich, dass sie an einen echten Vampir geraten war, zu viel entdeckt hatte und umgebracht worden war.

Also würde er wieder an den Anfang zurückkehren und nach ihr suchen. Sie war in New York verschwunden, deswegen war dies sein erster Anlaufpunkt.

Er war jemand, der stets viel Bargeld bei sich trug, und dies würde ihm nun helfen, sich einen einigermaßen beruhigenden Vorsprung zu seinen Verfolgern zu verschaffen.

Es war mehr als tragisch, für das französische Buch der Namen ein Leben geopfert zu haben und das Buch nun nicht benutzen zu können. Er verstand kein Wort darin und konnte natürlich nicht bei der NSA vorbeischauen und sie bitten, es für ihn zu übersetzen.

Als er die Ausfahrt zur Route 32 erreichte, beschloss er, es für seine Verfolger ein wenig interessanter zu machen. Er raste auf der 32 bis Columbia, wo es verschiedene Buslinien und Taxifirmen gab.

Er fuhr zum Columbia-Mall und stellte seinen Wagen auf dem gebührenpflichtigen Parkplatz ab, denn dort würde man ihn nicht sofort finden. Er schaltete sein Mobiltelefon ein und spazierte in den mehrstöckigen Konsumtempel. Alles sah so nett aus, so verdammt amerikanisch. Er ging zu Sears, schlenderte durch die Abteilungen, sah sich Waschmaschinen und die Herrenkonfektion an. Er kaufte zwei Oberhemden, eine Hose, ein blaues Sakko und schwarze Straßenschuhe. Als er aus der Umkleidekabine kam, sah er wie derselbe Mann in anderer Kleidung aus. Er wusste, dass es unmöglich war, einen Paul Ward zu verkleiden, aber selbst die kleinste Veränderung half.

Er ließ sein Mobiltelefon in die Einkaufstüte einer Frau

gleiten. Sie würden das Signal auffangen und die Frau in etwa einer Stunde lokalisiert haben. Es würde in ihrem zuckersüßen Durchschnittsleben für einige Aufregung sorgen.

Er ging nach draußen und winkte ein Taxi heran, das ihn zum Campus des St. John's College in Annapolis brachte. Vor tausend Jahren war er einige Semester lang ein St. Johnnie gewesen. Der Lehrplan des Colleges war gespickt gewesen mit hochgeistiger Literatur, angefangen von Homer bis hin zu Freud und Einstein. Er hatte die *Ilias* und die *Odyssee* gelesen, unter einem gewissen Professor Klein, dem von den Nazis die Finger gebrochen worden waren, weil er besser Klavier gespielt hatte als ein Arier. Eines Abends hatte er, obwohl es höllisch wehtat, für seine Studenten Debussy, Chopin und Satie zum Besten gegeben ... Die Aufführung war hervorragend gewesen, was Paul aber nicht davon abgehalten hatte, sein Studium an den Nagel zu hängen.

Paul war am College der einzige Student gewesen, der sich für den Vietnamkrieg ausgesprochen hatte und dumm genug gewesen war, ein diesbezügliches Pamphlet an das Schwarze Brett zu hängen. Als Resultat hatte ihn wenig später die CIA rekrutiert, und damit hatte sein heutiges Leben begonnen. Der alte George Hauser, Gott habe ihn selig, hatte mit ihm auf der Parkbank dort unter der großen Eiche gesessen und ihm dargelegt, was es bedeutete, Geheimagent zu sein, wie schwierig es war und wie enttäuschend es oft sein konnte ... und wie wichtig er diese Aufgabe dennoch fand.

Er ging auf die Backsteinfassade der McDowell-Hall zu, das Verwaltungsgebäude, in dessen großem Saal die Chorproben stattgefunden hatten. Die jungen Stimmen waren wieder da, riefen ihm durch die Stille zu, die ihm beim Betreten des Gebäudes entgegenschlug. Im Untergeschoss gab es das Studentencafé, und dort hing das Schwarze Brett, das sein Leben in völlig neue Bahnen gelenkt hatte.

Hier und dort waren Leute, aber alles in allem war der Campus im Sommer ziemlich verlassen. Er durchquerte das Untergeschoss und trat auf den kleinen viereckigen Platz hinaus. Dort drüben war die Randall Hall, das Studentenheim, in dem er gewohnt hatte. Obwohl er Erstsemester war, hatte man ihm sofort ein Einzelzimmer gegeben, vor allem weil keiner mit jemandem zusammen wohnen wollte, der einen solchen Bewerbungsaufsatz verfasst hatte. Er hatte über den Heiligen Thomas von Aquin und dessen *Summa Theologica* geschrieben. Damals war er ein glühender Katholik gewesen. Wie lange dies doch her war, die Tage jenes dürren Studenten mit dem kurz geschorenen Haar und der strengen Hornbrille.

Er fragte sich, weshalb er hierher gekommen war. Weil er im Begriff stand zu sterben und es im Innern längst spürte? Er wusste von zahllosen Agenten, die während eines Dienstverfahrens gegen sie zu Tode gekommen waren. *Ich werde nicht ins Gefängnis gehen*, sagte er sich, während seine Augen die Fenster zu seinem alten Zimmer abzählten. Wie klein ihm die Randall Hall heute vorkam. Er erinnerte sich an sie als riesiges Gebäude. Wenn man sie hingegen heute sah, schien es, als könnte man darüber hinwegspringen. Ein Vampir konnte es wahrscheinlich, zumindest fast.

Ein Wahnsinns-Stipendium, der Stephen-Piper-Preis für Schulische Höchstleistungen, hatte ihm den Zugang zu diesem College ermöglicht. Keinen müden Cent hatte er für sein Studium zahlen müssen.

Wie soll ich Vampire zur Strecke bringen, wenn ich nun ganz auf mich allein gestellt bin, fragte er sich. *Soll ich es wagen, meine Leute zusammenzutrommeln? Nein, man würde sie bei der Einreise verhaften.*

Er würde Becky Bescheid geben, dass sie nicht heimkehren sollte – dazu musste er in die College-Bibliothek und sehen, ob er einen öffentlichen Computer fand. Er würde ihr eine E-mail schicken und dabei eines der selbst erdachten Codeworte seines Teams verwenden. So konnte sie die Kollegen in Kuala Lumpur warnen. Er ging zur Bibliothek. Die Türen standen weit offen, aber, typisch St. John's, weit und breit war kein einziger Angestellter in Sicht.

Er schaltete den Computer hinter dem Tresen des Bibliothekars ein. Natürlich brauchte man kein Passwort. St. John's war immer noch St. John's. Nicht dass man hier besonders vertrauensselig war. Nein, man hatte es hier eben nicht so mit den Details. Ob es das beste College in den Vereinigten Staaten war? Mitnichten, aber es war gewiss das intellektuell gesündeste.

Er öffnete Outlook Express und loggte sich in deren Server ein. Einer der Codes, die zu benutzen er nie erwartet hatte, lautete »Saure-Gurken-Express«. Es bedeutete, dass das Undenkbare geschehen war, dass die CIA sich gegen die Operation gewandt hatte und alle Beteiligten augenblicklich untertauchen mussten, wo immer sie sich gerade aufhalten mochten.

Wenn sie die Nachricht erhielt, würde sie sofort von der Bildfläche verschwinden, aber sie würde weiterhin ihre Pflicht erledigen. Er schrieb die drei Worte. Dann fügte er an. »Wende dich an B.« Angesichts seiner jüngsten Verluste hatte Bocage mit Sicherheit einen Job für sie. Er würde sie mit Kusshand nehmen.

Er seufzte. Es war anzunehmen, dass er Becky nie wieder sehen würde, dass er nie erfahren würde, in welchen Bahnen ihr Leben verlaufen war. Nun, was soll's, das war eben das Wesen dieses Spiels. Man arbeitete in einem luftleeren Raum. Manchmal hatte man Partner, manchmal arbeitete man allein. Aber er hätte sie lieben können. Ja, diese Frau hätte er lieben können.

Er verschickte die E-mail unter dem Namen der Person, die an diesem Computer arbeitete, und schaltete das Gerät sofort danach aus. Es war sinnlos, die Nachricht elektronisch zu verschlüsseln. Ihre Verschlüsselungsprogramme liefen alle über die CIA. Ihr selbst erdachter Code musste reichen, und er konnte nur hoffen, kein Wort verwendet zu haben, das einen automatischen Echelon-Alarm auslöste.

Er ging hinaus und eilte zum Sportfeld und der dahinter liegenden Bushaltestelle. Dort drüben stand der Baum, unter dem er Connie Bell geküsst hatte. Selbst nach all den Jahren erinnerte er sich noch genau daran, wie lieblich ihre Lippen geschmeckt hatten. Connie war die bezauberndste Frau, die er Zeit seines Lebens kennen gelernt hatte, bis auf den heutigen Tag.

Ihm wurde undeutlich bewusst, dass er weinte. Zumindest waren seine Augen feucht. Was für ein verdammter Idiot er sein konnte. Zum Glück war er allein. Er weinte wegen seiner jäh beendeten Karriere und wegen seines besudelten Rufes, aber in erster Linie weinte er um Connie Bell und seine verlorene Jugend … und um Becky Driver, die er nicht ein einziges Mal geküsst hatte.

Er überquerte das Sportfeld und erreichte die Bushaltestelle. Er würde nach Baltimore fahren und von dort weiter zur Penn Station.

Seine Verfolger würden darauf warten, dass er sein Mobiltelefon, seine Kreditkarte oder einen Geldautomaten benutzte. Niemand würde auf den Straßen nach ihm Ausschau halten, niemand würde versuchen, sich in ihn hineinzuversetzen und seinen Gedankengängen zu folgen, um ihn auf die altmodische Tour zu schnappen.

Er hatte nicht vor, die Vampir-Jagd aufzugeben, bloß weil er keine Unterstützung mehr hatte. Zum Teufel mit der CIA; er würde die Sache alleine durchziehen. Womöglich würde er die Vereinigten Staaten von dieser Plage befreit haben, bevor seine Arbeitgeber ihn aufspürten, wer weiß? Justins Artenschutz-Gefasel! Alles nur dummes Geschwätz! Wenn er die verdammten Dinger ausrottete, bevor sie unter Schutz gestellt wurden – was wollten die Hosenscheißer im Weißen Haus dann tun – sich öffentlich dafür entschuldigen, dass sie etwas so Schreckliches hatten geschehen lassen?

Sie hatten jegliches Gespür für die Situation verloren. Wenn den Vampiren erlaubt wurde zu jagen – wenn ihnen alle möglichen Rechte eingeräumt wurden – o Gott, das wäre das Ende. Binnen eines Jahrzehnts würden sie wieder die Welt beherrschen.

Der Bus kam. Er stieg ein, entrichtete den Fahrpreis und setzte sich. Er lehnte sich zurück und schloss die Augen. »Hättest lieber zuende studieren sollen, du Idiot«, murmelte er leise. Er hätte Philosophie-Professor werden können oder Sprachwissenschaftler. Er hätte ein ruhiges Leben führen können, hätte die Liebe kennen lernen und heiraten können. Aber wenn man eine Kindheit wie er gehabt hatte – nun, dann war man gezeichnet, wurde ein hartherziger Gefühlskrüppel.

Trotzdem, wie hatte er zu dem Menschen werden können, der er heute war? Was hatte ihn dazu getrieben, ein so guter Schütze zu werden, die Kunst des Tötens zu erlernen, ständig am Rand der Gesellschaft zu leben?

Natürlich kannte er die Antwort. Dieses Mysterium hatte er längst gelöst. Als sein Vater spurlos verschwand, hatte sich seine Welt von Grund auf geändert. Sie wurde zu einem Ort, an dem alles geschehen konnte und an dem niemand sicher war. Er war aus einem sehr einfachen Grund derjenige geworden, der er heute war: Er lebte mit einer entsetzlichen inneren Angst, einer Angst, die einfach nicht vergehen wollte.

Was, wenn seine Kinder verschwanden? Oder seine Frau, oder er selbst? Seine Furcht war zu groß, um zu wahrer Liebe fähig zu sein.

Er hatte in seinem Leben mindestens fünfzig Menschen getötet, einige davon mit bloßen Händen. Er hatte Menschen gefoltert, widerwillig zwar, aber methodisch, mit derselben Entschlossenheit, die ihn heute noch antrieb. Er war in der Lage, hinter der augenblicklichen Tragödie den Sinn und Zweck seines Handelns zu erkennen. Er hatte kambodschanischen Kindern Stromdrähte an die Genitalien gehalten, um die Informationen zu bekommen, die Amerikanern das Leben gerettet hatten. Waren die Mütter und Ehefrauen, deren Männer und Söhne unverletzt heimgekehrt waren, der Meinung, er hätte das Falsche getan?

Er wechselte den Bus und fuhr mit dem neuen zum Bahnhof. Er ging zum Zeitungsstand, kaufte einige Magazine und erwarb anschließend eine Fahrkarte für den Metroliner um 16:45.

Es bestand nach wie vor die Möglichkeit, dass der Bahnhof observiert wurde, deswegen ging er auf die Herrentoilette, schloss sich dort ein und las. Männer kamen und gingen, um ihn herum rauschten die Toilettenspülungen. Er las einen Artikel über die Elch-Jagd, danach blätterte er zum Anzeigenteil weiter. Die Wiesen-und-Bach-Sektion erinnerte ihn immer an seinen letzten Jagdausflug mit seinem Vater. Sie waren auf den Chattaminimi-Hügel gestiegen und hatten während des Sonnenaufgangs einen so großen Rehbock gesehen, dass ihm vor Schreck fast das Herz stehen geblieben war. Das war etwa zwei Wochen vor Dads Verschwinden gewesen. Zu dem Zeitpunkt hatte der Vampir ihn bestimmt schon beobachtet. Wahrscheinlich hatte er während des Ausflugs nur wenige Meter neben ihnen gestanden und sein künftiges Opfer ausgekundschaftet. »Was ist das für ein Geruch?«, hatte der junge Paul gefragt. »Fledermäuse«, hatte sein Dad geantwortet. »Weiter oben sind jede Menge Fledermaus-Höhlen.« Es war keine Fledermaus gewesen.

Er wartete bis 16:42, dann verließ er die Herrentoilette und rannte durch die Bahnhofshalle. Dies würde Bewegung unter seinen Beobachtern verursachen, wenn tatsächlich welche auf der Lauer lagen. Er wusste, wie man diese Burschen enttarnte.

Niemand folgte ihm, und um ein Haar hätte er auch noch den verdammten Zug verpasst. Er ging in den Club-Wagen, fand seinen Platz, setzte sich und schlug das nächste Magazin auf, die *Newsweek*. Während er so tat, als würde er lesen, nahm er unauffällig die anderen Passagiere in Augenschein: eine Frau mit zwei jungen Töchtern, einige Geschäftsleute und ein Touristenpaar, vermutlich aus Ost-Europa. Jeder dieser Leute konnte ein Agent sein, der bereits im Zug gesessen hatte. Besonders interessierte ihn die Mutter. Es wäre ziemlich gerissen, so vorzugehen, gerade wenn das Zielobjekt ein Profi war.

Trotzdem, er glaubte nicht, dass sie ihn verfolgten oder sich bereits in seiner unmittelbaren Nähe befanden. Er nahm an, dass es noch eine gute Woche dauern würde, bis sein Gesicht auf Fahndungsplakaten auftauchte. Vermutlich würden sie behaupten, er sei ein Serienmörder oder etwas in der Art. Auf diese Weise würde die Polizei im ganzen Land nach ihm Ausschau halten.

Er sah aus dem Fenster. Dies war sein Amerika, das an ihm vorüberglitt, das Amerika der sanft geschwungenen Hügel, der blitzsauberen Vorstädte und der rostigen alten Fabriken, die sich entlang der Bahngleise aneinander reihten. Er erinnerte sich an eine lange zurückliegende Zeit, als auf der Strecke noch die New York Central-Eisenbahn fuhr und die Waggons noch olivgrün waren. Auf dieser Strecke war er zum ersten Mal nach New York gefahren, wo er mit verquollenen Augen und fünfzehn zusammengeknüllten Dollar in der Hosentasche in der Penn Station ausgestiegen war. Er hatte im Taft Hotel in der Siebenten Avenue gewohnt, zusammen mit drei anderen Burschen vom College.

Bei jener Reise hatte er zum ersten Mal ein wirklich bemerkenswertes Gemälde gesehen, Van Goghs *Sternennacht* im Museum of Modern Art. Ebenso hatte er während dieser Reise seine erste Oper gehört, *Turandot*, die von einer grausamen Prinzessin in einem mondbeschienenen Palast handelte.

Damals war er ein Mensch gewesen – ein junger Mensch, der gerade die Welt entdeckte. Er hatte, frisch wie Morgentau, seinen ersten Drink genommen, seine erste Zigarette geraucht und nachts im Bett an Connie Bell gedacht.

Heute war dieser Paul Ward eine Tötungsmaschine. Er hatte die Fähigkeit verloren, eine Frau lieben zu können.

Er konnte noch Sex haben und tat es, wann immer ihm der Sinn danach stand, entweder mit Prostituierten oder mit einer gelegentlichen Eine-Nacht-Affäre. Aber Liebe? Nein. Dieser Teil seines Herzens war erloschen wie ein verglühter Kohlebrocken.

Es schien nicht so, als wären schon zweieinhalb Stunden vergangen, aber sie rollten tatsächlich in der Penn Station ein.

New York. Die Geschichte würde hier bestimmt nicht enden, denn er beabsichtige, konsequent seinen Weg zu gehen, bis jeder verdammte Vampir im Land erledigt war. Wahrscheinlich hätte er hier anfangen sollen. Aber damals gab es niemanden, der schon einmal einen Vampir zu Gesicht bekommen hatte, deswegen war ihm Tokio wie ein Sechser im Lotto vorgekommen. Schade, dass die Europäer ihre Programme geheim gehalten hatten.

Er stieg als Letzter aus dem Zug und ging alleine über den Bahnsteig. Niemand beachtete ihn. Er durchquerte die Bahnhofshalle. Auch hier beachtete ihn niemand. Er ging die Stufen zum Ausgang an der Achten Avenue hoch.

Taxis schossen vorüber, Menschenmassen schoben sich über die Gehsteige. Er war hundemüde und brauchte einen großen Drink. Mehrere große Drinks. Am liebsten hätte er eine Kneipenschlägerei angezettelt, aber diesen Spaß konnte er sich in seiner gegenwärtigen Lage nicht erlauben. Stattdessen würde er bei der nächsten Gelegenheit mit den Fäusten auf die Wand seines Hotelzimmers einprügeln, nahm er sich vor.

Du hast dein Haus niedergebrannt, Kumpel. Bist einfach aufgesprungen und rausgerannt. Hast du wirklich gewusst, was los war? Vielleicht wollten die beiden Kerle dir einen Orden verleihen.

Er schob die Hände in die Taschen und ging los. Er hatte kein bestimmtes Ziel – Hauptsache fort vom Bahnhof. Er musste sich unbedingt irgendwo ausruhen. Der Flug von Paris nach Washington war beschissen gewesen – ein Mittelplatz, links neben ihm ein pausenlos plärrendes Kind, rechts der Schweiß-König. Nach der Landung gleich nach Langley, wo ihm augenblicklich die Scheiße um die Ohren geflogen war.

Er war so verdammt müde; hatte er sich jemals so erschöpft gefühlt wie heute? Nun, ob müde oder nicht, er war ein von seiner Aufgabe besessener Mann, und diese Besessenheit hielt ihn auf den Beinen. Er war hier, um die Parasiten, die ihm den Vater genommen hatten, vom Antlitz der Erde zu tilgen, und nichts würde ihn davon abhalten. Er trottete die Straße entlang und sah plötzlich, dass er vor dem Madison Square Garden stand. Am Abend spielte Lou Reed. Vielleicht würde ein Konzert seine Laune bessern. Außerdem war es nie verkehrt, in einer Menschenmenge unterzutauchen. Er könnte eventuelle Verfolger abschütteln und sich danach ein Zimmer nehmen. Er ging zum Kartenschalter und fragte nach einem beliebigen Platz irgendwo direkt am Gang.

»Ausverkauft.«

»Wie liegen die Schwarzmarktpreise?«

»Von achthundert aufwärts. Der Typ dort in der schwarzen Jacke hat noch ein paar.«

Scheiß drauf. Die netten Dinge konnte er sich nicht leisten, hatte sie sich nie leisten können. Ein komfortables Leben war durch Geheimdienstarbeit nicht zu finanzieren, schon gar nicht als Feldoffizier. James Bond war nichts als eine grausame Fantasie.

Er beschloss, irgendein verlaustes Hotel zu suchen, das

ihm gegen Bares ein paar Stunden Schlaf verkaufte. Danach würde er mit der Jagd beginnen und die Parasiten in ihren Löchern aufstöbern und sie alle umbringen.

13

Ewige Nacht

Sarah hatte den ganzen verdrießlichen Tag lang auf eine Erklärung gewartet, doch Miriam hatte beharrlich geschwiegen. Sie hatte im letzten Moment beschlossen, doch nicht zum Lou-Reed-Konzert zu gehen; sie sagte, sie wäre zu müde. Aber das war es nicht. Miriam war nie müde. Sarah glaubte zu wissen, was wirklich mit ihrer Herrin los war: Miriam hatte Angst.

Derjenige, vor dem sie Angst hatte, war offenbar extrem gefährlich. Aber wer konnte ihr schon gefährlich werden? Die anderen Hüter mochten nicht viel von ihr halten, aber sie würden ihr niemals etwas antun. Konnte es ein Mensch sein? Das schien unmöglich.

Miriam hatte sich in ihrer Welt verbarrikadiert, saß abgeschottet hinter Mauern aus Geld und Macht. Nur wenige ihrer Bewunderer wussten *wirklich*, wovon sie lebte, und diese Leute konnten sich trotzdem kaum vorstellen, dass es tatsächlich stimmte. Sie zogen es vor, die Aura der Gefahr, die Miriam umgab, als Teil ihres extravaganten Lebensstils zu betrachten – einer berauschenden Mischung aus Sündhaftigkeit, Wildheit und höchster Kultiviertheit. Hätten sie gewusst, dass die geflüsterten Andeutungen tatsächlich der Wahrheit entsprachen, hätten die meisten von ihnen sie an die Polizei verraten. Oder wenigstens redeten sie es sich ein.

Während ihrer beklemmenden, unruhigen Nacht war Sarahs Hunger stetig größer geworden. Miriam hatte ihr nicht die liebevolle Zuwendung gewährt, die Sarah sonst zuteil wurde. Stattdessen hatte sie Leo aufgetragen, sich um Sarah zu kümmern, ihr Aspirin zu holen und eine Opiumpfeife für sie zu bereiten. Seit ihrer Rückkehr aus Frankreich schien Miriam Leos Gesellschaft vorzuziehen, was Sarah sehr beunruhigend fand. Sie mochte Leo nicht. Sie wollte nicht, dass Leo sich in ihr Leben mit Miriam drängte.

Sarah rauchte in der Bibliothek, während Miriam ein altes Hüter-Buch aus dem Regal nahm und darin herumblätterte. Sie schien eine bestimmte Stelle zu suchen, die sich irgendwo auf einer der reich illustrierten Seiten verstecken musste. Sarah war es nicht gelungen, die schrecklich komplizierten Wortgebilde zu entschlüsseln, und als sie darum gebeten hatte, die Sprache beigebracht zu bekommen, hatte Miriam ihr geantwortet: »Deine Spezies ist nicht intelligent genug, um Prime zu lernen.«

In Miriams altertümlichen Büchern fanden sich alle Informationen über die Geschichte der Hüter. Wenn Sarah jemals ihr Buch zu Ende schreiben wollte, musste sie Prime lesen können. Ohne Miriams Hilfe würde sie dazu jedoch die Unterstützung professioneller Linguisten und Hieroglyphen-Experten benötigen.

Miriam trug eine ihrer zahlreichen Perücken, eine blonde Bubikopf-Frisur, die sie noch jünger aussehen ließ. Abgesehen von ihrer Angst war sie wieder ganz sie selbst, schön wie eh und je. Aber man hatte versucht, sie bei lebendigem Leib zu *verbrennen*. Wer sollte so etwas tun? Wenn es die anderen Hüter gewesen waren, bestand eigentlich kein Grund zur Sorge. Hüter jagten einander nicht. Sie stritten und kämpften gelegentlich, aber ihre Auseinandersetzungen endeten niemals tödlich.

Konnte es ein Mensch gewesen sein? Und wenn ja, welche Art Mensch wäre zu etwas Derartigem imstande?

Sarah erwachte im Morgengrauen aus ihrem betäubenden Opiumschlaf. Sie fühlte sich schrecklich, ihr Magen war voller Säure, ihre Glieder schmerzten, ihr Herz raste. Sie kannte diese Symptome nur zu gut: Miriams Blut – diese seltsame Andersartigkeit in ihr – schien sie vor Hunger buchstäblich zu zerfressen.

Die Symptome ähnelten denen einer schweren Virusinfektion, denn ihr Immunsystem bekämpfte den Teil in ihr, der ihren eigenen Organismus angriff. Bald würde sie Fieber bekommen und wenig später ins Delirium fallen. Danach kam der Todesschlaf im Sarg. Sarah brauchte frisches Menschenblut, und zwar sofort.

Sie war überrascht, als sie in der Küche mehr als zwei Stimmen hörte. Es war höchst ungewöhnlich, zu dieser frühen Stunde – es war kurz vor sechs – einen Fremden im Haus zu haben.

Sarah trat in die Küche. Sie sah Miriam und Leo eine abgerissen aussehende alte Frau bewirten, die einen schäbigen Mantel und einen Schal trug und nach Schweiß und Ammoniak stank. Als Ärztin erkannte Sarah sofort, dass die Frau schlecht aß und zu viel trank – genau genommen war sie auch jetzt leicht betrunken –, dass sie unter unbehandeltem Hautkrebs litt und dass der Grund, weshalb ihr rechtes Augenlid schlaff herunterhing, vermutlich ein unerkannter Schlaganfall war.

Unter ihren Füßen spürte Sarah das Rumpeln des großen Heizofens, in dem sie die Überreste ihrer Opfer verbrannten.

Die Frau war etwa sechzig, offensichtlich eine Obdachlose. Sie stopfte sich gierig Leos Rhabarberkuchen in den

Mund. Leo konnte hervorragend backen und köstliches Pfefferhuhn zubereiten. Ihre Ärmel waren hochgerollt. In der Gesäßtasche ihrer Jeans steckten Handschellen.

Sarah war perplex. Leo durfte mitmachen! Leo! Hatte Miriam den Verstand verloren? Derlei Dinge waren Hütern und ihren Blutsgefährten vorbehalten. Leo hatte hierbei nichts zu suchen.

»Hallo«, sagte Leo freundlich. »Ich habe besorgt, was du so dringend brauchst.«

Sarahs Blick wanderte zu Miriam, die an der Spüle lehnte und sie aus ihren kristallenen Augen ansah. »Mach es jetzt gleich«, murmelte sie.

»Noch etwas Milch?«, fragte Leo die Frau.

»Klar doch«, antwortete diese.

»Miri«, sagte Sarah. Sie deutete mit einem Nicken auf Leo. Man speiste nicht vor einem von denen. Auf keinen Fall!

Leo trat hinter die Frau, um, wie diese glaubte, die Milch aus dem Kühlschrank zu holen. Als sie zum Schein die Kühlschranktür öffnete, zog sie eine mit kleinen Eisenkugeln gefüllte Socke aus ihrer Jeans. Sie baute sich hinter der eifrig schmatzenden Obdachlosen auf.

Miriam hatte ihr offenbar genau erklärt, was zu tun war. Miriam ließ einen gewöhnlichen Menschen an diesem schrecklichen Geheimnis teilhaben! Was, wenn Leo sie zu erpressen versuchte und damit drohte, zur Polizei zu gehen? Um dies auszuschließen, gab es nur eine Möglichkeit. Sie musste, wie Sarah, Miriams Leibeigene werden, und dazu brauchte sie Hüter-Blut in ihren Venen.

Die Socke traf den Hinterkopf der Frau. Es war ein schwacher Schlag, nicht von Expertenhand geführt. Die Frau bellte überrascht auf und spuckte Kuchenstücke.

»Nochmal«, sagte Miriam. Sie blieb völlig gelassen.

Die Frau begann aufzuspringen. Leo schlug erneut zu, aber die Frau war schon halb auf den Beinen, und der Schlag war sogar noch wirkungsloser als der Erste. Sie stieß gegen die Tischkante und rief etwas, das wie Russisch klang.

Miriam antwortete mit barscher Stimme, in derselben Sprache. Die Frau schob den Tisch zur Seite und stürmte auf Sarah und die dahinter liegende Tür zu.

»Hinterher, Leo«, sagte Miriam.

Der nächste Schlag traf sie mitten auf den Schädel – er war nicht gut platziert, hatte aber so viel Wucht, dass die Frau wie ein Kartoffelsack umfiel. Ihre Stirn schlug mit einem dumpfen Knall auf dem Kachelboden auf.

»Jetzt«, sagte Miriam, »wird Sarah ihre kleine Lanzette zum Einsatz bringen, nicht wahr, Sarah? Hole sie und zeige Leo, wie man es macht.«

Sarah starrte auf den Körper, auf das langsame Heben und Senken des Brustkorbs, auf das seltsam entspannte Gesicht der Frau.

»Sie liegt in meinem Arbeitszimmer.«

»Dann hole sie. Beeil dich.«

Sie eilte zum Schlafzimmer, durchquerte es und stieg die schmale Treppe zu ihrem winzigen Arbeitszimmer hoch. Ihr Schreibtisch lag voller Papiere, und auf dem Bildschirm ihres Computers leuchtete der Tabellenrahmen eines statistischen Analyse-Programms, mit dem sie seit einiger Zeit arbeitete. Sie war dabei, die Wirkung einer aus Miriams Blut gewonnenen Plasmalösung auf die abgestorbenen Zellen der verblichenen Gefährten ihrer Herrin zu testen. Bislang waren die Resultate unbefriedigend.

Sie wusste, dass sie es nicht sollte, aber sie setzte sich.

Ihr Körper verzehrte sich nach frischem Blut, schrie förmlich danach, aber sie setzte sich trotzdem, gönnte sich einen kurzen Blick auf die Zahlenkolonnen und dachte für einige Augenblicke an das erlösende Mittel, an dem sie arbeitete.

Sie war im Begriff, einen Menschen zu töten, und dieser kurze Augenblick der Selbstbesinnung war tröstlich, denn irgendwo in diesen Zahlenkolonnen und den Zellstrukturen, die sie repräsentierten, verbarg sich ein Weg, den eigenen Körper von Miriams Blut zu reinigen ... vielleicht sogar ein Weg, Miriams Gefährten, die auf dem Dachboden vor sich hinvegetierten, aber nicht starben, wieder zum Leben zu erwecken.

Nach einigen Mausklicks erschien auf dem Bildschirm das Foto von jemandem, der ganz gewiss gestorben war. Miriam hatte ihr ausdrücklich verboten, dieses Foto aufzustellen; sie wollte es nirgendwo im Haus sehen.

Sie starrte es an, betrachtete das lächelnde Gesicht ihres geliebten Tom. Sie und Tom Haver hatten gemeinsam Miriams Geheimnis entdeckt. Es war für sie eine berauschende Zeit im Riverside Hospital gewesen, als sie auf die Tatsache gestoßen waren, dass Miriam zu einer bislang unbekannten intelligenten Spezies gehörte, die neben der Menschheit auf der Erde lebte.

Auf dem Foto lächelte Tom. Es war ihr letzter sorgloser Tag miteinander gewesen. Genau genommen war es der letzte sorglose Tag in Sarah Roberts' Leben überhaupt gewesen.

Hinter ihm erkannte man das Meereskunde-Museum am Pier in der South Street, als es dort noch nicht all die neuen Restaurants und Touristen-Attraktionen gab. Sie waren gerade von einem der alten Segelschiffe heruntergekommen. Es war ein sonniger Herbstnachmittag gewesen. Er hatte eine dunkelblaue Windjacke getragen.

Sie erinnerte sich noch an jedes Detail von ihm, als sie das Foto geschossen hatte, sogar an sein Rasierwasser. Es hatte Jade East geheißen. Sie waren Hand in Hand durch die South Street geschlendert, hatten auf dem Fulton Fischmarkt Austern gekauft, waren nach Hause gegangen und hatten auf ihrer winzigen Wohnungsterrasse die Austern geschlürft. Gott, hatten sie sich geliebt.

Elf Tage später hatte Miriam ihn umgebracht. Sie hatte Tom umgebracht, und nun wohnte seine Seele in Sarahs Herzen. Sie sprach nie von ihm, wagte es kaum, an ihn zu denken, denn manchmal schien es, als könnte Miriam Gedanken lesen. Aber er war ein Teil von ihr, und sie würden sich gewiss im Jenseits wiedersehen, wenn ihre Seele jemals dem Gefängnis ihres Daseins entfliehen konnte.

Mit einigen Mausklicks stellte sie das Foto in die geheime Datei zurück. Miriam setzte sich nie an ihren Computer. Aber irgendwann würde sie es vielleicht doch tun, und sie kannte sich mit Computern bestens aus. Sarah wagte gar nicht daran zu denken, was geschehen würde, wenn Miriam das Foto entdeckte.

Wenn Miriam bewusst wurde, wie ausgeprägt Sarahs innere Rebellion war, würde sie sie zweifellos auf den Dachboden verbannen.

Sie blickte auf die kleine Tür in der Wand. Von dort gelangte man nach oben.

Sie wusste, dass sie ihre Lanzette aus der Schublade nehmen und sofort nach unten gehen sollte, denn sie war ohnehin schon zu lange fort, stattdessen aber starrte sie auf die Tür.

Es tat ihrer Seele gut, hin und wieder auf den Dachboden zu gehen. Obwohl die Gegenwart der Anderen bedrückend war ... und dann war da noch diese Sache mit John Blaylock.

Sie legte die Hand auf die Türklinke und drückte sie herunter. Die dunklen Stufen führten steil nach oben. Sie nahm die ersten, zögerte einen Augenblick, dann ging sie eilig hoch.

Vor ihr lag ein von ovalen Fenstern spärlich erhellter Raum. Seine Weitläufigkeit strahlte beinahe etwas Aristokratisches aus. Der Dachboden verlief über die gesamte Breite des Gebäudes und war somit der größte Raum im Haus.

Fledermäuse tummelten sich auf den Dachbalken, von denen uralte Messinglaternen herunterhingen. Hier oben waren nie Stromleitungen gelegt worden.

Dort standen die Särge, die die unfassbare Selbstsucht und die unerschütterliche Überzeugung ihrer Herrin versinnbildlichten, dass ihre eigenen Rechte mehr als die anderer Lebewesen galten. Und dort drüben stand der graue, noch immer recht neu aussehende Stahlsarg.

Sie trat zu ihm hinüber und hob den Deckel. Dies war der Sarg, in den Miriam sie nach ihrem vermeintlichen Tod gelegt hatte. Sie strich mit den Fingern über das weiße Satin, berührte das kleine Kissen, auf dem ihr Kopf geruht hatte.

Hier hatte sie den Tod kennen gelernt, und hier war sie wieder zum Leben erweckt worden. Dieser Sarg, fand sie, war ihr wirkliches Zuhause. Er war das Zentrum ihrer Realität und ihres Wesens. Und eines Tages würde sie in ihn zurückkehren. Aber sie kam auch so immer wieder hierher, wenn Miriam nach einer Mahlzeit im Tiefschlaf lag oder – wie gerade jetzt – anderweitig beschäftigt war.

Dann pflegte Sarah sich hineinzulegen, den Deckel zu schließen und so lange in der vollkommenen Dunkelheit auszuharren, bis die Luft knapp wurde und sie hinausklettern musste.

Sich in den Sarg zu legen, war eine zutiefst befriedigende Erfahrung. Wenn sie den Deckel schloss, war es, als würde frisches Quellwasser auf ihre brennende, geschundene Seele niederplätschern.

Am liebsten hätte sie sich in diesem Augenblick hineingelegt. Aber sie musste nach unten. Sie musste die Lanzette holen. Ihr Opfer wartete darauf, seines Lebens beraubt zu werden.

Aus tränenschimmernden Augen blickte sie zur gegenüberliegenden Wand, auf den Sarg, den Miriam regelmäßig besuchte. Darin lag John Blaylock. Was Miri nicht wusste, war, dass Sarah den Sarg selbst öffnete … und genau dies beabsichtigte sie nun zu tun.

Sie trat an den Sarg und hob den Deckel. Ein vertrauter, trocken-würziger Geruch stieg auf. Die besonders schmale Leiche trug einen schwarzen Frack mit einem Stehkragen. Der Hals war dünn und das Gesicht aufgrund von Nekrose und zwanzigjähriger Austrocknung völlig eingefallen.

Die Lippen waren zurückgezogen, das Gebiss leicht geöffnet. Die Leiche schnitt eine Grimasse – eine Grimasse, die eine eigenartig lebendige Qualität hatte und es einem schwer machte, das Gesicht lange anzusehen. Denn dies war keine gewöhnliche Leiche. Dies war ein lebender Toter.

Sie berührte die knöchrige Hand des Untoten, dann beugte sie sich in den Sarg und hauchte ihm einen Kuss auf die eingefallene, knochentrockene Wange. »Ich mache

Fortschritte, John«, flüsterte sie. »Es dauert eine Ewigkeit, ich weiß, aber ich komme Schritt für Schritt voran.«

Mit der Langsamkeit eines Stundenzeigers schlossen sich die Finger der Leiche um ihre Hand. Hätte sie zwei oder drei Stunden Zeit gehabt, hätte John Blaylock sie irgendwann mit bemerkenswerter Kraft festgehalten. Seine Finger würden sich wie kalter Stahl anfühlen und seine Nägel sich in ihre Haut bohren, als versuchten sie ihre Venen zu erreichen.

Jetzt aber waren nur winzige Veränderungen zu bemerken – das leichte, von einem knöchrigen Finger ausgelöste Kitzeln auf ihrer Handfläche und das vage Kratzen eines seiner langen, harten Fingernägel auf ihrem Handballen.

Sie ließ ihn los. In seinen Augen glomm ein Feuer. Sie sah es – aber war es wirklich vorhanden? Dann hörte sie die Geräusche – denn die Leiche machte Geräusche, wenn Sarah sie besuchte. John Blaylock regte sich – die ausgetrockneten Muskeln, die tote Haut; alles geriet unmerklich in Bewegung. Aber die Geräusche bestanden nur aus einem leisen Rascheln, kaum lauter als das Flüstern des Windes, doch es war unverkennbar ein lebendiges Geräusch.

Mit ihrer hellen, sanften Stimme sang sie ihm ein Wiegenlied, das jeder von Miriams Artgenossen kannte:

»Schlafe, mein Kind, in Frieden sollst ruh'n,
Im Schoße der dunklen Nacht …«

Dabei beließ sie es. Miriam war sicher nicht erfreut über diese Verzögerung. Aber Sarah hatte nunmal eine Beziehung zu John und den Anderen aufgebaut. Eines Tages würde sie ihnen entweder ein neues Leben oder die Erlösung des wahren Todes schenken. Ja, eines Tages würde sie so weit sein.

Ihre Forschungen waren viel weiter gediehen, als sie Miriam hatte wissen lassen. Tatsächlich verstand sie mehr über das physikalische Wesen der Seele als jeder andere Wissenschaftler auf der Welt. Der Grund dafür war, dass die Wissenschaft die Existenz der Seele leugnete. Aber sie *war* eine Seele gewesen, gefangen in ihrem toten Körper. Deswegen wusste sie, dass es die Seele wirklich gab. Sie hatte entdeckt, dass dieses hochkomplexe elektromagnetische Wesen mit technologischen Mitteln nachzuweisen war, denn es war Teil der physischen Welt, kein abgehobenes, übernatürliches Mysterium. Die Seele bestand aus lebendem Plasma, das sich aus Billionen von Elektronen zusammensetzte, von denen jedes ein etwas anderes Drehmoment besaß, und in jedem dieser verschiedenen Drehmomente fand sich ein winziger Teil des Bewusstseins und des Gedächtnisses dieses unfassbar komplexen Wesens.

Es müssten sich sogar Medikamente für die Seele entwickeln lassen, glaubte sie, denn eine Seele konnte krank werden und furchtbar leiden. O ja, das konnte sie.

Sie eilte über den Dachboden, hinter ihr Johns leiser werdendes Rascheln, das mit einem traurigen Seufzer verklang.

Sie zog die silberne Lanzette aus dem Menschenhaut-Etui und eilte in die Küche.

Sie hatten dem Opfer Handschellen angelegt; die Frau lag auf dem Küchentisch.

»Nimm dir einen Stuhl«, sagte Miriam zu Leo. »Es ist ein ziemliches Spektakel.« Sie warf Sarah einen verärgerten Blick zu, kommentierte deren Trödelei aber nicht.

Als sie den Pulsschlag der Frau prüfte, versuchte Sarah

ihre zitternde Hand still zu halten. Aufgrund ihres ärztlichen Wissens konnte sie genau bestimmen, welche der Halsarterien den besten Blutfluss bot.

»Was ist das für ein Instrument?«

Sarah sah Leo an, die, ihr Kinn auf die Hände gestützt, einen halben Meter entfernt von ihr saß und gefesselt zusah. Sie würde miterleben, wie ein Mensch starb, und das Einzige, was sie vorzubringen hatte, war diese überflüssige Frage. Sarahs Abneigung gegen Leo verwandelte sich in Verachtung. Am liebsten hätte sie *ihr* die Lanzette in den Hals gerammt.

Als sie Leos Frage nicht beantwortete, erklärte Miriam: »Es ist ein altes chirurgisches Instrument, das zum Aderlass verwendet wurde. Das gebogene Ende sticht man in die Vene, und mit der Klinge schlitzt man sie auf. Sehr hübsch.«

»Du benutzt so etwas aber nicht.«

Mit einem trockenen Laut öffnete Miriam den Mund. Leo starrte in die trichterförmige Höhle mit der spitzen, schwarzen Zunge in der Mitte. »Ich brauche keine Lanzette«, sagte sie schmunzelnd.

»Lanzetten wurden von Tierärzten verwendet, wenn sie Pferden Blut entzogen«, sagte Sarah. »Es ist ein grausiges Werkzeug.«

»Aber es sieht wunderschön aus.«

»Ja, weil Sarah ihre Instrumente immer reinigt. Vergiss nicht, sie ist Ärztin.«

»Was empfindest du dabei?«, fragte Leo.

»Was ich dabei *empfinde*?«

»Beeil dich, Sarah«, sagte Miriam schnell.

Ihre Kehle würgte, ihre Augen füllten sich mit Tränen. Aber sie versuchte, den Stolz eines Hüters zu empfinden und das, was sie zum Überleben tun musste, gut zu tun. Sie war schwach, zu sensibel; vielleicht sollte sie es einfach sein lassen und sterben. Aber sie konnte nicht wieder in den Sarg zurück, denn es war unmöglich, sich umzubringen, indem man die Luft anhielt.

»Willst du sie nicht vorher wecken?«, fragte Leo.

Miriam lachte schallend auf. »Sarah mag sie kalt! Sie hat keinen Geschmack!«

Miriam meinte, dass das Blut eines wachen, bewusst leidenden Opfers besser schmeckte. Das Adrenalin verlieh ihm eine besondere Würze.

Sarah stach die Lanzette in die rechte Halsschlagader. Leo kam um den Tisch, um den Saugvorgang aus der Nähe zu beobachten. Sarah errötete vor Scham; ihre Seele wand sich vor Kummer. Aber das heraussickernde Blut – o Gott, es duftete *so verlockend*!

Die Frau auf dem Tisch regte sich, stöhnte trocken.

»Soll ich ihr noch einen Schlag versetzen?«, fragte Leo Miri.

»Bitte«, sagte Sarah.

Leo zögerte, sah Miriam an.

Die Frau regte sich erneut.

»Leo, *bitte*!«

Miriam packte Leos Hand.

Das Opfer schlug die Augen auf. Sarah blickte zu Miriam. »Miri!«

»Leo, rühr dich nicht!«

»Was geht hier vor?«, rief die Frau. Sie versuchte sich aufzusetzen. Sarah drückte sie herunter, stach erneut mit der Lanzette zu und presste die Lippen an den dreckstarrenden Hals. »Oh, *Scheiße*!«, entfuhr es der Frau. Dann brabbelte sie in ihrer Muttersprache weiter, offenbar wüste Flüche ausstoßend. Sie bäumte sich auf, warf sich hin und her, versuchte die Hände freizubekommen.

Sarah presste das letzte Luftmolekül aus ihren Lungen. Sie zog den Bauch ein. Die Frau warf sich hin und her, aber Miriam hielt ihren Kopf fest und befahl Leo, sich auf ihren Brustkorb zu setzen. Die Alte keuchte, versuchte zu schreien.

Sarah begann zu saugen. Die Arterienwand riss auf, und ein Schwall frischen, warmen, salzigen Blutes schoss in Sarahs Kehle. Die Wirkung war tausend Mal stärker als ein Schuss reinsten Heroins. Ihre Haut begann vom Kopf bis zu den Füßen wohlig zu kribbeln. Dann breitete sich in ihr ein Orgasmus aus, durchflutete sie, bis ihr ganzer Körper ein einziger pulsierender Dynamo sexueller Lust war. In weiter Ferne hörte sie, dass Leo gleichzeitig lachte und weinte und dass Miriam ihr besänftigende Worte zuflüsterte.

Sie saugte und saugte, und allmählich verwandelte sich das Keuchen der alten Frau in ein würgendes Gurgeln. Sie saugte weiter, und schließlich blieb das alte Herz stehen. Dann erschlaffte der Körper, und der Blutstrom versiegte.

Sarah trat zurück. Dunkles Blut tropfte auf den Küchentisch.

Leo stand mit weit aufgerissenen Augen am anderen Ende des Raumes, ihr Gesicht war tränenüberströmt. »Komm her«, forderte Miriam sie auf.

Leo schüttelte den Kopf.

Miriam ging zu ihr und packte sie am Handgelenk. »Sieh zu!«

Mit einem einzigen kräftigen Schluck tat Miriam etwas, das kein Mensch tun konnte, ganz gleich, wie gut seine Technik war. Sie saugte der Frau die gesamte Restflüssigkeit aus dem Leib. Die Haut sank an den Schädelknochen zurück, spannte sich und verwandelte sich mit einem Knacken in trockenes Pergament. Die Augäpfel wurden welk, die Kleidung fiel schlaff um den Körper. Dann ließ Miriam von der Frau ab, während das Knorpelgewebe in der Leiche noch knackend zerplatzte und die Muskeln sich zu harten, schmalen Fasersträngen zusammenzogen.

Leo schlug schreiend die Hände vor das Gesicht. Sie fuhr herum und stürmte zur Tür.

Miriam hatte sie sofort eingeholt. Sie packte sie am Kragen und versetzte ihr eine schallende Ohrfeige. »Hab dich nicht so! Du sollst *zusehen*!« Sie funkelte Sarah an, die das köstliche Hochgefühl genoss, das einen nach einer guten Mahlzeit überkam. Ihr schlechtes Gewissen stieß an seine Grenzen. Nun war sie wieder im Einklang mit der Welt. Wie bei einer Süchtigen, die ihren schrecklichen Entzugserscheinungen nachgegeben hatte, breitete sich nach Einnahme der Blut-Droge tiefe Zufriedenheit in ihr aus.

»Sarah«, sagte Miri, »nimm Leo mit nach unten und zeige ihr, wie man eine Leiche richtig verbrennt. Und ich möchte keine Aschereste finden, hörst du?«

»Ja, Miri.«

»Verzeih mir, Miri!«, stammelte Leo. »Ich bin in Panik geraten.« Leo trat zu der Leiche und strich über die straff gespannte Gesichtshaut. »Das ist unglaublich!«

Da Leo sich weigerte, mit anzupacken, musste Sarah die Leiche alleine in den Keller tragen. »Und, wie findest du das alles?«, wollte Sarah von ihr wissen.

»Ich weiß nicht«, sagte Leo unsicher. »Eine Frau musste ihr Leben geben.«

»Richtig. Vielleicht sollte ich mich auch gleich umbringen.«

»Nein, das wollte ich damit nicht sagen. Du hast ein Recht, dies zu tun. Die Natur hat dich zu dem gemacht, was du bist.«

»Miriam Blaylock hat mich zu dem gemacht, was ich heute bin. Und mit dir wird sie dasselbe tun.«

»Miriam Blaylock *ist* die Natur. Und wenn sie mir ihr Blut gibt, wird es das größte Geschenk meines Lebens sein.«

Sie verbrannten die Überreste im Heizofen.

Als sie wieder nach oben gehen wollten, kam Miriam ihnen auf der Treppe entgegen. »Kommt bitte ins Labor.«

Es überraschte Sarah, dass Miriam nach unten kam, besonders weil Miriam völlig nackt war und von ihrem Gesicht alles Make-up entfernt und sogar die Perücke abgenommen hatte. Allmählich wuchs ihr Haar nach; sie hatte bereits einen feinen, blonden Flaum auf dem eigenartig geformten Schädel.

Leo schnappte erschrocken nach Luft. Sarah nahm ihre Hand. »Keine Angst«, sagte sie.

»Aber Miriam ist –«

»Miriam ist kein Mensch, Leo.« Der Anblick von Miriams schlankem, nackten Körper erregte Sarah. Sie liebte dieses Geschöpf, das sie an den intimsten Stellen ihres Körpers küsste und ihn zu den höchsten Gipfeln der Lust emporzutragen vermochte. Ganz gleich, wie sehr Sarah Miriam hasste, sie liebte sie auch, und sie liebte den Umstand, Miriam zu gefallen. »Du bist meine wunderschöne Prinzessin«, pflegte Miriam zu hauchen, während ihre Hand zu Sarahs feuchter Scham hinabglitt und ihre Finger in sie eindrangen. »Du wunderschöner kleiner Engel, du zuckersüßes kleines Ding.«

Leo stieß einen erschrockenen Laut aus, als das groß gewachsene Geschöpf mit den hellroten Augen und den äußerst schmalen Lippen ins Licht trat. Es nahm Leos Hand. Sarah wusste, dass Leo nun endgültig in der Falle saß. Die junge Frau konnte nichts mehr dagegen tun; ganz gleich, wie sehr sie sich wehren würde, nichts, was sie tat, konnte sie noch aus Miriams scheinbar lockerem Griff befreien.

Es entsetzte Sarah, wie schnell Miriam vorging, um dem jungen Ding keine Gelegenheit zum Nachdenken zu geben. Gleichzeitig war sie aber auch fasziniert, denn sie interessierte sich für die wissenschaftlichen Aspekte der Blutübertragung und freute sich über die Gelegenheit, den Prozess unter Laborbedingungen beobachten zu können.

Miriam zog Leo in das erstklassig ausgestattete Labor, das Sarah, die den beiden ergeben folgte, im Kellergeschoss eingerichtet hatte.

Die Wirkung des Blutes machte sie bereits schläfrig. In einer Stunde würde der Schlaf ganz kommen. Sie würde sich ins Bett legen müssen, und Miriam würde ihr, wie es zwischen ihnen üblich war, ein Wiegenlied singen. Der Schlaf würde sie überwältigen, und sie würde sich völlig hilflos in die schützende Obhut ihrer geliebten und gehassten Herrin begeben.

Miriam hatte Sarah gezähmt und nach ihren Vorstellungen geformt. Aber dasselbe hatte Sarah mit Miriam getan. So funktionierte eine Liebesbeziehung zwischen Angehörigen zweier verschiedener Spezies – die Geschöpfe entdeckten das sie universell Verbindende, die Sinnesfreuden und die gemeinsame Sprache ihrer Herzen, und auf diese Weise fanden sie heraus, dass Liebe alle Hindernisse überwinden und allerorten gedeihen konnte.

Das Instrument für die Blutübertragung – ein schwarzer Schlauch mit zwei silbernen Injektionsnadeln und einer

Handpumpe – hing schon an Miriams Arm; eine der dicken Nadeln steckte im Fleisch über ihrer Armbeuge.

Leo starrte sie entgeistert an; ihr fielen fast die Augen aus dem Kopf. Stolpernd folgte sie Miriam in das kleine Behandlungszimmer. Miriam klopfte auf den Untersuchungstisch. Leo setzte sich darauf.

»Hol die Eisbeutel«, sagte Miriam.

»Eisbeutel?«, fragte Leo.

»Bei der Übertragung benutzen wir Eisbeutel zum Kühlen«, erklärte Miriam. »Zieh dich aus.« Sie klatschte in die Hände. »Zack, zack!«

Leo zog ihre Kleider aus. Sie legte sich auf den Tisch, die Arme steif an die Seiten gepresst. Miriam sah sie belustigt an. »Bereite eine Vene vor«, sagte sie zu Sarah.

»Ich mag keine Nadeln«, sagte Leo, während Sarah auf eine Vene klopfte. Wie sehr Sarah sie in diesem Augenblick verachtete, diese verängstigte kleine Kuh mit ihrer triefenden Nase und ihren großen braunen Rehaugen.

Jetzt würde Leo bekommen, was sie wollte. Später würde Sarah sie auf den Dachboden führen, sie dem Rascheln lauschen lassen und ihr zeigen, wer dort alles lag.

»In wenigen Augenblicken wird das Blut deines ewigen Hüters in dich hineinfließen«, sagte Miriam. »Du wirst ein Teil von mir werden und ich ein Teil von dir. Begreifst du das?«

»Ich denke schon«, antwortete Leo mit leiser Stimme.

»Du wirst das ewige Leben bekommen.«

»Miri!«

Miriam warf Sarah einen so wütenden Blick zu, dass dieser vor Schreck die Kinnlade herunterfiel.

»Das ewige Leben! Aber du wirst durch unzerstörbare Fesseln für alle Zeiten an mich gebunden sein. Ich erwarte von dir, dass du mir, ohne zu zögern, in jeder nur denkbaren Weise dienst. Es wird niemals enden. Begreifst du das?«

Leo wandte Sarah ihr tränenüberströmtes Gesicht zu, und Sarah sah den flehenden, aus dem tiefsten Innern dieses armen Menschen kommenden Blick. Eine Seele wurde geraubt, und diese Seele war sich dessen sogar bewusst. Aber Leo sagte nichts.

»Steche die Nadel hinein.«

»Nein«, sagte Sarah. »Nein!«

»Mach schon!«

»Leo, das ist nicht richtig!«

Sie versuchte Leo in die Augen zu schauen, aber Leo wich ihrem Blick aus. Miriam nahm die Nadel und stieß sie in Leos Arm. Leo schrie auf.

Sarah rückte die Nadel zurecht und fixierte sie mit einem Klebestreifen.

»Wir können es gerne lassen, Leo«, sagte Miriam. »Ich habe noch nicht angefangen.«

»Es tut weh!«

»Ich wiederhole noch einmal: Wir können es gerne lassen.«

Leo fing wieder an zu weinen.

Sarah empfand Ehrfurcht vor dem, was sie sah. Sie hatte eine plötzliche, elektrisierende Erkenntnis darüber, was die Hüter waren und was Miriam wirklich war. Die Hüter waren in der Tat eine Naturgewalt, und man mochte Einzelne zwar töten können, aber aussterben würden die Hüter nie. Ganz gleich, wer sie jagte, die Hüter würden auf die eine oder andere Weise immer auf Erden wandeln und versuchen, den Menschen die Seelen zu rauben.

Miriam nahm die Handpumpe in ihre langen, dünnen

Finger und begann, den Kolben herunterzudrücken. Leo bäumte sich laut schreiend auf. Miriam drückte den Kolben noch ein Stück herunter. Leos Arm wurde feuerrot, und sie schwitzte aus allen Poren.

»Wie fühlt es sich an?«, fragte Sarah.

»Als stünde mein Arm in Flammen!«

»Ist dir schummrig, schwindlig?«

»Ich sehe eine altertümliche Stadt!«

Halluzinationen. Interessant.

Sarah fühlte Leos Halsschlagader. Ihr Puls raste. Sie befühlte ihre Stirn. Heiß und trocken. Sie nahm die Eisbeutel und legte sie auf Leos Körper. Leo begann zu zittern.

Miriam drückte den Kolben noch ein Stück herunter, wartete, pumpte weiter. Leos Augen sanken in die Höhlen zurück.

»Langsam«, mahnte Sarah. »Sie wird ohnmächtig.«

Leos Darm entleerte sich.

»Wisch es weg«, zischte Miriam, und Sarah machte sich sofort mit Lappen, Tüchern und einer Schüssel an die Arbeit.

Leo schrie und stöhnte. Sarah musste sie festhalten, damit sie sich nicht die Nadel aus dem Arm riss. Sie wand sich, bäumte sich auf, warf den Kopf hin und her.

Auf ihrer Oberlippe und ihrer Stirn sammelte sich rosafarbener Schweiß. Die Kapillargefäße in ihren oberen Hautschichten platzten.

Sarah maß ihren Blutdruck – 270 zu 140. Pulsrate 130. Körpertemperatur 40 Grad. Sie hatte noch eine halbe Stunde zu leben, noch fünfzehn Minuten bis zur Schädigung des Hirns oder bis zu einem Schlaganfall. Sarah holte neue Eisbeutel, legte ihr einen in den Nacken, einen weiteren zwischen die Beine. Die Temperatur fiel auf 39, 8 Grad.

In den nächsten zehn Minuten pumpte Miriam noch vier Mal Blut in Leos Körper. Leo kam zu sich und schaute aus schmerzerfüllten Augen zu ihnen auf.

»Wie fühlst du dich?«, fragte Sarah.

»Wasser, bitte …«

Miriam zog die Nadel heraus. Sarah reinigte Leos Wunde mit Jod und Alkohol und brachte mit einem kleinen Druckverband die Blutung zum Stillstand. Miriam brauchte sie nicht zu verarzten. Deren Wunde würde innerhalb einer Minute verheilen.

»Woher wusstest du, wann du aufhören musst?«

»Ich sah es an ihrer Haut.«

Hüter konnten beim Menschen praktisch jede Krankheit diagnostizieren, indem sie mit einem Blick den Farbton seiner Haut analysierten. Bemerkenswert.

»Was wäre geschehen, wenn du weitergemacht hättest?«

»Ich hätte mein Blut verschwendet. Sie wäre gestorben.«

Miriam nahm Leo in die Arme und führte sie ohne ein weiteres Wort zu Sarah hinaus. So fremdartig, so nichtmenschlich wie in diesem Augenblick hatte Sarah sie noch nie gesehen. Sie begriff, dass Miriams gesamte Persönlichkeit eine Täuschung war. Wenn man sie so sah, wurde einem bewusst, dass sie Lichtjahre vom Mensch-Sein entfernt war.

Sarah folgte Miriam ins Schlafzimmer. Miriam legte Leo, deren gesamter Körper feuerrot glühte, behutsam auf das große Doppelbett. Inzwischen nagte der Schlaf an Sarah, und auch sie hätte sich gerne auf das hauchzarte Seidenlaken gelegt. Aber Miriam stieg wortlos zu Leo ins Bett und nahm sie zärtlich in die Arme.

Sarah blieb nur das Tagesbett. Während sie langsam den Träumen entgegendämmerte, die sie mit dem Opfer teilte, dessen Leben noch in ihr strömte, hörte sie, wie Miri ihrer neuen Leibeigenen vorsang:

»*Schlafe, mein Kind, in Frieden sollst ruh'n,*
Im Schoße der dunklen Nacht
Zum Schutze der Herrgott wird Englein entsenden
Im Schoße der dunklen Nacht …«

Sarah weinte sich in den Schlaf, aber als dieser sie endlich forttrug, fand sie sich auf einem goldenen, durch wogende Wellen dahingleitenden Segelschiff wieder. Am klarsten blauen Himmel, den sie je gesehen hatte, kreisten weiße Möwen. Sie stoben hinab und flogen zwischen den Segeln des Schiffes hindurch, riefen ihr mit ihren kreischenden Möwenstimmen etwas zu.

Sie wusste, dass diese Vögel Gottes bedingungslose, unauslöschliche Liebe symbolisierten und dass diese Vögel zu ihr und zu Leo und sogar zu Miri sprachen, denn Gottes Liebe galt allen Lebewesen auf der Welt.

14

Das Veils

Sarah erwachte, als die durch die hohen Schlafzimmerfenster einfallenden Sonnenstrahlen die Innenseiten ihrer Augenlider blutrot färbten. Sofort war Leo bei ihr und küsste und umarmte sie. »O Sarah, ich bin so froh, dass du wach bist! Ich habe dich so vermisst!«

»Du – du bist nicht sterbenskrank?« Eigentlich sollte sie in akuter Lebensgefahr schweben.

»Oh, das war ich«, sagte Leo. »Es war *schlimm.*«

»Du hast zwei Tage geschlafen«, sagte Miriam. Sie trat wie ein vom Himmel herabsteigender Engel aus dem Sonnenlicht. Schimmernde weiße Seide umhüllte sie. Ihr fast vollständig nachgewachsenes blondes Haar ergoss sich anmutig über ihre wohlgeformten Schultern. Sie hatte sich zurecht gemacht und sah ganz und gar hinreißend aus. Ihre Augen hatten den üblichen aschgrauen Farbton.

»Wir werden heute Nachmittag spielen«, sagte sie. »Du solltest deine Musikfreunde einladen.«

Sarah nahm Leos Hand. »Leonore, weißt du, was mit dir geschehen ist? Begreifst du das alles überhaupt?«

»Sieh dir meine Haut an!«

Sarah erinnerte sich noch gut an diese wundersame Entdeckung. Frauen lieben reine Haut, mehr als ihnen bewusst ist – bis sie plötzlich etwas an sich entdecken, das sie in ihren kühnsten Träumen nicht für möglich gehalten hätten.

Leo warf den Kopf hin und her. »Und meine Haare!«

Sie waren so schön wie Sarahs, fast so schön wie Miris.

Die Blutübertragung hatte eine hübsche junge Frau in eine atemberaubende Schönheit verwandelt. »Gestern musste ich mich den ganzen Tag übergeben, aber heute geht es mir hervorragend.«

»Wir haben alle Mittel gegen Übelkeit aufgebraucht«, sagte Miriam. »Insgesamt fiel ihr die Umwandlung aber leichter als dir.«

»Und ich fühle mich –« Leo zuckte die Achseln. »Ich fühle mich *fantastisch*!«

Während Sarah duschte und sich die Haare wusch, löcherte Leo sie unentwegt mit allen möglichen Fragen. Wann sollte sie Nahrung zu sich nehmen? Sollten sie gemeinsam auf die Jagd gehen oder wäre das unklug? Und so weiter. Es war grotesk.

»Leo«, sagte sie, als sie sich ankleidete. »Normalerweise führe ich diese Gespräche in meinem Arbeitszimmer.«

Dies war eine Lüge, und Leo wusste es. Aber sie verstand und ließ Sarah endlich in Ruhe.

Als Sarah einige Zeit später nach unten kam, saß Leo in der Bibliothek im Schneidersitz auf dem Fußboden und sah sich eines der Hüter-Bücher an, die sie bisher nicht einmal hatte anfassen dürfen. Sie warf das uralte Werk zur Seite, sprang freudestrahlend auf und begann erneut, Sarah mit allen möglichen Fragen über ihren neuen Zustand zu löchern.

Sarah hob das Buch auf und stellte es ins Regal zurück. »Diese Bücher sind sehr empfindlich«, sagte sie.

»Yeah, sie sind auf Ägyptisch! Stammen sie aus Ägypten?«

»Das ist kein Ägyptisch. Das ist Prime, die Sprache der Hüter. Das Buch, das du dir angesehen hast, ist dreißigtausend Jahre alt. Es besteht vollständig aus gegerbter Menschenhaut und enthält die am besten illustrierte medizinische Abhandlung, die es auf dem Planeten gibt. Wenn man seinen Wert in Zahlen ausdrücken wollte, wäre es schlichtweg das kostbarste Artefakt der Welt.«

Leo starrte sie überrascht an. Aber dann warf sie ihre Mähne zurück und fragte: »Was sind die ersten Anzeichen des Hungers?«

»Es wird einem kalt. Die Hauttemperatur sinkt. Dann verliert man seine Energie, wird träge. So fängt es an.«

»Soll ich mir eine eigene Lanzette besorgen?«

Sie klang wie eine Braut, die ihre Hochzeit plante, oder wie eine Schwangere, die über die Kinderzimmer-Einrichtung nachdachte.

»Benutze einen Angelhaken.«

»Einen *Angelhaken*?«

»Ja. Ich habe auch jahrelang einen Angelhaken benutzt. Die Lanzette gehörte meinem Vorgänger. Miriam hat sie mir erst vor kurzem geschenkt.«

»Deinem ... was meinst du mit ›Vorgänger‹?«

»Oh, Miri hat es dir nicht erzählt? Wir leben etwa zweihundert Jahre. Das heißt, wenn wir keinen Unfall haben.«

»Wir sterben?«

»Oh, nein. Das können wir nicht. Wir enden auf dem Dachboden.« Sie lächelte. »Wie alte Kleider.«

Leo blickte zur Treppe.

»Miri hat dir nichts erzählt?«

»Nein.«

Sie nahm Leos Hand und führte sie nach oben.

Miriam stand am oberen Treppenabsatz. »Ich dachte, du wolltest ein paar Dinge erledigen, Sarah?«

»Ein paar Dinge erledigen?«

»Zum Beispiel Blumen bestellen, für unsere Gäste.«

»Ich – ja. Ist schon erledigt.«

»Miri, sterben wir?«

»Nein, ihr sterbt nicht.«

»Aber sie sagte –«

»Was auf dem Dachboden steht, geht dich nichts an. Ebenso wenig meine Bücher. Du fasst die Sachen eines Hüters niemals ohne *meine* Erlaubnis an, verstanden?«

»Ich dachte –«

»Du dachtest, bloß weil jetzt mein Blut in deinen Adern fließt, kannst du dir in meinem Haus alles erlauben? Falsch gedacht. Geht runter und bereitet alles für unsere Gäste vor. Und, Sarah?«

»Ja, Miri?«

»Pass auf. Pass gut auf.«

Während Sarah das Blumengesteck arrangierte, das beim Musizieren auf dem Piano stehen sollte, faselte Leo davon, welche Leute sie auf ihre ›Speisekarte‹ setzen würde.

Nach einer Weile herrschte Sarah sie an: »Du bist zu einem Massenmörder geworden.«

Leo verstummte.

»Zumindest wirst du einer werden. In den Jahrhunderten, die vor dir liegen, wirst du tausende Menschen töten. Männer, Frauen, Kinder. Jeder dieser Menschen hat das Recht zu leben, und du wirst ihnen dieses Recht rauben – wirst ihnen das Leben rauben –, weil du ein gieriges, selbstsüchtiges kleines Monster bist!«

»*Sa-rah*!«

»Du bist nicht mehr wert als die Warzen an ihren Fingern! Keinen Deut! Aber deine Arroganz verleitet dich zu der Annahme, dass du nun das naturgegebene Recht hättest, Menschen zu töten! Wenn jemand dieses Recht hat, dann vielleicht Miriam! Du ganz gewiss nicht.«

»Dann hast du dieses Recht auch nicht!«

»Mir wurde das angetan. Ich habe nicht darum gebeten. Du schon, Leo. Du wusstest, was es bedeutet, und doch hast du es dir sehnlichst gewünscht!«

Miriam kam dazu. »Miri«, jammerte Leo, »sie …«

»Ich habe es gehört«, fauchte Miriam. Sie sah von einer Frau zur anderen. »Zwei Kanarienvögel im selben Käfig«, sagte sie. »Ihr solltet lernen, miteinander auszukommen, denn ich werde euch nicht aus dem Käfig herauslassen. Ich habe großen Ärger und brauche euch beide. Verdammt, ich bräuchte zehn von euch! Fünfzig! Aber was ich nicht brauche ist irgendwelches Herumgezanke. Ihr werdet als Team zusammenarbeiten, oder ihr werdet beide die Konsequenzen tragen.« Sie sah Sarah an. »Schlimme Konsequenzen.« Sie blickte auf das Blumengesteck. »Hübsch«, sagte sie. Dann, zu Leo gewandt: »Du stehst nicht auf einer Stufe mit ihr. Du wirst von ihr lernen und ihre Ratschläge befolgen und auch, während meiner Abwesenheit, ihren Befehlen gehorchen. Verstanden?«

»Ja, Miri.«

»Für dich heiße ich Miriam, Kind.« Dann ging sie.

»Das war deutlich«, sagte Leo.

Sarah nahm die Violas da Gamba aus den Instrumentenkoffern und stellte zusammen mit Leo die Stühle auf. In den New Yorker Musikerkreisen wusste man von Miriams erstaunlichem Talent. Doch die meisten Leute hatten von ihrer Meisterschaft nur gehört, waren nie in den privilegierten Genuss gekommen, ihrem Spiel lauschen zu dürfen, denn Miriam gab keine öffentlichen Konzerte. Genau genommen trat sie nie auf. Soweit es sie betraf, galt die heutige Aufführung allein ihrem persönlichen Vergnügen.

Leo empfing die ausgewählten Gäste und beobachtete,

ob ihnen ihre Verwandlung auffiel. Ja, sie fiel ihnen auf – vor allem den Frauen, die bei Dingen wie schönen Händen oder einem glatten Hals immer aufmerksamer waren als Männer.

In den Wochen vor Miriams Abreise nach Thailand hatten Sarah und ihre Herrin LeSieur de Malchys ›Fünfte Suite für Zwei Violas da Gambas‹ einstudiert.

Sarah und Miriam begrüßten Maria Sturdevandt. Sie würde am Abend in der Metropolitan Opera die Madame Butterfly singen. Neben ihr stand ihr Kollege Charlie Gorman. Bootsie Ferguson, die Frau des Direktors von Goldman und Sachs, war ebenfalls gekommen.

Miriam konnte die meisten Instrumente spielen, sobald sie sie in die Hand nahm, auf dem Klavier, der Viola und der Flöte aber hatte sie wirklich geübt, und diese Intrumente beherrschte sie wahrhaft meisterlich. Bevor sie Miriam kennen gelernt hatte, hatte Sarah sich nicht viel aus klassischer Musik gemacht. Heute war ihre Viola eine der großen Leidenschaften in ihrem Leben.

Während sie spielte, wanderte ihr Blick durch die kleine, erlesene Zuhörerschaft. Sie beobachtete Falstaff Rosenkrantz, den Herausgeber des *Vanity Fair;* er suchte in seinen Taschen nach etwas, das sich als ein Fettstift für die Lippen herausstellte. Seine mächtigen Schultern und die schmale Taille ließen auf saugtaugliche Venen schließen. Sie überlegte, wie er schmecken mochte. Vermutlich nach salzigem Wein.

Sie sah, wie elegant Miriams lange, wohlgeformte Hände den Bogen führten und gab sich alle Mühe, ihren eigenen Part mit ähnlicher Meisterschaft vorzutragen.

Sarah fühlte sich wegen der toten Obdachlosen und wegen Leo schlecht, und Miriam war wegen ihrer Krise ein wenig abgelenkt, doch den Mienen der Zuhörer nach zu urteilen fühlten sich die Leute, als wären sie Zeugen einer meisterhaften Darbietung. Auf die einführende, tänzerische Allemande folgten im Hauptteil die Sarabande und abschließend das feinfühlige, mehrere Minuten dauernde Menuett. Sie saßen Seite an Seite, Miriam in einem luftigen Sommerkleid aus hellblauer Seide, Sarah in Jeans und schwarzem Rollkragenpullover.

Auf dem Piano stand ein offener Rotwein, ein fast hundert Jahre alter Latour. Daneben standen edle Kristallgläser und eine zweite, gleich aussehende Flasche. Des Weiteren stand in der zur Hälfte mit Eis gefüllten Kristallkaraffe auf dem Beistelltisch ein Weißwein, an dessen exquisitem Farbton – hell schimmerndes Gold – zu erkennen war, dass es sich ebenfalls um einen äußerst wohlmundenden und besonders kostspieligen Jahrgang handelte. Genau gesagt erlangte der eiskalte, süße Yquem in seinem vierzigsten Jahr gerade seine volle Reife. Wenn Gäste an diesen Weinen nippten, schlossen sie jedesmal versonnen die Augen.

Das Mobiliar war ebenfalls von erlesener Qualität. Die Stühle, auf denen die Gäste saßen, stammten aus dem Klassizismus, zumindest einige. Dabei muss erwähnt werden, dass die Entwürfe dieser Epoche klassischen Modellen der Antike nachempfunden worden waren, und einige der anderen Stühle waren in der Tat Originale, die Miriam seit Jahrtausenden von einem Wohnort zum Nächsten transportieren ließ. Das Holz, das von Sarah und davor von ihren Vorgängern – mit größter Sorgfalt poliert wurde, sah aus wie an dem Tag, als es in den längst gerodeten Wäldern Griechenlands, Italiens und der Levante geschlagen worden war.

Miriam erinnerte sich so gut an die erste Aufführung dieses Stücks, weil es aus einem großen Schmerz heraus komponiert worden war, und auch heute war eine Zeit des Schmerzes.

LeSieur de Malchy hatte sich in Lamia verliebt, und Lamia hatte Spaß daran gefunden, ihn zu ermutigen, ihre Alabaster-Lippen zu küssen und sich in ihre stolzen, lachenden Augen fallen zu lassen. Sie hatte ihn verzaubert und der Affäre dann ein jähes Ende bereitet, um ihn in seinem Schmerz seiner Musik zu überlassen. Sie wollte keinen Mann. Sie wollte eine Komposition.

Aus diesem Schmerz heraus war ein Musikstück entstanden, bei dem die uralten Herzen der Hüter dahinschmolzen. Unter den Menschen hatte es keine große Popularität erlangt, aber wenn Hüter miteinander musizieren wollten, fiel ihre Wahl unweigerlich auf LeSieur.

Die Instrumente, auf denen Miriam und Sarah spielten, hatten LeSieur gehört und waren eigens für ihn von dem Londoner Barak Norman gebaut worden.

Während sie spielte, sah Miriam LeSieur und ihre Mutter vor sich sitzen und das Stück aufführen.

Es war in einem kleinen, von Kerzenrauch vernebelten Raum gewesen, dessen goldbeschichtete Wände mit wunderschön gemalten Szenen von Waldspaziergängen bedeckt waren. Die Musik hatte, daran erinnerte Miriam sich deutlich, in perfekter Weise die leidenschaftliche Liebe des Mannes eingefangen, die er für die neben ihm sitzende Frau mit der voluminösen Perücke empfand.

Miriam war die einzige Zuschauerin gewesen, so wie sie immer Zuschauerin eines jeden Augenblicks im Leben ihrer über alles geliebten Mutter gewesen war. So wie ihr Sarah heute diente, hatte sie damals Lamia gedient.

Die Musik endete. Es gab keinen Applaus. Ihre Freunde

hatten vor langer Zeit gelernt, dass derartige Beifallsbekundungen nicht erwünscht waren. Sie schenkte sich etwas Wein ein. Wein war der am wenigsten aufbereitete Alkohol, den zu sich zu nehmen sie sich erlauben durfte. Aber die im Wein eingefangene Seele der Traube bereitete ihrem Geist ein derartiges Vergnügen, dass sie über all die Jahre hinweg zu einer Weinsammlerin geworden war. Im Alten Rom hatte sie Falernian getrunken, denn sie war auf intimste Weise mit den alten Kaisern verbandelt gewesen.

Die meisten dieser Männer waren nicht, wie es in den Geschichtsbüchern hieß, durch simple Mordanschläge ums Leben gekommen, sondern weil sie als vestalische Opfergaben hatten dienen müssen. Im Verborgenen war Rom von einem geheimen Religionszirkel beherrscht worden. Die Kaiser waren nur Herrscher auf Zeit, zum Staatsdienst auserkoren, bis die Priesterschaft der Vesta bestimmte, dass ihre Zeit abgelaufen war. Die Kaiser erfuhren von dieser Bedingung erst, nachdem sie in Amt und Würden waren. Deswegen war es kaum verwunderlich, dass so viele von ihnen vor Angst verrückt geworden waren.

Einige wurden erwürgt oder stranguliert, oder ihnen wurde die Kehle durchgeschnitten, andere wurden in gewisse düstere Villen bestellt, deren Bewohner in einer wie Donnerhall klingenden Sprache redeten. Die Vesta war ein Geheimbund, der aus Hütern bestand.

Sie stellte das Glas ab und verließ den Raum, ohne sich bei ihren Gästen zu entschuldigen. Dieses Stadthaus wurde nach altertümlichen Prinzipien geführt. Es war ein besonders exklusiver Ort, stand aber, wie ein altertümlicher Palast, Miriams erlauchtem Freundeskreis zu jeder Zeit offen.

Was immer hier geschah, sie durften herkommen und

zuschauen … oder zumindest sollte es diesen Anschein haben. Und die Leute kamen und betrachteten es als größtes Privileg, bei scheinbar privaten Tätigkeiten zuschauen zu dürfen – wie Miriam beim Ankleiden oder Miriam beim Sex …

Dies war der Lebensstil der historischen Aristokraten. Ihr Privatleben bestand darin, sich mit ihrer Gefolgschaft zu umgeben, und Miriam konnte sich keinen anderen Lebensstil vorstellen.

Oder zumindest schien es so. Miriams Leben war natürlich wesentlich vielschichtiger als es schien. Es gab Geheimnisse in den Geheimnissen. Denn wie Sarah und nun auch Leo wussten, diente dieses prachtvolle Stadthaus auch als Schauplatz grausiger Morde, bei denen das Blut unschuldiger Menschen hinuntergespült wurde wie billiger Champagner.

Paul schob eine Kakerlake mit dem Zeh an den Rand der Duschkabine, als ihm an seinen Füßen etwas Eigenartiges auffiel.

Er trat aus der Dusche und betrachtete seine Füße genauer.

Es war das Vampirblut, das seine Haut so hell und geschmeidig hatte werden lassen. In dem unterirdischen Labyrinth in Paris hatte er das Zeug in den Schuhen gehabt. Er rieb seine Schulter. Hatte das Blut auch sie schneller verheilen lassen als sonst?

Er stellte sich wieder unter die Dusche und wusch sich mit der billigen Seife, die es in dem billigen Hotelzimmer gab. Er stand unter dem herunterprasselnden Wasser und sah zu, wie der Dreck im Abfluss verschwand.

Er kam sich vor, als würde er unter dieser wackeligen Dusche seine ganze Vergangenheit von sich abwaschen. Seine Loyalität zur Agentur verschwand im Abfluss. Seine Erwartungen an die Zukunft – ein ruhmvolles Karriereende, ein ehrenvoller Ruhestand – verschwanden im Abfluss. Er war ein Priester des Todes, und jegliche Hoffnung auf einen friedvollen Lebensabend verschwand ebenfalls im Abfluss. Freud hatte gesagt, dass alle Männer dieselben Dinge wollen: Respekt, Ruhm, Reichtum, Macht und die Liebe der Frauen.

Nun, das alles hatte er verloren, oder? Außer vielleicht die Liebe einer Frau. Aber welche Frau wollte schon mit einem ausgebrannten Kerl zusammenleben, der ihr nicht einmal erzählen konnte, warum er so war, wie er war.

Becky war die einzige Frau, mit der er wirklich reden konnte, aber dies war ihm zu spät klar geworden. Wahrscheinlich hatte sie für ihn ohnehin nicht mehr als ein bisschen Mitleid empfunden. Frauen verliebten sich nicht in ihn. Seine Theorie war, dass sie seine Gewalttätigkeit spürten. Er machte ihnen Angst. Oder es lag an den vielen Reisen und seinem permanenten Zeitmangel.

Er hatte sein Sexleben fast mit klinischem Kalkül geführt, Huren wie Spielzeug benutzt ... oder wie Maschinen. Bald würde er sich selbst das nicht mehr leisten können.

Er lag auf dem Bett und dachte über seine unmittelbare Zukunft nach. Er besaß noch achttausend Dollar. Das würde einige Monate reichen. Aber so lange würde er ohnehin nicht hier bleiben.

Er nahm seine zerblätterte *New York bei Nacht*-Ausgabe, suchte die Namen verschiedener Nachtclubs heraus und fragte bei der Auskunft nach den Telefonnummern. Die

New Yorker Gothik-Clubszene unterlag einem ständigen Wandel, und was vor sechs Monaten noch der letzte Schrei gewesen war, konnte heute völlig in Vergessenheit geraten sein. Keiner der aufgelisteten Clubs verfügte über eine Telefonnummer. Wahrscheinlich existierten sie nicht mehr und hatten längst einen neuen Namen und ein neues Konzept.

Vielleicht sollte er einfach nach Soho fahren und ein bisschen herumlaufen. Er käme an den dichtgemachten Clubs vorbei. Wer weiß, was er vorfinden würde?

Andererseits war diese Herangehensweise vermutlich volkommener Schwachsinn, lediglich eine Ausrede für eine Kneipentour. Denn eigentlich wollte er sich nur besaufen, danach eine Hure aufgabeln und sich einen blasen lassen. Zumindest wäre dies ein versöhnlicher Abschluss einiger wirklich mieser Tage. Als er in New York angekommen war, hatte er fast halluziniert vor Schlafmangel und der geistigen Erschöpfung, die eintrat, nachdem man Vampire umgebracht hatte. Außerdem war er auf der Flucht. Er hatte sich hier eingebunkert und bei einem Sandwichladen telefonisch Essen und Zeitungen bestellt. Das Zimmer hatte keinen Fernseher, deswegen schlief er lange. Etwas Gutes hatte es jedenfalls: seiner Schulter ging es viel besser. Sie schmerzte zwar noch, aber zum Teufel damit, eigentlich hätte er noch im Krankenhaus liegen müssen.

Er musste sich eine Waffe besorgen. Schade, dass er sich keine dieser französischen Superknarren besorgen konnte. Was für eine *Feuerkraft* diese Dinger besaßen. Unglaublich. Nun, er musste sich eben mit einer guten alten 357er begnügen. Sie hatte ihm in Asien gute Dienste erwiesen und würde es auch hier tun. Man ging nahe heran und zielte auf den Kopf. Es war effektiv. Ein, zwei Kugeln verwandelten ein Vampirhirn in klumpige Fleischsoße.

Das Problem war: Wo besorgte man sich in Nueva York eine Waffe, ohne automatisch an einen Denunzianten zu geraten? Leute im illegalen Waffenhandel verdienten ihr Geld auf zweierlei Weise – von ihren Kunden und von den Cops, an die sie sie verrieten. Ihre echten Kunden verpfiffen sie natürlich nicht, aber irgendeinen dahergelaufenen Kerl würden sie mit Sicherheit ans Messer liefern. Innerhalb von zehn Minuten würde seine komplette Beschreibung auf dem nächsten Polizeirevier landen. Verhaftungen wegen illegalen Waffenbesitzes waren in dieser Stadt gang und gäbe. Machte sich gut in der Personalakte.

Ein Schritt nach dem anderen. Als Erstes musste er die Vampire lokalisieren. Da es mit der Clubszene nicht funktionierte, musste er es mit den Vermisstenfällen versuchen und schauen, ob sich darin ein Muster fand. Was ihn jedoch wenig zuversichtlich stimmte war der Umstand, dass in dieser Stadt ganze Heerscharen von Leuten einfach verschwanden. Es war nicht wie in Peking, Singapur oder Tokio, wo ein Vermisster eine heiße Zeitungsmeldung war. Im guten alten New York schafften es die meisten Vermissten nicht einmal auf die letzte Seite. Gut, dann musste er es eben doch mit den Clubs versuchen.

Sie waren auf dem Weg ins Veils, fuhren im Bentley auf der 57. Straße in Richtung Fifth Avenue. Miriam und Sarah saßen nebeneinander. Leo saß ihnen gegenüber auf dem schmalen Extra-Platz.

»Gut möglich, dass sich heute Abend ein Mann nach Ellen Wunderling erkundigt. Es wird Zeit, dass er uns findet. Ich möchte informiert werden, sobald er nach ihr fragt.«

Sarah spürte einen Stich in der Magengrube.

»Wer ist Ellen Wunderling?«, fragte Leo.

»Sie war eine der kleinen Torheiten meiner süßen Prinzessin hier«, sagte Miriam und gab Sarah einen neckischen Kuss auf die Wange.

Bis Paris war Ellen Wunderling Sarahs schlimmster Fehler gewesen.Weshalb aber sollte jemand noch in diesem Fall ermitteln? Die Polizei hatte ihn abgeschlossen.

Sarah war kein Hüter. Sie konnte nicht aus dem Gefängnis ausbrechen. Wenn sie in eine Zelle gesperrt wurde, würde sie dort elendig verhungern. Was würde mit jemandem wie ihr geschehen, wenn sie auf dem Gefängnisfriedhof lag?

»Welcher Mann?«, fragte sie beiläufig, da sie befürchtete, dass Miriam nichts weiter sagen würde. Seit Paris schien Miriam einen Großteil des Vertrauens zu ihr verloren zu haben.

Miriam öffnete das Sonnenverdeck des Wagens. Sie waren nun auf der Fifth Avenue. Auf der einen Seite des Bentley zogen die Türme der St. Patricks Kathedrale vorüber, auf der anderen das Rockefeller Center.

Sarah schmiegte sich an sie. »Miri, es tut mir so Leid, was ich mit ihr getan habe!«

»Fang nicht wieder an, dich zu entschuldigen. Die Sache ist erledigt. Außerdem nutzt sie uns, wie sich nun zeigt.« Sie strich Sarah über den Kopf. »Die gute Ellen ist unser Lockvogel, Kleines.« Sie lächelte listig.

Sarah verstand nicht, was sie meinte. Sie wusste aber, dass jede weitere Frage unklug wäre.

»Ich hoffe, dass Rudi schon da ist«, sagte Leo. »Ich habe heute Abend alle möglichen Sachen vor! Ich will herausfinden, wie es sich anfühlt. Fühlt es sich anders an, Sarah?«

»Keine Abstürze, kein Kater am nächsten Morgen«, sagte Sarah. Sie bedachte Leo mit einem falschen Lächeln. »Aber die einzige Droge, die wirklich zählt –« Sie blickte auf den Knopf der Sprechanlage. Sie war ausgeschaltet. »Die einzige Droge, die wirklich zählt, ist Blut.«

»Du bist hungrig, Liebes«, sagte Miriam zu Leo. »Du weißt es bloß noch nicht. Wir werden dir ein Opfer finden müssen.«

Leo küsste Miriams Hals. »Gib mir mehr von deinem Blut. Ich möchte noch mehr sein wie du.«

»Mehr ist nicht möglich. Mehr kann ich nicht für dich tun.«

»Du bist dumm, Leo«, sagte Sarah.

Ein Lächeln huschte über Miriams Lippen. »Zwanzig Jahre aufrichtiger Liebe, und trotzdem hast du nicht mehr Loyalität zu bieten.«

Sarah erwiderte das Lächeln. »›Wessen Haus ich auch betrete, ich tue es allein zum Wohle der Kranken und werde meinen Patienten niemals wissentlich Schaden zufügen.‹ Ich verletzte den Eid des Hippokrates durch das bloße Wesen meiner Existenz.«

»Zieh dich aus«, sagte Miriam.

»*Was?*«

Sie fuhren die 34. Straße entlang. Das Empire State Building zog vorüber, sichtbar durch das offene Verdeck.

»Tu es.«

Sarah wollte sich nicht ausziehen, nicht hier, nicht vor Leo.

»Ich helfe dir«, sagte Leo.

»Sarah.« Ein warnender Unterton lag in Miriams Stimme.

Nach einigen Verrenkungen war Sarah nackt. Sie spürte, dass sie rot wurde. Sie legte einen Arm über ihre Brüste.

Miriam schob den Arm fort, nahm eine ihrer Brustwarzen zwischen die Finger und kniff zu. Zuerst versuchte Sarah, sich den Schmerz nicht anmerken zu lassen, aber schließlich musste sie schreien; sie konnte nicht anders, es tat zu weh.

Leos Blick wanderte nervös zwischen Sarahs schmerzverzerrtem Gesicht und Miriams gleichmütiger Miene hin und her. »Warum tust du ihr weh?«

Miriam schaltete die Sprechanlage ein. »Luis, fahr uns ein bisschen herum. 14. Straße, den Broadway hinunter. Gib uns eine halbe Stunde.« Sie ließ Sarah los, die sich sofort an die schmerzgepeinigte Brust fasste.

Miriam nahm Sarahs Gesicht in die Hände und sah ihr tief in die Augen. Dann küsste sie sie und presste ihre Zunge gegen Sarahs Lippen, bis diese den Mund öffnete.

Sarah war, ganz gleich, wie oft sie sich küssten, jedesmal aufs Neue von dem Gefühl schockiert, das die scharfen Zähne und die raue Tigerzunge in ihr auslösten. Miriams Mund hatte einen schwach säuerlichen und fleischigen Geschmack, widerlich und köstlich zugleich. Nach einigen Augenblicken ließ Miriam von ihr ab, spreizte Sarahs Beine und glitt zu Boden.

Sarah hätte nicht verblüffter sein können. Sie sah zu Leo hinüber und brachte kopfschüttelnd ihre Verwirrung zum Ausdruck.

Während Manhattan an ihnen vorüberglitt und auf dem Broadway die Menschenmassen an den Auslagen der Geschäfte entlang paradierten, grub Miriam das Gesicht tief in Sarahs Schoß.

O mein Gott! *Mein Gott*! Sarah presste ihren Unterleib an Miris Gesicht, führte mit den Händen ihren Kopf, um Miris Mund noch fester an sich zu drücken.

Miriam wusste, wie man die brüchig gewordene Loyalität eines rebellischen Sklaven zurückgewann; sie hatte es im Laufe der Äonen tausende Male getan. Sie stieß ihre Zunge tief in Sarahs Vagina. Das mächtige Organ dehnte die Haut so stark, bis sie gespannt war wie das Schlagfell einer Trommel. Wenn sie Widerstand spürte, drückte Miriam stärker. Sarah wand sich. Miriam bewegte den Kopf vor und zurück, langsam und pumpend. Sarah hielt mit zitternden Händen Miriams Schläfen, starrte zu ihr hinunter, lachend und weinend zugleich, dann warf sie den Kopf zurück und verzog das Gesicht, als eine Serie explosiver Höhepunkte ihren Körper erbeben ließen. Als sie aufhörten, zog Miriam ihre Zunge heraus und ließ deren raue Oberfläche über Sarahs Klitoris gleiten. Als sie sich aufsetzte, schlang Sarah die Arme um sie, bedeckte ihr Gesicht und ihren Hals mit Küssen, sank auf den Boden der Limousine und küsste ihre Hände und Füße.

Sarah lag Miriam zu Füßen, ihr Gesicht auf deren Schoß, und weinte leise. *Na also*, dachte Miriam, *auf die Kleine ist wieder Verlass.*

»Hey«, sagte Luis über die Sprechanlage, »ihr macht mich hier vorne ganz verrückt. Ich komme gleich in meine Hose.«

»Leonore wird es dir im Club machen«, sagte Miriam zu ihm und zündete sich unterdessen eine Zigarette an. Sie zog Sarah auf die Sitzbank hoch und legte den Kopf an ihre Schulter. »Bist du wieder mein Mädchen?«, fragte sie zärtlich.

»Ja.«

Sie sah Leo an. »Bist du scharf?«

»Allerdings.«

»Hebe es dir für Luis auf.«

»Ich möchte nicht mit Luis schlafen.«

»Ich erwarte, dass er mir berichtet, wie gut du warst. Außerdem wirst du heute Abend speisen, also was willst du mehr?«

»Einen Mann wie meinen Vater«, flüsterte Leo kaum hörbar.

»Ah. Und wie war dein Vater?«

»Mächtig.«

Miriam lächelte leicht, ein klein wenig ihre Lippen öffnend.

»Wenn du so schaust«, sagte Sarah, »siehst du aus, als wärst du gleichzeitig zehn und zehntausend Jahre alt.«

Miriam brach in lautes Gelächter aus. »Das ist einer meiner *schönsten* Blicke!« Ihr Lachen klang rau und grell, und Sarah war froh, als es endete. »Steh auf«, sagte Miriam plötzlich. Sie hatten das Sonnenverdeck noch nicht geschlossen.

»Ich bin splitternackt!«

Miriam warf ihr aus dem Augenwinkel einen vertrauten Blick zu. Sarah stand sofort auf.

Gut. Sie denkt nicht nach, sie gehorcht, dachte Miriam. *Endlich ist sie zurückgekehrt*.

Der Fahrtwind blies ihr ins Gesicht, ließ ihre Haare flattern. Sie fuhren die Houston Street entlang, in Richtung Hudson River. Auf beiden Straßenseiten begannen die Leute zu klatschen und zu johlen.

Sarah warf den Kopf zurück, reckte die Arme in die Höhe und schrie sich die Seele aus dem Leib.

Eigentlich war New York nicht die gefährlichste Stadt der Welt, aber die Schreie, die Paul vernahm, hörten sich an wie die einer Frau, die auf brutale Weise umgebracht wurde. Er blickte den West Broadway hinunter – von dort kam das Geschrei – und sah einen schwarzen Bentley, der in westliche Richtung die Houston Street entlangfuhr. Irgendein bescheuertes Mädchen stand im offenen Sonnenverdeck und brüllte wie eine Wahnsinnige herum, das war alles.

Sie hatte ihm einen richtigen Schreck eingejagt, diese verdammte reiche Kuh. Am liebsten hätte er ihr rechts und links eine gescheuert. Wahrscheinlich war sie auf einem Trip, deswegen klang ihr Geschrei so Furcht erregend.

New York war ein einziger riesiger Drogen-Supermarkt. Jeder war jung, jeder hatte Geld, und es gab alles zu kaufen, das einen in andere Sphären versetzte. Extasy, Speed, Crack, Kokain, Haschisch, Gras, Heroin, sogar altmodisches Zeug wie sein geliebtes Opium. Wenn man nur lange genug danach suchte, fand man wahrscheinlich sogar Laudanum. Fünfzigprozentigen Absinth, *hecho en Mexico*, gab es bestimmt auch. Es gefiel ihm, sich mit Absinth volllaufen zu lassen. Das Zeug brachte den Poeten in ihm hervor. Das letzte Mal hatte er im Las Brisas in Acapulco Absinth getrunken, einem der schönsten Flecken auf der Welt, um sich ernsthaft zu besaufen. Die Berge, darunter die Stadtlichter, die im Pazifik versinkende Sonne – die Aussicht war einmalig. Er war auf sein Zimmer gegangen und hatte ein episches, dreißigseitiges Gedicht über den Tod von Nebukadnezzar verfasst. Am nächsten Morgen hatte er im Internet recherchieren müssen, wer zum Teufel Nebukadnezzar war. Irgendein altertümlicher König.

Ihm kam ein ganz in Schwarz gekleidetes Pärchen entgegen. Das lange wallende Kleid des Mädchens ließ Gothic-Einflüsse vermuten. »Entschuldigen Sie, ich suche einen Club namens Shadowcat. Gibt es hier in der Nähe einen solchen Laden?«

Das Pärchen blieb stehen. Das Mädchen war ein echter Hingucker, rundes Gesicht, sanfte braune Augen und ein Lächeln, das sagte: *Ich weiß, was du möchtest.* Dazu hatte sie einen ansehnlichen Vorbau, zwei schöne, wohlgeformte Möpse. Sie sagte: »Die Dinger, auf die Sie starren, heißen Brüste.« Dann gingen die beiden lachend weiter.

Verlor er den Kontakt zur Gegenwart, oder was? Dann sah er einen Buchladen. Vielleicht gab es dort einen Soho-Führer, der aktueller war als seine *New York bei Nacht*-Ausgabe.

Obwohl er wahnsinnig gerne las, war er seit Jahren in keinem englischsprachigen Buchladen gewesen. Es gab hunderte verschiedener Titel über jedes erdenkliche Thema, alle in bunten, ansprechenden Umschlägen. Er entdeckte ein Dutzend brandneuer Soho-Führer. Er zog einen – *Grenzenloses Soho* – aus dem Regal und schlug ihn auf. Unter der Rubrik ›Verborgen – Dunkel – Tödlich‹ war eine Reihe von Clubs mit entsprechend seltsamen Namen aufgelistet – The Marrow Room, Bottomley Topps, Dragged to Death.

Er fühlte sich, als hätte man ihn zu Tode geschleift, doch er beschloss, es als Erstes mit dem Marrow Room, dem Knochenzimmer, zu versuchen, weil der Name noch am ehesten nach Gothic-Szene und Vampiren klang. Besonders viel versprechend war es trotzdem nicht, aber man durfte ja hoffen.

Das Marrow Room erwies sich als protzig ausgestatteter Nachtclub, dessen Publikum für ihn wie eine Horde versnobter Jugendlicher aussah. Die Musik war ohrenbetäubend, von überall blitzten Stroboskope und Laser. Hübsche, Kaugummi kauende Mädchen tanzten ihm entgegen, ihre Jungfernlocken durch die Gegend schleudernd. Er lächelte und nickte beifällig, zwang sich aber, sofort den Blick abzuwenden. Es wäre ohnehin zwecklos – er wollte nicht auch noch wegen Verführung einer Minderjährigen angezeigt werden.

Er ging an die Bar. »Einen Stoly auf Eis«, sagte er.

Der Barkeeper musterte ihn verächtlich. »Der Aufenthaltsraum für Eltern ist dort hinten. Aber man muss seine alkoholischen Getränke selbst mitbringen.«

Er hatte keine Ahnung, in was für eine Art Laden er hier geraten war, aber letztlich war es auch völlig egal, so viel stand fest. In einem Kinderclub würde er nicht finden, wonach er suchte.

Er ging. Unter einer nahen Haustreppe hing eine Horde rauchender Achtjähriger herum. Und hier sollte es besser sein als in Asien? Inwiefern?

Dann sah er eine Ladenfront mit einer diskret aufgemalten schwarzen Katze in einer Ecke, der einzige Hinweis, dass das Etablissement nicht gänzlich verlassen war. Eine schwarze Katze war viel versprechend. Er drückte die Tür auf.

Überall standen Totenschädel. Ihm drehte sich der Magen um. Er hatte nie wieder ein Beinhaus betreten wollen. Aber die Schädel waren Kerzenständer. Die Musik war schlechter Rock einer unbestimmbaren Gattung, und hier und dort saßen einige Leute in Gothic-Kostümierungen an den Tischen. Auf der purpurn angestrahlten kleinen Tanzfläche hampelte ein Pärchen herum. Der Laden roch nach Zigaretten und schalem Bier. Hinter der Bar lagen Kartoffelchips-Tüten im Regal.

»Einen Stoly auf Eis«, sagte Paul.

Die Bedienung, eine teilnahmslose, etwa sechzigjährige Frau in einem schwarzen Kleid, goss aus einer unbeschrifteten Flasche eine klare Flüssigkeit in ein halb mit Eis gefülltes Glas. Sie brachte es zu ihm hinüber. Ihr Gesicht war weiß angemalt, ihre Lippen rot, dunkelrot. Sie trug ein Plastik-Gebiss.

»Ich suche Ellen Wunderling«, sagte er.

»Sind Sie ein Bulle?«

»Nein.«

»Wollen Sie sich einen blasen lassen? Kostet fünfzehn Mäuse.«

Paul fielen jede Menge gute Gründe ein, augenblicklich auf den Tresen zu kotzen. Er hatte Heimweh. Er wollte zu einem dieser Friseure in Bangkok, wo man für lausige fünfzehn Dollar von einer Schar bildschöner junger Dinger massiert wurde, die Haare geschnitten und die Fingernägel manikürt bekam und einem *zusätzlich* einer geblasen wurde.

»Ich stelle Nachforschungen über Ellen Wunderling an.«

»Hat's hier nie gegeben.« Sie wandte sich um, holte geschäftig ein Bier aus dem Kühlfach – für wen, war nicht klar.

»Wissen Sie einen anderen Laden, wo ich suchen kann? Ich bin neu hier und kenne mich in der Szene nicht aus.«

»Nun, als Erstes sollten Sie sich nicht wie ein Busfahrer kleiden, der versucht, nicht wie ein Busfahrer auszusehen. Mit solchen Horror-Klamotten kommen Sie nirgendwo rein.«

»Die Sachen sind brandneu.«

»Gehen Sie zu Shambles in der Prince Street. Dort gibts alles. Besorgen Sie sich einen Hut, schwarze Klamotten, künstliche Fingernägel.« Sie kicherte. »Lassen Sie sich piercen, Officer, dann schließen wir Sie alle ins Herz!«

»Ich kann Sie piercen«, rief eine Stimme.

»O Scheiße«, murmelte eine andere Stimme.

Paul ging zu den beiden an den Tisch. Er war sich nicht sicher, ob er es mit einem Mann und einer Frau, zwei Frauen oder zwei Männern zu tun hatte. Nichtsdestotrotz setzte er sich zu ihnen. Er wollte ja nicht ins Bett mit ihnen. Oder sich piercen lassen. »Ich suche Ellen Wunderling«, sagte er.

»Mister Wunderling ist abgenippelt«, sagte der, der eher wie ein Mann aussah. Sein Mund war voller Kartoffelchips.

»*Miss* Wunderling.«

»Sie müssen tief rein in den Dschungel, Mann, richtig tief. Versuchen Sie es im Hexion oder im Hellfire Club –«

Die Frau – Paul war sich nun sicher, dass es eine Frau war und dass sich unter all dem Vampirella-Make-up ein gewöhnliches Mädchen aus Queens verbarg – schüttelte den Kopf. »Das Hexion ist ein Kannibalen-Laden«, sagte sie. »Dort gibt's Hirnsuppe.«

»Kein *echtes* Hirn.«

»Und was ist mit dem Hellfire Club?«

»Ein Katholiken-Treffpunkt. Wird von ehemaligen Nonnen geführt.«

»Irgendeine Verbindung zu Ellen Wunderling?«

»Er sollte es im Veils versuchen.«

»Ja, er und der Graf von Monte Christo.«

»Was ist das Veils?«

»Der exklusivste Club in ganz Manhattan.«

»Auf der ganzen Welt.«

»Ist doch dasselbe. Jedenfalls wurde Ellen Wunderling dort das letzte Mal lebend gesehen.«

15

Der Tanz des Skorpions

Im Allgemeinen interessierten Leo Miriams und Sarahs lesbische Spiele nicht, aber ihnen hautnah zuzuschauen und Sarah mit solcher Leidenschaft explodieren zu sehen, war in höchstem Maße erregend. Wenn Miriam sie bisher geküsst hatte, hatte sie sich höflich gegeben und so getan, als gefiele es ihr, aber wirklich erregt hatte es sie nicht. Was hier in der Limousine geschehen war, hatte dagegen ohne Zweifel ihr Blut in Wallung gebracht.

Vor ihrer Zeit im Veils war sie ein einsames, reiches Mädchen gewesen. Ihr gesellschaftlicher Status gründete vor allem auf dem Umstand, dass sie die Tochter des zweiten Cousins von General Patton war. Sie besaß ein Loft in einem Künstlergebäude, in dem hauptsächlich Maler und Bildhauer wohnten. Außerdem gehörten ihr ein Maserati und eine kleine Yacht mit dem Namen *Freie Fahrt für alle*, aber diese großzügige Einladung schien kaum jemanden zu interessieren.

Eines Morgens gegen vier, als sie längst völlig hinüber war, hatte Miriam zu ihr gesagt: »Komm mit zu mir.« Sie hatten einen vergnüglichen Abend verbracht und viel miteinander gelacht. Trotzdem hatte sie die Einladung erstaunt, denn sie gehörte nicht zum Kreis der angesagten Leute, die Miriam sich sonst ins Haus holte.

Ehe sie sich versah, wurde sie mit der Haushaltsführung betraut und bekam ein kleines Zimmer mit hübschen Vorhängen und einem Messing-Himmelbett zugewiesen. Im

Laufe der Zeit erfuhr sie, was zwischen Miriam und Sarah lief. Sie schliefen miteinander, und sie ... – nun, es war kaum zu glauben, aber nun war sie eine von ihnen.

Sie kniff die Zehen in ihren Schuhen zusammen. Es war unfassbar, mit einem Mal so mächtig zu sein. Sie war nie mächtig gewesen. Nun aber war sie es. Sie konnte auf jemanden zeigen und sagen: »Den will ich«, und anschließend würde die Person die einschneidendste Erfahrung seines oder ihres Lebens machen.

Sie wollte ihr erstes Opfer aussaugen. Obwohl sie eigentlich kaum Hunger hatte. Sie wollte einfach, dass es geschah.

Es war unglaublich, wie lange sie leben würde. Aber wenn sie überlegte, was für Antikstücke Miriam besaß, zum Beispiel aus dem Alten Ägypten ... Einige der Stühle im Haus waren dreitausend Jahre alt. Leo hatte sich informiert und herausgefunden, wie viel sie wert waren. Ein Stuhl wie der, auf dem Miriam bei der Musikdarbietung gesessen hatte, würde bei Sothebys locker eine Million Dollar erzielen.

Sie würde die Zukunft erleben. Raumschiffe, Außerirdische, was auch immer kommen mochte. Es sei denn, die Welt ging unter. Globale Erwärmung, gab es das wirklich? Miriam pflegte zu sagen: »Es kommt so, wie es kommt.« Das war die einzig vernünftige Einstellung.

Sie fuhren vor dem Club vor. Großartig. Sie war schon völlig berauscht. Anfangs hatte sie sich hundeelend gefühlt, aber seit heute Morgen ging es ihr immer besser und besser, und jetzt war es, als schwebte sie auf einer Wolke. Nichts tat ihr weh, alle Unpässlichkeiten waren verschwunden.

Der Bentley stoppte. »Okay«, sagte Leo und warf den Wagenschlag auf.

Doch Sarah packte Miriams Handgelenk. »Tu das nicht!«

»Was soll schon passieren?«

»Das kann man nie wissen.«

Leo sah zu, wie sie miteinander haderten. Die beiden schienen neuerdings große Angst zu haben. Ohne Zweifel. Leo war nicht dumm – sie sah es ihnen an. Dieser Mann beunruhigte sie.

Miriam versuchte erneut auszusteigen.

»Vor dem Club ist es zu gefährlich. Nimm lieber den Hintereingang.«

Miriam strich Sarah über den Kopf. »Es wird zu einer Konfrontation kommen, Kind. Und diese Konfrontation wird im Veils stattfinden.«

Leo sah zu, wie Miriam in den Club ging. Dann half sie Sarah beim Anziehen. »Das war unglaublich, Sarah. Ich habe das Gefühl, als würde ich dich erst jetzt richtig kennen.« Sie gab ihr einen Kuss auf die Wange. Vielleicht würde Sarah sie verführen. Sie würde nur zu gern herausfinden, wie es mit ihr war. Oder mit Miriam – aber das wäre wohl noch zu viel des Guten.

»Aber du kennst mich doch«, sagte Sarah. Sie ging Miriam nach, und Leo eilte ihr hinterher. Das Veils war, wie immer, völlig abgedunkelt, von der Straße aus nicht zu erkennen. Nie wartete eine Menschenmenge vor dem Club. Gewöhnliche Leute sahen ihn gar nicht. Das sollten sie auch nicht – nur diejenigen, die ihn kannten, wussten, wo das Veils zu finden war. Und nun stand Leo an der Spitze der Nahrungskette. Sie kannte die Wahrheit hinter all den Gerüchten über Miriam und Sarah. Das Hauptgerücht war, dass Miriam Sarahs Lebensgefährten umgebracht hatte. Ebenfalls ein Arzt. *Darüber* redeten sie nie.

Miriam beabsichtigte, das Monster, das hinter ihr her war, zu fangen und zu verspeisen oder es Leo zu überlassen; sie war sich noch nicht sicher. Es hing von Leo ab. Gewiss, sie konnte ein lästiges kleines Ding sein, aber es machte Spaß, sie um sich zu haben, und sie war eine eifrige Schülerin.

Sarah dagegen gehörte zur gefährlichsten aller Sklavengattungen – sie war jemand, der die wahre Bedeutung des Sklaventums nicht begriff. Ein boshafter alter römischer Kaiser, Septimius Severus, hatte Lamia einst gefragt: »Wie kommt es, dass die ganze Welt mein Sklave ist, ich aber der Einzige bin, der nicht frei ist?«

Jene Worte enthielten die ironische Essenz der Beziehung zwischen Sklaven und ihren Herren. Sarah war ein schlechter Sklave, weil sie sich als Gefangene begriff. Leo würde ein guter Sklave sein, weil sie die Gabe des Hüterblutes nicht als Last verstand, sondern als Auszeichung.

Als Luis die Tür zum Club öffnete, sah Miriam die Wölbung in seiner Hose und schmunzelte. »Leonore«, sagte sie, »wird dir zu Diensten sein.«

»Jawohl, Ma'am.«

»Muss ich das wirklich tun?«, flüsterte Leo.

»Leo, ich habe Luis selbst mindestens ein Dutzend Mal bedient. Es wird dir Spaß machen.«

»Ich bin aber keine Hure, Miriam. Ich bin … eine von euch.«

»Und wir sind, was Sex betrifft, völlig unvoreingenommen. Es ist eine Ware wie Alkohol und Drogen. Sex ist Teil des Geschäfts. Lass deine Gefühle und dein Ego aus dem Spiel. Sex hat nichts mit den langweiligen Gefühlsduseleien zu tun, von denen brave amerikanische Hausmütterchen träumen, meine Liebe.«

Sarah lachte. Miriam fragte sich, was so lustig an ihrer

Äußerung war, beließ es aber dabei. Sie ging in die glitzernde Bar, den öffentlichsten Raum im Club, und rief: »Ich möchte, dass der Eingang heute Abend offen ist, Bill.«

»Sollen wir das Schild aufhängen, Ma'am?«

»Ja.«

Sarah eilte zu ihr. Es war erst zehn Uhr, daher waren nur wenige Gäste da. »Das ist ein schlechter Einfall«, sagte sie.

Miriam wandte sich zu ihr und legte die Hände auf ihre Schultern. Sarah hatte nicht begriffen, warum sie das Schild draußen haben wollte. »Er wird uns finden. Aber er ist auf sich allein gestellt, und je früher er hier auftaucht, desto besser.«

Sie ging zu Bill, der hinter dem Tresen nach dem kleinen Messingschild suchte, auf dem »Veils« stand. Das Schild würde an der Tür hängen. Dies war das Höchstmaß an Öffentlichkeit, das sie sich erlaubten. »Bill, wahrscheinlich wird sich heute Abend ein Mann nach Ellen Wunderling erkundigen.«

»Das schon wieder! Geben die denn nie auf?«

»Er ist kein Cop. Ich möchte ihn ein bisschen unter Drogen setzen. Mische ihm etwas in den Drink – ich weiß nicht, etwas, das ihn entspannt und vielleicht ein wenig halluzinieren lässt. Frag Rudi. Aber sieh dich mit dem Mann vor.«

»Alles klar.«

»Und was ist sonst so los?«

»Oben ist noch niemand. Aber wir haben Gäste in der Folterkammer. Seth ist auf Heroin, und dieser Bischof ist auch schon wieder da. Oben wird es später rammelvoll. Wir haben für heute Abend DJ Bones engagiert.«

»Stell ihn fest ein.« Sein Sound war unglaublich treibend und strahlte dabei eine Eleganz aus, die sehr gut zum Club passte.

»Er verlangt zwanzigtausend pro Nacht.«

»Ist in Ordnung.«

Damit die frühen Gäste sie sahen und den Späteren berichten würden, dass sie tatsächlich hier war, setzte sie sich an den für sie reservierten Tisch im hinteren Teil der Bar. Außerdem wollte sie beobachten, wer hereinkam. Er hatte drei Tage gehabt, um den Club zu finden, und er war nicht dumm. Er würde kommen.

Auf den ersten Blick schien es, als bestünde das Veils nur aus diesem einen Raum. Doch wie der Name andeutete, verbargen sich an diesem Ort viele geheime Plätze, die es zu erkunden galt. Hinter der Bar gab es noch acht weitere Räume, mit allerdings mehr als acht verschiedenen Möglichkeiten zu sündigen.

Rudi kam auf sie zu. »Ich habe tolles Speed«, sagte er, »und erstklassiges neues Haschisch. Das Haschisch war preiswert.«

»Verkauf es so teuer wie möglich«, sagte sie und blickte an ihm vorbei. »Wahrscheinlich werde ich mir später mit einem Freund eine Opiumpfeife genehmigen.« Im Kellergeschoss hatte sie einen Privatraum, der mit einem uralten Hüter-Schloss verriegelt war. Selbst Sarah kam nicht hinein, wenn sie nicht eingeladen war. Manchmal, wenn der Club voll und ein Opfer verfügbar war, nahm Miriam es mit nach unten. Im Boden des Raumes gab es einen verborgenen Eingang zu einem kurzen Tunnel, der in den Heizungsraum des Nachbargebäudes führte. Der alte Heizofen, der dort stand, hatte einen großen Feuerkessel, in dem Miriam problemlos die Leichenreste verschwinden lassen konnte. Falls der Tunnel jemals entdeckt werden sollte, würde er aussehen wie ein alter ungenutzter Wartungsschacht.

Miriam mochte den Raum. Sie genoss die Heimlichkeit, die absolute Privatsphäre. Mit dem Wissen, völlig ungestört zu sein, tat sie dort oft so abartige Dinge, dass selbst Sarah nichts davon erfahren durfte.

Sie beabsichtigte, dem Monster etwas wirklich Scheußliches anzutun, ihn so leiden zu lassen, wie sie einen Menschen schon seit Jahrhunderten nicht mehr hatte leiden lassen. Wenn er sein kleines Gefolge mitbrachte, umso besser. Sie würde sie alle vernichten, sich auf traditionelle Weise an ihnen laben und sie so schrecklich quälen, dass die, die zuschauten, bevor sie selbst an die Reihe kamen, vor Angst ihre Eingeweide erbrächen.

»Zigarette«, sagte sie zu Leo, die einen halben Meter über dem Boden zu schweben schien.

Das Mädchen zündete eine Zigarette an und reichte sie ihr. »Ehm, kann ich mit Seth nach unten gehen, wenn ich mit Luis fertig bin? Sie haben wieder diesen Presbyterianer-Bischof im Käfig.«

»Tu, wozu du Lust hast, Baby.«

Sarah beugte sich zu ihr hinunter und flüsterte: »Vielen Dank für vorhin. Ich bin richtig wund gescheuert.«

Miriam lächelte zu ihr auf, dann, als Sarah in den hinteren Teil des Clubs ging, blickte sie ihr aufmerksam hinterher. Sie beobachtete, wie Sarah Schultern und Kopf hielt. Die Körperhaltung von Sklaven wies feine Unterschiede zu denen eines freien Menschen auf. Nicht dass sie einen Buckel hatten, aber in ihren Bewegungen lag diese gewisse Ziellosigkeit von Geschöpfen, die nicht Herr ihres Handelns waren. Sarah schritt hoch erhobenen Hauptes durch den Raum.

Miriam seufzte. Vielleicht liebte Sarah sie zu sehr, um eine gute Sklavin zu sein. Ein Liebender versucht fortwährend, seinen Partner in das Traumbild zu verwandeln, das er sich von ihm macht. Ein Sklave nimmt die Knechtschaft hin.

»Sarah«, rief sie ihr nach.

Sarah wandte sich um. Miriam sah, dass in ihren Augen Tränen schimmerten. »Ja, Miri?«

»Schalte die Schleier ein, Liebes!«

»Gott, das habe ich völlig vergessen!«

Sarah drückte auf einen Knopf über dem Türbogen, worauf der dahinter liegende Teil des Clubs hinter einer schimmernden schwarzen Nebelwand verschwand.

Doug Henning hatte diese optoelektronischen Lichtspiele für sie gebaut, unter Zuhilfenahme seiner einzigartigen Kenntnisse über visuelle Wahrnehmung und den Einsatz von illuminierten Spiegeln. Wenn Gäste einen Raum des Clubs verließen, schienen sie in einem flirrenden schwarzen Nebel zu verschwinden, und auf genauso geheimnisvolle Weise tauchten sie im nächsten Raum wieder auf. Daher der Name Veils – Schleier.

Sie rauchte und wartete. Miriam war gut im Warten. Sie konnte Tage und ganze Wochen warten.

Sie fragte sich, ob der Mann schon in den Staaten auf Hüterjagd gegangen war. Bei der letzten Zusammenkunft im Januar 1900 hatte die amerikanische Hüterschaft aus neun Mitgliedern bestanden. Vielleicht war seitdem der eine oder andere hergezogen, aber anzunehmen war es nicht. Sie waren kein Nomadenvolk.

Zwei amerikanische Hüter waren 1977 bei dem Flugzeug-Unglück auf Teneriffa ums Leben gekommen. Deswegen war es möglich, dass einschließlich ihrer selbst nur noch sieben Amerikaner übrig waren. Genauso war möglich, dass, wenn die Vampirjäger auch auf diesem Kontinent schon ihr bösartiges Werk vollbracht hatten, sie, Miriam Blaylock, die inzwischen einzige Überlebende war.

Ganz allein auf der Welt. Ja, auch das war möglich.

Sie hing diesem unheimlichen Gedanken nach, als sie plötzlich eine dunkle, angenehm klingende Männerstimme vernahm: »Sagen Sie, haben Sie jemals von einer gewissen Ellen Wunderling gehört?«

Er stand am Tresen, ein groß gewachsener Mann mit stechendem Blick. Er bedachte Bill mit einem abschätzenden Ermittler-Lächeln.

Miriams Herz schlug niemals schneller vor Aufregung. Jedenfalls hatte es dies so lange nicht getan, dass sie sich nicht mehr entsinnen konnte, wann ihr dies das letzte Mal passiert war. In diesem Augenblick jedoch raste es.

»Das ist er«, flüsterte Leo aufgeregt, »das ist *er*!«

»Warst du bei Luis?«

»Miriam, muss ich wirklich?«

»Ja, und zwar *auf der Stelle*!«

Das Mädchen stand auf und ging. Nun konnte Miriam sich ungestört auf den Mann konzentrieren. Schau dir diese Augen an, dieses Gesicht und wie sich unter der billigen Kleidung seine Muskeln abzeichnen. Er sah verdammt gut aus, dieser Jäger. Sie spürte, dass sie feucht wurde zwischen den Beinen ... was eigenartig war, aber nicht völlig überraschend. Sie hatte an den Menschen Gefallen gefunden, aber dass sie sich von ihnen spontan sexuell erregen ließ, kam höchst selten vor. Doch während ihr Geschlechtsorgan zitternd zum Leben erwachte, füllte sich ihr Mund gleichzeitig mit betäubendem Schleim, denn ein anderer Teil in ihr spürte die Bedrohung und bereitete sich auf einen tödlichen Kampf vor.

Schau ihn dir an, seine alberne Kleidung, sein Furcht

einflößendes Gesicht. Fanden andere es auch Furcht einflößend? Sie wussten nicht, wer er war. Sie hatten keine Ahnung, womit er sich beschäftigte und was er getan hatte.

Schau dir seinen massiven Unterkiefer an, die Kontur seiner Nase, die dunkel schimmernde Haut. Und die Augen, wie sie immer wieder unruhig flatterten, wie die Augen eines nervösen Fuchses.

Es war fast, als wäre es kein menschliches Gesicht, sondern das eines exotischen Tiers.

Die Wölbung in seinem Sakko verriet, dass er eine Waffe trug und dass die Waffe groß war – vielleicht eine Magnum oder noch Schlimmeres.

Sie saß im Halbdunkel, trotzdem aber fragte sie sich, ob es klug gewesen war, ihn so nah an sich herankommen zu lassen. Wenn er sie erkannte – aber das war absurd. Er war schließlich nur ein Mensch. Doch seine Bewegungen, ihre Anmut und Präzision – war er *wirklich* nur ein Mensch?

Natürlich war er das. Sie machte sich zu viele Gedanken, geriet tatsächlich in Panik. Andererseits ... es war keine Panik. Es war Begierde, verdammt nochmal, echte, lebendige Begierde. Sie wollte diesen Mann haben.

Was hatte sie sich dadurch angetan, dass sie so oft mit menschlichen Wesen gespielt hatte? Es *war* pervers, unter einem Mann liegen zu wollen. Sie hatte diese Variante einige Male mit John Blaylock probiert, und deswegen hatte sie sich nach seinem Ableben wieder auf Frauen besonnen. Frauen konnten einem echte Lust bereiten, und außerdem waren sie die besseren Sklaven. Sarah machte ihr Spaß und war, allen Mängeln zum Trotz, ein reizvoller Zeitvertreib. Leo würde ein gefräßiges kleines Tier werden. Miriam hatte für sie schon einige köstliche Abartigkeiten geplant ... und als Erstes würde der Jäger dort drüben an die Reihe kommen. Er würde durch die Hand eines eher einfältigen kleinen Mädchens einen langsamen, demütigenden Tod sterben. Das musste für ihn die Höchststrafe sein.

Sie beobachtete, wie er an seinem Wodka auf Eis nippte. Er hatte einen Stoly bestellt und danach Bill etwas gefragt, das sie nicht hatte verstehen können. Bill hatte nur wenige Worte zu ihm gesagt, aber sie hatte es von seinen Lippen abgelesen: »Dort drüben sitzt die Besitzerin. Fragen Sie sie.«

Also trank er sich Mut an. Sie sah zu, wie er den Drink hinunterspülte. Er wandte sich in ihre Richtung.

Dies war der entscheidende Moment. Wenn er sie erkannte, würde er sie in Stücke schießen.

Ihre Blicke trafen sich. Er kam auf sie zu.

»Sie sind Stoly-Trinker«, sagte sie zu ihm, als er ihren Tisch erreichte. »Sie sollten mal Charodei versuchen.«

Paul war so erstaunt gewesen, als er sie erblickte, dass er fast gestolpert wäre. In den annähernd fünfzig Jahren seines Lebens war er noch nie einer Frau begegnet, die einen so tiefgreifenden Eindruck auf ihn gemacht hatte. Sie war eine Vision, eine verdammte Vision. Er liebte Nasen, und ihre war so anmutig und hatte eine so süße Spitze, dass sie förmlich darum bettelte, geküsst zu werden. Er liebte einen reinen Teint, und ihre helle, cremeweiße Haut war perlglatt und vollkommen makellos. Er liebte Lippen, und ihre waren einfach exquisit und wurden von einem leichten, amüsierten Lächeln umspielt, das auf einen angenehmen Charakter hindeutete. Und ihre Augen – ihre strahlenden Augen blickten so neugierig, so unschuldig und frisch, dass er sie für höchstens zweiundzwanzig hielt. Sie trug dunkelblaue Seide, die aussah, als hätte sie einiges gekostet. Und ihr gehörte dieser fabelhafte Club. Der Laden war klein, hatte aber Klasse.

»Bitte«, sagte sie mit einer Stimme, die einem Engel zur Ehre gereicht hätte, »setzen Sie sich.« Sie blickte an ihm vorbei. »Bring ihm einen Charodei, Billy.«

Als sich ihre Augen trafen, merkte er, dass er nicht mehr wegschauen konnte. Gott, hatte sie einen offenen Blick. Gott, war sie selbstbewusst. Er liebte solche Frauen.

»Mal sehen, wie er Ihnen schmeckt. Ist ein kleiner Test von mir.« Ihr Lächeln – es war unglaublich nett. Genau das war der Punkt: Er hatte eine höllisch attraktive Frau vor sich, mit einladenden, wunderschön geformten Brüsten und einem engelhaften Gesicht, und dann war diese Frau auch noch unfassbar *nett*. Man konnte es an der zarten Ungezwungenheit ihres Lächelns erkennen und in der Melodie ihrer Stimme hören. Frauen, die man an Orten wie diesem traf, waren nach seiner Erfahrung oft bildschön, aber distanziert und unfreundlich. Doch er wusste, wenn er etwas Besonderes sah – und diese junge Dame war etwas *ganz* Besonderes.

Aber Paul vergaß nicht, dass er sich auf einer Mission befand. Er war hier, um Vampire zu töten, nicht um eine Zwanzigjährige abzuschleppen. Er sagte: »Ich stelle Nachforschungen über Ellen Wunderling an«, doch in Gedanken meinte er: ›Wenn ich ohne Ihre Telefonnummer nach Hause gehe, werde ich mich umbringen.‹

Ihr Lächeln wurde, wie er fand, ein wenig traurig. »Ich glaube, ich habe Ihren Namen nicht verstanden, Mister.«

»Ward, Paul Ward. Ich bin Journalist.«

»Dürfte ich Ihren Presseausweis sehen? Es tut mir Leid, dass ich danach fragen muss, aber seit der Geschichte sind wir fast eine Touristenattraktion geworden. Ist schon komisch, denn wir haben eigentlich nichts mit der Gothic-Szene zu tun.«

»Das glaube ich. Sie haben hier einen wirklich geschmackvoll eingerichteten Club. Ich frage mich, ob Sie mir verraten könnten –«

»Mister Ward, ich denke, Sie sollten die Polizei fragen. Detective Lieutenant Timothy Kennerly. Er hat jeden meiner Angestellten mindestens dreimal verhört.«

»Und dabei ist nichts herausgekommen?«

»Nun, ich habe sie gesehen. Wir alle haben sie gesehen. Sie kam rein und bestellte eine Cola. Sie war ziemlich verschwitzt, kam wahrscheinlich gerade vom Sport. Sie wirkte völlig ungezwungen, machte keine Probleme. Mehr weiß ich nicht.«

Paul war klar, dass er würde gehen müssen, falls sie ihn noch einmal nach seinem Presseausweis fragte. Er besaß keinen Presseausweis. In seiner Brieftasche befanden sich auf fünf verschiedene Namen ausgestellte Führerscheine aus drei Ländern, dazu ein halbes Dutzend Kreditkarten, die, sobald er eine davon benutzte, augenblicklich alle Warnlampen von Langley bis nach Grönland aufleuchten ließen.

Miriam sah, dass er im Begriff war aufzustehen und zu gehen. Wenn er tatsächlich gleich wieder verschwand, würde sie ihn beschatten lassen müssen, außer aber Sarah hatte sie niemanden, der dazu in der Lage war. Und Sarah wollte sie dafür nicht einsetzen; es war zu gefährlich.

Ward war der Schlüssel zu allem. Er wirkte jedoch so brav, dass sie nicht genau wusste, wie sie ihn verführen sollte oder ob dies überhaupt möglich war. Sie würde es mit ihrer Junges-Unschuldiges-Mädchen-Nummer versuchen. Vielleicht sprang er ja auf diesen Typ an.

»Hören Sie«, sagte er, »ich arbeite ziemlich intensiv an dieser Geschichte. Ich denke, es ist ein ganz großes Ding. Etwas Unfassbares verbirgt sich hinter dem, was Ellen Wunderling zustieß – ich bin mir fast hundertprozent sicher. Und ich würde gerne Ihre Hilfe in Anspruch nehmen. Was ich wissen möchte ist, ob ich bei Ihnen wenigstens eine kleine Chance habe.«

»Versuchen Sie es einfach.«

Er stellte sein Glas ab. Miriam schnippte mit den Fingern, und Bill brachte augenblicklich einen neuen Drink an den Tisch. In dem Moment kamen einige Gäste herein, darunter Jewel und ein etwas fahrig wirkender Ben Stiller. Gute Gesichter für den Club. Es würde ein netter Abend werden.

Paul sah, wie im hinteren Bereich der Bar ein Gast nach dem anderen durch eine schimmernde schwarze Nebelwand verschwand. Dies verriet ihm, dass der Club größer sein musste, als er anfangs vermutet hatte. Er fragte sich, was passieren würde, wenn er einfach aufstünde und ebenfalls durch die Wand ginge. Dieses kleine Mädchen konnte ihn nicht aufhalten. Als er sich zu ihr gesetzt hatte, hatte er sie auf zweiundzwanzig geschätzt. Nun begann er sich zu fragen, ob sie überhaupt alt genug war, um den Alkohol trinken zu dürfen, den sie verkaufte. Gott, sie war trotzdem bildschön.

Und sie wusste etwas über Ellen Wunderling, das sie bislang nicht preisgegeben hatte. Dies hatte ihm ein beinahe unmerkliches Zucken in ihren Augenwinkeln verraten. Er wünschte, er hätte sie nach Belieben verhören können. Sie war ein unschuldiges kleines Ding. Er würde nicht mal einen Gummischlauch brauchen, um sie zum Reden zu bringen. Eine leichte Ohrfeige würde schon reichen.

Er wollte ihr ins Höschen fassen, und dies lenkte ihn ab.

Diese verdammte Stadt musste voller Vampire sein, die nur darauf warteten, umgebracht zu werden, und wenn dieses Luder ihm etwas über Ellen Wunderling verschwieg, verschwieg sie ihm womöglich auch Dinge, die ihn zu den verdammten Blutsaugern führen würden.

»Lassen Sie mich Ihnen eine Frage stellen«, sagte er. »Kennen Sie den New York Times-Artikel über den Fall?«

»Natürlich.«

»Darin wird angedeutet, dass es Leute gebe, die sich für Vampire halten. Leute, die echtes Blut trinken. Wenn ich mutmaße, dass diese Leute vielleicht Ellen Wunderlings Blut getrunken haben – wie reagieren Sie darauf?«

»Die Vampir-Szene ist tot.«

»Nicht für diese Leute. Sie glauben, dass ihnen das Trinken von Menschenblut etwas bringt – außer Aids, meine ich. Eine Art Lebenskraft oder so. Vielleicht glauben sie, die Seele des Toten zu trinken.«

Während er sprach, dachte sie daran, wie er hinter einer Waffe aussah. Sie erinnerte sich an den Hass in seinen Augen und wie sie aufblitzten, wenn er einen ihrer Art umbrachte. Diese Kreatur *liebte* ihre Arbeit, verdammt nochmal. Wenn sie ihn von Leo aussaugen ließ – und das würde sie am Ende gewiss tun –, würde sie der Kleinen befehlen, es sehr, sehr langsam zu machen.

»Seelentrinker«, sagte sie. »Gott, das ist starker Tobak.«

»Ich weiß, aber es ist tatsächlich wahr – ich meine, zumindest in dem Sinne, dass diese Leute wirklich daran glauben. Natürlich ist es völliger Schwachsinn …«

»Natürlich.«

»Aber sie glauben daran, und das ist es, was zählt. Schauen Sie sich die Statistiken an. Es gibt unzählige Fälle von Leuten, die spurlos verschwunden sind, oder?«

»Ich weiß nicht.«

»In den USA verschwinden mehr als dreihunderttausend Menschen im Jahr.«

»Sie machen Witze ... Ich würde sagen, dass sich die meisten wahrscheinlich wegen Geldschulden aus dem Staub machen oder weil sie ihren Partner nicht mehr ausstehen können.«

»Mag sein, aber viele Fälle haben einen völlig anderen Hintergrund. Glauben Sie mir, Miss – wie heißen Sie noch gleich?«

Er sah gut aus, sehr gut sogar. Dennoch, seine Manieren ließen zu wünschen übrig. »Miriam Blaylock.«

»Miss Blaylock.« Er machte eine Pause. Seine Augen suchten ihre. Wie hungrig er war. Ihr wurde bewusst, dass er völlig unschuldig war, dass er – unfassbarerweise – die sexuelle Neugier eines Jugendlichen hatte.

»Sie sehen aus wie ein Soldat«, sagte sie.

»Ist das gut?«

Sie lächelte ihn strahlend an. »Sagen *Sie* es mir.«

Er hob die linke Hand an das Gesicht und strich sich über die Wange. *Bitte, sie soll bemerken, dass ich keinen Ring trage,* dachte er. Sie redete mit ihm wie zu einer echten Person. Sie war nett zu ihm. Er begann zu überlegen, ob er seine Arbeit nicht für eine Weile ruhen lassen sollte. Vielleicht sollte er eine Zeit lang in Manhattan bleiben und so etwas wie ein Privatleben aufbauen. Er war zu lange mit der verdammten Firma verheiratet gewesen. Ja, er war bereit für ein echtes Leben.

Er versuchte es mit einem anderen Thema. »Seit wann gibt es diesen Club eigentlich?«

Sie nahm eine Zigarette und bot ihm ebenfalls eine an. Sie zündete beide mit einem Feuerzeug an, das aussah, als gehörte es auf die *Titanic*. Es war winzig, golden und hatte einen komplizierten Zündmechanismus. Es hätte ihn nicht gewundert, wenn es mitten in ihrem Gesicht explodiert wäre.

»Zeigen Sie mal her.«

Sie reichte es ihm.

»Wie alt ist es?«

»Ich habe es bei einem Trödler gekauft. Ich fand es hübsch.«

»Nun, es könnte gefährlich werden.«

Sie versuchte sich zu entsinnen, seit wann sie das Feuerzeug besaß. Seit mindestens siebzig, achtzig Jahren. Sie hatte es nie für nötig gehalten, sich ein neues zu kaufen. Sie nahm es zurück. »Es funktioniert einwandfrei.«

»Ich werde Ihnen ein richtiges Feuerzeug kaufen.«

»Aber es funktioniert doch.«

»Trotzdem, ich würde Ihnen gerne ein neues schenken, wirklich.« Er würde zu Bloomingdale's gehen und fünfzig Mäuse springen lassen. Diese junge Dame musste beeindruckt werden. So eine Gelegenheit durfte man sich nicht entgehen lassen.

Sie schaute ihn unter gesenkten Augenlidern an. Sogar etwas Asiatisches schimmerte auf ihrem wundersamen Gesicht durch. Er liebte es, wie asiatische Frauen aussahen; sie waren einfach bildschön. Aber diese Miriam Blaylock war noch schöner.

Er wollte sie einfach bloß küssen. Aber wie sollte er sie dazu kriegen? Vielleicht würde sie mit ihm trinken. »Hören Sie«, sagte er, »ich werde Ihnen eins von diesen Cordier-Feuerzeugen kaufen – hmm, wirklich erstklassig, dieser Wodka. Und es will was heißen, wenn ich das sage.«

Er war wirklich rührend. Im Augenblick verdrängte ein

erster Anflug von Verliebtheit seinen Arbeitseifer. Sie fragte sich, ob es ihm gefallen oder ihn eher erschrecken würde, wenn sie ihn küsste?

»Was ist Ihr wirklicher Beruf?«

Er fragte sich, was das sollte. Versuchte sie, ihn auszuhorchen? Wie sie wohl reagieren würde, wenn er ihr offenbarte, dass er von der CIA war? Manchmal fanden Frauen es reizvoll, manchmal abstoßend. Im Allgemeinen hielten sie einen für ein großes Arschloch.

»Was mein wirklicher Beruf ist? Nun, ich, ehm – ich bin kein Journalist.«

»Ich weiß, dass Sie kein Journalist sind, und langsam werde ich ärgerlich, weil Sie mich noch immer im Dunkeln tappen lassen.«

»Tut mir Leid. Ich verrate es Ihnen, obwohl es eigentlich gegen die Vorschriften ...«

»Sie sind Polizist. Ich hab's doch gewusst.«

»Nein, nein.« Er holte seine Brieftasche heraus und klappte das Fach mit seinem Dienstausweis auf.

Miriam nahm die Brieftasche und betrachtete den Ausweis. Sie fand, dass er völlig echt aussah, und wofür er stand war alles andere als beruhigend. Offenbar kam ihr Gegenüber von der Regierung.

Sie prägte sich die Dienstnummer ein, dazu die Informationen auf dem ebenfalls sichtbaren Führerschein und die Kennnummer der Kreditkarte dahinter.

»Fühlen Sie sich brüskiert?«

»Nein, eher verwundert. Ich meine, das alles ist so – so merkwürdig. Was hat Ellen Wunderling wirklich getrieben, um die Aufmerksamkeit Ihrer Leute zu erregen?« Sie winkte Bill zu, der ihm sogleich einen neuen Drink brachte – viel Wodka, weniger Eis. »Ich meine, wie kann es sein, dass die CIA sich für so dummes Zeug wie Vampir-Geschichten interessiert?«

»Was wäre, wenn ich Ihnen erzählte, dass diese Geschichten alles andere als dummes Zeug sind?«

»Ich wüsste nicht, was ich dazu sagen sollte. Aber wirklich interessieren würde es mich nicht.«

Für Paul kam diese Reaktion ziemlich unerwartet. Er lehnte sich zurück und sah sie nachdenklich an. Aufgrund der letzten Minuten ihrer Unterhaltung beschloss er, seine Meinung über die kleine Miriam Blaylock zu revidieren. Er würde um dreißig Jahre Geheimdienstarbeit wetten, dass dieses junge Ding nichts Brauchbares über Ellen Wunderling oder Vampire oder über irgendetwas anderes wusste, das mit der Geschichte zusammenhing. Doch die Art, wie sie seinen Blick erwiderte, dieses niedliche, wunderschöne Lächeln – nun, es verriet ihm, dass es an der Zeit war, das Thema zu wechseln.

Ihr Lächeln wurde eine Spur breiter, erreichte ihre strahlenden Augen. Er sah ihr förmlich an, wie sie entschied, dass sie seine CIA-Zugehörigkeit unterhaltsam fand. Endlich hatte der Ausweis ihm mal genutzt. Unglaublich.

»Möchten Sie meinen Club sehen?«

»Es heißt, er sei der exklusivste Club in ganz New York.«

Sie beugte sich vor und berührte mit den Fingerspitzen seinen Handrücken. Dann lachte sie bedeutungsvoll; es war ein heller Glockenton, ein Lachen, das ihr besonders gut gefiel. »O ja, das ist er. Sehr exklusiv. Aber wenn Sie möchten, zeige ich Ihnen alles. Willkommen im Veils.«

16

Dämonenliebe

»Es sieht aus wie eine Wand – ich meine, wie eine ganz *gewöhnliche* Wand.« Paul streckte den Arm aus und schob die Hand in den Durchgang.

»Doug Henning war ein Meister seines Fachs.«

»Der Lichtkünstler, der so jung gestorben ist?«

»Ja, genau der.« Doug war ein schmackhafter junger Mann gewesen.

Sie nahm seine Hand und trat mit ihm durch die Wand.

Techno-Musik traf ihn wie eine Lawine – eine Lawine aus reinem Sound. Der dunkle Raum war mit milchigen Rauchschwaden verhangen. Laser flackerten im Takt der sehr schnellen Musik, die verschiedensten Körperteile einer großen Zahl von Tanzenden offenbarend. Auf einer kleinen Bühne, deren Boden wie ein Spiegel glänzte, hampelte ein Schatten hinter dem größten Mischpult herum, das er je in einem Club gesehen hatte. Der DJ war gesichtslos, selbst sein Kopf war bedeckt. Er war dürr wie ein Skelett, doch vielleicht war dies bloß eine optische Täuschung.

Die Intensität der Musik lag jenseits von allem, was Paul in dieser Richtung bislang erlebt hatte. Für einige Sekunden war er praktisch bewusstlos, während er durch die dichten Marihuana- und Crack-Rauchschwaden wankte und das Gefühl hatte, schon nach dem zweiten Atemzug berauscht zu sein. Dann fühlte er sich mit einem Mal so, als sauge die Musik ihn auf, reiße ihm die Seele aus dem

Leib und lasse ihn über den Boden schweben. Er schrie, wusste und spürte, dass er schrie. Aber die Musik war so laut und der Rhythmus so mitreißend, dass sein Bewusstsein die Kontrolle über die primitiven Hirnareale verlor und er unweigerlich zu tanzen begann. Er dachte an Voodoo, an das Herumhampeln der Medizinmänner, an die Trance der Götter.

Er konnte nicht anders als zu tanzen. Es war unmöglich aufzuhören. Um ihn herum offenbarten die Laser schwitzende, aber wunderschöne Gesichter, Göttinnen und Götter, und er glaubte, sich auf irgendeinem olympischen Berg zu befinden. Er hatte das Gefühl, sich aus dem Ozean des Lebens in ein höheres Dasein erhoben zu haben. Er war von tiefer Zufriedenheit erfüllt, sein Herz explodierte vor Glückseligkeit, und ein Gefühl durchströmte ihn, als hätte flüssiges Feuer das Blut in seinen Adern ersetzt.

Es war Zauberei, dachte er, pure Magie. Satans Hufe trampelten auf ihm herum, gleichzeitg aber streichelten Satans weiche Hände seine Seele. Er sah die Frau – Miriam – mit zwei anderen Schönheiten neben der Bühne stehen. Dann erschien ein Mann und stürmte auf der Tanzfläche umher, als hätte er einen schlimmen Anfall. Er trug einen wallenden schwarzen Umhang, auf den ein rotes Pentagramm genäht war, und hieb mit einem Funken sprühenden Zauberstab auf die wild herumspringenden Gäste ein.

Dann sah Paul, dass die meisten Tänzer fast nackt waren und dass eine Frau einem Mann mit einer riesigen Spritze unter die Zunge stach und dass der Mann die Augen verdrehte, als stünde er kurz vor dem Exitus. Schweiß flog durch die rauchgeschwängerte Luft. Unzählige Pillen lagen auf dem Fußboden. In diesem Etablissement gab es mehr Drogen, als er je auf einem Haufen gesehen hatte, sei es in Bangkok, in Paris oder sonstwo.

Es war höllisch und himmlisch zugleich; er war glücklich und hatte Todesangst. Es kam ihm vor, als wäre in dieser gottverdammten Tanzhöhle der Teufel persönlich anwesend, und er fühlte sich, als würde ihn wieder der nordvietnamesische Verhörspezialist in Muang Sing vergewaltigen. Die Musik wurde noch eine Spur lauter und treibender, wummerte durch seinen Brustkorb und brannte sich in sein Hirn, und dann traf ihn der Magier mit seinem Zauberstab, und der Schlag fühlte sich an wie eine auf ihn niederprasselnde Mörsersalve.

Die Beleuchtung änderte sich. Aus den Lasern wurden weiße Lichtbalken, die breite Schatten über die Tanzenden warfen. Als er aufschaute, blickte er in einen weiten Himmel voller Wolkentürme, zwischen denen die lichterloh brennende Hindenburg explodierte.

Sein gesamtes Selbst entglitt ihm – sein Name, sein Ich-Gefühl, der Schmerz über den Tod seines Vaters, die Erinnerung an seine Mutter, die zu ihm gesagt hatte: ›Du bist ein guter Junge, ein guter Junge.‹ – All das wurde ihm entrissen und hinfortgespült auf den treibenden Rhythmen der besten, aufregendsten und genialsten Musik, die er je in seinem Leben vernommen hatte.

Dann tauchte eine der Schönheiten auf, die bei Miriam Blaylock gestanden hatten. Sie hatte dunkles Haar und Rundungen, bei denen jeder Mann gerne Hand anlegen würde. Sie tanzte auf ihn zu und begann, ihn zu entkleiden. *Ich weiß, was ich tue*, dachte er. *Ich lasse dies geschehen, weil ich so viel Spaß habe wie noch nie in meinem verdammten Scheißleben*. Dann half er dieser exquisiten Schönheit, ihm die Hose auszuziehen und warf sie achtlos auf den Boden.

Keiner störte sich daran, keiner hielt ihn auf. Er tanzte in einem herrlich prickelnden Ozean der Glückseligkeit, auf Wellen unendlicher Freude, und all die Gesichter der Göttinnen und Götter strahlten ihn beseelt an.

Er rief: »Ich schwebe auf Wolken! Ja, wirklich, ich *schwebe*!« Dann fiel es ihm ein. Er hatte eine Magnum getragen. Wo war die Waffe? Ganz gleich, das war nicht mehr sein Problem und überhaupt, wen kümmerte es schon? Im Augenblick war er ohnehin nicht auf Vampir-Jagd.

Einen so abgefahrenen Club hatte er noch nie gesehen. Dies war kein Club, es war eine Art schamanische Dämonenhöhle.

Geil!

Der Raum veränderte sich erneut, und dieses Mal schrie er vor Schreck auf. Er schrie und stolperte umher, konnte gar nicht mehr aufhören zu schreien, denn plötzlich war der Fußboden verschwunden – und er stand dreihundert Meter *über* Manhattan. Der Verkehr raste im Tempo der Musik durch die Straßenschluchten, und unter seinen Füßen zogen kleine Wolkenfetzen vorüber. Die Täuschung war so perfekt, dass man nicht glauben konnte, festen Boden unter sich zu haben. Diese Musik, diese wundervolle, treibende, animalische Dschungel-Musik hämmerte so heftig auf seine Nervenenden ein, dass er sich nicht mehr als ein körperliches Geschöpf mit Gewicht und Alter wahrnahm, sondern als altersloses, über die Stadt fliegendes Lichtwesen.

Jemand kniete vor ihm nieder und begann, ihm einen zu blasen, und zum ersten Mal in seinem Leben genoss er es, ohne sich zu sorgen, wer es wohl sein mochte. Es war ihm gleich, ob es eine Frau war oder ein Mann oder ein gottverdammter Gorilla. Er genoss es einfach, genoss das in seinen Adern pulsierende Blut, genoss seinen rasenden Herzschlag und das Gefühl völliger Schwerelosigkeit.

Dann blickte er doch an sich hinab und sah die nackte Frau aus der Limousine in der Houston Street. Sein Schwanz steckte tief in ihrem Rachen, mitten auf der verdammten Tanzfläche, und es war der mit Abstand beste Fellatio, der ihm je geboten worden war.

Die in ihm pulsierende Lust war so intensiv, dass er sich nicht mehr auf den Beinen halten konnte. Seine Knie knickten ein. Jemand hielt ihn aufrecht, jemand, der so stark war, dass er selbst seinen Körper völlig erschlaffen lassen konnte. Die Hände der Person waren lang und schmal und fühlten sich auf seiner Haut kühl an, die Arme aber lagen wie reglose Stahlträger in der Luft. Er konnte nicht hinfallen. Die Lust wogte in ihm hin und her wie tosende Wellen, brandete von seiner Schädeldecke hinab bis in die Zehenspitzen und wieder zurück nach oben.

Er schloss die Augen, und in Gedanken sah er nicht die Frau, die ihm einen blies, sondern Miriam Blaylock. Wie konnte sie so schön sein? Wie war so etwas möglich? Sie musste eine Art Zauberin sein oder ein Dämon, aber das spielte keine Rolle. Gott, war die Frau schön.

Dann merkte er, dass er keinen mehr geblasen bekam. O Gott, war das böse, ihn kurz vor dem Orgasmus einfach stehen zu lassen. »Scheiße!«, brüllte er laut.

Die Musik riss ihn mit wie eine Sturmflut. Seine Hoden schmerzten, weil sein Schwanz zu lange erigiert gewesen war, ohne sich zu entladen. Egal. Was war das nur für göttliche Musik? Er merkte, dass er wieder tanzte und sah, dass auch die anderen Gäste wieder wild umhersprangen. Als er zur Bühne schaute, sah er vor dem riesigen Mischpult sechs Frauen und sechs Männer tanzen. Dahinter hatte der DJ seine Kapuze abgestreift. Paul fielen seine gelben Augen auf.

Wie er sah, tanzte nun auch Miriam Blaylock. Sie schaute mit leuchtenden Augen zu ihm herüber, und als sie sah, dass er nackt war, legte sie den Kopf auf die Seite, setzte zum Spaß eine verärgerte Miene auf und hob mahnend den Zeigefinger. O Mann, sie war die schönste Frau, die er je gesehen hatte. Gott mochte sie dafür selig sprechen, dass sie ihn in diesen wunderbaren Club gelassen hatte, wo er mit Göttinnen und Göttern tanzen durfte. Sie musste ihn wirklich mögen. Vermutlich hatte er sie stärker beeindruckt, als ihm bewusst gewesen war. Falls nötig, würde er behaupten, er sei der verdammte CIA-Direktor. Wenn es nach ihm ginge, würde er diesen herrlichen Ort bis zu seinem Tod nie wieder verlassen.

Dann wurde es plötzlich dunkel und totenstill. Er stolperte, wäre fast hingefallen, aber niemand sonst rührte sich. Alle standen völlig reglos da. Er hörte keinen Mucks, nicht nach dieser Musik.

Die Lichter gingen an, und plötzlich waren die Göttinnen und Götter wieder zu gewöhnlichen Menschen geworden. Die meisten waren junge Leute Anfang zwanzig; einige Ältere waren auch darunter. Hier und dort fielen ihm bekannte Gesichter auf, keine Leute, deren Namen er kannte, sondern Gesichter, die er im Fernsehen und Kino gesehen hatte, ohne zu wissen, wie sie hießen. Er hatte noch nie mit Berühmtheiten getanzt.

Ein Mann betrat die Bühne. Ein fernes, wie Blätterrascheln tönendes Geräusch erklang, und er stimmte mit ein in den tosenden Applaus. Hatte die Musik sein Gehör zerstört? Er hatte Zeit seines Lebens lauten Rock gehört, aber das hier war etwas ganz anderes. Dies war Musik gewesen, die einen dermaßen in andere Sphären versetzte, dass er sich jetzt vorkam, als wäre in ihm eine Art Lösch-Taste gedrückt worden. Er fühlte sich völlig leer, wie eine Seele, deren Programm gelöscht worden war.

Im Licht sah er zu, wie die Leute sich anzogen und dabei immer noch alle möglichen Drogen einschmissen. Einige Gäste vögelten sogar noch herum. Der eine oder andere Mann hatte noch eine Erektion und schien sich nicht das Geringste dabei zu denken. Nun sah er auch, dass einige der Gäste nicht einmal Halbwüchsige waren. Es waren Zehn-, Elf- und Zwölfjährige. Offenbar verfügte der Club über eine Zahl von Unterhaltungs-Kindern, die unter Alkohol und Drogen gestellt wurden und nackt mit nackten Erwachsenen herummachten. Dies war ein echter, wahrhaftiger Sündenpfuhl der allerschlimmsten Sorte.

»Unfassbar«, sagte er zu einem Pärchen, das in seiner Nähe stand, »hier geht's ja fast zu wie in Bangkok!«

Durch zwei große Türen kamen Kellner in den Raum und boten den Gästen Speisen und Weine an, die sie auf riesigen goldenen Tabletts und in Gold- und Kristallschüsseln hereintrugen; die Teller und Bestecke waren ebenfalls aus purem Gold.

»Allmächtiger«, sagte er zu einem anderen Pärchen, »diese Pötte müssen Millionen wert sein!«

Ihm war nicht aufgefallen, dass er der Einzige war, der redete, bis ein Mann mahnend einen Finger über die Lippen legte.

»Ich soll still sein?«

Der Mann nickte.

Zum Teufel damit, er wollte nicht still sein. Er wollte mit irgendeinem jungen Ding über versautes Zeug quatschen.

Er wollte sich zum Höhepunkt blasen lassen. Andererseits, wenn sie es unbedingt so wollten, würde er eben die Klappe halten. Er war eben der Neue im Veils.

Sarah sah, wie Leo Miriam von der DJ-Bühne fortzog und hörte sie sagen: »Miriam, dieser *Mann*! Er ist einfach schrecklich!«

»Er ist auch ganz allein«, entgegnete Miriam leise.

Leo schien nicht zu begreifen. »Schmeiß ihn doch einfach raus. Er stört die Atmosphäre.«

Sarah kam zu ihr, zog sie beiseite und sagte: »Wir reden nicht in diesem Ton mit Miriam.«

»Was? Es geht doch bloß um diesen Kerl. Es war dumm, ihn hereinzulassen. Er hatte sogar eine Waffe dabei!«

Sarah führte Leonore eilig aus dem Raum. Das grelle Licht der Club-Küche eignete sich besser für diese Diskussion. »Hör zu, Leo. Du darfst sie *niemals* kritisieren. Ihr Blut in dir zu haben gibt dir noch längst nicht das Recht dazu. Es ist genau umgekehrt. Vorher warst du ihre Freundin. Jetzt gehörst du ihr.«

»Weißt du was, Sarah? Du bist ein riesiges Arschloch.« Leo wirbelte herum und stürmte durch die Schwingtüren hinaus.

Sarah fand es erstaunlich, wie wütend sie wurde, als sie dieser arroganten kleinen Hexe nachblickte. Es war eine gelassene, leidenschaftslose Wut, eine tief sitzende Abneigung. Der Gedanke, Jahr um Jahr mit Leo leben zu müssen, war einfach schrecklich.

Bevor Leo aufgetaucht war, war sie nicht loyal genug gewesen. Sie hatte nicht die Skrupel abschütteln können, die sie aus ihrer Vergangenheit in ihr neues Leben miteingebracht hatte. Doch das würde sich ändern. Miri hatte sie ihrer selbst beraubt. Aber weil sie keine Freiwillige war, sondern eine Gefangene, galt noch eine andere Wahrheit. Miri war für sie verantwortlich. In dieser Weise gehörte Miri auch ihr. Sie besaß Rechte in dieser Beziehung. Sie hatte ihren angestammten Platz und beabsichtigte nicht, sich von Leo verdrängen zu lassen.

Sie ging in das Büro und beobachtete durch den Einweg-Spiegel die Tanzfläche. Alle aßen, knabberten an honiggetränkten Spatzenspießen und anderen exotischen Speisen, die Vincent auf Miris Geheiß zubereitet hatte. Miriam hatte kein Interesse an den Gerichten der Menschen, was aber nicht hieß, dass sie sich damit nicht auskannte. Ihre Kochrezepte überspannten drei Jahrtausende. Honiggetränkte Spatzenspieße waren die Hot Dogs des Elizabethanischen Englands gewesen.

Sarah beobachtete den Mann. Auf seine Art wirkte er sehr anziehend – er war groß, muskulös und hatte besonders intelligente Augen. Sie war auf die Tanzfläche gegangen und hatte ihn ein paar Minuten lang mit dem Mund verwöhnt. Sie versuchte sich vorzustellen, wie sich sein riesiges Organ in ihr anfühlen würde.

»Hör auf zu träumen«, sagte Miri, als sie hereinkam. »Und zieh dich an. Du bist die Einzige, die noch nackt ist, außer dem gut gebauten Objekt deiner Träume dort draußen. Bist du scharf auf ihn?«

»Was hat es mit ihm auf sich?«

Miriam setzte sich an ihren Schreibtisch. Sie stellte einen Geldkoffer auf die Tischplatte und klatschte in die Hände. »Zack zack.«

»Ich soll schon zählen? Es ist erst zwei, Miri.«

»Rudis Taschen sind prall gefüllt. Du wirst heute zweimal zählen müssen.«

»Ich ahnte, dass wir guten Umsatz machen würden.«

»Du möchtest wissen, was es mit ihm auf sich hat?«

»Ja.« Sarah sortierte die Geldscheine, legte die Bündel zum Zählen zurecht. Sie sah aber schon jetzt, dass es über hundert Riesen waren. Miriam zog das Geld an wie ein Magnet Eisenspäne anzieht. Uralte Hüter-Magie, befand Sarah. »Und, was gibt es über ihn zu berichten?«

»Ich weiß nicht, ob ich es dir verraten soll.«

»Bitte, vertraue mir, Miri. Es tut mir weh, wenn du mir misstraust.«

»Und mir tut weh, wenn auf dich kein Verlass ist, Kind.«

Sarah stapelte die Zwanzig-, Fünfzig- und Hundertdollarnoten zu feinsäuberlichen Bündeln.

»Ich habe über mein Verhalten nachgedacht und möchte dich um Vergebung bitten. Ich möchte, dass du weißt, dass du meiner Loyalität vollkommen sicher sein kannst.«

»Ja, jetzt, wo du dich durch eine mögliche Nachfolgerin bedroht siehst. Ich wünschte, du hättest mir dies gesagt, bevor ich ihr mein Blut gab.«

»Warum hast es überhaupt getan? Jetzt müssen wir sie auf ewig ertragen! Und sie ist so – o Miri, sie ist so taktlos und dumm.«

Miriam zuckte die Achseln. »Möchtest du später eine Pfeife rauchen, Kind?«

»Ich dachte, du wärst wütend auf mich.«

»Im Augenblick nicht. Und genau gemommen soll es eine Pfeife zur Feier des Tages sein. Wir werden zweihundert Jahre altes Opium rauchen.«

»Aus welchem Anlass?«

»Ich werde diesen Mann in meinen Privatraum lotsen, und dann werden du, Leo und ich uns viel, viel Zeit mit ihm lassen. Wir werden ihn an Leo verfüttern. Er wird ihre erste Mahlzeit sein. Glaubst du, das bekommt sie hin, Doktor?«

Sie war sofort erregt – und erschrocken. ›Viel, viel Zeit‹ bedeutete, dass den Mann höllische Qualen erwarteten. »Miri, ich mag es nicht, wenn sie leiden müssen.«

»Und wenn ich dir verrate, dass er derjenige ist, der mich jagt?«

Sie hörte mit dem Geldzählen auf, vergaß die Zwischensumme. »Du meinst ...«

Nun lächelte Miri. »Ich habe ihn in mein Spinnennetz gelockt, Sarah. Ich sah jeden seiner Schritte voraus. Er ist unser Gefangener.«

»Er ist der Mann aus Paris?«

»Ja.«

Sarah betrachtete ihn abermals durch den Einweg-Spiegel. »Wenn wir ihn töten, ist es dann vorbei? Bist du dann außer Gefahr?«

»Es wird ein schwerer Schlag für sie sein, denn der Mann dort draußen ist ihre gefährlichste Waffe. Dieser Mann ist der Grund, weswegen sie gewinnen.«

»Wer, Miri?«

»Es gibt Leute, die die Hüter umbringen, Sarah. Sie schlachten uns überall auf der Welt ab.«

»*Leute*?«

»Ja, und dieser Mann ist ihr Anführer.«

Sarah setzte sich auf einen Stuhl. »Und wir werden ihn an Leo verfüttern?«

»Sie braucht Nahrung, Liebes, genau wie wir. Auch sie hat ein Recht auf frisches Blut.«

Paul suchte seine Kleider. Die übrigen Gäste hatten sich längst angezogen. Langsam wurde er ärgerlich. »Entschuldigen Sie«, sagte er zum wiederholten Male, »ich glaube, das ist meine –« Aber es war nicht seine Hose. Nichts war seins. »Hey, hören Sie, ich vermisse meine Brieftasche.« Er durfte sie auf keinen Fall verlieren, verdammt nochmal. Er hatte sechshundert Dollar dabei gehabt. Der Rest lag einigermaßen sicher unter der Matratze im Terminal Hotel, bis auf die Dreihundert, die er für die ebenfalls verschwundene Magnum hingeblättert hatte.

»Hey Leute!«, rief er zu niemand bestimmtem. »Ich vermisse meine Klamotten! Ist irgendwer für sowas zuständig?«

Die anderen Gäste ignorierten ihn. Offenbar sollte es eine Art Scherz sein. Er war nun die einzige unbekleidete Person in dem Raum. Die Beleuchtung war so hell, dass sie sich ebenso gut an einem Strand hätten befinden können. Mist, es war wie in einem dieser merkwürdigen Träume – man steht splitternackt in einem Kaufhaus, oder so.

Er sah einen Kerl neugierig zu ihm herüberstarren und wedelte ihm mit seinem Schwanz zu. »Gefällt dir, das Ding, was?«

»Er ist schön.«

O Gott, er hatte königlichen Spaß gehabt. Sonst hatte er nie Spaß. Im Puff einen geblasen zu bekommen und sich anschließend vollaufen zu lassen machte keinen Spaß; es war Arbeit, man diente seinen Trieben.

Bestimmt saß die Geschäftsleitung hinter der Spiegelwand und sah zu, wie sich der New Yorker Geldadel auf seine Kosten amüsierte. *Ich sollte einen von euch Halbschwulen mal in eine Vampirhöhle stecken*, dachte er, *und abwarten, ob ihr das auch lustig fändet*. Er schaute finster in die Runde. Irgendwo in der Menge kicherte eine Frau, aber sein grollender Blick ließ sie sofort verstummen.

Er trat zum Büffet hinüber. Kleine tote Augen starrten zu ihm auf. Aber es gab auch Kaviar, und er vermutete, dass dies die teuerste Speise auf dem Tisch war. Er schaufelte mit bloßen Händen einen großen Klumpen von dem Zeug aus der Schüssel, was all die Feinschmecker entsetzt aufstöhnen ließ. Dann schleuderte er den Kaviar gegen den verfluchten Einwegspiegel.

»Ich will meine Klamotten«, sagte er leise. »Oder ich nehme den Laden auseinander.« Er sprach mit so sanftmütig klingender Intensität, dass es ratsam schien, seiner Aufforderung augenblicklich Folge zu leisten.

Leo, die für den Abend und, wenn alles gut ging, für den Rest ihres extrem langen Lebens genug von dem Kerl hatte, sagte: »Ich bringe Ihnen Ihre Kleider.«

»Kluges Mädchen.«

Es dauerte einige Augenblicke, denn Miriam wollte nicht, dass er wieder seine langweiligen Spießerklamotten anzog. Sie wollte ihn in eleganter Kleidung sehen und hatte darum Luis nach Hause geschickt, um einige von Johns Sachen zu holen. Er war gerade mit einem schwarzen Seidenanzug und einem blutroten Oberhemd, ebenfalls aus Seide, zurückgekehrt. Miriam erlaubte nicht, dass Johns Kleider in irgendein Lagerhaus gebracht wurden, noch nicht. Vielleicht würde Sarah eines Tages ein Mittel entwickeln, das bei ihm wirkte. Sein Körper war schließlich noch in einem einigermaßen guten Zustand.

»Es ist verrückt, den Kerl hier zu haben.«

Sarah, die wieder mit Geldzählen beschäftigt war und sich nicht unterbrechen lassen wollte, warf Leo nur einen Blick zu. Da sie nun ein Geheimnis mit Miri teilte, von dem die Kuh nichts ahnte, fühlte sie sich besser und weniger bedroht.

Miriam schob Pauls Brieftasche in die Brusttasche des prächtigen Jacketts. Die Magnum ließ sie auf dem Schreibtisch zwischen den Geldbündeln liegen.

»Du wirst ihn in mein Zimmer herunterbringen«, sagte Miriam zu Leo.

Leo wusste, dass Personen, die dort hineingingen, nicht mehr herauskamen. »Bin ich eingeladen?«

»Ja, das bist du.«

Ein Stuhl flog an den Einwegspiegel und prallte mit einem dumpfen Knall ab. Seine unfreiwillige Nacktheit verleitete ihn zu körperlicher Gewalt.

Miriam schüttelte den Kopf. »Aber, aber.«

»Er steht splitternackt vor einer bekleideten Menschenmenge«, sagte Sarah. »Ich wäre auch wütend.«

Miriam schmunzelte. »Zeig ihm den Club, Leo. Lass ihn ein bisschen mit dir spielen. Aber wage es ja nicht, ihn kommen zu lassen, falls du mit ihm schläfst. Versprochen?«

Leo ging um den Schreibtisch herum und küsste Miriam auf die Wange. Sarah konnte es nicht mit ansehen. Sie starrte auf die Magnum vor ihr, nahm die Waffe und richtete sie auf Leo. »Vergiss nicht«, sagte sie, »er ist gefährlich.«

Ein weiterer Stuhl flog an das Fenster.

»Richte es so ein, dass du mit ihm in einer halben Stunde an meiner Tür bist«, rief Miriam der hinauseilenden Leo nach. Dann wandte sie sich zu Sarah. »Richte nie wieder eine Waffe auf sie.«

»Sie ist so frech zu dir.«

»Sie ist, wie sie ist. Akzeptiere das.«

»Du willst sie statt mich!«

Miriam trat dicht an Sarah heran und nahm ihr Gesicht in die Hände. »Reiß dich zusammen«, sagte sie und drückte fester zu, presste die Kiefer- und Wangenknochen so fest zusammen, dass Sarah beinahe die Augen aus dem Kopf fielen. »Wirst du das tun?«

Sarah nickte. Sie konnte nicht sprechen.

Miriam konnte mit bloßen Händen einen Menschenschädel zerquetschen. Sie drückte noch fester. »Bist du dir sicher?«

Sarah nickte erneut. Schleim begann ihr aus der Nase zu laufen. Sie stampfte und scharrte mit den Füßen. Ihre Wangen brannten.

»Keine Eifersucht«, sagte Miriam.

Sarah warf sich tränenüberströmt in Miriams Arme. »Bitte, verlass mich nicht!«

Diesen verzweifelten Ausruf hatte Miriam bisher von jedem gehört, und jedes Mal ging es ihr zu Herzen. Ihre Spielgefährten waren tragische Geschöpfe. Sie schämte sich für ihre Selbstsucht. Aber sie genoss nunmal ihre Menschen, und dies war letztlich, was für sie am meisten zählte. Hüter brachten den Menschen Leid. Dies war nun mal das Wesen der Natur.

Sie küsste Sarah. »Besser?«

»Es tut mir Leid, Miri. Du bedeutest mir eben unendlich viel. Ich kann ohne dich nicht leben.«

»Meine Liebe, ich habe eine sehr wichtige Aufgabe für dich.« Sie zeigte ihr einen Messingschlüssel. »Dies ist der Schlüssel zu seinem Hotelzimmer.« Sie warf ihn auf den Schreibtisch und nannte Sarah die Adresse. »Fahr mit Bill oder jemand anderem dorthin. Geh in sein Zimmer und nimm alle seine persönlichen Sachen mit. Und wenn du ein kleines, schwarzes Buch findest, ein sehr altes Buch –«

»Er hat ein Buch der Namen?«

»Wenn wir Glück haben.«

Sarah war schockiert. »Was sollte es ihm nützen?«

»Sie können Prime lesen. Zumindest teilweise.«

Sarah war fassungslos. Sie hatte in einem einzigen Wortgebilde einhundertachtzig verschiedene Schriftsymbole gezählt. Es war die mit Abstand komplexeste Schriftsprache, die es auf der Welt gab. Wer sollte imstande sein, einen so komplizierten Code zu knacken?

»Bist du dir sicher?«

»Ich glaube, sie haben Hilfe von Kryptographen der NSA bekommen.«

Sarah spürte, wie Kälte sie durchströmte, als hätte man ihr ein Messer aus Eis ins Herz gestoßen. »Dein Name steht in dem Buch. Deine Besitztümer. O Miri!«

Die Hüter befanden sich in entsetzlicher Gefahr, wenn diese Leute tatsächlich Prime lesen konnten. »Woher hat er das Buch? Wie konnte er es in die Hände bekommen?«

»Wenn du es findest, bringst du es auf direktem Weg hierher.«

»Und wenn ich es nicht finde?«

»Dann werden wir ihn dazu bringen, uns zu verraten, wo es ist, nicht wahr, Liebes?«

Sarah brachte ein Lächeln zustande. Manchmal quälte Miriam ihre Opfer auf so fürchterliche Weise, dass diese schrien, bis die Kräfte sie verließen. Eigentlich hasste Sarah Gewalt. Aber in diesem Fall würde es ihr gefallen, wenn dieser Mann vor Schmerzen wimmerte.

»Wir werden es aus ihm herausbekommen«, sagte sie. Sie schlang die Arme um Miri. »Danke, dass du mir wieder vertraust.«

»Geh jetzt, Kind. Fliege wie der Wind.«

Paul stieg in die Hose und bekam sie irgendwie zu. »Der Besitzer muss spindeldürr sein«, sagte er. Es gelang ihm auch, in die Schuhe zu schlüpfen, die aus so weichem Leder waren, dass er eine Gänsehaut bekam. Konnte es sein, dass diese Leute Geschenke von Vampiren erhielten? Paris hatte ihn gelehrt, dass Vampire viel öfter mit Menschen verkehrten, als er angenommen hatte. Daraus schloss er, dass die Asiaten älter waren als die Europäer und sich deswegen nur ungern auf den Straßen zeigten. Vielleicht waren die amerikanischen Vampire noch jünger und menschenähnlicher. Möglicherweise mischten sie sich sogar in einem exklusiven Nachtclub unter die Gäste.

Er betrachtete noch einmal die Schuhe an seinen Füßen. Gucci verwendete für seine Produkte sicher keine Menschenhaut, also war diese Theorie hinfällig.

Alles in allem stand ihm der Anzug ausgezeichnet, wenngleich er seit zwanzig Jahren aus der Mode zu sein schien. Das Jackett hatte einen breiten Kragen und die Hose einen leichten Schlag. Die Sachen mussten einem Mann gehören, der ebenso breite Schultern hatte wie Paul und genauso groß und kräftig gebaut war. Eben nur etwas schlanker.

Er betrachtete sich im Spiegel. »Unglaublich«, sagte er, »ich sehe aus wie ein Multimillionär.«

Leo beschloss, dass sie ihn tatsächlich abscheulich fand. »Sie sehen fabelhaft aus«, log sie.

»Wem gehört dieser Anzug?«

»Einem Freund von uns. Hören Sie, ich habe eine Idee. Der nächste DJ-Auftritt findet erst nach dem Abendessen statt. Möchten Sie den Rest des Clubs sehen?«

Eine persönliche Führung von dieser Schönheit? »Klar.«

Sie ging durch eine weitere Wand. Er folgte ihr, in Erwartung, wieder von ohrenbetäubender Musik erschlagen zu werden. Doch er wurde nicht erschlagen. Genau genommen befand er sich in gar keinem Raum. Er stand in einem japanischen Garten, im Freien – zumindest schien es so. Der Abendhimmel war übersät von Sternen, ein gelblicher Sichelmond neigte sich dem Horizont entgegen. Glockenspiele aus Bambus schufen eine entspannende Klangkulisse; Wasser floss über kleine Felsen. Grillen zirpten; eine Fledermaus flog an ihm vorüber. Hier und dort konnte er in der Dunkelheit Gestalten ausmachen. Etwa ein Dutzend Leute, alle mit schwarzen Umhängen bekleidet, saßen auf Bänken oder im Gras. Ein bebrillter Mann mit einer altmodischen Arzttasche ging wie ein Kellner zwischen ihnen umher, mit leiser Stimme redend, und reichte den Leuten Dinge aus seiner Tasche.

Paul roch Opium ... wirklich gutes Opium. Er war schon von den Rauchschwaden auf der Tanzfläche benebelt, oder man hatte ihm etwas in die Drinks geschüttet, die er vor einer Million Jahren getrunken hatte. Aber Opium liebte er über alles, und heutzutage war es eine äußerst schwer erhältliche Droge. Der Duft versetzte ihn in die Zeit im kambodschanischen Dschungel zurück, als es dort noch vergleichsweise ruhig zugegangen war und sie sich gemütlich dem Drogengenuss hingegeben hatten.

Sie waren natürlich nicht wirklich im Freien. Sie standen unter einem tief hängenden Kunsthimmel, mitten in der Betonwüste Manhattans. Leo nahm seine Hand und führte ihn am Rand des Gartens entlang.

»Hey, warten Sie. Ich habe Lust auf eine Pfeife.«

»Wenn Sie hierbleiben möchten, kostet es tausend Dollar die Stunde.«

Wahrscheinlich konnte man in diesem japanischen Garten locker zehntausend Mäuse pro Nacht loswerden.

»Der nächste Raum ist äußerst ungewöhnlich. Vergessen Sie bitte nicht, unser Credo lautet: ›Keine Grenzen und keine Verbote‹.«

»Klingt gut.« Paul folgte ihr durch eine weitere schwarze Nebelwand und stand nun in einem völlig verspiegelten Foyer, an dessen Ende sich ein Tunneleingang befand. Er zögerte. »Wo führt der hin?«

»Nach unten. Aber es sieht nur aus wie ein Tunnel. Gleich hinter dem Eingang befindet sich eine Treppe.«

Es fiel ihm schwer, in etwas hineinzulaufen, das genau wie die Tunnel in Paris aussah, aber Paul folgte ihr. Er fand sich in einem spärlich beleuchteten Treppenhaus mit schwarzen Wänden und einer niedrigen schwarzen Decke wieder. Die Gummikanten an den Stufen verliehen dem Ort die Aura einer behördlichen Institution. So musste es, dachte er, in gewissen Gefängnissen aussehen.

Sie gelangten an eine schwere Eisentür. »Was ist dahinter?«

»Wir nennen es die ›Folterkammer‹«, sagte sie lachend. »Es sind hauptsächlich Politiker drin.« Sie zog die Tür auf.

Das Erste, was er sah, war ein feuerroter Hintern. Leonore ging hinein und verpasste den Pobacken im Vorübergehen einen kräftigen Klaps. »Vielen Dank«, sagte eine Männerstimme.

Paul folgte ihr. »Soll ich auch? Ich meine, ich bin ein Mann.«

»Das ist ihm egal.«

Paul schlug ihm wuchtig auf den Hintern.

»Vielen Dank, mein Herr!«

Paul beugte sich hinunter und versuchte das Gesicht des Mannes zu erkennen, der angekettet auf dem Boden kauerte.

»Lassen Sie das. Wir schätzen Neugierde nicht«, sagte Leo.

Aber er hatte das Gesicht bereits erkannt. »Kommen alle diese Leute aus Washington?«

»Aus Washington, aus dem Kreml, aus der Downing Street, aus dem Vatikan. Sie kommen von überall.«

Es waren nicht nur Männer unter den Masochisten. Eine nackte Frau hing an der Decke, spitze Eisenhaken in ihren Brustwarzen. »Aua!«, sagte Paul zu Leonore, die gleichgültig weiterging. Eine andere Frau lag in einer spektakulären Verrenkung gefesselt auf dem Boden, zu einer Art Ball zusammengerollt, im Mund eine schmutzige Unterhose.

»Mein Gott, wer ist das?«

»Eine Verlegerin auf dem Schuld-Trip.«

Ein Mann, der an einen Holzpfahl gefesselt war, wurde von zwei anderen Männern mit langen schwarzen Lederriemen ausgepeitscht.

»Noch ein Verleger?«

»Nein, ein Senator. Die beiden anderen sind Kongressabgeordnete. Später werden sie am Holzpfahl stehen.«

»Hatten Sie je einen Präsidenten hier unten?«

»Aus welchem Land?«

»USA.«

»Welchen?«

»Nun, wie wär's mit Bush?«

»Welchem?«

Okay, die Frage war beantwortet. »Wie viel kostet dieser Raum?«

»Nichts. Ich spendiere Ihnen eine Stunde und prügele Sie windelweich.«

»Davon träumen Sie vielleicht. Ist nicht mein Ding, sowas.«

Sie zuckte die Achseln. »Sie wären überrascht, wie angenehm es ist, sich von einem Experten wehtun zu lassen. Das Ego fällt in sich zusammen. Das ist es, worum es in diesem Club geht: Das Ego zu vernichten. Es geschieht in jedem Raum, aber auf unterschiedliche Weise.«

»Auch im japanischen Garten?«

»Klar. Mit der richtigen Droge fühlt man sich dort fast wie im Himmel.«

»Droge ist Droge.«

»Falsch. Unser Dealer ist Mediziner. Er verkauft nicht bloß, sondern er stellt die Drogen selbst her. Er erhält alle körperlichen Daten unserer Kunden und weiß genau, was jeden einzelnen zum Ticken bringt. Seine ›Patienten‹ sind so breit, dass sie nach einer Weile sogar ihre Namen vergessen.«

»Und dann erschlägt einen die Musik.«

»Bei uns kann man Gott sehr, sehr nahe kommen, Mister. Dieser Ort ist heilig.«

»Hören Sie, können wir bitte weitergehen?« Dieser Teil des Clubs war nichts für ihn. Er wollte Opium rauchen oder sich wenigstens noch einen Drink hinter die Binde kippen. Jedenfalls musste er raus hier.

Dieses Mal fuhren sie in einem Fahrstuhl hoch, der so winzig war, dass sie einander berührten. Sofort geriet sein Blut in Wallung. Als die Türen aufglitten, verstärkte sich diese Reaktion noch, denn er blickte in einen kleinen Ballsaal voller wunderschöner Doppelbetten, auf denen Leute in aller Offenheit miteinander schliefen.

Ein Gesangsduo, eine aparte, groß gewachsene Frau und ein noch größerer junger Mann, stand beieinander und sang mit so zarten Stimmen, dass sie Engel hätten sein können. Er erkannte »All Through the Night«.

»O'er thy spirit gently stealing,
Visions of delight revealing,
Breathes a pure and holy feeling …«

Der Raum strahlte eine weihevolle Festlichkeit aus, die zu der Orgie nicht zu passen schien. Paul war ein kluger Mensch – daher sehr wohl in der Lage zu erkennen, dass der Club mit größter gedanklicher Sorgfalt geplant wurde. In diesem Raum zum Beispiel ging es darum, Sexualität von ihrer Sündhaftigkeit zu befreien. Hier gab es keinen Grund mehr, etwas zu verbergen.

Ab und zu war er in Vientiane oder Phnom Penh mit Freunden in ein Bordell gegangen, und meistens war es in eine Massenorgie ausgeartet. Es war lustig, aber irgendwie hässlich, und hinterher fühlte man sich schmutzig. Hier hingegen schuf das Fehlen jedweder Schamhaftigkeit eine Atmosphäre der Reinheit. Dreißig oder vierzig Menschen stellten gemeinsam alle möglichen intimen Dinge an, taten miteinander alles, was man sich nur vorstellen konnte. Ihre schwitzenden Gesichter glühten vor Lust. Aber alles wirkte freudvoll und unverkrampft. Vielleicht hatte Leo Recht, vielleicht war dieser Ort tatsächlich heilig.

Der Anblick all der ineinander verschlungenen Leiber ließ Paul intensiv auf Leo starren. Aber vermutlich lag auch sie ein paar Klassen jenseits seiner Reichweite, ebenso wie alle anderen Clubgäste … außer die Trottel in der Folterkammer. Das waren Politiker, und dies war eher seine Kragenweite. Aber sich auspeitschen zu lassen konnte er sich beim besten Willen nicht vorstellen. Er hatte auch so schon genügend Schmerzen. Die Messerwunde zum Beispiel, die zwar gut verheilte, sich aber schmerzhaft in Erinnerung brachte, sobald er den Arm hob.

Leo sah fabelhaft aus, war attraktiv bis zum geht nicht mehr. Er könnte sofort in sie eindringen, *tief* eindringen. Seine Bestückung war von einigen Frauen als sensationell bezeichnet worden. Vielleicht hatte sie Lust, ihn auszuprobieren.

Er beschloss, es auf einen Versuch ankommen zu lassen. »Hören Sie, ich würde gerne –« Der Blick, mit dem sie ihn bedachte, ließ ihn augenblicklich verstummen. »Lassen Sie uns runtergehen«, stammelte er mit vor Verlegenheit belegter Stimme. Er konnte mit ihr in diesem Raum keine schnelle Nummer schieben. Er war kein Engel; er brauchte ein bisschen Privatsphäre.

Sie schlenderte ins Foyer hinaus. Er war sich nicht sicher, was für eine Frau sie war und wollte sie nicht beleidigen. Aber er musste es irgendwie hinbekommen. Er war ein Mann. Er konnte doch nicht einfach nach Hause gehen und sich in seinem Hotelzimmer einen runterholen, nicht nach allem, was er heute Abend gesehen und erlebt hatte. Auch er wollte ein bisschen geliebt werden. Aber da ihm dies wahrscheinlich nicht vergönnt sein würde, würde sie ihm vielleicht wenigstens eine kleine Gefälligkeit erweisen.

»Ich finde, Sie sind wirklich eine – ich meine, ich könnte Ihnen eine Menge Spaß bereiten. Falls es etwas kostet – falls die Tour so läuft –«

»Ich möchte Ihnen jetzt einen ganz besonderen Raum zeigen«, sagte sie und nahm seine Hand.

Er konnte sich nicht vorstellen, wie sich das, was er bisher gesehen hatte, noch übertreffen ließ. Dies war nicht einfach bloß ein Ort, an dem man seine Gelüste auslebte. Es war ein Ort, an dem man lernte, dass man seine geheimen Gelüste nicht zu verstecken braucht, sich ihrer nicht schämen muss. Selbst die armen Schweine in der Folterkammer lernten diese Lektion, wenn auch auf ihre ganz besondere Weise.

Die Leute, die hierher kamen, waren extrem priviligiert. Er hatte es Zeit seines Lebens tragisch gefunden, dass das Leben der Menschen durch soziale Barrieren eingeschränkt wurde. Miriam Blaylock, die er inzwischen für ein junges Genie hielt, versuchte diese Barrieren niederzureißen, und allmählich war er der Meinung, dass ihr dies auch gelang.

Im hinteren Teil des Clubs betraten sie einen mit Neonröhren beleuchteten Gang und stiegen eine Stahltreppe hinunter. An jedem Treppenabsatz hing ein Feuerlöscher. Ihm waren auch die verschiedenen Notausgänge, die Sprinkleranlage und die zahlreichen Rauchmelder aufgefallen. »Ich habe in einem Nachtclub noch nie so viele Sicherheitsvorkehrungen gesehen.«

»Wir sind sehr vorsichtig. Wir möchten, dass unsere Gäste sich absolut sicher fühlen können.«

»Nun, ich habe mich im Leben noch nie so sicher gefühlt wie hier.«

Sie drückte seine Hand.

»Hören Sie«, sagte er, »tut mir Leid, wenn ich Ihnen zu nahe getreten bin oder Sie beleidigt habe. Ich – ich finde Sie halt sehr, sehr attraktiv.«

»Wie schmeichelhaft.«

Am Fuß der Treppe gelangten sie an eine Tür, die aussah, als führte sie zur Straße hinaus. Ihm kam ein schrecklicher Gedanke. »Ich werde doch jetzt nicht rausgeworfen, oder?«

Sie öffnete die Tür. Dahinter lag ein kleiner, vollständig verspiegelter Raum. Als er hineinging, starrten ihn aus allen Richtungen aberdutzende, sich in endlosen Folgen verlierende Ebenbilder seiner selbst an. Es war eine Art visuelles Echo. »Hey, das ist –«

»Viel Spaß.« Sie schlug die Tür zu, und plötzlich war er ganz allein in dem Raum. Er wirbelte herum, sah aber nur weitere Spiegel und konnte die Tür nicht mehr finden.

Er hasste nichts mehr, als eingesperrt zu sein. Aber dies war ein Ort der sinnlichen Wonnen. Einem armen Schlucker wie ihm wurde das größte Vergnügen seines Lebens bereitet, und dies würde er sich nicht verderben, indem er ausflippte.

Er würde also nicht ausflippen, aber der Mann, der ihn aus unzähligen Spiegeln anstarrte, sah aus, als würde er es doch tun. Dann glaubte er, ein anderes Gesicht zu erkennen. Er sah – o Gott, wie bescheuert es von ihm gewesen war, hier hineingegangen zu sein! Es war einer von denen, der ihn durch den verdammten Spiegel beobachtete. Er griff nach seiner nicht mehr vorhandenen Waffe, dann schlug er zu. Seine Faust drosch gegen den Spiegel. Der Raum erbebte, er spürte einen stechenden Schmerz in seiner verletzten Schulter … aber der Spiegel zersprang nicht.

Eine leise Stimme erklang: »Wenden Sie sich nach rechts und kommen Sie herein zu mir.«

Er wandte sich nach rechts. Doch außer seinem Spiegelbild war dort niemand, zu dem er hätte gehen können.

»Kommen Sie.«

Er trat einen Schitt vor, tastete nach seinem Spiegelbild – und griff ins Leere. Der Spiegel war ein weiterer unsichtbarer Durchgang.

Lief er hinein in das, was auch immer Ellen Wunderling verschlungen hatte? In eine Art superexklusive Vampirhöhle? Und wenn schon, ein paar von ihnen würde er auf jeden Fall mit in den Tod reißen.

Er betrat das palastartigste Schlafzimmer, das er je gesehen hatte. Auf dem Bett saß Miriam. Sie spielte mit größter Virtuosität auf einer Flöte. Er starrte sie an, starrte auf das hohe Bett, auf dem sie saß, und auf die phänomenale Wandtapete dahinter.

Es gab ein Fenster, hinter dem er grüne Felder und darauf arbeitende Menschen sah, Menschen, die braune Tuniken und Stoffkappen trugen. Ein in ein prächtiges Gewand der fernen Vergangenheit gehüllter Reiter gallopierte über einen Pfad.

Sie unterbrach ihr Flötenspiel für einen Augenblick und sagte: »Das ist ein Fernsehbildschirm.«

Der Effekt war beeindruckend. Das Bild wirkte so klar, dass man tatsächlich glaubte, aus dem Fenster zu schauen.

Gegenüber vom Bett stand ein großer geschnitzter Holzstuhl, fast ein Thron. Er nahm darauf Platz. Er sah Miriam beim Spielen zu, lauschte der lieblichen Melodie. Diese junge Frau war eine hervorragende Musikerin. Worum es im Veils ging, war grenzenloser Reichtum und die Macht menschlicher Genialität. Wenn man das Geld besaß, konnte man im Veils seine Seele neu erschaffen lassen.

Oder wenn man ein geflohener Geheimagent mit einer Glückssträhne war, so wie in deinem Fall, dachte Paul.

Miriam trug ein weißes Nachthemd, das oberhalb ihres Busens von einem rosafarbenen Bändchen zusammengehalten wurde. *Ich war noch nie mit einer so wundervollen Frau an einem so wundervollen Ort*, dachte er, *und ich glaube, dass ich in Kürze flachgelegt werde.*

Allmächtiger. Er musste sich gedanklich auf das Kommende vorbereiten. Wenn sie mit dieser lieblichen Melodie fertig war, würde sie den Blick heben und aus ihren engelhaften Augen zu ihm hinüberschauen. Sein Ständer war jetzt schon hammerhart. Die Frage war, wie er – falls es tatsächlich dazu kam – es anstellen sollte, nicht schon beim zweiten Stoß zu ejakulieren.

Die Musik endete. Sie legte die Flöte beiseite.

Als er leise applaudierte, lachte sie. »Ich habe nur herumgedudelt.«

»Sie haben Galways *Präludium zum Nachmittag eines Pfau* besser gespielt, als ich es je gehört habe. Sogar besser als Galway selbst.«

»Ich vergöttere James.«

»Sie kennen ihn?«

»Wir haben zusammen musiziert.«

»Ach so.«

Stille trat ein. Er wusste nicht, was er als Nächstes tun oder sagen sollte. Er befand sich hier in einer völlig anderen Liga, so viel stand fest. Er schaute zur Decke hoch, an die ein sternenübersäter Nachthimmel und ein leuchtender Vollmond gemalt war, in dem sich eher ein Schlangen- als ein Menschengesicht zu verbergen schien. Auch die Konstellationen der Sterne sahen seltsam verschoben aus.

»Die Decke ist antik. Gefällt sie Ihnen?«

»Ja, sie ist wunderschön. Wie alt ist sie?«

Sie stieg vom Bett, kam herüber und setzte sich zu ihm auf die Armlehne. »Sie stammt aus Atlantis.«

»Ach so«, sagte er erneut und kam sich sofort wie ein Vollidiot vor. War er ein Schlaganfall-Patient, oder was? Konnte er sich nichts Lustigeres als Erwiderung auf ihren kleinen Scherz einfallen lassen?

»*Ach so* was?«

»Verzeihen Sie, ich –. Ich bin total überwältigt. Ihr Club – ich meine, es ist einfach unfassbar. Ich muss gestehen, dass ich mich ein wenig fehl am Platz fühle.«

Sie beugte sich herunter und strich ihm durch die Seidenhose hindurch über den Oberschenkel. Zu der Kleidergarnitur hatte kein Slip gehört, daher war die Wirkung ihrer Berührung deutlich zu erkennen.

»Sie müssen sich ein wenig abkühlen«, sagte sie.

»Ich muss mich ein wenig abkühlen«, wiederholte er.

Sie erhob sich und ging zu einer dunklen, mit kunstvoll eingeschnitzten Schlangenleibern verzierten Holztruhe. Sie öffnete sie, und er sah mit Erstaunen, dass sie ein kleines Gestell mit zwei Opium-Pfeifen aus Elfenbein herausholte. So schöne Pfeifen hatte er noch nie gesehen. »Sie sagten, Sie würden gerne etwas rauchen. Ich denke, ich kann Ihnen helfen.« Dann hielt sie jedoch inne und legte den Kopf schräg, als wäre ihr soeben ein völlig neuer Gedanke gekommen. »Wir haben doch nichts gegen Drogen, nicht wahr, Mr. CIA?«

»Nein, die Firma ist einer der größten Importeure des Landes. Außerdem rauche ich das Zeug seit Kambodscha. Ich habe einen extremen Beruf. Ohne extreme Entspannungsmittel hält man es nicht aus. Man muss Gegenmaßnahmen ergreifen.«

Sie bereitete die beiden Pfeifen und reichte ihm eine.

»Da ist ja wieder das antike Feuerzeug. Sie sollten es wirklich nicht mehr benutzen; sie werden sich schrecklich verbrennen.«

Sie warf ihm einen Blick zu, der ihn innerlich zusammenfahren ließ. War es ein abweisender Blick? Oder gar ein hasserfüllter? O Gott, wenn …

Aber dann lächelte sie ihn wieder so süß an, dass er fest davon überzeugt war, dass sie ihn wirklich charmant fand.

Er nahm einen langen Zug und wurde mit einer vollen Ladung wohlschmeckenden Opiumrauchs belohnt. Er sog ihn tief in seine Lungen und spürte, wie die Droge in sein Blut strömte. Allmächtiger, war das gutes Opium.

Sie zündete ihre eigene Pfeife an, dann ging sie zum Bett und legte sich auf die Seite. Er tat es ihr nach, lag Gesicht an Gesicht mit ihr. Während sie rauchten, merkte er, dass seine Erektion erschlaffte. Das war gut. Das Opium würde dafür sorgen, dass sie die ganze Nacht lang miteinander Spaß hatten.

Sie gab ihm einen kurzen, neckischen Kuss auf den Hals, dann kicherte sie. Er küsste sie ebenfalls, jedoch heftig und lange. Auf den Mund.

Nach diesem Kuss kicherte sie nicht.

17

Blutkind

Miriam war vorsichtig, als er sie küsste. Sie war sich nicht sicher, wie viel er über die Hüter-Anatomie wusste, und bis sie es herausfand, würde sie nicht riskieren, ihre Zunge gegen seine zu reiben. Nach dem Kuss schaute er sie aus den traurigsten Augen an, die sie je bei einem Menschen gesehen zu haben glaubte.

Sie rauchten weiter. Miriam bereitete die Pfeifen.

Er verschlang sie noch immer mit den Augen, und am Rande ihres Bewusstseins kam ihr der Gedanke, dass er sie auf einer niedrigen Wahrnehmungsebene vielleicht schon erkannt hatte.

Sie schenkte ihm ein kalkuliertes Lächeln, das verlegen und ein wenig überrascht wirken sollte.

Er rauchte und schloss seufzend die Augen.

Nach einigen Minuten legte sie die Pfeifen beiseite. Sie wollte, dass er sich entspannte, nicht, dass er ohnmächtig wurde. Mehr als zwei Pfeifen von diesem Opium setzten jeden Menschen außer Gefecht, ganz gleich, wie gut seine Konstitution war.

»Niemand interessiert sich mehr für Opium«, sagte er und sank auf das Bett zurück. »Ich meine, ich habe damit im kambodschanischen Dschungel angefangen. Ziemlich primitive Gegend.«

»Mein Opium wurde auf einer königlichen Länderei in Myanmar angebaut und in einer Einrichtung weiterverarbeitet, die 1952 für die CIA gebaut wurde. Einige behaupten, es sei das beste Opium der Welt. Kannten Sie Maurice McClellan? Er hat die Operation für die CIA geleitet.«

»Ich kannte Maurice.«

Er betrachtete sie plötzlich aus Augen, die so hart und kalt waren wie schwarze Diamanten. Sie registrierte mit ärgerlichem Erstaunen, welch dummen Fehler sie begangen hatte. Wenn sie wirklich erst Anfang zwanzig war, wäre sie noch ein kleines Mädchen gewesen, als Maurice starb.

»Er war ein Freund meines Vaters«, sagte sie, rollte sich auf den Rücken und legte die Hände hinter den Kopf, um ihre völlige Entspanntheit zu demonstrieren. »Er hat ihn mit Prinz Philip bekannt gemacht.«

»Ja, typisch Maurice. Er verkehrte in sehr elitären Kreisen.«

»Wissen Sie, was wir tun sollten?«, fragte sie.

»Was?«

»Wir sollten zusehen, dass Sie es ein bisschen gemütlicher haben.«

»Das ist ein Spitzenanzug. Ich mag es, wie sich die Seide auf der Haut anfühlt.«

»Es ist Club-Kleidung. Wenn jemand kommt, der ...«

»Wie ein Penner gekleidet ist, so wie ich.«

»Sie haben meine Gäste beunruhigt. Die dachten, Sie wären eine Art Bulle, oder so.«

»Haben Sie öfter Bullen im Club?«

»Sicher. Das Revier ist gleich um die Ecke.«

»Ich weiß.«

»Ist aber kein Problem.« Nicht so lange sie dem Revier wöchentlich fünfzigtausend Dollar zahlte und die Hälfte der mächtigen Leute in der Stadt dafür sorgten, dass in diesem bestimmten Straßenzug niemand auf Patrouille geschickt wurde.

Ihre Hände glitten unter sein Hemd. Er blinzelte. Er bekam so schnell eine Erektion, dass sein anschwellender Penis die Seidenhose rascheln ließ. Als sie sein Hemd aufknöpfte, überlegte sie, wie viel Blut er verlieren konnte, ohne zu sterben. Er war sehr kräftig. Vermutlich würde er es eine Ewigkeit aushalten. Sobald er gefesselt war, beabsichtigte sie, ihr Make-up abzulegen und ihn wissen zu lassen, dass er von einem Hüter gefangen genommen worden war. Dann würde sie ihm ein winziges Loch in den Hals beißen und ihn als Lehrmaterial benutzen, würde ihn von Leo in kleinen Schlucken ausschlürfen lassen.

Sie strich ihm über die Schultern, zog das Hemd zurück. »Sie sind *so kräftig*«, hauchte sie.

»Ich hebe Gewichte.«

»Wie viel schaffen Sie?«

»Oh, zweihundert. Zweihundertzwanzig, wenn ich fit bin.«

»Sind Sie denn nicht fit?«

»Nun, ich habe einige schädliche Hobbys.« Mit einem Nicken deutete er auf die Pfeifen. »Das, harten Alkohol, Mädchen. Ich habe zu lange in Asien gelebt, zu viele Dinge getan – zu viel Arbeit eben.«

»Was tun Sie denn genau?«

»Das ist geheim.«

Sie legte den Kopf auf seine Brust und schmiegte sich wie eine Katze an ihn. »Klingt aufregend.«

»Was glauben Sie denn, was ich tue?«

»Sie – warten Sie – Sie sind *sehr* stark. Und Sie sind klug.« Sie flüsterte: »Wahrscheinlich sind Sie ein Profikiller der Regierung.«

Er schmunzelte. »Sie haben mir die Waffe abgenommen.«

»Wir dulden keine Waffen im Veils. Es ist gegen die Regeln.«

»Ich dachte, hier gelten keine Regeln.«

»Meine Regeln schon.«

»Wie sind Sie so reich geworden?«

»Mein Ur-Ur-Ur-Ur-Urgroßvater war Lord Baltimore. Ihm gehörte Maryland.«

»Verstehe. Trotzdem möchte ich meine Waffe zurück haben.«

»Wenn Sie gehen.«

Einen Augenblick lang sah er wie ein wildes Tier aus, fand sie. Er konnte, wie sie wusste, blitzschnell reagieren. In ihrer unmittelbaren Nähe wirkte er sogar noch gefährlicher.

Sie streckte sich, halb in seinem Schoss und halb auf dem Bett liegend. Als sie wieder still dalag, lag die Kante ihrer Hand an seiner Erektion. »O«, sagte sie. »Darf ich ein schlimmes Mädchen sein?«

»Seien Sie ein schlimmes Mädchen.«

Sie strich behutsam über die Wölbung in seiner Hose. Dann riss sie die Hand fort. »Oh, ist der *groß*!«

Er schluckte. Er zitterte leicht.

Sie tastete weiter. »Er kann unmöglich so groß sein, wie er sich anfühlt.«

»Schauen Sie nach«, flüsterte er.

»Soll ich?«

Seine Hüften waren zu breit für die Hose, deswegen war der Reißverschluss nur zu drei Vierteln geschlossen. Sie öffnete ihn. Sein Penis sprang heraus; die Eichel glänzte im schummerigen Licht.

Er *war* groß. Sie drückte einen Fingernagel in die zarte Eichel, dann nahm sie das enorme Organ in die Hände. Sie zog ihm die Hose aus. Er wand sich aus dem Hemd.

Sie hatte seit vielen Jahren keinen so schönen Mann gesehen. Seine Muskeln waren prachtvoll, seine Haut schimmerte bronzefarben. Sein markantes, wie gemeißeltes Gesicht war pure maskuline Poesie, und seine tiefgründigen, unruhigen Augen schienen die eines Mannes zu sein, der ein gefahrvolles, unstetes Leben geführt hatte.

Er war ein Prachtexemplar von Mann und würde eine äußerst schmackhafte Mahlzeit abgeben. Sie war tatsächlich ein wenig neidisch auf Leo. Was für ein herrlicher erster Schmaus!

Kurz bevor er gekommen war, hatte sie im Nachbargebäude den Heizofen angeworfen. Alles war vorbereitet. Unter dem Bett lag der kleine Reisekoffer, in dem sie seine Überreste hinüberbringen würde.

Aber all das kam später. Bis Sarah zurückkehrte, würde sie weiter mit ihm spielen. Sie brauchte das Buch. Wenn Sarah es nicht mitbrachte, würde dieser Mensch entdecken, dass die Folterkammer nicht nur für harmlose Sado-Maso-Spielchen gedacht war. Es gab dort einige sehr schmerzhafte Werkzeuge, und sie wusste genau, wie man sie verwendete.

Sie strich ihm über die Brust, fuhr mit dem Finger im Kreis um eine seiner Brustwarzen. Dann betastete sie die runzelige Narbe an seiner Schulter. »Tut das weh?«

»Ein bisschen. Es heilt.«

Sie erinnerte sich, wie gut es sich angefühlt hatte, das Messer in seiner Schulter zu sehen. Hätte sie etwas mehr Platz zum Ausholen gehabt, hätte sie ihm den Arm abgetrennt.

»Wie ist das passiert?«

»Ein Klient wurde sauer.«

»Anscheinend sehr sauer.«

»Yeah.«

Sie küsste ihn auf den Mundwinkel, entzog sich ihm aber, als er versuchte, den Kuss zu erwidern.

»Wissen Sie, Miriam, ich möchte ehrlich sein. Dies ist die schönste Nacht meines Lebens.« Er betrachtete sie von oben bis unten. Sie hatte noch immer ihr Nachthemd an. »Sie sind so – o Mann – Sie sind viel mehr, als man zuerst glaubt. Ich meine, bitte verstehen Sie das nicht falsch, aber Sie sind noch so jung, und dieser Ort ist so durchdacht. Diese Frau, die mich herumführte – sie sagte, es sei ein heiliger Ort, und zuerst fand ich das völlig bekloppt. Aber dann wurde mir klar, was Sie hier tun, und ich möchte, dass Sie wissen, dass ich es klasse finde.«

»Vielen Dank.«

»Haben Sie sich das Konzept alleine ausgedacht?«

»Ja.« Sie nahm seine Hände und legte das Bändchen ihres Nachthemds zwischen seine Finger. Dann schob sie seine Hände langsam auseinander. Das Bändchen löste sich, und das Nachthemd glitt von ihren Schultern wie umherdriftender Rauch.

»Oh, mein Gott«, sagte er. Ihre vollen, anmutig gerundeten Brüste waren das schönste, was er je gesehen hatte. Er hob die Hände, wagte aber nicht, die Brüste zu berühren. Sie waren perfekte Kunstwerke, eine Art unwirklicher Porzellan-Traum.

Miriam zog seine Hände heran. Als die Brüste in seinen rauen Handflächen lagen, erigierten die Brustwarzen. Gänsehaut umgab die rosigen Warzenhöfe.

»Allmächtiger«, sagte er, als er dies sah. Er beugte sich über sie, glitt mit den Lippen über ihre weiche Haut. Sie war so zart und rein wie die eines Kindes.

Verdammt, er sollte sie nach ihrem Ausweis fragen. Aber

das würde er schön bleiben lassen, denn auch wenn sie wirklich minderjährig war, hatte Gott sie zum Vögeln erschaffen, und so Leid es ihm tat, aber heute Nacht würde sie vögeln.

Die Art, wie sie ihre Lippen öffnete, verriet ihr Interesse, und dass sie mehr als bereit war für ihn. Er küsste sie, hielt sich dabei aber zurück, denn nicht alle Frauen wussten seine Art zu schätzen, obwohl die Huren natürlich vorgaben, dass es ihnen gefiel. Seine Zunge war etwas – nun, sie war etwas rau. Anders ließ es sich nicht beschreiben. Er hatte eine Katzenzunge. Trotzdem stieß er sie tief in ihren Mund. Er konnte nicht anders. Ihre Lippen schmeckten zu verführerisch. Er genoss es einfach, diese Frau zu küssen. O Mann, was für eine Göttin sie war!

Er wollte mit ihrer Zunge spielen, aber sie schien keine zu haben. Sie lag tief hinten in ihrer Mundhöhle. Natürlich. Wahrscheinlich hatte sie eine Heidenangst.

Aber dann traf er doch auf ihre Zunge, und als es geschah, krümmte sie ruckartig den Rücken und stieß einen so lauten Schrei aus, dass es erst einmal vorbei war mit der Küsserei.

»Entschuldigung!«

Sie schlang die Arme um seinen Hals und umklammerte ihn mit den Beinen. Sie presste die Lippen auf seine, und er stieß seine Zunge tief in ihren Mund. Ihr Stöhnen und ihre leisen Schreie machten ihn wahnsinnig vor Verlangen. Es gefiel ihr; ihr gefiel seine Art.

Sie war entsetzt, wie sehr er sie an Eumenes erinnerte, der nicht nur ihr Mann gewesen war, sondern ihr einziger Hüter-Liebhaber. Solche Kraft hatte sie seit Äonen nicht mehr gespürt. Er war ein windgepeitschter Ozean, war die Flammen der Sterne, war ein Orkan, ein Taifun.

Sie öffnete den Mund und spürte seine hineinstoßende Zunge. Obwohl er noch nicht in sie eingedrungen war, gelangte sie zum Höhepunkt, dann noch einmal und noch einmal, während sie unter seinem schweißnassen, drängenden Körper lag.

Sie sah ihn an, verschlang ihn mit den Augen. Es hatte auf der Erde nie einen so schönen Mann gegeben, es hatte nie jemanden gegeben, der eine so tosende Sexualität besaß, der so – so – es ließ sich nicht in Worte fassen.

Sie rollten herum, und er lag unter ihr. Das Opium wirkte perfekt: Er war bereit, würde aber nicht sofort kommen.

Als sie sich aufsetzte, spürte er, wie sie seinen Penis in die Hände nahm. Ihre Wangen liefen feuerrot an, während sie ihn rieb, ihn küsste und mit den Lippen verschlang. Dies konnte kein menschlicher Penis sein, niemals – denn er würde sie wirklich ausfüllen, und normalerweise füllten sie sie nie aus. Menschen hatten kleine, schwache Geschlechtsorgane, anders als echte Männer, als Hüter-Männer.

Er musste ein – nein, das war unmöglich. Es gab keine Kreuzungen zwischen Menschen und Hütern. Sie verwarf diesen absurden Gedanken gleich wieder. Er war einfach ein glücklicher Zufall, das war alles, *mehr* nicht.

Sie wollte ihn in sich spüren, wollte seine intimsten Wahrheiten kennen lernen. Er erregte sie zutiefst, trotz des brodelnden Hasses in ihrem Herzen.

»Hey«, sagte er, als er den Kopf hob und sie küsste. »Deine Zunge ist wie meine. Wir sind beide Raubkatzen.«

Es stimmte, und allmählich wurde es wirklich seltsam. »Wir sind füreinander geschaffen«, sagte sie vorsichtig.

Er rutschte unter ihr hervor. Sie wusste, was er wollte und reagierte augenblicklich. Sie lag *niemals* unten, aber bei ihm war es etwas anderes. Sie gehörte unter ihn. Es sollte so sein. Sie verlagerte das Gewicht.

Seine riesige Gestalt hing über ihr. Sie starrte in seine Augen und spreizte die Beine.

»Okay, Baby«, sagte er, »das ist für dich.« Beim letzten Wort drang er in sie ein.

Die Welt wurde schwarz. Dann explodierte sie. Donner dröhnte in ihrem Kopf. Sie rammte das Becken gegen ihn und schrie »*Paul, Paul, Paul*«, während er immer tiefer in sie hineinstieß, vor und zurück gleitend, vor und zurück, tiefer und tiefer.

Es war, als wäre sie ein einziger lodernder Feuerpunkt purer Lust geworden, der mit millionenfacher Lichtgeschwindigkeit durch das Universum raste.

Dann machte er eine Pause, und sein überraschend großes Gewicht auf sich zu spüren war das wundervollste und natürlichste Gefühl der Welt. Er fühlte sich so sehr wie Eumenes an, dass es ihr fast das Herz brach.

Seine Lenden bebten, und die Lust wurde zu einem gleißenden Kometen, der mitten durch sie hindurchfuhr. Er glitt fast vollständig aus ihr heraus, dann stieß er abermals zu. Er drückte sie herunter, presste ihre Handgelenke auf das Bettlaken, und sie genoss die schrecklich schöne Illusion völliger Hilflosigkeit – zum ersten Mal seit vielen, vielen Jahren. Es war nicht angsteinflößend – oder doch, es war angsteinflößend, aber das war Teil des Vergnügens. Er ließ sich Zeit mit ihr, ging mit größter Präzision vor, glitt voller Bedacht fast vollständig aus ihr heraus, nur um von neuem umso tiefer in sie hineinzusinken, während sie den Kopf umherwarf, den Rücken durchdrückte und fortwährend seinen lieblichen Namen rief.

Es war *genau*, wie unter Eumenes zu liegen. Sie war

überwältigt von seiner immensen Kraft und fand es herrlich, in dieser scheinbaren Hilflosigkeit endlich einen Anflug wahrer Freiheit zu empfinden.

Während er vor und zurück glitt, saugte er ihren Anblick in sich auf. Sie war nicht nur bildschön, duftete herrlich und fühlte sich traumhaft an, sie hatte auch etwas ganz Besonderes dort unten zwischen den Beinen. Das junge Ding unter ihm konnte ihre Scheidenmuskeln einsetzen, konnte auf eine Art und Weise seinen Penis massieren und die Eichel liebkosen, von der nicht einmal die talentiertesten Huren in Bangkok, Seoul oder Hongkong zu träumen wagen durften.

O Mann, bin ich dankbar für das Opium, dachte er, *sonst wäre ich beim ersten Stoß gekommen.*

Er machte weiter, bewegte sich aber langsam und behutsam, während sie seine Brust küsste, an seinen Härchen knabberte und seine Brustwarzen leckte. Immer wieder schrie sie auf, zitterte wie ein Ast im Sturm, steigerte sich mit ihm in einen immer schneller werdenden Rhythmus, packte seine Pobacken und presste und zerrte ihn tiefer und tiefer in sich hinein. Sein Penis schwoll zu nie dagewesener Größe an, und das Gefühl wurde so stark, dass er glaubte, sterben zu müssen.

Miriam schrie, die Augen weit aufgerissen.

Sie brüllte, sie kreischte.

Dies konnte nicht sein; es war unmöglich, einfach unmöglich! Denn sie spürte ein loderndes Feuer in sich, und sie wusste, was dieses Feuer war.

Eine Hüter-Frau, die dies einmal gespürt hatte, vergaß es nie wieder, diese alarmierende, schmerzhafte, köstliche Hitze, die ihr verriet, dass sie kurz vor der Empfängnis stand. Aber ihre Eizelle konnte nicht mit menschlichem

Sperma verschmelzen! Es war unmöglich! Das konnte nicht – das *durfte* nicht sein!

Nein, nein, das durfte nicht sein!

Aber der Prozess lief weiter, und sie war völlig hilflos, wie eine über Bord gegangene Frau in einem aufgepeitschten, hin und her wogenden Ozean. Er war der darüber wütende Sturm; er war der Blitz, der in ihre gepeinigten Wellen hinabfuhr.

Ihr schien es, als wäre der Blitz lebendig. Und wenn dies tatsächlich stimmte – nun, dann war er zeugungsfähig!

O Sterne, was geschah hier?

Sie hätte sich nie träumen lassen, dass ein gewöhnlicher Mensch diese Reaktion in ihrem Körper auslösen würde. Es war ihr Ei, ihr letztes Ei, und sie spürte, wie es sich in ihr bewegte, wie es voll juchzendem Entzücken seine ihm vorbestimmte Reise antrat.

Sie hatte seit einem Millenium keinen Hüter-Liebhaber mehr gehabt, aber sie hatte immer einen gewollt, und nun stellte sich plötzlich heraus, dass dieser prachtvolle Körper über ihr – dieses wie gemeißelte Gesicht, diese unruhigen Augen – dass dies ein Hüter war!

Paul war schweißgebadet. Jeder Muskel in ihm sirrte vor Lust und Anstrengung während dieser langen, unglaublichen Nummer. Jeder Stoß brachte ihn an den Rand des Höhepunkts; dann glitt er zurück, und sie entspannte ihre Muskeln und ließ ihn von neuem beginnen.

Er hatte sich noch nie in einem Zustand so intensiver Erregung befunden und spürte Dinge, die er noch nie zuvor gespürt hatte. Sein Herz pochte so laut wie noch nie. Selbst seine Haut kribbelte vor Lust, besonders dort, wo sie mit ihrer in Berührung kam. Zwischen ihnen schien knisternde Elektrizität hin und her zu wogen.

Er stieß wieder in sie hinein. Dann hielt er inne und betrachtete voller Verzückung ihr wundervolles Gesicht und ihre lüstern schimmernden Augen.

Sie schrie. Sie hatte schon die ganze Zeit geschrien, aber nun schrie sie *wirklich*. Sie konnte das Ei spüren. Zweifellos. Es schwamm in ihr, floss aus dem Eileiter und stieß an die Gebärmutterwand, wo es die Myriaden gebündelter Nervenenden berührte und Wellen heiß glühenden Wohlempfindens durch ihren Unterleib jagte.

In Paul loderte ein allesverzehrendes Engelsfeuer. Schau dir ihr reines, liebliches Gesicht an – sie *war* ein Engel! Oh, schau dir diese Augen an, diese grauen Brunnen der Unschuld – sie wäre Salomons vollendete Dienerin gewesen. Er drang tief in sie ein, stieß härter zu, bis er es nicht länger aushielt und spürte, wie in seinem Penis das Sperma aufzusteigen begann. Dann explodierte er wie noch nie zuvor in seinem Leben, kam auf so intensive Weise, wie er es nie für möglich gehalten hätte. Er empfand tiefe sexuelle Erfüllung, und gleichzeitig empfand er Liebe, aufrichtige *Liebe* für die Frau, die dieses Gefühl in ihm entfacht hatte.

Sie spürte sein sich wie ein loderndes Buschfeuer ausbreitendes Sperma in ihr – und sie wusste, dass es das Ei umspülte und die Zellwand durchbrach und in sein Zentrum floss, wo der wartende Schatten schlummerte.

Sie hob das Becken und krümmte den Rücken, ließ Paul in sie hineinstoßen, bis sie den letzten Tropfen seines himmlischen Nektars in sich wusste.

Brennende Wellen wogten in Miriam hin und her und erfüllten sie mit einem wundersamen Feuer, das sie mehr schockierte als alles, was sie seit dem Bau der Pyramiden gesehen hatte, sogar mehr als der Moment, in dem sie ihrem geliebten Eumenes in die Augen geschaut und ihm zugeflüstert hatte: »Es fühlt sich an wie ein Junge.«

Paul brach über ihr zusammen, dann fingen sie an zu weinen wie zwei verängstigte Schulkinder.

Miriam Blaylock und Paul Ward hatten soeben ein Kind gezeugt.

Sie weinte vor Freude über das winzige Baby, das sie nun in sich trug und dessen Zellen bereits zum Leben erwachten. Und sie weinte, weil sie nicht wusste, was das Baby *sein* würde – ein Hüter oder ein Mensch – und ob es tot oder lebendig oder deformiert zur Welt käme. Sie wusste nur, dass es ihr zweites und letztes Kind sein würde.

»Ich liebe dich«, sagte er, »o mein Gott, ich liebe dich!«

Sie schien erschrocken, und er tupfte ihr die Tränen von den Augenrändern.

»Miriam«, sagte er. Er hatte plötzlich Angst. »Bitte, schicke mich niemals fort von dir.«

Sie sah ihn an, ihr Blick offen und aufrichtig. »Ich liebe dich auch«, sagte sie, und ihr Tonfall klang so ehrfürchtig, dass es ihm erneut Tränen in die Augen trieb. Vielleicht würde sich ja doch jemand mit einem ausgebrannten alten CIA-Agenten einlassen. Und vielleicht war dieser jemand dieses bezaubernde junge Mädchen unter ihm.

Miriam rutschte unter ihm hervor und zog seinen Kopf in ihren Schoss. Sie betrachtete ihn aus liebenden Augen. Dann beugte sie sich zu ihm, küsste seine Nasenspitze, danach seine Lippen und schließlich die pulsierende Vene an seinem Hals. Sie ließ ihren Mund ein Weile dort liegen, dann zog sie ihn fort.

Paul spürte, wie sie leicht an seiner Haut saugte. Es war ein angenehmes Gefühl.

Plötzlich schrak er zusammen.

Auf der anderen Seite des Raums stand die schreiende Frau aus der Limousine, die Frau, die ihm auf der Tanzfläche einen geblasen hatte.

Miriam stand auf, ging zu ihr und nahm ihre Hände. Sarah schaute sie ungläubig an, und Miriam brach in schallendes Gelächter aus. Sie lachte und lachte, konnte nicht mehr aufhören, und es klang so schön und freudvoll, dass auch Paul zu lachen begann.

»Wie lange sind Sie schon hier?«, fragte Paul die Frau.

»Von Anfang an.«

»Dann haben Sie ja eine tolle Darbietung gesehen.«

Sarah zuckte mit den Schultern.

»Dürfte ich Ihren Namen erfahren?«

»Sarah.« Sie wies mit einem Nicken auf Miriam. »Ich führe ihre Bücher.«

»Du lässt deine Buchhalterin zuschauen, wenn du …« Er schmunzelte. »Na ja, jeder so, wie er es möchte.«

»Es war wunderschön«, sagte Sarah. »Sie sind ein sehr bemerkenswerter Mann.«

Der Ausdruck in ihren Augen ließ jedoch darauf schließen, dass sie nicht gerade angetan war von dem, was sie gesehen hatte. Genau genommen wirkte diese Frau auf unbestimmte Art ziemlich angespannt.

Dann kam eine weitere Person durch die Wand.

»Oh, hallo«, sagte Paul, als die Frau erschien, die ihm den Club gezeigt hatte. Er zog seine Hose an, obwohl es diesem eigenartigen Trio gleich zu sein schien, ob man nackt oder bekleidet war.

Er sah, dass sie rot wie eine Tomate wurde. Sie hatte ein kleines, silbernes Ding in der Hand. Ein merkwürdiges Messer.

»Was ist das?«

Das Messer verschwand in ihrer Jeans. »Entschuldigung, Miriam!«

Miriam trat zu ihr hinüber. »Das ist Leo. Wir drei führen diesen Club. Leo ist die Großnichte von General Patton.«

»Er war der Cousin meiner Mutter.«

Er zog sein Hemd an und knöpfte es zu. »General Patton, Lord Baltimore, Morrie McClellan und Prinz Phillip. Ganz zu schweigen von Ben Stiller, der vorhin hier war. Ziemlich wichtige Namen, die hier ganz beiläufig fallen.«

»Lord wer?«, fragte Sarah.

Miriam lächelte ihr auf eine Weise zu, die Paul verriet, dass Sarah den Mund halten sollte. Was nur bedeuten konnte, dass Miriams Bemerkung über Lord Baltimore eine Lüge gewesen war. Und dies konnte nur bedeuten, dass sie es für nötig hielt, den Ursprung ihres Reichtums zu verschleiern. Interessant.

»Wir fahren nach Hause«, sagte Miriam mit belegter Stimme.

»Tatsächlich?« Leos Blick wanderte kurz zu Paul.

»Ich bin bis über beide Ohren verliebt«, rief Miriam. Sie rannte zum Bett, warf sich in Pauls Arme, küsste ihn und ließ sich mit ihm auf das Bett fallen. »Er ist der beste Liebhaber der Welt«, sagte sie. Dann fing sie an zu lachen und spähte unter Pauls breiter Brust zu Sarah und Leo hoch. »Bin ich ungezogen?«, kicherte sie.

»Ungezogen ist das falsche Wort«, sagte Sarah.

»Was sollen wir tun?«, fragte Leo.

Paul sagte: »Ich glaube, wir haben uns tatsächlich ineinander verliebt.«

Plötzlich lächelte Sarah. »Ich freue mich so für dich.« Dann, nach einer kurzen Pause: »Miri, es ist vier Uhr. Kann ich das Personal nach Hause schicken?«

»Ist der Laden leer?«

»Ja.«

Miriam legte die Arme hinter den Kopf. »Leo, sag Luis, er soll den Wagen vorfahren.« Sie sah Paul an. »Ich nehme mein Baby mit nach Hause.«

Die beiden Frauen verließen wortlos den Raum.

»Sie scheinen sauer zu sein.«

»Haustiere mögen keine Überraschungen.«

»Bin ich auch ein Haustier?«

»Du, Liebster, bist ein wundervoller, großer, starker *Mann*!«

Kurz darauf verließen auch sie den Raum und gingen durch die Küche zum Hinterausgang des Clubs. Im trüben Licht des anbrechenden Tages wartete die Bentley-Limousine, die er in der Houston Street gesehen hatte.

Er stieg ein und schmiegte sich in die weichen Lederpolster.

»Möchtest du einen Drink?«, fragte Miriam fröhlich.

Sarah und Leo stiegen ein.

»Weißt du, was ich am liebsten hätte? Eine gute Zigarre. Nach so einer Nummer gibt es nichts Besseres als eine richtig gute Zigarre. Hast du eine?«

Leo knurrte mürrisch, kaum ihre Abneigung verhehlend.

»Wir haben ein paar Cohiba Piramides im Club«, sagte Sarah etwas widerwillig. »Aber eigentlich ist es zu eng hier, um Zigarre zu rauchen.«

»Luis«, rief Miriam, »geh nochmal rein und hole meinem neuen Liebhaber ein paar Zigarren.«

Luis kam zurück und präsentierte Paul eine geöffnete Zigarrenschatulle.

»Am liebsten hätte ich ja eine Macanudo«, sagte Paul.

»Cohibas sind besser«, kommentierte Leo, unfähig, ein abfälliges Schnauben zu verbergen.

»Wir werden alle eine rauchen«, sagte Miriam und gab Sarah und Leo eine Zigarre. »Selbstverteidigung, Sarah! Wo ist meine Handgranate – Paul sagt, mein Feuerzeug sei gefährlich! Warum hast *du* das noch nicht bemerkt, Sarah?«

»Tut mir Leid, Miri, das ist mir bisher nicht aufgefallen.«

»Nun, er wird mir ein neues schenken. Er meint, ich solle mir nicht mein schönes Gesicht verbrennen.« Sie schnitt das Ende ab, zündete die Zigarre an und reichte sie Paul.

Paul nahm einen Zug, inhalierte den Rauch und schmeckte sofort, dass diese Zigarre besser war als eine Macanudo. Deutlich besser.

»Ich habe keine Lust zu rauchen«, sagte Sarah und wollte Miriam die Zigarre zurückgeben.

Miriam machte keine Anstalten, sie entgegenzunehmen. »Du sollst rauchen!«

Paul war fasziniert. Welcher Buchhalter ließ so mit sich umspringen? Miriam behandelte Sarah eher wie eine Art Sklavin.

Sarah zündete ihre Zigarre an. Leo tat es ihr eilig nach, der vorne sitzende Luis ebenso. Nur Miriam rauchte nicht. Sie saß bloß da und sah Sarah böse an. Was immer zwischen den beiden los war, sie mussten ziemlich wütend aufeinander sein, befand Paul.

Es gab Cognac im Wagen, und Paul schenkte sich zur Zigarre ein Gläschen ein. Die golden schimmernde Flüssigkeit war weich wie ein Federkissen, aber vollmundig im Geschmack. Er fragte gar nicht erst, wie alt der Cognac war. Wahrscheinlich stammte das Zeug direkt aus Napoleons Feldflasche.

Er erlaubte sich einzubilden, dass das, was zwischen ihm und Miriam geschah, womöglich ernst war.

»Wo wohnst du eigentlich?«

»Ich besitze ein wunderschönes Stadthaus. Es wird dir gefallen. Und wenn nicht, werden wir es nach deinen Wünschen umbauen, nicht wahr, Mädchen?«

»Ja, Miri«, sagte Sarah mit Tränen in den Augen. Paul hatte Mitleid mit ihr. Wie er Miriam einschätzte, ging sie mit diesem süßen Ding vermutlich regelmäßig ins Bett. Vielleicht waren sie sogar richtige Geliebte. Und dann erscheint plötzlich dieser Kerl auf der Bildfläche, und mit einem Mal ist Sarah nur noch zweite Wahl.

Paul wollte Miriam wieder küssen. Er wollte wieder in ihr sein, in sie hineinkriechen und für den Rest seiner Tage dort unten leben. Ja, ab heute würde ihre unglaubliche Muschi sein Klostertempel sein. Was für eine Frau. Was für eine Nacht.

Es wurde still im Wagen. Leo und Sarah starrten Miriam mit bohrenden Blicken an. Am liebsten schienen sie Miriam verprügeln zu wollen.

Nun, sollen sie es doch versuchen, dachte Paul. Miriam war jetzt sein Mädchen, und ganz gleich, was kommen mochte, daran würde sich niemals etwas ändern. Andererseits war er sich natürlich darüber bewusst, wie gefährlich es war, nach einer einzigen heißen Nacht zu glauben, jemanden für alle Zeiten lieben zu können.

Aber, hey, da war etwas zwischen ihnen, etwas verdammt Wundervolles und Ernstes. Es war geschehen. Verdammt, das war es.

Er beobachtete, wie Sarah ein wenig an ihrer Zigarre paffte, dann schloss er die Augen und nippte weiter an seinem Cognac.

Dies war das richtige Leben für ihn, trotz der Tatsache, dass die Herumturnerei seine Schulterschmerzen verschlimmert hatte. Am liebsten hätte er ein paar Naproxen geschluckt. Kein Opium mehr. Er hatte für heute genug Drogen genommen.

Er dachte an seine sieben Riesen im Terminal Hotel. Wenn er nicht irgendwann bis zum Abend dort aufkreuzte, würden sie das Zimmer öffnen und seine Sachen nehmen. Wahrscheinlich hatten sie es schon getan. Das würde bedeuten, dass das Buch der Namen verloren war. Und die sieben Riesen ebenfalls. Jeder, der ein Hotelzimmer nach Wertgegenständen durchsuchte, sah unter der Matratze nach.

Also, was bedeutete das für ihn, da er jetzt untergetaucht war? Der Verlust von siebentausend Dollar wäre natürlich tragisch. Was das Buch der Namen betraf, war er sich nicht sicher, ob er mit der Geschichte weitermachen sollte. Vielleicht war es an der Zeit, die Schlachterei an den Nagel zu hängen. Er konnte einen enthüllenden Bericht niederschreiben und der *New York Times* ein Interview geben. Die Zeitung ließ sich von CIA-Leuten ständig Internas liefern ... meistens aber von Mitgliedern der analytischen Abteilungen, nicht von den wirklich harten Burschen.

Sie trafen an nichts Geringerem als dem Sutton Place ein und hielten – na wo schon – vor dem schönsten Haus in der Straße.

»Mann«, sagte Paul beim Aussteigen. Dies war Lichtjahre jenseits seiner Liga. Er betrachtete die imposante Fassade. Das Haus sah alt aus, schien aber in perfektem Zustand.

Miriam ging die Treppe hoch und öffnete die Tür. Paul eilte ihr nach. »Eigentlich sollte ich dich über die Schwelle tragen«, sagte er.

»Willkommen in meinem Heim. Mädchen, er möchte frühstücken! Kaviar und Eier! Champagner!«

Sarah und Leo verschwanden im hinteren Teil des Hauses.

»Ich glaube, sie mögen mich nicht.«

»Sie werden sich an dich gewöhnen. Ich glaube sogar, dass Sarah ihre Meinung über dich noch ändern wird.«

Beim Frühstück beschränkte Miriam sich auf Champagner, während Paul mehr als ein Dutzend Eier verdrückte. Sarah servierte, und Leonore besorgte das Kochen. Sarah sah bezaubernd aus, wenn sie wütend war.

Paul rauchte eine weitere Zigarre in der großen Bibliothek. Er entdeckte Unmengen faszinierender Bücher. Es gab auch einige verschlossene Buchschränke mit unbetitelten, altertümlich aussehenden Bänden. Er fand sogar nach Bienenwachs riechende Pergamentrollen. Er zog eine ein Stück heraus, aber sie war uralt, und er wagte nicht, sie aufzurollen, weil er befürchtete, das Pergament zu beschädigen und Miriam einen Millionenschaden einzubrocken.

Es hätte ihn nicht überrascht, in der Bibliothek eine originale Gutenberg-Bibel zu entdecken. Was er stattdessen entdeckte war für ihn jedoch ebenso fesselnd – einen Ordner mit einer Originalsammlung von Opernpartituren. Dies waren nicht einfach frühe Nachdrucke. Es waren die handschriftlichen Originale der alten Meister.

Hier war *Rigoletto,* offensichtlich in Verdis eigenem hastigem Gekrakel zu Papier gebracht. Er zog die Partitur andächtig aus dem Regal. Miriam trat so leise von hinten an ihn heran, dass er erschrocken zusammenfuhr.

Sie legte eine feingliedrige Hand auf seine Schulter. »Du interessierst dich für Opern?«

»Sehr sogar.«

Sie nahm die Partitur und ging in einen anderen prächtigen Raum. Auf dem eleganten Parkettboden lag ein zweifellos echter Perserteppich. Doch Pauls Aufmerksamkeit galt in erster Linie einem Steinway, einem Konzertflügel, der etwas abseits in einem Alkoven stand. Die Fenster, die ihn einrahmten, schienen aus geschliffenem Tiffany-Glas zu bestehen.

Die Sonne ging auf und warf ihr goldenes Licht auf die schweren Mahagonideckel des Flügels. Darauf stand eine Vase, die wahrscheinlich aus dem alten Griechenland stammte. Sarah erschien und stellte frische, vermutlich aus dem Garten hinter den Fenstern stammende Blumen hinein.

Miriam klappte den Klavierdeckel hoch. Sie klimperte einen Moment lang auf den Tasten herum, dann blätterte sie in der Partitur. »Sarah«, sagte sie, »würdest du bitte?«

Sarah setzte sich an den Flügel. Plötzlich schaute sie zu Paul auf. Sie hob die Hände. »Dies sind Chirurgenhände«, sagte sie.

Worauf spielte sie an?

Ihre Finger flogen zum Aufwärmen einige Tonleitern hinauf und hinunter.

Miriam legte ihr die Partitur hin, und Sarah begann zu spielen, sehr gut zu spielen. Es dauerte eine Weile, bis Paul ›Caro Nome‹ erkannte, und dann sang Miriam ihm eine der größten jemals komponierten Hommagen an die weibliche Seele vor. Dass sie den Text direkt vom Blatt des Komponisten ablas, machte die Darbietung noch ergreifender.

Leo kam herein, sich die Hände an der Schürze abwischend und einige Locken aus den Augen pustend, und hörte zu.

Als die Darbietung endete, wollte Paul Miriam in die Arme nehmen und ihr erneut seine Gefühle beichten. Sie hatten gerade unglaublichen Sex gehabt, und er war bis über beide Ohren in sie verliebt. Natürlich wusste er, dass es dumm klang und dass er es nicht *aussprechen* konnte. Er kannte sie ja erst seit einigen Stunden, verdammt nochmal.

Sie warf den Kopf zurück und sang aus voller Brust: »Ich bin verliebt, ich bin verliebt, ich bin in den tollsten Mann der Welt verliebt.« Sie umkreiste ihn mit tänzelnden Schritten.

Gegen Mittag zeigte sie ihm noch immer ihre Sammlungen, ihre Lyrikbände – sie besaß unter anderem die Originalmanuskripte von John Keats ›Lamia‹ und Tennysons ›Tithonus‹.

Paul versuchte sich interessiert zu zeigen, aber er war seit mindestens einer Minute auf dem Stuhl eingeschlafen, als sie seine Schulter berührte.

»Komm«, flüsterte sie ihm ins Ohr, »lass uns kuscheln.«

Sie gingen nach oben und zogen sich in dem prunkvollen Schlafzimmer aus. Miriam ließ ihre Kleider achtlos auf den Boden fallen, sodass Leo jedes Stück aufheben musste. Es war ihm unangenehm, es genauso zu machen, daher legte er seine Sachen auf den Rand eines kleinen Tagebetts.

Sarah ließ ihnen ein Bad ein, in einer riesigen Onyx-Wanne, die alleine schon eine Million Dollar gekostet haben musste. Es war die fantastischste Badewanne, die er je gesehen hatte – sie bestand aus wunderschönem, leuchtendem Gestein, auf das kunstvolle Darstellungen von goldenen Nymphen und Satyren und allen möglichen Meeresgeschöpfen gemalt waren.

Die Wanne sah aus wie etwas, das man in einem Palast

vorfinden mochte. Sie schien geradewegs aus dem Alten Rom zu stammen. Er hatte eine so vollkommene Arbeit bisher nur in der Königskammer der Großen Pyramide gesehen. Der Sarkophag dort ähnelte dieser Badewanne ein wenig.

Sarah trug ein grünes Kleid, darüber eine weiße Schürze und auf dem Kopf eine Dienstmädchenhaube. Ihr unschuldiges Aussehen im Zusammenspiel mit Miriams langbeiniger Nacktheit brachten Pauls Blut in Wallung. Sarah gab ihm einen spielerischen Klaps, als er in die Badewanne stieg.

»Lass mir ja sein bestes Stück in Ruhe«, sagte Miriam lachend, als sie sich zu ihm ins Wasser setzte. Sarah wusch ihnen die Haare und ihre Rücken mit einer herrlichen duftenden Seife. Dann wusch sie sein Gesicht, was ein erstaunlich intimes Erlebnis war. Mit Miriam zusammen zu sein bedeutete offenbar, sich auch vor ihren Freundinnen nackt zu zeigen. Nun, es gab Schlimmeres.

Während er, umgeben von diesen faszinierenden Frauen, in der Badewanne saß, beschloss er, seine Vergangenheit ein für alle Mal hinter sich zu lassen. An dieser Entscheidung gab es nichts mehr zu rütteln, sagte er sich. Die Welt würde schon nicht untergehen, bloß weil sich irgendwo ein paar Vampire verborgen hielten.

Ab sofort hatte er eine neue Mission: Miriam dazu zu bringen, ihn zu heiraten.

Er schloss die Augen und lehnte sich zurück, während Sarah behutsam seine Wangen und seine Stirn massierte. Miriam schob einen Fuß zwischen seine Beine und begann, ihn mit sanftem Druck an der entscheidenden Stelle zu necken.

Yeah, dies war der Himmel auf Erden. Es sah ganz danach aus, als hätte das ausgebrannte alte Schlachtross endlich eine saftige Wiese zum Grasen gefunden. Er glaubte – er hoffte – zu spüren, wie die Enttäuschungen seines bisherigen Lebens und vielleicht sogar seine zahllosen Sünden von ihm abfielen und im Dunkel seiner traurigen Vergangenheit verschwanden – hinfortgewaschen von den sanften Händen liebender Engel.

Dann bemerkte er Leo. Sie war leise hereingekommen. Sie saß mit gekreuzten Beinen auf dem Toilettendeckel, rauchte und beobachtete ihn. Ihm fiel erneut das eigenartige kleine Messer auf. Seine Umrisse zeichneten sich deutlich in der Tasche ihrer knallengen Jeans ab.

Ihre Blicke trafen sich. Sie lächelte.

18

Sorglose Liebe

Miriam und Sarah standen vor dem Bett und betrachteten das schlafende Prachtexemplar von einem Mann.

»Er schlummert wie ein kleines Kind«, sagte Sarah.

»Das tut er.«

Leo holte die Lanzette heraus. Sie trat ans Bett und sah Miriam fragend an.

»Leo, wir werden es nicht tun.«

»Aber ich habe Hunger.« Sie zitterte. »Wir müssen.«

»Sie hat Recht, Miri. Denk daran, was er gesehen hat. Denk daran, wer er ist!«

Paul regte sich, schob eine große Hand unter der Bettdecke hervor. »Miri …«

Miriam setzte sich auf die Bettkante, nahm seine Hand und küsste sie. »Ich bin hier, Liebster.«

Die Hand wanderte höher, streichelte ihre Wange. »Mmm …«

Sie legte sich zu ihm unter die Decke.

Sarah war erschrocken, als sie die Zärtlichkeit in Miriams Augen sah. Was war nur in sie gefahren? War sie verrückt geworden? Dies war das mit Abstand Törichteste, was sie je getan hatte.

»Leo«, sagte Sarah, »tu es.«

Leo schaute auf die Lanzette. »W-wie?«

Miriams Kopf kam unter der Decke hervor. Sie setzte sich auf. Sie flüsterte, den Mund dicht an Sarahs Ohr: »Ich glaube, ich bin schwanger.«

Sarah trat einen Schritt zurück, einen Augenblick lang zu überrascht, um etwas zu entgegnen. Als Wissenschaftlerin und Ärztin hatte sie zwanzig Jahre Zeit gehabt, um jeden Aspekt von Miriams Organismus zu studieren. Mit Hilfe eines grenzenlosen Budgets hatte sie das Labor im Kellergeschoss in ein Wunder der Wissenschaft verwandelt, ausgestattet mit den modernsten Geräten, die sie teilweise selbst konzipiert hatte und in den weltweit angesehensten medizinischen Entwicklungsstätten hatte bauen lassen.

Deswegen wusste Sarah, dass diese ›Schwangerschaft‹, ein tragischer Irrtum war. Es konnte nur bedeuten, dass Miriam ihren vierten – den letzten – Eisprung gehabt hatte. Sie war nicht schwanger; sie wünschte es sich bloß. Sie konnte nicht von einem Menschen schwanger werden. In Wahrheit war Miriam Blaylocks letzte Gelegenheit verstrichen, ein Kind zu bekommen.

Sarah eilte in ihr und Miris Sonnenzimmer, in dem sie ihren kleinen privaten Bereich hatten. Miri nähte gerne; dabei verwendete sie die kunstvolle Stichtechnik, die ihr ihre Mutter beigebracht hatte, und erschuf die exquisiten Lederarbeiten der Hüter. Auf dem Fußboden, neben einigen altertümlichen, halb geöffneten Pergamentrollen, lag das Buch der Namen, wegen dem in Paris so viel Blut vergossen worden war.

Sarah warf sich auf die Couch und weinte sich den Schmerz und die Verbitterung über die letzten Stunden von der Seele. Manchmal hasste Sarah ihre Herrin, meistens aber liebte sie sie, ganz besonders, wenn sie litt und sich verletzt fühlte, so wie es im Augenblick der Fall war.

Sarah würde diejenige sein, die sie untersuchen und ihr die herzzerreißende Nachricht überbringen musste. Nach einer Phase grenzenloser Enttäuschung würde Miri sich schließlich beruhigen und – wie immer – in Sarahs tröstende Arme flüchten. Sarah würde sich alle Mühe geben, aber wie sollte man einer Frau Trost spenden, die erfahren hatte, dass sie nie wieder würde schwanger werden können?

Doch viel schlimmer war, dass Miriam sich und ihre Gefährtinnen in Lebensgefahr brachte. Sie lag drüben allein mit dieser bösartigen Kreatur im Bett – wie konnte sie nur so *gedankenlos* sein?

Aus dem Schlafzimmer kamen zärtliche Laute, Liebeslaute. Sarah ging zur Tür und nickte Leo zu, die hilflos zitternd am Türrahmen lehnte.

»Sarah, ich fühle mich schrecklich!«

»Ich weiß, Leo.« So sehr sie dieses dumme Mädchen auch verachtete, im Augenblick konnte sie sich gut in sie hineinversetzen. Sie kannte dieses Leid aus eigener Erfahrung.

»Ich brauche Blut.« Sie sah Sarah verzweifelt an. »Ich habe versucht, etwas von dem Omelett zu essen, dass ich ihm zubereitet habe, aber es war ekelhaft, hat wie feuchtes Papier geschmeckt.« Sie schlang die Arme um Sarah. »Er riecht so gut. Er riecht wie … wie …«

»Wie Nahrung.«

»Was habe ich mir nur angetan, Sarah?«

Sarah konnte ihr nicht antworten. Es gab keine Worte, um den Untergang einer Seele zu beschreiben. Doch sie hielt sie in den Armen und küsste ihr weiches Haar. »Wir werden dir eine Mahlzeit besorgen. Jemanden wie diese alte Frau. Eine schmackhafte Mahlzeit.«

Leo sah sie aus traurigen, rot geränderten Augen an. »Ich will niemanden töten.«

»Es war deine Entscheidung.«

»Ich will es nicht!«

Sarah zog eilig die Schlafzimmertür zu. Er brauchte dies nicht zu hören.

»Leo, ich werde dir etwas über den Mann dort drin verraten. Habe bitte keine Angst. Alles wird gut werden. Das hoffe ich jedenfalls.«

Sie trat zu dem eleganten Marmortisch unter dem breiten Fenster. Darauf lag Pauls Magnum-Revolver. Der Tisch war ein Geschenk von Tuthmosis IV. gewesen, ›als Gegenleistung für‹, wie Miri es ausdrückte, ›ein paar sexuelle Extravaganzen, an denen er großen Gefallen fand.‹

»Ich glaube, du wirst sehr überrascht sein, Leo. Der Mann dort drin jagt und tötet Hüter. Er ist ein professioneller Mörder.«

Leos Blick wanderte zu der geschlossenen Tür. »Ich dachte, keiner weiß von den Hütern.«

»Doch, einige Leute schon. Er ist einer von ihnen. Er hat hunderte von Miris Artgenossen auf dem Gewissen.« Sie verriet ihr nicht, welches Gefühl dies in ihr hervorrief – eine Mischung aus Erleichterung und eisigem Entsetzen.

»O, mein Gott. Aber warum ist sie dann mit ihm …«

»Leo, etwas ist heute Nacht geschehen, das ich noch nicht so recht verstehe. Anscheinend fand sie großen Gefallen an dem Mann. Und nun glaubt sie, aus welchem Grund auch immer, dass sie von ihm schwanger ist.«

»Sie kann doch nur von einem anderen Hüter schwanger werden, oder?«

Sarah nickte. »Es ist eine Fantasie, nichts weiter. Eine tragische Fantasie.«

»Wie kann sie sich so täuschen?«

»Als Hüter-Frau hat Miriam insgesamt nur vier Eizellen in sich. Diese war ihre Letzte.«

»Hat sie Kinder?«

»Nein. Sie hat offenbar ihr letztes Ei verloren und – nun, sie scheint eine Art Zusammenbruch erlitten zu haben.«

»Kannst du ihr nicht irgendetwas geben? Ich meine, du bist doch Ärztin.«

»Das Einzige, was wir für sie tun können, ist, sie einem Schwangerschaftstest zu unterziehen. Wenn er negativ ausfällt, kommt sie hoffentlich wieder zu Sinnen.«

»Und dann kann ich – dann kann ich ...« Sie schlug die Augen nieder. Ihr Gesicht rötete sich vor Verzweiflung. »Ich hasse das alles!«

»Du hast es so gewollt«, sagte Sarah. »Nun füge dich deinem Schicksal.«

»Ich will aber niemanden umbringen! Niemals, Sarah.«

»Du musst.«

»Ich habe keine andere Wahl, oder?«

»Nein.«

Leo fing an zu weinen. Sarah, die die Hoffnungslosigkeit der jungen Frau genauestens nachempfinden konnte, nahm sie in die Arme. Leo klammerte sich an sie. »Es tut so weh, Sarah. Es tut so schrecklich weh!«

»Eine frische Blutmahlzeit wird das ändern.«

Leo wurde aschfahl. »Ich werde mich umbringen«, sagte sie.

Sarah schwieg. Sie hatte Leo noch nicht den Dachboden gezeigt. Am besten, sie wartete damit noch einige Tage.

»Was soll ich tun, Sarah?«

»Leo, der Mann dort drin ist ein Monster. Er hat hunderte von Hütern umgebracht, und wenn er herausfindet, was Miri ist, wird er auch sie umbringen.«

»Sie wird nicht zulassen, dass er es herausfindet.«

»Die beiden liegen miteinander im Bett und erkunden

stundenlang ihre nackten Körper. Er weiß, wie ein Hüter aussieht – er kann jeden Augenblick die verräterischen Merkmale entdecken.« Sie deutete auf die Magnum. »Diese Waffe ist mit Explosivgeschossen geladen. Sie pusten einem das Hirn aus dem Schädel oder reißen einem das Herz aus der Brust. Das Einzige, was Miriams Organismus nicht überleben kann, ist ein Stillstand des Blutflusses. Solange das Blut zirkuliert, wird sie immer genesen. Das weiß er. Er weiß genau, wie man einen Hüter tötet.«

»Ich hatte ein nettes Leben. Ich hatte mein Loft und mein kleines Boot und meine Freunde – ein paar wenigstens –, und ich sammelte Werke von abgefahrenen Künstlern wie den Starn-Brüdern und John Currin ... aber meine Abende habe ich zuhause verbracht, oder ich bin allein in irgendwelche Clubs gegangen und habe versucht, interessante Leute kennen zu lernen. Aber niemand wollte mich. Ich war immer eine Außenseiterin ... bis sich plötzlich *Miriam Blaylock* für mich zu interessieren begann. Für mich! Ich fühlte mich sehr geschmeichelt, Sarah.« Sie schluckte beklommen.

Es sprach für sie, dass sie nicht zusammenbrach, fand Sarah. Sie hob den Kopf, schob energisch das Kinn vor und sagte: »Es liegt auf der Hand, was wir tun müssen.«

»Das sagst du so leicht.«

Sie holte die Lanzette heraus und gab sie Sarah. »Du weißt, wie man damit umgeht; ich nicht.«

Sarah klappte die Lanzette auf. »Man sticht das gebogene Ende in die Vene und schlitzt sie mit einem kurzen Ruck auf. Das Blut läuft heraus. Man legt den Mund an den Einschnitt und trinkt so schnell man kann.«

»Was wenn ich mich übergeben muss?«

»Das wirst du nicht. Du hast einen halben Liter von Miris Blut in den Adern. Wenn du speist, ist es so, als würdest du die stärkste Droge der Welt einnehmen. Dagegen kommt einem selbst das reinste Heroin wie Aspirin vor.«

»Er wird ausflippen, wenn ich ihn steche. Ich meine, er merkt es doch, Sarah.«

»Ich werde den Einschnitt machen. Du musst nur noch den Mund an die Wunde legen und so kräftig wie möglich saugen.«

»Er wird sich wehren.«

»Das wird nicht passieren, wenn du schnell bist. Sie verlieren nach wenigen Sekunden das Bewusstsein.«

»Mach du es lieber.«

»Aber du brauchst Nahrung! Wenn du nichts zu dir nimmst, wird ihr Blut anfangen, dich zu zerstören. Es wird wie ein Schock über dich kommen.«

»Kann ich daran sterben?« Sie klang tatsächlich hoffnungsvoll, als wäre der bloße Gedanke an den Tod schon eine große Erleichterung für sie. Sarah dachte an das, was auf dem Dachboden stand.

»Bei der Nahrungsaufnahme saugt man zuerst das gesamte Blut aus dem Hirn. Er wird nicht einmal Gelegenheit zum Schreien haben.«

Leo sah sie mit dem Blick einer kleinen Schwester an, und Sarah merkte, dass sich ihre Empfindungen über das Mädchen wandelten. Sie drückte Leos Hand, versuchte ihr Mut zu machen. »Du wirst es perfekt hinbekommen. Der schwierige Teil ist der Einschnitt, und das mache ich.«

»Es ist still geworden«, sagte Leo mit Blick auf Miriams geschlossene Schlafzimmertür.

»Er schläft.«

»Sie nicht?«

»Nein.«

Miri schlief nur, nachdem sie gespeist hatte. Da dies nicht der Fall war, würde sie die ganze Zeit wach sein.

»Bleib an der Tür stehen, Leo. Komm erst auf mein Zeichen herein.«

Sarah ging in das Schlafzimmer, die Lanzette in ihrer Bluse verborgen. Paul wirkte komatös wie eine mit Mäusen vollgefressene Schlange. Miri kuschelte sich an ihn wie ein Schulmädchen an seinen ersten Freund.

Sie sah so glücklich aus, die Augen geschlossen, das Gesicht völlig entspannt.

Als Miri Sarah hereinkommen hörte, lächelte sie ihr versonnen zu. Sarah beugte sich über sie und strich ihr zärtlich über das Haar, das doppelt so voll war wie noch vor wenigen Stunden. Hüter-Körper besaßen wirklich unglaubliche Regenerationsfähigkeiten. Sarah war ganz begeistert gewesen, als sie herausfand, wie alles funktionierte. Irgendwo hatte die Natur diesen wundervoll regenerativen Organismus erschaffen, aber es war nicht die Natur der Erde gewesen. Miriam hatte Sarah nie verraten, woher sie gekommen waren, nur dass sie von einem anderen Planeten stammten. Weshalb sie hierher gekommen waren, ob als Kolonisten oder als Flüchtlinge oder – wie Sarah vermutete –, um auf einer weitaus exotischeren Mission die Evolution einer anderen Spezies zu steuern – über all diese Dinge wollte sie nicht sprechen, oder sie wusste es selbst nicht.

Sarah ging auf die andere Seite des Betts. Sie hasste es, Miri weh zu tun, aber es ging nunmal nicht anders, und sie durfte keine Zeit mehr vergeuden. Die arme Miri konnte töricht sein, wenn sie verliebt war. Dies war ihre einzige Schwäche. Sarah war Opfer dieser Schwäche geworden, aber gleichzeitig hatte sie davon profitiert, und allen Problemen zum Trotz war sie ihr dafür zutiefst dankbar. Denn Miris Liebe war von Dauer. In den letzten zwanzig Jahren hatte sie bestimmt an die zehn Millionen Dollar in Sarahs wissenschaftliche Arbeit investiert, selbst als Sarah versuchte hatte, eine Methode zu entwickeln, wie man das Hüter-Blut, das Miri ihr eingeflößt hatte, wieder aus dem Körper herausbekam.

Sarah legte sich ins Bett. Paul wandte ihr den Rücken zu, und Miri konnte sie hinter ihm nicht sehen. Sie streckte sich neben ihm aus.

»Ist er nicht wundervoll?«, flüsterte Miri.

»Auf jeden Fall ist er ein Berg von einem Mann.«

Sarah holte die Lanzette heraus und tastete mit den zarten Spitzen ihrer Chrirurgenfinger nach seiner Halsschlagader.

Die Pulsrate war exzellent. Er würde für Leo eine ergiebige erste Mahlzeit sein. Genau genommen würde auch genug für sie, Sarah, übrig bleiben. Sie konnte das Blut der alten, schwachen Frau mit seinem auffüllen und würde auf diese Weise vielleicht erst in einem Monat wieder Nahrung zu sich nehmen müssen.

Dies war ein Mord, der ihr keine Probleme bereiten würde. Wie eigenartig es doch war, einen von Miriams Feinden umbringen zu wollen, der ihr Miri womöglich vom Hals schaffen würde. Aber sie liebte Miri mindestens so sehr, wie sie sie hasste. Sie hielt sich nicht für lesbisch – an Leo zum Beispiel hatte sie keinerlei Interesse –, aber was Miri mit ihr auf dem Weg zum Club getan hatte, war so schön und erfüllend gewesen, dass es im wahrsten Sinne des Wortes Nahrung für die Seele war. Selbst mit Tom war es nie so gewesen wie mit ihrer Herrin.

Diese die Grenzen zwischen zwei Spezies überbrückende Liebe hatte etwas Schreckliches an sich, gleichzeitig aber auch etwas Heiliges. Denn trotz ihres Zorns und ihres Bestrebens, ihrem Schicksal zu entfliehen, wusste Sarah, dass sie immer hier sein würde, dass sie sich letztlich immer für Miri anstatt für ihre Freiheit, den Tod oder für sonst etwas entscheiden würde.

Sie setzte sich auf und sah, dass Miri die Augen geschlossen hatte und versonnen vor sich hin lächelte.

Sie winkte Leo herein und deutete auf den schlafenden Mann, dann auf Leos Mund. Leo nickte. Ihr begeisterter Gesichtsausdruck glich dem eines Kindes.

Sarah öffnete mit einigen geschickten Handgriffen seine Halsschlagader. Blut quoll heraus, und sie drückte Leos Kopf an die Wunde.

Leo stellte sich überraschend geschickt an, saugte nach Leibeskräften.

»Er ist bewusstlos«, sagte Sarah, als Paul erschlaffte.

Aber dann fuhr ein Ruck durch den massigen Körper. Sarah hörte, wie er zischend Luft in seine Lungen sog. Leo saugte mit aller Kraft, und doch hatte er nicht das Bewusstsein verloren.

Ganz im Gegenteil: Er schrie überrascht auf. Miri riss die Augen auf und schrie ebenfalls.

Paul sprang schreiend aus dem Bett, Leo hing wie ein störrischer Blutegel an seinem Hals, und er versuchte sie abzuschütteln. Doch sie ließ sich nicht abschütteln. Sie saugte, er schrie, er taumelte, Miri schrie.

Dieser Mann war anders als gewöhnliche Menschen. Obwohl die Blutversorgung seines Hirns plötzlich unterbrochen war, hatte er nicht das Bewusstsein verloren. Irgendwie war dieser simple Mord zu einer Katastrophe geworden.

Er hechtete durch das Zimmer, versuchte Leo abzuschütteln. Doch sie hing an ihm wie eine Klette. Es war das Blut, die unglaubliche Wirkung des Blutes, die ihr die Kraft dazu gab, wie Sarah wusste. Die ersten Tropfen hatten Leo vor Wonne fast verrückt gemacht, und sie würde eher den Teufel zur Hölle jagen, als von Pauls blutendem Hals abzulassen.

Sarah wusste, dass sie dieses Monster nicht töten würden. Sie rannte aus dem Schlafzimmer.

Leo bemerkte kaum, was geschah. Dieses Blut – es war ein Wunder, es schmeckte wie Sonnenlicht, wie der Himmel. Jeder Schluck floss augenblicklich in ihre ausgehungerten Zellen und erfüllte sie mit Energie und Kraft und sirrender Ekstase.

Dann legten sich kräftige Arme – wirklich kräftige Arme – um sie und rissen sie los. Paul, aus dem Hals blutend, fiel auf die Knie. Er schwankte keuchend hin und her – und packte Leos Handgelenk und zog sie zu sich herunter. Er wollte etwas sagen, brachte aber keinen Ton heraus. Doch sein hasserfüllter Gesichtsausdruck war phänomenal, fast übernatürlich.

Miri riss sie von ihm fort und brüllte ihr direkt ins Gesicht: »Er gehört zu meiner Rasse! Zu *meiner* Rasse!«

Ein Schock fuhr durch Sarah, die in das Schlafzimmer zurückgeeilt war. Was behauptete Miri da … dieser Mann sollte ein Hüter sein? *Dieser* Mann?

Er sprang auf, riss einen Holzpfosten vom Bettgestell ab und schwang ihn durch die Luft. Der Pfosten sauste haarscharf an Leos Kopf vorbei. Dann zielte er auf Miri, die sich jedoch blitzschnell duckte. Der Pfosten schlug mit einer solchen Wucht an die Wand, dass das ganze Haus erbebte.

Er stürzte sich auf Miri. Seine Hände schlossen sich wie Handschellen um ihren Hals. Leo packte seine Arme, konnte ihn aber nicht losreißen. Trotz des immensen Blutverlusts war er stark wie ein tollwütiger Bär.

»Er bringt sie um«, rief Leo. Sie hieb auf seinen Rücken ein. Miris Augen traten aus den Höhlen. Leo zerrte an seinen eisernen Armen. Miris Gesicht verschwamm. Ihr Mund nahm seine natürliche Form an; die Prothese, die ihm ein menschliches Aussehen verlieh, sprang heraus. Dann schob sich wegen des Würgedrucks ihre Zunge zwischen die Lippen. Sie war schwarz und spitz und blutbesudelt. Noch immer quoll Blut aus seinem Hals und tropfte auf ihren Mund.

Leo schlug ununterbrochen auf ihn ein, aber er war völlig auf Miri fixiert; er war wie ein zum Töten programmierter Kampfroboter.

Plötzlich gab es eine ohrenbetäubende Explosion, und er fiel wie ein Stein zu Boden. Leo warf sich zwischen ihn und Miri, die hustend auf die Beine kam und sich den Hals rieb.

Sarah stand wie erstarrt da, die riesige Magnum in Händen.

Miri taumelte. Dann warf sie sich auf ihn; sie drehte ihn auf den Rücken und versuchte, seine Blutung zu stoppen. »Hilf mir!«, schrie sie.

»Miri, lass Leo trinken. Sie braucht das Blut!«

»Du bist Ärztin! Hilf mir!«

»Miri, er ist gefährlich! Wir müssen ihn töten!«

»Rette ihn, Sarah! *Bitte*!«

»Nein, Miri! Los, Leo, mach weiter!«

Miri sprang auf und schleuderte, bevor Sarah sie aufhalten konnte, Leo wie eine Spielzeugpuppe quer durch das Zimmer. Dann riss sie Sarah die Magnum aus den Händen.

Sarah bereitete sich auf den Tod vor.

Aber Miriam schob sich den Lauf in den Mund und kniff die Augen zu.

Der Schuss würde sie nicht umbringen, würde sie aber zu schwer verletzen, um von der Verwundung zu genesen. Am Ende würde Sarah ihr Herz zum Stillstand bringen müssen.

»Miri, *nein*!«

»Dann hilf ihm.«

Sarah kniete neben der bewusstlosen Gestalt nieder und presste einen Finger auf die blutende Halswunde. Seine Augen waren zurückgerollt; sein Körper zuckte wegen des Blutverlusts und des Schocks. Er hatte vielleicht noch fünf Minuten zu leben, wahrscheinlich weniger.

»Wir müssen ihn nach unten bringen«, sagte Miri. Sie warf die Waffe fort.

Miriam packte seine Schultern, Sarah die Beine. Sie brachten ihn zum Aufzug in der Eingangshalle, während Leo vorausrannte und die Treppe nahm. Sie hatte ein weißes Laken über den Untersuchungstisch gebreitet, als die beiden mit Paul im Labor ankamen.

»Dies wird sehr problematisch«, sagte Sarah. Sie legte ihm eilig einen Druckverband um den Hals. Er hatte beinahe zwei Drittel seines Blutes verloren. Sein Blutdruck musste fast bei null liegen. »Ich verliere ihn.«

Miriam brach in Tränen aus und warf sich auf ihn.

»Hol sie herunter«, sagte Sarah zu Leo.

Doch als Leo sie berührte, warf Miri den Kopf herum und fauchte Leo mit schmerzverzerrtem Gesicht an wie eine tollwütige Wölfin. Sarah hatte sie nie in einem so aufgewühlten Zustand gesehen.

»Leo, hast du je bei einer Operation assistiert?«

»Um Gotteswillen, nein.«

Sarah packte Miri an den Schultern. »Miri, verstehst du mich? Miri!«

Langsam, Millimeter um Millimeter, nahmen ihre Züge wieder einen etwas vernünftigeren Ausdruck an. »Du hast kein Recht gehabt, ihn mir zu nehmen.« In ihren Augen blitzte der Stolz der Herrschenden auf. »*Du hast kein Recht dazu gehabt*!«

»Bitte, verzeih mir«, sagte Sarah.

»Dann rette ihn! Rette ihn!«

Sarah drehte ihn auf den Bauch. Der Eintrittspunkt der Kugel lag unterhalb des Herzens. Wenn die Koronararterie unverletzt war, hatte er vielleicht noch eine Chance. Sie hatte keine Zeit, seine Blutgruppe zu bestimmen, deswegen würde sie O+ nehmen. Sie sagte zu Leo: »Bring mir sechs Blutkonserven aus dem Kühlschrank. Miri, du hängst sie an den Ständer.« Dann ging sie zum Schrank und holte ihre Instrumente heraus, zu denen neben einer kompletten Operationsausstattung auch eine spezielle Zange zum Herausziehen von Schussprojektilen gehörte.

Es gab hier unten sogar ein Röntgengerät, aber sie konnten ihn unmöglich dorthin tragen. Dazu fehlte die Zeit. »Skalpell«, sagte Sarah, während sie die Eintrittswunde mit Betadine abtupfte. Ein kurzer Blick verriet ihr, dass Miri die Blutkonserven fachmännisch an den Transfusionsständer gehängt hatte.

Wenn er tatsächlich ein Hüter von bislang unbekannter Art war, befand sie sich auf völlig neuem Terrain. Miriams Blut in Sarahs Körper arbeitete wie ein eigenständiges Organ. Es floss neben Sarahs eigenem Blut, ohne sich mit ihm zu vermischen. Wie dagegen der Organismus dieses Mannes funktionierte, konnte Sarah nicht einmal erraten.

Sie schnitt die Eintrittswunde auf, fortwährend Befehle

bellend. »Spreizklammern!«, rief sie, als sie den Rippenkorb erreichte. »Klampen!«, sagte sie, als sie auf zerfetzte Blutgefäße stieß.

Den Lungenflügel konnte sie nicht vollständig umgehen, doch es gelang ihr, die Blutung soweit zum Stillstand zu bringen, dass sie das Projektil fand und herausfischen konnte. Die Zeit verlor für sie jegliche Bedeutung. Aufgrund ihrer jahrelangen Erfahrung an Operationstischen fiel es ihr leicht, sich voll auf ihre Aufgabe zu konzentrieren. Teilweise bewegten sich ihre Finger fast auf magische Weise, aber es war größtenteils ihre gründliche Ausbildung, die ihr half, diese schrecklich herausfordernde Operation ohne gravierende Fehler durchzuführen.

Als sie schließlich die Operationswunde vernähte, war sein Blutdruck auf 80 zu 50 gestiegen, und sein Puls lag bei 160. Die Körpertemperatur von 37,5 Grad ließ darauf schließen, dass er die Bluttransfusion gut vertrug. Sie legte ihm eine Elektrolyt-Infusion und holte danach ihren Rezeptblock. Sie schrieb eine Weile und drückte das Rezept schließlich Leo in die Hand. »All diese Dinge gibt es in der Apotheke im Riverside Hospital.«

»Wie geht es ihm?«, fragte Miriam. Über ihrem nackten Körper trug sie noch immer den blutbesudelten Morgenmantel. Ihr Gesicht war eingefallen, ihre Haut grau.

»Er wird durchkommen.«

Miriams Züge lösten sich auf, dann warf sie sich weinend in Sarahs Arme.

»O Miri«, sagte Sarah, »es tut mir so Leid. Ich wusste ja nicht, dass …«

»Vor etwa tausend Jahren hat man versucht, die beiden Spezies miteinander zu kreuzen. Die Hüter wollten der Notwendigkeit entfliehen, Menschenblut trinken zu müssen. Das Ergebnis dieses Versuchs fiel nicht gut aus. Wir hatten Menschen erschaffen, die so schnell und stark waren wie Hüter. Deswegen haben wir alle betreffenden Familien ausgelöscht – außer einer. Vor ungefähr vierzig Jahren fanden wir einen letzten Nachfahren dieser Familie. Er wurde vernichtet. Offenbar hatte er einen Sohn.«

»Das fällt mir schwer zu glauben, Miri. Es ist unmöglich, unsere beiden Spezies miteinander zu kreuzen. Abgesehen von einigen äußeren Parallelen sind wir so verschieden wie Tiger und Kühe.«

»Du ahnst ja nicht, wozu unsere Wissenschaft imstande war – als wir noch eine Wissenschaft besaßen.«

»Was wurde denn aus ihr?«

Miriam betrachtete sie. Sie lachte kurz auf, und Sarah spürte hinter diesem Lachen eine verborgene Historie voller Geheimnisse, die sie ihr niemals offenbaren würde. »Es war so schön, mit ihm zu schlafen. Ich fühlte mich in die Zeit meines Lebens zurückversetzt, als ich wirklich glücklich war. O Sarah, ich liebe ihn so sehr!«

Sarah spürte die in ihr aufwallende Hoffnung, dass Miri wirklich schwanger war. Denn wenn es stimmte und wenn der Fötus gesund war, würde sich Miriams größter Herzenswunsch doch noch erfüllen.

Aber noch sah Sarah in Paul eine lebensgefährliche Bedrohung.

»Was ist mit deinem Hunger?«, fragte Miriam Leo.

»Ich habe etwas Blut abbekommen«, sagte sie. Aber Leos leerer Gesichtausdruck verriet ihnen, dass es nicht genug gewesen war.

Sarah brachte Miriam nach oben in ihr Privatgemach. Sie schaltete die Videoüberwachung ein, damit sie den Patienten fortwährend im Auge behalten konnten.

Miriam legte sich auf die kleine Couch, auf der sie oft las und arbeitete. Sarah hockte sich vor ihr auf den Boden. »Bitte, verzeih mir, Miri.«

Miriam betrachtete sie. »Ich verzeihe dir, Kind«, sagte sie. »Aber du musst mir mit ihm helfen.«

»Miri, er hasst dich. Er ist eine Tötungsmaschine.«

»Er hat ein Herz, Sarah, ein großes Herz. Ich möchte versuchen, zu seinem Herzen durchzudringen.«

»Miri, nur Gott weiß, was geschehen wird, wenn er erwacht.«

»Ich möchte, dass du und Leo mir helft.«

»Natürlich werden wir dir helfen. Das ist doch selbstverständlich.«

Miriam stand auf, ging durch das Zimmer und nahm das enkaustische Gemälde ihres geliebten Eumenes von der Wand. »Ich habe mein Glück in einer anderen Welt verloren.«

»Wir können dich auch glücklich machen.«

Sie lächelte traurig. »Ich bin die Letzte meiner Art – der letzte Hüter.«

»Es gibt noch andere.«

Miriam sah sie an. »Du meinst die, die in finsteren Höhlen hausen? Das sind keine wahren Hüter – wir Hüter haben über die Menschheit geherrscht.« Sie betrachtete das Portrait des gutaussehenden jungen Mannes in der weißen Toga. »Ich bin eine Verlorene im Mahlstrom der Zeit.« Sie hängte das Gemälde wieder an die Wand und ging zu Sarah zurück. »Aber ich trage ein Baby in mir. Ich habe Hoffnung.«

Sarah hatte keine Ahnung, was Miriam in sich trug, und sie war sich nicht sicher, ob sie es wirklich herausfinden wollte. Wenn ihr so geschundenes Herz einen weiteren

Schlag hinnehmen musste, wäre es sogar möglich, dass Miriam sich ihren verbliebenen Artgenossen in der Finsternis anschließen und wie ein Tier leben würde, das nur noch eines herbeisehnte – den Tod.

»Ich möchte einen Schwangerschaftstest machen.«

Sarah versuchte, Zeit zu gewinnen. »Sobald es Paul besser geht.«

»Nein«, sagte Miriam. »Sofort.«

»Im Augenblick ist das Labor allein für ihn reserviert.«

Miriam trat auf sie zu. »Wir beide wissen, dass du diesen Test sofort durchführen kannst.«

Sarah nahm sie in die Arme.

»Ich muss es wissen«, flüsterte Miriam.

Sarah drückte sie fest an sich.

So blieben sie stehen, Arm in Arm im verblassenden Licht der Nachmittagssonne.

Leo lief zur Wand und zurück zur Tür. Sie dachte an eisgekühlte Schokoladentorte, an Pfannkuchen und Krapfen und Beluga-Kaviar. Sie trat ans Fenster, ihre Stirn schweißüberströmt, und dachte an das Hühnerfrikassee ihrer Mutter und an Tante Madelines Butterkekse. Sie schlug mit den Fäusten an die Wand, umschlang ihre Schultern und dachte an die Nackensteaks im Sparks und den Räucherlachs im Petrossian.

Was aber wirklich zählte war der köstliche, deftige Geschmack in ihrem Mund und der Geruch in ihrer Nase: Blut, Blut, Blut.

Als sie sein Blut getrunken hatte, hatte sie einen Teil seiner Seele in sich aufgenommen, und das Gefühl hatte sie so berauscht, dass sie mehr haben musste. Viel mehr.

Sie hatte sich in die Hose gemacht, ihre Achselhöhlen

und ihre Stirn waren klitschnass, und sie bekam kaum Luft und war zu keinem vernünftigen Gedanken fähig. Ihr Hunger war noch lange nicht gestillt. Sie brauchte mehr. Mehr Blut.

Sie ging zur Haustür, legte eine Hand auf die glänzende Messingklinke und schlüpfte ins abendliche New York hinaus.

Sie war jetzt eine Jägerin, unterwegs in ihrem Revier. Sie ging zur Ecke und stieg die Stufen zum Franklin D. Roosevelt-Drive hinunter.

Ein Auto schoss vorbei, kaum einen Meter von ihr entfernt, dann noch eins und noch eins. Leo rannte auf die Fahrbahn. Zwei weitere Autos kamen auf sie zugeschossen. Sie sprang einen Schritt nach vorne, als eines der beiden Fahrzeuge ihr um ein Haar den Rücken rasiert hätte. Dann hatte sie die andere Straßenseite des Franklin D. Roosevelt-Drives erreicht, kletterte über das Eisengeländer und eilte die Uferpromenade des East River entlang.

Über dem Fluss hing ein Vollmond, der seinen glühenden Lichtschein auf die schwarzen, unruhigen Wellen warf.

Sie war völlig erschöpft, hatte sich noch nie auch nur annähernd so schlecht gefühlt. Die brennenden inneren Schmerzen waren die mit Abstand tiefste Empfindung, die sie je gespürt hatte. Sie fühlte sich wie jemand, der nicht genügend Luft in die Lungen bekam.

Sie hielt wie ein Trüffel suchendes Schwein nach einem Opfer Ausschau. Ihre Entzugserscheinungen waren schlimmer als die eines Heroinsüchtigen, der sich seit Tagen keinen Schuss gesetzt hatte. Es machte einen wild, weckte den Wunsch, zu rennen und nie wieder stehen zu bleiben; es kribbelte unter der Haut, als würde dort ein

Ameisenheer herumschwirren; es pumpte einem die pure Verzweiflung ins Hirn.

Während sie durch den Abend rannte, dachte sie an Zuhause, an das imposante Haus in Greenwich, an ihr Taft-und-Spitzen-Schlafzimmer, an ihren Vater, der sich wahrscheinlich gerade ein Football-Spiel im Fernsehen ansah und an ihre Mutter, die dabei saß und strickte.

Ihr Zuhause und der innere Frieden, den sie dort empfunden hatte, beides war für sie unwiederbringlich verloren. Ihre Füße brannten; ihr Herz raste; ihre Haut fühlte sich an, als würde sie mit Sandpapier geschmirgelt. Der Geschmack von Pauls Blut hing in ihrem Mund, der Geruch in ihrer Nase. Alles, woran sie denken konnte, war Blut, wie es schmeckte, wie es die Kehle hinabfloss, wie es das Feuer kühlte, das sie von innen verzehrte.

Dann sah sie eine schattenhafte, auf einer Parkbank schlafende Gestalt. Sie ging näher. Ein in Lumpen gehülltes Etwas. Gut. Mann oder Frau? Ein Mann – dies war nicht so gut, denn Männer waren kräftiger.

Sie setzte sich nahe am Kopf des Obdachlosen auf die Bank. Ihre Hände zitterten fast zu sehr, doch es gelang ihr, sich eine Zigarette anzuzünden. Sie hatte vor zwei Monaten aufgehört, aber dies war vor ihrer Bekanntschaft mit Miriam gewesen. Miriam rauchte ununterbrochen. Sie machte sich keine Sorgen. Warum auch? Hüter waren immun gegen Krebs.

Sie nahm einen tiefen Zug und wünschte, der Rauch wäre stärker. Man bekam einen geilen Kick, wenn man Heroin in einer Zigarette rauchte, aber sie besaß kein Heroin. Sie musste sich aus eigener Kraft beruhigen.

Sie hatte die Lanzette, und sie hatte das Opfer. Alles, was ihr nocht fehlte, war Mut. Sie blickte auf den fettigen, verlausten Haarschopf hinab. Sie wusste, dass der Mann schmutzig war und wahrscheinlich zum Himmel stank, aber sie roch nur sein Blut. Es duftete so herrlich, dass sie gierig die Luft einsog und sich immer näher zu ihm hinabbeugte.

Sie holte die Lanzette heraus, zog die Klinge aus der Scheide – und schnitt sich dabei in den Finger. Aber bevor sie auch nur einen Tropfen Blut ablecken konnte, hatte sich die Wunde wieder geschlossen.

Unglaublich. Ein Wunder.

Sie schob vorsichtig die Lumpen beiseite. Dort war der Hals. Es war kein alter Hals. Sie wusste, dass sie ihr Opfer nach Hause bringen, dort aussaugen und anschließend vollständig verbrennen sollte. Aber wie sollte sie einen Betrunkenen über den Roosevelt-Drive lotsen und die steile Treppe hochmanövrieren, die in ihre Straße führte? Die Sache mit der alten Obdachlosen, die sie in der Fünfundfünfzigsten Straße Ecke First Avenue aufgegabelt hatte, war schon schwierig genug gewesen.

Sie hielt ihm die Lanzette an den Hals. Sie konnte keine Vene erkennen, wagte aber nicht, den Mann zu berühren. Ihre Hand schloss sich fester um das Aderlass-Instrument. Dann stieß sie zu. Zuerst spürte sie einen leichten Widerstand, aber dann drang die Klinge tiefer ein, als sie beabsichtigt hatte. Genau genommen steckte sie fast bis zum Griff in seinem Hals.

Gerade als sie die Lanzette herausziehen wollte, fuhr der Mann schreiend unter seinen Lumpen hoch und starrte sie entgeistert an.

Er war höchstens Anfang zwanzig. Vielleicht war er sogar jünger als sie. Er hatte lange Wimpern, und in seinen dunklen Augen spiegelte sich das Mondlicht. Er hielt den

Kopf schräg und griff sich an den Hals –, und plötzlich schoss eine Blutfontäne aus seinem Mund.

Leo wollte instinktiv nach dem Blut schnappen, aber es hatte sich schon wie umgekippte Milch auf dem Boden verteilt. Er sprang ungelenk auf und versuchte mit seinen blutigen Fingern die blutverschmierte Lanzette in seinem Hals zu fassen zu bekommen.

Und dann erkannte sie ihn. Nicht aus dem Club, nicht aus ihrem gegenwärtigen Leben, sondern vom College in Andover. Es war Benno Jones. Er war Perfomance-Künstler gewesen. Seine Familie war reich, aber stockkonservativ. Offenbar hatte er sich von ihr losgesagt.

Sie war zutiefst verwirrt. Aber sie war auch verzweifelt. Sie stürzte sich auf ihn, packte den Griff der Lanzette und versuchte, sie ihm aus dem Hals zu reißen. Die Klinge kam zur Hälfte heraus, gefolgt von glibbrigen Fleischfetzen und hervorquillendem Blut.

Sie saugte sich an ihm fest wie ein ausgehungerter Blutegel. Sein köstlicher Lebenssaft schien fast von alleine in sie hineinzulaufen und durch ihre Kehle in den Magen hinabzurinnen. Benno taumelte wild um sich schlagend hin und her, während seine frühere Mitschülerin ihm unbegreiflicherweise das Leben aus dem Leib saugte.

Er sank wie ein angestochener Stier auf die Knie. Sie stieß ihn um, zog seinen Kopf auf ihren Schoß und drehte seinen Hals so, dass sie bequem herankam. Dann legte sie die Lippen um den sprudelnden Blutquell und saugte mit aller Kraft. Plötzlich hörte sie ihn kaum vernehmbar flüstern: »Leo?«

Sie presste alle Luft aus der Lunge und saugte weiter. Dann setzte sie ein drittes Mal an, bekam aber deutlich weniger Blut. Beim vierten Mal kam so gut wie gar nichts mehr.

Doch er war weder dünner noch leichter geworden. Er sah noch immer völlig normal aus – dafür dass er tot war. Sie versuchte es von neuem, saugte mit aller Kraft.

Nichts geschah. Sie ließ von ihm ab. Nur Miriam konnte ihre Opfer vollständig aussaugen, sodass nur noch ein mit Knochen gefüllter Hautsack übrig blieb. Er war zu schwer, um ihn nach Hause zu tragen. Die Leiche fühlte sich an wie ein Sack voll Blei.

Dann sah sie in einiger Entfernung einen Mann auf der Promenade, der ungefähr zehn Hunde ausführte. Er kam in ihre Richtung, und die Hunde waren schon jetzt völlig von Sinnen. Der Mann war nicht zu verstehen, aber man sah, dass er die Tiere anbrüllte. Die Hunde bellten und kläfften und scharrten so heftig mit den Pfoten, dass eine Staubwolke aufwirbelte. Es sah aus, als würden sie Abgase ausstoßen.

Es gelang ihr, Benno zum Geländer zu schleifen, ihn hochzuwuchten und in den East River zu werfen. Dann rannte sie fort, und während ihre Füße über den Boden zu fliegen schienen, begann sie, sich wundervoll zu fühlen.

Hinter ihr fraßen die Hunde die blutigen Fleischfetzen aus Bennos Hals auf, die sie in der Eile liegen gelassen hatte. Nun konnte sie auch den Hundeführer hören, der sich vor Wut heiser schrie.

Ihr Körper schien fast vom Boden abzuheben. Sie konnte nach Leibeskräften rennen, ohne die geringste Erschöpfung zu spüren. Es fühlte sich an, als befinde sich noch jemand anderes in ihr, ein zweites Lebewesen, das nicht sie selbst war, das es aber gut mit ihr meinte und das gleichzeitig ein Teil von ihr zu sein schien. Es war ein großartiges, ein berauschendes Gefühl, so als hätte man seinen eigenen Engel im Leib.

Sie sah nicht die einsame Gestalt auf der Anhöhe, die Miriams Straße vom Roosevelt-Drive trennte, die Gestalt, die alles beobachtet hatte. Sie sah nicht, wie die Gestalt ein kleines Gerät einsteckte, vielleicht ein Fernglas oder eine Kamera.

Sie sah nicht, wie die Gestalt in ein Auto stieg und sich rasch in den New Yorker Abendverkehr einfädelte.

19

Gefangen

Miriam rannte wie von Sinnen durch das Haus und schrie mit kreischender Stimme nach Leo. Sarah war entsetzt. Sie hatte ihre Herrin noch nie so gesehen. Miriams Wut grenzte an Wahnsinn; anders ließ sich ihr Verhalten nicht beschreiben. Dann funkelten ihre unmenschlichen Augen plötzlich Sarah an.

»Miri, bitte beruhige dich. Bitte, Miri!«

Miriam stürmte durch das Wohnzimmer, packte sie und schubste sie an die Wand. »Wo, zum Teufel, warst du?«

»Ich war die ganze Zeit hier, Miri!«

»Du hast sie rausgelassen! Du achtloses, dummes …«

Sie schlug Sarah so hart ins Gesicht, dass diese stürzte. Dann warf Miriam sich schreiend auf sie, schüttelte sie und stieß immer wieder ihren Kopf auf den Boden. Sarah sah Sterne vor Augen; alles drehte sich; Miriam hörte einfach nicht auf zu schreien.

Sie sprang mit einer geschmeidigen Bewegung auf und starrte böse auf Sarah herab. Dann warf sie sich mit glänzenden Augen wieder auf sie, ihre schmalen Lippen so eigenartig verzogen, dass Sarah nicht einmal andeutungsweise wusste, was dieser Ausdruck bedeuten mochte.

Sie küsste Sarah. Dann half sie ihr auf die Beine und führte sie zu einem Stuhl. Sie kniete vor ihr nieder und hauchte Küsse auf ihre Hände. »Es tut mir Leid. Verzeih mir. Ich …« Sie stieß einen leisen Laut aus, das Knurren eines verwundeten Tigers. »Ich fühle Dinge, die ich noch nie zuvor gefühlt habe.« Sie legte den Kopf auf Sarahs Schoß und fing an zu weinen. »Als ich das letzte Mal ein Kind in mir trug, fühlte ich mich so behütet. Uns gehörte Ägypten! Wir lebten auf streng bewachten Anwesen. Der Reichtum, die Macht – man kann sich das alles heute gar nicht mehr vorstellen! Und jetzt trage ich zum letzten Mal ein Kind in mir und möchte mich sicher fühlen und tue es nicht!«

Sarah strich ihr über das Haar. Sie blickte auf den kraftstrotzenden, in eine prachtvolle Schmetterlingsrobe gehüllten Körper hinab. Das Gewand war vor sechshundert Jahren in China hergestellt worden und bestand aus tausenden, mit winzigen Nähten aneinander gefügten Seidenstücken. Es sah tatsächlich aus wie eine Wolke aus Schmetterlingen. Miriam machte kein großes Aufheben um die Robe, was jedoch nichts an der Tatsache änderte, dass es sich wahrscheinlich um das schönste Kleidungsstück handelte, das es gegenwärtig auf Erden gab.

Sarah war immer der eher einsame Typ gewesen, aber Miriam schien jetzt *wirklich* einsam. Durch ein Baby erhoffte sie sich – dies wurde Sarah nun klar –, der Einsamkeit entfliehen zu können, die sich hinter ihrer Eleganz und ihrem dekadenten Lebensstil verbarg.

Zu erfahren, dass dieses Baby nur eine Fata Morgana war, eine Halluzination, wäre für sie das Schlimmste, das ihr widerfahren konnte.

Wegen der Schmerzen wusste Paul, dass er am Leben war. Sein ganzer Oberkörper fühlte sich an, als hätte eine Elefantenherde darauf herumgetrampelt. Er atmete in einzelnen, seltsam leichten Schüben, verspürte aber keine Atemnot. Daher wusste er, dass er an einer Lungenmaschine hing.

Er ging eine Inventarliste seiner Körperfunktionen durch und machte sich dabei seine Ausbildung und langjährige Erfahrung zunutze. Er konnte die Zehen und Hände bewegen und die Arme heben. Das war gut. Er war zu schwach, um die Beine emporzubringen. Das war weniger gut. Die linke Halsseite tat weh. Dies musste die Stelle sein, wo das verdammte Miststück versuchte hatte, sein Blut auszusaugen. Im Brustkorb spürte er eine schlimme Schussverletzung. Wenn er einatmete, hörte er ein seltsames Blubbern, was bedeutete, dass sein Lungenvolumen gefährlich gering war.

Wenn er hochschaute, blickte er an die Decke eines Krankenhauszimmers. Er hörte die leisen Pieptöne von Monitoren, die seine Vitalfunktionen überwachten, und neben sich sah er einen Metallständer, an dem ein Tropf hing.

Er konnte sich beim besten Willen nicht vorstellen, wie er es in ein Krankenhaus geschafft hatte, aber offensichtlich war es ihm gelungen. Sein Zustand verriet ihm, dass ihm in die Lunge geschossen worden war und seine Atemwege sich wegen der Blutung und der Schmauchpartikel entzündet hatten. Aber er hatte kein Fieber, also mussten die Antibiotika aus dem Tropf wirken. Und die Schmerzen waren diffus, konzentrierten sich nicht auf eine bestimmte Stelle, so wie es der Fall war, wenn man eine Kugel im Körper hatte. Okay, er war also operiert worden. Wie viel von seiner Lunge übrig war, wusste er nicht. Vielleicht nichts, so wie es sich anfühlte.

Alles in allem war es ihm schon dreckiger gegangen, und er hatte es immer überstanden. Großartig, denn er freute sich schon auf das Massaker, das er nach seiner Genesung in einem bestimmten Stadthaus in Manhattan anrichten würde … es sei denn, seine Anwesenheit in diesem Krankenhauszimmer bedeutete, dass er sich wieder in Obhut der Firma befand.

Nach fünf langen Minuten hob Miriam plötzlich den Kopf und blickte aus rot geränderten Augen zu Sarah auf. Diese schreckte instinktiv vor ihrer Herrin zurück. Miriam sog zischend die Luft ein, und Sarah begriff, was los war: Sie hörte etwas.

»Ist das Paul?« Doch ein kurzer Blick auf einen der Bildschirme, die in jedem Zimmer standen, verriet ihnen, dass es nicht Paul war. Zwar regte er sich hin und wieder und erwachte drei oder vier Mal am Tag kurz aus dem benebelten Zustand, in den ihn das intravenös verabreichte Valium versetzte, aber sein derzeitiges Lungenvolumen war zu gering, um ihn vollständig erwachen zu lassen.

Miriam sprang wie eine Katze auf die Beine. Einen Augenblick später stand sie an der Haustür und lauschte durch das massive Mahagoniholz. Dann eilte sie durch das Foyer ins Musikzimmer, setzte sich an den Flügel und spielte – passenderweise – Beethovens *Mondschein-Sonate*. Der Anblick dieses unfassbar anmutigen, von tausenden von Schmetterlingen umhüllten Geschöpfs war atemberaubend. Ihre Finger flogen zart wie herabrieselnde Schneeflocken über die Tasten.

Sarah beobachtete die Haustür. Das Schloss klickte. Die Klinke senkte sich. Im Türspalt erschien Leos Gesicht. An seiner Rötung erkannte Sarah, dass sie gespeist hatte. Als Leo die Musik hörte und Sarah entspannt im Ohrensessel sitzen sah, glättete sich ihre sorgenvolle Miene. Sie glaubte, alles sei in bester Ordnung.

Derart beruhigt, kam Leo völlig arglos hereingeschlendert und warf Sarah ein konspiratives Lächeln zu. Auf ihrem blauen T-Shirt befanden sich Blutflecken, auf ihrer Jeans ebenfalls.

»Wo sind die Überreste?«, herrschte Sarah sie unvermittelt an. Leo versuchte, um sie herumzugehen. Sarah packte sie am Kragen. »Wo sind sie?«

»Lass mich in Ruhe!«

»Leo, *wo sind die Überreste der Leiche*?«

Miriam spielte weiter, scheinbar überhaupt nicht interessiert an der Auseinandersetzung.

»Das geht dich nichts an«, schnaubte Leo.

»Hast du die Leiche etwa auf der Straße liegen lassen? Komm schon, antworte!«

»Wenn du es unbedingt wissen willst: Sie schwimmt im East River. Und dein blödes Spielzeug auch.«

Sarah spürte ein nervöses Zucken im linken Augenwinkel. »Welches Spielzeug?«

»Na dieses blöde Ding – es drang vollständig in seinen Hals ein.«

»Du hast meine Lanzette in deinem Opfer stecken lassen?«

»Ich habe sie nicht rausbekommen!«

»Mein Gott!«

Leo versuchte, um sie herumzugehen.

Diese Scheiß-Vampire waren verdammt gerissen gewesen. Er hatte sich von ihnen verarschen lassen wie der letzte Trottel. Nur Gott wusste, wie viele dieser Parasiten sich in dem Club herumtrieben. Und dieses Stadthaus mitten in Manhattan – dieses Monster war eine stinkreiche Hexe. Sie war den anderen um Lichtjahre voraus. Wenn man sie umbrachte, hatte man die Bienenkönigin erledigt. Es war wie mit diesem Monster in Paris, dieser Mrs. Tallman.

Verdammt – vielleicht handelte es sich sogar um ein und dasselbe Monster. Und vielleicht würde er – falls es noch in seiner Macht stand – dieses verdammte Mistvieh erledigen und damit den restlichen Vampiren den Todesstoß versetzen. Diese Frau hatte ihn wie einen Schuljungen zum Narren gehalten. Er hatte sogar mit ihr geschlafen, und es war besser gewesen als alles, was er je mit echten Frauen erlebt hatte. Ein Tier hatte ihn dazu verführt, es zu vögeln, und diese Tatsache machte ihn noch wütender.

Im Rachen bemerkte er den metallischen Geschmack, der sich einstellte, wenn man Elektrolyte in den Körper gepumpt bekam. Er wollte Wasser und feste Nahrung.

»Krankenschwester?«, rief er.

Er lauschte. In welchem Krankenhaus auch immer er lag, es war still wie in einer Totengruft. Wahrscheinlich befand er sich in einem gesonderten Bereich für Patienten, die als Geheimnisträger galten. Er tastete nach einem Rufknopf und fand ihn am Kopfende seines Betts.

Die Frage war, wer durch die Tür kommen würde, wenn er den Knopf drückte – eine niedliche Krankenschwester und Justin Turk? Er wettete auf Turk. Sie hatten ihn bestimmt die ganze Zeit über beschattet. Immer wenn er in der Patsche gesessen hatte, waren Angestellte der Firma aufgetaucht und hatten ihn herausgehauen.

Also würde man ihn womöglich daran hindern, diese Mistviecher zu erledigen. Verflucht, vielleicht sollte er aufstehen und abhauen, bevor es zu spät war. Wenn es nicht schon zu spät war.

Er setzte sich vorsichtig auf und überlegte, ob er sich die verdammte Nadel aus dem Arm reißen und verschwinden sollte. Bis auf seine Atmung fühlte er sich einigermaßen bei Kräften. Doch wenn er einen Fluchtversuch unternahm, würde er eine Regel brechen, die ihm in seiner Berufslaufbahn mehrere Male das Leben gerettet hatte: Niemals ins Blaue hinein agieren. Wenn man nur wusste, mit wem man es zu tun hatte, dann reichte dies völlig aus. Aber wenn man gar nichts wusste, war es am besten zu warten.

Also würde er die Lage sondieren und unterdessen seine Kräfte sammeln. Was er im Augenblick am meisten wollte, war ein dickes Steak, aber ein Becher Fleischbrühe würde es auch tun. Er drückte den Knopf. Nichts geschah. Typisch, wahrscheinlich bedeutete dies, dass er in einem abbruchreifen Veteranenhospital lag. Er drückte noch einmal, dieses Mal fester.

Sarah schaute auf den Bildschirm. Sie hörte den leisen Summton, mit dem Ward jemanden in sein Zimmer rufen wollte. Er war nun zum ersten Mal seit der Operation vor fünf Tagen völlig wach. *Er wird gesund*, dachte sie. Sie konnte nicht anders, als einen Anflug von beruflichem Stolz zu empfinden. Sie hatte einem Menschen das Leben gerettet, der eigentlich hätte sterben müssen.

Die Musik endete. Miriam stand auf. Sie wandte sich um und trat auf die beiden Frauen zu, ihre wallende Schmetterlingsrobe hinter sich herziehend, eine brennende Zigarette zwischen den schmalen Lippen, in den Augen ein wütendes Blitzen. »Wo zum Teufel warst du?«, fauchte sie.

»Ich?«

Miriams Blick wanderte zu Sarah. »Sie hat die Leiche draußen liegen lassen«, sagte Sarah. »Im Hals des Toten steckt meine Lanzette.«

Miriam trat dicht an Leo heran. Lange Finger packten

deren Kehle. »Ist dies deine Art, mir deine Dankbarkeit zu demonstrieren?«

Leo versuchte sich dem Griff zu entwinden. »Ich habe den Mann in den East River geworfen. Er ist verschwunden.«

»Eine Leiche ist niemals wirklich verschwunden, wenn man sie nicht verbrennt«, brüllte Miriam.

Sie hatte ein- oder zweimal angedeutet, dass sie sich eines menschlichen Gefährten entledigt hatte, der sich nicht an die Regeln hatte halten können. Einen Augenblick lang glaubte Sarah, Miriam würde Leo auf der Stelle umbringen.

Aber dann warf Miriam den Kopf zurück und lachte. Es war ein eigenartiges, fast lautloses Lachen. »Komm mit«, sagte sie zu Leo.

»Wohin?«

Miriam packte Leos Handgelenk und zog sie zur Treppe. Sarah stand auf und wollte den beiden folgen. Miriam bremste sie. »Mein Gatte ruft dich«, sagte sie. »Hörst du nicht den Summton?«

Paul vernahm ein Geräusch hinter der geschlossenen Tür seines Krankenzimmers. Er hatte mindestens fünfzig Mal den Rufknopf gedrückt. Er setzte sich auf. »Schwester«, sagte er. Das eine Wort raubte ihm schon den Atem, und er sank keuchend in das Kissen zurück.

Als er Sarah Roberts' Gesicht erblickte, war er so überrascht, dass ihm ein krächzendes »O Scheiße!«, entfuhr.

Sie sah bildschön aus mit ihren glänzenden dunklen Augen. Er versuchte die Arme zu heben, um ihr einen Fausthieb zu versetzen, doch etwas hielt ihn auf.

Er war an das Bett gefesselt. »Mist!«

»Oh, es geht Ihnen besser«, sagte Sarah.

Er prüfte seine Lage. Beide Handgelenke und Fußknöchel waren mit Ketten ans Bett gefesselt. Er hatte knapp einen Meter Bewegungsfreiheit; deswegen hatte er die Ketten erst bemerkt, als er die Arme zu heben versuchte.

»Wo zum Teufel bin ich?«

»In meiner Krankenstation.« Sie kam zu ihm herüber. Gleich würde er sie packen. »Ich bin Ärztin.«

»Sicher.«

»Sie haben einen Lungenschuss überlebt. Sie können mir ruhig glauben, dass ich Ärztin bin.«

»Sie ernähren sich von Menschenblut. Wie können Sie da Ärztin sein?«

Sie kam näher heran. »Ich muss mir die Wunde ansehen«, sagte sie. Ihr bisher neutraler Tonfall klang plötzlich düster – oder nein, traurig. Er klang traurig.

Er war bereit, sie zu packen. Was er danach tun würde, wusste er nicht. Er wusste nur eines: Dies war die schlimmste Lage, in der er sich jemals befunden hatte, und er musste sich schleunigst etwas einfallen lassen, um wieder Herr seiner selbst zu werden.

Sie schlug die Decke zurück, nur beiläufig seine Nacktheit beachtend. Sie löste den Verband, der seinen halben Brustkorb bedeckte.

Als sie die Wunde zu untersuchen begann, drang ein Geräusch durch die offene Tür. Jemand schrie. Sogar während er hier lag, gingen irgendwo im Haus die Vampire ihrem blutigen Geschäft nach.

Er war nicht so schnell wie sonst, doch es gelang ihm, Sarahs Arm zu packen. Ein Mullverband flog ihr aus der Hand, als er sie mit einem Ruck zu sich heranzog.

Im nächsten Moment blickte er in den Lauf seiner Magnum.

»Miststück«, sagte er.

»Sie sind das Miststück! Ginge es nicht nach Miriam, wären Sie längst tot, Sie gottverdammter Scheißkerl!«

Sie griff nach dem Tropf und öffnete den Hahn. Seine Aufmerksamkeit verlor sich. Sarahs Bild verschwamm, dann schien sie über ihm zu schweben wie eine zum Himmel aufsteigende Madonna.

Die Schreie schwollen an und verklangen wie eisige Windstöße im Hochgebirge. Sarahs kalter, mörderischer Blick bohrte sich in ihn. Trotz seines lodernden Hasses und seines nagenden Wunsches, aus dem Bett zu springen, ihr die Waffe aus der Hand zu schlagen und ihr – buchstäblich – den Kopf abzureißen, sank er in den Schlaf. Die entsetzlichen Schreie verwoben sich zu einem düsteren, namenlosen Albtraum, den die Droge aus dem Tropf wenig später in gegenstandslose schwarze Leere verwandelte.

Miriam hielt Leos Handgelenk fest und ließ selbst dann nicht los, als sich die verschrumpelte, ausgetrocknete Hand hob und sich langsam um Leos Finger schloss. Sie spürte die eigenartige Kraft der Leiche, sah den Funken des Lebens in den welken Augen.

Sie hielt den Anblick nicht aus, konnte die Berührung nicht ertragen. Und sie verstand nicht, was all die Särge auf dem Dachboden zu suchen hatten.

»Mach die Augen auf!«, sagte Miriam. »Sieh ihn dir an!«

»Das tue ich doch! Aber ich verstehe nicht, wie er noch –«

»Du dummes kleines Ding – hast du wirklich geglaubt, du würdest keinen Preis zahlen müssen?«

»Er soll mich loslassen! Bitte!«

Miriam zog sie von Johns Sarg fort. Seine Finger hielten Leos Hand umklammert, weswegen sich die Leiche ein

Stück aus dem Sarg hob. Als ihre Hand seinem Griff entglitt, fiel die Leiche mit einem dumpfen Knall zurück. Miriam schlug den Sargdeckel zu.

»Aber er ist nicht tot! Wir müssen ihm helfen!«

»Wie mitfühlend du bist.« Sie trat zu Sarahs Sarg. »Aus dem hier kommt deine Freundin.«

»Welche Freundin?«

»Sarah. Dieser langweilige kleine Zombie.«

»Zombie?«

»Nachdem ich ihr mein Blut gab, hat sie sich die Pulsadern aufgeschnitten. Aber sie ist hochintelligent. Sie hinterließ mir die nötigen Kenntnisse, um sie wieder zum Leben zu erwecken.« Ihr Blick wanderte zu Johns Sarg. »Schade, dass es für ihn schon zu spät ist.«

»Aber sie – ich verstehe das alles nicht!«

»Da jetzt mein Blut in deinen Adern fließt, Leonore, kannst du nicht mehr wirklich sterben. Doch du bist nicht wie wir. Wir haben keine Seelen. Du hingegen schon, und durch mein Blut ist sie für alle Zeiten an deinen Körper gefesselt.« Ihr Blick wanderte durch den Raum. »Das ist dein Schicksal.«

Leo wich vor Miriam zurück. Sie musste diesen schrecklichen Dachboden verlassen; sie musste ein Heilmittel finden. Das alles war – unvorstellbar. Denn wenn sie nicht selbst in einem solchen Sarg enden wollte … musste sie Zeit ihres Lebens Menschen töten.

»Sarah ist eine Sklavin geworden. Sie ist keine frei denkende Seele. Sie ist langweilig, und ich hasse Langeweile!«

»Langeweile?«

»Natürlich! Das ist doch kein Leben, sich immer verstecken zu müssen. Ich bin eine Prinzessin, keine billige Diebin! Ich möchte mich mit Philosophen und Königen umgeben, nicht mit dem dekadenten Abschaum, den ich gegenwärtig anziehe.«

Leo war noch nie zu einer so unfassbaren, ganz und gar unvorstellbaren Erkenntnis gelangt, aber endlich begriff sie, in welch entsetzlicher Lage sie sich befand. »Du hast mich meiner selbst beraubt«, sagte sie. Sie war verwundert über die seltsame Anziehungskraft, die allem Entsetzen zum Trotz vom Bösen ausging. »Ich bin zu einer Sklavin geworden.«

»Nein! *Nein*! Du bist nicht wie sie. Nachdem ich sie wieder zum Leben erweckte, war ihr freier Wille verschwunden. Sie ist sich dessen bewusst, kann aber nichts dagegen tun. Sie ist sogar nach Haiti geflogen, um alles über Zombies und über ihr eigenes künftiges Schicksal zu erfahren.« Sie lachte leise. »Du glaubst gar nicht, wie *langweilig* sie ist!« Sie zupfte an Leos Hand. »Du dagegen wirst großartig sein. Du hast deinen eigenen Willen. Du bist rausgegangen und hast dir – entgegen meiner ausdrücklichen Anordnung – ein Opfer gesucht. Du hast es auf *deine* Art gemacht. Weißt du, was für ein Gefühl mir das gibt?« Sie nahm Leos Hand und blickte zu Johns Sarg hinüber. »Seit er von mir ging, war ich allein. Jetzt bin ich es nicht mehr.«

»Was ist mit Sarah?«

»Du bist allerdings noch ein bisschen einfältig. Aber das macht nichts, denn du hast eine gute Grundintelligenz. Ich werde dich unterrichten. Weißt du, was du sein wirst? Warum ich dich bei mir aufgenommen habe?«

»Warum?«

»Weil du die Gouvernante meines Sohnes werden wirst.«

»Mein Gatte«, sagte der Vampir, »endlich bist du erwacht. Willkommen im Leben!«

Er hatte keine Ahnung, was er auf die Bemerkung erwidern sollte. Aber bei einem so intelligenten Tier wie diesem wusste man eben nie, mit welchem Spruch es an einen herantreten würde.

Miriam nahm seine Hand in ihre schlanken Finger, die er so liebevoll geküsst hatte. Er spürte, wie sich ihm bei dem Gedanken, mit seinen Lippen diese Haut berührt zu haben, der Magen umdrehte. Und was er sonst noch alles mit ihr angestellt hatte … Miriam legte seine Hand auf ihren Bauch.

»Fühlst du ihn?«

Er schaute zu ihr auf. Sie strahlte ihn an, wie eine echte Frau, die ein echtes Baby in sich trug und die Welt an ihrer Freude teilhaben lassen wollte.

»Er strampelt schon. Er ist *sehr* kräftig. Und Sarah sagt, er sei robust. Sie gebraucht genau diesen Ausdruck – *robust.* Wir werden einen Sohn haben, Paul.«

Was für ein Blödsinn. Man konnte kein Baby zeugen mit einer Kreatur, die kein Mensch war. »Du lügst«, sagte er, keinen Hehl aus seiner Verachtung machend.

Dann gingen sie, bis auf Leo, die bei ihm blieb, um Wache zu halten. Sie hatte die Magnum; Paul sah, dass sie die Waffe lässig unter den Gürtel geschoben hatte. Diese Leo war ein hartes Ding. Sie sah wie eine Mischung aus einer Punkerin und einem Schulmädchen aus. Sie stand dicht an der Tür.

Selbst ohne Ketten, wäre er wahrscheinlich noch zu geschwächt, um im Augenblick etwas zu unternehmen. Doch er machte sich keine ernsthaften Sorgen. Er würde noch früh genug von hier verschwinden. Er schaute zu Leo hinüber; sie erwiderte seinen Blick.

Dies war die Frage, die ihn gegenwärtig beschäftigte:

War dieses schöne Mädchen, diese Leo, ein Vampir oder nicht? Das ließ sich bei diesen Kreaturen schwer sagen. So gerissen waren sie. Er musste es wissen, um einschätzen zu können, mit welchen körperlichen Fähigkeiten er es zu tun bekam. Sein Instinkt sagte ihm, dass sie kein Vampir war. Sie war eine Mitläuferin, die Bescheid wusste.

Paul versuchte es mit der indirekten Herangehensweise, einer Verhörtechnik, die er schon tausende Male angewendet hatte. Lasse dein Gegenüber glauben, dass du mehr weißt, als tatsächlich der Fall ist.

»Also, Leo, weshalb machst du bei der Sache mit? Wegen der Drogen? Oder wegen Geld?«

Leo sah ihn an.

»Aus Liebe.«

»Ach so, das. Du liebst das Monster. Gehst du mit ihm ins Bett?«

»Halten Sie den Mund.«

»Weißt du, ich verstehe euch beide nicht. Ich meine, du bist kein Vampir, und doch tolerierst du das alles. Du unterstützt Miriam.«

»Miriam ist ein wundervolles, uraltes Geschöpf. Sie verdient unsere Hilfe.«

»Oh, ich *verstehe*! Ellen Wunderling wäre vermutlich derselben Meinung. Ganz *bestimmt*!«

»Sarah hat sie verspeist, nicht Miriam.«

Er dachte über diese Information nach. Sarah hatte sich mit einer Art chirurgischem Instrument über ihn hergemacht, nicht mit dem Saugmund, den Miriam hatte.

Konnte es sein, dass Sarah zwar keinen Saugmund hatte, aber trotzdem von Blut lebte? Wenn dies tatsächlich stimmte, gab es dann mehr als eine Vampir-Spezies? Und damit mehr Vampire, als er geglaubt hatte?

»War Ellen nicht die richtige Nahrung für Miriams Spezies, oder was?«

»Wir tragen Miriams Blut in uns. Sie hat es uns geschenkt, und seine Wirkung ist – es ist einfach ein Wunder. Man hört auf zu altern. Man wird wahnsinnig fit. Man lebt – nun, man lebt sehr, sehr lange.«

Paul starrte an die Decke. Jetzt konnte Miriam also schon gewöhnliche Menschen in Vampire verwandeln. *Unfassbar.*

Dann kam Paul ein gleichermaßen verstörender Gedanke. Vielleicht war diese Sache mit dem Baby gar kein Blödsinn. Wenn die Blutübertragung real war, dann ähnelten sich die beiden Spezies vielleicht mehr, als er bisher geglaubt hatte. Wenn er mit einem Vampir wirklich ein Kind gezeugt hatte –

Paul rang sich ein unschuldig wirkendes Schmunzeln ab. »Ich kann nicht glauben, dass ich sie geschwängert haben soll. Hey, ich bin ein normaler *Mensch*!«

Leo kam zu ihm herüber. Die Waffe lag in ihrer herunterhängenden Hand. Noch ein Schritt, dann konnte er sie packen. »Sie sind kein Mensch«, sagte Leo. »Sie sind ein Hüter – oder wenigstens ein halber Hüter.«

Es tat weh, aber er lachte trotzdem. Nicht schlecht der Witz. Leo war eine richtige Ulknudel.

»Ach ja? Und wann sauge ich meine Mitmenschen aus? Im Schlaf, oder was?«

»Sie sind etwas, das es eigentlich nicht geben dürfte. Die Hüter versuchten, ein Wesen zu erschaffen, das, so wie sie selbst, ewig leben würde, jedoch ohne auf das Blut der Menschen angewiesen zu sein. Sie wollten sozusagen eine bessere Version ihrer selbst erschaffen.«

Er dachte an die Vampire in ihren finsteren, verdreckten

Höhlen, an die unverhohlene Verachtung in ihren Gesichtern. »Vampire hassen uns Menschen«, sagte er. »Es macht ihnen Spaß, uns zu töten.«

»Sie hassen nur diejenigen, die sie jagen und abschlachten.«

»Du lügst.«

»Sie tun, was sie tun müssen, um zu überleben. Aber das hat nichts mit Hass zu tun, sondern mit Hunger.«

»Du lügst, sobald du den Mund aufmachst! Sie hassen uns und genießen es, uns umzubringen!«

»Glauben Sie? Erinnern Sie sich noch daran, wie Ihr Vater starb? Wie er spurlos verschwand?«

Die Worte schienen aus weiter Ferne zu kommen – merkwürdig widerhallende Worte, entsetzliche Worte. Denn sie konnte unmöglich davon wissen, es sei denn –

Plötzlich wuchtete er sich im Bett hoch. Sie sprang zurück, aber er stürzte sich dennoch auf sie – und wurde von den Ketten zurückgehalten. Er war völlig hilflos.

Sie stand über ihm, die blitzschnell entsicherte Magnum in der Hand. Irgendwer hatte dem Luder beigebracht, wie man mit Waffen umging.

»Keine Bewegung!«, brüllte sie. »Wenn Sie sich rühren, knalle ich Sie ab!«

Er starrte zu ihr auf. »Du bist eine verdammte Lügnerin, du Hexe!« Aber ihm war klar, dass sie nicht log. Sie wusste von seinem Vater, obwohl er gegenüber diesen Leuten niemals ein Wort über die Geschichte verloren hatte.

»Ihr Vater wurde getötet, weil er aus einer Familie stammte, deren Ursprung auf eine fehlgeschlagene genetische Mutation zurückging. Wir nehmen an, dass Sie als Einziger übersehen wurden. Leider, denn nun haben Sie Miriam mit weiß Gott was geschwängert.«

»Das Baby existiert wirklich?«

»In zwei Wochen gibt es die ersten Ultraschallbilder.«

Während seines Wutausbruchs musste sie einen geheimen Alarmknopf gedrückt haben, denn plötzlich stürmten Miriam und Sarah herein. Auch sie hielten Magnum-Revolver in den Händen. Gab es um die Ecke ein Waffengeschäft, oder was?

Er legte sich wieder hin. Ihm blieb keine andere Wahl.

Wenn das kein Rückschlag ist, dachte Paul.

Im Laufe der nächsten Tage erklärte Dr. Sarah Roberts ihm ganz methodisch Dinge über sich, die er nicht einmal im Traum für möglich gehalten hätte. Sie nahm ihm Blut ab und zeigte es ihm unter dem Mikroskop. Er sah die eigenartigen Blutkörperchen, die sein früherer Hausarzt für eine gutartige Zelldeformation gehalten hatte. Dann nahm sie vor seinen Augen Miriam Blut ab und legte beide Proben nebeneinander unter das Mikroskop.

Er war nicht blind, aber er konnte es noch immer nicht glauben. Er klammerte sich an den Gedanken – der lächerlich war, wie er im Grunde seines Herzens wusste –, dass dies alles ein riesiger Zufall sein musste. Denn es konnte *nicht* sein, dass in seinen Adern Vampirblut floss. *Unmöglich*!

Sarah erstellte eine Chromosomen-Karte und zeigte ihm, in welcher Weise sich in dem Bereich, der als 19a22.1. bekannt war, sein neunzehntes Chromosom von dem eines normalen Menschen unterschied. Sie wies ihn auf kleinere Unterschiede in sechzehn seiner insgesamt dreiundzwanzig Chromosomen hin. Dann zeigte sie ihm Miriams Chromosomenkarte. Sie wies exakt dieselben Abweichungen auf wie er – und dazu drei weitere an anderen Stellen.

Diese drei Stellen repräsentierten das Bedürfnis, Blut zu trinken, die hohe Intelligenz und das ewige Leben.

Pauls Großvater war einhundertelf Jahre alt geworden. Die ganze Familie war so. Angeblich hatte es vor einigen Jahrhunderten einen Ward gegeben, der es sogar auf das stattliche Alter von einhundertneunzehn Jahren gebracht haben sollte.

Sie erklärte ihm, dass er wegen der andersartigen Chromosomen mit einer gewöhnlichen Frau wahrscheinlich niemals ein Kind würde zeugen können, dass dies mit Miriam aber sehr wohl möglich war.

Letztlich musste er es sich eingestehen. *Er* war einer von *ihnen*. Am liebsten wäre er im Erdboden versunken. Hätte er es gekonnt, hätte er sich eine ihrer verdammten Knarren in den Mund gesteckt.

Im Schlaf suchten ihn grausige Albträume heim. Er sehnte sich nach dem Tod; er flehte Gott an, ihn umzubringen. Doch er starb nicht. Stattdessen wurde er kräftiger und kräftiger und genas, so wie er immer – selbst von den schwersten Krankheiten – rasch genesen war. Nur jetzt kannte er den Grund dafür. Es lag an dem *verfluchten Vampirblut* in seinen Adern!

Manches Mal erwachte er und sah Miriam an seinem Bett stehen. Sie wechselte seine Verbände und kümmerte sich um sein Stechbecken, brachte ihm Essen und fragte ihn nach seinen Schmerzen. Morgens und Abends untersuchte ihn Sarah. Sie war stets kühl und distanziert. Immer wenn sie alleine waren, drohte sie ihm: »Wenn Sie ihr weh tun oder ihr das Herz brechen, bringe ich Sie mit Säure um oder schlage Ihnen den Kopf ab.«

Seine Antwort war immer dieselbe: »Danke, gleichfalls, Sie Hexe.«

Er begann, sich vor sich selbst zu ekeln. Er war auf Miriam hereingefallen, weil er *einer von ihnen* war. Während die Tage vergingen, besserte sich sein körperlicher Zustand zusehends. Er fing an, konkrete Pläne auszuarbeiten, wie er dieses verdammte Haus mitsamt seiner Bewohner in Schutt und Asche legen würde. Dazu musste er jedoch erst ihr Vertrauen gewinnen. Es würde nicht einfach sein, aber Miriam – die süße Miri – war ganz hin und weg von ihm. Das war seine große Chance.

Deswegen fing er an, den schüchternen Verliebten zu spielen, wenn Miriam kam und sich zu ihm ans Bett setzte.

Miriam tanzte lachend und singend durch das Haus und tastete ununterbrochen nach dem Baby in ihrem Bauch. Hüter-Schwangerschaften dauerten ein Jahr, und die Geburt war äußerst schwierig. Doch dem Baby ging es gut! »Kein Hinweis auf Komplikationen«, sagte Sarah immer wieder.

Ob sich dies tatsächlich so verhielt, wusste Sarah nicht. Sie war sich nicht einmal sicher, ob Miriam wirklich schwanger war. Sie hatte einen Urintest durchgeführt, aber wer wollte schon wissen, ob der gonadotrope Hormongehalt im Körper eines schwangeren Hüters derselbe war wie bei einer menschlichen Frau. Wahrscheinlich nicht. Vielleicht produzierte ihr Gebärmuttergewebe ein völlig anderes Hormon.

Es blieb in dem Haus eine unausgesprochene Tatsache, dass der Tag der ersten Ultraschallaufnahme näher kam. Erst dann würden sie es mit letzter Sicherheit wissen.

Miriam sang ihrem Baby vor, sang für ihre Gäste, und als Paul begann, sie wieder anzulächeln, sang sie für die ganze Welt.

Miriam war noch nie so glücklich gewesen. Im Haus lief alles bestens. Ihr Körper strahlte vor Gesundheit. Sie spürte, wie das Baby heranwuchs. Und ihr neuer Mann kam allmählich zu Sinnen.

»Weißt du, Paul, ich finde, du solltest die Sache von unserem moralischen Standpunkt aus betrachten.«

»Der da lautet?«

»Wir haben uns nicht selbst erschaffen. Die Natur hat uns zu dem gemacht, was wir sind.«

»Das sagt die CIA auch.«

Dies war interessant für sie. Bisher hatte er noch nie darüber gesprochen, wie seine Arbeitgeber über sie dachten. »Tatsächlich?«

»Ja. Sie sagen, dass ihr keine Mörder seid, sondern Jäger. Ihr habt das Recht, uns zu töten, und wir haben das Recht, uns zu verteidigen. Das ist die Basis einer politischen Grundsatzentscheidung, an der sie arbeiten.«

»Nun, das ist genau mein Punkt.« Sie hätte ihn zu gerne geküsst, so gut sah er aus. Doch bisher war er dazu noch nicht wieder gewillt.

Morgen würde sie ihm eine Überraschung bereiten. Seine Leidenszeit im Krankenzimmer war vorüber. Sie hoffte, dass er in ihr Bett zurückkehren würde. Sie würde sich liebevoller und verführerischer denn je geben.

Sie nahm Sarah zur Seite und sagte: »Es ist an der Zeit, ihm die Fesseln abzunehmen.«

»Das sehe ich anders.«

»Tu es.«

»Miri, das ist verrückt!«

»Tu es.«

Sie ging zu ihm. Sie verriegelte die Tür hinter sich, dann holte sie den Schlüssel heraus.

»Oh«, sagte er.

Sie spürte, dass er sie beobachtete, während sie erst die Ketten an seinen Füßen, dann die an seinen Handgelenken aufschloss. Sie mochte seine Augen nicht, hatte sie von Anfang an nicht gemocht.

»Gut«, sagte er, während er sich die Handgelenke rieb, »das fühlt sich schon viel besser an.«

Sie wich vor ihm zurück wie vor einer züngelnden Cobra.

Er lächelte.

Miriam hatte sie zu dem gemacht, was sie heute war. Deswegen war sie schwach und verletzlich, ein Opfer ihres unvollkommenen menschlichen Erbes. Er dagegen war von der Natur erschaffen worden, und der Natur wohnte etwas inne, dem sie nicht traute. Vielleicht lag dies an einer Erkenntnis, zu der sie bei ihren Forschungen gelangt war: Die Natur ging nicht unüberlegt vor. Ihre Wildheit und Grausamkeit war das Resultat gedankenvoller Planung.

Deswegen würde sie ihn immer fürchten und hassen, ganz gleich, wie brav und verständig er sich geben mochte. Sie kannte ein Geheimnis der Natur und spürte, dass Paul Ward ein Produkt dieses Geheimnisses war. Die Natur besaß, wie sie wusste, einen gleichermaßen großartigen wie grausamen Geist.

20

Kind der Liebe

Der Vampir war völlig von ihm eingenommen, also würde er dies ausnutzen. Mit jeder verstrichenen Stunde kam er dem Augenblick näher, in dem er sie alle umbringen würde.

Miriam liebte ihn, aber sie waren trotzdem auf der Hut. Sie beobachteten jede seiner Bewegungen mit Videokameras und ließen das Krankenzimmer verschlossen. Er nahm alles widerspruchslos hin, lieferte keinen Hinweis darauf, Fluchtgedanken zu hegen. Er saß auf seinem Bett, las *Krieg und Frieden* und hörte sich massenweise Opern-CDs an.

Er aß Unmengen von Steaks, seit jeher sein Lieblingsgericht. Manchmal bat er um thailändisches Essen. Alles, was er vorgesetzt bekam, war hervorragend gekocht. Er fragte sich, ob Drogen darunter gemischt waren. Zu den Steaks gab es immer Weine, die tausende von Dollars kosteten, zum Beispiel einen 45er Chateau Lafite-Rothschild oder einen 36er Chateau Latour.

Er lachte mit seinen Peinigern. Er war zuvorkommend. Wenn Miriam sich freudestrahlend an sein Bett setzte, ließ er sich von ihr küssen, obwohl es ihm schwer fiel. Wenn sie seine Hand auf ihren Bauch legte, auf dem sich ihrer Meinung nach bereits eine leichte Wölbung zeigte, setzte er ein freudiges Lächeln auf.

»Wenn man bedenkt, wie sehr er die Hüter hasst«, sagte Sarah zu Miriam, »hätte man, als er erfuhr, was er ist, eigentlich eine heftigere Reaktion erwarten können.«

»Sarah, der Mann ist verliebt. Ihm ist klar geworden, dass er einer von uns ist. Er erkennt, dass unser Handeln nicht unmoralisch ist. Sogar seine Arbeitgeber haben dies erkannt. Sein Hass verfliegt allmählich. Deswegen ist er so still. Dies ist eine sehr gedankenvolle Phase in seinem Leben.«

»Trotzdem finde ich, dass wir sehr vorsichtig sein müssen, wenn du ihn aus dem Krankenzimmer lässt.«

»Ach, komm schon. Sei nicht paranoid.«

»Bisher fand ich immer, dass du ein bisschen paranoid bist, Miri.«

»Wie auch immer. Er ist mein Mann, und ich möchte ihn in meinem Bett haben. Ich möchte ihn endlich wieder in mir spüren, Sarah.«

»Die Sache gefällt mir nicht. Ich halte das alles für falsch.«

»Was meinst du, Leo?«

»Ich finde, er ist ein sehr gut aussehender Mann.«

Am Tag seiner Freilassung kamen sie mit einem dreißig Jahre alten Yquem und einer Obst-und-Cognac-Torte herunter, die sie nach einem meisterhaften Rezept aus dem achtzehnten Jahrhundert gebacken hatten. Miriam, die bester Laune war, schob Paul eine Kirsche in den Mund. Er schnappte sie mit den Zähnen und biss genießerisch hinein.

Miriam zeigte ihm das ganze Haus, außer dem Dachboden.

Sarah wartete ab und beobachtete die beiden. Sie versuchte Leo zum Mitmachen zu animieren, aber Leo war noch sorgloser als Miriam. In Sarahs Augen war Leo ein dummes junges Ding. Sarah bemerkte eine subtile Veränderung in ihrer eigenen Persönlichkeit. Sie war zu einer Erkenntnis gelangt, die, wie sie fand, den Gedanken eines Soldaten in einer schrecklichen Schlacht ähnelte. Es war das unbestimmte Gefühl, dass es für sie alle kein Entkommen geben würde und dass das, was Miriam tat, so töricht war, dass es zu nichts anderem als zu ihrer aller Vernichtung führte.

Wie konnte es sein, dass jemand, der seit so langer Zeit lebte, der so viele Bedrohungen überstanden hatte und nun ein Baby unter dem Herzen zu tragen glaubte, bereit war, sich und sein Kind einer solchen Gefahr auszusetzen?

Miriam war ihre beste Freundin. Sarah kannte jede ihrer Launen, konnte auch den kleinsten Stimmungswechel am Ausdruck ihrer Augen ablesen und führte mit ihr eine erfüllte, seit mehr als zwei Jahrzehnten andauernde Intimbeziehung. Miriam schenkte ihr Freundschaft und Liebe und Loyalität. Aber nun, fand Sarah, hatten sie einen äußersten Punkt erreicht, einen Punkt in dem eigenartigen Bereich der Gedankenwelt eines Hüters, den sie mit ihrem Verstand nicht zu fassen vermochte.

Ihr Handeln ließ nur einen einzigen Schluss zu: Tief im Innern sehnte Miriam sich danach, vernichtet zu werden, genau wie der Rest ihrer Rasse auch. Sie hegten einen Todeswunsch, denn warum war es sonst so einfach, derart intelligente und weise Geschöpfe umzubringen? Hüter mochten die Wissenschaft des Menschen nicht verstehen, aber sie verstanden seinen Geist, und dies war das entscheidende Wissen, das sie zu ihrer Selbstverteidigung brauchten.

Dass sie sich nicht richtig zur Wehr setzten, war, soweit es Sarah betraf, ein Akt willentlicher Selbstaufopferung. Sie mussten dies schon vor Äonen an sich erkannt haben, wahrscheinlich in dem Augenblick, als der Mensch intelligent wurde. Deswegen hatten sie versucht, die beiden Spezies miteinander zu kreuzen. Sie hatten versucht, ihrer eigenen Natur zu entfliehen.

Doch Miriam freute sich auf ihre Mahlzeiten. Sie genoss es, Beute zu reißen, besonders wenn es zu einem interessanten Kampf kam.

Jedes Mal wenn Miriam dicht bei Paul stand, zog sich in Sarah alles zusammen, und sie erwartete, dass dies das Ende sein würde. Sah Miri nicht, was er war – eine geladene Waffe, eine Falle, die augenblicklich zuschnappen konnte?

Irgendwann mussten Sarah und Miriam wieder Blut zu sich nehmen, doch nichts, was sie sagte, konnte Miriam davon überzeugen, Paul Ward zu ihrer Mahlzeit zu machen.

Also taten sie es im Veils. Paul durfte davon auf keinen Fall etwas erfahren. Wenigstens in diesem Punkt hatte Miriam ihr zugestimmt. Bislang hatte sie ihm nicht gestattet, wieder in den Club zu gehen. Zumindest bedeutete das, dass sie noch nicht komplett dem Wahnsinn anheim gefallen war.

Sie ließen Leo bei ihm zurück. Sarah wies sie heimlich an, immer die Waffe dabei zu haben und niemals näher als fünf Meter an ihn heranzugehen. Wenn sie den leisesten Hinweis auf einen Fluchtversuch bemerken oder er versuchen sollte, ihr zu nahe zu kommen oder sogar nur zu telefonieren, sollte sie ihm das Hirn wegblasen.

Sarah hoffte, dass irgendetwas in der Art geschehen würde. Mit Miriams anschließendem Wutausbruch würden sie schon zurechtkommen. Doch Miriam drohte Leo: Wenn du ihn tötest, töte ich dich. Schieße ihn an, wenn es sein muss, aber bringe ihn nicht um.

Als sie heimkehrten – sie hatten zwei koreanische Geschäftsleute verspeist –, mussten sie sich sofort schlafen legen.

Sarah trug Leo auf: »Wenn er versucht, in unser Schlafzimmer einzudringen, bringst du ihn um. Egal was sie sagt.«

»Aber –«

»Ich kümmere mich schon um sie! Dir droht keine Gefahr.«

»Sarah, wüsstest du einen Grund, warum man ihn *nicht* umbringen sollte?«

»Nein.«

»Und weil Miri ihn liebt?«

»Sie ist im Augenblick nicht ganz bei Verstand – und ihr Name ist Miriam, nicht Miri.«

»Du nennst sie doch auch so.«

»Ja. Aber du nicht.«

Trotz der vielen Spannungen liefen die Dinge im Haus allmählich wieder in gewohnten Bahnen, zumindest oberflächlich betrachtet.

Sarah und Leo kümmerten sich um das Veils. Miriam ging gelegentlich hin. Paul bat sie jedes Mal darum, mitkommen zu dürfen, und Miri war jedes Mal ein wenig mehr versucht, es ihm zu gestatten, während Sarah ihm jedes Mal noch weniger traute.

Sie und Miri spielten ihre klassischen Musikstücke. Miri begann, Leo Klavier beizubringen und machte sie über Nacht zu der Schülerin, die Sarah immer gerne gewesen wäre, aber nie hatte sein dürfen.

Leo begann eine klassische Hüter-Ausbildung zu erhalten. Es fing mit Ennear aus Ra an, der hochrangigsten Berühmtheit im ägyptischen Pantheon der Götter. Sie begann, gesprochenes Prime zu lernen. Sarah glaubte nicht, dass Leo auch die Schriftsprache meistern würde, aber Miriam zeigte sich zuversichtlich.

Es überraschte Sarah, dass Leo eine so gelehrige Schülerin war. Wenn Miri ein unbeschriebenes Blatt gewollt hatte, das keiner Umerziehung bedurfte, weil es von nichts eine Ahnung hatte, dann hatte sie eine gute Wahl getroffen. Was Sarah jedoch verblüffte, war, dass Leo sich als ein so schneller Lerner erwies. Sie war – zugegeben – hochintelligent.

Miriam hatte sie eines Nachts im Club mit einem einzigen raschen Blick ausgewählt. Sie hatten jemanden für eine weitere Blutübertragung gesucht. Sie brauchten einen vertrauenswürdigen neuen Mitarbeiter für die Geschäftsleitung, und Sarah hatte angenommen, dass sie einen Mann nehmen würden. Dann aber hatte Miriam, fast wie als Nachgedanke, gesagt: »Diese da.« Leo hatte mit einigen Bekannten im Japanischen Garten gesessen und sich von Rudi mit diversen Drogen-Cocktails verwöhnen lassen.

Nach einer Weile hatte Leo ihr altes Leben hinter sich gelassen. Das Einzige, was davon heute noch übrig war, war ein gelegentlicher, nervöser Besuch bei ihren Eltern, und auch das würde bald aufhören.

Sarah wusste, dass Leo auf irgendetwas vorbereitet wurde, und sie gelangte zu dem Schluss, dass es wahrscheinlich mit ihrer, Sarahs, nahenden Absetzung zu tun hatte.

Und so wartete Sarah auf Leos Amtsübernahme. Außerdem wartete sie darauf, dass Paul seinen wie auch immer gearteten Plan in die Tat umsetzte. Mit anderen Worten: Sie wartete auf das Ende ihrer Welt.

Als sie mit Eumenes zusammen gewesen war, hatte Miriam aufgrund ihrer Jugend noch nicht begriffen, dass wahres Glück äußerst selten ist. Heute war sie sich dessen bewusst. Sie genoss dieses Hochgefühl, das neben Paul vor allem von dem Baby in ihrem Bauch herrührte, ihrem eigenen Baby nach all den langen Jahren. Das Problem war, dass ihr Mann sich gegen sich selbst wandte – er war ein Hüter, der seine eigene Rasse hasste. Zugegeben, er würde nicht ewig leben und ernährte sich nicht von Blut, doch er war trotzdem ein Hüter, und sie würde noch einige Überzeugungsarbeit bei ihm leisten müssen, bis er diese Tatsache akzeptierte. Sie sehnte sich danach, ihn in ihre magische Welt zu ziehen und war überzeugt, dass ihr dies auch gelingen würde. Was sie plante war eine Verführung der Sonderklasse. In der guten alten Zeit hatten männliche Hüter ihr kaum widerstehen können, und sie hatte nichts von ihren Verführungskünsten verloren.

Aber das kam später. Zuerst musste sie ein Tor durchschreiten, ein essentiell wichtiges Tor. Während die Tage verstrichen, wurde sie immer beklommener. Am liebsten hätte sie die Uhr zurückgedreht und verhindert, dass am Morgen die Sonne aufging. Aber die Sonne ging allmorgendlich auf, die Tage verstrichen, und ihr Baby wuchs und wuchs.

Ab heute, hatte Sarah gemeint, würde das Baby so weit entwickelt sein, dass man es erkennen konnte. Wie alle Hüter-Mütter kannte Miri bereits das Geschlecht ihres Kindes: Es würde ein Junge sein. Aber wie war sein Zustand? Hatte er irgendwelche Missbildungen? Niemand wusste, was geschehen würde, wenn ein Hüter von einem dieser Exoten wie Paul befruchtet wurde.

Am Mittag kam Sarah zu ihr. Miriam saß in der Bibliothek und unterrichtete Leo. »Wir können loslegen«, sagte Sarah. Sie lächelte Miri liebevoll an. Seit einigen Tagen war sie besonders freundlich und auffallend ernst. Sie strahlte eine Traurigkeit aus, die Miriam beunruhigend fand. Sarah glaubte, dass sich ihr gemeinsames Leben dem Ende zuneigte.

Sie täuschte sich natürlich. Sie musste ihr bei der Geburt helfen, und anschließend würde sie ihre persönliche Kinderärztin und Gynäkologin sein. Sarah glaubte, Leo würde sie ersetzen. Sie begriff nicht, dass sich Miriams Bedürfnisse ausweiteten.

Die drei Frauen gingen in das Labor hinunter.

Sarah hatte das beste und neueste Ultrallschallgerät gekauft, damit das Baby fast so scharf wie auf einem gewöhnlichen Foto zu erkennen sein würde.

Miriam legte sich auf den Untersuchungstisch.

»Ist es radioaktiv?«, fragte Miriam nervös.

»Nein. Es sendet Schallwellen aus und errechnet anhand der Rückstrahlungen ein Bild. Es ist völlig ungefährlich, aber um ganz sicher zu sein, werden wir es nur für wenige Minuten benutzen.«

Miriam lag mit geschlossenen Augen da und wartete, am ganzen Leib zitternd. Falls das Ergebnis negativ ausfallen sollte, wusste sie nicht, ob sie die Kraft haben würde, um damit fertig zu werden. Am liebsten würde sie dann sterben, doch die Frage war, wie?

Sie spürte, wie das kühle Plastik über ihren inzwischen schon leicht gewölbten Bauch glitt ... oder bildete sie sich die Wölbung bloß ein?

Sie streckte die Hand aus, und Paul ergriff sie. Sie hatten sich in letzter Zeit einige Male geküsst, doch er wirkte noch immer etwas distanziert. Aber er stellte keine Bedrohung mehr dar, seit er erfahren hatte, dass ein Teil von ihm ein Hüter war. Zumindest glaubte sie das.

»Miri, schau.«

Auf dem Bildschirm zeichneten sich die Umrisse eines Geistes ab. Er hatte einen kleinen Mund und winzige, noch nicht voll ausgebildete Hände.

Sie öffnete die Augen und starrte auf den Bildschirm. Sie hatte immer Schwierigkeiten gehabt, von Maschinen generierte Bilder zu deuten, und zuerst sah sie bloß ein aus verschiedenen Grautönen bestehendes Schmierbild.

»Dort sind die Hände«, sagte Sarah und deutete auf einen etwas weniger verschwommenen Teil des Bildschirms.

»Oh, hey«, sagte Paul, »das ist mein Sohn.«

Miriam sah nichts ... und dann tat sie es doch. Ein winziges Gesicht war zu erkennen. »Er ist – oh, er ist *wunderschön.*«

»Hat er schon Zähne?«, fragte Paul.

»Sein Mund ist menschlich«, sagte Sarah.

Miriam verspürte einen Anflug von Sorge. »Wie wird er sich ernähren, Sarah?«

»Nicht wie du.« Sarah untersuchte das Blut des Fötus. Er war zu neunzig Prozent ein Hüter.

»Wird er nicht verhungern?«

»Miri, seine Organe sehen wie die eines Menschen aus, und er hat fast reines Hüter-Blut. Es kann gut sein, dass er – nun, dass er ewig leben wird.«

»Als Jäger«, warf Paul ein.

»Ich sehe nichts, das darauf schließen lässt«, entgegnete Sarah. »Dieses Kind hat den Mund und die Organe eines gewöhnlichen Menschen.«

»Wie können Sie das erkennen? Der Embryo ist so winzig.«

»Ich erkenne es, weil ich dazu ausgebildet wurde.«

»Sie sind Gynäkologe?«

»Nein, ich bin Gerontologe. Aber wir reden hier von medizinischen Grundlagen.«

Paul wurde aschfahl. Er zog die Wangen ein, bei Menschen ein untrügliches Zeichen großer Wut. Miriam betrachtete ihn unsicher, ihr Herz wild pochend. Sie wollte ihn so gerne lieben, doch wenn er ihr Baby bedrohte, nun, dann musste sie tun, was getan werden musste.

Seine nächsten Worte waren wie Messerstiche. »Es ist sehr wichtig für mich, Sarah.«

»Ich sehe einen menschlichen Embryo.«

»*Verdammt* wichtig, verstehen Sie?«

Miriam versuchte, ihr Lächeln zu verbergen. Sie hatte soeben etwas neues über Paul Ward gelernt.

Leo, beunruhigt von seinem Tonfall, zog ihre stets präsente Waffe unter dem Gürtel hervor. »Okay, das reicht«, sagte sie mit verkniffener Miene. Sie mochte Paul genauso wenig wie Sarah. Anders als diese hatte sie jedoch keine Angst um Miriam, sondern sah in Paul vielmehr einen Konkurrenten, mit dem sie um Miriams Aufmerksamkeit und Zuneigung rang.

Paul blickte auf die Waffe. »Vielen Dank«, sagte er.

Sarah, die die ganze Zeit die Ultraschallaufnahme betrachtet hatte, bemerkte das faszinierende Phänomen als Erste. Sie starrte wie gebannt auf den Bildschirm und konnte kaum glauben, was sie dort sah.

Sarah war Wissenschaftlerin. Sie glaubte nicht an das Übernatürliche. Trotz ihrer Forschungsergebnisse glaubte sie nur halb an die menschliche Seele, von der Miriam immer sprach. »Ihr habt Seelen, wir nicht.« Schön. »Ihr Menschen seid die wahren Unsterblichen.« Na, umso besser.

Aber dies hier schien etwas wirklich Außergewöhnliches zu sein. Es war ein wahrhaftiges Wunder, das sich vor ihren geübten Mediziner-Augen abspielte. »Seht euch das an«, sagte sie mit vor Fassungslosigkeit belegter Stimme.

Miriam sah sofort, dass die winzigen, noch nicht voll entwickelten Augen, die die Kunst des Sehens eigentlich noch nicht beherrschten, irgendwie direkt aus dem Bildschirm zu starren schienen. Es war, als würde der Fötus sie ansehen.

»Kann er uns erkennen? Ist das möglich?«

»Keine Ahnung, Miriam.«

Dann blinzelte der Fötus und richtete den Blick auf Paul.

»Das ist eine optische Täuschung«, sagte er.

Doch die Augen schauten nicht weg. »Mein Gott«, sagte Paul. Dann verschlug der unheimliche Blick auch ihm die Sprache.

Miriams Herz schien sich zu öffnen wie eine erblühende Blume. »Paul, unser Baby ist ein Wunder«, sagte sie.

Er lächelte so, wie er immer lächelte, und dies machte sie traurig. Warum war er nicht der freudestrahlende Vater, der er hätte sein sollen? Er hatte einen prachtvollen Sohn. Er hätte platzen sollen vor Stolz.

Sarah beendete die Ultraschalluntersuchung. Dann reichte sie Miriam das erste Foto ihres Kindes. »Sein Gesichtsausdruck zeugt von Bewusstheit«, sagte Sarah lakonisch. »Es ist unmöglich, aber es wirkt so.«

Sie versammelten sich um das Foto. Es war scharf und sehr detailliert. Das weiche, halb ausgebildete Gesicht mit den dunklen Augen und dem leichten Lächeln erschien schon jetzt umwerfend schön.

Miriam verschlang das Foto mit den Augen. Sie spürte die Gegenwart des Babys in ihrem Bauch. Jede Faser ihres Körpers war durchtränkt mit der bedingungslosen Liebe einer werdenden Mutter. Und er würde nicht wie sie sein, würde nicht unter dem Fluch leiden, Menschenblut trinken zu müssen. Ihr Sohn würde ein Prachtexemplar werden – und er würde frei sein.

Sie war keine Heulsuse, aber nun musste sie doch weinen. Sarah sah die Tränen in ihren Augen und legte ihr einen Arm um die Schultern. Miriam reagierte nicht. Sie wollte, dass Paul sie in den Arm nahm. Sie wollte, dass er sie hielt und mit ihr lachte und weinte, um eine Kopie des Fotos für seine Brieftasche bat und es ebenso anhimmelte wie sie es tun würde.

Trotzdem, er hatte seine Bewunderung bekundet, und dies war immerhin ein Anfang.

»Lass uns nach oben gehen«, sagte Miriam. Sie nahm Pauls Hand. »Ich möche mit dir allein sein.«

»Ich auch«, stimmte Paul ihr zu.

Sie führte Paul in das Musikzimmer und schloss die Tür. »Gefällt dir, wie ich spiele?«

»Ich bin jedes Mal ganz hin und weg.«

»Dann würde ich dir gerne etwas vorspielen. Kennst du dieses Stück?«

»Du übst es seit Wochen.«

»Sarah übt es. Ich kann es seit dreihundert Jahren.«

Er lachte kurz auf. »Es klingt ganz eigenartig, wenn du so sprichst.«

Sie zuckte mit den Schultern. »So ist es nun mal.« Sie nahm ihre Viola aus dem Koffer, stimmte das Instrument kurz und begann zu spielen.

Miriam war nicht wirklich überrascht, als Paul sich auf sie stürzte.

Zu sehen, wie dieses *Ding* ihn vor Freude über das gesunde Monster in ihrem Bauch anstrahlte, war zu viel für Paul gewesen. Während er noch auf sie zuflog, wurde ihm klar, dass ihm die Sicherung durchgebrannt war und er einen schweren Fehler beging.

Er prallte gegen die Kreatur, sich voll bewusst, dass sie kein Geräusch von sich geben durfte, da sonst die beiden anderen Frauen hereinstürmen und ihn erschießen würden. Obwohl sie Menschen waren, wollten sie seinen Tod viel mehr als der Vampir – dessen war er sich sicher. Sie würden ihn ohne zu zögern abknallen.

Sie war kleiner als er. Aber trotz ihrer Anmut und Schönheit waren ihre Knochen dichter als seine. Deswegen war sie die Schwerere. Sie geriet ins Taumeln, absorbierte aber mit ihrem größeren Gewicht die Wucht seines Aufpralls.

Er presste eine Hand auf ihren Mund. Ein scheinbar stählerner Arm kam hoch und packte sein Handgelenk. Sie trugen einen lautlosen Kampf aus, Halbmensch gegen Hüter.

Er knickte den Ellbogen ein und spannte den Bizeps. Die beiden wankten hin und her, stürzten erst gegen das Klavier, dann gegen den Stuhl, der davor gestanden hatte. Die Viola kippte um. Paul erwischte sie mit dem Fuß und trat mit voller Wucht in den Korpus, um ihr geliebtes Instrument unwiederbringlich zu zerstören.

Ihre freie Hand gelangte zwischen seine Beine. Sie packte seine Hoden und begann, sie zusammenzuquetschen. Sie drückte immer fester zu, bis seine Eingeweide vor Schmerz in Flammen standen. Er setzte im Krieg erlernte Atemtechniken ein, um den Schmerz zu kontrollieren. Doch es gelang nicht; der Schmerz war zu heftig.

Er verlor die Kontrolle über seine Beine, begann zu Boden zu sinken.

Dann schaffte er es, seine Zähne an ihren Hals zu bekommen – ihre Lieblingsstelle. Schade, dass er ihr kein Blut aussaugen konnte. Er biss zu, trieb seine Schneidezähne tief in ihr stahlhartes Fleisch.

Ausgleich.

Sie lösten sich voneinander.

Er erwartete, dass sie die anderen hereinrufen würde. Er erwartete zu sterben.

Sie starrte ihn an. Er starrte zurück. Sie rief niemanden herein. Sie umkreisten einander, und währenddessen fragte er sich, warum sie keinen Alarm schlug … und weil er es nicht wusste, bekam er Angst.

Sie drehte den Kopf ein Stück zur Seite, senkte ihn und schaute aus dem Augenwinkel zu ihm auf. Er wusste, dass sie geschminkt war, dass sie in Wirklichkeit nicht diese vollendeten Lippen und wunderschönen Augen besaß, aber er konnte nicht anders, als auf sie zu reagieren wie auf die schönste Frau der Welt.

Warum blieb sie still? Wollte sie sterben, oder was?

Er stürzte sich erneut auf sie. Er packte ihren Hals und bereitete sich innerlich darauf vor, ihr den füchterlichsten Aufwärtshaken ihres Lebens zu verpassen. Er würde sie k.o. schlagen; dann würde er den zerbrochenen Hals der Viola nehmen und ihr damit den Kehlkopf herausreißen.

Sie stoppte den Aufwärtshaken mit der geöffneten Handfläche. Dann fand er sich plötzlich auf dem Boden wieder und merkte, dass seine Hände wie festgenagelt an den Seiten lagen. Sie saß auf ihm und drückte mit den Knien seine Arme herunter. Sie hämmerte mit den Fäusten auf seinen Brustkorb ein, als wäre er ein Punchingball. Er musste wegen der Wucht ihrer Schläge husten.

Sie legte sich der Länge nach auf ihn. Er spürte ihr Gewicht, spürte, wie sie ihre Vagina gegen seinen Penis zu reiben begann. Er versuchte, die Arme frei zu bekommen, aber es gelang ihm nicht.

Ihr Kopf kam hoch; ihre Lippen berührten seinen Hals. Er warf sich hin und her, doch es nützte nichts. Die Kreatur presste ihren Mund an seinen Hals.

Er spürte, wie sie ihm mit der Zunge über die Haut leckte. Gleichzeitig begannen ihre ruckartigen Bewegungen ihn zu erregen. Sein Penis schwoll an, bis die Erektion so hart war, dass er glaubte, seine Hose würde gleich platzen. Sie glitt immer schneller vor und zurück und saugte gleichzeitig immer stärker an seinem Hals.

Dies war der ihren Opfern zugedachte Tod – erst versetzten sie einen in sexuelle Ekstase, dann bissen sie zu. Er spürte bereits die kühle, hauchdünne Nadel, die normalerweise tief in ihrer Zunge saß und nun herauskam und sich – auf der Suche nach der vibrierenden Vene – behutsam in seine Haut drückte.

Als sie in die Vene eindrang, begann er vor Schmerzen zu würgen. Sein Penis war hart wie ein Stahlrohr, obwohl er spürte, dass ihm das Blut aus dem Hals lief und er nach Luft zu ringen begann und langsam ohnmächtig wurde.

Dies war der Vampir-Tod, den sein Vater ereilt hatte.

Plötzlich stand sie auf den Beinen. Ihr war eine Linse herausgefallen, und sie starrte ihn nun aus einem roten und einem aschgrauen Auge an. Ihr Gesicht wirkte seltsam unsymmetrisch; sie hatte eine der Mundprothesen verloren, die ihre sonst eingefallenen Wangen voller machten. Ihre Lippen waren verschmiert – mit seinem Blut.

Er war zu erschöpft, um auch nur einen Muskel zu bewegen. Er konnte nur hilflos zuschauen, wie sie seine Hose öffnete und sich auf ihn setzte. Er spürte, dass sie seinen Penis in ihre Vagina einführte. Er versuchte es zu verhindern, doch es gelang ihm nicht.

Die Kreatur vergewaltigte ihn. Anders ließ sich das, was geschah, nicht beschreiben. Am schlimmsten – und am demütigendsten und ärgerlichsten – daran war, dass er dabei nicht das leere, dumpfe Entsetzen empfand, das üblicherweise mit einer Vergewaltigung einherging. Er empfand etwas anderes, etwas, das er nicht empfinden wollte, aber nicht leugnen konnte.

Es war nicht nur ihre unglaubliche Schönheit, selbst ohne all die optischen Hilfsmittel. Es war schlichtweg der Umstand, dass sie sich so *vollkommen* anfühlte. Ob mit oder ohne Make-up, sie war einfach die schönste und begehrenswerteste Frau, mit der er jemals geschlafen hatte.

Ihm wurde klar, dass sie ihn absichtlich dazu gebracht hatte, sie anzugreifen. Dies war kein Kampf auf Leben und Tod, dies war eine wohlkalkulierte Verführung!

Und wie gerissen sie es arrangiert hatte – sie schien Paul Ward in- und auswendig zu kennen, schien in ihm lesen zu können wie in einem Buch. Es tat ihm in der Seele weh zu sehen, mit welcher Hartnäckigkeit sie versuchte, ihn trotz seines unverhohlenen Hasses für sich zu gewinnen und ihn auf ihre und die Seite ihres Sohnes zu ziehen.

Sie hörte auf. Er merkte, dass er ejakuliert hatte, aber auch, dass er so viel Blut verloren hatte, dass es ihn wunderte, nicht ohnmächtig geworden zu sein. Doch sie kannte den menschlichen Organismus bis in die letzte Faser. Der Grenzbereich zwischen Leben und Tod war ihr Spezialgebiet.

»Also«, sagte sie, als sie aufstand, »welchen Namen sollen wir ihm geben? Ich finde, er sollte Paul heißen, Paul Ward, Jr.« Sie strahlte ihn an wie eine außerirdische Liebesgöttin. Es war das bezauberndste Lächeln in dem bezauberndsten Gesicht, das er je gesehen hatte. »Abgemacht?«

Sie half ihm auf die wackeligen Beine und führte ihn triumphierend durch das Haus. Als sie nach oben gingen, musste sie ihm helfen. Er wankte in ihr – gemeinsames – Schlafzimmer und fiel auf das Bett.

»Das war doch höchstens ein Liter«, sagte sie. Er hatte köstlich geschmeckt. Es war ihr schwer gefallen, von ihm abzulassen. »*So* geschwächt bist du doch gar nicht.«

Seine Augen blitzten, und plötzlich schien er wieder bei Kräften zu sein. »Okay«, sagte er, »du hast Recht. Lass uns im Bett weitermachen.«

Sie war schwer, wie er, und sehnig und stark ... und gleichzeitig war sie auf wundervolle Weise samtweich. Sie passte genau zu ihm.

Sie lag in seinen Armen und sah ihn dermaßen bewundernd an, dass er beinahe gejuchzt hätte vor Freude. All die Liebe und Zärtlichkeit, die er zu unterdrücken versucht hatte, obwohl sie Teil seines Wesens war, brach nun wie ein tosender Wasserfall aus ihm heraus.

»Ich werde dich niemals verlassen«, sagte er.

»Ich dich auch nicht.«

Dies war, wie er spürte, ihr Eheversprechen. »Du bist meine Frau«, sagte er.

»Und du mein Mann.«

Leo und Sarah, die von der offenen Tür aus alles mitangesehen hatten, zogen sich leise zurück. »Ich glaube, sie hat es geschafft«, sagte Leo. Sarah schüttelte bloß den Kopf.

Einige Zeit später empfand sie es als ihre Pflicht, nachzuschauen, ob es den beiden an nichts fehlte ... und ob alles in Ordnung war.

Miriam strahlte sie freudetrunken an, ihr Gesicht zur Hälfte von Pauls breitem, halb aufgerichteten Oberkörper verdeckt.

Sarah klopfte Paul aufmunternd auf den Rücken. Dann ging sie leise hinaus und schloss die Tür.

Trotz des Blutverlustes gelangte Paul zum dritten Mal innerhalb weniger Minuten zum Höhepunkt. Er sank auf sie nieder, dann rollte er sich in das weiche Seidenlaken.

Was hatte er getan? Er hatte kapituliert. Vielleicht lag es an dem verdammten Blutverlust, vielleicht an ihrer brillant inszenierten, gewaltsamen Verführung, vielleicht an den starrenden Augen des Babys – eines stand jedoch unumstößlich fest: Diesen Vampir würde er nicht töten.

Sie lag reglos wie stilles Wasser neben ihm, die Augen geschlossen, ein versonnenes Lächeln auf den Lippen. Er schob seine Hand in ihre, und plötzlich gab sie einen erschreckend katzenartigen Schnurrlaut von sich.

Während sie noch schnurrte, vernahm er ein weiteres, sehr leises Geräusch. Neugierig, woher der dumpfe Ton kam, wandte er den Kopf und schaute zur Tür von Sarahs Arbeitszimmer.

Die Tür wurde wie durch Zauberei langsam aufgeschoben. Zuerst bemerkte er einen blonden Haarschopf, dann, im Halbdunkel des Schlafzimmers, ein bleiches Gesicht. Eine kleine Gestalt huschte herein, fast so katzenartig wie Miriam.

Was zum Henker war das? Das Ding sah aus wie Peter Pan. Er hätte gerne geglaubt zu träumen, doch dies war unbestreitbar die Wirklichkeit. Mit katzenartigen Bewegungen näherte das Wesen sich dem Bett.

Es war klein, schien aber äußerst gefährlich zu sein. Pauls ohnehin rasender Herzschlag beschleunigte. Er begriff es nicht. Sie waren die Einzigen im Haus, und die Frauen wachten mit Argusaugen darüber, dass kein Unbefugter eindrang.

Als die Gestalt an die Bettkante trat, wäre er vor Überraschung fast an die Decke gesprungen. Es war Becky. Sie legte den Kopf in die Seite und bedachte ihn mit einem Blick, der *Verdorbener Mistkerl* sagte, dann huschte der Hauch eines Lächelns über ihr Gesicht.

In diesem Augenblick – als er sie so unerwartet sah – kam Paul wieder zu sich. Seine Seele jubilierte. Sie hob die Hand und berührte seine Wange, und es machte ihn so froh, dass er geweint hätte, wenn er nicht ein so riesiges Arschloch gewesen wäre.

Dann lächelte sie breit, deutete auf den Vampir neben ihm und bewegte stumm die Lippen: »Peng, peng.«

Paul nickte.

Miriam sprang aus dem Bett, sprang fast bis an die Decke. Sie flog über Paul hinweg und krachte mit voller Wucht gegen Becky, die bis in Sarahs Arbeitszimmer zurückgeschleudert wurde, in dem noch das Seil durch das offene Dachfenster hing.

Paul war völlig perplex, doch Becky erholte sich schnell. Sie zog eine Pistole – und zwar keine gottverdammte Magnum. Es war eine dieser französischen Superknarren. Ja! Endlich würde diese Sache ein Ende finden.

Miriam fauchte, als sie die Waffe sah, und huschte schnell an seine Seite. »Erschieß uns«, sagte sie. Sie kannte die Streuwirkung der Splittergeschosse. Becky konnte Miriam nicht töten, ohne auch Paul zu töten.

»Hallo, Becky«, sagte Paul laut.

»Ich dachte, wir beide wären füreinander bestimmt, du Mistkerl!«

Die liebevolle, natürliche Güte in ihrer Stimme wirkte wie frisches Wasser in einer Wüste, die Paul nicht einmal als trocken empfunden hatte. »Becky«, sagte er, »o mein Gott, ich …«

»Männer sind alle gleich«, sagte Miriam. Sie hatte dieses leichte Lächeln im Gesicht, das immer dort war, wenn sie glaubte, eine Situation zu kontrollieren.

»Sie ist stockhässlich, Paul! Unfassbar, du musst ja dermaßen unter Drogen stehen.«

»Becky, ich dachte, du wärst bei Bocage. Ich dachte …«

»Wir sind hier, um dich rauszuhauen. Alle Übriggebliebenen.«

»Was ist mit Justin?«

»Zur Hölle mit ihm und der Firma.«

»Anscheinend ist man uns in den entscheidenden Regierungskreisen durchaus wohlgesonnen«, sagte Miriam.

Warum blieb sie so gelassen? Was wusste sie? »Pass auf, Becky.«

»Klar. Mrs. Blaylock, schauen Sie, wir haben das Haus umstellt. Wir haben Vidoeaufnahmen, auf denen ihre kleine Gehilfin einen Mord begeht. Und wir haben Sie.«

»Sie werden Paul nicht töten.«

Beckys Gesichtsausdruck änderte sich. Er wurde steinhart. Weitere Worte waren überflüssig. Miriam packte Pauls Arm und begann mit ihm rückwärts aus dem Zimmer zu gehen.

Becky lief ihnen einige Schritte nach, die Waffe im Anschlag. »Schieß, Mädchen«, sagte Paul.

Miriam trat einen weiteren Schritt zurück. Becky machte einen nach vorne. »Ich liebe dich«, sagte sie.

»Ich liebe dich auch, Becky.« Und sein Herz sagte ihm, dass es stimmte. Es hatte immer gestimmt. Er wollte sie. Er wollte normale, menschliche Liebe, und genau das hatte sie ihm anzubieten. O Gott im Himmel, er wollte sie so sehr.

Sie schloss die Augen. Er sah Tränen hervorquillen. Er wusste, dass er kurz davor stand, von der einzigen menschlichen Frau, die ihn jemals geliebt und die er kein einziges Mal geküsst hatte, getötet zu werden.

Deswegen tat er es. Warum auch nicht? Warum nicht das Unmögliche versuchen? In der Hoffnung, dass Miriam nicht damit rechnen würde, hechtete er Becky entgegen.

Er hatte sich losgerissen, flog auf sie zu. Becky sprang zur Seite. Und plötzlich war er hinter ihr.

Die beiden Frauen standen sich gegenüber. Miriam legte schützend die Hände auf ihren Bauch. Dann schrie sie. Es war der markerschütterndste Verzweiflungsschrei, den Paul je gehört hatte.

Die Schlafzimmertür flog auf. Sarah und Leo stürmten herein, jede eine Magnum in der Hand.

»Wir kriegen sie alle auf einen Schlag«, murmelte er zu Becky.

In dem Augenblick, als sie abdrückte, nutzte die verzweifelte Miriam ihre immense Schnelligkeit, um ihr mitten ins Gesicht zu springen. Becky riss instinktiv die Waffe hoch – und das Splittergeschoss schlug mitten in die himmelblaue Zimmerdecke ein; Steinbrocken krachten herunter, und eine dichte Staubwolke füllte den Raum.

Becky flog mit einem dumpfen Knall an die Wand des angrenzenden Arbeitszimmers. Aber sie war kein gewöhnliches Mädchen, sondern eine hervorragend ausgebildete Agentin, deswegen stand sie sofort wieder auf.

Paul hatte die Waffe. Hinter Miriam standen Sarah und Leo mit ihren Magnums. Sein Finger legte sich um den Abzug; in wenigen Augenblicken würde er den Schuss abfeuern, der die drei Frauen in Hackfleisch verwandelte.

Doch dann hielt er inne; er fühlte sich plötzlich wie gelähmt. »Schieß schon«, brüllte Becky. »*Drück endlich ab*!«

Die Uhr tickte. Sarah begann, sich langsam auf die linke Seite zuzubewegen. Er durchschaute ihren Plan: Sie wollte sich vor Miriam werfen und den Schuss abfangen.

»*Drück ab*!«

»Bitte, Paul«, sagte Miriam.

Er stand wie erstarrt da, war zu keiner Regung fähig, konnte nicht einmal den Finger rühren. Er sah nicht Miriam, sondern sein Baby, dieses zarte, noch nicht völlig entwickelte Geschöpf, das ihn mit großen Augen angesehen hatte.

Er hatte in seiner gesamten Berufslaufbahn nie ein Baby getötet, und er spürte, dass dies seine Grenze war. Dies war ein Mord, den er nicht begehen konnte.

Sein Verstand suchte nach einer Möglichkeit, sein Herz gewinnen zu lassen. Und sein Verstand sprach mit der Stimme seines Vaters zu ihm … oder vielleicht war es der Geist seines Vaters, der seinem Sohn die nötige Führung gab: ›Wenn du dieses Kind tötest‹, sprach die Stimme zu ihm, ›werden mein Leben und mein Tod und all das Leid, das über unsere Familie kam, umsonst gewesen sein.‹

All die Jahrtausende des Kampfes auf Erden – die langsame Evolution des Affen, das Erscheinen der Hüter mit ihren Züchtungen und ihrem Hunger nach Blut und ihrer Beschleunigung der menschlichen Entwicklung – all das hatte zu diesem Augenblick geführt, zu der brennenden, nicht zu beantwortenden moralischen Frage, mit der er sich in diesem Augenblick konfrontiert sah.

»Gib mir dir Waffe«, sagte Becky.

Er gab sie ihr. Während er dies tat, trat Sarah Roberts vor. Ihr Gesicht war aschfahl. Sie hob die Magnum. Mit der Klarheit, die Menschen in Extremsituationen überkommt, sah Paul eine Träne aus ihrem linken Auge laufen und über ihre Wange rollen. Dann drückte sie ab; Becky drückte ebenfalls ab, und das Zimmer verwandelte sich in eine Höhle aus Schutt und Staub.

Stille trat ein; nur das ferne Ticken einer Wanduhr war zu vernehmen. Vor ihnen lagen die zerfetzten Überreste von Sarah Roberts.

Becky betrachtete sie kurz, dann trat sie über die blutige Leiche hinweg.

Die beiden anderen Frauen waren verschwunden. Paul und Becky rannten nach unten und entdeckten in der Küche eine offene Speisekammertür.

Von der Kammer führte ein Tunnel steil in die Tiefe. »Weißt du, wo er hinführt?«

»Keine Ahnung.«

»Mist. Und es gibt keine Karte?«

»Nein.«

»Dann haben wir sie verloren.«

»Für den Augenblick. Die Sache ist noch nicht vorbei, Mädchen.«

Sie nahm die Waffe herunter. »Dieser Vampir muss dir viel bedeutet haben«, sagte sie.

Er starrte in den finsteren Tunnel, in dem das Monster, das seinen Sohn in sich trug, verschwunden war. »Was hier geschehen ist, lässt sich nicht mit Worten beschreiben, zumindest nicht in diesem Augenblick. Ich werde es dir irgendwann erklären.«

»Okay.«

Sie schwiegen. Paul spürte die väterlichen Bande zu seinem Sohn, spürte, wie das Baby sich immer weiter von ihm entfernte und sich schließlich in der schwarzen Leere verlor.

»Das war der Letzte«, sagte Becky.

»Der letzte Vampir? Bist du dir sicher?«

»Sie wurden alle vernichtet.«

»Auch hier in den USA?«

Sie nickte. »Bocage ist fast so gut wie du.«

Er spürte ihre Hand in seiner, ihre starke, gute Hand. »Becky?«

»Ja?«

»Wie zum Teufel bist du hier reingekommen?«

»Es gibt unzählige Dachfenster in dieser Stadt, Boss.«

Er schlang die Arme um sie. Als er sie endlich küsste, empfand er, was zu empfinden er nicht mehr für möglich gehalten hatte: wahres Glück. Hier gehörte er hin, in die Arme dieser wundervollen, normalen, völlig menschlichen Frau.

Sie verließen das Haus, überließen die Leiche im ersten Stock den Maden oder der Polizei. Was den Vampir und seinen Gehilfen betraf, nun, irgendwo würde man die beiden schon finden. Ihre Zeit würde kommen.

Aber auf keinen Fall, bevor sein Sohn geboren wurde. Vorher nicht.

»Was hältst du von Kindern?«

»Kinder sind in Ordnung.«

»Könntest du ein Kind großziehen?«

Sie sah ihn an. »Wenn ich mit dir verheiratet wäre, schon.«

»Mit mir verheiratet.«

Danksagung

Ich möchte meinem Verleger, Mitchell Ivers, für seine Unterstützung danken; des Weiteren meiner Agentin, Sandra Martin, und meiner Frau, Anne Strieber. Jede der genannten Personen hat wichtige Beiträge zu diesem Buch geleistet.

MARLO MORGAN

»Ein überwältigendes Buch.
Eine wunderbare Geschichte über die
mystische Reise einer Frau.«
Marianne Williamson

43740

GOLDMANN

DIANA GABALDON

Eine geheimnisvolle Reise ins schottische Hochland des 18. Jahrhunderts. Und eine wildromantische Liebe, stärker als Zeit und Raum...

»Prall, üppig, lustvoll, kühn, historisch korrekt – und absolut süchtigmachend!«
Berliner Zeitung

43772

GOLDMANN